Margareth Rago
Alfredo Veiga-Neto
(Organizadores)

Para uma vida não-fascista

1ª edição
2ª reimpressão

◈ Estudos Foucaultianos

autêntica

Copyright © 2009 Os autores
Copyright © 2009 Autêntica Editora

Todos os direitos reservados pela Autêntica Editora. Nenhuma parte desta publicação poderá ser reproduzida, seja por meios mecânicos, eletrônicos, seja via cópia xerográfica, sem a autorização prévia da Editora.

COORDENADOR DA COLEÇÃO ESTUDOS FOUCAULTIANOS
Alfredo Veiga-Neto

CONSELHO EDITORIAL DA COLEÇÃO ESTUDOS FOUCAULTIANOS
Alfredo Veiga-Neto (UFRGS); *Walter Omar Kohan* (UERJ); *Durval Albuquerque Jr.* (UFRN); *Guilherme Castelo Branco* (UFRJ); *Sílvio Gadelha* (UFC); *Jorge Larrosa* (Univ. Barcelona); *Margareth Rago* (Unicamp); *Vera Portocarrero* (UERJ)

REVISÃO
Alfredo Veiga-Neto

PROJETO GRÁFICO DE CAPA E MIOLO
Diogo Droschi

CAPA
Christiane Costa
(sobre imagem de Martine Franck © Magnum Photos/LatinStock)

DIAGRAMAÇÃO
Waldênia Alvarenga

Dados Internacionais de Catalogação na Publicação (CIP)
(Câmara Brasileira do Livro, SP, Brasil)

Para uma vida não-fascista / Margareth Rago, Alfredo Veiga-Neto, organizadores. – 1.ed.; 2. reimp.; – Belo Horizonte : Autêntica Editora, 2019. – (Coleção Estudos Foucaultianos)

Bibliografia.
ISBN 978-85-7526-440-9

1. Artigos filosóficos 2. Fascismo 3. Filosofia francesa 4. Foucault, Michel, 1926-1984 - Crítica e interpretação I. Rago, Margareth. II. Veiga-Neto, Alfredo. III. Série.

09-10342 CDD-194

Índices para catálogo sistemático:
1. Artigos : Filosofia francesa 194

GRUPO **AUTÊNTICA**

Belo Horizonte
Rua Carlos Turner, 420
Silveira . 31140-520
Belo Horizonte . MG
Tel.: (55 31) 3465 4500

São Paulo
Av. Paulista, 2.073, Conjunto Nacional, Horsa I
23º andar . Conj. 2310-2312 Cerqueira César
01311-940 . São Paulo . SP
Tel.: (55 11) 3034 4468

www.grupoautentica.com.br

Sumário

9   Apresentação: Para uma vida não-fascista
    Margareth Rago
    Alfredo Veiga-Neto

13 O Currículo e seus três adversários: os funcionários
    da verdade, os técnicos do desejo, o fascismo
    Alfredo Veiga-Neto

27 A vida como obra de arte: o sujeito como autor?
    Ana Maria de Oliveira Burmester

35 Foucault e as novas figuras da biopolítica:
    o fascismo contemporâneo
    André Duarte

51 Figurações de uma atitude
    filosófica não-fascista
    Carlos José Martins

63 Escultura da carne: o *bem-estar* e as
    pedagogias totalitárias do corpo
    Carmen Lúcia Soares

83 Dietética e conhecimento de si
    Denise Bernuzzi de Sant'Anna

95 A Bela ou a Fera: os corpos entre a identidade
    da anomalia e a anomalia da identidade
    Durval Muniz de Albuquerque Júnior

117 Foucault-antifascista, São Francisco de
    Sales-Guia e atitudes de *parresiasta*
    Edson Passetti

135 Foucault e os estudos *queer*
    Guacira Lopes Louro

143 Anti-individualismo, vida artista: uma análise não-fascista de Michel Foucault
Guilherme Castelo Branco

153 Sobre política e discursos (neuro)científicos no Brasil contemporâneo: muitas questões e algumas respostas inventadas a partir de um escrito de Michel Foucault
Heliana de Barros Conde Rodrigues

169 Tomar distância do poder
José G. Gondra

187 Foucault e o cinismo de Manet
José Luís Câmara Leme

201 Combater na imanência
Luiz B. Lacerda Orlandi

209 O "livro-teatro" jesuítico: uma leitura a partir de Foucault
Magda Maria Jaolino Torres

239 Max Weber, Michel Foucault e a história
Márcio Alves da Fonseca

253 Dizer sim à existência
Margareth Rago

269 (Des)educando corpos: volumes, comidas, desejos e a nova pedagogia alimentar
Maria Rita de Assis César

281 Foucault e a Antiguidade: considerações sobre uma vida não-fascista e o papel da amizade
Pedro Paulo A. Funari
Natália Campos

291 A escrita como prática de si
Norma Telles

305   Tornar-se anônimo. Escrever anonimamente
       Philippe Artières

325   Abjeção e desejo. Afinidades e tensões entre a Teoria Queer e a obra de Michel Foucault
       Richard Miskolci

339   Psiquiatrização da ordem: neurociências, psiquiatria e direito
       Salete Oliveira

349   Leitura dos antigos, reflexões do presente
       Salma Tannus Muchail

363   Entre Édipos e *O Anti-Édipo*: estratégias para uma vida não-fascista
       Sílvio Gallo

377   Os investimentos em "capital humano"
       Susel Oliveira da Rosa

389   "Todo homem é mortal. Ora, as mulheres não são homens; logo, são imortais."
       Tania Navarro Swain

403   Além das palavras de ordem: a comunicação como diagnóstico da atualidade
       Tony Hara

415   Do fascismo ao cuidado de si: Sócrates e a relação com um mestre artista da existência
       Walter Omar Kohan

427   Os autores

APRESENTAÇÃO
Para uma vida não-fascista

Margareth Rago
Alfredo Veiga-Neto

No prefácio ao conhecido livro de Deleuze e Guattari, intitulado *O Anti-Édipo: introdução a uma vida não-fascista,* Foucault qualifica o conjunto de princípios que enuncia brevemente como uma "arte de viver contrária a todas as formas de fascismo".[1] Tema que nos apresentou há décadas, as "estéticas da existência" criadas no universo histórico da Antiguidade Clássica implicam a constituição de si e das relações com o outro orientadas pela temperança, pela autonomia e pela expansão das práticas da liberdade. Ser cidadão, nesse contexto, exige um intenso trabalho de transformação subjetiva, cuidadosa elaboração de si, escultura do próprio eu, inclusive e sobretudo para um exercício digno da política e para a própria experiência da vida em comum. Em nossos tempos, essas discussões apontam tanto para uma crítica radical às atuais práticas políticas (ditas) democráticas, quanto para o exame dos estatutos da própria democracia, tal como hoje ela é entendida e colocada em ação. Essas discussões apontam, também, para a possibilidade da criação de modos libertários de vida.

Talvez não seja demasiado lembrar que até recentemente a formação dos cidadãos nas sociedades modernas passava sobretudo pelo ensino da obediência, da submissão e da docilidade. Foi isso que levou Foucault a caracterizar, num primeiro momento, as sociedades modernas como disciplinares; e, logo depois, a caracterizá-las também como sociedades de segurança, pautadas pelas lógicas da biopolítica e da governamentalidade. Na medida em que tais processos foram se recobrindo, se articulando e se reforçando mutuamente, o filósofo entendeu a Modernidade como, entre

---

[1] FOUCAULT, Michel "Introdução à vida não-fascista". In: Gilles Deleuze e Félix Guattari. *Anti-Oedipus: Capitalism and Schizophrenia*. New York: Viking Press, 1977, p. XI-XIV. Traduzido por Wanderson Flor do Nascimento. Revisado e formatado por Alfredo Veiga-Neto.

outras coisas, um modo de vida pautado pelo assujeitamento ou sujeição, algo bem diferente das sofisticadas práticas de subjetivação dos antigos, que ele nos convida a conhecer.

Nessa direção, para além da crítica ao instituído, para além dos deslocamentos produzidos nas formas do pensamento e da ação, o filósofo insiste: "Libere-se das velhas categorias do Negativo que o pensamento ocidental sacralizou", recomendando ao mesmo tempo um forte investimento na potencialização dos desejos e da ação criadora. É porque acredita no mundo e porque aposta na vida que Foucault se esforça tanto, milita tanto; é também por isso que ele atemoriza e, muitas vezes, irrita. A vida sedentária lhe causa horror; já os nômades incomodam e assustam os sedentários.

"Não caia de amores pelo poder", adverte Foucault. Olhar atenciosamente para a antiga cultura greco-romana, como faz em *O Uso dos prazeres* e *O Cuidado de Si*, não busca restaurar experiências de vida que tanto se diferenciam das que se construíram na Modernidade. Mas permite encontrar outros modos de produção da subjetividade, outras formas de formação do indivíduo, outros modos de pensar a relação de si para consigo e para com o outro; igualmente, permite pensar a própria política, para fora do poder. Novas possibilidades se anunciam, no momento mesmo em que a analítica foucaultiana do poder é amplamente assimilada, tornando mais visíveis e legíveis as capturas biopolíticas na Contemporaneidade. O pensador do poder e do sujeito cede espaço ao "filósofo da liberdade", chamando a atenção para as temáticas do cuidado de si inscritas na vida comunitária dos antigos.

Essas problematizações nos motivaram a reunir um grupo de inquietos pensadores para continuar a pensar, discutir, ler, dialogar e escrever com esse filósofo libertário. Assim foi pensado o *V Colóquio Internacional Michel Foucault: "Por uma vida não-fascista"*, realizado entre os dias 11 e 14 de novembro de 2008, no IFCH da UNICAMP, dando sequência a vários outros encontros realizados em anos anteriores. Graças aos apoios recebidos da FAPESP, da CAPES, do Programa de Pós-Graduação em História e da FAEPEX da UNICAMP, mais de 300 pesquisadores e pesquisadoras se reuniram para assistir a mais de 30 palestrantes e com eles dialogar, em torno do pensamento de Michel Foucault.

Tão diferentes entre si em inúmeros aspectos, esses pesquisadores aproximam-se na vontade de suscitar novos acontecimentos, como diria Deleuze. Mas também se encontram na crítica ao crescimento desenfreado das formas biopolíticas de controle social, na denúncia da violência das formas da exclusão e estigmatização que imperam socialmente e na tentativa de explicar como foi que a antiga autogestão da esfera dos negócios e da política se transformou na conhecida gerência dos bens privados das elites, em especial das que se apropriam do Estado e das instituições, implantando absurdos regimes de verdade como naturais, absolutos e universais.

Acreditando que é possível construir modos de vida libertários, fortalecemo-nos com Foucault. Afinal, as pistas e as saídas estão indicadas em vários momentos da sua produção; cabe a nós, desdobrá-las, aproveitá-las e, quando necessário, atualizá-las. De certa maneira, em tudo isso está sempre implicada uma vontade de superação, uma vontade de irmos além daquele que lemos, daquilo que estudamos e, até mesmo, de irmos além daquilo que somos.

Ao organizarmos este livro, esperamos contribuir para a edificação de formas não-fascistas de pensamento e de vida. Também em parte por isso, respeitamos (ao máximo possível, sempre que possível) os formatos das notas de rodapé e das referências bibliográficas que cada autora e cada autor adotou em seu respectivo capítulo. Respeitamos, também as formas com que grafaram termos filosóficos ainda não dicionarizados na língua portuguesa.

Com este livro, esperamos dar mais ânimo e elementos para quem quiser compreender e, com isso, combater todos esses adversários que cada vez mais se atravessam em nossos caminhos, sejam eles os ascetas políticos, os técnicos do desejo ou o próprio fascismo. Com este livro – e parafraseando Michel Foucault –, queremos contribuir para a anulação das muitas formas de fascismo, sejam aquelas formas imensas que se abatem sobre nós e nos sufocam, sejam aquelas formas minúsculas e sutis que nos assombram e nos mantêm presos e submissos a nós mesmos.

O Currículo e seus três adversários:
os funcionários da verdade, os técnicos do desejo, o fascismo

Alfredo Veiga-Neto

À Margareth Rago,
amiga.

> *Todos esses que aí estão*
> *atravancando meu caminho,*
> *Eles passarão...*
> *Eu passarinho!*
> MÁRIO QUINTANA[1]

Todos esses que aí estão / atravancando meu caminho, / Eles passarão... / Eu passarinho!

Escolhi esse fulminante e delicado *Poeminha do contra*, do grande Mario Quintana, porque ele me parece particularmente apropriado para este momento. Em apenas quatro versos, Quintana conseguiu reunir um pouco da profundidade, da graça e do trágico que Michel Foucault imprimiu ao Prefácio que escreveu para *O Anti-Édipo*, de Deleuze e Guattari.[2] Aquele Prefácio que tem como título *Introdução à vida não-fascista*[3] e que serve de *leit motiv* para este nosso V Colóquio Internacional Michel Foucault.

Escutam-se, nos versos de Quintana, várias ressonâncias ao Prefácio foucaultiano. Querem um exemplo? Se naquele texto o filósofo diz que as armadilhas d'*O Anti-Édipo* foram as armadilhas do humor, também Quintana recorre ao humor; mas agora para fazer uma armadilha invertida.

---

[1] Quintana (2006, p. 107).
[2] Deleuze; Guattari (1977).
[3] Foucault (2001).

Trata-se de uma armadilha às avessas, uma armadilha de pernas para o ar, pois é no voo do passarinho que o poeta consegue se libertar daqueles que atravancam seu caminho.

Ouçamos de novo o poeta: *Todos esses que aí estão / atravancando meu caminho, / Eles passarão... / Eu passarinho!*

Quantas leituras são possíveis nessas tão curtas quatro linhas! Poderíamos até mesmo ler o *Poeminha do contra* sob um filtro deleuziano, vendo ali determinados agenciamentos, uma grande linha de fuga e outros que tais... Mas não é disso que quero falar. Afinal, não é nem sobre Gilles Deleuze e nem mesmo sobre Mário Quintana, mas sim sobre Michel Foucault que vamos discutir nesses próximos quatro dias. Ainda que Deleuze e Quintana digam coisas muito próximas a esse Foucault não-fascista, eles entraram aqui como um introito, um aquecimento, uma arrancada para o nosso encontro. Mas eles entraram aqui, também e principalmente, como uma fonte de imagens; quero fazê-las ressoar ao longo desta minha fala. E será de Quintana que extrairei o mantra para pensar sobre *Todos esses que aí estão / atravancando meu caminho*; e será também com o poeta que eu talvez compreenda que, finalmente, um dia eles *passarão... e eu passarinho!*

Voltemos, então, nosso olhar em direção a Foucault.

* * *

Introdução à vida não-fascista é um texto que nos inquieta e suscita várias perguntas. Que é uma vida não-fascista? E, simetricamente, que é uma vida fascista? Quem são os três adversários que Foucault identifica n'*O Anti-Édipo*? Quem são esses inimigos que atravancam nosso caminho? Onde estão eles? Não parecem proliferar por toda parte? E às vezes não se escondem dentro de nós mesmos? Como lidar com eles? Enfrentá-los de frente ou voar para longe, deixando-os para trás? E será que eles passarão mesmo, ou estão aí para aí ficar? E, no caso da nossa vida acadêmica, quem são esses adversários que atravancam nosso caminho justamente porque, como disse Foucault, nos travam o pensamento, o desejo e a ação política? E, frente a eles – e, às vezes, frente ao nosso próprio interior... –, como poderemos nos transformar em passarinhos?

Para tais perguntas, não esperem respostas que apaziguem nossos corações. Nesse sentido, o máximo que fez Foucault na *Introdução à vida não-fascista* – e já foi muito, muito mesmo... – foi elencar sete "princípios essenciais

[... se fosse o caso de fazer d'*O Anti-Édipo*] um manual ou um guia da vida cotidiana'"[4]. Foi lendo e relendo, lendo de novo e relendo uma vez mais esses princípios que me senti estimulado, encorajado mesmo, a aceitar o honroso e preocupante convite, feito pela nossa querida Margareth Rago.

Sem ela, aliás, nada disso aqui estaria acontecendo... É a ela – modelo de sensibilidade e razão, coragem e competência, compreensão e combatividade –, é à Marga mulher guerreira e, acima de tudo, amiga que, de todo o coração, dedico este texto.

Assim é que, um tanto assustado frente ao desafio de ter de ocupar este lugar, de ser o primeiro a falar neste nosso *V Colóquio*, eis-me agora aqui, diante de vocês – colegas, amigas, amigos –, para pôr minhas mãos à obra.

Eis-me aqui, com a tarefa de trocar em miúdos as ideias que apenas esbocei no resumo intitulado *O currículo e seus três adversários*. Eis-me aqui, com a responsabilidade de começar com o pé direito mais esse nosso encontro, cuja marca tem sido – desde o primeiro, há quase uma década – uma produtiva articulação entre a leveza do convívio e o rigor acadêmico, entre a alegria da amizade e a ativação da vontade de saber.

Vejam que insisto nesse "eis-me aqui". Se assim procedo é justamente para invocar e evocar as famosas palavras com que Lutero apresentou-se diante da Dieta de Worms: "eis-me aqui, não posso fazer de outro modo" foi o que ele disse. Guardadas as imensas distâncias que separam nossos sistemas de pensamento e nossas circunstâncias, nossos tempos e nossos valores, nossas práticas e nossos interesses, as palavras de Lutero talvez ainda caibam hoje nesta ocasião. Querem mais diferenças entre aquele momento, no longínquo ano de 1521, e este encontro que agora estamos iniciando? Pois bem, lá só os inimigos estavam presentes, explícitos, sólidos, tangíveis; contra eles, Lutero instalava uma ruptura irreversível. Aqui, a situação é bem outra: estamos entre amigos, tentando combinar continuidades com descontinuidades; enquanto isso, nossos adversários são implícitos, viscosos, pervasivos e intangíveis.

Então, além do recurso retórico, por que trago Lutero à baila? Ora, simplesmente porque pretendo, assim como ele fez, apontar algumas adversidades que atravancam nossos caminhos; simplesmente porque pretendo

---

[4] Foucault (2001, p. 135).

lutar, como ele lutou, contra aqueles adversários que teimam em tornar nossas vidas mais pesadas e sombrias. Além disso, há mais uma questão a nos aproximar de Lutero: como alertou Foucault e como desenvolverei mais adiante, parte das adversidades que atravancam nosso caminho somos nós mesmos que as colocamos ali. Assim como aconteceu com o Reformador, cada um de nós pode estar carregando dentro de si mesmo o adversário que quer combater... Assim como ele lutou ferozmente para arrancar o demônio que pensava ter dentro de si, talvez tenhamos também de lutar – certamente que com outras armas – para expulsarmos os inimigos que as circunstâncias colocaram dentro de nós.

* * *

É chegada a hora de eu me explicar melhor e finalmente entrar de cabeça no núcleo do tema escolhido para esta minha fala.

Afinal, que tem o currículo a ver com este Colóquio? Com um Colóquio cujo fio condutor é aquele instigante Prefácio de Michel Foucault? Em outras palavras, que tem a ver o currículo com uma vida não-fascista? E mais: quem são esses três adversários do currículo que constam no meu título? Quem são e o que fazem os *funcionários da verdade*, os *técnicos do desejo* e o *fascismo*? E esses três, sendo adversários do currículo, em que medida podem ser também nossos adversários? Ou seja, que adversidades podem eles colocar em nossas próprias vidas?

E no caso do fascismo, é bom não esquecer que, como sublinhou Foucault naquele texto seminal, não se trata apenas do "fascismo histórico de Hitler e Mussolini, mas o fascismo que está em todos nós, que martela nossos espíritos e nossa conduta cotidiana"[5]. Se o fascismo está em todos nós, se cada um de nós carrega dentro de si mesmo o seu próprio adversário, então uma parte daquelas adversidades somos nós mesmos que as colocamos nas nossas vidas. Conclui-se daí que cada um de nós, em certa medida, atravanca o seu próprio caminho...

Nesse ponto, abro um parêntese para que eu esclareça do que falo quando falo em currículo. Peço desculpas àqueles para quem os Estudos de Currículo são um assunto familiar, mas é preciso fazer uma rápida digressão semântica e histórica.

---

[5] Foucault (2001, p. 134).

Uma digressão

Quando se fala em *currículo*, logo surge o caráter polissêmico da palavra. Ela designa várias coisas: ora é um *atalho* em um caminho ou é o próprio caminho; ora, uma *corrida* ou o ato de correr; ora é a *programação pedagógica* do que é ensinado aos alunos; ora, o *documento* que reúne os dados relativos a uma pessoa (em termos de sua formação, experiências, realizações etc.), aquilo que chamamos de *curriculum vitæ*. Parece haver aí uma ambiguidade perturbadora: ora o currículo é uma entidade geográfica, ora uma ação; ora ele é um programa, ora um documento.

Ainda que interessante, a ambiguidade da polissemia é, no entanto, apenas aparente. Olhando mais de perto, ela se dissipa, pois todos esses sentidos convivem muito próximos, lado a lado em um mesmo campo semântico. Trata-se de um campo que tem seu centro na forma latina *curriculum*, uma palavra que desde há muito aponta para a ação de percorrer uma determinada trajetória, um *cursus*.

Não faz muito, os historiadores mostraram que no final do século XVI e no início do século XVII ambas as palavras – *currículo* e *curso* – começaram a ser usadas insitucionalmente como artefatos capazes de organizarem e tornarem mais eficiente a educação escolarizada.[6] Em poucos anos, as universidades e os colégios europeus adotaram amplamente a organização curricular baseada em disciplinas. Várias vezes tenho insistido que tal (digamos) "curriculização" geral das práticas escolares, a partir do século XVII, esteve intimamente articulada com o estabelecimento e a consolidação da episteme clássica. Em consequência, o currículo acabou funcionando como condição de possibilidade para que a lógica disciplinar fizesse da escola essa ampla e eficiente maquinaria de fabricação do sujeito moderno e da própria sociedade disciplinar.[7] A importância histórica disso tudo é mais do que evidente.

Mas como se isso não bastasse – e para usar as expressões de Anthony Giddens[8] –, hoje, numa sociedade pautada pela reflexividade, os currículos funcionam, também e principalmente, como *fichas simbólicas* a serviço de *sistemas peritos* ou sistemas de *expertise*. E isso é assim tanto se pensarmos em currículo enquanto a programação de um curso, como em currículo

---

[6] Para detalhes, vide Hamilton (1992).

[7] Para maiores detalhes, vide principalmente: Veiga-Neto (1996, 2004, 2007).

[8] Giddens (1991).

enquanto o documento que reúne os dados relativos a uma pessoa. E isso é tão mais assim se pensarmos que, além da reflexividade, também o espetáculo, a aparência, a transitoriedade e o consumo — material ou simbólico, pouca diferença faz — pautam a vida contemporânea. Como argumentarei a seguir, tudo isso ajuda a compreendermos por que o currículo tornou-se hoje tão central, tão importante e até mesmo decisivo em nossas vidas.

Indo adiante

Feita a digressão, voltemos, então, ao núcleo da nossa discussão.

Para começar, continuemos a exploração semântica do *currículo*.

No âmbito desta discussão, interessa-me jogar com aquela aparente ambiguidade da palavra currículo, isso é, jogar com o seu caráter fortemente polissêmico, praticamente desconsiderando, nesse jogo, as fronteiras de sentido que foram sendo criadas ao longo do seu uso. Assim, quando eu falar em currículo, importará quase nada se eu estou me referindo aos currículos dos cursos que ministramos ou que se oferecem a toda hora e por toda parte, ou se estou me referindo aos nossos currículos pessoais — cada um de nós com seu próprio *curriculum vitæ*. Importará quase nada se eu estou me referindo a *currículos-programação* ou a *currículos-trajetória-de-vida*. Em qualquer caso e no limite, trata-se sempre de designar uma ação de trilhar (ou de ter trilhado) um determinado (per)curso. Assim, eu tenho esse ou aquele *curriculum vitæ* porque (per)corri um determinado caminho, com ou sem atalhos, com maiores ou menores obstáculos. E porque fiz tal (per)curso e porque (per)corri tal caminho que tinha o seu próprio currículo é que posso incluí-lo num documento a que chamo de "meu *curriculum vitæ*".

Existe nisso tudo uma circularidade e uma fusão evidentes: de um lado, o "meu *curriculum vitæ*" representa a própria síntese dos trajetos (per)corridos por mim e, por isso, pode ser visto como uma representação sintética de mim mesmo; de outro lado, sou eu que decido como montar tal documento — ele depende de mim. Dentre os caminhos que caminhei, dentre os programas que eu cumpri, dentre os currículos que eu cursei, eu escolho e categorizo — segundo determinados critérios e objetivos —, o que vai ser incluído no meu *curriculum vitæ*. No fim das contas, se fui eu mesmo que determinei os critérios e objetivos, pouco importa. O que conta mesmo é aquilo que está ali registrado; e o que está ali registrado é visto como necessário e suficiente para me representar.

Essas considerações são importantes porque nos ajudam a entender que, em certa medida, tais representações produzem como que um rebatimento, tanto entre o sujeito e o seu currículo quanto entre o currículo e o sujeito a que ele se refere. Trata-se, assim, de um rebatimento de duas vias: num sentido, o sujeito é aquele que seu currículo diz quem ele é; no sentido inverso, seu currículo é aquilo que ele mesmo (ou alguém por ele) registrou quem ele é. Em qualquer caso, o que está em jogo, o que é posto em circulação em tais rebatimentos, é a trajetória que o sujeito diz que (per)correu – ou que disseram que ele (per)correu.

Opera-se, assim, um processo de fusão, de identificação entre o sujeito e seu currículo, de modo que qualquer coisa que vier a ocorrer com um produzirá efeitos sobre o outro e vice-versa. Talvez se possa dizer que tal processo de fusão se dá num plano tanto objetivo quanto subjetivo. No plano objetivo, a relação entre o sujeito e seu currículo acontece em termos documentais, burocráticos, cartoriais; ambos funcionam como objetos que trocam, entre si, informações, dados, apontamentos. No plano subjetivo, as relações entre o sujeito e seu currículo são mais sutis; elas funcionam como parte da complexa rede dos dispositivos de subjetivação em que o sujeito está imerso. O sujeito acaba sendo o que é não apenas porque ele é descrito assim ou assado por seu currículo, mas também porque ele vai se pautando pelo seu próprio currículo, de modo a ir se vendo, se narrando, se julgando e, com isso, montando sua trajetória segundo aquilo que ele quer ser ou aquilo que ele pensa que deve ser.

Em termos práticos, tais relações parecem cada vez mais intensas e inquietantes. No nosso mundo acadêmico, por exemplo, nós temos de alimentar continuamente nossos currículos; em troca, tornando-se, a cada dia, peças mais e mais pervasivas e importantes no mercado da meritocracia, nossos currículos garantem nossas posições e promoções, abrem ou fecham portas de acesso. Além disso, eles propagam seus efeitos entre aqueles que nos cercam. Como, então, não nos deixarmos mais e mais atrelados aos nossos currículos, mais e mais pautados por eles? Como não recorrermos continuamente a eles para sabermos quem somos, onde estamos e – para usar o *leit motiv* daquele nosso Colóquio aqui realizado há 8 anos – para sabermos o que estamos fazendo de nós mesmos?

Afinal, como não cairmos de amor pelo poder que o currículo nos confere se é principalmente por intermédio dele que somos continuamente monitorados, rastreados, controlados, avaliados?

É em decorrência de tudo isso, desse processo de fusão ou identificação que aqueles que eu chamo de "os três adversários do currículo" são também nossos adversários.

É trivial afirmar que, no registro desta discussão não faz sentido buscar uma diferenciação entre enunciados tais como "eu sou assim" ou "eu me vejo assim" ou "os outros me veem assim". A rigor, tentar determinar algo como que uma "ontologia do sujeito que eu sou", algo que se pudesse exprimir sob a forma "que(m) sou eu, mesmo", separadamente de como os outros me veem, não faz qualquer sentido aqui. O que conta é que eu acabo sendo aquilo que meu currículo diz que eu sou ou aquilo que os outros representam sobre mim. O que interessa, nessa perspectiva antiessencialista, não é uma suposta ontologia profunda do sujeito mas uma descrição pragmática que é feita e continuamente refeita acerca do sujeito.

A essas alturas, vale um comentário quase lateral. Confesso que, ao longo dos dias, várias vezes retirei-o do meu texto e outras tantas tornei a incluí-lo. No fim das contas, ele aqui está. Trata-se de um comentário talvez um tanto técnico; mas certamente ele é provocativo. Vamos lá.

Não há como não reconhecer a notável aproximação que existe entre tal postura pragmática e boa parte de uma variante da Filosofia Analítica contemporânea. Refiro-me, mais especificamente, às contribuições que Ludwig Wittgenstein nos deixou, na segunda parte da sua obra. Para alguns poderá parecer estranho – ou até mesmo impertinente – recorrer, no âmbito de um Colóquio foucaultiano, ao Segundo Wittgenstein. Mas seguindo Mark Selman[9], James Marshall[10] e outros, arrisco-me a sugerir que teremos bastante a ganhar se tematizarmos as notáveis sintonias entre as *Investigações Filosóficas* e o pensamento de Michel Foucault.[11] Em seu esforço para "reconduzir as palavras do seu emprego metafísico ao seu emprego cotidiano"[12], o Segundo Wittgenstein, mesmo originário de um outro tronco filosófico, está muito próximo ao tratamento que Foucault deu, por exemplo, à linguagem, à experiência, ao discurso, à diferença, à verdade, à constituição discursiva do sujeito etc.

---

[9] Selman (1988).

[10] Marshall (2001).

[11] Para mais detalhes, vide as aproximações que estabeleço entre o Segundo Wittgenstein, Nietzsche e Foucault (VEIGA-NETO, 2004).

[12] Wittgenstein (1987, p. 259).

Isso nos ajuda a compreender o quanto carece de sentido procurarmos algo como uma "ontologia profunda e definitiva do sujeito que eu sou". Além do mais, essa é uma questão que nem mesmo interessa em termos práticos, principalmente num mundo cada vez mais regido pela lógica da burocracia, da aparência, do espetáculo e do consumo. O que interessa mesmo acaba sendo aquilo que eu sou capaz de mostrar e (digamos...) "espetacularizar" para ser consumido pelos outros. E o currículo é uma das peças-chave nos processos contemporâneos de burocratização, espetacularização e de consumo.

* * *

Uma questão que até aqui ficou em suspenso foi a caracterização daqueles a quem Foucault chamou de "os três adversários aos quais *O Anti-Édipo* se encontra confrontado"[13]. Começo agora falando sobre eles, de modo que me conduzam para o final desta minha fala.

Foucault distribui esses adversários três grupos. No primeiro, ele coloca os ascetas políticos, militantes sombrios, terroristas da teoria, funcionários da verdade. No segundo grupo, estão os técnicos do desejo (psicanalistas e semiólogos). No terceiro grupo e sozinho, "o inimigo maior, o adversário estratégico: o fascismo em todas as suas formas"[14]. Para o filósofo, esses três adversários "não têm a mesma força [e] representam graus diversos de ameaça"[15]. Sintetizando, pode-se assim rotular os três grupos: os *funcionários da verdade*, os *técnicos do desejo* e o *fascismo*.

Quando penso no currículo, esses três grupos logo começam a pipocar à minha frente. E, de novo, não interessa se estou pensando nos *currículos-programação* ou nos *currículos-trajetórias-de-vida*. Em qualquer caso, perfilam-se esses três atravancadores dos nossos caminhos... Cada um deles tem a sua preferência; mas o fascismo, esse "adversário estratégico", contamina todos os demais, combina-se com os outros e parece sempre a postos para nos perseguir, desde em suas formas "colossais, que nos rodeiam e nos esmagam até aquelas formas pequenas que fazem a amarga tirania de nossas vidas cotidianas".[16]

---

[13] Foucault (2001, p. 134).

[14] Foucault (2001, p. 134).

[15] Foucault (2001, p. 134).

[16] Foucault (2001, p. 136).

Do lado do *currículo-programação*, estão sempre ativos os membros do primeiro grupo. A presença desses adversários que são os funcionários da verdade tem sido notável tanto na programação daquilo que é ensinado e nas atividades de ensinar e avaliar, quanto na teorização sobre tudo isso. O amplo campo que se convencionou chamar de Estudos de Currículo esteve por muito tempo atravancado principalmente pelos terroristas da teoria, esses militantes sombrios do pensamento único e totalizante. No Brasil, por exemplo, os efeitos de um certo tipo de leitura e "aplicação" da Teoria Crítica, em associação com a Pedagogia da Libertação, trouxe avanços teóricos interessantes no campo do *currículo-programação*, mas provocou – e certamente ainda provoca... – um certo travamento no (digamos...) pensamento pedagógico vigente entre nós. Tal travamento manifestou-se – e ainda se manifesta amplamente – como uma lastimável celebração das verdades únicas anunciadas pelos arautos que arrogam a si a tarefa messiânica de "salvar a Educação" e, com isso, "salvar o Mundo"... Simetricamente, várias práticas pedagógicas não afinadas com as certezas daqueles funcionários da verdade passaram a ser vistas como *démodés*, reprodutivistas, reacionárias e, no caso das experiências mais recentes, como delírios pós-estruturalistas.

No que concerne ao efetivo funcionamento das atividades de ensino e avaliação, essa "forma de paranoia unitária e totalizante" resultou numa aplicação mecânica de alguns avanços teóricos produzidos pela Teoria Crítica. Isso significou, muitas vezes, substituir não propriamente "seis por meia dúzia", mas sim "seis por zero"...

Aqui aproveito para registrar algumas tentativas ensaiadas no sentido de buscar outras águas para nadar, a fim de desatravancar os caminhos da teorização e das práticas curriculares predominantes entre nós. Tais tentativas inovadoras estão sendo feitas, por exemplo, por Silvio Gallo e Antonio Carlos Amorim (desta Universidade), por Júlio Groppa Aquino (da USP), por Jorge Larrosa (da Universidade de Barcelona) – uma lista pequena e certamente parcial. Em que pese os esforços desses intelectuais, os avanços nesse campo ainda são modestos, principalmente em termos de seu reconhecimento e popularidade. O que eles querem não é a construção de um outro *corpus* teórico que pudesse substituir o atual estado de coisas. Não é nem poderia ser, pois isso significaria cair numa contradição performativa. Ao contrário, o que eles buscam é liberação das "velhas categorias do Negativo que o pensamento ocidental, por um longo tempo, sacralizou como forma de poder e modo de acesso à realidade [... entendendo] que aquilo que é produtivo não é sedentário, mas nômade"[17] Nesse processo de dessacralização pedagógica, pode-se dizer que, em suas tentativas profanatórias, eles combinam o segundo com o terceiro dos sete princípios essenciais arrolados por Foucault[18]. Lembremos o segundo princípio: "faça crescer a ação, o pensamento e os desejos por proliferação, justaposição e disjunção". E assim ele resume o terceiro princípio: "prefira o que é positivo e múltiplo; a diferença à uniformidade; o fluxo às unidades; os agenciamentos móveis aos sistemas".

Apesar desses esforços, talvez sejam os funcionários da verdade aqueles que, ainda hoje e mais do que ninguém, continuam atravancando a teorização e as práticas curriculares e que assumem uma postura fascista frente ao *currículo-programação*.

Do lado do *currículo-trajetória-de-vida*, vejo na prática daqueles que insistem em pautar a valoração acadêmica em termos da "lei binária da estrutura e da falta", isso é, vejo na prática daqueles "lastimáveis técnicos do desejo"[19] as fontes das maiores adversidades que encontramos na nossa atividade profissional. As assim chamadas agências de fomento e os órgãos oficiais de fiscalização, coordenação e avaliação, parecem cada vez mais povoados por esses obcecados e obsessivos guardiões da burocracia estatal, sempre ocupados com o "registro de cada signo e cada sintoma" que acontecem nas nossas vidas. Apoiadas em imensos e complexos sistemas de informações e bancos de dados, diligentes comissões formadas por nossos próprios pares e às vezes por nós mesmos, esquadrinham continuamente quem somos, o que temos feito e deixado de fazer, onde e o quanto publicamos, quão frequente e importante é a nossa participação em eventos como o que hoje aqui inicia.

E nem preciso lembrar que esses escrutinadores e contabilistas da vida alheia podem fazer seu trabalho, se quiserem, em tempo real. Do lado de cá, todos nós, presas indefesas, temos de estar sempre alimentando esses dragões insaciáveis que são os bancos de dados, pois a qualquer momento aqueles garimpeiros da informação podem lançar suas bateias à cata do que fizemos e não fizemos. Desse modo é que eles se autorizam a dizer o que somos e o que não somos, que direitos temos e que direitos não

---

[17] Foucault (2001, p. 135).
[18] Foucault (2001, p. 135).
[19] Foucault (2001, p. 134).

temos. Nós e quem nos cerca – pessoas ou instituições – somos todos permanentemente assim classificados, hierarquizados, ranqueados para, depois, sermos incluídos ou excluídos. É por isso que, tão logo termine este Colóquio muitos de nós correrá a alimentar, *just in time*, o monstro sagrado chamado Currículo Lattes. Só assim nos sentiremos *up-to-date* e não endividados. Até que, no momento seguinte fazemos alguma coisa ou lembramos de algo feito e ainda não registrado; e começa tudo de novo. Lá vamos nós, lançar o novo registro às garras grotescas do dragão... Mais do que nunca, vivemos como as serpentes endividadas deleuzianas...[20]

Esses técnicos do desejo, militantes do Estado, em geral "caídos de amores pelo poder" e em boa parte escolhidos por nós mesmos, parecem "martelar nossos espíritos e nossas condutas cotidianas". Mas será que não partilhamos, com eles, "o fascismo que nos faz amar o poder, desejar essa coisa que nos domina e explora"? Será que, como eles, também não ativamos esse poder ubuesco, esse poder que maximiza seus efeitos justamente "a partir da desqualificação daquele que o produz"?[21]

* * *

Enfim, até que ponto não ajudamos, nós mesmos, a perpetuar nossos adversários? E por que, presos a eles e à lógica fascista que os encanta, não conseguimos nós mesmos nos libertarmos e, como se diz por aí, dar uma de passarinho?

Referências

DELEUZE, Gilles; GUATTARI, Félix. *Anti-Oedipus:* Capitalism and Schizophrenia. New York: Viking Press, 1977. p. XI-XIV.

DELEUZE, Gilles. *Conversações*. Rio de Janeiro: Trinta e Quatro, 1992.

FOUCAULT, Michel. *Les anormaux*. Paris: Gallimard, 1999.

FOUCAULT, Michel. Préface. In: *Dits et écrits II: 1976-1988*. Paris: Quatro, Gallimard. 2001. p. 133-136.

---

[20] Deleuze (1992).

[21] Foucault (1999, p. 12).

GIDDENS, Anthony. *As consequências da Modernidade*. São Paulo: Editora da UNESP, 1991.

HAMILTON, David. Sobre as origens dos termos classe e curriculum. *Teoria & Educação*. Porto Alegre, n. 6, 1992. p. 33-52.

MARSHALL, James. A Critical Theory of the Self: Wittgenstein, Nietzsche, Foucault. Springer Netherlands: *Studies in Philosophy and Education*, v. 20, n. 1, jan. 2001.

QUINTANA, Mario. Poeminha do contra. In: *Caderno H*. São Paulo: Globo, 2006.

SELMAN, Mark. Dangerous ideas in Foucault and Wittgenstein. *Fifth Concurrent Session in Philosophy of Education*, 1988. p. 316-325.

VEIGA-NETO, Alfredo. *A ordem das disciplinas*. Porto Alegre: UFRGS, 1996.

VEIGA-NETO, Alfredo. Currículo, cultura e sociedade. São Leopoldo: *Educação UNISINOS*, v. 8, n. 15, 2004. p. 157-171.

VEIGA-NETO, Alfredo. Nietzsche e Wittgenstein: alavancas para pensar a diferença e a pedagogia. In: GALLO, Sílvio; SOUZA, Regina Maria (org.). *Educação do preconceito:* ensaios sobre poder e resistência. Campinas: Átomo & Alínea, 2004a. p. 131-146.

VEIGA-NETO, Alfredo. As duas faces da moeda: heterotopias e *emplazamientos* curriculares. *Educação em Revista*. Belo Horizonte (MG), n. 45, jun. 2007. p. 249-264.

WITTGENSTEIN, Ludwig. *Investigações Filosóficas*. Lisboa: Fundação Calouste Gulbenkian, 1987.

A vida como obra de arte:
o sujeito como autor?

Ana Maria de Oliveira Burmester

Ao nos debruçarmos sobre o pensamento de Michel Foucault, rico e multifacetado, nós acabamos por atualizá-lo, isso é, o tornamos nosso contemporâneo imediato. Nos dias de hoje, a relevância da revisão do conceito de sujeito nos é solicitada.

A hermenêutica do sujeito desenvolvida por Foucault em seu curso no *Collège de France* (1981-1982) traz pistas e reflexões primorosas para nossa proposta. A problematização de uma nova ideia de sujeito, não alicerçada nas questões transcendentais, nem nas fundações morais, onde o "eu ético da antiguidade opõe-se ao sujeito moral da modernidade" (GROS, 2006, p. 639), nos permite pensarmos, uma nova, talvez rica, ideia de sujeito, construída historicamente. Nunca é demais salientar a ligação entre História e Filosofia nas reflexões foucaultianas. Segundo nosso autor, ao descrever as perspectivas filosóficas após a Segunda Guerra:

Houve três caminhos para encontrar uma saída:

- ou uma teoria do conhecimento objetivo; e, sem dúvida, seria preciso buscá-la no âmbito da filosofia analítica e do positivismo;

- ou uma análise dos sistemas dos significantes; e é onde a linguística a sociologia, a psicanálise, etc, deram lugar ao que se chama de estruturalismo;

- ou tentar recolocar o sujeito no domínio histórico das práticas e dos processos no qual ele não cessou de se transformar.

É por esse último caminho que segui. (GROS, 2006, p. 636)

Seguindo o caminho concisa e claramente esboçado, pretendemos perceber, a partir de discursos e práticas historicamente realizadas, em disciplinas diferenciadas, formulações do conceito de sujeito.

Da Psicanálise

O campo da psicanálise é considerado, por muitos, um dos territórios eleitos pelo pensamento de Foucault. Talvez nessa área seja plenamente realizada a ideia de sujeito, atravessado por múltiplos discursos. De Freud a Lacan, passando por Jung, Adler, todas essas abordagens privilegiam um sujeito, que é múltiplo.

Uma das proposições fundamentais nos vem de Joel Birman. Segundo esse autor,

> Foucault teria estabelecido uma permanente interlocução com a psicanálise, tecida ora a viva voz, ora em surdina. Ao nosso pensador a psicanálise interessava de perto pelas formulações que propunha sobre a experiência ética na modernidade, nas quais a consistência ontológica da subjetividade é colocada em questão de maneira crucial. (BIRMAN, 2000, p. 10)

Na interpretação da relação de Foucault com a psicanálise, Birman aponta para os enunciados radicais de ruptura, sobretudo aquele do descentramento do sujeito, promovido por Freud, o qual revelaria, através do conceito de inconsciente, uma inconsistência ontológica. Em consequência, a posição da linguagem em relação ao sujeito, como pensamento de fora, se evidenciaria por esse viés inovador do pensamento psicanalítico. Ainda seguindo Birman, o discurso psicanalítico teria realizado uma restauração retomando uma antiga filosofia do sujeito. Assim, a psicanálise acaba por ser duramente criticada por Foucault, que a considerava, juntamente com a psicologia e a psiquiatria, versões disciplinares da filosofia do sujeito (BIRMAN, 2000, p. 49-57). A proposta de Birman é a de realizar a cartografia das múltiplas figuras que Foucault apresenta da psicanálise. Multiplicidade de signos, influenciados sobremaneira por Lacan, figuras que poderiam conviver lado a lado, pois a fragmentação é uma positividade metodológica no pensamento de Foucault (BIRMAN, 2000, p. 31-43).

Nesse sentido, o ensaio de Joel Birman vai desdobrar a leitura, necessária, do último Foucault, que enuncia a tese estética da existência, relacionada à figura do cuidado de si. O diálogo a ser estabelecido entre a ética da Antiguidade, silenciada pela confissão, pelo Cristianismo, enfim, a concepção moral. A crítica da concepção de sujeito vai se tornar um dos pilares da crítica da modernidade, agora considerando as categorias "formas de subjetivação" e "tecnologias de si" ou "tecnologias do eu". No dispositivo da categoria da verdade e ainda perseguindo a cartografia de figuras múltiplas, temos em Foucault um enunciado de jogo de verdade, nas relações entre saber e poder.

Ao salientar a questão do poder, correlacionada ao conceito de olhar, corpo e disciplina, o pensamento foucaultiano dos anos de 1970, para Birman, enfatiza a modalidade do poder disciplinar. Inserida nas tramas da micropolítica, a psicanálise desempenha plenamente seu poder disciplinar (BIRMAN, 2000, p. 59-63).

Finalmente, a leitura da psicanálise como central para Foucault, acontece a partir da "História da sexualidade". Nessa perspectiva, em "A vontade de saber", a questão da liberação sexual, e a indagação se ela efetivamente existiu, promove a inserção da problemática no campo do biopoder e da bio-história. A busca de uma "qualidade" da população fundamenta a política na modernidade ocidental.

E na atualidade? Para Birman, "pode-se mesmo considerar que a História da sexualidade se inscreve na geologia do poder". Mas as "tecnologias de si" e a "inserção histórica entre os registros ético, estético e político", conformam, enfim, a subjetividade como um novo campo. A subjetividade passou a ser finalmente um objeto técnico "para as práticas das diversas disciplinas que confluiriam para o projeto de uma estética da existência" (BIRMAN, 2000. p. 80).

A consequência, contemporânea desse enunciado configura "o campo de uma outra experiência ética" (BIRMAN, 2000, p. 99). Outra experiência, outra teorização sobre a clínica, prossegue Birman. Para ele, "é preciso que nos desvencilhemos definitivamente dos instrumentos balofos herdados da tradição da filosofia do sujeito" (BIRMAN, 2000, p. 99-100).

Da biopolítica, do biopoder

Nas referências feitas aos conceitos de biopolítica e biopoder, temos uma outra figura de sujeito em questão. Não necessariamente diferente do sujeito pensado pela e na psicanálise, mas o sujeito pensado em termos de nação, raça, classe etc. como algo a governar e ser governado.

Se "é preciso defender a sociedade" (FOUCAULT, 1999), Foucault salienta que para se desenvolver "a análise concreta das relações de poder, é preciso abandonar o modelo jurídico da soberania [...] é preciso procurar saber como as relações de sujeição podem fabricar sujeitos" (FOUCAULT, 1999, p. 77).

Nessa perspectiva, é necessário rever as ideias sobre a guerra, e a forma como esse evento torna-se central no pensamento jurídico-político, desde o século XVI. Um conceito de guerra permanente, não apenas externa, mas também no interior da sociedade: guerra das raças, guerra das classes (BURMESTER, 2002).

Um estado de guerra permanente leva o Estado, quem governa, a se preocupar com os súditos, sujeitos por ele governados. Os princípios referentes à qualidade da população, apesar de seu caráter generalizante inicial, desenvolvem tecnologias de "poder" e de "saber" que procuram atingir o indivíduo, assim sujeitado e governado.

Segundo Foucault, o tema da "biopolítica" – entendida como "a maneira pela qual se tentou, desde o século XVIII, racionalizar os problemas propostos à prática governamental pelos fenômenos próprios a um conjunto de seres vivos, constituídos em população: saúde, higiene, natalidade, raças..." (FOUCAULT, 1997, p. 89) – acaba por se tornar questão de Estado.

Uma questão ou razão de Estado, de gerenciamento da população e exercício da governamentalidade, no interior da qual surge o liberalismo. Surge como desafio a essa racionalidade de biopolítica, pois o liberalismo é a crítica às práticas anteriores. Confia, enquanto modo de governo, na liberdade de iniciativa, no respeito ao indivíduo. Assim, o que é do coletivo torna-se desnecessário, improdutivo. Para Foucault, "o liberalismo deve ser analisado, então, como princípio e método de racionalização de exercícios de governo – racionalização que obedece, e aí está a sua especificidade, à regra interna da economia máxima" (FOUCAULT, 1997, p. 90).

Esse rompimento com a "razão de Estado" anterior é paradoxal, pois o liberalismo acaba atravessado pelo princípio: "governa-se sempre demais", enquanto no princípio anterior, fundamentado no gerenciamento da população, "governa-se sempre de menos". Ora, segundo essa questão, a pergunta decorrente só poderia ser: "para que, então, seria preciso governar?" (FOUCAULT, 1997, p. 90-91).

A crítica liberal é sempre dirigida ao passado, do qual procura se diferenciar. Quando critica o atual, o faz na perspectiva de querer limitar seus abusos (FOUCAULT, 1997, p. 92).

Os dois grandes modelos históricos do liberalismo são, para Foucault, o da Alemanha pós-Segunda Guerra e o liberalismo americano, da Escola de Chicago. No caso da Alemanha, Foucault salienta o período desde o liberalismo – dos anos 1948 a 1962 – pós-guerra e pós-nazista, que reserva alguns campos – família, saúde, educação – ao modelo anterior da biopolítica. Já o liberalismo americano buscaria a racionalidade do mercado, estendendo-a aos domínios não exclusivamente econômicos – família, natalidade, delinquência, política penal (FOUCAULT, 1997).

Entre as figuras do sujeito, seja na perspectiva do biopoder, seja na perspectiva do liberalismo, seria possível introduzirmos uma outra possibilidade? Pensemos uma outra figura, nessa cartografia dos sujeitos: ele como autor.

Do autor de uma obra de arte

A pergunta inicial só poderia ser: que é um autor?

No prefácio do texto de Foucault *O que é um autor?*, os autores salientam a importância de resumir e publicar em conjunto três textos: *O que é um autor?*, *A vida dos homens infames*, *A escrita de si* (MIRANDA & CASCAIS, 1997). Para os prefaciadores, a publicação diz respeito à questão "mais urgente... [que] tem a ver com o problema do sujeito e a sua relação com a escrita" (MIRANDA & CASCAIS, 1997, p. 5). Podemos também pensar a questão do sujeito com uma escrita específica: a da sua própria vida. Assim, se "desejamos que cada livro seja lido por si mesmo" (MIRANDA & CASCAIS, 1997, p. 6), seria possível cada vida, várias vidas, serem "lidas" por si mesmas?

Tais vidas são interpretações da experiência moderna, por um

> [...] esquema que buscava passar claramente pela crítica da subjetividade, que muito heideggerianamente considera como princípio constitutivo do pensamento moderno, e da sua maneira de visar a experiência, dramaticamente dividida entre um romantismo subjectivista e um iluminismo objectivista.[1] (MIRANDA & CASCAIS, 1997, p. 7)

Para tanto, seria necessário uma outra posição do sujeito, uma outra posição desse sujeito, que não aquela monocórdia da ciência. Utilizar outras vozes, várias vozes, plurais e dissonantes, como nas análises de Foucault referentes a Pierre Rivière ou, ainda, a Herculine Barbin. Um parricida,

---

[1] Os autores referenciam uma entrevista de Foucault, In: *Le Monde*, 22 de junho de 1961, por ocasião de publicação da *Histoire de la folie*.

um hermafrodita, ambos escreveram "estranhas" autobiografias. Ao se deter nesses personagens, Foucault teria adotado a "estratégia de abalar a categoria de sujeito que tem inúmeros nomes, e entre eles o de autor".

A biografia – nesse caso publicada na *Coleção vidas paralelas*, dirigida por Foucault – "seria como o inverso de Plutarco: vidas paralelas ao ponto de ninguém poder só reuni-las" (MIRANDA & CASCAIS, 1997, p. 9).

E também porque a biografia, como aponta Derrida, "não é um meio de unir a vida e a obra", mas "um discurso sobre vida/morte que ocupa um certo lugar entre o logos e o drama". A biografia procura dominar tal relação, apresentando como sujeito absoluto o que é apenas um sujeito possível"[2] (MIRANDA & CASCAIS, 1997, p. 12). Esse espaço dos "sujeitos possíveis" talvez possa se tornar o espaço do sujeito que tenta construir sua própria vida. Ele, como autor. A vida, como obra de arte.

Seria isso possível se partirmos do indivíduo moderno como sendo, antes do mais, fruto da disciplinarização das condutas, via a biopolítica; ou individualizado ao máximo, via liberalismo?

Encerramos dando a palavra diretamente a Foucault, quando sugere:

> [...] uma vida de autoria de si mesmo que é, ao mesmo tempo, uma forma de resistência às tecnologias modernas de produção de subjetividade do indivíduo e uma arte da conduta centrada na coincidência daquilo que o indivíduo faz com aquilo que diz: procura não só do dizer verdadeiro (na tradição metafísica), mas do ser verdadeiro enquanto sujeito de um saber e de um poder sobre si mesmo. O autor de si próprio é o homem autêntico, aquele que faz da sua vida uma obra que exige permanente cumprimento. (MIRANDA & CASCAIS, 1997, p. 25)

Seria essa a forma possível de fazermos da vida uma obra de arte?

Referências

BIRMAN, Joel. *Entre cuidado e saber de si:* sobre Foucault e a psicanálise. Rio de Janeiro: Relume Dumará, 2000.

BURMESTER, Ana Maria de Oliveira. Em defesa da sociedade. In: RAGO, Margareth; ORLANDI, Luiz B. Lacerda; VEIGA-NETO, Alfredo. *Imagens de Foucault e Deleuze*: ressonâncias nietzschianas. Rio de Janeiro: DP&A, 2002.

---

[2] Os autores criticam o texto de Derrida – *Otabiographies*, de 1984.

FOUCAULT, Michel. *Em defesa da sociedade*: curso no Collège de France (1975-1976). São Paulo: Martins Fontes, 1999.

FOUCAULT, Michel. *Resumo dos cursos do Collège de France (1970-1982)*. Rio de Janeiro: Jorge Zahar, 1997.

GROS, Frédéric. Situação do curso. In: FOUCAULT, Michel. *A hermenêutica do sujeito*. São Paulo: Martins Fontes, 2006.

MIRANDA, José A. Bragança & CASCAIS, Antônio Fernando. A lição de Foucault. In: FOUCAULT, Michel. *O que é um autor?* Lisboa: Passagens, 1997.

Foucault e as novas figuras da biopolítica:
o fascismo contemporâneo

André Duarte

O título do *V Colóquio Foucault: Por uma vida não-fascista* era sugestivo e dava muito que pensar, como, aliás, sempre ocorreu nas ocasiões anteriores de sua realização. O enunciado assumia a forma proposicional do manifesto político e interpelava aqueles que o liam, exigindo a recusa e o combate de uma vida fascista tal como ela se nos apresenta agora, nos dias que correm. Também o próprio cartaz do evento anunciava, ainda que de maneira implícita, a forma de luta foucaultiana que se requer travar contra a vida fascista da atualidade. Permito-me recordar a composição do cartaz de divulgação do evento: envolvido em fundo negro, e recordemos que negra era a cor da vestimenta dos fascistas italianos, o cartaz ressaltava uma fotografia de Michel Foucault sorrindo e olhando frontalmente para o espectador da imagem. Penso que a composição, extremamente feliz, sugeria que o enfrentamento político da vida fascista na atualidade deveria passar pela coragem de olhar o fascismo contemporâneo de frente e sorrir dele, como que recomendando o sorriso espirituoso enquanto poderosa arma intelectual, capaz de questionar e impor o descrédito e a derrisão às pretensões da vida fascista. Por sua vez, o sorriso de Foucault no confronto com a vida contemporânea em seu caráter fascista evoca as palavras de Nietzsche no fragmento 173 de *O caminhante e sua sombra*, em apêndice a *Humano, demasiado humano*: "Rir e sorrir. Quanto mais alegre e seguro se torna o espírito, tanto mais o homem desaprende a estrondosa gargalhada; por outro lado, perpetuamente brota nele um sorriso espirituoso, um sinal de seu espanto a respeito dos incontáveis prazeres escondidos na boa existência" (NIETZSCHE, 1997, p. 944). No sorriso espirituoso de Foucault encontra-se uma poderosa arma reflexiva contra a estupidez, recordando-nos que o enfrentamento militante contra o fascismo contemporâneo requer inteligência, sutileza, ânimo e bom humor, traços espirituais cuja conveniência recíproca foi tantas vezes suprimida ou esquecida entre os intelectuais engajados.

Mas, se a forma política do enunciado – *por uma vida não-fascista* – é autoevidente, será que entendemos de imediato o que pode significar a conjugação que aí se propõe entre vida, fascismo e atualidade? Com que direito podemos falar em fascismo no presente? E por que o fascismo contemporâneo estaria associado à vida? Será que ainda faz sentido continuar a empregar termos como *fascismo* e *fascista* nos dias de hoje? Tratar-se-ia o fascismo contemporâneo, em alguma medida, de uma repetição do velho fascismo das primeiras décadas do século XX, em pleno início do século XXI? Por outro lado, supondo-se que não se trate de uma repetição do passado no presente, quais seriam as novas configurações do fascismo? E como combatê-las, caso estejamos realmente diante de um "novo" fascismo? Mas talvez as primeiras perguntas que mereçam ser feitas nesse contexto sejam: Michel Foucault foi um teórico do fascismo? Que ele tinha a dizer sobre o fascismo? Qual a relação entre vida e fascismo no pensamento de Foucault?

Comecemos por essas três últimas perguntas. À primeira vista, Foucault não seria um teórico do fascismo e, portanto, não teria nada a nos dizer a seu respeito. Tal afirmação pareceria correta, sobretudo se recordarmos que nenhuma de suas obras ou cursos foi especificamente dedicado a esse tema político. À primeira vista, nada mais afastado do teórico dos micropoderes disciplinares do que a consideração de formas supostamente monolíticas e autoritárias de poder, como aquelas incorporadas pelo Estado totalitário em suas variantes de direita e esquerda. No entanto, se prestarmos atenção às entrevistas reunidas nos volumes dos *Ditos e Escritos*, veremos que Foucault se refere várias vezes aos fenômenos do fascismo, do nazismo e do stalinismo. Vejamos algumas dessas ocorrências a fim de discernir o sentido geral de suas afirmações, as quais, a despeito de dispersas, possuem certos núcleos comuns.

Numa entrevista concedida ao *Cahiers du cinema* em 1974, Foucault discutia criticamente certa interpretação marxista do fascismo e do nazismo, que os definia em termos de uma "Ditadura terrorista aberta da fração mais reacionária da burguesia" (FOUCAULT, 1994a, p. 654). Essa definição parecia-lhe excessivamente abstrata e desprovida de conteúdo, sendo insuficiente para explicar o fenômeno do fascismo e do nazismo na medida em que se abstinha de oferecer uma análise do modo mesmo de exercício do poder sob tais formas de dominação e governo. De fato, a definição do fascismo como uma ditadura é parcialmente adequada, posto que tanto no fascismo como no nazismo prevaleceram o domínio exercido pelo partido único; no entanto, seu limite reside em que ela impede pensar o desejo das massas populares pelo fascismo. Tal desejo teria de ser entendido na medida em que tanto o fascismo quanto o nazismo concederam a parcelas da massa popular a oportunidade de exercer diretamente o poder nas funções estatais de repressão, de controle e de polícia. No fascismo e no nazismo, o poder não era exercido pura e simplesmente pela ditadura de um único homem, mas vastas parcelas da população foram investidas de formas de poder detestáveis e embriagadoras, como o poder de matar, de confiscar, de delatar, de violar. Em outras palavras, o que importava era analisar as formas pelas quais o poder foi esparramado e investido no interior da própria população nos casos do fascismo e do stalinismo, aspecto que teria sido negligenciado pela definição marxista mencionada.

Essa falha teórica do marxismo ortodoxo na avaliação do modo de exercício e operação do poder sob o fascismo e o nazismo não seria casual, reportando-se, antes, às análises marxistas tradicionais, que fazem derivar o poder das estruturas econômicas, aspecto ressaltado naquela definição pela menção à fração mais reacionária da burguesia. Em certo sentido, o marxismo compartilharia tal redução do político ao econômico com o liberalismo, visto que em ambos os casos prevaleceria a "Santa redução do 'político', por certo, mas também a tendência a negligenciar as relações de poder elementares que podem ser constituintes das relações econômicas" (FOUCAULT, 1994b, p. 264). Justamente porque o poder nas sociedades ocidentais é aquilo que mais se mostra e se faz evidente, isso é, aquilo que se encontra mais disseminado pelo tecido social, ele também se torna o fenômeno que mais e melhor se esconde: "as relações de poder encontram-se talvez entre as coisas mais escondidas no corpo social" (FOUCAULT, 1994b, p. 264). Além da redução das estruturas de poder ao campo das relações econômicas, a concentração das análises liberais e marxistas do poder na figura jurídica do Estado também seria responsável pela carência de análises que pudessem descortinar as inúmeras formas do exercício do poder em múltiplas relações humanas desprovidas de um centro único e primordial. Para suplantar esse déficit analítico, Foucault procurou investigar as relações de poder em seu exercício não apenas no âmbito da infraestrutura econômica, mas também nos âmbitos estatal, infraestatal e mesmo paraestatal, a fim de capturá-las na materialidade de seu jogo. Se o problema da miséria da classe operária havia constituído o eixo em torno do qual o pensamento político do século XIX havia girado, então as grandes "inquietudes políticas" das sociedades atuais teriam como pano de fundo as "sombras gigantescas do fascismo e do stalinismo," entendidos enquanto manifestações peculiares dos "poderes-excessivos" (*sur-pouvoirs*) (FOUCAULT, 1994b, p. 264).

Em outras palavras, a exigência foucaultiana de pensar os diversos mecanismos de funcionamento do poder e de seu exercício, para além dos esquemas tradicionais que o enxergam apenas no trajeto que segue unidirecionalmente do alto ao baixo e do centro à periferia do social, refere-se diretamente a seu entendimento de que o século XX foi justamente aquele que testemunhou "duas grandes doenças do poder, duas grandes febres que levaram muito longe as manifestações exasperadas de um poder", quais sejam, o "fascismo e o stalinismo" (FOUCAULT, 1994b, p. 535). Por certo, fascismo e stalinismo respondiam a circunstâncias particulares de seu momento histórico preciso, de sorte que constituíram fenômenos políticos cuja singularidade marcada pelo excesso e pelo transbordamento das relações de poder dificilmente se repetirá tal e qual em nosso próprio tempo. Foucault gostava de afirmar, a título de ironia séria, que a história não se repete, nem como farsa nem como tragédia: "De todo modo, jamais existem ressurreições na história; melhor: toda análise que consiste em querer produzir um efeito político ressuscitando velhos espectros está destinada ao fracasso. Tentamos ressuscitar o espectro de um retorno apenas porque não somos capazes de analisar uma coisa" (FOUCAULT, 1994b, p. 385). Por outro lado, contudo, isso não significava que o fascismo e o stalinismo tivessem se transformado em problemas políticos do passado, visto que, se eles se constituíram enquanto fenômenos singulares e não repetíveis do poder excessivo, isso se deu na medida em que ambos

> prolongaram toda uma série de mecanismos que já existiam nos sistemas sociais e políticos do Ocidente. Afinal, a organização dos grandes partidos, o desenvolvimento dos aparatos policiais, a existência de técnicas de repressão como os campos de trabalho, tudo isso é uma herança muito bem constituída das sociedades ocidentais liberais que o stalinismo e o fascismo recolheram (FOUCAULT, 1994b, p. 535-6).

Tais considerações têm por fim evidenciar que se Foucault não pode ser entendido como um teórico do fascismo, do stalinismo ou do totalitarismo, no sentido de que ele não procedeu a uma análise detalhada desses fenômenos políticos, suas reflexões dispersas sobre o assunto devem ser referidas ao campo de suas análises genealógicas sobre a microfísica do poder. Mais especificamente, suas principais reflexões sobre os fenômenos do nazismo e do stalinismo concentram-se no âmbito de suas análises da biopolítica, de modo que é por meio da associação entre fascismo e biopolítica que teremos oportunidade de esclarecer em qual sentido Foucault pôde estabelecer a associação entre fascismo e vida, a partir da qual ele nos instou a lutar por uma vida não-fascista nos domínios contíguos da reflexão e da ação política. Ademais, como veremos, tal associação entre fascismo e biopolítica seria pertinente não apenas para a consideração dos regimes históricos de Hitler, Mussolini ou Stalin, mas também para pensar a relação entre fascismo e vida cotidiana em nossa atualidade pós--totalitária, na qual o fascismo tem de ser entendido como aquilo que "está em todos nós, que acossa nossos espíritos e nossas condutas cotidianas, o fascismo que nos faz amar o poder, desejar essa coisa que nos domina e nos explora" (FOUCAULT, 1994b, p. 134).

É oportuno recordar que essas afirmações, extraídas do prefácio à tradução norte-americana d'*O Anti-Édipo*, de Deleuze e Guattari, datam de 1977, momento imediatamente posterior à publicação do primeiro volume da *História da Sexualidade*, de 1976, e do curso proferido no *Collège de France* intitulado posteriormente como *Em defesa da sociedade*, também do mesmo ano. Esses são os dois principais momentos em que Foucault discute as manifestações políticas extremas do nazismo e do stalinismo referindo-os ao conceito de biopolítica, que apenas então começava a ganhar forma e consistência teóricas próprias. A menção de Foucault às formas contemporâneas do fascismo que se incrusta em nossos comportamentos cotidianos também é contemporânea do curso *Segurança, território e população*, de 1977-1978 (FOUCAULT, 2004a). Nele, Foucault iniciou uma análise genealógica da constituição do Estado moderno sob o paradigma da biopolítica. A partir desse curso, ele deslocou o eixo anterior de sua análise da biopolítica, que culminara na discussão do nazismo e do stalinismo, para o campo de análise do liberalismo político, ao mesmo tempo em que também impôs o deslocamento do plano histórico de sua investigação para o dos séculos 16, 17 e 18. Ao termo de tais análises, no curso intitulado *Nascimento da biopolítica*, de 1978-79, Foucault finalmente reencontrou seu próprio tempo histórico por meio das análises sobre o caráter biopolítico das teorizações neoliberais da escola de Chicago e dos ordoliberais. Como veremos, será em vista de tais análises que poderemos compreender de que maneira vida e fascismo se associam no mundo contemporâneo pós-totalitário. Tais análises constituem o contexto adequado para a exploração do significado de sua afirmação a respeito da necessidade de confrontar "todas as formas de fascismo, desde aquelas, colossais, que nos rodeiam e nos esmagam até aquelas formas pequenas que fazem a amena tirania de nossas vidas cotidianas" (FOUCAULT, 1994b, p. 136), contra as quais se impõe encontrar formas de pensar e viver uma vida não-fascista.

Assim, a trajetória da investigação sobre as relações entre fascismo e vida deve acompanhar a discussão dos deslocamentos operados por Foucault em seu conceito da biopolítica. Veremos, primeiramente, como Foucault estabeleceu a relação entre vida e fascismo no contexto da formação do conceito de biopolítica, para, a seguir, acompanhar os deslocamentos dessa discussão até chegarmos à nova configuração da relação entre fascismo e vida cotidiana no horizonte biopolítico do neoliberalismo econômico, elevado à categoria de prática de governo mundialmente hegemônica. Por meio desses deslocamentos, teremos oportunidade de observar como é que o autor pôde passar da consideração das relações entre fascismo e vida expressas nas variantes eugênicas do fascismo e do stalinismo, às figuras contemporâneas que unem a vida cotidiana a uma nova forma de fascismo, cujo caráter insidioso e discreto não mais se associa, exclusivamente, ao problema do racismo de Estado, pois ele agora se desloca também para a estrutura flexível do mercado das trocas econômicas estabelecido pelo neoliberalismo.

É sabido que Foucault chegou aos conceitos de biopoder e biopolítica tendo em vista explicar o aparecimento, ao longo do século XVIII e, sobretudo, na virada para o século XIX, de um poder disciplinador e normalizador que já não se exercia sobre os corpos individualizados, nem se encontrava disseminado no tecido institucional da sociedade, mas se concentrava na figura do Estado e se exerce a título de política estatal com pretensões de administrar a vida e o corpo da população. Essa nova descoberta pressupunha combinar as análises desenvolvidas em *Vigiar e Punir*, definidas como uma "anátomo-política do corpo", com o que Foucault começou a denominar como a "biopolítica das populações" no volume I da *História da Sexualidade* (FOUCAULT, 1999a). A partir do momento em que passou à análise dos dispositivos de produção da sexualidade, Foucault percebeu que o sexo e, portanto, a própria vida, haviam se tornado alvos privilegiados da atuação de um conjunto de poderes normalizadores que já não tratavam simplesmente de regrar comportamentos individuais ou individualizados, mas que pretendiam normalizar a própria conduta da espécie bem como regrar, manipular, incentivar e observar fenômenos como as taxas de natalidade e mortalidade, as condições sanitárias das grandes cidades, o fluxo das infecções e contaminações, a duração e as condições da vida etc.

Assim, o que se produz por meio da atuação específica do biopoder não é mais apenas o indivíduo dócil e útil, mas é a própria gestão calculada da vida do corpo social. A partir dessa mutação, as figuras do Estado e do poder soberano, que Foucault pusera entre parênteses a fim de compreender o *modus operandi* dos micropoderes disciplinares, tornaram-se então decisivas, pois passaram a constituir a instância focal de gestão das políticas públicas relativas à vida da população. O poder soberano que surgiu a partir da constituição do biopoder já não era mais idêntico ao velho poder soberano clássico: não se satisfazia em impor seu direito de matar, pois, agora, era o próprio direito de matar que se encontrava subordinado ao interesse em fazer viver mais e melhor, isso é, em estimular e controlar as condições de vida da população. Essa mutação no modo de exercício do poder soberano segundo a chave da biopolítica não levou ao seu abrandamento, mas a uma mutação na ordem de justificativas por meio das quais tal poder pôde impor sua violência. Em outras palavras, Foucault compreendeu que a transformação da vida em elemento político por excelência, o qual teria de ser administrado, calculado, gerido, regrado e normalizado, trouxe consigo um aumento e uma transformação no caráter da violência estatal. Em suma, Foucault descobriu que tal cuidado da vida trouxe consigo a exigência contínua e crescente da morte em massa, visto que é apenas no contraponto da violência depuradora que se podem garantir mais e melhores meios de sobrevivência a uma dada população. Assim, a partir do momento em que a ação do soberano foi a de "fazer viver", isso é, a de estimular o crescimento da vida e não apenas a de impor a morte, as guerras se tornaram mais sangrentas e os extermínios se multiplicaram dentro e fora da nação:

As guerras já não se travam em nome do soberano a ser defendido; travam-se em nome da existência de todos; populações inteiras são levadas à destruição mútua em nome da necessidade de viver. Os massacres se tornaram vitais. Foi como gestores da vida e da sobrevivência dos corpos e da raça que tantos regimes puderam travar tantas guerras, causando a morte de tantos homens. E, por uma reviravolta que permite fechar o círculo, quanto mais a tecnologia das guerras voltou-se para a destruição exaustiva, tanto mais as decisões que as iniciam e encerram se ordenaram em função da questão nua e crua da sobrevivência (FOUCAULT, 1999a, p. 129).

Sob as condições impostas pelo exercício do biopoder, o incremento da vida da população não se separa da produção contínua da morte no interior e no exterior da comunidade, entendida como entidade biologicamente homogênea: "São mortos legitimamente aqueles que constituem uma espécie de perigo biológico para os outros" (FOUCAULT, 1999a, p. 130). É nesse contexto que se opera uma transformação decisiva no caráter do próprio racismo, que deixa de ser mero ódio entre raças ou expressão de preconceitos religiosos, econômicos e sociais para se transformar em doutrina política estatal, em instrumento de justificação e implementação da ação mortífera dos Estados. Na medida em que os conflitos biopolíticos visam à preservação e intensificação da vida do vencedor, consequentemente, eles não expressam mais a oposição antagônica entre dois partidos adversários, segundo o binômio schmittiano do amigo-inimigo, pois os inimigos deixam de ser opositores políticos para ser considerados como entidades biológicas. Já não devem ser apenas derrotados, mas têm de ser exterminados, pois constituem perigos internos à raça, à comunidade, à população. É nesse contexto de análises que Foucault afirma que o nazismo é o

> [...] desenvolvimento até o paroxismo dos mecanismos de poder novos que haviam sido introduzidos desde o século XVIII. Não há Estado mais disciplinar, claro, que o regime nazista; tampouco há Estado onde as regulamentações biológicas sejam adotadas de uma maneira mais intensa e mais insistente. Poder disciplinar, biopoder: tudo isso percorreu, sustentou a muque a sociedade nazista... (FOUCAULT, 1999b, p. 231)

No Estado nazista se encontra a generalização absoluta dos mecanismos de regulação da população por meio do racismo, aliada à extensão absoluta do poder soberano de matar a várias instituições sociais: médicos, polícia secreta, grupos de extermínio etc. Para o modelo biopolítico de tipo nazista, tratava-se de exterminar raças inferiores e, por meio da guerra de aniquilamento, expor a própria raça ao perigo da morte e do extermínio, de modo que apenas os mais aptos e fortes pudessem sobreviver. O Estado nazista condensa em si mesmo o caráter paradoxal da biopolítica, pois instaura ao mesmo tempo o campo de uma vida que precisa ser cuidada, garantida, organizada e cultivada biologicamente e o "direito soberano de matar quem quer que seja – não só os outros, mas os seus próprios" (FOUCAULT, 1999b, p. 232). Se apenas o nazismo que elevou ao paroxismo a fusão entre direito soberano de matar e mecanismos biopolíticos de controle da população alemã, tal conjunção se encontraria inscrita no "funcionamento de todos os Estados" (FOUCAULT, 1999b, p. 232). Assim, Foucault também observava que já desde o seu nascimento teórico o socialismo apresentou o enfrentamento e a guerra das classes em termos de um conflito entre raças, muito embora não tenha chegado a desenvolver a mística popular nazista da supremacia racial. Em outros termos, Foucault ressalta que o socialismo nada fez para redefinir as linhas básicas de atuação do biopoder, mas apenas impôs readaptações à sua dinâmica de atuação, mantendo, entretanto, o mesmo mecanismo racista e normalizador na desqualificação e eliminação dos que não se ajustam à norma imposta:

> A ideia, por fim, de que a sociedade ou o Estado, ou o que deve substituir o Estado, tem essencialmente a função de incumbir-se da vida, de organizá-la, de multiplicá-la, de compensar suas eventualidades, de percorrer e delimitar suas chances e possibilidades biológicas, parece-me que isso foi retomado tal qual pelo socialismo. Com as consequências que isso tem, uma vez que nos encontramos num Estado socialista que deve exercer o direito de matar o direito de eliminar, ou o direito de desqualificar. E é assim que, inevitavelmente, vocês vão encontrar o racismo – não o racismo propriamente étnico, mas o racismo de tipo evolucionista, o racismo biológico, funcionando plenamente nos Estados socialistas (tipo União Soviética), a propósito dos doentes mentais, dos criminosos, dos adversários políticos, etc. (FOUCAULT, 1999b, p. 233)

Em suma, sempre que se tratou do problema do enfrentamento das classes, o socialismo recorreu à figura do racismo como forma de desqualificação e justificação do aniquilamento dos opositores. Mas essa certamente não foi a palavra final de Foucault a respeito da vinculação entre fascismo, vida e biopolítica, como o comprovam os cursos nos quais o autor discutiu a própria gênese e desenvolvimento do Estado moderno liberal. Como observou Senellart, se é certo que Foucault desconfiava das teses que apresentavam o risco de uma estatização crescente da sociedade na via da reiteração do perigo totalitário, ele tampouco entendeu o indivíduo e sua liberdade como anteriores ao Estado, nem tampouco pensou o liberalismo como o melhor remédio contra os abusos do poder excessivo dos totalitarismos. Afinal, em sua análise genealógica do indivíduo e de sua liberdade, Foucault os pensou em termos dos *efeitos* de uma nova governamentalidade, de sorte que para se compreender a própria constituição da figura do indivíduo portador de sua liberdade era preciso situá-lo no contexto do próprio desenvolvimento histórico do Estado (SENELLART, 1995, p. 2).

Quanto mais Foucault se aprofundou na análise dos fenômenos de população e dos dispositivos de seguridade, tanto mais ele se viu afastado da noção tradicional de soberania, que cedeu lugar à nova noção de *governamentalidade*, isso é, de governo ou *governamento* enquanto conjunto de técnicas de exercício do poder pelo Estado.[1] Com o auxílio de tais conceitos, Foucault procurou compreender como se deu a "formação de uma 'governamentalidade' política: ou seja, a maneira como a conduta de um conjunto de indivíduos esteve implicada, de modo cada vez mais marcado, no exercício do poder soberano" (FOUCAULT, 1994b, p. 720). Ao criar o neologismo da governamentalidade como instrumento heurístico para a investigação da racionalidade das práticas de controle, vigilância e intervenção governamental sobre os fenômenos populacionais no âmbito do liberalismo político, Foucault entendeu a população como novo "sujeito político, como novo sujeito coletivo absolutamente alheio ao pensamento jurídico e político dos séculos prévios" (FOUCAULT, 2004a, p. 44). Nos cursos subsequentes a *Em defesa da sociedade*, tratava-se, portanto, de empreender uma análise genealógica das práticas de governo que nortearam a constituição do tripé moderno fundamental: Estado-população-economia política em suas versões mercantilista, liberal e neoliberal. Em síntese, Foucault agora relacionava a mutação na forma do exercício do poder estatal sobre os fenômenos de população, iniciada a partir do século XVIII, com a descoberta do surgimento das técnicas de *governamento* orientadas pelo princípio liberal do *laissez-faire*. No cômputo geral do projeto genealógico, a introdução da noção de técnicas de *governamento* teve o mérito de enriquecer a compreensão foucaultiana do exercício do poder, visto que agora já não era mais

---

[1] Ao debruçar-se sobre a ideia de governo na obra de Michel Foucault, Alfredo Veiga-Neto propôs a utilização do vocábulo *governamento* quando se tratar da "questão da ação ou ato de governar" (VEIGA-NETO, 2002, p. 19). Segundo Veiga-Neto, é fundamental marcar a diferença entre governo e *governamento* para que se tenha noção da diferença proposta por Foucault entre aquilo que é a instância governamental e administrativa e a *ação de governar*. "Em suma: o que se está grafando como 'práticas de governo' não são ações assumidas ou executadas por um *staff* que ocupa uma posição central no Estado, mas são ações distribuídas microscopicamente pelo tecido social; por isso soa bem mais claro falarmos em 'práticas de governamento'" (VEIGA-NETO, 2002, p. 21).

possível compreender o fenômeno do poder soberano apenas segundo o regime da interdição legal. Em outros termos, Foucault agora reconhecia a importância de situar o liberalismo, entendido como técnica de *governamento*, "no interior das mutações e transformações das tecnologias de poder", compreendendo que "a liberdade não é outra coisa que o correlato da atuação dos dispositivos de seguridade" versando sobre a circulação das pessoas e das coisas (FOUCAULT, 2004a, p. 50). Enquanto o curso *Segurança, território, população* discutiu a racionalidade das práticas de governo sob o mercantilismo e o liberalismo clássico, o curso *Nascimento da biopolítica* discutiu a forma neoliberal de exercício do governamento estatal do segundo pós-guerra, propondo-nos, pela primeira vez, análises e discussões que visavam práticas governamentais dos anos 1970, além de instigantes especulações sobre os possíveis desdobramentos biopolíticos do futuro próximo. Para concluir este ensaio, limitar-me-ei a comentar brevemente de que maneira a análise da biopolítica na sua vertente neoliberal permite reencontrar a afirmação foucaultiana a respeito das novas formas de fascismo que insidiosamente se incrustam nos nossos comportamentos cotidianos.

Com a publicação de *Nascimento da biopolítica*, podemos vislumbrar alguns dos desdobramentos derradeiros do conceito de biopolítica na reflexão de Foucault, assim como também sua potência visionária. Nesse curso, Foucault afirma que o liberalismo é atravessado pelo princípio de que "se governa sempre demais", de maneira que a instituição de uma racionalidade governamental de caráter liberal encontra-se continuamente marcada pela desconfiança e pela exigência de justificação legal de sua legitimidade. No liberalismo, afirma Foucault, é sempre em nome da *sociedade* e *do mercado* que se coloca a questão da necessidade e da legitimidade de novos tecnologias de governo dos cidadãos. Foi particularmente em suas análises do neoliberalismo da Escola de Chicago, o qual tende a generalizar o princípio da racionalidade do mercado para domínios da vida social não necessariamente ou primeiramente econômicos, que surgiram as mais interessantes observações de Foucault a respeito de uma novíssima forma de atuação do biopoder a partir do segundo pós-guerra do século XX. O novíssimo biopoder não atua mais apenas segundo o eixo dos exageros do poder soberano estatal em sua ânsia de governamentalidade – a qual, por certo, nem por isso desapareceu, apenas se transformou –, mas atua segundo o eixo flexível do mercado. Foucault centrou sua análise das tecnologias neoliberais de governo na discussão da seguinte questão: de que maneira o mercado poderia se tornar um instrumento de governamentalização da população, isso é, de que maneira o mercado pode atuar de maneira a regrar, normatizar e administrar a conduta da população?

Para responder a essa questão, Foucault centrou sua atenção nos conceitos de *Homo œconomicus*, "capital humano", "sociedade empresarial" (*societé d'entreprise*) e de "mercado" competitivo, tal como formulados pela Escola de Chicago, assumindo-os como as novas instâncias de *veridicção* no mundo contemporâneo, ou seja, como o parâmetro à luz do qual se estabeleceram as novas normas de padronização e gestão dos comportamentos da população. Sob o impacto do neoliberalismo norte-americano do segundo pós-guerra, o homem passou a ser compreendido e determinado como *Homo œconomicus*, isso é, como agente econômico que responde aos estímulos do mercado de trocas, muito mais do que como personalidade jurídico-política autônoma ou como mera peça necessária para a constituição de um mercado de trocas. Em uma palavra, Foucault agora pensava o livre mercado econômico como a instância suprema de formatação da verdade no mundo contemporâneo. Ele demonstra que no âmbito do neoliberalismo, o mercado das trocas econômicas sobrepõe-se à velha ficção jusnaturalista segundo a qual o certo e o errado, o permitido e o não permitido, se definiriam a partir da constituição da maquinaria jurídico-política que culmina na instituição do poder soberano. Foucault passa a se interessar, então, pela análise das formas flexíveis e sutis de controle e governo das populações e dos indivíduos tal como elas se exercem por meio das regras neoliberais da economia de mercado globalizado, para além dos domínios limitados da soberania política tradicional. O novo axioma biopolítico vigente nas sociedades liberais de massa e mercado do segundo pós-guerra já não se encontra mais exclusivamente na dependência dos incentivos e das ações do poder soberano que faz viver e deixa morrer certas parcelas da população. Para a biopolítica neoliberal, por outro lado, "É preciso governar para o mercado, em vez de governar por causa do mercado" (FOUCAULT, 2004 p. 125).

No centro da consideração foucaultiana sobre a governamentalidade biopolítica neoliberal se encontra a articulação entre a concepção do homem como *Homo œconomicus* e a teoria do "capital humano". A fusão dessas duas figuras permite compreender que o *Homo œconomicus* não é apenas um empreendedor no mercado de trocas, mas sim, e em primeiro lugar, um *empreendedor de si mesmo*, tomando-se a si mesmo como seu próprio produtor de rendimentos e de capital (FOUCAULT, 2004b, p. 232).

Já no final da década de 1970, Foucault compreendera que havíamos nos transformado em agentes econômicos que precisam valorizar e amplificar continuamente nossas capacidades e habilidades profissionais a fim de nos tornarmos competitivos para o mercado de trabalho da sociedade empresarial. Trata-se aí da descoberta de que a determinação do padrão comportamental por parte dos indivíduos e da população já não depende mais apenas da atuação governamental por parte do Estado, pois o mercado de concorrência também pode perfeitamente se encarregar disso, atuando de maneira descentralizada e bastante eficaz como instância privilegiada de produção de subjetividades. Se *Em defesa da sociedade* e no volume I da *História da sexualidade* Foucault considerava a biopolítica a partir da capacidade do poder estatal de agir a fim de incentivar a vida e aniquilar suas partes consideradas perigosas por meio de políticas públicas dirigidas a esse fim, em *Nascimento da biopolítica* ele centra a atenção na caracterização dos sutis processos de *governamento* econômico dos indivíduos e da população, os quais decidem regrar e submeter sua conduta pelos princípios do autoempreendedorismo, tornando-se, assim, presas voluntárias de processos de individuação e subjetivação controlados flexivelmente pelo mercado. Para Foucault, no coração da biopolítica neoliberal trata-se de "generalizar, de difundir, de multiplicar, tanto quanto possível, as formas 'empresa'", de maneira a fazer do "mercado, da concorrência e, por consequência, da empresa, aquilo que se poderia chamar de potência informante da sociedade" (FOUCAULT, 2004b, p. 154). O que Foucault descobriu com suas pesquisas sobre a biopolítica neoliberal não é algo distinto daquilo que Deleuze mais tarde pensou com o conceito de "sociedades de controle", para as quais, justamente, "a empresa é uma alma, um gás. [...] O serviço de vendas tornou-se o centro ou a 'alma' da empresa. Informam-nos que as empresas têm uma alma, o que é efetivamente a notícia mais terrificante do mundo. O marketing agora é agora o instrumento de controle social, e forma a raça impudente de nossos senhores" (DELEUZE, 1996, p. 221, p. 224).[2] Não por acaso, a forma-empresa é o denominador comum pelo qual a escola contemporânea começa agora a se assemelhar

---

[2] Outras citações podem ser feitas no sentido de indicar a proximidade entre essas reflexões derradeiras de Foucault sobre a biopolítica neoliberal e o que Deleuze chamou de "sociedade de controle": "A família, a escola, o exército, a fábrica não são mais espaços analógicos distintos que convergem para um proprietário, Estado ou potência privada, mas são agora figuras cifradas, deformáveis e transformáveis, de uma mesma empresa que só tem gerentes" (DELEUZE, 1996, p. 224). Ou ainda: "Se os jogos de televisão mais idiotas têm tanto sucesso é porque exprimem adequadamente a situação de empresa" (DELEUZE, 1996 p. 221).

à academia de *fitness* e programas televisivos como o *Big Brother* podem se tornar sensação absoluta no mundo todo: prevalece aí a exigência de se autoconstituir de maneira a satisfazer as demandas simbólicas da sociedade empresarial de concorrência.

Mas qual a relação da concepção do homem como empreendedor de si mesmo na sociedade empresarial neoliberal, a biopolítica e as novas formas do fascismo contemporâneo? Num sentido amplo, trata-se aí da descoberta de que já não é decisiva a presença e a atuação especificamente estatais na determinação da padronização do comportamento individual e populacional, visto que o mercado também atua nesse sentido. Mas, num sentido mais restrito, a governamentalidade neoliberal é biopolítica também no sentido da politização dos fenômenos vitais a partir de um reencontro entre política e biologia, ou, mais claramente, de um encontro novo entre política e biogenética. O que se antecipa nessas análises foucaultianas é justamente o fato, hoje em vias de se tornar realidade consumada, de que cada vez mais a biogenética será o caminho por meio do qual o *Homo œconomicus* tratará de potencializar suas capacidades e habilidades para tornar-se competitivo no mercado de trocas econômicas. Afinal, é também por meio da biogenética que o empreendedor de si mesmo tentará controlar os fatores potenciais de risco – como doenças geneticamente herdadas, por exemplo – que podem colocá-lo, e a seus descendentes, em situações desfavoráveis na competição pelo sustento de sua vida. Nos finais dos anos 1970, Foucault já compreendera que, sob as condições neoliberais contemporâneas, o mercado seria a instância a partir da qual se decidiria a manipulação do genoma humano, tornando irrelevante toda e qualquer discussão ética e política sobre a questão:

> [...] um dos interesses atuais da aplicação da genética às populações humanas é o de permitir reconhecer os indivíduos de risco e o tipo de risco que os indivíduos correm ao longo de sua existência. Vocês me dirão: quanto a isso não podemos fazer nada, nossos pais nos fizeram assim. Por certo, mas quando se pode estabelecer quais são os indivíduos de risco, e quais são os riscos de que uma união de risco produza um indivíduo que terá tal ou qual característica quanto ao risco de que é portador, pode-se perfeitamente imaginar o seguinte: os bons equipamentos genéticos – isso é, [aqueles] que poderão produzir indivíduos de baixo risco ou cuja taxa de risco não será nociva para eles, para seus próximos ou para a sociedade – esses bons equipamentos genéticos vão certamente se tornar algo raro, e na medida em que serão algo raro podem perfeitamente [entrar], e é normal que entrem, no interior dos circuitos ou dos cálculos econômicos,

> isso é, nas escolhas alternativas. Em termos claros, isso vai significar que, dado meu equipamento genético, se quero ter um descendente cujo equipamento genético seja pelo menos tão bom quanto o meu, ou, na medida do possível, melhor, vou ter que encontrar alguém com quem me casar cujo equipamento genético também seja bom. E vocês vêem claramente como o mecanismo de produção dos indivíduos, a produção de filhos, pode reencontrar toda uma problemática econômica e social a partir do problema da raridade de bons equipamentos genéticos. E se vocês quiserem ter um filho cujo capital humano, entendido simplesmente em termos de elementos inatos e de elementos hereditários, seja elevado, verão que, da parte de vocês, será preciso todo um investimento, isso é, ter trabalhado o suficiente, ter renda suficiente, ter um estatuto social que lhes permitirá assumir como cônjuge ou como co-produtor desse futuro capital humano alguém cujo capital também será importante. (FOUCAULT, 2004b, p. 234)

Esse é o ponto no qual reencontramos a importância de suas considerações sobre o contínuo perigo de que o fascismo se infiltre em nossos comportamentos mais cotidianos. A despeito do poder soberano do Estado ter perdido seu papel de foco aglutinador e irradiador do fascismo, como se dera no fascismo clássico, para o âmbito fluido do mercado transnacional de capitais, ainda assim podemos denominar certos discursos e práticas recorrentes do presente enquanto propriamente fascistas, na medida em que eles determinam insidiosamente uma padronização homogeneizada de comportamentos, sentimentos e falas que invadem e regulam previamente todos os domínios da vida social cotidiana, abafando a produção das diferenças a partir do mercado econômico como novo lugar de produção de verdade, de desqualificação e de aniquilação. Afinal, o que fazer com aqueles indivíduos e povos que se recusam a assumir-se como empreendedores de si mesmos?

Em um contexto biopolítico operacionalizado pelo mercado neoliberal de concorrência, em vista do qual os agentes têm de continuamente preparar-se para serem assimilados pelo mercado da competitividade, a manutenção e incremento da qualidade de vida de uns continua a implicar e exigir a destruição da vida de outros, tornando-lhes a vida supérflua e descartável: cada vez mais, as novas figuras da criminalidade e da anormalidade serão fixadas naqueles indivíduos e grupos que não se assumem como autoempreendedores no e para o mercado. Foucault pensou a biopolítica tanto em seu caráter econômico neoliberal quanto em seu caráter governamental estatal. Elas constituem variantes independentes da biopolítica, mas nem por isso contraditórias, visto que podem associar-se eventualmente. A hipótese de uma combinação eventual no mundo contemporâneo entre os mecanismos econômicos da biopolítica neoliberal e da biopolítica estatal talvez explique a complementaridade entre a desconsideração dos protocolos de Kyoto e a proliferação das chamadas guerras preventivas e humanitárias. Em um horizonte biopolítico perpassado pela busca contínua de uma segurança política e econômica jamais alcançável, ambas as atitudes estão previamente justificadas em nome da garantia da qualidade de vida de certas populações. Repete-se assim a mesma lógica biopolítica: a preservação da qualidade de vida de uns está fundada na impossibilidade da vida de outros muitos, de modo que biopolítica e tanatopolítica continuam a remeter-se mutuamente. Eis aí alguns dos vetores de disseminação do novo fascismo, que poderíamos denominar como o fascismo viral, que atua por contaminação endêmica, espalhando-se silenciosamente pelo planeta como enfermidade crônica que precisa ser continuamente combatida.

Referências

DELEUZE, Gilles. *Conversações*. Rio de Janeiro: Trinta e Quatro, 1996.

FOUCAULT, Michel. *Dits et écrits. II 1970-1975*. Paris: Gallimard, 1994a.

FOUCAULT, Michel. *Dits et écrits. III 1980-1988*. Paris: Gallimard, 1994b.

FOUCAULT, Michel. *História da Sexualidade v. I*: A vontade de saber. 13ª edição. RJ: Graal, 1999a.

FOUCAULT, Michel. *Em defesa da sociedade*. SP: Martins Fontes, 1999b.

FOUCAULT, Michel. *Securité, Territoire, Population*. Paris: Gallimard, 2004a.

FOUCAULT, Michel. *Naissance de la biopolitique*. Paris: Gallimard, 2004b.

NIETZSCHE, F. *Werke in Drei Bänden*. Editado por Karl Schlechta, v. I. Darmstadt: Wissenschaftliche Buchgesellschaft, 1997.

SENELLART, Michel. A crítica da razão governamental em Michel Foucault. In: *Tempo Social. Revista de Sociologia da USP.* v. 7, n. 1-2, out. 1995. p. 1-14.

VEIGA-NETO, Alfredo. Coisas de Governo... In: RAGO, Margareth; ORLANDI, Luiz B. Lacerda; VEIGA-NETO, Alfredo (orgs.): *Imagens de Foucault e Deleuze*. Ressonâncias nietzschianas. RJ: DP&A, 2002.

Figurações de uma atitude filosófica não-fascista

Carlos José Martins

> *Não imagine que precise ser triste para ser militante, mesmo se a coisa que combatemos é abominável. É o elo do desejo à realidade (e não sua fuga nas formas da representação) que possui uma força revolucionária.*
>
> Michel Foucault, na Introdução à edição norte-americana d'*O Anti-Édipo*, de Gilles Deleuze e Félix Guattari.

É de conhecimento público e notório que Foucault se dedicou, de forma intensa e apaixonada, tanto à sua obra como à sua vida de militância. Não obstante tal evidência, alguns críticos de seu pensamento procuram justamente apontar aí uma falha. A falta de uma teoria da ação que pudesse articular coerentemente a militância ao trabalho intelectual – mais uma vez, a triste cantilena da falta se faz ecoar da boca dos profetas. De novo, pedem-se as tábuas da boa e conveniente conduta. O bom caminho que leva o rebanho à terra prometida. O intelectual travestido de pastor.

Em que pese a pertinência de interrogar qual a relação do pensamento de Foucault com a intervenção política, cabe também expor a devida distância que ele manteve com relação a essa atitude pastoral que, de resto, ele mesmo criticou como poucos. Vejamos, pois, o que o filósofo – não sem humor – chamou de "princípios essenciais" de seu manual ou guia da vida cotidiana, no texto que inspirou e deu ensejo a essa publicação e cujo subtítulo – *uma introdução à vida não-fascista* – remete de forma enfática à relação entre ética e política:

- Liberte a ação política de toda paranoia unitária e totalizante.
- Faça crescer a ação, o pensamento e os desejos por proliferação, justaposição e disjunção, antes que por submissão e hierarquização piramidal.
- Não utilize o pensamento para dar a uma prática política um valor de verdade, nem a ação política para desacreditar um pensamento, como se

ele fosse tão somente pura especulação. Utilize a prática política como um intensificador do pensamento, e a análise como um multiplicador das formas e dos domínios de intervenção da ação política.[1]

Por conseguinte, do que podemos depreender de tais princípios, a posição ética e política foucaultiana se resguarda explicitamente de ditar prescrições para a ação. Não obstante, não se priva de fornecer instrumentos para uma crítica aguda da atualidade. Portanto, cabe-nos interrogar que tipo de relação singular o filósofo estabelece entre ética e política. Antes, porém, uma passagem prosaica sobre o impacto de seu pensamento sobre a prática política.

Foucault nos narra que certa feita, em um debate com agentes sociais do campo da saúde mental após o lançamento de História da Loucura, uma pessoa pede a palavra e faz um depoimento indignado dizendo em nome de um coletivo que depois de ler o livro eles já não podiam mais agir como fazia costumeiramente. Eis aí, pensou Foucault, o efeito que gostaria de produzir com os seus livros. Não o de prescrever o que deve ser feito, mas de tornar problemático com suas análises, quando não impossível, a reprodução irrefletida de um determinado estado de coisas intolerável em um dado campo social. Vale dizer, incitar a produção de um outro nós mesmos. Tal é o efeito ético-político que Foucault procuraria com seus escritos.

Vejamos, pois, como Foucault articula essas dimensões em seu pensamento. Para tanto, vou me valer, como intercessores, de alguns textos de pesquisadores ligados ao *Centre Michel Foucault* que nos auxiliaram a tratar o tema.

A "coragem da verdade" é a expressão escolhida para traduzir o termo grego *parresia*, tema dos dois últimos cursos proferidos por Foucault, no *Collège de France*, em 1983-1984. A força do termo, a começar pelo título, foi explorada com vários matizes em coletânea de artigos coordenada por Frédéric Gros (2002). O eixo central do campo problemático tem dois lados. De um lado, estão os modos de relação entre teoria e prática, discurso e atos, saberes, poderes e resistências. Do outro lado, o conjunto de textos conecta nossa atualidade com um tipo de atitude ética que remonta à antiguidade clássica: a "coragem da verdade" grega nos conecta com a ética do intelectual e seu papel político.

---

[1] FOUCAULT, 1991, p. 83-84.

Tais são os problemas colocados para esse campo de investigações. O que seria essa coragem que, para se desdobrar, supõe um "dizer verdadeiro", ou, um "falar de modo franco"? Qual é essa verdade cuja condição de possibilidade não é lógica, mas ética? No entanto, essas formulações, que nos parecem estranhas, são mal entendidas por nossos esquemas habituais de compreensão, pois nossa percepção moderna não deixa ver o que lhe é essencial: que escrita e ação, teoria e prática, ética e política estão singularmente ligadas na perspectiva da *parresia*. Não existe um discurso verdadeiro de um lado, neutro e pálido, e, de outro, uma coragem que procuraria causas a serem defendidas.

Segundo Gros (2002), para Foucault não há relação de causa e efeito entre ser filósofo e militante, erudito e resistente. Trata-se antes de uma relação de intensificação e provocação mútuas. Ele é historiador interpelado pelo militante e resistente enquanto erudito. Isso parece estranho, nessa nossa época morosa, que organizou a grande divisão entre sábios enclausurados dentro de suas especialidades, tornados inaudíveis à força do rigor e da isenção, e atores sociais tendo seus discursos diluídos e retoricamente esvaziados à força de querer se fazer entender pela massa. Outrossim, é importante sublinhar que o saber histórico e filosófico, com suas exigências próprias, e o engajamento político, com suas vicissitudes, puderam um dia se enriquecer e se nutrir reciprocamente. Os estudos empreendidos nesta coletânea fornecem várias pistas para a reconstrução dessa prática, da qual a obra e a militância de Foucault dão um grande testemunho, através da figura do diagnosticador do presente, engajado em sua atualidade política. Para tanto, são tematizados os problemas da ética do intelectual e seu engajamento político, dos quais destacamos, a seguir, algumas passagens.

Em seu artigo *A parresia em Foucault (1982-1984)*, Gros (2002) se ocupa em fazer uma contextualização do conceito de *parresia* nos últimos cursos ministrados pelo filósofo no *Collège de France*, demonstrando em nuances históricas e conceituais como esse conceito reclama um outro estilo de atitude ético-política, que ele acabará por definir não como uma moral de filósofo, mas como uma ética de intelectual engajado.

Segundo Gros (2002), esse laço entre coragem e verdade teria constituído, para Foucault, uma espécie de complexo fundamental, uma grade de leitura indissociável entre obra e vida, que simultaneamente sustenta a escritura dos livros e a ação política. O autor lembra a importância do tema para Foucault, relacionando-o ao fato de ter permitido reatravessar o campo do político a partir do problema da estruturação das condutas dos outros – o governo dos outros – bem como o campo ético através do problema da estruturação da relação a si próprio: como governar a si mesmo. Outrossim, segundo Gros, Foucault também estaria se interrogando sobre o estatuto ético e político de sua própria palavra, sobre seu papel de intelectual público e os riscos dessa função.

Por sua vez, Artières (2002) – em seu artigo *Dizer a atualidade. O trabalho do diagnóstico em Michel Foucault* – nos revela o quanto as dimensões ética e política estiveram estreitamente ligadas na trajetória intelectual de Michel Foucault. O autor se propõe a demonstrar como as intervenções de Foucault na cena política e social têm sempre em vista uma atitude de diagnóstico. Ele recolhe, de um lado, os enunciados do filósofo que circunscrevem e lapidam tal atitude e, de outro, descreve as experiências concretas do engajamento político do filósofo. Veja-se, por exemplo, essa passagem sobre o papel do intelectual tomada de empréstimo do próprio Foucault:

> O intelectual me parece atualmente não ter o papel de dizer verdades, de dizer verdades proféticas para o porvir. Talvez o diagnosticador do presente [...] pode tentar fazer as pessoas entenderem o que está se passando, nos domínios precisos onde o intelectual é competente. Pelo pequeno gesto que consiste em deslocar o olhar, ele torna visível o que é visível, faz aparecer o que é próximo, tão imediato, tão intimamente ligado a nós que, por esta razão, nós não o vemos. [...] O físico atômico, o biólogo para o meio ambiente, o médico para a saúde devem intervir para fazer saber o que se passa, fazer o diagnóstico para anunciar os perigos e não justamente para fazer a crítica sistemática, incondicional, global.[2]

Segundo Artières, essa operação do diagnóstico consistiria em "diagnosticar as forças que constituem nossa atualidade e que ainda a agitam"[3], bem como em "espreitar a emergência das forças que se sublevam"[4]. Por conseguinte, Foucault privilegia muito mais, em suas análises, a imanência estratégica dos campos que problematiza e menos uma suposta verdade transcendental ou finalidade intencional que já preexistiria à constituição desses campos.

---

[2] FOUCAULT, 1994, v. II, p. 594.
[3] ARTIÈRES, 2002, p. 12.
[4] Ibid., p. 13.

Portanto, tendo em vista o papel destacado que as análises históricas ocupam em seu pensamento, a relação do papel do intelectual e do historiador na prática militante ganharia desdobramentos nos seguintes termos de acordo com o filósofo.

> O intelectual não tem mais que fazer o papel daquele que dá conselhos, cabe àqueles que se batem e se debatem encontrar, eles mesmos, o projeto, as táticas, os alvos de que necessitam. O que o intelectual pode fazer é fornecer os instrumentos de análise, e é este hoje o papel do historiador.[5]

Em que consistiria tal operação para Foucault?

> Trata-se, com efeito, de ter do presente uma percepção densa, de longo alcance, que permita localizar onde estão os pontos frágeis, onde estão os pontos fortes, a que estão ligados os poderes [...] onde eles se implantaram. Em outros termos, fazer o sumário topográfico e geológico da batalha... Eis aí o papel do intelectual. Mas de maneira alguma dizer: eis o que vocês devem fazer![6]

O intelectual passa a investir muito mais no papel de diagnosticador do campo de batalha do presente, do que no de pastor do rebanho de homens a ser conduzido. A história e a filosofia, por sua vez, deixam de ser metanarrativas e teleologias, para se converter em instrumento de escansão da atualidade.

> A questão da filosofia é a questão do presente quem somos nós-mesmos. É por isso que a filosofia é hoje inteiramente historiadora. Ela é a política imanente à história, ela é a história indispensável à política.[7]

Artières (2002) também destaca outras exigências requeridas por essa atitude filosófica. Esse trabalho do diagnóstico implicaria não só uma outra maneira de ver o presente, mas uma outra modalidade de prática de si, uma relação singular do diagnosticador com seu próprio corpo, um face a face com a atualidade. Isso implicou, por vezes, no caso de Foucault, o confronto físico literal com as forças da ordem estabelecida, trate-se da guarda nacional francesa, dos policiais espanhóis ou da polícia alemã. A partir dos anos 1970, Foucault intervém várias vezes diretamente sobre a atualidade política e social, francesa e estrangeira: luta em torno das prisões,

---

[5] FOUCAULT, 1982, p. 151.
[6] Ibid., p. 151.
[7] FOUCAULT, 1994, v. III, p. 266.

apoio aos dissidentes soviéticos, aos prisioneiros espanhóis, ao advogado alemão Klaus Croissant, entre outros.

Nesse sentido, o depoimento de Paul Veyne – renomado historiador francês, amigo e contemporâneo do filósofo –, em seu livro *Foucault seu pensamento, sua pessoa*, me parece emblemático:

> Tinha uma reserva, uma coragem física excepcionais que demonstrou diversas vezes diante dos CRS [guarda republicana francesa antimotins], da Guarda Civil espanhola, da polícia especial em Varsóvia... e no momento de sua morte. Digo isso com prazer ainda maior porque eu não tenho a menor coragem. Um dia eu lhe disse: como eu gostaria de ter coragem física! Ele me respondeu: "Ah, sim! Mas só existe coragem física, a coragem é sempre um corpo corajoso".[8]

Por várias vezes, para produzir o diagnóstico, Foucault se deslocava para se colocar sobre o terreno dos acontecimentos. O filósofo viveu por longo tempo no estrangeiro (Suécia, Tunísia, Polônia, Alemanha) e não cessou de se lembrar da importância de suas viagens para seu trabalho, deslocamentos que ele multiplicou a partir dos anos 1970: Brasil, Iran, Japão, Canadá, Estados Unidos etc.

Outra característica destacada dessa "ascética do intelectual" é o exercício de desprendimento. Essa atitude tem como consequência colocar em questão seu próprio estatuto de autor e das funções que lhe são atribuídas. Tal exercício se expressa seja no uso irônico de pseudônimos, como também na recusa da função de intelectual universal da qual inúmeras vezes se tentou investi-lo. Ademais, como última figura dessa atitude de desprendimento, a substituição das formas tradicionais de difusão do pensamento erudito em proveito de outros veículos de publicação. Assim é que, a partir dos anos 1970, Foucault privilegia os jornais como meio de expressão.

Esse trabalho do diagnóstico exige, por fim, tanto uma outra prática de si, como um outro estilo de escrita. Para cada novo diagnóstico, uma nova escrita é requerida. Uma escrita-acontecimento. O que configurará uma espécie de "jornalismo radical", "uma escrita sem metáforas, direta: uma escrita-arma."[9] Como se Foucault procurasse expressar o que o acontecimento lhe ditasse durante a operação de diagnóstico. Esse tipo

---

[8] VEYNE, 2008, p. 206
[9] ARTIÈRES, 2002, p. 33.

de atitude deu lugar a ruidosas polêmicas e incompreensões, pois sugeria a morte do intelectual tal como havia sido pensada por quase um século. No entanto, é a figura messiânica do intelectual universal que é posta em crise por tal postura.

Em artigo intitulado *A tarefa do intelectual*, Adorno (2002) articula de forma muito apropriada os dois polos explorados pelos dois outros autores anteriormente mencionados: primeiramente demarcando a diferença entre o *intelectual específico* e o *intelectual universal*; depois, abordando a noção paradoxal de "ontologia crítica de nós mesmos", que suscitou numerosas reações; e, finalmente, mostrando como ética e política se entrecruzam sem cessar no trabalho intelectual.

Estabelecendo a noção de "intelectual específico" por oposição à noção de "intelectual universal" – aquele que seria o detentor da consciência de toda sociedade, portador *a priori* da verdade e da justiça –, a questão passa a ter como foco: qual é o impacto específico real do papel que o intelectual desempenha sobre a sociedade e qual tipo de relação ele estabelece entre seu trabalho teórico e sua prática de vida?

Uma Política da verdade

É sobretudo no domínio conexo entre política e verdade que se situa a problemática ética do intelectual. Portanto, de acordo com Foucault, a tarefa ético-política do intelectual diria respeito, antes de mais nada, à política da verdade e os efeitos de poder que lhe são correlatos. A esse propósito, Adorno nos alerta: "A função política do intelectual está portanto estreitamente ligada ao problema da produção da verdade"[10].

É porque se considera que a verdade é um produto, o resultado de um jogo de forças, e que não existe, por consequência, uma natureza da verdade nem uma essência da verdade se refletindo no mundo, que o intelectual só pode ser *específico*.

Segundo Adorno, trata-se de um trabalho que exclui qualquer tipo de pré-figuração do futuro e onde o trabalho do historiador torna-se absolutamente fundamental, pois é justamente graças à história que se pode problematizar e subtrair um fundamento fictício. Nas palavras de Foucault:

---

[10] ADORNO, 2002, p. 38.

> O que a razão experimenta como sendo sua necessidade, ou melhor, aquilo que as diferentes formas de racionalidade experimentam como lhes sendo necessário, pode-se fazer perfeitamente a sua história e reencontrar a rede de contingências de onde emergiu; o que, no entanto, não quer dizer que essas formas de racionalidade sejam irracionais; isso quer dizer que elas são feitas por um conjunto de práticas e de história humanas, e posto que tais coisas foram feitas, elas podem, à condição de que se saiba como elas foram feitas, ser desfeitas.[11]

Abordando o problema sob o ângulo da função crítica do intelectual, Foucault nos propõe: "A questão crítica, hoje, deve ser revertida em questão positiva: no que nos é dado como universal, necessário, obrigatório, qual é a parte que é contingente e devido a imposições arbitrárias?"[12]

Ao caracterizar o estilo de crítica filosófica que empreende, Foucault estabelece uma relação estreita entre o trabalho de transformação da realidade e um trabalho sobre nós mesmos:

> Eu caracterizaria, portanto, o *ethos* filosófico próprio à ontologia crítica de nós mesmos como uma prova histórico-prática dos limites que nós podemos ultrapassar, e, portanto, como trabalho de nós mesmos sobre nós mesmos enquanto seres livres.[13]

Em suma, segundo Adorno, Foucault procura fazer da ética a pedra de toque da prática filosófica. Trata-se de fazer da ética não uma elaboração teórica em si. Também não se trata de desprezar suas consequências políticas, mas, pelo contrário, levar em conta que a conotação ética da prática política permite colocar uma questão ainda mais profunda: "se, enquanto intelectual, um indivíduo toma uma posição 'política', qual vínculo existiria entre o que ele diz e o que ele faz? Qual é a relação entre sua posição 'política', seu trabalho de intelectual e sua vida enquanto filósofo?" De acordo com o comentador, tais questões implicam um importante aprofundamento da ação do intelectual, bem como do critério de sua credibilidade. Nas palavras de Foucault: "A chave da atitude política pessoal de um filósofo, não é às suas ideias que se deve pedir, como se delas se pudesse deduzir, é à sua filosofia como vida, é à sua vida filosófica, é a seu *ethos*."[14]

---

[11] FOUCAULT *apud* ADORNO, 2002, p. 40.

[12] Ibid., p. 49.

[13] Ibid.

[14] Ibid., p. 52.

Ética do intelectual

Podemos, por fim, sintetizar essa ética do intelectual retomando uma vez mais as palavras de Foucault em algumas de suas elaborações lapidares: "Ser capaz permanentemente de se desprender de si mesmo (o que é o contrário de uma atitude de conversão) [...] Este trabalho de modificação de seu próprio pensamento e do pensamento dos outros se afigura como a razão de ser dos intelectuais."[15]

Em suma: problematizar os limites históricos que nos constituem, de forma a possibilitar a nossa abertura para novas experiências ético-políticas; tornar possível o ultrapassamento de uma determinada experiência. Qual seria, por conseguinte, o trabalho do intelectual diante de uma tal empreitada?

> O trabalho de um intelectual não é modelar a vontade política dos outros; é, através das análises que faz nos domínios que são seus, reinterrogar as evidências e os postulados, sacudir os hábitos e as maneiras de pensar, dissipar as familiaridades aceitas, retomar a medida das regras e das instituições...[16]

> Sonho com um intelectual destruidor das evidências e universalidades, que localiza e indica nas inércias e coações do presente os pontos fracos, as brechas, as linhas de força; que sem cessar se desloca, não sabe exatamente onde estará ou o que pensará amanhã, por estar muito atento ao presente.[17]

Uma ética do desprendimento e não da conversão. Uma ética da singularidade e não uma lei universal invariante. Uma ética do acontecimento e não transcendental. Tal é a difícil e arriscada atitude ética que Foucault nos desafia a adotar diante dos perigos que nos fazem face.

Circunscrevendo os limites epistemológicos, políticos e éticos que historicamente nos configuram, o intelectual pode melhor precisar e diagnosticar os perigos que nos ameaçam, ficando o seu papel ético e político assim interpelado segundo Foucault: "[...] a escolha ético-política que temos que fazer a cada dia é determinar qual é o perigo principal"[18].

---

[15] FOUCAULT, 1984, p. 81.
[16] Ibid., p. 83.
[17] FOUCAULT, 1982, p. 242.
[18] FOUCAULT, 1984, p. 44.

Como ressalta Adorno (2002) em seu texto, o *parresiasta* é alguém que, quando enuncia uma verdade, se coloca em posição de perigo: é sua coragem que se mostra em sua ação de dizer a verdade. Ademais, nesse sentido, a enunciação da *verdade* é sempre a enunciação de uma crítica que visa um poder.

Em tempos tão morosos, tanto em termos éticos quanto políticos, talvez seja esse tipo de coragem que precisamos. Melhor: talvez seja esse um estilo de coragem sobretudo a reinventar.

De acordo com Foucault, o fio que pode nos reatar a essa interrogação crítica que se enraíza na modernidade e que problematiza de uma só vez a relação ao presente, o modo de ser histórico e a constituição de si mesmo como sujeito autônomo, não é a fidelidade a uma doutrina, é sobretudo a reativação permanente de uma atitude. Essa atitude, o filósofo caracterizou como uma *atitude-limite*, onde é necessário estar nas fronteiras. Ela libertará, da contingência que nos fez ser o que nós somos, a possibilidade de não mais ser, fazer ou pensar o que nós somos, fazemos e pensamos. Ela procura relançar tão longe e tão abrangente quanto possível o trabalho indefinido da liberdade.[19]

Referências

ADORNO, Francesco Paolo. La tâche de l'intellectuel: le modéle socratique. In: GROS, Frédéric. (org.). *Foucault le courage de la vérité*. Paris: Presse Universitaire de France, 2002. p. 35-59.

ARTIÈRES, Philippe. Dire l'actualité. Le travail de diagnostic chez Michel Foucault. In: GROS, Frédéric. (org.). *Foucault le courage de la vérité*. Paris: Presse Universitaire de France, 2002. p. 11-34.

FOUCAULT, Michel. *Dits et écrits. v. I-IV*. Daniel Defert et François Ewald (orgs.). Paris: Quatro, Galimard, 1994.

FOUCAULT, Michel. *Dits et Écrits*, v. III. Paris: Quatro, Gallimard, 1994.

FOUCAULT, Michel. Anti-Édipo: uma introdução à vida não-fascista. In: ESCOBAR, Carlos Henrique. *Dossier Deleuze*. Rio de Janeiro: Tauros, 1991, p. 81-84.

FOUCAULT, Michel. Sobre a genealogia da ética. In: ESCOBAR, Carlos Henrique. *O dossier: últimas entrevistas*. Rio de Janeiro: Tauros, 1984, p. 41-70.

[19] MARTINS, 2000, p. 32.

FOUCAULT, Michel. O cuidado com a verdade. In: ESCOBAR, Carlos Henrique. *O dossier: últimas entrevistas*. Rio de Janeiro: Tauros, 1984, p. 74-85.

FOUCAULT, Michel. Poder-corpo. In: MACHADO, Roberto (org.). *Microfísica do poder*. Rio de Janeiro: Graal, 1982, p. 145-152.

GROS, Frédéric. La parrhêsia chez Foucault. In: GROS, Frédéric. (org.). *Foucault le courage de la vérité*. Paris: Presse Universitaire de France, 2002. p. 155-166.

MARTINS, Carlos José. Ontologia, história e modernidade na obra de Michel Foucault. *Cadernos de filosofia contemporânea*, n. 3, Rio de Janeiro, abril de 2000. p. 24-34.

VEYNE, Paul. *Foucault, sa Pensée, sa Personne*. Paris: Albin Michel, 2008.

Escultura da carne: o *bem-estar* e as pedagogias totalitárias do corpo

Carmen Lúcia Soares

Palavras que iniciam...

Este artigo pretende discutir as pedagogias contemporâneas que se encarnam em indivíduos e grupos normalizando e governando os desejos mais íntimos, as ações mais singelas. Em seu desenvolvimento, problematiza as desigualdades guardadas no coração das carnes e das anatomias, sublinhando as ambições e maneiras de conhecê-las e esculpi-las em modelos *totalitários*. Não seriam as insidiosas propostas de lazeres ativos, de culto extremo à atividade física e a *performances* múltiplas e constantes, da sobrepujança *absoluta* de tudo o que diz respeito ao corpo, modos fascistas de viver? Não seria a busca obsessiva pela saúde perfeita[1] e pelo bem-estar pleno modos fascistas de estar no mundo, modos de alargar e atualizar, insidiosamente, os fascismos? Pensar nas fragilidades e potências do corpo como problemática não alheia à esfera pública, a uma cultura pública, institui possibilidades de refletir sobre os fascismos contemporâneos, sobre suas sutilezas e materialidades.

As preocupações com o corpo concebido como um território sempre em expansão, com a saúde e com o chamado *bem-estar*, vem constituindo-se em políticas públicas, sobretudo, nas últimas décadas do século XX. Certamente não se trata, aqui, de condenar, julgar seus conteúdos e alcance, mas, tão-somente, ensaiar uma análise de aspectos dessas políticas que são traduzidas em pedagogias, em técnicas de intervenção e instituídas sempre como positividade.

---

[1] Essa expressão "saúde perfeita" é título de um dos livros de Lucien Sfez e dá suporte a muitas das análises que aqui procedo. O título completo é *A saúde perfeita: crítica de uma utopia* (SFEZ, 1995).

Uma dimensão que cresce vertiginosamente nessa expansão dos territórios do corpo, legitimada pela busca da saúde perfeita, configura-se no que aqui vamos denominar de *lazeres ativos*, campo que abarca a prática de esportes, de exercícios físicos, e que não se furta na proposição de uma alimentação hipercontrolada e, preferencialmente, supervisionada por um/ uma nutricionista. Parece não haver dúvida de que essa expansão se nutre de leituras de uma concepção de *corpo ativo*, de prática corporal na forma de exercício físico e esporte como positividade operante cuja consequência mais imediata é o *bem-estar pleno*. Em resumo, pode-se pensar na existência de um paradigma, talvez, totalitário, denominado *médico-esportivo*[2].

Nesse território corporal sempre em expansão e nessa busca pelo chamado *bem-estar pleno*, as mensurações de *performances* corporais de indivíduos e de populações ocupam hoje lugar de destaque e constituem-se em variável decisiva na elaboração de políticas públicas em que não faltam programas voltados a uma *vida ativa*. Os formuladores dessas políticas trabalham com as chamadas *campanhas*. Vejamos alguns exemplos atuais: *30 minutos que fazem a diferença*; *Caminhar para a vida*; *Correr para a alegria de viver*; *Agita Galera*; *Agita São Paulo*; *Agita Mundo*; *Dia do Desafio*.

Na mesma proporção em que *campanhas* dessa natureza aumentam exponencialmente, também ganham espaço de modo cada vez mais intenso os controles legais sobre a intimidade dos desejos e sobre a tolerância dos vícios, como, por exemplo, "lei seca", "lei antitabagista radical". No que diz respeito ao fumo é possível verificar que até mesmo os estabelecimentos comerciais que desejam ter em seu interior "fumantes", por exemplo, alertando os "não fumantes", encontram dificuldades em muitas cidades não apenas no Brasil. O ato de fumar passou a ser um atentado à vida, portanto, um *perigo*; o fumante, assim, deve submeter-se à lei maior da *defesa da vida*. Parece que temos aqui uma clara compreensão da população como um problema político, e, portanto, ela deve ser objeto de gestão profunda e minuciosa, como analisa Foucault (1986, p. 291). E, talvez, a sociedade contemporânea, pelos seus mecanismos antes inexistentes gerados pelo incremento técnico, científico e tecnológico, mas também médico-jurídico, tenha chegado a um nível de sofisticação assombroso nessa lógica de gestão da vida.

---

[2] Conforme denominou Queval (2008).

Se o corpo sempre foi objeto de educação e cuidado, de intervenção e controle, a sociedade contemporânea é aquela que, ao expandir de maneira infinita os territórios do corpo[3], o faz a partir de um investimento científico na intimidade de sua fisiologia, na gestão de seus desejos. Não seria a necessidade imperiosa da atividade física, da prática de esporte, dos lazeres ativos, o conteúdo mais evidente dessa empreitada do detalhe que não cessa de atualizar-se e estabelecer redes de comunicação entre si na gestão da vida? Não seriam essas pedagogias, técnicas, políticas voltadas ao corpo e ao *bem-estar* uma espécie de antídoto aos muitos perigos, sempre atualizados?

Há uma cruzada para fazer o desejo desejar, para estimular cada indivíduo a modelar seu corpo, diariamente, a limpar as carnes de todo vício, tornando-se, assim, um policial não apenas de si, mas do grupo do qual faz parte, da casa onde habita, do local em que trabalha, da cidade onde vive. Há uma moral do esforço que se revela no corpo, como diria Courtine (1995)[4].

Desse modo, o indivíduo controla não apenas a limpeza profunda de suas carnes, de sua pele, de seus cabelos, mas controla e limpa também o seu entorno, não permite que o "outro" suje seu ambiente de fumaça, que o "outro" invada seu espaço vital com suas carnes gordas, com seu corpo cheio de excessos, expressão dos vícios. Policial de si e do outro, policial da vida. São os *vigilantes do peso*, os *vigilantes do açúcar*, os *vigilantes do cigarro*, os *vigilantes dos bons costumes. Vigiar e punir*! Nunca essa acertada união de palavras feita por Foucault foi tão atual e tão profunda.

A vigilância sobre o corpo e a saúde aprofunda-se, torna-se aguda, ao mesmo tempo em que as fronteiras entre saúde e doença se deslocam, o que explica, de um lado, o sucesso de práticas consumistas de saúde e bem-estar, e, de outro, a acentuação de um narcisismo que tende, por vezes, à hipocondria. Se o álcool e o fumo, entre outros vícios, "arruínam a saúde (!)", esses vícios são tomados como cumulativos e considerados causadores de grandes males. É de longa data a compreensão de que o

---

[3] Georges Vigarello, em sua vasta obra sobre a história do corpo, afirma essa expansão dos territórios do corpo. Ver por exemplo *Le corps redressé: histoire d'un pouvoir pédagogique* (1978); *Le Sain et le Malsain: Santé et Mieux-Être depuis le Moyen Âge* (1993); *L'Histoire de la beauté* (2004), entre outros.

[4] O artigo de Jean-Jacques Courtine em que aparece esse debate foi publicado originalmente em 1993, na revista *Communications*, n. 56, e foi traduzido por Denise Bernuzzi de Sant'Anna e publicado no livro por ela organizado, *Políticas do corpo* (1995).

modelo médico-esportivo, de fundo neocristão, exacerba o sentimento de culpa, portanto, não há aqui qualquer novidade nessa constatação. A novidade, entretanto, se inscreverá nessa mediatização extrema que atribui ao corpo um poder incalculável dos pecados do consumo, pecados que podem, certamente, ser contabilizados. Isso porque o corpo não é algo unificado, bem ao contrário,

> [...] é um objeto múltiplo e pode representar dimensões bastante diferentes da vida, tais como a sensibilidade, a expressão ou uma verdadeira mecânica ligada ao trabalho. Ele evoca numerosas imagens, sugere múltiplas possibilidades de conhecimento. (VIGARELLO, 2000, p. 299)

Como analisa Queval (2008, p. 133), nada escapa ao corpo, esse suporte da identidade. E é ele mesmo que deve suportar os suplícios e ser penalizado pelos pecados cometidos e possíveis de serem contados. A doença que se abate sobre o corpo e mesmo a morte são reveladoras dos desvios, dos excessos do corpo que desrespeitou as regras do paradigma médico-esportivo. Para além do medo suscitado, medo de um perigo sempre atualizado, a prevenção vai ganhando seu lugar e parece ser ela que desenha de um modo mais insidioso a culpabilização daquele que crê ser, assim, responsável pelas suas patologias.

A precaução, a prevenção extrema de tudo e, sobretudo, do que concerne ao corpo e à saúde, engaja-se em torno de princípios de racionalização, transparência causal, mas, também, em identificação jurídica; nesse sentido, poderíamos fazer alusão à aceitação passiva e mesmo desejada de uma jurisdição totalitária. Vive-se uma nova percepção do perigo, ou dele no plural; vive-se uma redefinição das condições de aceitação e de antecipação obsessiva aos males. O procedimento explicativo dos tantos perigos sempre atualizados tem seus critérios e um deles é, sem dúvida, uma exploração da própria falta. A prevenção da saúde tornou-se, então, um imperativo – *você deve* –, imperativo constituído por três razões subentendidas que, conforme Queval (2008, p. 126), são as seguintes: 1- constituição de uma ideologia médica; 2- referência científica; 3- peso midiático.

Esse arcabouço preventivo vale-se largamente das mensurações de todas as qualidades físicas, procedimento inaugurado e ressignificado ao longo do século XIX e que não cessa de atualizar-se e não dá para esquecer que a medida de funções e eficácias orgânicas, de qualidades físicas, trazia possibilidades singulares de controle dos corpos. Se os médicos souberam muito bem se servir dessas cartografias e pequenas verdades sobre o indivíduo e seu corpo, seria necessário pensar que a ação de medir tudo o que diz respeito ao indivíduo e seu corpo, e a partir de um certo momento de tudo o que concerne a uma *população*, não cessa de modificar-se, sofisticar-se. Não é pequeno o lugar ocupado pelas mensurações e seus resultados na constituição e atualização de perigos, de uma educação e cultura do perigo, sempre atualizado e ancorado em cartografias da carne redesenhadas ao infinito, revelando controles nunca vistos. É possível dizer que as *populações* contemporâneas *desejam* o controle das funções e eficácias do corpo; quase não há mais imposição e as prescrições, descrições dos supostos perigos, são cada vez mais aceitas para que se possa adiantar-se ao mal.

A cada dia são procurados resultados das muitas *performances* individuais e populacionais, resultados que são sistematicamente comparados quer seja pelo sujeito consigo mesmo, quer seja com o "outro". Uma ansiedade inquietante para adiantar-se ao mal, aos males, cada vez mais numerosos, e localizados no interior das carnes, no universo das fisiologias, da bioquímica, da genética, instala-se e toma conta de indivíduos e populações. Eles, os males, são quase sempre descritos como resultantes dos desregramentos, dos excessos, dos vícios, das faltas. É necessário, portanto, desvencilhar-se deles a partir do acatamento de uma moral corporal do esforço, uma moral que desenha suas ações de modo detalhado e indica o caminho seguro da busca por uma saúde perfeita. Essa moral corporal do esforço, expressão do paradigma médico-esportivo, vai acentuar a vida ativa e contrapor-se à moleza, à preguiça, à falta de vigor.

Nunca a *estatística* cumpriu e exerceu seu papel de modo tão insidioso e vernacular; nunca as comparações de *performances* físicas foram tão desejadas nas diferentes esferas da vida, nunca as carnes foram tão meticulosamente objetivadas em um quase uníssono. A cada semana muda-se o peso dos halteres e/ou dos aparelhos com os quais o indivíduo se exercita; corre-se um quilômetro a mais! Nada-se "uma piscina" a mais! Há um desejo de ir além, um desejo da sobrepujança, princípio bem conhecido do esporte de alto rendimento! Há, também, uma sensação de *bem-estar* cada vez mais intensa e desejada.

Nas muitas faces das mensurações e em sua potência nos controles, é sempre bom lembrar que se pode também *medir a nicotina* que se respira e pode-se, assim, *processar* o colega de trabalho, o vizinho que fuma no terraço de seu apartamento, ou o colega que fuma na *entrada* do escritório, nas dependências da empresa, da universidade. Aqueles e aquelas que insistem nessas ações de risco *sujam a carne tão imaculada*, essa mesma carne que o indivíduo puro vem esculpindo, modelando cotidianamente, e que deseja preservar, intacta, numa espécie de templo da pureza e da juventude, expressão material da moral do esforço. A multiplicação desses seres é impressionante! Se fossemos *medir*, certamente teríamos um imenso exército de seres limpos, saudáveis, sem vícios, constituídos de carnes firmes e estrutura ótima, uma geração inteira de atletas tais quais desejou Hitler em seu pódio[5].

É sempre bom recordar que a Alemanha hitlerista implementou políticas antitabagistas, baniu o fumo dos escritórios do partido nazista e estendeu a proibição a outros espaços públicos. Também reduziu a quantidade de tabaco que as mulheres podiam consumir[6]. As proibições legais e morais em relação ao fumo, mas também em relação a certos alimentos, bebidas e mesmo comportamentos, permitem perceber, de uma maneira muito mais profunda e mesmo visível, aquilo que Foucault (1999, p. 302) pensava acerca dos saberes e poderes e de como eles incidem ao "[...] mesmo tempo sobre o corpo e sobre a população, sobre o organismo e sobre os processos biológicos e que vai, portanto, ter efeitos disciplinares e efeitos regulamentadores".

Talvez fosse interessante pensar, por exemplo, naquelas companhias de seguro que reembolsam os seus segurados quando esses consomem produtos alimentares reconhecidos por suas propriedades anticolesterol; essa medida testemunha, sem dúvida, a imbricação entre fatores econômicos e o poder normativo da saúde. A lei moral dissimula-se em lei econômica também quando, por exemplo, um contrato de crédito bancário é facilitado ou anulado inspirando-se nesse princípio. Conforme analisa Queval (2008), não ousamos pensar em outros prêmios recebidos, não apenas aqueles vinculados a um modo de consumo de produtos "conformes",

---

[5] Ver sobre esse tema, Dufrêne (1997).

[6] Segundo matéria publicada no jornal *Folha de S. Paulo* de 18 de setembro de 2008, p. 9, "o primeiro banimento do cigarro de que se tem registro foi em 1590, quando o papa Urbano 7º decretou que qualquer pessoa fumando ou mascando tabaco dentro ou perto de igrejas seria excomungada [...] foi só no século 20 que o banimento passou a ser associado à saúde. Na era moderna, o primeiro governo a implantar políticas antitabagistas foi, na Alemanha, o governo hitlerista. Em 1939, o fumo foi banido dos escritórios do partido nazista. E, daí em diante, a proibição se estendeu a hospitais e universidades. O regime nazista reduziu a quantidade de tabaco que as mulheres podiam consumir e coordenou a campanha antitabagista que vigorou até 1945".

mas, também, a modos de vida sadios, a férias sadias, a uma vida sexual regulada, o *Big Brother médico* não está longe de se fazer real, uma vez que

> o princípio da prevenção contínua não interroga somente as referências entre o coletivo e o individual, entre os saberes e o sujeito. A norma ali não é mais tanto aquela que a racionalidade científica poderia produzir quanto ao corpo e quanto a fronteira entre saúde e doença. Ela é uma norma comportamental que coloca a questão da integração social e econômica. Ela faz surgir novas culpabilidades, pois, pode-se retomar o princípio: a transformação do erro em falta, a atribuição ou interiorização da responsabilidade desta falta, e a designação de um culpado. Ora, é indiscutível que a medicina de prevenção introduz na informação destinada a todos e a cada um, tanto os riscos quanto os meios de conservar a saúde, na responsabilidade coletiva e individual induzida, a dimensão de culpabilidade como um tipo de encarceramento. Três elementos intervêm: a jurisdição global da sociedade (leis antitabagistas no mundo!); o recurso possível junto às instâncias responsáveis; a interiorização de culpabilidade vivida como um drama pessoal. (QUEVAL, 2008, p. 128)

Amadieu (2005)[7] discute essa "onda de ordem moral" que se abate sobre as modernas sociedades ocidentais analisando, entre outros fatores que causam males à aparência, o ato de fumar; não dá para esquecer, por exemplo, do lugar dos odores na vida social, sendo o *odor* um forte instrumento de exclusão, como assinalou Georg Simmel.[8]

Poder-se-ia dizer que a legislação que proíbe fumar nos locais de trabalho e em locais públicos permite uma vigilância maior em relação aos fumantes, uma vez que esses abandonam seguidamente seus postos de trabalho. Também em locais de divertimento eles são facilmente identificados. Desse modo, o ato de fumar tornou-se um marcador social supereficaz e parece que, de um ponto de vista do trabalho, os fumantes já são contratados em menor número (AMADIEU, 2005, p. 135).

Do mesmo modo os obesos, ou, até mesmo, os gordos. É interessante observar que na mesma medida em que a obesidade, ou a gordura, é extremamente visada pelo mercado de trabalho na contratação de indivíduos, é possível afirmar que a proporção de brasileiros (mas também franceses,

---

[7] Refiro-me aqui ao livro de Jean-François Amadieu, *Les poids des apparences: beauté, amour et gloire* (2005), cujo conteúdo resulta de extensa pesquisa que analisa de modo preciso os efeitos da aparência física sobre o sucesso profissional, escolar, amoroso ou ainda político.

[8] Ver por exemplo, *Questões Fundamentais de Sociologia* (2008); *Filosofia da moda e outros ensaios* (2008)

alemães, ingleses... argentinos) gordos ou obesos vem aumentando[9]. Os obesos em geral serão estigmatizados pessoalmente por suas supostas características "naturais" e serão vítimas de estereótipos negativos muito poderosos como, por exemplo, a de que possuem uma má saúde mental, falta de confiança em si, ou, ainda, ausência de vontade. Eles serão julgados *a priori* como menos ativos, menos inteligentes, menos trabalhadores e pouco competentes. Jean-Jacques Courtine, em conferência proferida no Instituto de Estudos da Linguagem (IEL) da Universidade Estadual de Campinas (UNICAMP) em outubro de 2006, analisando a segregação, discriminação e estigmatização pelo peso, afirmava que hoje essa estigmatização é o equivalente contemporâneo do *discurso racista* nos Estados Unidos da primeira metade do século XX. Entretanto, essa parece ser, analisava ele, uma discriminação *aceita*!

Parece ser possível pensar que toda a tradição que incita o indivíduo a cuidar do seu corpo de uma maneira obsessiva, a buscar enquadrar-se em modelos totalitários, ao mesmo tempo em que o incita a vigiar o outro, a vigiar a população, culpando-o e culpando-a porque onera os sistemas de saúde com seus vícios, ou, simplesmente, com seu corpo excessivo, apoia-se em uma concepção fascista de mundo, no "[...] fascismo que está em nós todos, que martela nossos espíritos e nossas condutas cotidianas, o fascismo que nos faz amar o poder, desejar esta coisa que nos domina e nos explora..." (FOUCAULT, 1977).

O desaparecimento da palavra *divertimento*

No quadro de ideias totalitárias e mesmo fascistas acerca da aparência, da saúde e do vigor do corpo, seria interessante analisar, por exemplo,

---

[9] Em 25 de outubro de 2000 a revista *Istoé* estampava em sua capa imagem de um homem obeso e a sensacionalista manchete em que se podia ler: "Obesidade: 40 milhões de brasileiros são obesos; Ciência estuda remédios para fazer o corpo produzir menos gordura; Os riscos dos tratamentos radicais de emagrecimento; Como perder peso sem medo" e, ainda, alertava sobre a cirurgia redutora de estômago. O jornal *Folha de S. Paulo*, em 26 de outubro de 2008, trouxe matéria assinada pelo jornalista Vinicius Queiroz Galvão, cuja manchete era: "STJ (Superior Tribunal de Justiça) vai premiar funcionário que emagrecer: servidor que perder mais peso até 15 de dezembro vai ganhar premio em dinheiro, drenagem linfática e limpeza de pele". Na mesma matéria, ainda como chamada, podia-se ler: "Nutricionista do Superior Tribunal de Justiça criou a dieta coletiva para os funcionários com meta de emagrecer meia tonelada". São inúmeras as reportagens na mídia escrita acerca dos cuidados com o corpo e a saúde e não se trata aqui de recenseá-las, mas, tão-somente, tomar alguns exemplos.

como a palavra *divertimento* vai sendo, paulatinamente, abandonada, vai mesmo desaparecendo dos escritos sobre as práticas corporais. Seu lugar é invadido por outra palavra que, embora tenha como uma de suas acepções o sentido de *divertimento*, não se refere a ele. Trata-se da palavra *lazer* e trata-se, também, de analisar, ainda que brevemente, como a palavra *lazer* esvazia o conteúdo das sociabilidades que vão sendo, na longa duração, consideradas "perigosas", de como um mundo de prazeres "não regulamentados", proibidos, passa a ser vigiado, excluído, para dar lugar ao *lazer*. De como essa palavra, *lazer*, penetra nos programas, nas políticas, e transforma-se em *pedagogia de bem-estar* de massa em nossa sociedade. E se o lazer nessa sociedade é a regra, "[...] o ócio torna-se uma espécie de desvio", conforme já analisava Foucault (*apud* SANT'ANNA, 1994).

Se pensarmos num tempo bem recente, a década de 1970, no Brasil[10], vamos encontrar lá uma potência dessa palavra, transformada de modo mais elaborado, com planejamento e requinte em *campanhas* governamentais voltadas aos *lazeres ativos*, com a dinamização da prática esportiva e o estabelecimento de insidiosa pedagogia de massa concernente a essas praticas. Decorrência maior dessa lógica de controle da vida é a conquista da saúde como resultado de um estilo de *vida ativo*, de uma ocupação *sadia* do tempo livre que se expressava em campanhas.

> A criação de campanhas como a *EPT (Esporte para Todos)* e *Mexa-se* foi, em certa medida, a expressão dessa ambição de promover corpos velozes, úteis e sadios e, ao mesmo tempo, implantar uma nova mentalidade em relação ao lazer esportivo. [...] em outras palavras, na década de [1970], criava-se o lazer como regra de certos prazeres e atividades como *verdades inerentes* ao nosso tempo: fazer ginástica, usar o tempo livre com atividades físicas e esportivas, cultuar a descontração e um certo tipo de corpo, saudável e produtivo, passaram a fazer parte dos padrões de normalidade estabelecidos socialmente. (SANT'ANNA, 1995, p. 11 e p. 92)

Parece que hoje a presença dessas políticas de *esporte e lazer*, assim como um imperativo concernente a um ideário da chamada *vida ativa*, desses poderes como potência de controle da vida, é inegável e parece

---

[10] Em 1976, é lançado o Plano Nacional de Educação Física e Desportos (PNED), cujo conteúdo pretendeu abarcar as distintas esferas de atuação no campo da educação física, do esporte e do lazer no Brasil. Um estudo detalhado dessa política pública que, de certo modo, inaugura de modo mais acabado esse tipo de intervenção política já esboçada na era Vargas foi feito por Meily Assbú Linhales (1996).

que quase tudo já penetrou em nossa subjetividade, já se encarnou em "[...] toda superfície que se estende do orgânico ao biológico, do corpo à população, mediante o jogo duplo das tecnologias de disciplina de uma parte, e das tecnologias de regulamentação de outra" (FOUCAULT, 1999, p. 302). Não é a saúde, hoje, a grande utopia[11]? Persegui-la, conquistá-la, preservá-la não vem sendo um objetivo ao mesmo tempo individual e coletivo, um objetivo a ser alcançado pela *população*? Talvez por isso mesmo é que o Estado não pode ser apenas *higienista*, ele deve ser, sobretudo, *pedagogo*.

Esse mundo "alegre" do *lazer* e do *bem-estar*, essa assimilação, talvez até passiva, das palavras de ordem dessas políticas, inclusive públicas, da *Mexa-se* e da *EPT (Esporte para Todos)*, da década de 1970, do *Agite-se* nos nossos dias: *Agita São Paulo*, *Agita Mundo*, *Segundo Tempo*, desse mercado da vida ativa como muito bem sublinhou Fraga em 2006[12], esse mundo alegre parece ser mesmo aquilo que anunciava Foucault (1984, p. 127), ou seja, "[...] uma política das coerções que são um trabalho sobre o corpo, uma manipulação calculada de seus elementos, de seus gestos, de seus comportamentos".

Não seriam essas ideias hoje revisitadas e travestidas de um ideário pela busca da saúde perfeita e pelo *bem-estar* centrais na elaboração de propostas e políticas, inclusive públicas, de lazer e de esporte? Não seriam elas uma dimensão já aceita, dada, de um controle da vida desenhado pelo paradigma médico-esportivo? Se os divertimentos são linhas de fuga, estariam eles capturados em sua profundidade e abrangência pelos *lazeres ativos*? Seriam já mais uma dimensão fascista da realidade atual incrementada pelo comércio do *lazer*, pela venda insidiosa do *bem-estar*?

Sobre o *bem-estar*...

A onipresença da expressão composta *bem-estar* certamente faz parte de uma rede de saberes e poderes que formam e conformam o fenômeno

---

[11] Ver, a respeito, Sfez (1995).

[12] Refiro-me aqui ao livro de Alex Branco Fraga, *Exercício da informação: governo dos corpos no mercado da vida ativa* (2006). Esse livro resultou de uma extensa pesquisa realizada quando da elaboração de sua tese de doutorado concluída no ano de 2005, sob orientação de Guacira Lopes Louro, junto ao Programa de Pós-Graduação em Educação, da Universidade Federal do Rio Grande do Sul (UFRGS).

contemporâneo de atenção ao corpo e à saúde. A expressão *bem-estar*, em seus usos e em sua constituição nas distintas esferas da vida, indica a necessidade de prestar atenção aos momentos e lugares em que ela aparece e de como ela já aparece na obra de Foucault (2008a) quando analisa a emergência da *população* como um problema político, acepção e vinculação que interessa aqui neste momento.

> [A população] é uma variável que depende de um certo número de fatores. Nem todos são naturais, muito pelo contrário (o sistema de impostos, a atividade da circulação e a repartição do lucro são determinantes essenciais da taxa de população). [...] Assim, começa a aparecer, em derivação relativamente à tecnologia de "polícia" e em correlação com o nascimento da reflexão econômica, o problema político da população. Esta não é concebida como uma coleção de sujeitos de direito, nem como conjunto de braços destinados ao trabalho; é analisada como um conjunto de elementos que, por um lado, se liga ao regime geral dos seres vivos (nesse caso, a população é do domínio da "espécie humana": essa noção, na época, deve ser distinguida da de "gênero humano") e, por outro lado, pode dar ensejo a *intervenções concertadas (por intermédio das leis, mas, também das mudanças de atitude, de maneira de fazer e de viver que podem ser obtidas em "campanhas")*. [...] E, para administrar essa população, é necessária, entre outras coisas, uma política de saúde capaz de diminuir a mortalidade infantil, de prevenir as epidemias e de fazer baixar a taxa de endemia, de intervir nas condições de vida, para modificá-las e impor-lhes normas (quer se trate de alimentação, de hábitat ou de urbanização das cidades) e proporcionar equipamentos médicos suficientes. (FOUCAULT, 2008a, p. 492-494, grifos meus)

Ou seja, uma política de saúde e *ações concertadas*; aqui temos já indícios de todo um conjunto de tecnologias que interferem e incidem na *população* e que serão ressignificados e atualizados no que concerne à *vida ativa* como política pública nos dias de hoje. Tomando ainda mais alguns aspectos dessas análises de Foucault acerca da população como problema político, pode-se perceber em que momento a palavra *bem-estar* aparece. E ela aparece exatamente no momento em que ele analisa o Estado *polícia*, polícia, não no sentido que conhecemos hoje, mas em outro. O sentido de consolidação e aumento das forças do Estado, de esplendor do Estado, do bom uso de suas forças, essa é a articulação específica da polícia. Sua existência serve assim "[...] para assegurar o crescimento do Estado, e isso em função de dois objetivos: permitir-lhes marcar e melhorar seu lugar no jogo das rivalidades e das concorrências entre Estados europeus e garantir a ordem interna por meio *do bem-estar* dos indivíduos" (FOUCAULT, 2008a,

p. 494). E é citando um autor do século XVII, Montchrétien, que a expressão *bem-estar* surge novamente no texto de Foucault:

> No fundo, a natureza só pode nos dar o ser, mas o *bem-estar* nos vem da disciplina e das artes [...] A disciplina, que deve ser igual para todos, pois é importante para o bem do Estado que todos vivam bem e honestamente, e as artes, que, desde a queda, são indispensáveis para nos proporcionar. "[...] o necessário, o útil, o decente e o agradável". Pois bem, tudo que vai do ser ao *bem-estar*, tudo o que pode produzir esse *bem-estar* para além do ser e de tal sorte que o *bem-estar* dos indivíduos seja a força do Estado, é esse, parece-me, o objetivo da polícia. (FOUCAULT, 2008a, p. 440, grifos meus)

Essa citação parece importante para ajudar a pensar na onipresença, hoje, da expressão composta *bem-estar*, uma expressão que não cessa de se atualizar e de se fazer presente na acepção posta e analisada por Foucault nos séculos XVII e XVIII, qual seja, de um estado individual que reflete no coletivo, mas um estado a ser conquistado por *campanhas, políticas*, por uma educação e uma cultura do alerta, do detalhe, do perigo, sempre em expansão.

Não seria o corpo um lugar que revela perigos, sinais do perigo? Não é em suas carnes que se instalam ameaças à população, ao seu *bem-estar*? Então, proteger, alertar, prevenir os perigos que o corpo desencadeia, mas também acarreta, dos perigos aos quais se expõe e é obrigado a expor-se, são ações de *Campanhas*, são ações de *Concerto*, como disse Foucault, são parte do jogo entre *liberdade e segurança*.

Foucault (2008b) analisa o surgimento de uma educação de uma cultura do perigo que aparece, de fato, no século XIX, educação e cultura do perigo que ao abandonar elementos que nutriam toda uma cosmologia da Idade Média e que permaneceu até o século XVII fazem emergir uma avassaladora invasão de perigos bem cotidianos e

> [...] perpetuamente animados, atualizados, postos, portanto, em circulação pelo que poderíamos chamar de *cultura política do perigo* no século XIX, que tem toda uma série de aspectos. [...] Vocês veem todas as campanhas relativas à doença e à higiene. Vejam tudo o que acontece em torno da sexualidade e do medo da degeneração: degeneração do indivíduo, da família, da raça, da espécie humana. Enfim, por toda parte vocês vêem esse incentivo ao *medo do perigo*. (FOUCAULT, 2008b, p. 90-91, grifos meus).

Essa arte de governar do liberalismo que se nutre dessa *noção de perigo*, dessa *educação e cultura do perigo*, traz uma

> [...] formidável extensão dos procedimentos de controle, de pressão, de coerção que vão constituir como que a contrapartida e o contrapeso das liberdades. Insisti bastante sobre o fato de que as tais grandes técnicas disciplinares que se ocupam do comportamento dos indivíduos no dia a dia, até em seus mais ínfimos detalhes, são exatamente contemporâneas, em seu desenvolvimento, em sua explosão, em sua disseminação através da sociedade, da era das liberdades. (FOUCAULT, 2008b, p. 90-91)

Então, voltemos à noção de *saúde* e de *bem-estar* no debate contemporâneo; voltemos nesses temas, expressões, e olhemos com mais atenção para a noção de *saúde* e de *bem-estar* como bandeiras da felicidade plena e que foram analisadas em profundidade por Paschal Brükhner[13].

A atenção nervosa e exagerada ao corpo, à saúde e ao *bem-estar*, agora já acrescido do adjetivo *pleno*, explora e cria, de forma contundente, novas fragilidades, perigos, medos e receios.

O imperativo de *campanhas* voltadas para uma educação e cultura do perigo em relação ao corpo e à saúde, correlatas da necessidade imperiosa da incorporação de um estilo de vida ativo, esportivo e apoiadas por uma jurisdição de controle dos vícios, parece fazer parte do triunfo de práticas consumistas que alimentam a ideia totalitária do *"bem-estar"*. Se por um lado os estímulos para consumir um *estilo de vida ativo, esportivo e saudável* estendem-se a todos por meio da publicidade, a aquisição desses bens e serviços, bem como de produtos, sejam eles remédios, alimentos ou exercícios físicos, se reduz a poucos.

Aí parece alojar-se uma certa perversidade na veiculação desenfreada dessa ideologia totalitária da vida feliz e do *bem-estar*, passível de ser vivida a partir do consumo de *subsubprodutos* do estilo aclamado. É evidente, pois o que se quer mesmo é que se consumam *desejos* e que se criem necessidades antes impensadas, que se internalize uma quase também obsessão pelo *"estar bem... com seu corpo"*. Para tal relação tão íntima consigo mesmo é necessário seguir rigorosamente a *Cartilha*, ou seria a *Bíblia* do paradigma médico-esportivo, um paradigma que atualiza e reorganiza em velocidade infinita a relação do indivíduo com o medo e com o perigo.

O medo, por exemplo, de contrair alguma das doenças mais comuns, ou outra que ainda não foi catalogada e que talvez nunca venha a cair

---

[13] Refiro-me aqui ao livro de Paschal Brükhner, *L'Euphorie pérpetuel: essai sur le devoir de bonheur le devoir de bonheur* (2000).

sobre você. Esse medo parece ocupar as horas e os dias, um medo do que talvez nunca chegue, um perigo que talvez nem exista ou que existe de maneira ínfima. Contudo, isso parece ser, hoje, bem maior do que são os medos e os temas da ordem da vida pública como, por exemplo, o crescente desemprego, a fome no mundo, a destruição do planeta e a existência mesma da espécie.

As fronteiras entre saúde e doença tornam-se cada vez mais tênues, deslocam-se e são reveladas de forma aguda e cotidiana, transformando velozmente sensibilidades e tolerâncias, ou intolerâncias. Um medo de adoecer, por exemplo, alastra-se velozmente, e estados que em outras épocas faziam simplesmente parte da vida em seus ciclos são hoje alardeados como um grande mal, medicalizados, catalogados como doença. Os alertas acerca dos cuidados com a saúde são cada vez mais intensos e extensos.

No Brasil, por exemplo, um dos jornais diários que circula nacionalmente – *Folha de S. Paulo* – vem publicando semanalmente há cerca de 10 anos um caderno denominado *Equilíbrio*, cujo conteúdo trata, majoritariamente, de dicas de saúde, com destaque para uma alimentação saudável, a prática de exercícios físicos, de seus riscos quando praticados sem a supervisão de especialistas, mas, sobretudo, sem supervisão médica. Mais recentemente esse mesmo jornal publicou um *caderno* denominado *Saúde*, que acompanha o jornal diariamente.

É possível afirmar que há uma escala crescente de difusão de uma *literatura de massa*[14] propondo cuidados com a saúde e com o *bem-estar pleno*, agregada ao mundo da *Televisão* que alarga exponencialmente os seus efeitos de moda e, ao mesmo tempo, de constante renovação desse "mercado triunfante" que amplia significativamente seu território de venda, renovando rubricas e reforçando sua difusão. A expressão composta *bem-estar*, agregada ao lazer e à saúde perfeita, torna-se *slogan* de campanhas publicitárias[15] de venda de imóveis, de escolas privadas, *cruzeiros* e até

---

[14] Em julho de 2006 a revista *Empreendedor*, em seu número 141, trouxe como imagem de capa uma mulher executando um exercício de alongamento, cuja manchete era "O mercado do BEM--ESTAR" e onde se podia ler ainda como chamada do conteúdo da revista: "Terapias ocupacionais, atividades físicas, alimentação natural e técnicas de relaxamento podem gerar negócios de US$ 1 trilhão até 2010".

[15] Costa, companhia de cruzeiros marítimos, vem realizando cruzeiros temáticos, entre eles "O Cruzeiro do Bem-Estar", em que há palestras exclusivas sobre "Saúde e longevidade"; "Nutrição e alimentação saudável"; "Atividade física e qualidade de vida"; "O negócio do bem-estar"; "Estética feminina"; "Beleza – sua importância e os cuidados a tomar", entre outras atividades práticas de

mesmo clínicas e lojas destinadas aos animais também ostentam na porta de entrada a mágica expressão "para o bem-estar de seu animal"!

A onda do bem-estar e da boa forma, da busca pela saúde perfeita, também incorpora, de modo cada vez mais profundo e visível, preocupações concernentes à genética dos indivíduos desde uma perspectiva da prevenção e do controle de potenciais doenças que podem ser contraídas ou não, dependendo do equipamento genético, tal qual já anunciava Foucault em suas aulas de março de 1979, quando analisava a teoria do capital humano. Naquele momento, 1979, Foucault afirmava que o debate político em torno da genética lhe parecia não ser mais aquele dos efeitos racistas, embora eles ainda existissem, mas outros efeitos. Dizia ele:

> [...] De fato, a genética atual mostra muito bem que um número de elementos muito mais considerável do que se pode imaginar até hoje [é] condicionado pelo equipamento genético que recebemos de nossos ascendentes. Ela possibilita estabelecer para um indivíduo dado, qualquer que seja ele, as probabilidades de contrair este ou aquele tipo de doença, numa dada idade, num período dado da vida ou de uma maneira totalmente banal num momento qualquer da vida. Em outras palavras, um dos interesses atuais da aplicação da genética às populações humanas é possibilitar reconhecer os indivíduos de risco e o tipo de risco que os indivíduos correm ao longo de sua existência. (FOUCAULT, 2008b, p. 312-313)

A genética poderia ser, portanto, mais um elemento de controle das populações, mais um elemento que compõe o quadro do *bem-estar* e da felicidade[16]. Ter ou não ter um determinado equipamento genético gera angústia, depressão, medo. A genética seria mais um elemento que agrega valor ao *bem-estar pleno*.

Essa noção tão simples e tão diuturnamente alardeada – o *bem-estar* –, esse estado de plenitude, parece conduzir uma população ao desejo de apagamento

---

exercícios físicos diversos (*Revista Costa*, 2005/2006). Também é possível verificar na publicidade de imóveis a presença de expressões como "Você vai conhecer a maior área de *lazer* residencial do Ipiranga [...] Um oásis de *bem-estar* do tamanho de um quarteirão" (*Folha de S. Paulo*, 27 nov. 2005, p. A33); "9 mil m² de terreno com múltiplas opões de *lazer*"; "Mais de 70% do terreno destinado ao verde e ao lazer" (*Folha de S. Paulo*, 10 set. 2005, p. A12). "Mais de 10.800 m² de terreno. Uma quadra de conforto e *bem-estar*" (*Folha de S. Paulo*, 10 set. 2005, p. A13). É verificar também que até lojas destinadas ao cuidado de cães e gatos tem estampada a frase "para o bem-estar de seu animal".

[16] A revista *Veja* datada de 5 de março de 2003 traz como imagem de capa mulher de corpo superesculpido por horas de ginástica e muito suor em cuja chamada se pode ler: "Os limites do corpo, não é só suor: *genética* também determina os resultados da malhação".

de qualquer traço de dor, de perda, de sofrimento e de vínculos públicos. Essa fórmula sem *glamour* e aparentemente insignificante, essa simples expressão *bem-estar*, faz-se presente na definição de saúde dada pela Organização Mundial da Saúde (OMS), definição em que saúde é "um estado de completo bem-estar físico, mental e social e não consistindo somente da ausência de uma doença ou enfermidade". Essa definição faz emergir inúmeras análises, pois se a *saúde* é um *completo estado de bem-estar* físico, mental e social, ela deve abarcar, de forma absoluta, todas as dimensões da vida. O que se definiu na década de 1940 quando do nascimento da OMS é impressionante como grande linha política de saúde das populações. Seria interessante pensar, então, no significado dessa definição e em tudo o que ela acarreta em relação ao controle da vida, ao governo dos viventes.

Seria ela uma das origens de nossa obsessão pela *saúde perfeita*? Seria ela uma base para a exponencial fábrica de atualização e renovação dos perigos e dos medos acerca do corpo, mas, sobretudo, das maneiras de viver? Seria ela a definição que nutre os moralismos contemporâneos, sejam os relativos aos divertimentos, à alimentação, aos exercícios físicos, ao consumo de álcool e fumo, a uma sexualidade regulamentada?

As milhares de doenças catalogadas pela OMS no mundo, assim como outras decorrentes das combinações entre as já existentes, sugerem que uma pessoa que tome para si essa definição de saúde passará o resto de sua vida a pensar nas doenças e na manutenção de sua saúde. Não teríamos hoje essa obsessão? Desde feto, agora desde o genoma e até a morte, se está em busca da saúde perfeita e do *bem-estar pleno*. Sim, porque nem mesmo morto se pode permanecer menos performático, e há que se morrer com saúde; e ai daquele que na totalitária sociedade de saudáveis caia doente.

Se desde fetos nos medicalizam, ai daquela criança que não responda adequadamente a uma dada pergunta, que não se movimente bem, ele ou ela serão, de imediato, objeto de uma estimulação para que atinjam os padrões exigidos para a sua *faixa etária*; ai daquele ou daquela criança, adolescente ou adulto, que não realize plenamente sua saúde. Pois bem, aqui estamos exatamente nas garras da eficácia performática do corpo, e na qual não há descanso algum para nenhum ser humano.

Conquistar esse *bem-estar pleno* implica apoiar-se em recursos individuais e íntimos, em dar extensão sem limite às sensações e aos *estados do corpo*[17] exatamente como ensinam as revistas de saúde e como proclama grande parte das políticas públicas voltadas para o esporte e o lazer. Trata-se de mostrar em detalhe o perigo que se aloja no cigarro, na bebida, nas comidas, na falta de sono e de criar a ansiedade necessária ante o perigo iminente que acometerá o seu corpo se você não seguir as prescrições dadas pelo Estado pedagogo amparado no paradigma médico-esportivo. Parece que estamos definitivamente condenados, daqui a diante, a estar em plenitude e em forma[18], porque se não estivermos, corremos o perigo de cair no abismo e na desgraça, no inferno da doença e da disfunção. Exigindo a plenitude do próprio ser e estimulados para sermos eficazes sexual, física e esportivamente, estamos condenados, precisamente, ao extremo de novos índices como se estivéssemos em uma maratona da vida, bem distantes, portanto, daquilo que tão bem analisa Foucault na Antiguidade no que concerne ao regime de vida. Diz-nos ele:

> [...] a prática do regime enquanto arte de viver é bem outra coisa que o conjunto de precauções destinadas a evitar as doenças ou terminar de curá--las. É toda uma maneira de se constituir como um sujeito que tem por seu corpo o cuidado justo, necessário e suficiente. Cuidado que atravessa a vida cotidiana; que faz das atividades maiores ou rotineiras da existência uma questão ao mesmo tempo de saúde e de moral; que define entre o corpo e os elementos que o envolvem uma estratégia circunstancial; e que, enfim, visa armar o próprio indivíduo com uma conduta racional. (FOUCAULT, 1998, p. 98-99)

Referências

AMADIEU, Jean-François. *Les poids des apparences*: beauté, amour et gloire. Paris: Odile Jacob, 2005.

BRÜKHNER, Paschal. *L'Euphorie pérpetuel*: essai sur le devoir de bonheur le devoir de bonheur. Paris: Grasset, 2000.

COURTINE, Jean-Jacques. Os stakhanovistas do narcisismo: *body-building* e puritanismo ostentatório na cultura do corpo. In: SANT'ANNA, Denise Bernuzzi de. *Políticas do corpo*. São Paulo: Estação Liberdade, 1995. p. 81-114.

---

[17] Ver por exemplo Michel Lacroix, 2006.
[18] As análises empreendidas por Alain Ehrenberg, no livro *Le culte de la performance* (1991), são extremamente férteis para pensar a lógica performática em que se vive hoje.

DUFRÊNE, T. *Acrobate mime parfait, l'artiste en figure libre*. Paris: Paris Musées, L'Atelier du sculpteur, 1997.

EHRENBERG, Alain. *Le culte de la performance*. Paris: Hachette, 1991.

FOUCAULT, Michel. Preface. In: DELEUZE, Gilles; GUATTARI, Félix. *Anti-Oedipus: capitalism and schizophrenia*. Trad. Wanderson Flor do Nascimento. Revisado e formatado por Alfredo Veiga-Neto. New York: Viking Press, 1977. p. XI-XIV.

FOUCAULT, Michel. *Vigiar e punir*: nascimento da prisão. Petrópolis: Vozes, 1984.

FOUCAULT, Michel. *Microfísica do poder*. 6 ed. Rio de Janeiro: Graal, 1986.

FOUCAULT, Michel. *História da sexualidade:* o uso dos prazeres. 8ª ed., v. 2. Rio de Janeiro: Graal, 1998.

FOUCAULT, Michel. *Em defesa da sociedade*: curso no Collège de France (1975-1976). São Paulo: Martins Fontes, 1999.

FOUCAULT, Michel. *Segurança, território, população*: curso no Collège de France (1977-1978). São Paulo: Martins Fontes, 2008a.

FOUCAULT, Michel. *Nascimento da biopolítica*: curso no Collège de France (1978-1979). São Paulo: Martins Fontes, 2008b.

FRAGA, Alex Branco. *Exercício da informação*: governo dos corpos no mercado da vida ativa. Campinas: Autores Associados, 2006.

GALVÃO, Vinicius Queiroz. STJ (Superior Tribunal de Justiça) vai premiar funcionário que emagrecer: servidor que perder mais peso até 15 de dezembro vai ganhar prêmio em dinheiro, drenagem linfática e limpeza de pele. *Folha de S. Paulo*, Caderno Cotidiano, São Paulo, p. C5, 26 out. 2008.

LACROIX, Michel. *O culto da emoção*. Rio de Janeiro: José Olympio, 2006.

LINHALES, Meily Assbú. *A trajetória política do esporte no Brasil*: interesses envolvidos, setores excluídos. Dissertação (Mestrado em Ciência Política) – Faculdade de Filosofia e Ciências Humanas, Universidade Federal de Minas Gerais, Belo Horizonte, 1996.

O MERCADO do bem-estar. *Empreendedor*, n. 141, jul. 2006.

OBESIDADE: 40 milhões de brasileiros são obesos; Ciência estuda remédios para fazer o corpo produzir menos gordura; Os riscos dos tratamentos radicais de emagrecimento; Como perder peso sem medo. *IstoÉ*, São Paulo, 25 out. 2000.

OS LIMITES do corpo. *Veja*, 5 mar. 2003.

QUEVAL, Isabelle. *Le corps aujourd'hui*. Paris: Gallimard, 2008.

REVISTA COSTA, 2005/2006.

SANT'ANNA, Denise Bernuzzi de. *O prazer justificado*: história e lazer (São Paulo – 1969/1979). São Paulo: Marco Zero, 1994.

SFEZ, Lucien. *A saúde perfeita*: crítica de uma utopia. Lisboa: Instituto Piaget, 1995.

VIGARELLO, Georges. O corpo inscrito na história: imagens de um "arquivo vivo". Entrevista concedida a Denise Bernuzzi de Sant'Anna. *Projeto História*, São Paulo, n. 21, p. 225-236, nov. 2000.

VIGARELLO, Georges. *Le corps redressé:* histoire d'un pouvoir pédagogique. Paris: Armand Colin, 2001, 1978.

VIGARELLO, Georges. *Le Sain et le Malsain*: Santé et Mieux-Être depuis le Moyen Âge. Paris: Seuil, 1993.

VIGARELLO, Georges. *L'Histoire de la beauté*. Paris: Seuil, 2004.

Dietética e conhecimento de si

Denise Bernuzzi de Sant'Anna

Para introduzir o tema que pretendo expor a seguir, vou recorrer a um exemplo contemporâneo, relacionado ao conceito de biodisponibilidade. Bastante útil à farmácia, esse conceito significa a proporção de uma substância absorvida pelo organismo capaz de atingir rapidamente a circulação sanguínea. A biodisponibilidade é em grande medida a singularidade dos remédios, aquilo que os distingue dos alimentos.

No entanto, desde as últimas décadas, assiste-se à promoção dos *alicamentos*, ou seja, de produtos que servem como alimento e também como remédio. Em alguns casos, o alicamento é um dermocosmético, o que significa uma mistura entre cosmético e medicamento. Um desses produtos híbridos de grande sucesso internacional é o Innéov. Filho da união entre Nestlé e L'Oreal, o Innéov serve para combater a flacidez da pele mas também funciona como suplemento alimentar. Lembra um pouco os remédios antigos, cuja propaganda prometia milagres na cura de dezenas de males. Mas, diferente dos produtos do passado, Innéov é tão generalizante quanto preciso. E a precisão relaciona-se diretamente com a necessidade hoje imperativa de aumentar não apenas os níveis de satisfação pessoal do consumidor mas igualmente de rejuvenescer pontos específicos do seu corpo, tais como a derme, os folículos capilares, a produção de melanina, o colágeno etc. Para obter resultados bem dirigidos e espetaculares, a bula do Innéov vendido no Brasil registra o seguinte:

> Ingerir um ingrediente, através de um alimento, não implica necessariamente o seu aproveitamento pelo organismo. Para viabilizar a absorção, é preciso que esse ingrediente seja biodisponível, quer dizer, que ele seja capaz de atravessar a parede intestinal para alcançar a corrente sanguínea, e consequentemente difundir-se para os tecidos.

O Innéov não é o único produto vendido atualmente com a pretensão de ser biodisponível. A voga dos alimentos e cosméticos cuja propaganda promete efeitos rápidos, típicos de um medicamento, está em alta: desde a década de 1980, esse mercado cresceu cerca de 10% ao ano (contra 1% a 2% em relação aos alimentos tradicionais). Por conseguinte, as fronteiras entre alimento, remédio e cosmético tendem a se apagar e diversos produtos parecem agir por meio da biodisponibilidade, outrora característica exclusiva dos remédios.

Ora, o apagamento das fronteiras entre remédio, comida e cosmético possui várias consequências sociais. Entre elas destaca-se, por exemplo, a crescente indistinção entre supermercados e farmácias: nos supermercados vendem-se biscoitos que não são apenas biscoitos, pois são enriquecidos com doses suplementares de vitaminas, leite acrescido de ômega três, cremes com dose extra de cálcio... os exemplos poderiam ser multiplicados. Mas nas farmácias o cenário também é digno de nota pois em suas prateleiras encontram-se os fabulosos dermocosméticos, além dos suplementos nutricionais cujo pressuposto é o de que a comida está pobre, rala, deficitária e precisa ser somada à ingestão de pílulas de alho, alcachofra, betacarroteno, licopeno, vitamina C etc. Segundo a nova indústria de alimentos unida àquela dos cosméticos e medicamentos em breve haverá nos supermercados e nas farmácias brasileiras a possibilidade de comprar um yogurte antirrugas da Danone chamado Essensis, lançado no mercado europeu em 2007, à base de chá verde e antioxidantes. Sua publicidade garante que esse produto é capaz de reter mais água dentro das células e "nutrir a pele do interior". Sem contar os doces com sabores deliciosos e promessas irresistíveis de combater celulite, estria e até mesmo a impotência masculina ou a insônia tais como o chocolate chamado "Tranquilidade", à base de lavanda e várias ervas de efeito calmante, ou de outro intitulado "Sexy", feito com guaraná e gengibre. Há também a promessa de novos doces antidiabéticos, de massas alimentícias contra a hipertensão e de geleias para combater a velhice e "superativar o cérebro".

Panaceia ou não, ingressamos na era dos alicamentos e dos dermocosméticos, o que significa uma ampliação significativa da medicalização dos costumes, anunciada por Michel Foucault em vários de seus estudos sobre a sexualidade e o biopoder. Medicalização não apenas do sexo e do prazer sexual mas, sobretudo, da comida, dos cuidados com a aparência ou dos prazeres ligados a essas duas experiências: a cosmética, que hoje tem pouca relação com o cosmo, e a alimentação, atualmente liberada das variações do clima para ser incluída nas flutuações da moda. Moda médica inclusive, pois a medicalização galopante da vida, traduzida pela generalização da noção de biodisponibilidade, não cessa de investir na indústria publicitária. E se a biodisponibilidade é hoje uma noção que vai do Innéov ao leite ômega 3, passando pelos potentes cosméticos, o que está em vias de se tornar normal é a ideia de que tudo o que entra em contato com o corpo humano deve ter a potência da biodisponibilidade, deve portanto agir, tal como a gíria brasileira bem ilustra, "direto na veia".

Mas, como todo processo de medicalização, esse tem por correlato uma crescente ignorância em relação à natureza e à procedência sobre aquilo que entra em contato com o corpo e com suas veias. Era o caso de dizer, novas formas de alienação apareceram, dessa vez na "ponta do garfo" (pois pouco se sabe sobre aquilo que se come diariamente) e à flor da pele, (pois menos ainda se sabe sobre os cosméticos utilizados sobre o corpo). Sabe-se apenas que, assim como qualquer produto de beleza, a comida necessita hoje, mais do que no passado, de algum certificado médico para ser aceita socialmente e que um simples biscoito corre o risco de parecer o "primo pobre" das exuberantes bolachas vitaminadas que ganham fatias colossais do mercado desde a década de 1970. A antiga bolacha Maria, por exemplo, fininha e sem grandes pretensões nutritivas, parece muito mirrada ao lado dos novos biscoitos ricos em cálcio e magnésio. Sem falar no quanto aqueles primeiros fortificantes de sucesso nacional, tais como o Biotônico Fontoura e o óleo de fígado de bacalhau, parecem hoje insuficientes, pois ainda não se propunham a ser biodisponíveis nem suplementos mas apenas complementos da alimentação.

No entanto, ao mesmo tempo em que os suplementos ganham prestígio e publicidade, a voga dos orgânicos, assim como a aposta em comidas consideradas naturais, artesanais, livres de pesticidas ou dos transgênicos também estão em alta. Na verdade, a discussão sobre a pobreza e a riqueza dos alimentos, tanto quanto a necessidade de torná-los biodisponíveis ou mais naturais revela uma espécie de disputa pela verdade no terreno alimentar. Se como mostrou Foucault, desde o final do século XVIII, a verdade fora introduzida no sexo e, com isso, um novo cenário político e subjetivo pôde nascer, atualmente, a verdade parece ter sido introduzida, também, nas experiências alimentares, o que faz da comida um foco privilegiado de atenções e de prazeres mas também de inúmeros medos, riscos e, sobretudo, expectativas. E essa é a hipótese principal que eu gostaria de apresentar aqui. Há vários sinais na sociedade atual que poderiam comprová-la.

1- O primeiro deles é o aumento da vontade de saber sobre a culinária e a comida. Na década de 1950, por exemplo, quando Martha Rocha e outras rainhas da beleza eram entrevistadas pelos repórteres das revistas *O Cruzeiro* e *Cinelândia*, raramente eles perguntavam sobre os hábitos alimentares ou as dietas dessas estrelas. Perguntavam-lhes sobre seus amores, familiares, hobbies e produtos de beleza. Hoje, ao contrário, a pergunta sobre os regimes e os hábitos alimentares tornou-se comum e até mesmo esperada: as modelos e artistas atuais não apenas falam sobre o que comem mas também fazem a propaganda de seus regimes. Carla Perez, por exemplo, é uma entre as muitas que já fizeram propaganda de produtos alimentares para emagrecer. A comida e os regimes passaram a ocupar um lugar de destaque na fala das atuais celebridades. Em casos limites, até mesmo a anorexia das modelos adquiriu uma importância inusitada tanto quanto os quilos a mais adquiridos por algumas. Tal como a sexualidade, conhecer as dietas para emagrecer e os hábitos alimentares de alguém se tornou um meio de saber mais sobre sua subjetividade e seus desejos íntimos.

2- O segundo sinal da presença da verdade no terreno alimentar, e que no Brasil remonta a meados do século XX, refere-se à importância adquirida pela cozinha no interior das residências. Na década de 1950, quando a população urbana brasileira ultrapassou em números a população rural e quando a presença feminina no espaço público ganhou uma importância inusitada, a cozinha conquistou a atenção da mídia e essa exibiu como um lugar esteticamente planejado, assim como o era a sala de jantar ou de visitas. Em certos casos, a imagem da cozinha exigiu tapetes, quadros e, consequentemente, uma limpeza e uma iluminação favoráveis a tornar o ato de preparar o alimento uma experiência passível de ser exibida para as visitas. Não por acaso, cozinhar passou a ser uma prática convidativa aos homens, dentro de um espaço doravante unissex, distante de ser secundário em termos decorativos. Já na década de 1960, os azulejos coloridos, as primeiras vendas de móveis de cozinha da Eucatex, claros, leves e fáceis de limpar, além das superfícies dos eletrodomésticos cada vez mais lisas, coloridas e com formatos anatômicos, evocaram essa tendência. Ou seja, a cozinha e a comida tornaram-se disputadas pela possibilidade que ofereciam de comprovação do status social e da cultura de seus proprietários. Assim, se há muito tempo aqueles que sabiam preparar pratos típicos de diversos países tendiam a ser vistos como pessoas com maior abertura cultural, agora essa abertura atestada pela comida se tornou banal nas revistas de moda e em diversas publicidades. A alimentação ganhou maior positividade, afirmou-se como uma prova essencial do gosto pela vida, pelas viagens, pela abertura subjetiva.

3- Um terceiro sinal que poderia comprovar a hipótese da interiorização da verdade no terreno da comida é o crescimento dos casos de distúrbio alimentar aliado ao aumento da publicidade sobre os mesmos, transformados, muitas vezes, em *fait divers* lucrativos para a mídia e para a indústria de medicamentos. Há hoje uma diversidade de programas televisivos sobre esse problema, enquanto que, de fato, é crescente o número mundial de obesos e especialmente de crianças obesas. Há ainda uma variedade significativa de problemas oriundos dos riscos de contaminação alimentar, alergias provocadas pelo uso de pesticidas entre outros produtos característicos da agricultura industrial contemporânea. Tais problemas contribuem para tornar a alimentação um foco privilegiado de atenções. A comida tende a ser, nesse caso, não apenas algo que se come com mais ou menos prazer, com mais ou menos fome, mas algo que deve ser analisada em suas propriedades calóricas, calculada em seus carboidratos, verificada no nível de seus riscos ou de sua segurança. Assim como já havia ocorrido com o sexo, doravante, ao inserir a verdade na experiência alimentar, aqueles que ignoram seus significados científicos e seus efeitos no organismo podem parecer não apenas pessoas que se alimentam mal mas também pessoas doentes no âmago de suas existências. Comer mal assim como ser indiferente ou ignorar esse mal denunciam não apenas que se vive mal mas também que se é mal de várias maneiras: mal-educado, mal amado e mal resolvido. Assim como ocorreu com o sexo, ao inserir a verdade no terreno alimentar começa-se a falar de comida de maneira séria e, não por acaso, recentemente, os cursos universitários de gastronomia se espalharam pelo país, assim como a ideia de uma formação científica para a área.

4 – Um quarto sinal estaria na ampliação da variedade alimentar e na quantidade de alimentos hoje disponíveis, especialmente para aqueles que pertencem às classes médias e altas. Essa tendência tornou-se acirrada após a segunda guerra mundial, quando os templos exibidores da fartura alimentar ganharam a forma de supermercados e a seguir de hipermercados, juntamente com a proliferação do *fast-food* e, mais tarde, do *self-service*. Recentemente apareceu também uma indústria de comida para cães e gatos, ciosa da estética e da publicidade apetitosa sobre variados formatos de alimento. Na verdade, se para diversas culturas a comida já era considerada um espetáculo visual importante, desde a década de 1960, e especialmente depois de 1980, ela se tornou um dos maiores espetáculos das revistas de moda e da publicidade em geral. A estética dos pratos e a tecnologia voltada para os mesmos objetiva, por meio da contemplação visual, atiçar o paladar e "dar água na boca". Assim como ocorreu com o sexo, em sua imensa exploração visual capaz de incitar permanentemente o desejo e a vontade de ser desejado, a comida vem se tornado um dos grandes espetáculos contemporâneos capaz de suscitar uma vontade permenente de comer, de provar doces e salgados lindamente decorados.

Não espanta, portanto, que a compulsão alimentar tenha crescido desde as últimas quatro décadas. Como a palavra de ordem para o espetáculo do consumo alimentar atual é a variedade, a rotina em matéria de comida tende a ser considerada – tal como no sexo – um empobrecimento do gosto, algo que beira o enfadonho. Outro costume antigo que tende a ser esquecido diante desse novo universo alimentar são os regimes em períodos fixos na vida de uma pessoa (por exemplo, o antigo regime das parturientes chamado de resguardo. Alguns deles, no Brasil, recomendavam que a mulher devia tomar canja durante 40 dias seguidos.) Tanto os resguardos quanto as rotinas alimentares tendem a perder o sentido diante do frenesi de dietas submetidas às flutuações das modas e aos lançamentos industriais da gastronomia, sem contar com as modas de natureza científica.

É claro que há muito tempo existe a tendência de deduzir, pelo alimento consumido, o caráter do consumidor (e então aqueles que não gostam de saladas ou de comida japonesa, por exemplo, são vistos como gente grosseira e atrasada ou, diferente disso, pensa-se que os vegetarianos têm uma personalidade rígida e os amantes da carne bovina são insensíveis diante do sofrimento alheio). Mas hoje incita-se à mudança rápida dos hábitos e crenças pois a variedade de receitas e produtos é significativa. Na verdade, há séculos, tende-se a estabelecer um mimetismo entre o que se come e o que se é, por isso inúmeras culturas associaram a carne vermelha ao corpo forte e ao caráter belicoso, enquanto que os vegetais foram assimilados à leveza ou à doçura da personalidade. A comida funcionou como um instrumento de inclusão e exclusão social em muitos momentos históricos. O que aparece como novo nos dias atuais é a tendência em comer comidas outrora específicas de determinadas regiões ou ocasiões sociais em inúmeros países, em quase todas as estações do ano ou circunstâncias sociais. Com isso, ignorar a variedade de possibilidades da experiência alimentar pode denotar hoje, mais do que no passado, alguma ignorância em relação à atualidade da vida social e dos desejos pessoais.

A partir desses quatro sinais, aqueles que conhecem um pouco a antiguidade clássica poderiam perguntar: mas não haveria uma flagrante similitude entre essa preocupação quase central da alimentação hoje e a importância que ela possuía para a antiguidade e mesmo durante o cristianismo primitivo? Isso porque para aquelas culturas antigas, a alimentação era mais importante do que o sexo, mais problemática e também mais interessante do que ele. Na Grécia antiga, o comportamento sexual ainda não havia se transformado numa questão moral importante, mas a alimentação, ao contrário, era exatamente isto: um domínio de comportamento moral central.

Ocorre que entre a centralidade da alimentação naquela época e na nossa as semelhanças são poucas. E isso por várias razões. Vou a seguir apresentar apenas quatro razões que distinguem aqueles dois momentos históricos:

1- A primeira razão é o fato de que, na Antiguidade, a medicina era considerada uma arte. Além disso, ela era pensada, em geral, como sendo o resultado (e não a causa) do regime alimentar. Ou seja, a medicina não havia causado a invenção dos regimes mas teriam sido eles os seus causadores. Mesmo para quem acreditasse que a medicina estava na origem das dietas, não era apenas o corpo que estava em causa nas preocupações com a comida mas sobretudo a alma. Pois de nada serviria se tornar são e belo se isso não levasse o homem livre à temperança. Segundo Foucault, o regime físico dos gregos não devia ser cultivado por si mesmo nem de modo demasiadamente intenso. Ao contrário da época atual, não era recomendado uma autonomia do regime em relação às características do meio vivido. Além disso, a alimentação não tinha o objetivo de prolongar a vida nem o de aumentar infinitamente o desempenho do corpo, mas sim o de tornar a vida útil e feliz dentro dos limites a ela fixados. O regime não podia por exemplo superar a natureza de cada corpo nem os limites da natureza de cada lugar vivido. Os limites não eram portanto concebidos como obstáculos inventados para serem constantemente ultrapassados. Por conseguinte, na cultura grega, parecia haver uma espécie de quietude possível de ser alcançada, o que é muito diferente da época contemporânea inquietante e ofegante na busca de doses crescentes de saúde e juventude físicas.

2- A segunda grande diferença se refere à noção de liberdade: hoje há uma imensa liberdade para escolher qual alimento ou alicamento consumir, quando é melhor comer, com quem, etc. Quando se tem dinheiro essa liberdade certamente aumenta e atinge todas os cuidados com o corpo. No entanto, os povos antigos buscavam a liberdade de poder refletir sobre a dietética e sobre si mesmo. A dieta tendia portanto a não ser concebida como uma obediência nua ao saber do outro. É claro que era aconselhado ouvir os médicos, mas além disso era preciso pensar sobre si e sobre o que era recomendado. O conhecimento de si era recomendado aos homens livres e considerado algo possível de ser atingido, ao longo da vida. Na atualidade há sem dúvida inúmeros conselhos que investem no conhecimento de si. Mas esse si é convidado incessantemente a deixar de ser o que é para ser outra coisa, ele é chamado a se reciclar permanentemente. Ou seja, a liberdade dos antigos possuía limites e uma escala humana, enquanto que a de hoje está em construção e é ilimitada.

3- A terceira diferença, estreitamente relacionada ao que já foi mencionado, refere-se ao conceito de biodisponibilidade, inexistente nos tempos antigos. É claro que comer significava mais do que o ato de nutrir o organismo, mas a biodisponibilidade só se tornou atributo da alimentação depois surgimento do biopoder e não antes. Entre os antigos, embora a alimentação pudesse ultrapassar a necessidade de curar e prevenir doenças, sendo, também, uma experiência de comensalidade ou de convivialidade, a comida não era vista como um conjunto de ingredientes químicos independentes dos elementos externos (tais como o clima, as estações do ano e as constelações cósmicas). Por conseguinte, ela também não poderia ser vista como orgânica ou natural nos moldes hoje conhecidos, já que sua existência, em si mesmo, não era significativa. Sua importância habitava uma rede de combinações entre humores que se estendiam muito além do terreno alimentar. Por isso, alguns conselhos de Hipócrates sobre a alimentação podem parecer estranhos para nós: por exemplo, para emagrecer ele recomendava que era preciso ficar nu, dormir sobre um leito duro e se possível evitar os banhos.

De fato, nos tratados hipocráticos, a dieta referia-se ao que se passava fora do terreno alimentar e nem sempre envolvia uma atenção limitada ao interior do corpo. Já hoje, mesmo se a revista *Nature* publicasse que ficar nu ajuda a emagrecer, ainda assim, seria preciso apresentar provas relacionadas ao interior do organismo (poder-se-ia imaginar por exemplo que um grupo de cientistas descubriria que quando se está nu o pâncreas libera enzimas que reorganizam a sinergia endócrina e a genética responsável pela produção do tecido adiposo. Mas mesmo assim, surgiriam controvérsias: outro grupo de cientistas, financiado por alguma mega-indústria, diria que a nudez libera quantidades suplementares de radicais livres e que portanto emagrece-se mas também envelhece-se mais rápido! E alguns psicanalistas discordariam disso tudo e diriam que existem causas do interior psíquico de cada um que precisam ser melhor estudadas.) Seja como for, hoje é o corpo e seu interior, material e imaterial, que são postos em causa e vasculhados. Afinal, diferente das sociedades antigas, acredita-se que a saúde é antes de tudo algo individual, que nasce e morre dentro de cada um e que depende exclusivamente de cada um, sem relação com os humores do macrocosmo. Ela não é mais uma "proporção conveniente" entre os humores do corpo e os do mundo. Nas sociedades contemporâneas, a saúde depende mais da carta genética de cada organismo do que da cultura e da geografia que sustenta os corpos.

Além disso, a saúde tornou-se infinita, especialmente depois de 1945, quando a Organização Mundial da Saúde a definiu não apenas como a cura das doenças mas também como a aquisição de um bem-estar infinito:

como se nunca alguém estivesse bem o suficiente, pois a noção de bem-estar infinito sugere que sempre é possível melhorar. E se é sempre possível melhorar alguma coisa no corpo, todos devem manter uma relação com ele de *superação constante*. O corpo deixa assim de parecer apenas algo que se é ou que se tem para significar aquilo que necessita ser diariamente superado. Nessa situação, a venda de ingredientes biodisponíveis se torna extremamente atraente pois ela promete a todos um ganho de tempo na superação daquilo que no corpo não funciona conforme o desejado.

Além disso, para os gregos e romanos antigos a desconfiança a respeito dos regimes excessivos não objetivava, segundo Foucault, o aumento do tempo de vida e nem mesmo o aumento do desempenho pessoal. Os regimes visavam à transformação de cada vida em algo útil e feliz dentro de limites previamente fixados. Por isso eram chamados de *filosofia do regime*. E mesmo com o cristianismo primitivo, quando então a ascese passa a pretender a redução completa do prazer, ainda assim, não se tratava de superar o corpo infinitamente mas muito mais de assumir seu governo para o benefício da alma.

Em suma, os regimes serviam para "armar o indivíduo como um todo" e não unicamente para livrá-lo da gordura. Também não se tratava unicamente de aumentar a autoestima de alguém, pois o contentamento individual seria, se é que se pode pensar assim, apenas uma parte das intenções dos regimes. Em geral, esses serviam para dotar os homens de estratégias para o enfrentamento diário de uma multiplicidade de circunstâncias climáticas, típicas da idade, geográficas, cósmicas, etc. A dieta era portanto "uma arte estratégica" que procurava responder de modo adequado às circunstâncias. Aqui, a noção de arte perde o sentido se não se articular àquela de estratégia.

Diante dessa cultura, aqui muito rapidamente abordada, emergem questões e dúvidas sobre a nossa, sobre os regimes e dietas que diariamente se apresentam para nós: questões banais, tais como: teriam os regimes hoje a potência de ajudar cada um a pensar sobre si e sobre o mundo, ou eles serviriam unicamente para eliminar uma certa quantidade de gordura? Mas e se o que se pretende for apenas "eliminar gordura"? E se no lugar de querer estratégias e uma alma temperante for desejado somente um corpo mais magro? Pois, era o caso de pensar, na época atual, para quê querer estratégia quando ainda se acredita que se pode fugir para lugares sem luta e de preferência sem problemas? E para quê um regime voltado a atingir a alma se hoje não cessa de ser dito que o que vale é o corpo?

Se assim for, estamos de fato distantes não apenas dos gregos e da antiga pólis mas também da suposição de que o conhecimento e a vida resultam das relações de poder e não de alguma beatitude sonhada. Quando os regimes tornam-se apenas regras para eliminar gordura e aumentar a autoestima eles ficam pobres de modo inversamente proporcional à riqueza dos alimentos e medicamentos consumidos, esses sim, cada vez mais repletos de vitaminas, além da possibilidade de serem biodisponíveis. Quanto menos estratégia um corpo é ensinado a inventar, mais sua alma fica parecida com a magrinha bolacha Maria, pobrezinha em força, enquanto que os medicamentos se tornam amplamente estratégicos, ativos e potentes. Se assim for, era o caso ainda de perguntar não exatamente sobre a arte mas, muito mais, sobre a noção de estratégia, aliás, bastante presente nos textos de Foucault: o que houve com ela? Será que a estratégia foi deixada por conta unicamente dos militares e dos momentos de guerra? Teríamos esquecido, enfim, que é da centelha de duas espadas, e não da sua inutilidade, que nasce o conhecimento, a criação e, talvez, a vida? Teríamos esquecido que o fascismo tende a se alojar no corpo para fazer do homem uma figura esquálida em estratégias, ignorante em políticas e apaixonada pelo poder que a explora? E será que uma vida sem a invenção de estratégias, conseguiria criar aquilo que é tão importante para combater o fascismo e que Foucault chamou de "armadilhas do humor"? Enfim, sem estratégia, como perceber armadilhas? E sem uma alma que arma, será que é possível rir? E sem o riso, como manter acesa à partilha à mesa tal como ela havia sido pensada por Brillat-Savarin no começo do século XIX, ao se referir à associação entre a comida e à ampliação da experiência convivial?

Referências

HIPPOCRATE. *Du régime*. Trad. de Robert Joly. Paris: Belles Lettres,1967.

FOUCAULT, Michel. *Histoire de la sexualité*. v. 1. Paris: Gallimard, 1976.

FOUCAULT, Michel. *Histoire de la sexualité*. v. 2. Paris: Gallimard, 1984.

FOUCAULT, Michel. *Histoire de la sexualité*. v. 3. Paris: Gallimard, 1984.

FOUCAULT, Michel. *A verdade e as formas jurídicas*. Rio de Janeiro: PUC/Nau, 1976.

A Bela ou a Fera:
os corpos entre a identidade da anomalia e a anomalia da identidade

Durval Muniz de Albuquerque Júnior

1815. O Monte Tambora, na ilha de Sumbawa, na Indonésia, entra em erupção e espalha pelo hemisfério norte um milhão e meio de toneladas de poeira, fazendo com que o ano de 1816 não tivesse verão. Seria aquele um ano em que não se veria direito a luz solar, um ano sombrio, um ano propício para os habitantes da penumbra e da escuridão. Sem poder desfrutar das delícias do verão dos países do sul, um grupo de amigos ingleses, capitaneado pelo poeta romântico Lorde Byron, resolve se reunir num chalé às margens do lago Léman, em Genebra, para passar suas férias. Como o ambiente apresenta um clima hostil e rigoroso, para passar o tempo fazem constantes leituras de histórias de horror, notadamente histórias de fantasmas alemãs, traduzidas para o francês. O anfitrião resolve então desafiar os amigos e propõe que cada um ali presente escrevesse um conto de terror. John Polidori escreve o conto *O Vampiro*, considerado pioneiro no tema, que vai servir de modelo, quando mais tarde Bram Stoker escreve *Drácula*. Na casa também estão Percy Bysshe Shelley e Mary Shelley, então com 19 anos. Após passar alguns dias sem nada conseguir escrever, ela tem uma visão sobre um estudante dando origem a uma criatura em laboratório, e escreve *Frankenstein ou o moderno Prometeu*,[1] publicado em 1818, após ser recusado por mais de uma editora, sem o seu nome na capa, com um prefácio do noivo e uma dedicatória do pai, o que explicita a tutela masculina sobre as mulheres até mesmo na hora de publicar seus escritos.[2]

---

[1] SHELLEY, Mary. *Frankenstein ou o moderno Prometeu*. 4ª ed. São Paulo: Companhia das Letras, 1994.

[2] RADU, Florescu. *Em Busca de Frankenstein:* o monstro de Mary Shelley e seus mitos. São Paulo: Mercuryo, 1998.

Frankenstein, como o próprio subtítulo assinala, retomaria o tema do mito de Prometeu, o titã que roubou o fogo, que era monopólio dos deuses e o entregou aos homens, sendo condenado a um suplício eterno por esse gesto. Mas o que estava em jogo na história de Mary Shelley era uma categoria que havia começado a emergir na cultura ocidental por volta do século XVII: a vida. Ao tentar criar a vida humana em laboratório, o Dr. Victor Frankenstein havia tentado usurpar uma prerrogativa de Deus, havia se apossado de um mistério divino, a transformação da matéria inanimada em animada. Toda a desgraça que se abate sobre sua família e sobre aqueles a que mais amava, a sua própria ruína, seria uma punição por violar as leis da natureza e o próprio aparato jurídico prevalecente na sociedade a que pertencia. Ao se colocar no lugar de Deus, ao se arvorar a ser o criador, o Dr. Frankenstein dá origem a uma criatura monstruosa, pois como tematiza Michel Foucault, em *Os Anormais*,[3] o monstro é justamente aquela criatura em que se articula a violação às leis da natureza e da sociedade, uma figura em que aparece reunido o impossível e o proibido. O livro atualiza, assim, uma temática que vem desde pelo menos a Idade Média, a da criatura metade homem, metade besta, um corpo e uma alma indefinidos entre o humano e o animalesco, entre o divino e o diabólico. A criatura, como aparece nominada na história, já que sua condição de ser rejeitado pelo próprio criador se indicia pela própria ausência de um nome que o identifique, se instala nesse lugar equívoco entre o humano e o inumano.[4] Desprezado, humilhado, rejeitado por sua aparência monstruosa, disforme, por ter um corpo que não se adéqua aos padrões definidos como humanos, vai se mostrando, ao longo do texto, um ser portador de sentimentos e emoções demasiadamente humanos: medo, revolta, ternura, altruísmo, inveja, amor, ódio, crueldade, desespero e melancolia. Um ser entre o grotesco e o sublime, bem ao gosto da estética romântica, que emergira desde o final do século XVIII, questionando a realidade social e cultural que a sociedade industrial e burguesa viera constituir.[5]

O romance gótico, gênero em que foi classificado o texto de Shelley, surgiu na Inglaterra, centro do desenvolvimento do capitalismo industrial, no século XVIII, em diálogo com a produção romântica alemã do *Sturm*

---

[3] FOUCAULT, Michel. *Os Anormais*. São Paulo: Martins Fontes, 2005.

[4] Ver: LYOTARD, Jean-François. *O Inumano*. 2ª ed. Lisboa: Estampa, 1997.

[5] MOISES, Massaud; GOMES, Álvaro; VECHI, Carlos Alberto. *A Estética Romântica*. São Paulo: Atlas, 1992.

und Drang e com o romantismo francês. Trata-se da emergência, notadamente entre a aristocracia em processo de declínio político e econômico, de uma sensibilidade reativa ao mundo moderno, ao mundo em que a ciência e a técnica ganham cada vez maior centralidade, ao mundo dominado pela racionalidade, em que a superstição, o misticismo e a religiosidade pareciam ter cada vez menor lugar. É uma reação ao processo que Weber nomeará de dessacralização do mundo.[6] Em contraposição às promessas das Luzes, é uma sensibilidade atenta para as dimensões sombrias, para os aspectos obscuros, exóticos, bizarros, estranhos do comportamento humano e da realidade social. Uma sensibilidade que valoriza a Natureza e busca reencantá-la, redescobrindo seus mistérios e sua força, colocando-a em contraposição ao desejo humano de domínio e de esclarecimento. A monstruosidade de Frankenstein pode ser vista não apenas como um castigo divino, mas como uma rebelião da natureza, que não se deixa aprisionar ou dominar pelos saberes humanos, pela ciência e pela técnica. O Dr. Victor Frankenstein é um homem dedicado às ciências naturais e, como os alquimistas, buscava violar a separação entre os reinos da natureza e dominar os seus segredos. O romance gótico, embora manifeste uma nostalgia aristocrática, ambientando suas histórias em paisagens, mosteiros e castelos medievais, onde vidas se debatem contra um destino marcado por profecias e maldições, não deixa de representar uma visão burguesa sobre a vida e o corpo da aristocracia e das camadas populares, vidas e corpos vistos como marcados pela devassidão, pela luxúria, pela ociosidade, pela boemia, pelo vício, pela loucura. Corpos que serão, mais tarde, em 1857, a partir da obra de Morel, vistos como degenerados. Corpos marcados física e moralmente pela decadência, pelo rebaixamento.[7]

Frankenstein parece nascer dessa ansiedade coletiva diante das transformações históricas que se processavam entre o final do século XVIII e o início do século XIX. O não dominar e entender as forças que movem esse processo de mudanças, o deparar-se com a condição cada vez mais caótica e contingente da vida, em que a falência, a desgraça política, a morte podem estar na próxima esquina ou vir no próximo ano, com o espectro da revolução e da revolta popular sempre a rondar a vida dos

---

[6] WEBER, Max. *A Ética Protestante e o Espírito do Capitalismo*. São Paulo: Companhia das Letras, 2004.
[7] Ver: CORBIN, Alain/VIGARELLO, Georges. *História do Corpo, v. 2* - da Revolução à Grande Guerra. 2ª ed. Petrópolis: Vozes, 2008.

bem nascidos e bem postos, com o crescimento das cidades e a chegada constante de estranhos e desconhecidos, levam pessoas, como Mary Shelley, a desenvolver um medo em relação a tudo que as cerca: medo de doenças, de furtos, de agressões, de violências sexuais, uma subjetividade marcada pelo terror.[8] Fantasmas, demônios, espectros, monstros parecem povoar uma realidade que se transmuta com velocidade se tornando de difícil domínio. Angústia e pessimismo acompanham e acentuam a produção de sujeitos que se refugiam, cada vez mais, no que seria o seu próprio interior. O individualismo nascente resvala para o narcisismo e o egocentrismo, e as impressões subjetivas se tornam o refúgio contra o mundo exterior, o mundo do objeto, da matéria, da mercadoria.[9] Diante de uma sociedade que requer cada vez mais a disciplina, que investe na identificação e controle dos corpos, se devaneia sobre corpos sem controle, sobre seres sem identidade, seres que, como Frankenstein, vagam pelas ruas, pelas florestas, pelos mares, em busca dos confins da civilização: nômades, fugitivos acossados pelo julgamento e pelo controle de todos que fazem a sociedade. As cidades e os campos se povoam de outra figura central na constituição da anormalidade, os indivíduos a corrigir: vagabundos, temerários, briguentos, valentões, bêbados, proxenetas, boêmios, escroques, espertalhões, jogadores, viciados, sodomitas, assassinos, mendigos, prostitutas. Como dirá Foucault, sobre eles recairá a malha das disciplinas, para eles serão criadas a rede de instituições e espaços disciplinares. Eles não são corpos a banir, a esconder, a supliciar, corpos que só merecem a lástima ou o riso como os dos monstros; são corpos a adestrar, a corrigir, a recuperar, a tornar dócil e produtivo. Para isso é também necessário o investimento em sua identificação, em desfazer os amontoamentos, as massas indefinidas e informes, as multidões sem controle. O povo monstruoso da revolução, que assassinou e pôs fim a monstruosidade do soberano absoluto, do tirano, agora torna-se cidadão a ser esquadrinhado, classificado, nomeado, identificado e governado.[10]

Em 1835, outro ser perambula pela floresta, perdido entre a humanidade e a animalidade, nas fronteiras entre a natureza e a civilização. O parricida de olhos avermelhados, Pierre Rivière, que acabara de degolar

---

[8] Ver: NAXARA, Márcia. *Cientificismo e Sensibilidade Romântica*. Brasília: UNB, 2004.

[9] ELIAS, Norbert. *A Sociedade dos Indivíduos*. Rio de Janeiro: Jorge Zahar, 1994.

[10] FOUCAULT, Michel. *O Nascimento da Biopolítica*. São Paulo: Martins Fontes, 2008.

com uma foice sua mãe grávida, sua irmã e seu irmão menor. Ele que também será chamado de monstro, não sai das páginas de nenhum romance gótico. Ao invés de ser produto da escrita de alguém, é ele que escreve e se inscreve como personagem de sua própria narrativa, um memorial de cerca de cinquenta páginas onde, a pedido do juiz, expõe e justifica o seu gesto. Esse escrito, achado por Michel Foucault[11] perdido entre a poeira dos arquivos da Bastilha, não lhe deu a glória, nem a fama conquistadas pelo monstro de Shelley, mas foi o motivo de sua infâmia e depois de seu esquecimento. Narrativa que teria sido pensada anteriormente ao próprio crime, que seria a sua materialização, servirá de campo de disputa entre diferentes instituições e discursos que vêm tentar apreender aí a verdade do crime e do criminoso. Nascida da tradição popular de contar crimes, dos folhetos populares que davam notoriedade passageira e fugaz àquele que tinha coragem de violar as leis divinas e terrenas, apoderando-se da vida de alguém e concedendo-lhe a morte, o memorial de Rivière jazia esquecido em meio a outras tantas outras narrativas que por um instante iluminaram vidas sem importância, o cotidiano cinzento daqueles que pouco valem, que deram por um instante fugaz grandeza ao ínfimo.[12] Esmagado pelo poder de Estado, que o condena à morte e o executa, o parricida escritor deixa atrás de si esse texto que Foucault considera o seu rastro fulgurante e instantâneo, inquietante. Assim como Frankenstein, Rivière desafia a racionalidade, seja jurídica, seja médico-legal, seja psiquiátrica. Seu crime, duplicado em sua narrativa, sua monstruosidade, que ganha rosto e corpo em sua escritura, desafia as categorias e conceitos de saberes arrogantes e dispostos a tudo explicar e classificar. Advogados, médicos, psiquiatras sem vocabulário, sem categorias para dizer a verdade daquele gesto, daquele sujeito, fazem a verborragia proliferar, as versões se bifurcarem. Diante de suas razões, a razão cambaleia, diante de seus argumentos, faz-se silêncio. Sobre seu gesto tenta-se estabelecer causalidades, propor explicações. A partir dele tenta-se definir sua verdade, sua identidade: criminoso cruel ou louco, insano, desarrazoado ou frio e calculista. Definição, identidade que não deve servir para que ocupe um lugar no mundo, que tenha um nome, mas para que essa o condene ao esquecimento, que sirva para apagar

---

[11] Idem. *Eu, Pierre Rivière, que degolei minha mãe, minha irmã e meu irmão.* 8ª ed. São Paulo: Graal, 2007.

[12] FOUCAULT, Michel. A Vida dos Homens Infames. In: *O Que é um Autor?* Lisboa: Vega, 1992.

o rastro fulgurante que deixou, que venha retornar à obscuridade, à noite de onde nunca deveria ter saído. Em sua alteridade radical, assim como o monstro de Shelley, Rivière se torna o outro absoluto, aquele expulso de toda humanidade, incapaz de ser compreendido, de ser dito. Por isso, o processo fala muito para calá-lo, para desqualificar a sua fala. Ao invés de uma autobiografia que garantiria sua transcendência, a perenidade de sua memória, sua presença entre os vivos, mesmo quando morto, o memorial Rivière é a garantia e o motivo de sua morte, do silenciamento de sua vida, que faz dele um morto-vivo.

Se ficamos sabendo da história de Frankenstein através das cartas que o Capitão Walton escreve para sua irmã, relatando suas conversas com o Dr. Victor desde que o salvou de um naufrágio próximo do pólo Norte, onde fora em busca da sua criatura para matá-la, ficamos sabendo do crime de Rivière através desse relato autobiográfico. Vive-se um momento histórico em que a separação entre o público e privado está se estabelecendo. Esses personagens violam essa separação, trazendo para o espaço público, politizando, coisas de família. Família que vivia um intenso processo de transformação. A família extensa aristocrática e popular estava dando lugar à família nuclear burguesa. As famílias dos nobres e das gentes do campo e da cidade passam a ser vistas como promíscuas. Os médicos passam a atuar como conselheiros de família, substituindo os antigos orientadores de consciência, notadamente os religiosos. A família se medicaliza e passa a ser vista como a célula primordial da sociedade, foco de doenças ou garantia de saúde.[13] O corpo, notadamente o corpo feminino e das crianças passam a ocupar o centro das atenções, desde pelo menos os fins do século XVIII. Em 1710, na Inglaterra, a publicação da obra intitulada *Onania*, indicia o desencadear de uma nova preocupação e a emergência de uma nova sensibilidade em relação ao corpo infantil. O onanismo, a masturbação passa a ser vista com preocupação, sendo diagnosticada como responsável por degenerações físicas e mentais. Rivière, nesse contexto de valorização da família, de responsabilização dela pela educação e controle das crianças, de correlação simbólica entre família e Estado, aparece como o inimigo da sociedade e do Estado por dar cabo de sua própria família. A monstruosidade de seu crime se explica pelas aberrações de seus desejos incestuosos, de suas indefinições sexuais. Com a emergência da família nuclear a vigilância sobre os corpos que a compõem é redobrada, o sexo

---

[13] DONZELOT, Jacques. *A Polícia das Famílias*. 3ª ed. São Paulo: Graal, 2001.

passa a ser tema de cuidado e motivo de ansiedades e angústias. Evitar os contatos, evitar os toques, as aproximações, as misturas, as oportunidades, controlar o desejo, definir e classificar as preferências, nomear e ordenar aquilo que chamar-se-á de instintos, conceito a partir do qual se naturaliza, se implanta no corpo a própria noção de sexo e de sexualidade, permitindo a patologização da diferença, da resistência a se tornar idêntico, pois haverá os bons e os maus instintos, que explicarão gestos abomináveis como os de Rivière. As identidades individuais e sociais passam agora pela identidade sexual, que começa ser cobrada de todos, veiculada e implantada nos corpos e nas subjetividades.[14] Os grandes nomes da psiquiatria francesa, que entrevistam o parricida de olhos vermelhos, perguntam insistentemente por suas preferências sexuais, veem em seu gesto o resultado de uma convivência familiar doentia, que o leva à doença mental.

Em 1868, outro ser das trevas, ser que protegido pelas sombras de um mosteiro vivia uma vida aparentemente feliz e sem culpa, tem a sua felicidade e sua vida destruídas por ser obrigada a vir à luz, a sair de seu anonimato, obrigada a se adequar e a aceitar uma verdade sobre si e sobre seu sexo que é enunciada pelos médicos que consulta ao cair doente. Seu suicídio põe fim a inúmeros sofrimentos, motivados pela proibição de seu amor e de suas práticas sexuais. Andrelïne-Herculine Barbin, também chamada Alexina, prefere morrer a viver num lugar de sujeito que lhe é atribuído e ao qual deve se circunscrever, sendo mais uma vítima daquilo que podemos chamar de dispositivo das identidades, que busca definir para cada indivíduo um conjunto de traços corporais, uma história, um nome, uma série de lugares e classificações que o venha localizar e prender numa rede de poderes e saberes. Assim como Frankenstein, a monstruosidade de Alexina estava em seu corpo equívoco, em seu sexo ambíguo. Herculine encarnava uma das figuras que foi uma obsessão dos séculos XVII e XVIII, o hermafrodita, figura ao mesmo tempo motivo de estranhamento e de curiosidade, tal como fora os seres metade homem, metade besta na Idade Média ou as individualidades duplas, como os gêmeos xifópagos, no Renascimento. Mas se antes esses seres eram do plano do mistério, do divino ou do diabólico, eram fruto do destino e dos erros da natureza, agora a ciência busca extrair deles sua verdade interior, busca, ultrapassando a aparência, encontrar a sua essência. Os médicos se debruçam sobre o corpo ambíguo de Alexina para arrancar dele a verdade que teima em

---

[14] FOUCAULT, Michel. *História da Sexualidade I*: a vontade de saber. 18ª ed. São Paulo: Graal, 2007.

esconder entre as pernas. Tendo sido criada como uma menina, tendo tido uma educação adequada a pessoas desse sexo, destinada, inclusive a uma vida monacal, Alexina se diverte e diverte suas companheiras de celibato e de vida religiosa, com seu micro pênis de cinco centímetros e um testículo que mal se deixa ver, ambos fazendo parte de uma vulva impenetrável. Para Foucault,[15] Herculine Barbin vivia num limbo feliz de não-identidade, até que fosse obrigada a se submeter a exames, à técnica por excelência através da qual os saberes disciplinares constroem verdades para os corpos, até que o olhar anátomo-clínico[16] vasculhasse o seu corpo e procurasse arrancar dele seu verdadeiro sexo. Encontrado por Foucault nos arquivos do Departamento Público de Higiene da França, o dossiê do caso Alexina, obrigada a se transformar em Abel Barbin, documenta o nascimento daquilo que o filósofo francês chamou de dispositivo da sexualidade, no qual o sexo passa a ser o significante despótico em torno do qual se dá sentido aos corpos, a seus afetos, a seu conjunto de funções, a seus órgãos, a seus gestos. O sexo se torna o conceito através do qual toda a dispersão que compõe os corpos, aquilo que Deleuze e Guattari[17] chamaram de corpo sem órgãos, é transformado em um organismo unificado e ordenado de forma piramidal. O caso extremo do hermafrodita, seu corpo ambíguo, indefinido, denuncia por si só a maquinaria social e cultural de implantação do sexo nos corpos, de definição de um corpo generizado. Embora concorde com Judite Butler[18] que Alexina não vivia provavelmente nesse limbo feliz idealizado por Foucault, pois não estando fora da cultura que, desde o século XVIII, definira a existência de dois sexos separados como a condição dos seres humanos, gerando possivelmente nela angústia e culpa, penso que ela havia construído um território[19] para habitar, onde a monstruosidade e a anomalia não eram sua condição.

---

[15] FOUCAULT, Michel. *Herculine Barbin ou o diário de um hermafrodita*. Rio de Janeiro: Francisco Alves, 1983.

[16] Ver: FOUCAULT, Michel. *O Nascimento da Clínica*. 6ª ed. Rio de Janeiro: Forense Universitária, 2008.

[17] DELEUZE, Gilles e GUATTARI, Félix. *Mil Platôs:* capitalismo e esquizofrenia, v. 1. São Paulo: Trinta e Quatro, 1995.

[18] BUTLER, Judith. Foucault, Herculine e a política da descontinuidade sexual. In: *Problemas de gênero:* feminismo e subversão de identidade. Rio de Janeiro: Civilização Brasileira, 2003, p. 140-155.

[19] Sobre a noção de território, ver: PERLONGHER, Nestor. *O Negócio do Michê*. São Paulo: Perseu Abramo, 2008.

Assim como Frankenstein se revela através de cartas pessoais e Rivière escrevera um memorial, Herculine Barbin escreve um diário pouco antes de cometer o gesto extremo do suicídio. O diário é uma peça acusatória em relação à maquinaria de poder e saber que sobre ela se abateu, que a obrigou a se denominar, a agir, a se vestir, a se comportar como um homem, mas também não deixa de ser uma confissão, de ser a manifestação dessa poderosa técnica para a produção de verdades e de sujeitos no Ocidente. Mesmo rebelada, Herculine confessa seus gestos equívocos, se deixa capturar pelo dispositivo da identidade, mesmo que essa captura se dê pelo negativo, pela recusa, pois na confissão o sujeito tende a coincidir com aquilo que enuncia.[20] Se Rivière em seu memorial aparece com múltiplos rostos, sendo disperso em múltiplos sujeitos pelos discursos que glosam sua fala, Herculine Barbin, que tem no próprio corpo a indefinição de seu ser, busca aflita, no seu diário, compreender por que tem que ter um verdadeiro sexo, por que não poderia continuar vivendo como vivera até então, na transversalidade das categorias binárias que tentam ordenar e definir como devem ser e estar os seres humanos. Em seu diário, bem de acordo com a educação cristã que tivera, traça uma imagem de si mesma como mártir, mas também como pecadora, que busca através da confissão encontrar a redenção e espiar os males que possa ter cometido. Seu diário pode ser pensado como a continuidade do primeiro gesto que pôs a sua vida a perder, a confissão que fez sobre suas práticas no convento para o bispo de La Rochelle, Jean-François-Anne Landriot, o que desencadeou a peritagem médica e sua definição como um corpo masculino.[21]

Vinte nove anos depois do suicídio de Alexina, em 1897, um morto-vivo torna-se um sucesso literário e faz de seu autor, Bram Stoker,[22] uma celebridade na Irlanda. O livro é inspirado na história pioneira de John Polidori, *O Vampiro,* e na vida de um príncipe da Transilvânia, atual Romênia, Vlad Tepes, cuja lenda negra circulava em todo leste europeu. Esse teria combatido com ferocidade e crueldade as tropas turcas, durante o século XV, se especializando no empalamento dos corpos dos infiéis ao cristianismo. Vlad II, seu pai, era membro de uma

---

[20] Sobre a confissão como técnica de produção de sujeitos ver: FOUCAULT, Michel. *A Hermenêutica do Sujeito.* São Paulo: Martins Fontes, 2006.

[21] Sobre o diário como modo de escrita de si, ver: LEJEUNE, Philippe. *O Pacto Autobiográfico.* Belo Horizonte: UFMG, 2008.

[22] STOKER, Bram. *Drácula.* São Paulo: Scipione, 2004.

sociedade cristã romana chamada Ordem do Dragão, criada por nobres da região para combater as tropas turcas, por isso seu pai era chamado Dracul (dragão) e por consequência seu filho passou a ser chamado de Draculea (filho do dragão). No entanto a palavra dracul possuía um segundo significado, o de diabo. Drácula, portanto, seria o filho do diabo, o filho das trevas, a encarnação do mal.[23] Esse personagem literário, tal como Frankenstein, assim como os personagens históricos Rivière e Herculine Barbin, representaria o lado obscuro do mundo, do Homem, o ser empírico e transcendental que surgira desde o século XVIII[24], que a sociedade da razão, a sociedade das luzes, a sociedade do esclarecimento científico e da técnica, não queria reconhecer ou procurava dele fugir ou a ele negar. Mas Drácula funde, numa só figura, o personagem literário e o personagem histórico, formando um híbrido de mito, lenda e história, num momento em que a historiografia se pretende científica, liberta dos mitos, das lendas e da ficção, só atenta aos fatos. Como diz Deleuze e Guattari,[25] esses personagens representariam os arcaísmos, os mitos, fragmentos de sensibilidades e imaginários do passado que vinham habitar o presente e do qual o capitalismo se alimenta em seu processo de produção de subjetividades adequadas à sua reprodução. Jung[26] chamaria de arquétipos, esses topos imagéticos e discursivos, esses temas, essas figuras e noções que vindo de outras épocas são recorrentemente atualizadas. É o que Freud[27] chamou de retorno do reprimido ou do recalcado. Figuras que encarnariam medos e desejos humanos básicos, que tal como Drácula retornavam periodicamente dentre os mortos vindo espantar a todos, mobilizar e seduzir a quem menos se espera. Numa sociedade que valorizava a vida e temia a morte, tentando escondê-la e negá-la, Drácula indicia o fascínio que a morte continua a despertar, como um certo fascínio pela guerra que percorre a cultura ocidental em plena era do imperialismo e da corrida pelo domínio colonial.[28] Numa sociedade em que os processos

---

[23] LECOUTEUX, Claude. *História dos Vampiros:* autópsia de um mito. São Paulo: UNESP, 2005.

[24] Ver: FOUCAULT, Michel. *As Palavras e as Coisas.* 10ª ed. São Paulo: Martins Fontes, 2007.

[25] DELEUZE, Gilles e GUATTARI, Félix. *Mil Platôs: capitalismo e esquizofrenia, v. 4.* São Paulo: Trinta e Quatro, 1997.

[26] JUNG, Carl Gustav. *Os Arquétipos e o Inconsciente Coletivo.* 2ª ed. Petrópolis: Vozes, 2002.

[27] FREUD, Sigmund. *Totem e Tabu e outros trabalhos.* Rio de Janeiro: Imago, 2006.

[28] ARIÉS, Philippe. *História da Morte no Ocidente.* 2ª ed. Lisboa: Teorema, 1997; GAY, Peter. *O Cultivo do Ódio.* São Paulo: Companhia das Letras, 1995.

migratórios e imigratórios se intensificam, o medo ao estrangeiro, o ódio e a repulsa ao diferente, parecem se encarnar nesse ser que chega sempre de outras terras e de outros tempos para vir habitar um dado lugar, para onde traz a desgraça, a morte e a maldição. Numa sociedade que acaba de descobrir com Pasteur a existência dos micro-organismos, Drácula atualiza o medo do contágio, é a própria expressão do que Bruno Latour[29] chama de híbrido, da impureza, numa sociedade que busca a purificação.

Sociedade regida por um morto-vivo, o capital, fruto da acumulação do trabalho não pago, do sangue sugado ao corpo do trabalhador, que alimentava os bolsos dos vampiros donos dos meios de produção. Karl Marx[30] adorava comparar a figura lendária do vampiro com os donos do capital. Talvez, só mesmo um autor irlandês pudesse criar uma personagem que simbolizasse tão bem a história de seus patrícios, carne humana a serviço do processo de acumulação do capital inglês. Mas Drácula é um conde, remete pretensamente à temática do romance gótico do início do século, embora não haja aí nenhuma nostalgia aristocrática. A simbólica do sangue[31] tão central na legitimação daqueles que exercem o poder, das elites numa sociedade aristocrática, aparece aqui degradada num sangue que é sempre tornado impuro, que vem irrigar e manter vivo um corpo morto, talvez o corpo da própria aristocracia, a se levantar vez por outra de suas tumbas, de seus sarcófagos, de seus palácios, de suas masmorras, mas como figuras fora do tempo, como figuras sem vida, como figuras sem poder, sem importância, vivendo de sugar o sangue daqueles que realmente representam a vitalidade no mundo burguês. A simbólica do sangue, que talvez pelo seu próprio declínio, se desloca e se perverte num racismo crescente, que se expressa em teorias eugenistas, social-darwinistas e evolucionistas, teorias que buscam nos corpos as marcas de sua verdade e que sonham com um sangue puro, um corpo livre de misturas e mestiçagens degenerativas.[32] Assim como em *Drácula,* o sangue agora parece encarnar o mal. Na sociedade da sexualidade, que como diz Foucault criou uma ciência sexual, a sanguinidade é fora de

---

[29] LATOUR, Bruno. *Jamais Fomos Modernos.* São Paulo: Trinta e Quatro, 1994.

[30] MARX, Karl. *O Capital – Livro 1, v. 1.* 25ª ed. Rio de Janeiro: Civilização Brasileira, 2008.

[31] Ver: FOUCAULT, Michel. *História da Sexualidade I:* a vontade de saber. 18ª ed. São Paulo: Graal, 2007.

[32] Ver: FOUCAULT, Michel. *Segurança, Território, População.* São Paulo: Martins Fontes, 2008.

época e *démodé*. Em *Drácula*, a mística do sangue parece se misturar com a nascente mística do sexo, já que o Conde embora viva em busca de sangue para viver, mantém explícitas relações eróticas com suas vitimas. A tirania que exerce sobre seus subordinados, ressoa ainda a monstruosidade, agora fora de época, do tirano absoluto. Vestido como para uma festa, daquelas que animavam os salões e faziam parte dos rituais e da liturgia que sustentavam o poder aristocrático, o vampiro agora só pode sair à cena à noite, na escuridão; não pode encarar a luz, talvez a sociedade das luzes. Numa sociedade dessacralizada, onde na mesma época Nietzsche anuncia a morte de Deus, esse ser de outros tempos ainda trava a clássica batalha do imaginário cristão entre o diabólico e o divino, entre o bem e o mal, e talvez indicie como o mal parece ser sedutor e inebriante. Ele ainda teme a cruz, ele ainda foge espavorido de tudo aquilo que lembra o poder divino: a água benta, o sal, a hóstia. Mas é um ser que também pode ser combatido ou eliminado por métodos antigos e pagãos: o uso do alho, a estaca de prata cravada em seu peito, o uso do fogo, da própria luz solar.

Mas, como um romântico, Drácula percorre os séculos em busca de reencontrar o seu amor perdido. Em cada corpo feminino, em cada pescoço quente e perfumado em que crava suas presas, ele procura aquele corpo amado que um dia foi seu e que lhe foi arrancado pela morte, essa grande inimiga, esse mistério divino que leva os homens a contra Ele se revoltarem, buscando junto ao demônio a imortalidade negada pela divindade. Mas Drácula não seria também uma grande metáfora da condição dependente dos homens em relação às mulheres? Mulheres que lhes dão a vida, que os alimentam, que os educam, que deles cuidam ao longo de toda a vida e esses em troca oferecem a tirania, o domínio e a exploração, em troca lhes sugam até a última gota de sangue. Drácula, o sedutor, que exerce um fascínio incontrolável sobre as mulheres, um ser polido, civilizado, aristocrático, mas que pode a qualquer momento, notadamente na hora da cópula revelar-se um animal, uma fera a estuprar e possuir o corpo feminino a que dá prazer e, ao mesmo tempo, mata, metamorfoseia em mortas-vivas, que passam a obedecer-lhe e realizar suas vontades e desígnios.[33] Mas Drácula também se apossa de e suga, com prazer, corpos masculinos. Numa sociedade que há poucas décadas inventou a homossexualidade, numa obra escrita dois

---

[33] Ver: VIGARELLO, Georges. *História do Estupro*. Rio de Janeiro: Jorge Zahar, 1998.

anos depois de Oscar Wilde ser condenado por "cometer atos imorais com diversos rapazes", Drácula também parece passível de sérias suspeitas sobre sua identidade sexual, tal como Herculine Barbin.[34] Ele também parece encarnar certa ansiedade com o que seria uma feminização da sociedade, uma desvirilização dos costumes trazida pela sociedade urbana e industrial.[35] Se Frankenstein se rebela contra seu criador ao ver negado o seu desejo de ter uma companheira, sendo impedido assim de constituir uma família e deixar uma descendência, pois essa podia ser monstruosa, sendo condenado assim a um dos grandes males da modernidade: a solidão; se Rivière é suspeito de ter desejos incestuosos e um amor excessivo e suspeito pelo pai; se Herculine Barbin é portadora de um sexo equívoco, se entregando a práticas sexuais que passariam a ser classificadas como anormais, Drácula também parece ser um perigo, uma ameaça por seu pansexualismo, pela variedade de suas preferências alimentares e sexuais, afinal, num momento de paranoica procura de identificação e classificação das condutas sexuais, o Conde podia ser acusado de praticar desde o bestialismo ou a zoofilia até o homossexualismo, afinal sugava o sangue de gatos e cachorros, além de todos os corpos humanos que aparecessem, sentindo um indisfarçável prazer nisso. Drácula gozava com todos os corpos.

O devir-animal, a fera que existe em cada um, que continua atemorizando a sociedade que se quer civilizada, que busca, através de meios científicos encontrar, em meio à multidão, através do exame de cabeças, formatos de rostos, posições de sobrancelhas, tipos de nariz e de orelha, formato da bacia e da vulva, da disposição dos pelos pubianos, das impressões digitais detectar agora o que se chamará de anormal ou de degenerado, reunindo as figuras do monstro, do incorrigível e do onanista em uma só, detectar o que Lombroso vai nomear de criminoso nato, aquele que traz em sua natureza a marca da maldição, o destino do crime, da tara e da anormalidade, parece esperar encontrar a qualquer momento um vampiro. Os caminhos da ciência reencontrando as maldições e danações cristãs, agora inscritas no próprio corpo. Drácula também traz em seu corpo as marcas de sua maldição: sua palidez, seus olhos avermelhados, tais como os de Rivière, a frieza de seus membros, a pele que rapidamente se ulcera

---

[34] SPENCER, Colin. *Homossexualidade – uma história*. São Paulo: Record, 1995.
[35] ALBUQUERQUE JR., Durval Muniz de. *Nordestino:* uma invenção do "falo": uma história do gênero masculino (Nordeste, 1920-1940). Maceió: Catavento, 2003.

em contato com a luz solar, são signos de sua condição de um ser entre a vida e a morte, entre o humano e o inumano, ser também do limbo, como Herculine, mas longe de ser um limbo feliz, um limbo de sofrimento e dor. Em suas histórias, é sempre um cientista, um médico a ler esses sinais e através deles descobrir a sua verdade, tal como pressupunha o paradigma indiciário de que fala Ginzburg.[36] Ele termina sempre por ter sua identidade revelada, por mais que venha fugindo dela por todos os séculos. Drácula não apenas infunde sofrimento e dor, ele também sofre a maldição de uma identidade eterna, ele se sabe um monstro, ele se sabe uma anomalia. Embora tenha conquistado aquilo que mais desejam os homens, a imortalidade, essa é para ele um tormento, pois por séculos está condenado a reviver a mesma identidade, a se descobrir e ser descoberto como o mesmo, a se saber um desterrado, um eternamente rejeitado, um ser abjeto, que jamais poderá viver em sociedade, jamais poderá habitar entre os homens, pois é o portador da desgraça. Quando da sua chegada, até mesmo a natureza o denuncia: raios, trovões, tempestades, a morte de animais, as plantações que secam, tudo murcha e desmorona a seu redor. Numa sociedade fascinada pelo progresso, pela poder transformador da história, uma sociedade que se quer revolucionar permanentemente, há um fascínio pela ruína, pela destruição, pelos escombros, como dirá Walter Benjamim[37] ao tratar da modernidade. Drácula seria a encarnação das dimensões sombrias da modernidade, que tudo arruína, inclusive a natureza, que a tudo destrói para novamente construir, que rompe com toda tradição, que vampiriza o passado e a memória para infundir-lhes vida nova, alterando o seu significado. Michelet,[38] um dos mestres da historiografia moderna, diz que o trabalho do historiador era um compromisso com os mortos, o historiador era alguém que atravessava o rio da morte, que se alimentava do sangue negro dos mortos para novamente dar-lhes vida. Drácula não seria a encarnação perfeita do historiador, embora ele preferisse sangue de gente viva?

Na sociedade em que a comunicação, o jornal, o reclame começa a constituir a opinião pública, Bram Stoker lança mão, como estratégia narrativa, fazer da presença de Drácula, de seus feitos e mal feitos, uma notícia. O romance é montado a partir de depoimentos, cartas, diários e

---

[36] GINZBURG, Carlo. Sinais: raízes de um paradigma indiciário. In: *Mitos, Emblemas e Sinais*. São Paulo: Companhia das Letras, 1989, p. 143-180.

[37] BENJAMIN, Walter. *Passagens*. Belo Horizonte: UFMG, 2006.

[38] BARTHES, Roland. *Michelet*. São Paulo: Companhia das Letras, 1991.

notícias de jornal, dando certo ar de imparcialidade, de objetividade, de simples informação ao leitor. A lenda, o mito é trazido para o presente como se fosse um fato. O personagem e os eventos que desencadeiam são construídos a partir do cruzamento de diversas opiniões, informações, impressões, interpretações, versões. A identidade do vampiro, a verdade de si e de seus atos são procurados insistentemente por todos, instaurando um clima de suspeita e de desconfiança generalizada, convocando a todos a se tornarem detetives, assim como Sherlock Holmes,[39] que o escritor britânico Sir Arthur Conan Doyle tinha dado vida há exatos dez anos. A sociedade marcada pela vontade de verdade, tal como dissera Nietzsche,[40] que passara a associá-la ao próprio bem, descobre a cada passo as armadilhas que essa busca contém e como é difícil de encontrá-la. A sociedade da verdade é também a sociedade da suspeita; a sociedade da razão é, também, a sociedade do medo do desconhecido, do que não se pode explicar e conhecer. Assim como Frankenstein, Rivière e Alexina, Drácula é uma identidade remendada, de montagem, é um ser que se diz através de muitas falas, de muitas bocas e de muitas versões.

Em 1915 acontece o devir-animal mais famoso da literatura ocidental:

> Numa manhã, ao despertar de sonhos inquietantes, Gregor Samsa deu por si na cama transformado num gigantesco inseto. Estava deitado sobre o dorso, tão duro que parecia revestido de metal, e, ao levantar um pouco a cabeça, divisou o arredondado ventre castanho dividido em duros segmentos arqueados, sobre o qual a colcha dificilmente mantinha a posição e estava a ponto de escorregar. Comparadas com o resto do corpo, as inúmeras pernas, que eram miseravelmente finas, agitavam-se desesperadamente diante de seus olhos.[41]

Em *A Metamorfose*, Kafka parece ter escrito pelos animais, diriam Deleuze e Guattari,[42] para denunciar o que seria a absurdidade da condição humana nestes tempos de guerra iminente, de racismo militante e militar, de nacionalismos extremados, de colonialismo, de burocratização e rotinização da vida. Como na própria vida do autor, havia cada vez menos lugar para a arte, para a criatividade, para o devaneio, para a fantasia, numa

---

[39] DOYLE, Arthur Conan. *As Aventuras de Sherlock Holmes*. 5 vols. Rio de Janeiro: Jorge Zahar, 2006/2007.

[40] NIETZSCHE, Friedrich. *A Gaia Ciência*. São Paulo: Companhia das Letras, 2001.

[41] KAFKA, Franz. *A Metamorfose e o Veredicto*. Porto Alegre: L&PM, 2001. p. 11.

[42] DELEUZE, Gilles; GUATTARI, Félix. *Kafka: por uma literatura menor*. Rio de Janeiro: Imago, 1977.

sociedade do ponto e da contabilidade, do emprego a salário, de um Estado cada vez mais presente e gigantesco, se espalhando por todas as fímbrias do social através de seus agentes. O ser animal permite ao personagem de Kafka o estranhamento absoluto diante dessa identidade que pesava cada vez mais sobre todos: a de ser Homem, o que implicava, cada vez mais, em ser europeu, em ser branco, em ser homem, em ser heterossexual, em ser burguês, em ser trabalhador, em ser produtivo, em ser belo, em ter sucesso, em ser racional, em ter família, em ser um atleta, em ser esperto, em ser rico. Mas Kafka apesar de filho de pais ricos era judeu, vivia em Praga, dominada pelo império Austro-Húngaro, nunca teve sucesso em seus amores, nem sucesso literário em vida, não era propriamente belo, nem atlético, nem saudável, nem era um trabalhador que amasse seu trabalho, abominava os burgueses e a racionalidade lhe fugia em muitas situações. Nessa sociedade, ele parecia tão estranho e exótico como o besouro cascudo em que se viu metamorfoseado, da noite para o dia, o trabalhador disciplinado e infatigável George Samsa. Da mesma forma que Samsa, transformado em inseto, olha para si com estranhamento, nunca tomando consciência plenamente do que lhe acontecera, em que se transformara, sofrendo pela abjeção e pela repulsa que passa a sofrer, até de seus familiares, Kafka parece falar da alienação que se espalha por toda a sociedade, onde os homens cada vez mais estranhos a si mesmos, cada vez mais apartados de qualquer identidade de espécie se animalizam e se entredevoram, na competição, na violência, no desejo de poder e de domínio que seria a marca destes tempos prenunciadores da desgraça que começava a se abater sobre a Europa, iniciada, justamente, com a morte do príncipe herdeiro do trono austríaco.

Quando Michel Foucault publica em 1978 o dossiê sobre Herculine Barbin, o faz dentro de uma coleção que chamou de Vidas Paralelas, numa clara remissão à série de biografias escritas por Plutarco[43], em que punha em paralelo e fazia se encontrar, no que se refere as lições da vida e do pensamento, personagens da sociedade grega e da sociedade romana da Antiguidade. Nesse gesto, a costumeira ironia e a famosa gargalhada de Foucault se fazem ouvir, pois se Plutarco perfila a biografia de homens ou personagens lendários famosos, Foucault perfila em seu livro biografias e autobiografias de pessoas infames, de pessoas que não ficaram na memória da sociedade e da cultura ocidental, de nomes que só foram registrados, de corpos

---

[43] PLUTARCO. *Vidas Paralelas*. Madrid: EDAF, 1994.

que só foram descritos, de almas que só foram sondadas em seus mistérios, de pensamentos que só foram ouvidos e escritos para serem marcados com o signo da abominação, da condenação, da exclusão, da negação, vidas que brilharam fugazmente num dado instante para caírem depois nas trevas do esquecimento, do silêncio e da infâmia. Vidas com as quais ninguém gostaria de se ver colocado em paralelo. Homens e mulheres que se deixaram rastros no passado, que se tiveram gestos e feitos, ditos e escritos arquivados pelas instituições e seus poderes, não foi para servirem de exemplos para as futuras gerações. Se a história seria a mestra da vida, ela não poderia se ocupar de personagens que nenhuma lição deixaram para os homens do amanhã. Essas vidas agora desarquivadas, desempoeiradas pelo filósofo francês vinham a aparecer reunidas em um livro. Mas será que elas formavam um conjunto, será que entre elas haveria mesmo um paralelo tal como propusera Plutarco para seus personagens? Se as paralelas tenderiam a se encontrar num horizonte longínquo, parece que Foucault realizava o destino dessas vidas e das poucas coisas que puderam dizer e registrar ao fazê-las se encontrar encadernadas sobre uma capa de um livro. Mas, ao abrirmos o livro, essas vidas parecem escapar cada uma para um lado. As paralelas ao invés de convergirem para um mesmo ponto, para uma unidade, para uma homogeneidade, para formarem uma totalidade, elas parecem divergir ao infinito, se desdobrarem, se esquivarem, se equivocarem, se dispersarem, se divertirem.

Este texto que vos apresento também partiu desse mesmo procedimento. Coloquei em paralelo personagens lendários ou históricos, já que como diz Foucault em *A Vida dos Homens Infames*, por mais que a historiografia tenha tentado se apartar do mito e da lenda, eles voltam permanentemente a obsedar o trabalho do historiador, é com eles e elas que temos que lidar permanentemente. Os mitos, as lendas, as figuras, as imagens, às vezes arcaicas e assombrosas voltam a povoar o presente, a moverem a história. Como diz Marx em *O Dezoito de Brumário de Louis Bonaparte*,[44] os vivos se deixam dominar e guiar pelos mortos, tomam as suas vestes, refazem seus gestos, assumem seus nomes, retomam suas ideias, e num cortejo de mortos-vivos fazem a história em nome de sua repetição e recorrência, aceleram o tempo pensando que o estão retomando ou a ele retornando. Os fascismos contemporâneos, sejam aqueles que adquiriram a forma estatal ou não, se alimentam e se alimentaram de

---

[44] MARX, Karl. *O Dezoito de Brumário de Louis Bonaparte*. 3ª ed. São Paulo: Centauro, 2003.

mitologias, de lendas, de personagens, de figuras e de imagens que vão e foram buscar nos sarcófagos e baús dos tempos, mortos-vivos a quem se infunde e se infundiu novamente vida, corpos em que volta ou voltou a correr sangue e fazem e fizeram muito sangue correr nestes últimos dois séculos. Quando Michel Foucault retira da poeira do tempo esses nomes, essas biografias, essas lendas negras, como ele mesmo as descreveu, que tipo de história está com elas querendo escrever? Que formas de pensamento e de vida está querendo alimentar com as ideias e os corpos, com os gestos e os escritos desses personagens infames? Estará, como Borges, com quem sempre ria e quem sempre o inspirava, querendo fazer uma *História Geral da Infâmia?*[45] A quem serviria no presente tal historiografia? Quais personagens, na atualidade, poderiam ser colocados em paralelo com essas vidas? Se Plutarco ao escrever as biografias dos famosos, estava também à procura de sua própria fama, Foucault ao coletar e apresentar essas vidas marcadas pela infâmia, também está nela se colocando?

A história proposta por Foucault, numa atitude que aprendera com Nietzsche, mas também com Marx, com Freud, com a etnografia e com a psicanálise, era uma história disposta a vasculhar as zonas de sombra e de silêncio constitutivas da cultura e da civilização ocidental, aquilo que a racionalidade moderna para se constituir negou, silenciou, jogou para as margens, excluiu, baniu, aprisionou, produziu o esquecimento. Foucault vai propor uma história que dê conta daquilo que a racionalidade iluminista chamou de monstruoso, de anormal, de patológico, de delinquente, de degenerado, de tarado, de doentio, de insano. Vai propor que somente através da história de personagens ou sujeitos que só se tornam possíveis na ficção, como aqueles que foram alijados para o campo da literatura, da arte ou foram silenciados e sequestrados pelas instituições e pelos saberes modernos, poderemos desenhar as bordas de nossa racionalidade moderna. Vai propor uma história que cace os fascismos lá onde eles se alojam: no cotidiano, nas relações, nas instituições, nas hierarquias, produzindo assombros e fantasmas, monstros e anormais, delinquentes e bandidos, seres perversos que nos infundem medo, que nos mantêm presos e imobilizados pelo terror.

Os personagens de terror, como Frankenstein e Drácula, apenas explicitam os terrores, os medos, os pânicos, os ódios, os estigmas, os preconceitos, os sentimentos e afetos, os desejos, os agenciamentos desejantes, que constituem, mantêm, reproduzem e repõem relações atravessadas pelo fascismo,

---

[45] BORGES, Jorge Luis. *A História Universal da Infâmia.* Porto Alegre: Globo, 1993.

pelo desejo ilimitado de domínio e de poder, de anulação do outro, de destruição da diferença e da alteridade, de reafirmação do mesmo, do semelhante e do uno, são a explicitação em que se pode chegar ao se amar o poder, ao se buscar a irrevogável obediência, quando alguém se arvora a criador, a deus. Se as personagens que apresentei são vidas paralelas, o são por todas se constituírem em seres da abjeção, em seres apartados e separados do convívio social, seres a quem é negado o direito às relações sociais ditas normais. Ninguém se aproximava de Frankenstein, todos fugiam de Drácula e de George Samsa; Rivière de tão abominável fugia de si mesmo e dos homens ao se embrenhar nas matas; Herculine Barbin para fugir de si por causa dos outros faz a fuga irrecorrível, assim como o monstro de Shelley: se suicida. Seres sem territórios para habitar, a quem é negada até a memória, seres sem identidade, numa sociedade que exige, de todos, que a tenham. Frankenstein sofre por não saber direito quem é; Drácula que tem o dom de se metamorfosear em qualquer coisa ou ser, não escapa da identidade maldita que o persegue por séculos; Samsa ao sofrer a metamorfose vai perdendo qualquer identificação com os de sua espécie, vai se tornando um outro estranho e indefinido, como estranhos e indefinidos eram Rivière e Alexina. Como fazer história desses personagens, se a historiografia no Ocidente sempre esteve comprometida com a invenção e instituição de identidades? Como fazer a história do equívoco, da falha, do erro, da ambiguidade, da metamorfose, do que é e não é, do indecidível, da infâmia? Parece ter sido esse o desafio lançado pela obra de Foucault. Afinal ela não começa com um orientador perplexo a se perguntar: é possível se fazer a história da desrazão?[46] Os personagens dos quais tratei poderiam fazer parte de uma história dos pesadelos, a história das figuras de nossos medos, das figuras e dos gestos que nos paralisam, que nos entorpecem, que nos amedrontam, que nos fazem abaixar a cabeça, obedecer, ser como os poderes querem, que fazem com que nos deixemos vampirizar, nos deixemos tratar como se tratam os animais, nesta sociedade que recusa, teme e odeia a natureza e o que há de fera em cada um de nós.

Mas talvez haja, nas vidas que Foucault colecionou, desarquivou, com as quais se emocionou a ponto de fazê-las tema de um livro e de vários de seus cursos, um paralelo com a sua própria vida, em relação a como se via e se pensava como sujeito. Afinal Foucault sofreu, se sentiu um ser abjeto, condenado a viver à margem da sociedade, a viver num limbo nada feliz,

---

[46] Ver: ERIBON, Didier. *Michel Foucault e seus Contemporâneos*. Rio de Janeiro: Jorge Zahar, 1996; FOUCAULT, Michel. *História da Loucura*. 7ª ed. São Paulo: Perspectiva, 2004.

quase enlouqueceu, quase matou ou se matou ao ser informado de que o seu corpo, de que os seus desejos eram nomeados de homossexuais. Como Frankenstein se revoltou contra o seu próprio criador, ao se ver uma figura monstruosa, que por mais que tentasse ser gentil, altruísta, por mais que tentasse se aproximar das pessoas, mais era recusado, xingado, apedrejado. Como homossexual, na sociedade francesa dos anos cinquenta, em que os médicos diagnosticavam como uma patologia essa forma de desejo ou comportamento, Foucault se viu condenado à solidão, a não constituir família, a não poder procriar, pois possivelmente sua descendência seria monstruosa, afinal, ainda hoje, muitas Igrejas cristãs temem que ao adotar crianças os homossexuais as violem sexualmente e as transformem em anormais. Como Rivière, o homossexual é esse ser que destrói e inviabiliza a família, por isso mesmo é por ela punido, expulso, desterrado, obrigado a vagar pelas selvas de pedra em busca de seus semelhantes. O homossexual masculino, a traição ao pai, o parricida por excelência, aquele que se nega a ter a mesma imagem do pai, aquele que se nega a ser pai, aquele que quer ser outro que não o masculino que o pai representa, por que não trucidá-lo, jogá-lo ao escárnio público, por que não marcar seu corpo e suas vestes com o estigma da infâmia que representa, por que não reduzi--lo a cinzas, por que não esconder, queimar ou rasgar qualquer memória, qualquer diário, qualquer carta, qualquer memorial em que tenha deixado testemunhos de sua conduta vergonhosa. Como Alexina, o homossexual é esse ser ambíguo, esse ser visto como uma anomalia, que se discute desde o século XIX, se é uma anomalia da natureza ou do espírito. Ser sem identidade, ou uma identidade que se afirma apenas pela negativa: não é homem, nem é mulher, é algo que se passa no meio, no interdito, no entredito, ser no limbo. E como Foucault foi crítico à adesão do movimento homossexual ao dispositivo da identidade, buscando com angústia e sofreguidão uma definição para seu ser, mesmo que fosse aceitando como Drácula, o seu destino, a sua maldição dada pela natureza. Drácula, esse vampiro suspeito de ser da mesma raça maldita a que pertencia Foucault, afinal, tal como ele, não deixava de se deliciar chupando corpos de jovens rapazes, alimentando-se da energia, da beleza e da juventude de corpos vistos como semelhantes ao seu. Todo homossexual já deve ter acordado um dia se sentindo um inseto monstruoso, já deve ter experimentando a traumática sensação de ver esgares de nojo, de medo, de pena ou de raiva no rosto de sua própria família. Já deve ter experimentado o recuo de um corpo ao ser tocado, o embaraço de alguém ao ser cumprimentado em público, ao ser beijado ou abraçado, como se o nomeado de homossexual fosse, nesse momento, um besouro cheio de patas repugnantes, um ser com uma cascuda superfície metálica a ameaçadoramente ir ao encontro desse outro que se retira ou se esconde. Talvez os homossexuais e seres das trevas, das noites, dos desvãos, dos guetos, dos becos, das ruas, das calçadas, das sarjetas, como eles, vivenciem como ninguém e saibam como ninguém o que é o fascismo. Para seres como aqueles chamados de homossexuais por nossa sociedade, o fascismo não é uma abstração, não é um regime que foi destruído pelos aliados democratas, o fascismo tem rosto e corpo, às vezes os mais belos e sedutores, anda todos os dias pelas ruas e habita as casas das melhores famílias. O fascismo vem para cama, se diz amor e sexo e faz gozar. O fascismo é sedutor. E quantos homossexuais não foram e são seduzidos por ele. Pois os fascismos são formas de exercício do poder, são dadas maneiras de se relacionar com os outros e consigo mesmo. Foi contra os poderes e seus fascismos que a obra de Foucault foi feita, foi no embate cotidiano com eles e possivelmente em muitos momentos na sedução por eles que a vida de Foucault, como de qualquer um, se deu. Por isso, assim como um cristão devoto precisava ler e meditar todos os dias sobre os ensinamentos de São Francisco de Sales,[47] nós não podemos deixar de meditar e pensar todos os dias no pequeno manual de introdução a uma vida não-fascista deixada por Michel Foucault,[48] que este encontro homenageia; homenagem, por sua vez, feita a obra de Deleuze e Guattari, *O Anti-Édipo*. Desse pequeno manual retiro a máxima que poderia, se seguida, ter evitado tanta dor e tragédia, através dos tempos; poderia ter evitado que o Dr. Frankenstein se arvorasse a ser Deus, que Rivière se propusesse a ser o mensageiro da vingança da humilhação e vergonha de seu pai, que os médicos novamente arranhando os desígnios da divindade decidissem a que sexo pertencia Alexina, que o conde Drácula quisesse ser eterno, que cada um se tornasse uma anomalia ao se submeter a anomalia de ter uma identidade, de querer ser alguém ou ter alguém: Não caiam de amores pelo poder. Ele, sim, pode fazer de qualquer um, em instantes, um monstro intolerável.

---

[47] SALES, São Francisco de. *Introdução à Vida Devota*. Porto: Porto, 1948.
[48] FOUCAULT, Michel. Introdução à vida não-fascista. Prefácio. In: DELEUZE, Gilles e GUATTARI, Félix. *O Anti-Édipo: capitalismo e esquizofrenia*.

Foucault-antifascista, São Francisco de Sales-Guia e atitudes de *parresiasta*

Edson Passetti

Depois da interrupção dramática da Primavera de Praga em 1968, o escritor Ivan Klíma ficou exilado por muito tempo até regressar ao seu país. Depois de ver seus escritos recusados pelas editoras e publicados, apenas, em pequenas tiragens clandestinas – edições "samizdat" –, ele decide trabalhar como limpador de ruas. Pretendia olhar o mundo de outro ângulo e escrever a partir de outra perspectiva. Constatava que a literatura se fortalecera durante os anos de ditadura, produzindo leitores exigentes e que a chegada da democracia e da televisão comercial disseminariam o mundo do entretenimento, da padronização de uma língua de poucas palavras, o "imbecilês".

Em 1986, publica *Amor e lixo*. O personagem é um homem maduro que desde criança queria ser escritor, e, como varredor, lida com o lixo orgânico e inorgânico. "Acreditava que um escritor devia ser tão sábio quanto um profeta, tão puro e raro quanto um santo, tão hábil e destemido quanto um acrobata no trapézio". O personagem-escritor judeu não esconde sua religiosidade e dela faz um meio para atravessar a existência.

Philip Roth, ao apresentar a entrevista que realizou com Klíma, em 1990, realça a sua condição de "malabarista" que, nesse livro, entrelaça temas e transições sem fantasmagorias, compondo uma colagem complexa de "terríveis lembranças do campo de concentração, reflexões ecológicas, brigas imaginárias entre amantes estremecidos e análises kafkianas bem pé-na-terra, tudo isso justaposto e atrelado ao revigorante e estafante tema do adultério" (ROTH, 2008, p. 52). Klíma olha por uma outra perspectiva, sem conter o transbordamento da religiosidade, a pulsação incontida da escrita, e enfrenta o totalitarismo pela literatura, uma atitude política, sem medos. Havia no personagem-escritor vontade de ser e de encontrar a firmeza do profeta, a leveza de um santo, algo mais forte que o humano diante do totalitarismo, e isso lhe valeu uma incisiva crítica de Roth ao livro *Amor e lixo* por conter "algumas passagens constrangedoras de banalidade filosófica" (Idem). Diante do totalitarismo, há sempre o inesperado, quer na literatura do escritor, quer na análise do filósofo.

Por ofício de professor, por escolha política e até mesmo por decisão ético-estética, o pequeno escrito de Michel Foucault, *O Anti-Édipo: uma introdução à vida não-fascista* (1996 [1977]), me acompanha. Gosto do livro de Deleuze para o qual a apresentação de Foucault foi redigida; gosto do efeito do texto em mim, cada vez que o releio; e nos estudantes, quando problematizam a vida não-fascista. Gosto tanto que um amigo, certo dia, me provocou e pediu uma análise dos micropoderes estranhos na atualidade, deixando de chamá-los de fascista. Foi quando aconteceu esse colóquio em que eu pretendia escrever sobre a democracia nos dias de hoje e a atitude de intelectual *parrhesiasta*, do cidadão *parrhesiasta*, de quem arrisca diante da *maioria*.

Diante das várias possibilidades oferecidas por este Colóquio e pelo texto, decidi falar sobre uma frase que nunca tinha me empolgado, mas, ao contrário, sempre me deixava desconfortável: "prestando uma modesta homenagem a São Francisco de Sales, poderíamos dizer que *O Anti-Édipo é uma introdução à vida não-fascista* (FOUCAULT, 1996, p. 199). Saí em busca do livro do santo, chamado *Filoteia. Introdução à vida devota.* Com ele retornei ao tema da *parrhesia* na versão cristã; constatei, mais uma vez, o tamanho da importância da religião diante dos totalitarismos e o efeito da democracia como imantação de discursos de oposição; considerei os desdobramentos da vida livre, até mesmo na escolha de um guia para se chegar ao paraíso:

> [...] qualquer um que acredite poder comunicar aos outros a essência de Deus, que acredite ter descoberto a fé adequada a todos e ter finalmente vislumbrado o mistério da existência é um tolo, ou um fantasista e, o que é mais frequente, perigoso (Ivan Klíma, *Amor e lixo*).

Quem pretende comunicar essências? Os totalitarismos foram primorosos no sentido de trazer os condutores à massa. Mas o devoto precisa de um guia livremente escolhido para chegar ao paraíso. De um lado, um condutor de massas ao paraíso terrestre inexistente; de outro lado, um guia individual conduzindo a um paraíso metafísico. Enfim, as duas partes do poder; individualista e totalizador, em regimes de poder configurados no século XX, como democracia, socialismo, fascismo-nazismo, ditaduras e autoritarismos. A essência do poder, laico ou religioso sobre o indivíduo e a massa, faz funcionar o poder pastoral, a condução de condutas.

Disse o poeta: *tudo é perigoso, tudo é divino-maravilhoso*, verso aceso do movimento *1968*. Aquele incêndio libertário moveu a reação de conservadores, que, acomodaram e deleitam, hoje em dia, qualquer midiático de plantão como juiz de *68* a sentenciá-lo como equívoco e escorado em categórica leviandade – depois de usufruir os prazeres do sexo, das novidades, dos direitos e de tudo o que mamãe disse só ter ouvido falar e que papai experimentou escondidinho.

É no perigo que pulsa a vida. Foi com o racismo de Estado que se respondeu a pobres e subversivos. Foi assim que agiram os condutores de consciência para obstruírem as novidades da vida; foi assim, segundo Nietzsche que apareceu a recusa por si próprio, à vontade de potência, e veio a crença num superior que trouxesse serenidade[1]. Por meio de guias, chegamos à morte e ao nada!

São Francisco de Sales e a escolha livre do guia

Nada sei sobre a escolha de Foucault pela frase no interior da apresentação do livro de Deleuze. Sei que ela diz que é mais livre aquele que escolhe o guia para levá-lo ao paraíso; sei que a massa tudo deve ao condutor: "peça o que quiser, todos estamos dispostos a nos sacrificar" (KADARÉ, 2006). O condutor, escolhido ou imposto, exige sacrifícios de quem pretende atingir uma superioridade.

Foucault, com essa frase, coloca o leitor diante do efeito da crise do socialismo mais que anunciada em 1968, e das conversações entre ele e Deleuze com a militância socialista revolucionária (FOUCAULT [1972], 1979,

---

[1] "Como pode alguém perceber a própria opinião sobre as coisas como uma revelação? Este é o problema da origem das religiões: a cada vez havia um homem no qual esse fato foi possível. O pressuposto é que ele já acreditasse em revelações. Um dia ele tem, subitamente, o *seu* novo pensamento, e o regozijo de uma grande hipótese pessoal, que abrange o mundo e a existência, surge tão fortemente em sua consciência, que ele não ousa sentir-se criador de uma felicidade e atribui a seu Deus a causa dela, e também a causa da causa desse novo pensamento: como revelação desse Deus. Como poderia um homem ser autor de uma tal beatitude? – é o que reza a sua dúvida pessimista. E há outras alavancas agindo ocultamente: o indivíduo *reforça* uma opinião para si mesmo, por exemplo, ao considerá-la uma revelação; ele apaga o hipotético, ele a subtrai à crítica, mesmo à dúvida, e torna-a sagrada. Assim nos rebaixamos a não mais do que órgão, é certo, mas nosso pensamento acaba por triunfar como pensamento de Deus – essa sensação, de com isso permanecer enfim vitorioso, sobrepuja a sensação de rebaixamento. Também um outro sentimento atua nos bastidores quando alguém eleva seu *produto* acima de si mesmo, aparentemente desconsiderando seu próprio valor, há nisso um júbilo de amor paterno e orgulho paterno, que tudo compensa e mais que compensa" (NIETZSCHE, 2004, [62]).

p. 69-78), já sob os primeiros e firmes fluxos acionados pela retomada liberal, sob a predominância do neoliberalismo americano (FOUCAULT, 2008). Qual a relação entre *para uma vida devota* com *para uma vida não-fascista*? Seria a indicação somente do deslocamento do condutor ou um alerta entre o mínimo de liberdade, a liberdade absoluta e a potência de liberdade?

Sabe-se que São Francisco de Sales viveu entre os séculos XVI e XVII e enfrentou a doutrina calvinista da predestinação que afirma a salvação e a condenação dos homens por Deus. Amedrontado, inicialmente ele acreditou que estivesse entre os predestinados ao inferno. Concluiu que se Deus assim o quisesse o faria. "Não me preocuparei apesar disso, mas amá-lo-ei apesar disso. E assim recuperou a liberdade... [com a] fé que vence o medo e confere a liberdade" (RATZINGER, 2007, p. 99). Uma liberdade destemida dos homens e das outras religiões, a *parrhesia* cristã, habita *Filoteia*, o amor a Deus, obra em que, segundo Ratzinger "procura explicar a um jovem nobre cheio de vitalidade o caminho para a existência cristã" (Idem, p. 101).

Assim me encontrei com o alerta de Foucault na introdução ao *O anti-Édipo*, abrindo conversa com um jovem militante cheio de vitalidade em função da existência de uma vida não-fascista. Era como se Foucault falasse a mim sobre as várias religiões e o absoluto da religião; a escolha livre da religião, própria do mundo burguês democrático, e o fundamentalismo religioso análogo ao socialismo estatal ou autoritário; a democracia e o socialismo; o individualismo e o totalitarismo. Na frase de São Francisco de Sales se encontrava o dilema de um século, a ameaçadora reação conservadora, as idas e vindas dos militantes inconformistas?

São Francisco de Sales viveu em Annecy, na Suíça, numa casa em frente a uma outra que mais tarde habitaria Rousseau. Segundo Ratzinger, São Francisco de Sales encontrou liberdade para chegar a Deus com confiança, enquanto Rousseau foi o primeiro a viver a grande negação como revolução e ditadura total. Segundo Foucault, Rousseau e Bentham conformaram um mundo de transparências e de vigilâncias modernas.

> Eu diria que Bentham é o complemento de Rousseau. Na verdade, qual é o sonho reousseauniano presente em tantos revolucionários? O de uma sociedade transparente, ao mesmo tempo visível e legível a cada uma das suas partes; que não haja mais nela zonas obscuras, zonas reguladas pelo privilégio do poder real, pelas prerrogativas de tal ou tal corpo ou pela desordem; que cada um, do lugar que ocupa, possa ver o conjunto da sociedade; que os corações se comuniquem uns com os outros, que os olhares não encontrem mais obstáculos, que a opinião reine, a cada um sobre cada um.

> [...] Bentham é ao mesmo tempo isso e o contrário. Ele coloca o problema da visibilidade, mas pensando em uma visibilidade organizada inteiramente em torno de um olhar dominador e vigilante. Ele faz funcionar o projeto de uma visibilidade universal, que agiria em proveito de um poder rigoroso e meticuloso. Sendo assim, ao grande tema rousseauniano – que de certa forma representa o lirismo da Revolução – articula-se a ideia técnica do exercício de um poder "omnividente", que é a obsessão de Bentham; os dois se complementam e o todo funciona: o lirismo de Rousseau e a obsessão de Bentham. (FOUCAULT [1977], 1979, p. 215)

Um pouco mais adiante, na mesma entrevista, Michele Perrot afirma: "Mas ao ler Bentham fica a pergunta quem ele coloca na torre? Será o olho de Deus? Mas Deus está pouco presente em seu texto; a religião só tem um papel de utilidade. Então, quem? Afinal de contas, é preciso dizer que o próprio Bentham não vê bem a quem confiar o poder." Foucault responde:

> Ele não pode confiar em ninguém na medida em que ninguém pode ou deve ser aquilo que o rei era no antigo sistema, isso é, fonte de poder e justiça. [...] No panopticon, cada um, de acordo com seu lugar, é vigiado por todos ou por alguns outros; trata-se de um aparelho de desconfiança total, pois não existe ponto absoluto. A perfeição da vigilância é uma soma de malevolências. (Idem, p. 220-221)

A devoção, na frase transformada de São Francisco de Sales por Foucault, em vida não-fascista ratifica a liberdade de escolha, própria do utilitarismo, diante do fundamentalismo socialista e contrapõe o guia pela escolha ao guia que conduz o rebanho à vida futura, sem guias.

Em São Francisco de Sales, a vida devota frutifica no jardim que Deus quer bem e cuida de todas as frutas. Ela é a confirmação da mística cristã da salvação individual das almas, historicamente situada em oposição à salvação da cidade defendida pelos cínicos. Para o santo, o devoto deve encontrar o seu melhor guia e lhe confiar sua condução ao paraíso, configurando o processo de amadurecimento do fruto no jardim do Senhor. A situação análoga é vivida pelo cidadão moderno religioso e racional, conduzido pelos partidos ao parlamento, exercitando a igualdade jurídico-política no democrático Estado de Direito. Quando ocorre o deslocamento para o guia revolucionário moderno – condutor da massa credor da na consciência superior trazida pela vanguarda revolucionária –, é preciso um programa, uma planificação, uma totalidade reformada no Estado, em função de uma liberdade futura com base na igualdade sócio-econômica. Entretanto, quando a massa segue o líder fascista, basta-lhe que esse seja enérgico e decidido, governe com severidade e crueldade, sem hesitar em punir os que tentam dele se afastar ou contestar, na defesa do ideal de Estado e de nação fortes.

A imagem do fascismo está firmada no lictor – o cônsul romano conduzindo o feixe de varas imantado ao machado, representando o poder de punir e exigindo respeito e adoração. Fascismo: regime político italiano conduzido pelo *duce* (o líder) na primeira metade do século XX; um desejo do povo italiano, uma devoção da massa ao condutor crente na punição de Deus, do Estado, do pai, no sacrifício, na tortura, na surra, uma devoção ao macro e micro fascismos, enfim, confiança na repressão em nome do absoluto.

Quem conduz sabe o desejo e governa a vida dos outros; a esses outros cabe abrir mão da escolha, amar a escolha do superior e ampliar o espaço do conformista, do bajulador, do seguidor. Todo intérprete soberano da subjetividade é o verdadeiro condutor da transformação histórica. Sabemos disso desde Hegel, em sua *Filosofia do direito*, com sua razão a favor de Napoleão e depois pela sua transformação em partido da revolução por Marx e Engels, desde o opúsculo *Crítica à Filosofia do Direito de Hegel*. Napoleão, o Duce, Stalin, Getúlio Vargas, para mais e para menos, são continuidades, desdobramentos, versões *nacionais* de um universal aterrador e terrorista de transformação e de conformação.

Um guia individual ou coletivo, um santo, um intelectual ou governante, enfim, todos se distanciam do que Foucault, acompanhando Deleuze, em uma conversa no início dos anos 1970 e na *introdução à vida não-fascista*, pensavam sobre um novo intelectual não mais "'um pouco na frente ou um pouco do lado' para dizer a muda verdade de todos", mas antes de tudo capaz de "lutar contra as formas de poder exatamente onde ele é, ao mesmo tempo objeto e o instrumento: na ordem do saber, da 'verdade', da 'consciência', do discurso" (Idem, [1972], p. 71). Eles anunciavam um intelectual ao lado das minorias potentes e não de minorias que projetam coalizões para um exercício de maioria. Dessa perspectiva, a alusão à frase de São Francisco de Sales no texto de Foucault, não soa liberal nem antilibertária, conservadora ou pragmática, mas apenas incita à possibilidade de uma nova política da verdade, uma nova maneira de enfrentar governos, uma retomada possível da *parrhesia*, não mais pela sua pacificação cristã, mas por uma atualidade do risco diante da relação governo e verdade.

Foucault, atento aos microfascismos que habitam o militante revolucionário que também quer o novo mundo, mesmo aqui na Terra, alerta para questões imprescindíveis ao ao revoltado, ao jovem iracundo: como se livrar do fascismo no discurso, atos, corações e prazeres?; como se livrar do fascismo em nossos comportamentos?; e como viver livre do fascismo? Como ultrapassar as escolhas utilitaristas, o encantamento democrático pela igualdade jurídico-política e a ilusão da eternidade do capitalismo? Para São Francisco de Sales, poderia um devoto escolher o guia *errado*?

Sabemos pouco sobre as idas e vindas relativas às condutas do papa durante o fascismo italiano, e levadas com delicados contornos diplomáticos pelo Vaticano; sabemos pouco sobre os efeitos do Vaticano na queda do socialismo; sabemos muito pouco e muito desse pouco.

A atitude *parrhesiasta* desafiadora neste momento, é a de se afastar da devoção, seja ela a Deus ou ao Estado, ao governante ou ao filósofo, elaboradas pelos sacerdotes da religião ou da razão. Um militante não-fascista não é mais militante de Jesus, do Comunismo, nem da Constituição, o pêndulo, segundo o exercício da soberania, entre o passivo e o agressivo o pacífico e o revolucionário. O militante é retirado da milícia e atirado à revolta, ao inacabado, ao espaço da invenção de liberdade. É o insurreto diante da política liberal de contenção do governo, da política de governo generalizada dos socialistas, do universalismo dos anarquistas, mas, principalmente o desviado combatente ao privilégio e ao elogio da punição. Ele não aceita a cultura do castigo, formalmente pacificada no uso legítimo da força pelo aparelho de Estado, nem formalmente estruturada como política de classe para a dissolução das classes. Busca uma ética da existência para uma nova política da verdade, distante dos universalismos e de seus efeitos *banais* ou *perversos*, tão próprios dos liberais; das soluções ideais dos anarquistas; das *necessidades* dos socialistas. Uma vida não-fascista implica aversão ao fascismo diário, às devoções que também habitam liberais, socialistas e anarquistas.

Há outros nomes não pronunciados para algumas forças que emergem? A vida não-fascista supõe também que andemos por fora do conhecido, dos combates previsíveis, das reações alardeadas.

São Francisco de Sales: obediência e amizade

Para São Francisco de Sales justo é quem pratica a caridade. Um devoto precisa praticá-la com fervor para aperfeiçoar a vida no trabalho, na corte, nos exércitos, na casa e contribuir para a perfeição neste mundo. O mundo de São Francisco de Sales é composto de propriedade, Estado, exército, governo, família, devotos, maledicentes e impostores. Atingir a perfeição requer a escolha de um guia sábio a quem se deve dedicar obediência submissa. Ele será seu amigo fiel, um anjo da conservação.

Filoteia. Uma introdução à vida devota é destinado a uma "alma que ama Deus e é para essas almas que escrevo", diz o santo. (SÃO FRANCISCO DE SALES, 1958, p. 16). O livro é dividido em 5 partes para demonstrar como converter o desejo de filoteia "numa resolução decidida depois da confissão geral" (Idem, idem). Isso implica livrar-se dos embustes dos inimigos e levar "a alma à solidão... para recuperar forças para caminhar, em seguida, com mais ardor, nas veredas da vida devota" (Idem, p. 17).

São Francisco de Sales escreve sobre a realização do desejo de devoção, e como um guia procura mostrar a dinâmica da vida devota "ensinando [que] nos obrigamos a aprender" (Idem, p. 17). É por meio de diversos exercícios e leituras recomendadas que se aprende a discernir entre a verdadeira devoção e a devoção tola e supersticiosa. Uma vida devota é uma vida suave e aprazível, em aperfeiçoamento: "a devoção é a rainha das virtudes... exala por toda parte um odor de suavidade que conforta o espírito dos homens e alegra os anjos" (Idem, p. 27). A vida devota aspira perfeição e por isso depende de quem conhece, de um guia sábio e prático, um diretor, o verdadeiro amigo, pois "um amigo fiel é uma forte proteção" (Idem, p. 31).

Um devoto se liberta dos pecados quando combate suas imperfeições na companhia de seu guia: "o amigo fiel é um medicamento de vida e mortalidade, e os que temem o Senhor acharão um tal amigo" (Idem, ibidem). Livrar-se dos pecados é cumprir o sacramento da penitência por um confessor que lhe imputa uma pena; é ler livros para ajudá-lo a realizar o exame de consciência e a exercitar a meditação (preferencialmente pelas manhãs, incluindo, humilhar-se diante de Deus, agradecer-lhe e renunciar à paixão). Como meio para se atingir o estado de purificação São Francisco de Sales, seguindo Santo Agostinho, recomenda o exercício público da devoção na Igreja, porque tudo que se faz publicamente tem maior valor e consolação. Quem pretende combater suas imperfeições, livrar-se dos pecados, pronunciar publicamente, na Igreja, sua virtude, encontrará um guia verdadeiro, o verdadeiro diretor.

Cada um deve saber escolher uma virtude que lhe seja a principal e essa deve ser mostrada publicamente como um grande pano de fundo sobre o qual se bordam outras virtudes. É com devoções e piedades que a beleza se completa tornando-nos, caso Deus assim quiser, verdadeiros anjos neste mundo: "eis aí a obra geral da paciência!" (Idem, p. 148). O cristão é paciente e não deixa que outros lamentem por si; não se queixa e conserva a verdade da alma com paciência, prudência e humildade. Aprende com o guia que o seu bom nome se sustenta na reputação e que é preciso amar e cuidar da reputação que se fortalece quando segue os bons costumes. A devoção, portanto, não é uma prática restrita a aqueles que se retiram desse mundo pelo sacerdócio, mas é própria dos homens e mulheres que permanecem nesse mundo.

O justo pratica a caridade, é humilde e fiel e a exerce com paciência: ninguém lamenta por você; ninguém fala por você. São Francisco de Sales distingue humildade e mansidão como componentes da obediência. A humildade diz respeito ao aperfeiçoamento do homem em seus deveres com Deus, enquanto a mansidão se relaciona com o aperfeiçoamento do homem em seus deveres com a sociedade. Há duas formas da obediência: a necessária que supõe mansidão aos eclesiásticos, autoridades superiores, civis e domésticas e a voluntária que decorre da livre escolha do guia. Para chegar a Deus, o viajante ao paraíso, em companhia de seu guia-timoneiro, deve se orientar olhando sempre para o céu, pois é contemplando a escuridão e as estrelas, a luz e o sol, com muita humildade, que se aprende a ler caminhos, os preceitos para a conduta mansa, que, por si só, fortalecem a sociedade e a poupa de riscos. A devoção a Deus exige submissão às demais autoridades terrenas. É obedecendo a Deus e às instituições que se aprende a escolher o melhor guia, o que orienta no caminho a Deus, que sabe ler as estrelas e o sol, e dirige a embarcação ao porto, longe das derivas e voltado a ancorar em terra firme, no jardim frutífero da salvação individual da alma.

O justo e caridoso circula por um restrito grupo de amigos avesso às amizades mundanas, se fortalece com o matrimônio que o faz chefe de família, responsável e probo: "quem tiver amor a Deus terá também amizade honesta. A amizade deste mundo é dirigida a Deus" (Idem, p. 224). A amizade entre os homens só existe porque há uma amizade maior a Deus que nos torna irmãos, que nos faz próprios da família e de quem se espera fidelidade. É preciso viver entre poucos, praticar a mortificação e amar a solidão e a irmandade, pois "o exercício moderado da disciplina é muito próprio para reanimar o fervor da devoção" (Idem, p. 228). Conclui São Francisco de Sales que uma punição austera ao corpo só é aceitável quando for um conselho de seu diretor pessoal. Transparece, assim, um cuidado necessário com o corpo que não deve mais estar exposto à auto escarificação ou a estímulos súbitos violentos.

No trato com o próximo é preciso ser natural, simples, modesto, suave: "uma alma de boa conversa deve ter alegria suave e moderada" (Idem, 233), pois "nada corrompe tanto os bons costumes como as más conversas" (idem, p. 239). É preciso evitar a maledicência, "a peste das conversas e palestras" (idem, 247); o elogio ao próximo como maledicência deve ser evitado assim como o gracejo, a pior de todas as maledicências.

Fim de *Filoteia*: exposição do modo de amar a Deus. Escreve São Francisco de Sales: "Os filósofos declaravam-se filósofos para que os deixassem viver filosoficamente e nós declararemos o nosso desejo de vida devota, para que nos deixem viver devotamente." (Idem, p 364-365). Então,

> faze profissão manifesta não de ser devoto, mas de querer sê-lo, e não te envergonhareis das ações comuns e necessárias que nos conduzem ao amor a Deus. Confessa resolutamente que procuras fazer a meditação, que preferes morrer antes do que cometer um pecado mortal, que queres frequentar os sacramentos e seguir os conselhos do teu diretor espiritual, o qual, porém, por diversas razões, é melhor que não se nomeie. (Idem, p. 364)

Vida quieta, regrada, seguindo os bons costumes, é vida de devoto, vida disciplinar.

> Nenhuma civilização, nenhuma sociedade foi mais pastoral que as sociedades cristãs desde o final do mundo antigo até o nascimento do mundo moderno. E creio que este pastorado, este poder pastoral não pode ser assimilado ou confundido com os procedimentos utilizados para submeter os homens a uma lei ou a um soberano. Tampouco pode ser assimilado aos métodos empregados para formar as crianças, os adolescentes e os jovens. Tampouco pode ser assimilado às receitas que são utilizadas para convencer os homens, persuadi-los, arrastá-los mais ou menos contra a vontade deles. Em suma, o pastorado não coincide nem com uma política, nem com uma pedagogia, nem com uma retórica. É uma coisa inteiramente diferente. É uma arte de governar os homens, e é por aí, creio, que devemos procurar a origem, o ponto de formação, de cristalização, o ponto embrionário dessa governamentalidade cuja entrada na política assinala, em fins do século XVI, séculos XVII e XVIII, o liminar do Estado Moderno. (FOUCAULT, 2008a, p. 219)

Foi nesse marco que viveu São Francisco de Sales, propondo, como um guia, a vida devota.

Retórica e *parrésia*

Foucault escreveu no interior da reviravolta anunciada desde o final da II Guerra Mundial, que sinalizava para o acerto entre capitalismo e socialismo, entre democracia representativa e ditadura do proletariado, nos espaços redesenhados e propícios ao retorno liberal conhecido como neoliberalismo. Escreveu sobre a *vida não-fascista* num período em que ainda não se imaginava o terrorismo transterritorial fundamentalista islâmico, quando ainda acontecia a ultrapassagem dos resquícios dos regimes fascistas que predominaram em áreas da Europa e do Oriente Médio.

Foucault encontrava-se no interior do problema político derivado do final da II Guerra Mundial que levou à criação do Estado de Israel e à Declaração Universal dos Direitos do Homem, e que pode ser descrito, de modo sucinto, como o da confluência entre a emergência dos direitos de minorias e do recrudescimento religioso, e o impasse entre a crença na superioridade da razão e da coalizão ciência-religião. Os efeitos da guerra ressoaram mais alto na crise estrutural do socialismo soviético, na queda do socialismo autoritário na Europa, no adestramento da ditadura do proletariado ao capitalismo na China desde os anos 1970, e nas continuidades oscilantes na Coreia e em Cuba.

A política ainda era a guerra prolongada por outros meios, mas algo acontecia a respeito do controle da população que sinalizava a ultrapassagem da era da biopolítica pelo anúncio de uma nova maneira de controle primordial e transterritorial sobre o planeta, de uma nova e móvel tecnologia de poder, a uma *ecopolítica* – jamais redutível às políticas ambientais emergentes desde os anos 1980, mas uma governamentalidade em que está em jogo a vida do planeta, de cada vivo e saudável, de múltiplas gravitações e de superação da gravidade.

A democracia representativa se dilatou para atrair e capturar a participação de grupos organizados, incorporando e redimensionando as práticas do *welfare-state* relacionadas com maneiras de tomar decisões com pressões e reivindicações que se assemelhavam às propostas reformistas socialistas, e por isso, administrando e ampliando as negociações de governamentalidade entre empresários, burocracia estatal e sindicatos. Constituiu uma poliarquia.

O neoliberalismo atraía para o campo político uma grande parte dos socialistas reformistas que simpatizavam com políticas de composição e coalizão, e que não suportavam a ditadura socialista, acreditando numa *passagem pacífica* para o socialismo. A época da revisão do *excesso de governo* pela nova verdade decorrente da *liberdade de mercado e de organização*, trouxe justificativas à redução de gastos governamentais com assistência social e direitos sociais e propiciou o redesenho em fluxos articulados em organizações não-governamentais. Entrava em cena proliferar fluxos de direitos de minorias, políticas de redução de conflitos sociais e étnicos, revigoramento de religiosidades, o trabalho como capital humano, disseminação de crença na punição como moral saneadora dos excessos que a liberação dos costumes vivida no acontecimento 68 trouxera e ameaçara. Entramos para o tempo da moderação exercida em espaços ampliados, vigiados e controlados eletronicamente, sutilmente anunciado por Deleuze como *sociedade de controle*. Entramos para uma era do *conservadorismo moderado*. Nele renasceram os terrorismos e os controles de população a céu aberto; com ele se consolidou o capitalismo na versão computo-informacional fundado na predominância do trabalho intelectual e da produção de produtos; com ele a burguesa democracia rousseauniana de vigilância se fortaleceu com os dispositivos de participação; com ele veio a *ecopolítica* e a população confinada em vigiados campos de concentração a céu aberto chamado periferia, favela, gueto, *banlieue*...Vive-se e se produz na ultrapassagem das hierarquias para as modulações.

Solitários e formalmente solidários os cidadãos entregaram-se em recomendações de autoajuda, pelos novos guias e seus livros de exercícios, de fusão da redenção religiosa ocidental com a oriental, com a salvação capitalista, com o reaparecimento de fascistas notórios no governo do Estado sem com isso restaurarem o regime fascista, como o caso austríaco nos anos 1990. O macrofascismo, temporariamente, está sob o controle democrático, como anunciaram os intelectuais neoliberais no final da II Guerra Mundial. De fato, o regime nazi-fascista fora importante mesmo para conter o socialismo autoritário e, também, demais libertarismos.

A vida não-fascista teria desaparecido com a democratização trazida pelos direitos de minorias organizados em ONGs, com a predominância da democracia representativa e sua abertura para participações e as economias e trabalhos articulados por modulações? Os efeitos de terror de Estado e do fundamentalismo islâmico seriam circunstanciais na defesa global do planeta; seriam resistências reativas a serem dissolvidas, incorporadas, incluídas? Estariam os resíduos fascistas nos socialismos autoritários ou nos novos espaços restaurados e governados por elites? Num mundo de fluxos não há mais exclusões, apesar do aumento da administração da miséria. O alerta de Foucault aos militantes transpôs o que ele pressentiu, sentiu levemente se aproximar e o que não pode imaginar porque não fazia sociologia da imaginação nem sofria de falta de imaginação sociológica.

No curso *A hermenêutica do sujeito*, de 1982 (Foucault, 2004), apontava o problema político relacionado à ética do eu, à governamentalidade da vida, não mais restrita ao político, e articulava a questão política à ética. Uma vida não-fascista, por conseguinte, aparta-se da retórica e da poliarquia, do consenso militarizado da democracia no capitalismo de hoje exercitado para fora e por dentro, dissolvendo essas inócuas fronteiras, administrando fundamentalismos segundo seus ideais e pendente entre o apoio ao terrorismo Taleban contra o apoio soviético ao Afeganistão, nos anos 1980, até o cego combate ao delírio estatal-religioso transterritorial do Taleban ao alvejar, emblematicamente, as Torres Gêmeas, em Nova York, e o Pentágono, em Washington. Uma vida não-fascista se aparta da organização de direitos de minorias gerando elites secundárias, organizadas segundo direitos de minorias, que espelham e complementam a elite governamental por meio de políticas de contenção, compensação e conciliação que fazem dessas elites secundárias agentes de segurança e de organização das populações de *perigosos* e *vulneráveis* das periferias. Uma vida não-fascista, entre tantos outros fluxos, questiona os novos ilegalismos imprescindíveis ao capitalismo e à democracia que envolve máfias, seguranças *criminosas* para cuidar de certas populações locais, segurança privada ao exército, produção ilegal de produtos complementares à produção legal, usos e abusos com mão de obra imigrante, tráfico de gente, tráfico de órgãos, tráfico de crianças, tráfico de armas e dispositivos de negociação com armamentos de Estado, enfim, os novos tráficos, pois sem eles não há capitalismo e Estado. E, tampouco uma vida não-fascista, uma vida não autoritária, libertária mesmo, não formalmente democrática. A vida libertária prefere práticas de inovação na democracia, mas não a faz religião da razão nem pretende dar ou tirar religiosidades da Anarquia.

As periferias se tornaram campos de concentração governados por dispositivos elitistas, articulados com a política de Estado e propicia ampliação de fluxos de consenso: é preciso participar, se é convocado a participar, se é obrigado a atuar em espaços de diferenças uniformizáveis, sutil maneira de anular e inibir singularidades. Vida retórica. Então, como ser militante sem ser fascista ou democrata; sem esquecer que é na democracia que está o ninho fascista, que a democracia é o fluxo que atrai as forças de oposição para combater o fascismo e os demais autoritarismos; que a democracia propicia inventar liberdades libertárias? A vida não-fascista não está no fim do regime nazi-fascista, nem na inclusão democrática pela participação, nessa interminável governamentalidade que hoje soa libertadora e amanhã desperta aprisionadora.

> Vocês homens prestativos e bem-intencionados, ajudem na obra de erradicar do mundo o conceito de punição, que o infestou inteiramente! Não há erva mais daninha! Ele não apenas foi introduzido nas consequências de nossas formas de agir – e como já é terrível e irracional entender causa e efeito como causa e punição! – mas fez-se mais, privando da inocência, toda a pura casualidade do acontecer. A insensatez chegou ao ponto de fazer sentir a existência mesmo como punição – é como se a educação do gênero humano tivesse sido orientada, até agora, pelas fantasias de carcereiros e carrascos! (NIETZSCHE, 2004 [13])

Diante de uma vida agitada de conservação moderada das instituições, do ambiente, das pessoas e das mesmas ideias, ainda bem que respiramos sem a truculência dos autoritários sufocando e ao mesmo tempo oferecendo as honrosas máscaras de oxigênio dos cuidadosos liberais, que zelam pelo fim da banalização do mal, das perversões, da continuidade do negativo.

Libere-se das velhas categorias do Negativo (a lei, o limite, a castração, a falta, a lacuna) que o pensamento ocidental por tanto tempo manteve sagrado enquanto forma de poder e modo de acesso à realidade. Prefira o que é positivo e múltiplo, a diferença à uniformidade, os fluxos às unidades, os agenciamentos móveis aos sistemas; considere que o que é produtivo não é sedentário, mas nômade. Não imagine que seja preciso ser triste para ser militante, mesmo se a coisa que combatemos é abominável. É o elo do desejo à realidade (e não sua fuga nas formas de representação) que possui uma força revolucionária (Foucault, 1996, p. 199-200).

A atitude do *parrhesiasta* é proclamar no marco da vida política, diante do Império, algo acessível a todos, que seja público, visível, espetacular, provocativo e, às vezes, escandaloso, como os cínicos, dirigido às multidões e a povos inventados. Algo sempre sobre liberdade, renúncia à luxúria, crítica à política, aos códigos morais e ao que rompe com o diálogo socrático; que sabe seus limites e da sua absorção pelo discurso cristão. Ir para além do que os gregos propuseram como *parrhesia* e os cristãos traduziram em confissão, e tornaram o que era público privado, reduzindo a amizade à irmandade. É preciso mais; ultrapassar o amor por quem conduz porque é melhor, é *aristoi* e não *polloi*, porque é o guia que se escolheu, o representante, o político eleio, a constituição que *escrevemos*.

Uma vida não-fascista exige um intelectual *parrhesiasta*, que mostra como funciona, propicia impedimentos a manipulações e a mistificações, mas que deixa a escolha para as pessoas. Um tanto de São Francisco de Sales? Esse intelectual não se afirma pela renovação do universal e também reinventa a filosofia (FOUCAULT, 2008b, p. 311-327). Não é mais uma escolha utilitarista pela razão acompanhada ou não de religiosidade; é um intelectual anti-Max Weber depois de visitá-lo e apreciá-lo ao lado de Kant e da morfologia dos liberais. Foucault não cabe no liberalismo, é um inclassificável – no duplo sentido, porque não pode ser classificado e porque é inqualificável, ou melhor, insuportável. Está no fluxo do sem nome, mas não do inominável. É o que escapa de socialistas, liberais e anarquistas. Apesar de habitá-los, como navegador, prefere uma morada própria, pelas derivas, no cais ou até mesmo pela rua a ser atravessada e nela ser atropelado.

Um antimilitante vive em função de uma existência livre e arriscada; um *parrhesia*sta, sem descanso, livre de carcereiros e carrascos, pelo seu próprio valor, sem medo, único. Foucault para uma vida não-fascista é o que não pode ser pego e pelo que propicia entrar no fluxo como vacúolo.

Resistências

As resistências na sociedade de controles contínuos e de comunicação constante ocupam pequenos espaços, promovem minúsculos acontecimentos no limiar de experimentações para além da borda. Esses pequenos espaços são compostos de forças vivas e também por acúmulo de desgastes. Trazem consigo apenas reservas de vida e de morte, presença do rompimento inevitável com o uniforme, o consenso e o comum.

A vida conservadora moderada deseja-se contínua, linear e ser irremediavelmente o que é. Conta com a participação de todos em função de sua perpetuação e se pretende capaz de suprimir o acaso ou tratá-lo no interior de previsibilidades para o prosseguimento da vida sóbria e relativista, com guias escolhidos e/ou condutores.

Entretanto, diante de uma pletora de direitos que orienta e organiza as institucionalizadas elites secundárias, com as políticas afirmativas, as articulações em conselhos de Estado e de sociedade civil, compondo nova governamentalidade, em um controle expandido do planeta pela *ecopolítica*, não é possível desconhecer que no interior de direitos universais de primeira e segunda geração, havia os de terceira e mais recentemente os de quarta; então, resta saber se há outros direitos possíveis, não mais universais, mas produzidos na relação entre dois, em função de um objeto.

As primeiras reflexões sobre o direito, livre da transcendentalidade e voltado ao indivíduo livre, resultante do relacionamento com o outro, apareceu, modernamente, com Max Stirner (STIRNER, 2004) e recebeu de Pierre-Joseph Proudhon (PASSETTI & RESENDE, 1986) uma materialidade num contrato sinalagmático e comutativo em função de um objeto. É nesse interior que se pode situar o que Foucault mostrou como a emergência da ética de si. Para o libertarismo esses autores atuaram em função da vida autogestinária e nela encontraram maneiras para o indivíduo (o único, nas palavras de Stirner; o indivíduo mais tarde esboçado por Nietzsche, enfim, anticonceitos de indivíduo) liberar-se do universal sem se ver repassado ao coletivismo ou mesmo preso na relação indivíduo-coletivo, egoísmo-altruísmo. Ao mesmo tempo mostravam os limites metafísicos de suas próprias reflexões e a brevidade da experimentação no espaço hipoteticamente livre de fronteiras. Tratava-se da afirmação de uma ética de si, uma nova política, alheia ao Estado, à sociedade civil, ao mercado, ao coletivismo universal.

No final do século XX, desde os fluxos liberadores de minorias potentes, procedentes de 68 e depois capturados e conservados em direitos de terceira geração, acontecem outras maneiras de provocar direitos nos limiares e que afronta o cidadão habitante dos campos de concentração a céu aberto.

Indicarei para encerrar três modulações desse novo direito relacionado, obviamente, com o sexo, as drogas e a reciprocidade e que diz respeito ao objeto e que não é formalizado, ainda, em direito, apesar de ser prontamente capturável.

Do primeiro vem a dissolução de homo, bi e heterossexualismo e mesmo o homoerotismo, pelas práticas livres de sexo, arruinando fronteiras; inventam uma *parrhesia* contemporânea, dita sem palavras, silenciosa e prazerosa. Ultrapassam as performances indicadas por Judith Butler (BUTLER, 2008) e encurralam os desempenhos alardeados de machos, *gays* e mulheres *liberadas* aninhados em equipamentos de sexo e medicamentos auspiciosos em relações monogâmicas e *abertas*.

Na mesma confluência encontram-se os usuários de drogas ilegais e legais alheios aos seus confinamentos, de acordo com o tipo de droga e conduta esperada, em bandos, guetos, turma, combinadas ou não com solitárias mortificações individualizadas pelo neoliberalismo desde o uso da cocaína ao crack e a emergência das drogas sintéticas. Nesse caso, o que era compartilhar experimentações se tornou restrito, insinuando, de um lado, o mimetismo de uma estética periférica, pobre e bruta entre setores jovens mais abastados, e de outro, a proliferação dos farrapos humanos vagando pelas ruas das cidades mendigando por *pedras de crack*. Foram apanhados pela solidão computacional de comunicação instantânea em que o muito sempre é pouco, pela inclusão em programas de ecopolítica combinando psiquiatria e polícia, e ambos somente reafirmam a constatação de Baudelaire sobre o uso de drogas apenas acentuar mediocridades ou invenções. São espectadores do que virão a ser. Entretanto, os alheios aos confinamentos parecem buscar experimentações revitalizadas de estados alterados na e pela convivência, sem deixar de constatar as novas práticas de ilegalidades para o fortalecimento da segurança de Estado, das polícias, das organizações criminais, da indústria do controle eletrônico e das armas, e dos vínculos sólidos em novas leis para todos eles. Nesse caso o uso e o risco não valem o medo, nem aderir ao *completamente normal* mesmo na mente sã.

Uma terceira observação diz respeito às crianças e aos homens que arruínam a maternidade, não pela adoção de filhos pelo direito que passaram a ter até mesmo os homossexuais declarados, mas pela sua presença como pais que dispensam o amor materno, o que renova o feminismo e dissolve o casamento monogâmico, vivenciando-o em novas práticas de amor, sexo e reprodução humana.

Há outras atitudes como essas que a mídia e os publicitários não conseguem transformar em produtos. Estamos num momento propício para arruinar condutas – como são todos os momentos –, livres de guias e propensos a ensaios de existências.

Referências

BUTLER, Judith. *Problemas de gênero*. Feminismo e subversão da identidade. Tradução de Renato Aguiar. Rio de Janeiro: Civilização Brasileira, 2008.

FOUCAULT, Michel. *Microfísica do poder*. Tradução de Roberto Machado. Rio de Janeiro: Graal, 1979.

FOUCAULT, Michel. O Anti-Édipo: uma introdução à vida não-fascista. Tradução de Fernando José Fagundes Ribeiro. In: Peter Pál Pelbart & Suely Rolnik (org) *Gilles Deleuze*. São Paulo: Cadernos de Subjetividade. Núcleo de Estudos e Pesquisa da Subjetividade/Programa de Estudos Pós-Graduados em Psicologia Clínica/PUC-SP,

1996, p. 197-200. In: DEFERT, Daniel; EWALD, François (org) *Michel Foucault. Dits et écrits* (1954-1988). Paris: Quarto Gallimard, 2001, v. 2, [189], p. 133-136.

FOUCAULT, Michel. *A hermenêutica do sujeito*. Tradução de Salma T. Muchail & Márcio A. da Fonseca. São Paulo: Martins Fontes, 2004.

FOUCAULT, Michel. *Nascimento da biopolítica*. Tradução de Eduardo Brandão. São Paulo: Martins Fontes, 2008.

FOUCAULT, Michel. *Segurança, território, população*. Tradução de Eduardo Brandão. São Paulo: Martins Fontes, 2008a.

FOUCAULT, Michel. *Le gouvernement de soi et des autres*. Paris: Gallimard,/Seuil, 2008b.

FOUCAULT, Michel. Do governo dos vivos. Tradução de Nildo Avelino. Revista *Verve*. São Paulo: Nu-Sol, v. 12, 2007, p. 270-298.

KADARÉ, Ismail. *A filha de Agamenon. O sucessor.* Tradução de Bernardo Joffily, São Paulo, Companhia das Letras, 2006.

KLÍMA, Ivan. *Amor e lixo*. Tradução Eduardo Francisco Alves. Rio de Janeiro: Bestbolso, 2007.

NIETZSCHE, Friedrich. *Aurora*. Tradução de Paulo César de Souza. São Paulo: Companhia das Letras, 2004.

RATZINGER. Joseph. *Homilias sobre os santos*. Tradução de Roberto Vidal da Silva Martins. São Paulo: Quadrante, 2007.

RESENDE, Paulo & PASSETTI, Edson. *Proudhon*. São Paulo: Ática. Coleção Grandes Cientistas Sociais, v. 56, 1986.

ROTH. Philip. *Entre nós*. Tradução de Paulo Henrique Britto. São Paulo: Companhia das Letras, 2008.

SÃO FRANCISCO DE SALES. *Filoteia*. Introdução à vida devota. Tradução. Frei João José P. de Castro. Petrópolis: Vozes, 1958. também disponível em http://jesusmarie.free.fr/franćois_de_sales.html, *Introduction à la vie dévote*. Acessado em 1/set/2008.

STIRNER, Max. *O único e a sua propriedade*. Tradução de João Barrento. Lisboa: Antígona, 2004.

Foucault e os estudos *queer*

Guacira Lopes Louro

Aproximar Foucault dos estudos *queer* pode soar estranho. Mas isso seria, de certa forma, o esperado, já que *queer* sempre faz pensar no estranho, no esquisito, no excêntrico. *Queer* parece ser algo que incomoda, que escapa das definições. O termo fica atenuado quando dito assim, em português. Provavelmente porque deixa escondido sua história de abjeção. Usado para indicar o que é incomum ou bizarro, o termo em inglês é, também, a expressão pejorativa atribuída a todo sujeito não-heterossexual. Equivaleria a "bicha", "viado", "sapatão". Um insulto que, repetido à exaustão, acabou sendo deslocado desse local desprezível, foi revertido e assumido, afirmativamente, por militantes e estudiosos. Ao se autodenominarem *queer*, eles e elas reiteraram sua disposição de viver a diferença ou viver na diferença. Foram (e são) homens e mulheres que recusam a normalização e a integração condescendente.

Queer passou a ser, então, mais do que o qualificativo genérico para *gays*, lésbicas, bissexuais, transgêneros de todas as colorações. A expressão ganhou força política e teórica e passou a designar um jeito transgressivo de estar no mundo e de pensar o mundo. Mais do que uma nova posição de sujeito, *queer* sugere um movimento, uma disposição. Supõe a não-acomodação, admite a ambiguidade, o não-lugar, o trânsito, o estar-entre. Sugere fraturas na episteme dominante.

Como esse movimento pode se ligar a Foucault?

Alguns poderiam argumentar que Foucault está na origem do que veio a se chamar teoria ou estudos *queer*. Não faço essa afirmação. Entendo que a busca de origens ou princípios é pouco coerente quando se pretende discutir um campo teórico dito pós-estruturalista. Além disso, Foucault nunca pretendeu fundar qualquer teoria nem inaugurar nada. Mesmo com tais ressalvas, estou convencida de que o *queer* está enredado com o pensamento de Michel Foucault. As ideias do filósofo se constituem em uma das condições de possibilidade para a construção de um modo *queer* de ser e de pensar. É sobre algumas dessas ligações ou sobre esse *enredo* que me disponho a falar.

Por um lado, *queer* tem a ver com discussões e fraturas internas dos movimentos organizados das chamadas "minorias" sexuais, com dissensões em relação aos propósitos ou alvos prioritários dessas lutas. A política de identidades, ao mesmo tempo em que visibilizava e fortalecia os movimentos sexuais, também sugeria uma unidade que, para alguns/mas, se aparentava a uma nova forma de normatização. Por outro lado, *queer* se vincula a vertentes do pensamento contemporâneo que problematizam noções clássicas de sujeito, de identidade, de agência. Ao longo do século XX, teóricos de distintos campos ajudaram a descentrar ou a perturbar o sujeito racional, coerente e unificado; o sujeito senhor de si, aparentemente livre e capaz de traçar, com suas próprias mãos, o seu destino. Foucault foi um desses teóricos. Ele formulou questões novas, revirou verdades. A respeito da sexualidade, duvidou do suposto silêncio e repressão que a teriam cercado e afirmou que, em vez disso, essa era uma questão sobre a qual muito se falava e há muito tempo. Assumindo sua ótica, passamos a afirmar que a sexualidade era e é construída discursivamente.

O dispositivo da sexualidade vinha sendo construído pelos discursos da igreja, da psiquiatria, da sexologia, do direito, desde finais do século XIX. Tais discursos produziram classificações, dividiram indivíduos e práticas, criaram "espécies" e "tipos" e, simultaneamente, modos de controlar a sexualidade. Produziram sujeitos e corpos ou, para usar a contundência de Judith Butler, se constituíram (e continuam se constituindo) em discursos que "habitam os corpos", que passam a ser carregados pelos corpos "como parte de seu próprio sangue" (BUTLER *apud* PRINS e MEIJER, 2002, p. 163). Conforme Foucault, o processo então desenvolvido acabou por possibilitar, também, a formação de um "discurso reverso", isso é, um discurso produzido a partir do lugar que tinha sido apontado como a sede da perversidade, como o lugar do desvio e da patologia: a homossexualidade. Mas "a análise de Foucault das 'espirais perpétuas do poder e do prazer' produzidas nos discursos da sexualidade não pode se reduzir facilmente a uma oposição binária entre discurso e discurso reverso", como lembra, oportunamente, Tamsin Spargo (SPARGO, 1999, p. 22). Foucault nos convida a extrapolar tal polaridade, ao afirmar que vivemos uma proliferação e uma dispersão de discursos, bem como uma dispersão de sexualidades. Em suas palavras, "assistimos a uma explosão visível das sexualidades heréticas" (FOUCAULT, 1993, p. 48).

Na esteira dessas ideias, os estudos *queer* assumem o caráter discursivo da sexualidade e, seguindo Foucault (mas também Derrida), questionam binarismos de toda ordem. Assumem a dispersão e a multiplicidade; aclamam a "proliferação de prazeres" e a "multiplicação de sexualidades disparatadas" (FOUCAULT, 1993, p. 48); acolhem sujeitos e práticas que negam ou contrariam as normas regulatórias das sociedades.

Provavelmente são muitos os elementos dos escritos foucaultianos que se poderia perceber enredados no movimento *queer*. Particularmente, me chamam a atenção suas formulações e comentários sobre a resistência.

Inúmeras vezes Foucault falou sobre a resistência. Chegou mesmo a sugerir que ela poderia ser tomada como um ponto de partida ou como uma espécie de "catalisador químico, de forma a trazer à luz as relações de poder, localizar sua posição, encontrar seus pontos de aplicação e os métodos usados" (FOUCAULT, 2008). A compreensão da resistência como intrínseca e não externa às relações de poder; uma resistência entranhada no tecido social, no cotidiano, no banal combina com o *queer*. A insubordinação, o não-acomodamento, a recusa ao ajustamento são algumas de múltiplas formas que a resistência pode assumir. A paródia e o camp[1], expressões de ironia e de uma estética distintas, podem representar, na pós-modernidade, um modo de resistir; podem se constituir em uma forma especial de crítica – aquela que se faz *de dentro* ou *por dentro*. O exagero e a artificialidade desses movimentos desconstroem, eventualmente, figuras e práticas tidas como naturais; confrontam normas e valores; podem ter expressão política e se constituir num modo de recusar, de reagir e contestar. Foucault afirmava que a subversão ocorreria no interior das estruturas discursivas existentes. Esses movimentos parecem funcionar desse modo.

Linda Hutcheon, discutindo sobre a prática paródica na pós-modernidade, sugere que essa não se reduziria à "imitação ridicularizadora",

---

[1] Difícil de definir ou mesmo de descrever – como afirmou Susan Sontag em seu artigo clássico, *Notes on camp* (1987) –, o *camp* é usualmente relacionado ao exagero, à afetação, a uma estética especial que ironiza ou ridiculariza o que é dominante. Lembrando de sua difícil tradução para o português, Denilson Lopes sugere que, "como comportamento, o *camp* pode ser comparado à fechação, à atitude exagerada de certos homossexuais, ou simplesmente à afetação. Já como questão estética, o *camp* estaria mais na esfera do brega assumido, sem culpas, tão presente nos exageros de muitos dos ícones da MPB..." (LOPES, 2002, p. 98).

mas poderia ser compreendida "como uma repetição com distância crítica que permite a indicação irônica da diferença no próprio âmago da semelhança" (HUTCHEON, 1991, p. 47). A estudiosa lembra que essa prática passou a ser popular entre artistas vinculados a grupos tradicionalmente postos à margem (negros, mulheres, minorias sexuais e étnicas) como uma espécie de "acerto de contas e uma reação de maneira crítica e criativa, em relação à cultura ainda predominantemente branca, heterossexual e masculina na qual se encontravam" (HUTCHEON, 1991, p. 58). É possível perceber potencial subversivo na ironia e no humor e esses, muitas vezes, podem se constituir em formas privilegiadas de dizer o que, de outro modo, não pode ser dito.

É nesse contexto que trago a figura da *drag queen*, tão recorrente nos textos *queer*. Com seu exagero e exuberância de comportamento, gestos, trajes e acessórios, uma *drag queen* parodia a feminilidade. Nesse movimento, ao mesmo tempo em que incorpora, ela desafia o feminino e denuncia sua fabricação. Imitar um gênero pode ser uma forma de mostrar o caráter imitativo dos gêneros em geral; mais do que isto, pode ser um modo de desnaturalizar a ligação entre sexo e gênero que é, ordinariamente, tomada como natural. Paródias usualmente também põem em xeque noções de origem ou de originalidade. Será atrevimento ler resistência nessa figuração?

Judith Butler, uma das mais conhecidas teóricas *queer*, valeu-se de Foucault para construir alguns de seus argumentos. Sua leitura do filósofo é, como qualquer leitura, uma apropriação singular e uma intervenção. É Foucault que lhe permite, por exemplo, construir a noção de "normas regulatórias da sociedade", normas que, segundo Butler, supõem continuidade e consequência entre sexo, gênero e sexualidade (BUTLER, 1999). Tais normas regulatórias têm um caráter performativo[2], quer dizer, sua citação e repetição fazem acontecer, isso é, produzem aquilo que nomeiam.

Uma lógica heteronormativa rege a sequência que presume que, ao nascer, um corpo deva ser designado como macho ou como fêmea, o que implicará, por conseguinte, assumir o gênero masculino ou feminino e, daí, expressar desejo por alguém de sexo/gênero oposto ao seu. Um corpo

---

[2] Butler traz uma contribuição própria à noção de performatividade, originalmente construída no âmbito da teoria literária, por J. Austin. Apoiando-se nesse teórico e também nos questionamentos e formulações de J. Derrida, Butler estende o conceito para o gênero e a sexualidade, argumentando que ambos são resultantes de atos ou enunciados performativos. Em suas palavras: "as normas regulatórias do 'sexo' trabalham de uma forma performativa para constituir a materialidade dos corpos e, mais especificamente, para materializar o sexo do corpo, para materializar a diferença sexual a serviço da consolidação do imperativo heterossexual (BUTLER, 1999, p. 154).

viável, ou melhor, um sujeito *pensável* estão, portanto, circunscritos aos contornos dessa sequência "normal". Uma vez que a lógica que sustenta tal processo é binária, torna-se insuportável (e impensável) a multiplicidade dos gêneros e das sexualidades. Aqueles e aquelas que escapam da sequência e das normas regulatórias arriscam-se, pois, no domínio da abjeção.

A figura da *drag* pode ser interpretada como crítica à naturalidade dessa sequência. Personagem estranha, ela, de algum modo, escapa ou desliza da ordem e da norma e, por isso, provoca desconforto, curiosidade e fascínio. A *drag* passa a existir como personagem quando se "monta", isso é, quando, assumidamente, inventa sua aparência. É nesse momento que efetivamente a *drag incorpora*, toma corpo. Escrevendo sobre ela, perguntei em outro texto: "De que material, traços, restos e vestígios ela se faz? Como se faz? Como fabrica seu corpo? Onde busca as referências para seus gestos, seu modo de ser e de estar? A quem imita? Que princípios ou normas cita e repete? Onde os aprendeu?" (LOURO, 2004, p. 20). Àquelas perguntas, acrescento agora: Quando expõe as formas de montagem do gênero, a *drag* não torna evidentes, também, os "pontos de aplicação do poder", como dizia Foucault? Sua crítica paródica não nos ajuda a perceber por onde passa o poder ou como ele passa?

Em uma noção tradicional de poder essas perguntas, provavelmente, não fariam sentido. Quando o poder é compreendido como algo que alguém possui e que é disputado por um outro que é dele despossuido, quando é compreendido como uma relação na qual há um dominante e um dominado, uma relação na qual um sujeito pode impor e proibir ações ou práticas a outro sujeito, essas questões não cabem.

Mas Foucault promoveu uma reviravolta em tudo isso, quando se dispôs a examinar a dinâmica do poder e afirmou que esse funcionaria numa espécie de rede, exercido a partir de múltiplos pontos que, simultaneamente, também produziriam resistências. Reviravolta que, para além da repressão, acentuou o caráter produtivo e positivo do poder. Assumindo essa noção, faz sentido, então, pensar por onde se infiltra o poder, como se manifesta e as inúmeras respostas que incita.

Outras implicações podem ser contempladas. David Garcia lembra que "numa concepção na qual é a própria rede de relações de poder que produz os sujeitos" (como se dá na ótica de Foucault), "é necessário remeter-nos à dinâmica e à estruturação da rede e não à interioridade dos sujeitos ou a uma exterioridade independente da relação de poder" (GARCIA, 2005, p. 30). Então, menos do que tentar descobrir se a figura da *drag queen* pode ou não ser tomada como revolucionária, parece produtivo tomá-la como instância para pensar a dinâmica e o funcionamento do poder implicados na construção e reprodução dos gêneros e das sexualidades. Não se tratar de propor a figura como um eventual projeto ou modelo – isso não faria sentido numa ótica *queer* – mas nela se reconhece potencial crítico e desconstrutivo da normatização/naturalização dos gêneros.

A normatividade dos gêneros está estreitamente articulada à manutenção da heterossexualidade. É somente através da heterossexualidade que noções de oposição e complementaridade dos gêneros masculino/feminino são garantidas. No entanto, a heterossexualidade não é um regime fechado em si mesmo, coerente e monolítico, pelo menos não é assim tomado no âmbito dos estudos *queer* (cf. Garcia, 2005). Em vez disso, entende-se que esse regime (como qualquer outro) tem fissuras e incoerências. Na sustentação desse argumento, ganha peso a noção de resistência formulada por Foucault, uma vez que ela admite que a subversão é feita a partir da norma, ocorre no próprio interior da norma. Sendo assim, entendo que se poderia dizer que é, precisamente, a necessidade de repetição ou de reiteração da heterossexualidade que fornece as condições para que se articulem práticas de resistência. Se a heterossexualidade fosse efetivamente natural e dada não haveria necessidade de empreendimentos e esforços continuados para garanti-la. No processo repetido, continuado e sempre inconcluso de produzir os gêneros é que ocorrem os deslizamentos, as desarmonias e desarranjos. A repetição incessante das normas permite e incita, ao mesmo tempo, sua resistência.

Na medida em que o regime da sexualidade passa a ser entendido como "efeito de uma multiplicidade de práticas, de uma dispersão de pontos de dominação e de resistência", como diz Garcia (2005, p. 45), é possível supor algumas consequências políticas. A resistência não será mais procurada apenas naqueles espaços explicitamente articulados como políticos. Por certo não se negará a importância de espaços ou movimentos que, declaradamente, se colocam no contraponto da imposição das normas heterossexuais, mas se passará a observar, também, outras práticas e gestos ensaiados de outros tantos pontos como capazes de se constituir em políticas de resistência. Garcia afirma que "já não nos encontramos na dicotomia liberacionista entre alienação (falsa consciência) e liberação (conscientização política). A resistência se dará em lugares múltiplos e de forma nem sempre intencional e consciente. Os pontos de subversão do sistema do regime (hetero)sexual estarão dispersos por todo o espaço delimitado por este regime" (Garcia, 2005, p. 45).

Quero acentuar a potencialidade política dessa perspectiva e, também, a oxigenação que ela parece trazer às representações irremediavelmente pessimistas da sociedade. Na medida em que se assume que o contraponto aos discursos dominantes pode ser (e é) exercido a partir de múltiplos espaços e práticas, parece razoável supor que outros ou que mais sujeitos intentam formas de resistir e de contestar. Formas talvez menos espetaculares ou menos visíveis, mas (quem sabe?) igualmente produtivas.

É possível supor também que, hoje, se questione o campo da sexualidade de outros modos. Já não se coloca como imperativo, pelo menos para alguns, descobrir as causas dos desvios da heterossexualidade, mas, em vez disso, examinar os discursos que permitiram que essa forma de sexualidade fosse tomada como natural, ou melhor, examinar os discursos que fizeram com que essa se constituísse em uma verdade única e universal. Consequentemente, os olhares se voltarão, também, para os processos que silenciaram outros discursos e empurraram outras formas de sexualidade para o lugar ilegítimo, não-natural e inaceitável.

Para além do questionamento da heteronormatividade, se passa a questionar a "produção/maquinação de uma homonormatividade", como diz Fernando Pocahy (2008), ou seja, a produção de uma norma homossexual, capaz de alienar outras formas de sexualidade. A polarização constituída pela hetero/homonormatividade passa a ser desestabilizada e desconstruída.

Há quem afirme que a desconstrução pode ser entendida como um terremoto que, muitas vezes, se desencadeia a partir da menor rachadura, é capaz de acontecer no mais leve tremor. Não se pode esquecer que rachaduras quase imperceptíveis podem se desdobrar ou se alargar profundamente e produzir efeitos inimagináveis. A desconstrução envolve, pois, atenção ao menor detalhe. E aqui, mais uma vez, parece se impor a lembrança de Foucault. Ele, mais do que outros, sugeriu que se prestasse atenção aos detalhes, às práticas, palavras, "coisas" aparentemente banais e pouco importantes que, discretamente, enredam e constituem sujeitos. Ele ofereceu, como diz Ewald, uma "mudança de perspectiva"; ele propôs que se olhasse para as "ninharias, [para] o grão do poder" (EWALD, 1993, p. 27).

Se os conhecimentos "manifestam uma história que não é a de sua perfeição crescente, mas, antes, a de suas condições de possibilidades", como dizia Foucault (1995, p. 11), há, portanto, sujeitos e práticas que podem ser pensados no interior de uma cultura e outros que são impensáveis, por não se enquadrarem na lógica ou no quadro admissíveis para aquela cultura, naquele momento. No campo da sexualidade, parece insuportável pensar em sujeitos ou práticas, em experiências ou saberes que extrapolem o binarismo das normas e que acenem para a multiplicidade, para a mistura, a *mélange*, o não-lugar. Mas este parece ser precisamente o desafio e o convite do movimento *queer*: transgredir a lógica estabelecida, pensar o impensável, admitir o insuportável, atravessar limites. Enredados, ainda, com Foucault, buscar fissuras na episteme dominante e ousar ir além.

Referências

BUTLER, Judith. Corpos que pesam: sobre os limites discursivos do "sexo". In: LOURO, Guacira Lopes (Org.). *O corpo educado:* pedagogias da sexualidade. Trad. Tomaz Tadeu da Silva. Belo Horizonte: Autêntica, 1999. p. 151-172.

EWALD, François. *Foucault a norma e o direito.* Trad. António Fernando Cascais. Lisboa: Vega, 1993.

FOUCAULT, Michel. *A história da sexualidade 1:* a vontade de saber. Trad. Maria Thereza da Costa Albuquerque e J. A. Guilhon Albuquerque. 11ª ed. Rio de Janeiro: Graal, 1993.

FOUCAULT, Michel. *As palavras e as coisas.* Trad. Salma Tannus Muchail. São Paulo: Martins fontes, 1995.

FOUCAULT, Michel. El sujeto y el poder. Disponível em: <http://www.continents.com/Art10.htm>. Acesso em: 10 mar. 2008.

GARCIA, David Córdoba. Teoria *queer:* reflexiones sobre sexo, sexualidad e identidad hacia uma politización de la sexualidad. In: CÓRDOBA, David; SÁEZ, Javier e VIDARTE, Paco (orgs.) *Teoria Queer.* Políticas Bolleras, maricas, trans, mestizas. Barcelona y Madrid: Editorial Egales, 2005. p. 21-66.

HUTCHEON, Linda. *A Poética do Pós-modernismo.* Rio de Janeiro: Imago, 1991.

LOPES, Denilson. *O homem que amava rapazes.* Rio de Janeiro: Astroplano, 2002.

LOURO, Guacira Lopes. *Um corpo estranho.* Ensaios sobre sexualidade e teoria *queer.* Belo Horizonte: Autêntica, 2004.

POCAHY, Fernando. Marcas do poder: o corpo (do) velho-homossexual nas tramas da hetero e da homonormatividade. *Fazendo Gênero 8.* Florianópolis, 2008.

PRINS, Baukje; MEIJER, Irene. Como os corpos se tornam matéria: entrevista com Judith Butler. Trad. Susana Bornéo Funck. *Revista Estudos Feministas.* v. 10 (1), 2002. p. 155-167.

SONTAG, Susan. *Contra a interpretação.* Porto Alegre: L&PM, 1987.

SPARGO, Tamsin. *Foucault and Queer Theory.* Nova York: Totem Books, 1999.

Anti-individualismo, vida artista:
uma análise não-fascista de Michel Foucault

Guilherme Castelo Branco

A arte é bem mais que uma vocação pessoal de artistas, que no imaginário de alguns, seriam portadores de talento superior ao das demais pessoas. Para uma certa modalidade de interpretação personalista e inspirada no "teoria do gênio", o lugar da arte é *topos* singular e subjetivo que se desvela apenas no percurso pessoal e na obra única de um artista. Michel Foucault faz questão de sustentar uma hipótese exatamente contrária à da teoria do artista inspirado, de maneira a não deixar qualquer dúvida. O filósofo francês afirma que a estética da existência, enquanto atitude pela qual nos tornamos artífices da beleza de nossa própria vida, é um estilo de vida de alcance comunitário, por ele também denominado de modo de vida "artista", realizável por todo aquele que seja capaz de questionamento ético, e que ademais seja, em alguma medida, capaz de realizar uma "atitude de modernidade"[1]. Passemos ao texto:

> [...] o prazer por si pode perfeitamente assumir uma forma cultural, como o prazer pela música. E deve-se compreender que trata-se, nesse caso, de alguma coisa muito diferente do que considera-se interesse ou egoísmo. Seria interessante verificar como, nos séculos XVIII e XIX, toda uma moral do "interesse" foi proposta e inculcada na classe burguesa – por oposição, sem dúvida, a todas as artes de si mesmo que poder-se-iam encontrar nos meios artísticos-críticos; a vida "artista", "o dandismo", constituíam outras estéticas da existência opostas às técnicas de si que eram características da cultura burguesa. (FOUCAULT, 1994, v. IV, p. 629)

---

[1] As características da atitude de modernidade estão enumeradas no volume IV do *Dits et Écrits*, especialmente no 'Qu'est-ce les Lumières?': "por atitude, quero falar de um modo de relação face à atualidade; de uma escolha voluntária que é feita por alguns poucos; finalmente, de uma maneira de pensar e de sentir, de uma maneira, também, de agir e de se conduzir que, tudo ao mesmo tempo, caracteriza um pertencimento e se apresenta como uma tarefa" (FOUCAULT, 1994, v. IV, p. 568).

A citação tem muitos aspectos que devemos ressaltar, malgrado sua brevidade. A primeira delas: a estética da existência é uma questão que se descortina, que se inicia, de modo peculiar e indiscutível, a partir de fins de século XVIII e começo do século XIX, tendo como pano de fundo o desenvolvimento do capitalismo, com suas novas tecnologias de controle das subjetividades e da vida política das populações. A estética da existência tem no seu campo de ação e de reflexão, uma forma de vida não assujeitada, não conformada com formas de vida padronizadas pelas classes pequeno-burguesas e burguesas, todas elas cerrando força no individualismo, nos interesses familiares, na obsessão pela segurança patrimonial, médica, policial, educacional etc. Estética da existência e vida não-conformada, portanto, estão sempre juntas.

A "vida artista", por outro lado, é uma expressão que Foucault fez questão de forjar, com o claro propósito de diferenciá-la da expressão, bem mais conhecida de todos, de "vida artística". Essa última expressão designa, de maneira estrita, a obra de um artista, seu itinerário criativo, sua biografia lida de maneira a elucidar a história de sua produção. Para Foucault a vida artista é uma coisa toda outra; na verdade, essa expressão designa o trabalho que certas pessoas desenvolvem no sentido de tornar as suas vidas belas, generosas, radiosas, intensas, numa relação com uma comunidade de iguais, todos voltados para o desenvolvimento de uma estética da existência, ocupados em fazer da própria vida, e da vida de seus próximos, uma obra de arte. Entre uma vida artística e uma vida artista, as diferenças aparecem sem grandes dificuldades. É perfeitamente possível que artistas tenham vidas artísticas capazes de dar ensejo a inúmeras biografias, sem que suas vidas possam ser percebidas como providas de senso estético, grandeza, ou até mesmo de honra. Beethoven, lembro, ficou chocado com a subserviência e a atitude humilhada de Goethe diante da nobreza e da realeza. Por sinal, hoje, Goethe poderia ser perfeitamente um membro de Academias de Letras de qualquer cidade ou país, assim como poderia ser um professor subserviente a certos grupos de poder que existem em todos os lugares (apenas a título de exemplo), como a USP ou a Universidade do Cariri. Em contrapartida, na Modernidade, artistas como Baudelaire, Gide, Wilde, Proust, Rimbaud (todos eles citados, aqui e ali, por Foucault), assim como muitas pessoas sem o mínimo vínculo com uma profissão artística, cuidaram de fazer de suas vidas trilhas luminosas, experiências inovadoras de formas de vida belas e intensas, na contramão das formas de vida dominantes. Na perspectiva de Foucault, a vida artista é uma vida generosa, ágil, que recusa as formas de vida assujeitadas da ordem burguesa. A vida artista, portanto, é uma possibilidade real para todo sujeito ético, autônomo, com o potencial de inventar-se e à vida de outros a ele vinculados.

O terceiro aspecto que vale a pena ressaltar é que Foucault, na passagem supracitada, fala de "estéticas da existência", no plural; ademais, opõe essas estéticas das técnicas de si típicas da cultura e das formas de vida burguesas. Talvez se deva entender uma estética da existência como um dos caminhos possíveis, dentre outros, pelos quais pessoas realizam estilos de vida não-conformados. Tanto no tempo da história como no tempo de uma vida seria possível se criar uma gama diversificada de experiências estéticas – e porque não contestatárias? –, é isso que impede que possamos ter uma visão monolítica e categórica da expressão estética da existência. Uma coisa podemos afirmar: toda estética da existência tem vínculo estreito com o seu tempo, com seu presente histórico, em muitos casos experiências de inconformidade com as formas de vida comumente aceitas ou controladas, o que faria delas processos históricos constantes e sem fim, o que pressuporia descontinuidades e ultrapassagens imanentes aos processos não-lineares das vidas humanas, pessoais, sociais e históricas.[2]

No limite, um tema crucial, a morte, pode ser elucidativo. Em algumas poucas passagens, Foucault procura indicar quais poderiam ser os nexos entre morte e beleza. Tais nexos se fazem através da contraposição entre vida bela e vida sem sentido, que teriam como correspondentes uma morte com sentido e uma morte sem sentido. Vamos á intrigante passagem do filósofo:

> [...] levantando a questão do que vale a vida e a maneira pela qual se pode enfrentar a morte... A ideia de uma aproximação entre os indivíduos e os centros de decisão deveria implicar no reconhecimento do direito de cada um, a título de consequência, de se matar quando se quiser, em condições decentes. [...] Se eu ganhasse na Loto muitos milhões, eu criaria um instituto onde as pessoas que quisessem morrer viriam passar um fim de semana, uma semana ou mesmo um mês no prazer – na droga, quem sabe? – para depois desaparecerem, como por dissolução. (FOUCAULT, v. IV, p. 382)

---

[2] Claro que pessoas tiveram uma modalidade preocupação ética consigo mesmas – por exemplo, na Grécia Antiga –, mas este modo de inquietação ética limita-se a seu tempo, com enorme importância, sem dúvida, sem o menor vínculo com o cuidado de si e a estética da existência na atualidade, onde o cunho político é inquestionável, dentro da dinâmica das relações de poder e dos embates agonísticos.

A linha de argumentação de Foucault, na sequência, é a de que a forma medicalizada e asséptica da morte acarretam num ritual dramático, demasiado pesado e repleto de sofrimento, motivo pelo qual o filósofo acaba propondo que sejam introduzidas mudanças no sistema de valores e de práticas diante da morte, procurando "... dar sentido e beleza à morte-dissolução" (FOUCAULT, 1994, v. IV, p. 383).

Nada fascina mais Foucault do que ter diante de si a possibilidade de que as pessoas possam fazer de suas próprias vidas o *material* para a realização de estéticas da existência sem que tenham que recorrer a um padrão de normalização, a alguma estrutura de identificação ou de auto-encontro, nem ao recurso a algum processo de disciplinarização. Para o pensador, vale a pena constatar como a sociedade da Grécia Antiga, bem diferente da nossa, pois não estava submetida aos constrangimentos acima indicados, pode nos ajudar a entender nosso nexo com a atualidade: "entre as invenções culturais da humanidade existe um tesouro de procedimentos, de técnicas, de ideias, de mecanismos, que não podem ser reativados, verdadeiramente, mas que constituem ou podem ajudar a constituir uma espécie de ponto de vista que pode ser útil para analisar e para transformar o que se passa à nossa volta, hoje" (FOUCAULT, 1994, v. IV, p. 391). Se o descompasso entre o passado e o presente é evidente, não há como negar que o passado, muitas vezes, pode ser muito útil na construção de certas similitudes ou quase-identidades, como na seguinte passagem:

> [...] a austeridade sexual, na sexualidade grega, era uma moda, um movimento filosófico que emanava de pessoas muito cultas, que procuravam dar à sua vida uma intensidade crescente e uma beleza maior. De certo modo, acontece a mesma coisa no séc. XX, quando as pessoas, para ter uma vida mais "rica" e bela, procuraram se desembaraçar de toda a repressão sexual de sua sociedade e de sua infância. Na Grécia, Gide seria tido como um filósofo austero. (ibidem)

Malgrado sua importância, os gregos não devem ser percebidos nem como exemplo nem como objeto de saudade. Falando daqueles que tendem a fazer do passado um ícone e uma preciosa raiz, para quem o presente não tem importância nenhuma, o pensador afirma: "existe, nesse ódio ao presente e ao passado imediato, uma tendência perigosa de se invocar um passado completamente mítico" (FOUCAULT, 1994, v. IV, p. 278). Ao longo de toda sua obra, as passagens de Foucault sobre a história, sua descontinuidade, sua estruturação acontecimental, alheia a toda origem ou *telos*, impedem que façamos do tempo histórico um campo inteligível e confortável, onde um mesmo sujeito suposto consciente habitaria um mundo de contornos reconhecidos.

O campo mais importante de análise, na fase ético-estética de Foucault, situa ética, estética e política numa rede complexa e indissociável; é nesse campo que está localizado seu maior desafio intelectual e a razão de ser de seu trabalho filosófico em plena maturidade. A passagem é longa e densa, absolutamente marcante:

> [...] eu penso que desde o século XVIII, o grande problema da filosofia e do pensamento crítico sempre foi, ainda é, e creio que continuará a ser o de responder à questão: o que é esta razão que nós utilizamos? Quais são seus efeitos históricos? Quais são seus limites e quis são seus perigos? Como podemos existir, enquanto seres racionais, alegremente dedicados a praticar uma racionalidade que é, infelizmente, atravessada por perigos intrínsecos? Nós devemos ficar o mais próximos possível desta questão, deixando sempre presente no espírito que ela é central e, ao mesmo tempo, extremamente difícil de resolver [...] Se os intelectuais, de modo geral, têm uma função, se o pensamento crítico tem uma função, e se, mais precisamente ainda, a filosofia tem uma função no interior do pensamento crítico, é exatamente o de aceitar esta espécie de espiral, esta espécie de porta-giratória da racionalidade que nos remete à sua necessidade, ao que ela contém de indispensável, e, ao mesmo tempo, aos perigos que ela comporta." (FOUCAULT, 1994, v. IV, p. 279)[3]

Ao vincular filosofia e filosofia crítica, Foucault ancora no terreno da atualidade. Quando o pensador francês fala dos vínculos entre as técnicas de si, as relações de poder e as lutas de resistência, na verdade ele está falando das lutas contra o assujeitamento, aponta para os combates em prol da autonomia, e, também, diz sobre as lutas dos sujeitos para se libertarem das formas de vida fascistas que neles habitam ou que os circundam, os espreitam. O pensamento de Foucault não se restringe à subjetividade, mas faz dela, também, um cais para que os indivíduos possam lançar-se ao empreendimento de mudar o mundo, sob todas as formas. Apesar de crítico quando analisa o modo de exercitar a política praticada pelos militantes comunistas de sua época, Foucault lembra que a vida pessoal ou individual dos militantes políticos não poderiam ser dissolvidas, eliminadas pela

---

[3] A passagem que citamos é também muito importante, uma vez que evidencia que o racismo contemporâneo decorre da racionalidade do darwinismo social, quando enfatiza que esta modalidade de variação racista do fascismo é um ingrediente importante do nazismo, e que se mantém ainda em conformidade com a racionalidade científica e política majoritários em nossa época.

suposta importância maior da dimensão social; antes disto, trata-se de ver na luta pela transformação da sociedade componentes que dizem respeito à própria vida dos combatentes revolucionários, pois um revolucionário de primeira linha não poderia abrir mão de sua independência e de sua autonomia: "eu evoquei [...]a vida "artista", que teve uma importância tão grande no século XIX. Mas poderíamos considerar a Revolução não apenas como um projeto político, mas como um estilo, um modo de existência, com sua estética, seu ascetismo, suas formas particulares de relação consigo mesmo e com os outros." (FOUCAULT, 1994, v. IV, p. 629). Envolvendo não somente a dimensão coletiva, mas dando destaque igual ao componente individual e pessoal, a luta de transformação da sociedade, ou luta revolucionária, recebe uma ampliação de seu campo de atuação, na perspectiva foucaultiana. Se quisermos mudar o mundo, também temos que mudar a nós mesmos, através do incessante trabalho de superação de nossas limitações internas, de nosso egoísmo, dos nossos interesses meramente pessoais, enfim, de nossos pequenos fascismos. As nossas relações Com nós mesmos, portanto, também ocupam lugar dentre as lutas de transformação do mundo, na forma da modificação de nós mesmos com nós mesmos, exigindo uma modificação ética de nossa perspectiva unilateral e centrada tão somente em nossos interesses. Em suma, o trabalho em prol da revolução da sociedade não é o único a representar o cuidado de si, ele também está voltado para a pura e simples modificação das relações econômicas e políticas; todavia, a mesmo título, as muitas e pequenas modificações que ocorrem do mundo, no dia a dia, não poderiam ter lugar sem inegáveis processos de transformação das subjetividades. As nossas relações com nós mesmos, portanto, comportam uma expressiva dimensão agonística, implicam numa modificação das relações de poder que temos com os outros e com nós mesmos, numa escalada libertária. Paradoxalmente, segundo Foucault, o trabalho libertário, na modernidade, possui uma clara inspiração kantiana[4], obedecendo à ideia de que o processo

---

[4] Não deixa de ser engraçado ver a multiplicação de referências, entre os comentadores inexperientes, sobre a influência de Nietzsche na teoria foucaultiana. Tal modo de ver é apressado e sem fundamento, fazendo do recurso indiscriminado ao texto *Nietzsche, a Genealogia e a História* uma prática sem nexo, desconectada do corpo total da obra de Michel Foucault; na verdade, esse texto é datado, e talvez apresente apenas um exemplo das inquietações daquele momento na vida intelectual francesa, pois diz respeito ao lugar da Teoria da História, questão muito presente nos anos 60 e 70 do século XX. Àquela época, a história era questão de grande destaque (via marxismo, estruturalismo e epistemologia), e muitos textos de Foucault abordaram o tema, como, por exemplo, o *Sobre a Arqueologia das Ciências. Resposta ao Círculo de Epistemologia* (1968). Tal preocupação com a origem e o sentido da história, na última fase do pensamento do filósofo (1978-1984), por exemplo, não

de libertação, também chamado de exercício da maioridade, consiste na passagem da heteronomia para a autonomia. Ou seja, a libertação advém de um trânsito no qual o sujeito ultrapassa a fase em que segue as regras sociais pela dependência dos outros e ainda espera o reconhecimento dos demais, entendidos como autoridades, como pessoas importantes a seus olhos, para entrar numa fase em que obedece aos ditames da razão, que é independente dos ganhos e usufrutos de caráter social, onde afinal o indivíduo torna-se independente e ético.

Em outros termos, segundo Foucault, foi Kant quem reformulou a questão do sujeito do conhecimento proposto por Descartes, que se iniciou a partir do momento em que o filósofo alemão perguntou-se sobre quais seriam as relações entre o sujeito da moral e o sujeito do conhecimento. A formulação teórica levantada por Kant, segundo Foucault, leva a uma nova formulação: "a solução de Kant foi a de encontrar um sujeito universal que, na medida em que era um sujeito universal, podia ser um sujeito do conhecimento, mas que exigia, entretanto, uma atitude ética – precisamente a relação a si que Kant propõe na *Crítica da Razão Prática*." (FOUCAULT, 1994, vol IV, p. 631). Em consequência, eis uma das hipóteses mais importantes da última fase de Foucault: Kant abriria uma nova via para pensarmos nossa relação com nós mesmos, uma vez que não somos tão somente suportes do conhecimento como no cartesianismo, mas estabelecemos complexas relações entre o pensar, agir e sentir, pondo em ação diferentes modalidades de utilização das faculdades, com diferentes fundamentos. Uma vez que são muitas as possibilidades de utilização da razão, do entendimento e da sensibilidade, competiria ao sujeito instituir novos usos de suas potencialidades. Como alerta Foucault, inspirado em Kant, os sujeitos podem se ultrapassar, podem sair da menoridade, assumir o risco de pensarem por si próprios, propor para eles mesmos e para os outros novas formas de viver; ademais, assumindo o uso livre e autônomo da razão, os sujeitos históricos, na modernidade, podem ter o equipamento e os instrumentos para o exercício independente, não-heterônomo, da ética, da política e da revolução, ainda em vigor na atualidade.

Entre as estéticas da existência e as lutas contra as variadas formas de fascismo e assujeitamento existe uma cumplicidade inegável: elas só

tem maior importância nem é central. Na atualidade, essa preocupação teórica persiste em círculos universitários mais restritos, o que explica, certamente, o abandono do tema prematuramente por Foucault, já em meados dos anos setenta do século passado.

podem acontecer num efetivo campo de afrontamento entre forças distintas, no interior das relações de poder, onde a agonística comparece a todo instante, inclusive no mundo pessoal e subjetivo de todos nós, pelo menos o dos mais inquietos. No curto e precioso texto *Introdução à vida não-fascista*,[5] Foucault aponta para novas formas de vida e novos campos de experimentação políticos, dentre elas "esta arte de viver contrária a todas as formas de fascismo..." (FOUCAULT, 1994, vol III, p. 135). A questão entreaberta Foucault não é irrelevante, pois fala da criação de um modo de vida incansavelmente criativo, onde nos fazemos e nos desfazemos sempre que algo nos impulsione, a partir de um cuidado de si que na verdade é um descuidado de si, o que já indicaria que uma vida autônoma vem do rompimento com os grupos de poder e com as instituições hegemônicas de uma estrutura social determinada.

A posição libertária de Foucault, ao contrário do que muitos podem sugerir, não consiste num retorno ao individualismo; tampouco é uma aceitação passiva dos credos instituídos pelos grupos ao sabor dos ventos e segundo as oscilações dos humores. Trata-se de uma posição política em parte pessoal, em parte coletiva, como podemos ver: "o indivíduo é produto do poder. O que é preciso é 'desindividualizar', pela multiplicação, deslocamento, e pelos diversos agenciamentos. O grupo não deve ser o laço orgânico que une os indivíduos hierarquizados, mas um constante gerador de 'desindividualização'." (FOUCAULT, 1994, v. III, p. 135-136). Vida não-fascista e luta de resistência se articulam, assim como o indivíduo e o grupo se associam, na agonística em torno da subtração das coletividades e das individualidades aos procedimentos e técnicas da sociedade de controle.

O nó central do pensamento de Foucault em sua maturidade intelectual é a política, que envolve nas suas questões a ética e a estética, trazendo-as para a análise dos problemas e dos impasses do mundo presente, do mundo em que estamos. O campo a ser examinado é da maior seriedade. As experiências a serem criadas, por outro lado, são índices de um exuberante porvir. Ainda há muito o que fazer, sempre, em nossa constante luta para realizar, no dia a dia, um modo de vida não-fascista.

---

[5] Neste caso específico, me utilizei da tradução feita exclusivamente para o *V Colóquio Internacional Michel Foucault*, sob a supervisão de Alfredo Veiga Neto.
Vide http://www.coloquiofoucault2008.mpbnet.com.br/por_uma_vida_nao_fascista.html. Ainda assim, cito a edição francesa dos *Dits et Écrits*.

Referências

CASTELO BRANCO, Guilherme. Foucault e os modos de subjetivação. *Ciências Humanas*, n. 20, v. 2. Rio de Janeiro: UGF, 1997.

CASTELO BRANCO, Guilherme. As resistências ao poder em Michel Foucault. *Trans/form/ação*, v. 24. São Paulo: UNESP, 2001.

CASTELO BRANCO, Guilherme. Kant do último Foucault: liberdade e política. *Ethica*, v. 8, n. 2. Rio de Janeiro: UGF, 2001.

CASTELO BRANCO, Guilherme. *A prisão interior*. In: PASSETTI, Edson. *Kafka, Foucault: sem medos*. São Paulo: Ateliê Editorial, 2004.

CASTELO BRANCO, Guilherme. Kant no último Foucault: liberdade e política. In: CALOMENI, Tereza Cristina B. (org.) *Michel Foucault: entre o murmúrio e a palavra*. Campos: Faculdade de Direito de Campos, 2004.

CASTELO BRANCO, Guilherme. O intolerável. In: PASSETTI, Edson; OLIVEIRA, Salete (org.). *A tolerância e o intempestivo*. SP: Ateliê Editorial, 2005.

CASTELO BRANCO, Guilherme. Ontologia do presente, racismo, lutas de resistência. In: PASSOS, Izabel F. (org.). *Poder, normalização e violência*. Belo Horizonte: Autêntica, 2008.

CASTELO BRANCO, Guilherme. Atitude-limite e relações do poder: uma interpretação sobre o estatuto da liberdade em Michel Foucault. In: ALBUQUERQUE Jr, Durval; VEIGA-NETO, Alfredo; SOUZA FILHO, Alípio (org.). *Cartografias de Foucault*. Belo Horizonte: Autêntica, 2008.

FOUCAULT, Michel. *Dits et Écrits*. Paris: Gallimard, 1994, 4 vols.

FOUCAULT, Michel. *L'ordre du discours*. Paris: Gallimard, 1970.

Sobre política e discursos (neuro)científicos no Brasil contemporâneo: muitas questões e algumas respostas inventadas a partir de um escrito de Michel Foucault

Heliana de Barros Conde Rodrigues

Mudando de rumo

Entre o convite à participação e a realização do presente *Colóquio Internacional*, muita coisa aconteceu. Propusera-me a falar sobre "Michel Foucault no Brasil dos militares" e cheguei a dar início a um levantamento sobre as cinco visitas de Foucault ao Brasil – 1965, 1973, 1974, 1975 e 1976 –, incluindo grande parte do então publicado em jornais e revistas. A pesquisa nas biografias produzidas por Eribon (1990) e Macey (1993), por sua vez, trouxe-me o talvez mais impressionante relato que já li de uma *contraconduta* – para usar o termo que Foucault viria a privilegiar ao final da década de 1970 (FOUCAULT, 2008, p. 266). Pois em 1975, ano em que o filósofo faz conferências na Universidade de São Paulo, Vladimir Herzog é assassinado nas dependências do DOI-Codi. Foucault assim descreve o que sucedeu a seguir:

> [...] a comunidade judaica não ousou fazer exéquias solenes. E foi o arcebispo de São Paulo que promoveu, na catedral metropolitana, uma cerimônia, aliás ecumênica, em memória do jornalista: o evento atraiu milhares de pessoas à igreja, à praça etc. O cardeal, de vestes vermelhas, presidia a cerimônia: caminhou diante dos fiéis e os saudou exclamando "Shalom, shalom". A praça estava cercada por policiais armados e na igreja havia diversos policiais à paisana. A polícia recuou: não podia fazer nada contra isso. (ERIBON, 1990, p. 288; MACEY, 1993, p. 350-351)

Por fim, bibliófila que sou, descobri que possuo, em minhas desorganizadas estantes, 19 coletâneas brasileiras sobre Foucault, na forma de livros ou números especiais de revistas. Serão agora 20, incluindo *Cartografias de Foucault* (ALBUQUERQUE JR., VEIGA-NETO E SOUZA FILHO, 2008).

Porém já falei demais sobre aquilo de que não vou falar, e cumpre dizer por que não o farei: uma greve prolongada e difícil em minha Universidade – para cuja compreensão serão muito importantes a "biopolítica do dragão curricular", exposta por Alfredo Veiga-Neto, as incursões acerca do neoliberalismo, mercado e capital humano, realizadas por André Duarte, e tudo o mais de crítico e arguto aqui apresentado, ao longo desses quatro dias – interrompeu a pesquisa a que eu me dedicava. Tarefas distintas urgiam em assembleias (docentes) e escadas de Assembleias (parlamentares), e fiquei longe de bibliotecas, arquivos e eventuais narradores.

Em outras circunstâncias, teria entrado em desespero: comprometera-me com este Colóquio. Pouco antes do início da greve, no entanto, alguns acontecimentos me tinham ajudado a produzir um outro trabalho, que, embora não verse sobre o Brasil dos militares, lança o discurso foucaultiano no cerne de *um certo* Brasil contemporâneo. Menciono primeiro, a esse respeito, a ida ao I Colóquio Nacional Michel Foucault, realizado em setembro de 2008, em Uberlândia. Ali, surpreso com determinado estilo de apresentação – inteiramente apoiado nas *palavras do mestre* – por parte de alguns expositores, e evocando a eventualmente esgotada gama de títulos para publicações sobre Foucault (*Imagens*, *Figuras*, *Retratos*, *Perspectivas*, *Cartografias* etc.), um grupo bem-humorado de companheiros propunha dois nomes para o futuro: *Repetindo Foucault* (qual o borgiano *Pierre Menard, autor do Quixote*) e... *Enrabando Foucault* (lembrando Deleuze em sua carta a Michel Cressole)[1].

De volta ao Rio de Janeiro, ainda sob o eco das risadas – como Durval Albuquerque Jr., prezo a história com um sorriso nos lábios[2] –, pedem-me um texto para um número especial de revista dedicado aos direitos humanos. Curiosa coincidência: há muito desejava escrever algo sobre a *pesquisa dos cérebros* – à qual Glaydson Silva fez menção no presente Colóquio – e pretendia fazê-lo com base em um texto foucaultiano *menor* (no sentido de minoritário) – texto esse que, embora datado dos anos 1960, parecia-me afiada ferramenta para a análise das ressonâncias governamentalizantes e biopolíticas daquela pesquisa (e da polêmica que deflagrara).

---

[1] Ver BORGES, 1995; DELEUZE, 1992.
[2] Ver ALBUQUERQUE JR., 2007.

O artigo de Foucault chama-se *Resposta a uma questão* (1968)³. Em nova coincidência, recentemente o encontrei reeditado, sob o título *Politics and the study of discourse*, em uma coletânea norte-americana que contém justamente os trabalhos do seminário de 1978/1979 no *Collège de France* sobre governamentalidade e biopolítica (BURCHELL, GORDON e MILLER, 1991).

Expostas as baixas raízes da mudança de rumo, passemos, sem mais demora, ao que a partir desse escrito foucaultiano fui capaz de ensaiar.

Breve dossiê de uma polêmica

Em 26 de novembro de 2007, anuncia a Folha de São Paulo: "Grupo vai analisar aspectos genético, psicológico, social e cerebral de adolescentes". Gostaria de apresentar o texto integral da matéria, mas seria demasiado extenso. Sendo assim, destaco apenas trechos:

> Cientistas da PUC-RS e da UFRGS querem saber se o que determina o comportamento de um menor infrator é sua história de vida e se há algo de físico no cérebro levando-o à agressividade. "Algo que sempre foi negligenciado foi o entendimento da violência como aspecto de saúde pública", diz o neurocientista Jaderson da Costa. A ideia é entender quais pontos são mais relevantes na hora de determinar como se produz uma mente criminosa [...]. Serão examinados dois grupos: um de internos da FASE⁴ e outro de menores sem passado de crime. Estamos nos baseando em trabalhos que já existem⁵, diz um dos mentores do projeto, o secretário de Saúde Osmar Terra, aluno de mestrado de Costa. [...] Para os cientistas, um ambiente de desenvolvimento inadequado pode mesmo "fabricar" um psicopata. O papel do mapeamento cerebral por ressonância magnética [...] é tentar entender a manifestação física de problemas como esse [...]. O DNA dos meninos também será analisado.

O texto termina prevendo para 2008 o início dos trabalhos, pois o projeto ainda precisaria ser analisado pelo Comitê de Ética da Universidade.

---

³ No original, Réponse à une question. *Esprit*, mai 1968. p. 850-874. Utilizamos a edição brasileira (FOUCAULT, 1972).

⁴ Fundação de Atendimento Sócio-Educativo, quase sempre referida, nas notícias da imprensa, como "antiga FEBEM gaúcha". O novo nome e sigla parecem – apenas porque mais recentes? – pouco conhecidos. Cumpre lembrar que FEBEM remete à designação *menor*, em sua oposição a *criança*.

⁵ Segundo a reportagem, os pesquisadores se apoiam nas pesquisas do neurocientista português Antonio Damásio.

Os cientistas adendam que o custo da investigação, estimado em 120 mil reais, será coberto com doações da Siderúrgica Gerdau.

Na mesma edição da Folha de São Paulo, outras chamadas merecem destaque: "Para grupo de pesquisa, índole violenta é uma doença mental" e "Problema não é DNA, mas genes influenciam". Além de Costa e Terra – não posso deixar de pensar em duras territorializações –, emerge o nome do geneticista Flores (Renato Zamora Flores), que afirma: "Alguns agressores podem ser tratáveis. O que funciona é dizer ao paciente: "Vou ficar no teu pé, tu tens que vir na consulta [do psicólogo], e se tu aprontar nós vamos estar te olhando".

Flores menciona ainda, como um dos genes-alvo da pesquisa, aquele que codifica a enzima monoamino-oxidase, ou MAO – e volto a meditar sobre o arbitrário (?!) da sonoridade de certos nomes e siglas...

Na reunião de meu Departamento (Psicologia Social e Institucional, UERJ) em que se trouxe o tema à discussão, a primeira reação de muitos professores foi desqualificar as notícias publicadas, recomendando a leitura do projeto, bem como de sua fundamentação teórica. Na mesma semana, muitos de nós recebemos, por e-mail, artigos de periódicos nacionais e internacionais que atestariam a cientificidade da investigação proposta.

Surgiram logo, contudo, outras respostas. Professores, pesquisadores, entidades e movimentos sociais de diferentes partes do país começaram a enviar mensagens para suas listas. Alguém esboçou uma Nota de Repúdio, paulatinamente modificada e ampliada até resultar no texto intitulado "Estudos sobre a base biológica para a violência em menores infratores: novas máscaras para velhas práticas de extermínio e exclusão". Dele apresento pequenos trechos:

> A notícia de que a PUC-RS e a UFRGS vão realizar estudos e mapeamentos de ressonância magnética no cérebro de 50 adolescentes infratores para analisar aspectos neurológicos que seriam causadores de suas práticas de infração nos remete às mais arcaicas e retrógradas práticas eugenistas do início do século XX. [...] Violência não é apenas o cometimento do ato infracional do adolescente, mas também todas aquelas ações que disseminam perspectivas e práticas que reforçam a exclusão, o medo, a morte. Triste universidade esta que ainda se mobiliza para este tipo de estudo, esquecendo-se que a Proteção Integral que embasa o ECA[6] compreende a criança e o adolescente não apenas como "sujeito de direitos" mas também como "pessoa em desenvolvimento".

---

[6] Estatuto da Criança e do Adolescente.

A nota ganhou divulgação através das páginas de entidades e movimentos sociais. Não obstante tenha angariado muitas adesões, os *repúdios ao repúdio* foram proporcionalmente intensos. Eis parte de um dos e-mails recebidos[7], do qual inúmeros outros são variações:

> Enquanto a eugenia é reducionista, o estudo [...] propõe ampliar o conhecimento dos diversos fatores que podem levar um jovem a cometer um homicídio. Os que se colocam contra o trabalho devem temer que a ressonância nuclear magnética ou o exame do material genético encontre marcadores que [...] servirão como estigmas [...]. Tal ideia está mais próxima de filmes de ficção científica ou histórias de bruxas medievais, do que da ciência séria. [...] É apavorante ver tantas pessoas e entidades comportando-se como delegados do stalinismo.

Em 21/01/2008, a Folha de São Paulo transcreve a Nota de Repúdio[8] e publica nova reportagem, intitulada *Psicólogos tentam impedir pesquisa com homicidas*. Na mesma edição, Renato Zamora Flores é convidado a escrever sobre *o outro lado* – sendo *o lado*, evidentemente, o repúdio à pesquisa. Eis parte do texto *Feudalismo acadêmico nas ciências sociais*, que afirma, outrossim, que o projeto fora anteriormente descrito "com propriedade" pelo jornal.

> O problema [da interdisciplinaridade] parece ser especialmente grave entre cientistas e psicólogos sociais que, de modo geral, desconhecem o conjunto de áreas do conhecimento denominadas de neurociências [...]. No Brasil, devido a um indiscutível feudalismo científico, a maioria dos cursos de ciências sociais e de psicologia simplesmente ignora o que ocorre em outras áreas do conhecimento e forma profissionais que [...] não conseguem entender o que ocorre na seara alheia.[...] Os críticos parecem acreditar que fenômenos mentais e sociais ocorrem independentemente dos cérebros dos indivíduos [...], talvez em uma estrutura etérea como a alma. [...] Como a nota de repúdio explica, por exemplo, o vínculo com o conceito de "eugenia"? [...] Tal prática foi utilizada por norte-americanos e alemães na primeira metade do século XX, sem qualquer resultado relevante.[...] Apenas os que desconhecem esse aspecto da história vinculariam o estudo proposto a uma prática tão ineficiente e cruel.

---

[7] O e-mail citado foi recebido pelo CIEPSI (Centro Internacional de Estudos e Pesquisas sobre a Infância), um dos primeiros endereços da web a exibir o texto da Nota de Repúdio e a lista de signatários.

[8] Na data da publicação na Folha de São Paulo, a nota contava com 108 signatários (incluindo pessoas físicas, entidades e movimentos sociais). Em nossa última consulta à página do Conselho Regional de Psicologia-RJ, efetuada em 22/08/2008, o número de assinaturas chegara a 148.

Ao divulgar a nota e a réplica de Flores, a Folha de São Paulo aparentava ter a intenção de promover o debate público sobre o projeto de pesquisa. No entanto, em 22/01/2008, um de seus editoriais, intitulado *Razão e Preconceito*, se posiciona contra o repúdio. Eis o final desse texto:

> No século XIX e no início do XX, de fato, a suposição atabalhoada de uma relação causal entre características físicas (inclusive "raça") e capacidade mental, sem base real, produziu monstruosidades. Essa pseudociência foi demolida com argumentos teóricos e resultados empíricos [...]. Nas *Regras para a Direção do Espírito*, Descartes alertava já em 1628 que prevenção e precipitação são as grandes fontes do erro.

Exposta a polêmica, voltemos ao também polêmico Michel Foucault.

Resposta a uma questão

Em 1968, Foucault recebe de *Esprit* onze perguntas enviadas pelos leitores do periódico. Opta por responder apenas à última, cujo texto-desafio citamos: "Um pensamento que introduz a sujeição ao sistema e a descontinuidade na história do espírito não tira todo o fundamento a uma intervenção política progressista? Não acaba no dilema seguinte: ou a aceitação do sistema; ou o apelo ao acontecimento selvagem, à irrupção de uma violência exterior, única capaz de sacudir o sistema?" (FOUCAULT, 1972, p. 57).

O artigo-réplica, intitulado, conforme antecipamos, *Resposta a uma questão*, constitui uma espécie de ante-sala do que virá a ser, no ano seguinte, *A Arqueologia do Saber*. Nossa intenção, porém, não é expô-lo em minúcias. Contentamo-nos em dizer que Foucault questiona o uso do singular em "sistema" e "descontinuidade", dizendo-se "pluralista". E que não tarda a identifica seu principal adversário, condensado na expressão "história do espírito": o apelo, na análise dos discursos, à unidade de uma arquitetura formal, seja histórico-transcendental, seja empírico-psicológica. Contrapõe, a tais concepções, uma perspectiva voltada a identificar formações discursivas e suas eventuais descontinuidades; ou melhor, a apreender, quanto aos discursos, regras de formação, transformação e correlação (com outros discursos e com o não-discursivo).

Tal perspectiva, ao mesmo tempo, valoriza a *interrogação política*, acerca da qual Foucault é enfático: "Existe atualmente um problema que não deixa de ter importância para a prática política: o do estatuto, das condições de exercício, do funcionamento, da institucionalização dos discursos científicos" (FOUCAULT, 1972, p. 73).

Manejando um exemplo, indaga a seguir qual seria a relação entre a formação de um discurso – no caso, o da medicina clínica – e certo número de acontecimentos políticos – agrupados sob o rótulo *Revolução Frances*". Após formular (e rejeitar) duas hipóteses – às quais voltaremos –, apresenta aquela que orienta suas próprias pesquisas:

> Se há [...] uma ligação entre a prática política e o discurso médico, não é [...] porque esta prática mudou, primeiro, a consciência dos homens, sua maneira de perceber as coisas ou de perceber o mundo, depois finalmente a forma de seu conhecimento e o conteúdo de seu saber; não é também porque esta prática se refletiu de início de maneira mais ou menos clara e sistemática em conceitos, noções ou temas que foram, em seguida, importados pela medicina; é de uma maneira muito mais direta: a prática política transformou não o sentido nem a forma do discurso, mas suas condições de emergência, de inserção e de funcionamento; ela transformou o modo de existência do discurso médico". (FOUCAULT, 1972, p. 74-75)

O parágrafo prossegue com uma exposição detalhada desse modo de existência:

> [...] novos critérios para designar aqueles que recebem estatutariamente o direito de ter um discurso médico; novo corte do objeto médico pela aplicação de uma outra escala de observação, que se superpõe à primeira sem apagá-la (a doença observada estatisticamente ao nível de uma população); novo estatuto da assistência que cria um espaço hospitalar de observação e de intervenção médicas (espaço que é organizado aliás segundo um princípio econômico, visto que o doente, beneficiário dos cuidados, deve retribuí-los pela lição médica que ele dá: ele paga o direito de ser socorrido pela obrigação de ser olhado e isso até a morte, inclusive); nova forma de registro, de conservação, de acumulação, de difusão e de ensinamento do discurso médico (que não deve mais manifestar a experiência do médico, mas constituir antes um documento sobre a doença); novo funcionamento do discurso médico no sistema de controle administrativo e político da população (a sociedade, enquanto tal, é considerada, e "tratada", segundo as categorias da saúde e do patológico). (FOUCAULT, 1972, p. 75)

Duas hipóteses são assim afastadas: a tributária da história das mentalidades, segundo a qual a prática política se expressa na consciência dos homens e, por derivação, na forma que seu conhecimento adquire; e a articulada à sociologia do conhecimento, de acordo com a qual a prática política se reflete em conceitos políticos e esses, por transposição ou analogia, em conceitos de saberes outros (médico, psicológico, sociológico, jurídico etc.). Embora não redundem necessariamente em afirmações descabidas – consideremos a substituição da preocupação com a salvação pela preocupação com a saúde, ligada à primeira hipótese, e o abandono do princípio classificatório das doenças em proveito de uma análise da totalidade corporal, vinculado à última –, consoante Foucault elas pressupõem, sem o dizer, o novo estatuto assumido pelo discurso médico.

Tal estatuto tampouco deve ser entendido sob a égide da expressão, da tradução ou do reflexo: o que muda com as novas condições de existência e funcionamento do discurso médico não são consciências nem conceitos, mas *práticas*. Quando, por exemplo, se passa a falar de "focos lesionais" em lugar de apelar a "espécies mórbidas", isso não se dá porque o novo estatuto altera diretamente o objeto médico, e sim porque ele oferece à medicina "quer seja uma população vigiada e repertoriada, quer seja uma evolução patológica total no indivíduo da qual se estabelecem os antecedentes ou se observam quotidianamente as perturbações ou sua remissão, quer seja um espaço anatômico autopsiado" (Foucault, 1972, p. 75-76).

Em síntese, portanto, assim responde Foucault à indagação relativa aos nexos entre política e ciências: as relações entre elas são, por um lado, *diretas* – não passam, em primeiro lugar, pela consciência dos homens nem por seu pensamento, mas engendram, diríamos de um só golpe, regras de existência e funcionamento do discurso científico –; por outro lado, porém, são *indiretas* – o discurso científico não é expressão imediata (mental, ideológica ou conceitual) de uma dada situação econômico-social.

Apoiados nessa primeira questão-resposta, voltemos para fora as lentes foucaultianas e examinemos a problemática que nos mobiliza.

Resposta a muitas questões?

Por mais que se as ignore em detalhe, dificilmente se pode negar que há, no Brasil contemporâneo, uma multiplicidade de iniciativas voltadas para crianças e adolescentes. Muitas delas batalham por visibilidade e alianças, com frequência sem o conseguir. Não é ocorrência de menor importância, por conseguinte, que a pesquisa dos cérebros nos tenha chegado através da grande imprensa. Pois se essa raramente concede espaço ao agir minoritário, está quase sempre disponível para exibir tudo aquilo que, sob a égide das ciências, se propõe a corrigir nossas supostas mazelas sociais.

Quanto a isso, a primeira reportagem é exemplar: cientistas de duas grandes universidades de uma grande cidade brasileira – sendo um deles, ademais, secretário de saúde do Estado – merecem que se lhes divulgue amplamente as iniciativas (o que não seria tão fácil no caso de agentes e movimentos não dotados de tais certificações). Alegar, portanto, que o debate deveria ser postergado, e que nosso[9] tempo seria mais bem empregado na leitura do projeto, provavelmente distorcido pela imprensa, é esquecer-se do estatuto atual das (neuro)ciências: se estão na mídia, é porque suas condições de existência são reguladoras, capilares, performativas. Sob tal perspectiva, a Nota de Repúdio não é precipitada: vem no tempo oportuno, tempo das relações *diretas* entre prática política e discursos científicos, como no tempo oportuno viera a notícia acerca da pesquisa, pois não se pesquisa sem prestígio e divulgação (talvez invertendo os dois últimos termos...). Vale também ressaltar que não houve críticas tão inflamadas quanto as feitas à nota, por sua alegada precipitação, aos responsáveis pela pesquisa dos cérebros, por: tornarem público o que sequer fora aprovado em suas universidades; anunciarem futuros (e vultosos) financiamentos privados; proclamarem-se autorizados a mapear cérebros antes do consentimento[10] dos *mapeáveis*; proporem-se a modificar políticas públicas com base em resultados ainda desconhecidos (embora claramente antecipados) etc.

Mas se a nota vem no tempo oportuno e, decerto, também apoiada no estatuto das ciências – não fossem muitos de seus signatários pesquisadores universitários, teríamos chegado sequer a conhecê-la?[11] –, será repudiável pelo conteúdo? A partir daqui damos início ao desdobramento das questões (e eventuais respostas a inventar, quanto ao problema em apreço) contidas no artigo de Michel Foucault que privilegiamos.

---

[9] O pronome "nosso" não é, aqui, mero artifício da retórica acadêmica. Sou signatária da Nota de Repúdio, como professora do Curso de Especialização em Psicologia Jurídica da UERJ. No momento oportuno, é preciso assumir um lado. Somente depois começa o tempo de debater a constituição histórico-política dos dois lados –sem que isso implique, evidentemente, renegar a posição inicialmente tomada.

[10] Não vemos o *termo de consentimento livre e esclarecido* como panaceia. Porém nem mesmo esse parco instrumento – em relação ao qual, tratando-se de adolescentes internados na FASE, liberdade e esclarecimento soam paradoxais – foi mencionado nas primeiras reportagens. Sua inclusão só se deu após as críticas dirigidas à pesquisa dos cérebros.

[11] Em todas as matérias relativas à nota de repúdio se faz menção a "psicólogos, antropólogos, cientistas sociais, educadores etc". Praticamente não se alude a entidades e movimentos sociais (faltar-lhes-ia estatuto para se pronunciarem?).

Segunda questão: tem a prática política o papel de crítica universal, ou seja, dela podemos extrair critérios de julgamento da cientificidade de um discurso? Consoante Foucault (1972, p. 76), "a prática política não reduz a nada a consistência do campo discursivo no qual ela opera". Em face dessa autonomia, ao menos relativa, estaríamos impedidos de nos pronunciar sobre as ciências? Ainda de acordo com Foucault (1972, p. 77), "em nome da prática política pode-se colocar em questão o modo de existência e de funcionamento de uma ciência" – interrogar, em suma, aquilo que está *diretamente* relacionado com a prática política.

Voltemos à nota. Seu conteúdo se atém a essa relação *direta*? Nem sempre. Arvora-se ela em tribunal último da razão? Dificilmente se poderia afirmá-lo. Talvez o trecho em que a relação entre política e cientificidade esteja manifestamente em pauta, e que somente agora apresentamos, seja o seguinte:

> Privilegiar aspectos biológicos para a compreensão dos atos infracionais dos adolescentes em detrimento de análises que levem em conta os jogos de poder-saber que se constituem na complexa realidade brasileira e que provocam tais fenômenos, é ratificar sob o agasalho da ciência que os adolescentes são o princípio, o meio e o fim do problema, identificando-os seja como "inimigo interno" seja como "perigo biológico", desconhecendo toda a luta pelos direitos das crianças e dos adolescentes, que culminou na aprovação da legislação em vigor – o Estatuto da Criança e do Adolescente. Pensar o fenômeno da violência no Brasil de hoje é construir um pensamento complexo.

Dizer, no calor da hora, que "os jogos de poder-saber" provocam "os atos infracionais dos adolescentes" – é o que se depreende da leitura do trecho –, enquanto a pesquisa dos cérebros visa a reduzi-los a aspectos biológicos é aderir às hipóteses rejeitadas por Foucault, no caso assim sintetizáveis: os setores progressistas – aqueles que lutaram pelo ECA, digamos – são dotados de percepções e ideias complexas, levando em conta, no modo de perceber e conceituar a violência, fatores econômicos, sociais etc., ao passo que os setores reacionários, de forma simplista, veem e concebem tal fenômeno como decorrente de uma má herança e/ou um mau ambiente, alinhando-se ideologicamente a práticas de extermínio e exclusão.

Os repudiadores do repúdio apropriaram-se prazerosamente desse aspecto, invertendo, para o julgamento, os pratos da balança: segundo eles, os signatários da nota seriam inquisitores, religiosos tacanhos (a discussão sobre as pesquisas com células-tronco foi, nesse caso, mais do que uma entrelinha), stalinistas ou quaisquer outros qualificativos que servissem para vincular a crítica à pesquisa a um reflexo direto de posições políticas. Preconceito, feudalismo acadêmico, idealismo (mente etérea, uma "alma"), especialismo psicossociologista etc. foram expressões manejadas à larga.

Quanto ao conteúdo, portanto, a nota mostrou-se equívoca (quiçá equivocada). Pois os "jogos de poder-saber" não produzem os atos infracionais dos adolescentes, embora sem dúvida configurem – e aqui *diretamente* – o estatuto de certos discursos para falar sobre os mesmos (que, vale frisar, não são sempre os mesmos atos, a depender de quem é considerado autorizado a deles falar).

A despeito dessa ressalva, em momento algum a Nota de Repúdio lançou mão de argumentos epistemológicos. Em nenhum ponto, ademais, falou em impedir a realização da pesquisa. A nota repudiava, não vetava[12]. A expressão "triste universidade esta", associada ao pretenso veto, constituía um diagnóstico da ausência de reflexão acerca dos nexos (*diretos*) entre a prática política e as ciências; lamentava que na academia ainda se difundam (e sejam placidamente acatados) discursos que se apoiam em evidências apodíticas (Descartes não emergiu à toa no Editorial da Folha de São Paulo), em auto-divinizantes neutralidades, em inodoras epistemofilias. Quanto a esse ponto, por sinal, é quase cômico ver o secretário da Saúde do Rio Grande do Sul dizer, ao liderar uma investigação a ser financiada pela Siderúrgica Gerdau, que não pretende "fazer política até morrer"[13]...

Terceira questão: as relações entre uma prática política e um campo discursivo estão articuladas a relações com outros campos discursivos? Ao ver de Foucault, é evidente que sim. Aqui, entretanto, uma vez mais cumpre abandonar noções como influência, comunicação de modelos, transferência e metaforização de conceitos. Porque se importação entre campos discursivos ocorre – como é perceptível, por exemplo, em noções como organismo social, função social, evolução social ou patologia social –, isso se dá "em razão do estatuto dado ao discurso médico pela prática política" (FOUCAULT, 1972, p. 77), e não por intermédio de uma grande alma cognitiva cujos elementos

---

[12] A única iniciativa de veto – que respeitamos, independentemente de concordar com ela ou não – foi tomada pela psicóloga Ana Luiza Castro, para quem a pesquisa fere o ECA e os direitos humanos ao ligar a violência a um grupo social determinado.

[13] Declaração de Osmar Terra na matéria principal de 26/11/2007, em trecho não incluído na apresentação parcial que fizemos acima.

se comunicariam sem barreiras ao longo de uma espécie de edifício sócio-econômico-conceitual.

Quanto a tal questão, o tema da eugenia vem à cena. Estaria a pesquisa dos cérebros relacionada ao discurso eugenista? O próprio Flores nos ajuda a responder, quando afirma que esse "estudo dos agentes sob o controle social que podem melhorar ou empobrecer as qualidades raciais das futuras gerações" foi utilizado por "norte-americanos e alemães na primeira metade do século XX, sem qualquer resultado relevante". Esquece-se ele de dizer, contudo, que a relevância da eugenia não está em seus resultados – quais seriam, por sinal, esses resultados relevantes? –, mas no problema que ela é eficiente em formular – problema que pressupõe poder dispor, manejar, modificar, isso é, gestionar, pôr sob controle, certos agentes com vistas ao aprimoramento das qualidades de uma sociedade.

A alegada (por Flores) ineficiência da eugenia só pôde ser "demonstrada" porque ela foi instituída, praticada, difundida; porque dispôs de corpos e populações para ser ensaiada, propagandeada, financiada... Em muitos dos repúdios à nota está evidente a eficiência do discurso eugênico, forjada por um modo de existência, inserção e funcionamento que lhe facultou articular-se a inúmeros campos discursivos. E isso a ponto de engendrar modos de pensar a vida, subjetiva e social, como organismo e espécie avaliáveis como saudáveis ou doentes pelos discursos e práticas bio(médicos) e (neuro)científicos, cujos agentes deverão defender, dos últimos (os patológicos, mal-formados, errôneos...), nossa (orgânica) sociedade, "tratando-a", de preferência, preventivamente[14].

Quando se tenta ridicularizar a Nota de Repúdio, atribuindo-lhe anacronismo e desorientação geopolítica, ignora-se ativamente o estatuto associado à pesquisa dos cérebros, qual seja: dispor aprioristicamente dos corpos daqueles que serão seus sujeitos neuronais, sob o suposto de que a articulação entre o discurso neurocientífico e o discurso das ações (e controles) sociais constitua uma irrecusável obviedade. A nota diz que essas

---

[14] Um trabalho menos ensaístico do que o nosso teria muito a ganhar com a leitura de Rose (2007), para quem a "nova biopolítica molecular de controle" não é exatamente uma nova eugenia nem um estrito determinismo genético (ao menos no sentido da crença de ser a natureza de um indivíduo predeterminada por uma constituição fixa e inalterável). Ela opera segundo um sistema de pensamento diverso, que envolve uma "lógica de suscetibilidade, predição e previsão". Suas estratégias implicam identificar indivíduos com baixo autocontrole e intervir sobre eles para reduzir o risco que representam para suas famílias e comunidades, sempre em defesa da saúde da sociedade (ROSE, 2007, p. 241-243).

presumidas novas práticas constituem velhas práticas, pois muitas durações são incrivelmente longas, além de geopoliticamente dispersas. Mas insiste sobretudo em reafirmar que são práticas, exercícios, e não a carreira gloriosa e inquestionável da Razão-Civilização Ocidental.

Quarta questão: quando nos eximimos de analisar as condições de existência e funcionamento dos discursos científicos, o que resta à prática política? Nas palavras de Foucault, uma escolha perigosa:

> ou colocar, de maneira que se pode muito bem chamar [...] de "tecnocrática", a validade e eficacidade de um discurso científico, quaisquer que sejam as condições reais de seu exercício e o conjunto das práticas sobre as quais ele se articula [...]; ou intervir diretamente no campo discursivo, como se ele não tivesse consistência própria, fazer dele a matéria bruta de uma inquisição psicológica (julgando um pelo outro o que é dito e aquele que diz), ou praticar a valorização simbólica das noções (discernindo numa ciência os conceitos que são "reacionários" e os que são "progressistas").
> (FOUCAULT, 1972, p. 78)

Nenhum dos que repudiam a nota se propõe a analisar o estatuto contemporâneo dos discursos biológico e neurocientífico. Já a própria nota, embora esboce tal análise – em uma alusão desajeitada aos "jogos de poder-saber" –, não chega a dela fazer o cerne da problematização. Nessas circunstâncias, tomam a frente funestas alternativas.

De tecnocracia estão repletas as declarações dos líderes da pesquisa dos cérebros, com o beneplácito de missivistas eletrônicos e editorialistas. Afinal, com que direito psicólogos e cientistas sociais, que nada sabem sobre campos alheios à própria seara, ousam criticar uma investigação a ser realizada por especialistas em genética, biologia, neurociências? Com que fundamentos, já que somente os científicos merecem lugar na arena, se atrevem a rejeitar que questões sejam (bio)medicalizadas, que se faça a prevenção (cientificamente fundada) da violência e que se revise, endurecendo-a para os psicopatas, a tradição jurídica sobre a punição? A que validade aspiram essas pessoas de "visão curta e rasa", partidárias do "atraso nacional"[15], crédulas em histórias de "ficção científica" e "bruxaria"?

Estendemo-nos na revisão da opção tecnocrática e, ao acaso do discurso, mostramos que não está desconectada de sua alternativa, a inquisição

---

[15] As expressões entre aspas constam de alguns dos e-mails recebidos pelo CIEPSI, em repúdio à nota de repúdio.

psicológica e/ou simbólica – pois aquele que diz algo diverso da tecnocracia só merece o opróbrio (pessoal, cognitivo, político, conceitual, vital?).

Terá a Nota de Repúdio recaído no mesmo binarismo (tecnocracia/inquisição), sendo alvo, como efeito de retorno, das regras que tentara instaurar? Embora não chegue a analisar com a desejável agudeza o estatuto contemporâneo dos discursos biológico e neurocientífico, nela não se faz presente a opção tecnocrática e, se inquisição existe, não é psicológica – a nota fala invariavelmente de *práticas*, e não de pessoas julgadas/categorizadas pelo que dizem. Haveria, então, inquisição conceitual, delimitando conceitos reacionários e conceitos progressistas? Com exceção de uma breve (e vaga) referência ao "pensamento complexo", o repúdio à pesquisa dos cérebros não efetua partição valorativa de noções, por mais que muito se tenha insistido nisso – alegando que defenderia "a alma" contra "o cérebro", "o social" contra "o biológico", o monodisciplinar fechado contra o multi-inter-poli-disciplinar aberto etc.

Finalmente, quinta questão: haveria possibilidade de uma política efetivamente progressista no campo da análise dos discursos científicos? Foucault nos oferece a seguinte hipótese:

> Uma política progressista não se encontra por respeito ao discurso científico numa posição de "demanda perpétua" ou de "crítica soberana", mas ela deve conhecer a maneira pela qual os diversos discursos científicos, em sua positividade (isso é, enquanto práticas ligadas a certas condições, submetidas a certas regras, e suscetíveis de certas transformações) se encontram colocadas num sistema de correlações com outras práticas". (FOUCAULT, 1972, p. 79)

Não é coisa diversa o que propõe a Nota de Repúdio, discurso que se afirma como exercício político – por acaso seria, hoje, um atentado ao pudor acadêmico fazê-lo? – e, a partir de tal posição, recusa a subserviência a qualquer instância, científica inclusive, que se arvore em regra universal para as demais. Pois, como as demais, as ciências são práticas históricas, condicionadas, contingentes. Sem a pretensão de intervir, mediante algum juízo epistemológico final, no campo discursivo da pesquisa dos cérebros, a nota se mantém em meio às regras que conformam qualquer prática sócio-histórica (a própria nota não escapa à regulação); porém, justamente por isso, autoriza-se a anunciar os riscos que corremos todos, cientistas ou não, quando desconsideramos as correlações do discurso científico com práticas outras – que, na situação em apreço, são as de culpabilização, identificação de "inimigos internos" e/ou "perigos biológicos", cisão sapiente entre (bons) cidadãos e rebotalho social (ou "diamantes" e "cascalho", para evocar a apresentação de Susel Oliveira, neste Colóquio).

Considerações finais

Ao diferenciar relações *diretas* e relações *indiretas* entre política e discursos científicos, não pretendemos defender uma política soberana (porque *humana* e defensora do *humano*); tampouco visamos a fixar ideias e conceitos justos porque reflexos ou transposições dessa mesma política (o que deles faria ideias e conceitos *humanos* ou defensores do *humano*). Encaminhamo-nos, sim, a uma política que diríamos *crítica*: aquela que se propõe a refletir sobre as condições de existência, inserção e funcionamento dos discursos científicos, com as quais a prática política mantém, conforme julgamos ter explicitado, relações *diretas*.

Na conflitiva em análise, a defesa pretendida não é tanto, pois, a dos *direitos do homem* – pois o que seria esse "curioso objeto... o homem" (FOUCAULT, 1972, p. 79), fora do que dele fazem discursos (hoje, predominantemente científicos e/ou mesmo neurocientíficos) e práticas correlatas? –, mas a dos *direitos dos governados*. Melhor dizendo, direitos de não sermos governados, se não em absoluto, ao menos de não o sermos por princípios e instâncias que nos pretendem conduzir, sem contestação possível, mediante o poder da verdade.

Como anunciara, não falei de "Foucault no Brasil dos militares". Quanto a esses, tivemos árduas lutas por liberação, sempre imprescindíveis. Porém, *repetindo Foucault* – depois, talvez, de muito o *enrabar* –, feita a liberação, apenas começa a luta por liberdades (FOUCAULT, 2004, p. 266-267), a luta por vidas (e ciências da vida) não-fascistas.

Referências

ALBUQUERQUE JR., Durval Muniz. Michel Foucault e a Mona Lisa ou como escrever a história com um sorriso nos lábios. In: *História: a arte de inventar o passado*. Bauru: Edusc, 2007. p. 183-195.

ALBUQUERQUE JR., Durval Muniz; VEIGA-NETO, Alfredo; SOUZA FILHO, Alípio (orgs.). *Cartografias de Foucault*. Belo Horizonte: Autêntica, 2008.

BORGES, Jorge Luis. Pierre Menard, autor do Quixote. In: *Ficções*. São Paulo: Globo, 1995. p. 54-63.

BURCHELL, Graham; GORDON, Colin; MILLER, Peter (eds.) *The Foucault effect*: studies in governmentality. Chicago: University of Chicago Press, 1991.

DELEUZE, Gilles. Carta a um crítico severo. In: *Conversações*. Rio de Janeiro: Trinta e Quatro, 1992. p. 11-22.

ERIBON, Didier. *Michel Foucault:* uma biografia. São Paulo: Companhia das Letras, 1990.

FOUCAULT, Michel. Resposta a uma questão. *Tempo Brasileiro*. Rio de Janeiro (RJ), n. 28, jan-mar 1972. p. 57-81.

FOUCAULT, Michel. A ética do cuidado de si como prática da liberdade. In: *Ditos e Escritos V*. Rio de Janeiro: Forense Universitária, 2004. p. 264-287.

FOUCAULT, Michel. *Segurança, território, população*. São Paulo: Martins Fontes, 2008.

MACEY, David. *The lives of Michel Foucault*. New York: Vintage, 1993.

ROSE, Nikolas. *The politics of life itself*: biomedicine, power and subjectivity in the twenty-first century. Princeton and Oxford: Princeton University Press, 2007.

Tomar distância do poder

José G. Gondra

Os trabalhos de Foucault têm sido objeto de apropriações em campos de saber distintos como a filosofia, medicina, direito, antropologia, psicologia, pedagogia e história, afetando igualmente problemas e objetos recobertos nas fronteiras definidas por tais disciplinas e os próprios campos disciplinares. Isso pode ser considerado um sintoma do modo como pensa e opera com a disciplinarização, testando, experimentando e sonhando com outra ordem dos saberes.

De modo geral, os trabalhos foucaultianos – considerando, no caso de Foucault, os perigos de se empregar esse termo no que ele sugere de alinhamento e fidelidade – se desenvolvem com base em uma tripla ramificação, procurando examinar as relações entre saber, poder e sujeitos e o efeito de tais relações na configuração dos nossos problemas. Com isso, procura imprimir uma perspectiva complexa para análise de nosso presente e de nós mesmos. No entanto, ainda que reconhecendo os dispositivos presentes nos discursos e o controle que os mesmos procuram instaurar no que se refere à sua recepção, Foucault gostava de assinalar que um comentário jamais era equivalente a um discurso primeiro e os leitores sempre torciam ou faziam ranger os textos lidos. Essa verdade, por exemplo, pode ser bem demonstrada com o que tem sido feito com o livro *Vigiar e Punir* e, de um modo mais amplo, com suas reflexões acerca da teoria do poder.

A tomada desse livro como matéria para pensar essa verdade foi presidida pelo fato de esse ser o livro de Foucault mais amplamente difundido no Brasil e, talvez, no exterior. Para se ter uma ideia, esse livro se encontra traduzido para o inglês, espanhol e português e, segundo levantamento recente[1], já vendeu mais de 122.000 exemplares no Brasil; um verdadeiro fenômeno editorial, se considerarmos as tiragens dos livros acadêmicos que raramente ultrapassam dois mil exemplares[2] Tal difusão alargada ajuda a dimensionar as torções que esse texto tem experimentado. Dentre elas, cabe destacar certa apropriação que vê máquinas, engrenagens disciplinares e eliminação da força dos sujeitos de investimentos de saber ativados na própria constituição das referidas máquinas.

Nesta comunicação, inspirado no esforço recente de Revel (2006), também pretendo problematizar tal apropriação. Para tanto, articularei este texto com aulas-seminários de Foucault em períodos anteriores e posteriores à publicação desse livro e de sua tradução, tomando o caso brasileiro como base para tal exercício. Não se trata de repor a verdade de *Vigiar e Punir*, mas de torcê-lo junto com outras palavras do próprio Michel Foucault, de modo a pensar as contribuições que ele oferece para se poder criticar a complexa engrenagem criada como estratégia para, no limite, tornar natural as formas de saber, poder e do próprio homem, inventadas e constantemente reformadas na modernidade.

Esse exercício de torção, tomando por base as próprias palavras de Foucault acerca do poder, objetiva assumir certa distância dos jogos de apropriação por intermédio de um duplo movimento. Inicialmente, trata-se de assinalar no interior do próprio *Vigiar e Punir* a existência de sinais que indicam que as máquinas não preexistem aos saberes e que são postas em funcionamento de modo heterogêneos pelos sujeitos que nelas agem. O segundo plano consiste em observar que esse tema é tratado em vários momentos do curso da produção intelectual do filósofo, o que ajuda a demonstrar variações e ênfases que ele mesmo imprime ao problema do poder e de seu funcionamento no mundo moderno.

Com isso, pretendo sublinhar a presença do princípio operatório em que Foucault articula saber, poder e sujeito no próprio *Vigiar e Punir* e, ao mesmo tempo, chamar atenção para o fato de que a combinatória entre tais elementos não obedece nem a uma necessidade, tampouco a uma teleologia, sendo possível flagrar arranjos inéditos, irrepetíveis e imprevisíveis entre saber, poder e sujeito. Para tanto, me parece que uma linha de fuga possível consiste, para tomar distância do poder, em promover essa espécie

---

[1] Cf. MENDONÇA, 2007.

[2] O livro foi contratado pela Editora Vozes em 19 de fevereiro de 1975 e sua primeira edição saiu dois anos depois, em setembro de 1977.

de desapego como condição para se promover uma crítica das formas de saber, poder e ação de sujeitos posicionados.

Poder como problema

Que exercício procurei fazer para pensar a noção de poder, esse objeto já tão discutido na teoria política e nos próprios estudos de Foucault? Para revisitar esse velho problema, tomei como centro o livro *Vigiar e Punir* e, como textos-satélites, quatro livros: *Os Anormais, O Poder Psiquiátrico, Em Defesa da Sociedade* e *Microfísica do Poder*. Em um plano mais ou menos distante, é preciso considerar que em torno desse centro aqui arbitrado, giram os outros livros, como o primeiro volume da *História da Sexualidade* e também a volumosa coletânea dos *Ditos & Escritos* e os cursos recentemente publicados nos quais a questão do poder também é central[3].

No curso de 1973-1974 – *O Poder Psiquiátrico* –, publicado na França em 2003 e traduzido para a língua portuguesa em 2006, Foucault estabelece outra grade de inteligibilidade para a questão do poder. Para ele, o problema não é mais saber o que é o poder. Foucault abandona esse tipo de interrogação, pelo que ela supõe de geral, total, universal e neutro. Seu interesse vai deslizar dessa velha forma de indagar e pensar o poder, para propor um inquérito que é de outra ordem. Interessa observar *como o poder funciona, que sistema de diferenciação permite que uns atuem sobre os outros* (econômicos, jurídicos, cognitivos,...), *que objetivos se perseguem* (manter privilégios, acumular riquezas, exercer uma profissão,...), *que modalidades instrumentais são utilizadas* (palavras, dinheiro, vigilância, registros,...), *que formas de institucionalização estão implicadas* (costumes, regulamentos, burocracia, hierarquias,...) *e que tipo de racionalidade está em jogo* (tecnológicas, econômicas,...).

Afastando-se da forma tradicional de descrever o problema do poder que, no limite, remetia ao chamado poder soberano – desdobrando-se no problema da identificação de sua titularidade: quem tem e quem não tem poder –, Foucault se desloca, instaurando uma diferença no modo de pensar o poder, passando então a trabalhar com a hipótese do poder disciplinar que, no curso de 1973-1974, aparece como algo discreto, repartido, que funciona em rede e cuja visibilidade encontra-se tão somente na docilidade

---

[3] Cf. *Segurança, Território, População* e *Nascimento da biopolítica*, ambos publicados pela Editora Martins Fontes, em 2008.

e na submissão daqueles sobre quem, em silêncio, ele se exerce (2006, p. 28). Com isso, descreve o poder a partir de três núcleos:

1- O poder disciplinar implica uma apropriação total ou tende a ser uma apropriação exaustiva do corpo, dos gestos, do tempo, do comportamento do indivíduo.

2- O poder disciplinar é contínuo, estando perpetuamente sobre o olhar de alguém ou na situação de ser olhado.

3- O poder disciplinar é isotópico ou tende à isotopia. Nesse caso, cada elemento tem seu lugar bem determinado; como as patentes no exército e a nítida distinção entre as diferentes classes de idade e, nas diferentes classes de idade, a posição de cada um na classe das escolas, por exemplo.

Ora, tal formulação vai adquirir outra densidade no livro *Vigiar e Punir*, publicado pela Gallimard em 1975 e traduzido no Brasil em 1977, com dois subtítulos: *História da violência nas prisões* e *Nascimento da prisão*. Como vocês sabem, o livro é estruturado em 4 grandes partes: Suplício, Punição, Disciplina e Prisão. Nesse livro, a grande tese que Foucault pretende demonstrar é que o fim dos suplícios não representou o fim da disciplina. Para ele, o fim do castigo significou o ingresso na chamada sociedade disciplinar, marcada pela suavização das penas e adoção de mecanismos de controle mais eficazes.

Em *Vigiar e Punir* é possível perceber que Foucault retoma e expande a formulação a respeito do poder e, particularmente, do poder disciplinar, que aparecera no curso de 1973-1974. Nesse caso, também é possível observar como ele mesmo vai abandonar a preocupação a respeito do que é o poder, mais atento para o seu funcionamento em um complexo institucional que recobre prisões, quartéis, hospitais, asilos, família e escolas, dentre outros. Com isso, busca sustentar um dos pontos de sua tese, a saber, a inexistência de um centro do poder, observando sua ramificação, sua capilarização ou, em seus próprios termos, sua *microfísica*.

Aqui, hoje, menos que propor o exame dos princípios operatórios empregados por Foucault para pensar o funcionamento do poder, vamos focar no problema conceitual acerca da disciplina e do poder disciplinar, de modo a tentar acompanhar as dobras que ele produz em relação ao curso de 1973-1974. No livro de 1975, como se sabe, ele dedica a terceira parte para pensar a disciplina, essa forma de exercício do poder que tem por objeto os corpos, seus detalhes, sua organização interna e que pretende atingir, com isso, a eficácia máxima de seus movimentos.

A parte *Disciplina*[4], por sua vez, é organizada em 3 capítulos:

I - Os corpos dóceis

A arte das distribuições

O controle da atividade

A organização das gêneses

A composição das forças

II - Os recursos para o bom adestramento

A vigilância hierárquica

A sanção normalizadora

O exame

III - O panoptismo

Creio que poderemos demonstrar que o trabalho do livro articula e oferece novo volume, uma nova qualidade, ao debate que se desenhara no curso de 1973-1974, quando alertava para uma espécie de propriedade do poder disciplinar: uma certa relação com corpo, gestos, tempo e comportamento do indivíduo e seu caráter contínuo e isotópico.

Uma primeira aproximação permite articular o primeiro aspecto levantado em 1973-1974 com o que aparece no livro, no capítulo "corpos dóceis". Quando se refere ao instituto do aquartelamento, a partir de meados do século XVIII, o filósofo pretende demonstrar a nova relação que se pretendia estabelecer em relação ao corpo, por meio de seu confisco, e, com isso, interferir no tempo, na vida, nos gestos e comportamentos gerais dos indivíduos. Essa é a preocupação central do capítulo "corpos dóceis" e me parece que não é gratuito que o mesmo comece com um exemplo dos quartéis, melhor dizendo, com a fabricação do soldado.

Para Foucault, no século XVIII, houve uma mutação no modo de descrever o soldado. Até então, o soldado estava pregado, associado a uma espécie de natureza. O indivíduo portava sinais naturais de vigor e coragem, que permitiam reconhecer no mesmo os traços desejados do bom

---

[4] Foucault estabelece dois usos para o termo. Um deles é associado à ordem do saber. Trata-se, nesse caso, de uma forma discursiva que visa controlar/limitar a produção de novos discursos. Trata-se de um projeto voltado para a disciplinarização dos saberes, o que o leva a compreender a *Encyclopédie*, a criação das grandes escolas e universidades como mecanismos articulados a essa finalidade. Outra acepção é associada à ordem do poder. Trata-se, nesse caso, de um conjunto de técnicas em virtude das quais os sistemas de poder têm por objetivo e resultado a singularização dos indivíduos. Volta-se para o corpo e singularização dos indivíduos.

soldado. A partir da segunda metade do XVIII, o soldado torna-se algo fabricado: de uma massa informa, de um corpo inapto, fez-se a máquina de que se precisava; corrigiram-se aos poucos as posturas por intermédio de uma coação calculada que passa a percorrer cada parte do corpo, se assenhora dele, dobra o conjunto, torna-se perpetuamente disponível, e se prolonga, em silêncio, no automatismo dos hábitos. Abrindo o capítulo com tal deslocamento, com tal descontinuidade, Foucault pretende sustentar a tese da descoberta do corpo como objeto e alvo do poder. No entanto, aqui cabe sublinhar, cabe chamar atenção para o modo como constrói essa verdade. Para ele, ao se referir aos esquemas de docilidade que passaram a ser empregados, assinala que não se trata de uma ação primeira sobre o corpo. Não se trata de localizar "uma primeira vez", o ato inaugural, de encontrar a uma suposta origem. Para ele, em qualquer sociedade o corpo está preso no interior de poderes muito apertados, que lhe impõem limitações, proibições ou obrigações. Trata-se, portanto, menos que tornar visível a primeira ação sobre o corpo, mas observar o *que se constitui em novo* nos esquemas de docilidade organizados em meados do XVIII. E são três os aspectos novos que ele percebe:

1- A escala do controle ou que partes atingir: não se trata de cuidar do corpo como se fosse uma unidade, uma massa global, mas de trabalhar nos detalhes, de exercer uma coerção sem folga no plano dos movimentos, gestos, atitudes, rapidez...

2- O objeto do controle ou o que deve ser controlado: o funcionamento do corpo, a eficácia dos movimentos, os exercícios.

3- A modalidade do controle ou como a regulação do corpo deve ser processada: uma coerção ininterrupta, constante, que se exerce mais sobre os processos das atividades corporais, de acordo com uma codificação que esquadrinha (ao máximo) o tempo, o espaço, os movimentos.

Ao observar uma mudança na *escala*, *objeto* e *modalidade* das ações sobre o corpo, Foucault considera que esses métodos que permitem o controle constante das forças e que impõem uma relação de docilidade-utilidade é o que se pode chamar de disciplinas. Com as disciplinas, diferente da escravidão, domesticidade e vassalagem, o corpo humano entra em uma maquinaria de poder, que o esquadrinha, desarticula e recompõe, com vistas a aumentar, multiplicar, intensificar as forças do corpo em termos de utilidade. Trata-se de incrementar a força econômica e a capacidade de produzir e reduzir a força política. Temos aqui uma retomada do princípio de que o poder disciplinar implicaria na "acumulação dos homens", como aparece no curso de 1973-1974.

Um segundo ponto que merece ser destacado e que, me parece, se liga muito de perto aos procedimentos de Foucault no conjunto de seus trabalhos, é o que se relaciona com a crítica da "origem". Para Foucault, a invenção das disciplinas, dessa nova *anatomia política,* não deve ser entendida como uma descoberta súbita. Na perspectiva da *genealogia,* os começos são cinzas, marcados por uma multiplicidade de processos, muitas vezes mínimos, de origens diferentes, de localizações esparsas, que se recordam, se repetem ou se imitam, apoiam-se uns sobre os outros, distinguem-se segundo seu campo de aplicação... Nesse sentido, as disciplinas nasceram a partir das experiências desenvolvidas nos colégios, hospitais, organizações militares e religiosas, por exemplo, e se consolidaram porque incorporaram a preocupação com o detalhe, no cálculo do infinitamente pequeno, na descrição das características mais tênues dos seres... Pois a nova racionalidade pautada nas disciplinas pretende articular o ínfimo ao infinito e foi, na eminência do detalhe, que se viu desenvolver as meticulosidades da educação cristã, da pedagogia escolar ou militar e de todas as formas de treinamento, como assinala o filósofo.

Se temos aqui um aprofundamento a respeito da apropriação do corpo, a dimensão isotópica do poder disciplinar é retomada no item "a arte das distribuições". Para Foucault, a disciplina exige a *cerca,* a especificação de um lugar próprio, fechado em si mesmo para que possa funcionar no seu ótimo, com sua eficácia máxima. No entanto, o isolamento por si só não é suficiente para assegurar o bom funcionamento dos aparelhos disciplinares. Para ele, o espaço deve favorecer a localização imediata dos indivíduos, segundo a máxima, isso é, o princípio geral do reticulado, de cada indivíduo em seu lugar e, em cada lugar, um indivíduo. Trata-se do quadriculamento e da ideia de que o espaço para o bom funcionamento das disciplinas é sempre, no fundo, celular.

Para ele, na disciplina, ainda que o espaço seja celular, os elementos não são fixos em suas celas. O lugar ocupado pelo indivíduo pode ser intercambiado, a depender do funcionamento da série e do papel do indivíduo na mesma. Por fim, o espaço próprio, específico, deve ser pensado também em função de sua utilidade. Não se trata mais de pensar uma arquitetura livre, cujo espaço pudesse servir a vários usos. O lugar específico, próprio, racional deve se prestar à vigilância, deve ser capaz de interromper as comunicações perigosas; mas também deve ser ajustado às finalidades da instituição disciplinar a que vai atender/abrigar. Deve-lhe ser útil para intensificar sua ação, seu poder.

Os mecanismos de apropriação do tempo, a que ele também faz referência no curso de 1973-1974, são retomados na seção "o controle das atividades". Nesse ponto, Foucault chama atenção para as regras que presidem o tempo nas instituições disciplinares.

A primeira regra diz respeito ao estabelecimento dos horários, no sentido de que essa medida marca as cesuras, as obrigações e os ciclos de repetição.

Outra, diz respeito à elaboração temporal do ato, de modo que o ato, a ser decomposto em seus elementos mínimos, define a posição do corpo, dos membros, das articulações e, para cada movimento, é determinada uma direção, uma amplitude, uma duração; é prescrita sua ordem de sucessão. Assim, o tempo penetra no corpo Qual é o grande exemplo? A marcha. Que outro exemplo podemos dar? A escrita.

A terceira regra se refere ao bom emprego do tempo. Nada deve ficar ocioso ou inútil; tudo deve ser chamado a formar o suporte do ato requerido, do mínimo gesto. O corpo e os gestos são correlacionados.

A penúltima regra da apropriação do tempo na esfera do poder disciplinar: a articulação corpo-objeto. A disciplina define cada uma das relações que o corpo deve manter com o objeto que manipula, devendo estabelecer uma cuidadosa engrenagem entre um e outro.

Por fim, a quinta regra: a utilização exaustiva do tempo de modo a extrair do tempo sempre mais instantes disponíveis e, de cada instante, sempre mais forças úteis. O que isso significa? Significa que se deve procurar intensificar o uso do mínimo instante.

Creio que esse conjunto de regras que visam disciplinar os corpos, via disciplina do tempo, podem ser facilmente observados nas grades ou matrizes das escolas[5]. Quando falamos dessa agência, nos remetemos necessariamente a uma cerca, a uma arquitetura própria ou que se deseja como ideal, a uma

---

[5] O questionário a respeito do tempo escolar parece recobrir unidades distintas, como forma de racionalizar o tempo da experiência escolar: Quando deve ter início a experiência da escola? Quanto tempo deve durar? Quantos dias do ano? Quantos dias da semana? Quantas horas do dia? Quantas partes das horas e a que se destina cada parte?

economia dos gestos e do tempo que, combinados, incidirão sobre os corpos jovens, pretendendo transformá-los em outra coisa.

Não pretendo me alongar mais no exame dos mecanismos de docilidade que as disciplinas ativam para agir sobre os homens. Vocês, se quiserem, podem voltar aos "corpos dóceis" para ver como Foucault aprofunda a questão do tempo, na seção "composição das gêneses", quando discute a segmentação temporal, a sequência, o exame e as séries que são estabelecidas para configurar o tempo disciplinar. Por fim, no item "composição das forças", Foucault procurar demonstrar que a disciplina deixa de ser uma arte de repartir os corpos, de extrair e acumular o tempo deles, constituindo-se como uma arte de compor forças para obter um trabalho eficiente. O corpo singular passa a ser compreendido como um fragmento móvel, que age em um tempo composto, de modo a extrair a máxima quantidade de forças de cada um e combiná-la para se chegar a um resultado ótimo. Para tanto, para que as forças sejam compostas e funcionem de acordo com o projeto de extração máxima, se exige um sistema preciso de comando. Esse, por sua vez, deve estar ancorado na brevidade e clareza das ordens, de modo a provocar o comportamento desejado.

Essa espécie de ligação entre corpo e poder não esgota a forma como Foucault descreve o poder disciplinar. Para ele, o poder disciplinar tem como função maior "adestrar" para retirar ainda mais e melhor. Ele não amarra as forças para reduzi-las; procura ligá-las para multiplicá-las e utilizá-las em um todo. Em vez de dobrar uniformemente e por massa tudo o que está submetido, separa, analisa, diferencia, leva seus processos de decomposição até às singularidades necessárias e suficientes. É um poder modesto, desconfiado, que funciona baseado em uma economia calculada e permanente, cujo sucesso está associado ao uso de instrumentos simples, como o olhar hierárquico, a sanção normalizadora e o procedimento do exame.

No que se refere ao primeiro instrumento, cabe acompanhar mais uma vez o registro de Foucault, quando ele afirma que a vigilância hierarquizada, contínua e funcional não se constitui em uma invenção do Setecentos. O que aparece de novo é sua extensão e o modo como se liga às novas mecânicas de poder. O poder, graças à vigilância, nesse novo enquadramento, torna-se um sistema "integrado". Organiza-se, assim, um poder múltiplo, automático e anônimo; pois se é verdade que a vigilância repousa sobre indivíduos, seu funcionamento se dá a partir de uma rede de relações de alto a baixo, de baixo para cima e lateralmente. Essa rede sustenta o conjunto e o perpassa de efeitos de poder que se apoiam uns sobre os outros. Trata-se de uma dinâmica em que os fiscais não se encontram no exterior da rede e, nesse sentido, eles também são perpetuamente fiscalizados.

No que diz respeito à arte de punir como instrumento complementar para o bom adestramento, ela não visa a expiação, nem a repressão. Para Foucault, a arte de punir põe em funcionamento cinco operações bem distintas: relacionar os atos, os desempenhos, os comportamentos singulares a um conjunto, que é, ao mesmo tempo, campo de comparação, espaço de diferenciação e princípio de uma regra a seguir. Com isso, apreciam-se as diferenças que emergem, estabelecendo um gradiente que vai do ótimo até os comportamentos intoleráveis. Daí que a penalidade e o jogo de promoções a ela correlato, e que atravessa todos os pontos e controla todos os instantes das instituições disciplinares, compara, diferencia, hierarquiza, homogeneíza e exclui. Em uma palavra, normaliza.

Por fim, o exame como parte do instrumental do adestramento, combina as técnicas da hierarquia que vigia e as da sanção que normaliza. O exame pode ser considerado um controle normalizante, uma vigilância que permite qualificar, classificar e punir. Estabelece sobre os indivíduos uma visibilidade por meio da qual eles são diferenciados e sancionados. É por isso, segundo Foucault, que o exame é altamente ritualizado em todos os dispositivos disciplinares: na casa, na escola, na igreja, no exército, no hospital, na justiça. O exame reúne a cerimônia do poder e a forma da experiência, a demonstração da força e o estabelecimento da verdade. O exame, por fim, supõe um mecanismo que liga um certo tipo de formação de saber a uma certa forma de exercício de poder, pois o exame apresenta três características gerais:

A- O exame inverte a economia de visibilidade no exercício do poder. O exame é a técnica pela qual o poder, em vez de emitir sinais de seu poderio, em vez de impor sua marca a seus súditos, capta-os em um mecanismo de objetivação. Tal inversão de visibilidade proporcionada pelo exame é que possibilitará o exercício do poder até em seus graus mais baixos, ao tornar todos visíveis, de baixo para cima, possibilitando uma atualização das formas de poder em virtude daquilo que o exame dá a ver.

B- O exame faz a individualidade entrar em um campo documental, pois os procedimentos examinatórios são acompanhados de um sistema de registro intenso e de acumulação documental, que procura captar e fixar os indivíduos. Graças a todo o aparelho de escrita que acompanha o exame, ele abre duas possibilidades que são correlatas. Em primeiro lugar, a constituição do indivíduo como objeto descritível, analisável para reconhecer seus traços singulares, em sua evolução particular, em suas aptidões ou capacidades próprias, sob o controle de um saber que pretende ser permanente. Em segundo lugar, a constituição de um sistema comparativo que permite a medida de fenômenos globais, a descrição de grupos, a caracterização de fatos coletivos, a estimativa dos desvios dos indivíduos entre si, sua distribuição em uma população[6].

C- O exame transforma cada indivíduo em um "caso": trata-se do indivíduo tal como pode ser descrito, mensurado, medido, comparado a outros, e isso em sua própria individualidade. Trata-se também do indivíduo que tem que ser treinado ou retreinado, classificado, normalizado, excluído. Do exame, cada um recebe como *status* sua própria individualidade, à qual ele se encontra ligado, por meio dos traços, medidas, desvios e "notas" que fazem dele um "caso".

Ora, como Foucault procura demonstrar, a disciplina mobiliza um conjunto complexo de elementos e, no caso dos recursos para o bom adestramento, o filósofo dá destaque às articulações entre os mecanismos de vigilância, punição e às técnicas de exame.

Mas o que é constituído em alvo privilegiado da disciplina? Para Foucault, em um regime disciplinar a criança, o doente, o louco e o delinquente são mais individualizados do que os adultos, os sãos, o normal e os não-delinquentes. É em direção aos primeiros que se voltam, em nossa civilização, todos os mecanismos individualizantes. Quando se quer individualizar o adulto são, normal e ordeiro, sempre se pergunta o que ainda há nele de criança, de loucura secreta e de crime que deseja cometer. Portanto, é sobre os primeiros que o poder disciplinar vai incidir, não apenas em termos negativos (excluir, reprimir, recalcar, mascarar,

---

[6] Aqui, vale uma nota que diz respeito à relação entre o mecanismo do exame e sua intensificação com o aparecimento da preocupação com a noção de população. Temos aqui um indício sutil da direção que Foucault vai imprimir a seus trabalhos. Nos cursos de 1975-1976 (*Em defesa da sociedade*), 1977-1978 (*Segurança, território, população*) e 1978-1979 (*Nascimento da biopolítica*), o tema da população e do governo vão assumir centralidade em suas reflexões, sinal do curso de suas reflexões acerca do poder.

esconder, ...), mas para produzir realidade, campos de objetos e rituais de verdade, sendo que o indivíduo e o conhecimento que dele se pode ter se originam nessa produção. No entanto, ao encerrar o capítulo relativo ao adestramento, Foucault indaga:"Mas emprestar tal poderio às astúcias, muitas vezes minúsculas, da disciplina, não seria lhes conceder muito? De onde podem elas tirar tão vastos efeitos?

Para explorar esse problema, Foucault abre a terceira parte do livro referindo-se ao modelo, projeto ou esquema disciplinar ideal. Para ele, um modelo compacto do dispositivo disciplinar é constituído por um espaço fechado, recortado, vigiado em todos os seus pontos, onde os indivíduos estão inseridos em um lugar fixo, no qual os menores movimentos são controlados, todos os acontecimentos são registrados, onde um trabalho ininterrupto de escrita liga o centro e a periferia, onde o poder é exercido sem divisão, segundo uma figura hierárquica contínua, onde cada indivíduo é constantemente localizado, examinado e distribuído entre os vivos, os doentes e os mortos (*Vigiar e Punir*, 1988, p. 174). Para ele, o projeto que melhor encarnou esses princípios foi o panóptico de Jeremy Bentham, reconhecendo, contudo, o fato de ele ter dado lugar a muitas variações projetadas ou realizadas. Abstraindo os obstáculos, resistências ou desgaste, o panóptico é um mecanismo de poder, um diagrama do poder levado à sua forma ideal. Vejamos bem que Foucault está reconhecendo dois elementos: a existência de variações no que foi projetado e executado a partir do modelo de Bentham e, também, os obstáculos e desgastes do próprio modelo. Portanto, estamos no registro dos modelos em circulação e nas suas formas de apropriação.

Se a disciplina fixa, imobiliza ou regulamenta os movimentos, resolve as confusões, as aglomerações compactas sobre as circulações incertas, as repartições calculadas, ela também deve dominar todas as forças que se formam a partir da própria constituição de uma multiplicidade organizada; deve neutralizar os efeitos de contrapoder que dela nascem e que formam resistência ao poder que quer dominá-la: agitações, revoltas, organizações espontâneas, conluios – tudo o que pode se originar das conjunções horizontais. Daí o fato de as disciplinas utilizarem entre os diversos elementos de mesmo plano, barreiras tão estanques quanto possível, de definirem redes hierárquicas precisas; em suma, de oporem à força intrínseca e adversa da multiplicidade, o processo de pirâmide contínua e individualizante.

As disciplinas também devem fazer crescer a utilidade singular de cada elemento na multiplicidade, mas por meios que sejam os mais rápidos e menos custosos, ou seja, utilizando a própria multiplicidade como instrumento desse crescimento. Daí, para extrair dos corpos o máximo de tempo e de forças, esses métodos de conjunto que são os horários, os treinamentos coletivos, os exercícios e a vigilância ao mesmo tempo global e minuciosa. Além disso, é preciso que as disciplinas façam crescer o efeito de utilidade próprio às multiplicidades, e que tornem cada uma delas mais útil que a simples soma de seus elementos. É para fazer crescer os efeitos utilizáveis do múltiplo que as disciplinas definem táticas de distribuição, de ajustamento recíproco dos corpos, dos gestos e dos ritmos, de diferenciação das capacidades, de coordenação recíproca em relação a aparelhos ou a tarefas.

Por fim, para Foucault, a disciplina tem que fazer funcionar as relações de poder não acima, mas na própria trama da multiplicidade, da maneira mais discreta possível: atendem a isso instrumentos de poder anônimos e coextensivos à multiplicidade que regimentam, como a vigilância hierárquica, o registro contínuo, o julgamento e a classificação perpétuos (p. 193). Multiplicidade que pode ser uma oficina ou uma nação, um exército ou uma escola, um asilo ou uma família. As disciplinas são, portanto, o conjunto das minúsculas invenções técnicas que permitiram fazer crescer a extensão útil dessas e de outras multiplicidades, fazendo diminuir os inconvenientes do poder que deve regê-las, justamente para torná-las úteis.

Ora, como se pode observar, ao caracterizar o poder disciplinar no que rebate sobre o corpo, no que mobiliza para adestrar e nos modelos ideais, é possível observar que Foucault se refere ao nascimento das novas tecnologias ou instituições disciplinares, assinalando a presença de preocupações que são mantidas nessa nova modalidade de poder, como é a preocupação com o corpo, articuladas, por sua vez, às especificidades que caracterizam as disciplinas. Ao mesmo tempo, Foucault assinala que o aparecimento das engrenagens disciplinares e seu funcionamento se dá em um campo de forças, integrado por aquilo que já existia e que não foi completamente eliminado e, também, pelas novas formas de agitações, conluios, dissidências e revoltas fomentadas pelo próprio exercício do poder disciplinar. São os *contrapoderes* a que ele se refere e que, em alguma medida, fornece uma chave para se compreender os investimentos já realizados e, do mesmo modo, o que vai ter continuidade no curso que se segue ao *Vigiar e Punir*. Ao operar com a ideia dos abalos decorrentes das formas e do exercício do poder, me parece que Foucault consolida a perspectiva da genealogia que, segundo deixa indicado na primeira aula do curso de

1975-1976, não deve ser vista como uma ultrapassagem da arqueologia, sua superação. Ele deixa sugerido que ambas coexistem e se ocupam de coisas distintas. Nas "duas palavras" que pronuncia a esse respeito, em tom de síntese, após uma detida tentativa de descrever o que entende por genealogia, Foucault assinala que a arqueologia seria o método próprio de análise das discursividades locais, e a genealogia, a tática que faz intervir, a partir dessas discursividades locais assim descritas, os saberes dessujeitados que daí se desprendem. Isso, conclui o filósofo, para reconstituir o projeto de conjunto (1999, p. 16)[7].

No Brasil, parte da matéria do curso de 1975-1976 circula na coletânea organizada por Roberto Machado, cuja primeira edição data de 1979. Mais precisamente, trata-se da publicação de duas aulas. Nessa coletânea, também há a publicação de uma terceira aula, que faz parte do curso de 1977-1978, intitulado *Segurança, Território, População*.

Recentemente, essas mesmas duas aulas foram publicadas junto com as demais que compuseram o curso de 1975-1976 – *Em Defesa da Sociedade*. No entanto, ao contrastar as edições é possível observar que há um núcleo comum nas duas e partes que variam. No caso da publicação completa do curso, o texto vem com elementos adicionais extraídos dos manuscritos das aulas e de notas de esclarecimento dos organizadores da iniciativa. O texto contido na coletânea organizada pelo Roberto Machado é mais enxuto e adquire certa autonomia, merecendo, inclusive títulos próprios: *Genealogia e poder* (aula de 7 de janeiro de 1976) e *Soberania e disciplina* (aula de 14 de janeiro de 1976). Ao lado disso, o acesso a esse duplo material indicia também aspectos da estrutura textual e da tradução que, em algumas passagens, implica em alteração de sentido, de ênfase; o que não é pouca coisa em se tratando do texto escrito e submetido à tradução[8] e dos mecanismos de recepção do mesmo.

---

[7] Na *Microfísica do Poder*, encontramos: "Enquanto a arqueologia é o método próprio à análise da discursividade local, a arqueologia é a tática que, a partir das discursividade local, assim descrita, ativa os saberes libertos de sujeição que emergem desta discursividade. Isso para situar o projeto geral" (1988, p. 172).

[8] Isso remete a coisas meio irrelevantes, como a especificação do animal escolhido para a analogia que desenvolve para tentar compreender a trajetória e articulação e entre as pesquisas desenvolvidas. Na tradução de Roberto Machado tratar-se-ia de um boto (*Eu agia como um boto...*, p. 168) ou um cachalote, na tradução de Maria Ermentina Galvão (*Eu me sentia um pouco como um cachalote...*, p. 7). O fato é que nos dois casos se trata de cetáceos e o que interessa é a afirmação de que sua trajetória de pesquisa e do próprio curso não possui um desenho pré-definido. Esse seria um vestígio provisório

Considerando esses marcadores, interessa seguir o curso da reflexão de Foucault a partir dessa base material. Nesse caso, o que ele faz aparecer nas duas primeiras aulas do curso de 1975/1976? Em que se liga aos esforços precedentes e em que pontos se afasta, se é que se pode evidenciar algum tipo de afastamento?

A leitura dessas duas aulas assinala a consolidação da perspectiva genealógica, a afirmação da concepção microfísica do poder e da compreensão do poder disciplinar. Na aula de 7 de janeiro, afirma que se mantém preocupado como os mecanismos, efeitos e relações entre os diversos dispositivos de poder que se exercem em níveis diferentes da sociedade, em domínios e com extensões variadas. Para Foucault, o poder não se dá, não se troca, nem se retoma. O poder se exerce, só existe em ação. Para ele, o poder não é principalmente manutenção e reprodução das relações econômicas, mas acima de tudo uma relação de força. Ora, há fortes indícios de retomada do que esboçara no curso de 1974-1975 e do que emprega largamente em *Vigiar e Punir*.

Na aula de 14 de janeiro, ele sistematiza em cinco pontos suas preocupações metodológicas em torno do problema do poder que, após explorá-las de modo mais detido, reúne e sintetiza, como é próprio de sua retórica ou modo de narrar. Eis o sumário de suas precauções de método:

> Em vez de orientar a pesquisa sobre o poder para o âmbito do edifício jurídico da soberania, para o âmbito dos aparelhos de Estado, para o âmbito das ideologias que o acompanham, creio que se deve orientar a análise do poder para o âmbito da dominação (e não da soberania[9]), para o âmbito dos operadores materiais, para o âmbito das formas de sujeição, para o âmbito das conexões e utilizações dos sistemas locais dessa sujeição e para

---

"de espuma" que deixa que acreditem, faz acreditar, quer acreditar ou acredita efetivamente que lá embaixo, onde não é percebido ou controlado por ninguém, segue uma trajetória profunda, coerente e refletida (MP, p. 168); mas também indicia coisas de outra ordem. Um único exemplo diz respeito ao esforço que Foucault faz para descrever aquele presente, os problemas que o marcavam, a conjuntura específica como forma de explicar o que vinha fazendo e a direção assumida ou a ser assumida em seus estudos no *Collège de France*. Ao analisar o que se passava do ponto de vista geral e da pesquisa nos últimos 10 ou 15 anos (anos 60-70), reconhece duas características: o caráter local da crítica e o que se poderia chamar de "retorno do saber" (MP, p. 169) ou "reviravoltas do saber" (DS, p. 11), o que vai ser associado, no primeiro caso, ao que se poderia chamar de "insurreição dos saberes dominados" e, no segundo caso, "insurreição dos saberes sujeitados", cabendo assinalar que no DS as duas expressões aparecem entre aspas. Tenho a impressão que as expressões utilizadas nas duas traduções não são exatamente a mesma coisa.

[9] E da obediência (acréscimo meu).

> o âmbito, enfim, dos dispositivos de saber. [...] É preciso analisá-lo a partir das técnicas e táticas de dominação. Eis a linha metódica que, acho eu, se deve seguir, e que tentei seguir nessas diferentes pesquisas que [realizamos] nos anos anteriores a propósito do poder psiquiátrico, da sexualidade das crianças, do sistema punitivo, etc. (FOUCAULT, 2000, p. 40)

Por fim, um terceiro elemento é reafirmado no curso de 1975-1976. Trata-se do aparecimento do poder disciplinar nos séculos XVII e XVIII, essa nova "mecânica do poder", com procedimentos específicos, instrumentos totalmente novos e aparelhos bastante diferentes. De acordo com Foucault, essa nova mecânica do poder incide primeiro sobre os corpos e sobre o que eles fazem, mais do que sobre a terra e sobre o seu produto. É um mecanismo de poder que permite extrair dos corpos tempo e trabalho, mais do que bens e riquezas. É um tipo de poder que se exerce continuamente por vigilância e não de forma descontínua por sistema de tributos e de obrigações crônicas. É um tipo de poder que pressupõe muito mais uma trama cerrada de coerções materiais do que a existência física de um soberano, e define uma nova economia do poder cujo princípio é o de que se deve ao mesmo tempo fazer que cresçam as forças sujeitadas e a força e eficácia daquilo que as sujeita. [...] É o poder disciplinar (1999, p. 42-43).

Outro ponto que merece ser sublinhado e pode ser assumido como um procedimento adotado por Foucault diz respeito ao jogo entre aquilo que se transforma e o que resiste. No caso, ao reconhecer a invenção de uma nova mecânica do poder, ele também reconhece que sua criação não conduziu ao desaparecimento do grande edifício jurídico da teoria da soberania. Segundo ele, a teoria da soberania continuou a existir como ideologia do direito e como organizadora dos códigos jurídicos que a Europa do século XIX elaborou para si a partir dos códigos civil (1804), de instrução criminal (1808) e penal (1810) da era napoleônica.

Cabe notar, nesse sentido, que se trata de modelos concorrentes, de formas heterogêneas de exercício do poder nas sociedades modernas. Trata-se, como assinala Foucault, de um exercício do poder a partir do e no próprio jogo da heterogeneidade, entre um direito público da soberania e uma mecânica polimorfa da disciplina (1999, p. 45).

Observamos então que Foucault inicia seu curso de 1975/1976 retomando e afirmando a concepção *microfísica* do poder, pautando os procedimentos metodológicos e sublinhando os traços do poder disciplinar e o jogo que passa a compor, integrar. Se tais traços podem ser tomados como sinal de consolidação de um programa e de procedimentos de pesquisa, haveria algum deslocamento do programa e dos procedimentos?

Na sequência do curso de 1975-1976 e dos outros que se seguem, o que vamos observar é a continuidade de uma sensibilidade para interrogar o presente; interrogação acompanhada pela preocupação com a ontologia histórica de nós mesmos. Permanece indagando qual é nossa relação com a verdade, com o poder e com a moral. Mas como isso é feito? Mantendo essa linha geral e variando os objetos e problemas em relação aos quais ela vai ser testada, experimentada. Nesse sentido, em 1975-1976 o tema da dominação assume a centralidade e a guerra é constituída em analisador das relações de poder. No exame desse novo problema, a guerra das raças adquire visibilidade inclusive para pensar as guerras marcadas mais pelos problemas econômicos, religiosos e pelos processos de construção da nação. Nesse esforço, o analisador escolhido implica reconhecer ações mais globais que incidem sobre um conjunto e não mais apenas sobre as individualidades. A guerra cria condições para fazer aparecer outro tipo de corpo: um corpo múltiplo, numerável, quantificável sobre o qual devem incidir medidas gerais, medidas calculadas. É a noção de população que emerge. O poder disciplinar parece ceder lugar a uma nova formulação, a do biopoder, ou poder sobre a vida, poder a ser exercido sobre muitos, sobre a população. Isso significa o desaparecimento das disciplinas e da soberania? Para Foucault, evidentemente que não. O jogo ou formas de exercício de poder adquirem outro desenho com a entrada em cena dos mecanismos de regulação da população ou do biopoder. E os mecanismos da soberania e disciplina passam a integrar esse novo jogo do poder.

Portanto, considerar as formas de exercício do poder, visualizável no triângulo *soberania–disciplina–biopoder*; considerar o funcionamento e agenciamento decorrentes dessa espécie de anatomia móvel do poder, aparece como condição para estranhar, interrogar e inventar outras formas, outros arranjos. Considerar as formas e relações de poder se constitui, portanto, em condição para tomar distância do poder, fabricar um desapego, enfim, de modo a permitir uma experiência de liberdade contra os fascismos de nosso presente, tão entranhados em nossas vidas.

Referências

CASTRO, Edgardo. *El vocabulário de Michel Foucault*. Bernal: Universidad Nacional de Quilmes, 2004.

FOUCAULT, Michel. *Microfísica do poder*. Rio de Janeiro: Graal, 1988.

FOUCAULT, Michel. *Vigiar e punir*. 9ª edição. Petrópolis: Vozes, 1991.

FOUCAULT, Michel. *Em defesa da sociedade*. São Paulo: Martins Fontes, 2000.

FOUCAULT, Michel. *Os anormais*. São Paulo: Martins Fontes, 2002.

FOUCAULT, Michel. *A hermenêutica do sujeito*. São Paulo: Martins Fontes, 2004.

FOUCAULT, Michel. *O poder psiquiátrico*. São Paulo: Martins Fontes, 2006.

FOUCAULT, Michel. *Segurança, território, população*. São Paulo: Martins Fontes, 2008.

FOUCAULT, Michel. *Nascimento da biopolítica*. São Paulo: Martins Fontes, 2008.

MACHADO, Roberto. *Foucault, a ciência e o saber*. Rio de Janeiro: Jorge Zahar, 2006.

MENDONÇA, Lígia. *Dando os primeiros passos na oficina de Foucault*. UERJ: PROPEd, 2007. (mimeo).

Foucault e o cinismo de Manet

José Luís Câmara Leme

Se o entendimento que Foucault tinha de Marx é controverso, há, no entanto, um juízo que os unia: não subestimavam a burguesia. Ao arrepio do desprezo que Baudelaire cultivava por ela, para Foucault a burguesia não é um amontoado de pacóvios[1]; antes pelo contrário, no seu entender ela não é nem ingénua, nem burra, nem frouxa. É certo que dizer que o sexo é para a burguesia o que o sangue foi para a aristocracia pode parecer irónico[2]; mas não nos iludamos, pois seja qual for o revés que ela sofra, a sua força de recuperação é incontestável.

Vem isto a propósito de uma campanha publicitária de uma cadeia de lojas de tapetes orientais que surgiu em Lisboa nos anos 90 do século passado. Tratava-se de grandes cartazes que reproduziam o quadro de Manet, *Olympia*. Posto que esses *outdoors* estavam colocados em alguns cruzamentos rodoviários, a associação instantânea da cortesã nua e da sua serva negra com os tapetes orientais pode não parecer inusitada.

Vale a pena, no entanto, perguntar como se chegou aqui: por que razão o escárnio de que *Olympia* foi alvo deu lugar à sua banalização publicitária? Porventura não será hoje o juízo de Baudelaire mais apropriado do que foi no passado, já que as pessoas parecem ser tão desatentas que não se dão conta do juízo moral que o quadro encerra? Ou, pelo contrário, será a mercancia que legitima a associação de um tapete com uma prostituta?

---

[1] ... *la bourgeoisie, sauf aux yeux des naïfs, n'est ni bête ni lâche. Elle est intelligente, elle est hardie.* FOUCAULT, Michel. *Dits et écrits II: 1976-1988*. Paris: Gallimard, 1994. p. 719. Sobre a oposição a Baudelaire, cf. Idem, p.725

[2] FOUCAULT, Michel. *La volonté de savoir*. Paris: Gallimard, 1994. p. 164, 166.

A questão subjacente a esta conferência pode então ser resumida da seguinte forma: se num determinado momento histórico uma obra de arte consegue provocar um escândalo moral, por que razão parece ela perder com o tempo a sua eficácia ética e se deixa banalizar[3]? Se é certo que não é o desafio ético que faz o valor de uma obra de arte, não é menos verdade que a estética pode ser o seu veículo. A tese de Foucault sobre *Olympia* é justamente essa. Ele conclui a análise desse quadro afirmando: "…e vocês vêem como é que através de uma transformação estética se pode, como é o caso, provocar o escândalo moral."[4]

Posto que no último curso que Foucault proferiu no Colégio de França, o célebre curso de 1984 sobre a *Coragem da Verdade*[5], mormente sobre a parrésia cínica, a pintura de Manet é referida como um exemplo de uma prática artística que releva da atitude cínica[6], e uma vez que essa hipótese não é explicitamente formulada na conferência que o filósofo proferiu sobre o pintor nos finais dos anos 60[7], importa esclarecer em que sentido o escândalo moral que *Olympia* provocou é cínico, e se esse quadro pode inclusive ser tomado como uma forma de parrésia. Se o esclarecimento dessa questão não esgota o tema que me move, o definhamento do escândalo moral de uma obra de arte, a sua banalização, ele contribui no entanto para o debate, na medida em que não só permite identificar um caso concreto em que essa problemática está em causa, como permite alargar a noção de parrésia ao domínio artístico.

Vejamos então a possibilidade de reler a conferência sobre Manet, mormente o que se diz sobre *Olympia*, a partir da interpretação que Foucault fez do cinismo.

Comecemos por nos debruçar sobre o cinismo. Em primeiro lugar, ao contrário de alguns estudiosos alemães que estabelecem uma ruptura entre o cinismo clássico e o moderno, Foucault sustenta que há uma

---

[3] A versão recreativa é, a par da publicidade, a outra metástase da banalização. Sobre este tema ver o ensaio de Hannah Arendt, "The Crisis in Culture: its social and its political significance". In: *Between Past and Future*. New York: Penguin Books, 1993. p. 207.

[4] FOUCAULT, Michel. *La peinture de Manet*. Paris: Seuil, 2004. p. 40.

[5] *Le courage de la vérité*, curso inédito no *Collège de France*, 1994. Esse documento sonoro pode ser consultado no IMEC, em Paris. Um excerto da aula de 29 de Fevereiro de 1984 foi publicado na revista *Esprit*. Paris: Dezembro de 2008, p. 51-60.

[6] Aula de 29 de Fevereiro de 1984.

[7] Sobre as variantes dessa conferência, ver a *Introdução* de Maryvonne Saison à edição de FOUCAULT, Michel. *La peinture de Manet*. Paris: Seuil, 2004. p. 11-17.

continuidade[8]. A tese que advoga é a seguinte: o que caracteriza o cinismo não é a exaltação do eu ou um individualismo extremado, mas uma "profissão de verdade", isso é, fazer do modo de vida a sua manifestação.

Nesse sentido, o que define o cinismo não é tanto a sua doutrina, até porque os seus temas são justamente os mais correntes da filosofia clássica, mas uma atitude: a de transfigurar em prática efectiva o que é supostamente aceite por todos. A vida como escândalo da verdade é então viver até ao extremo aquilo que os outros comedidamente apregoam.

A tese de Foucault é portanto muito clara; o célebre princípio cínico, "falsifica a moeda", não significa então a sua desvalorização, ou seja, o seu menosprezo, mas justamente o contrário: mostrar o quanto vale; no fundo, o que implica. Em termos metafóricos trata-se de mostrar a verdadeira efígie da moeda. Para que essa possa finalmente circular com o seu verdadeiro valor é preciso apagar dela os traços deixados pela cobardia e pela indolência. Por outras palavras, uma vez confrontados com a moeda verdadeira, isso é, a vida cínica, os costumes correntes não podem deixar de aparecer como falsos.

Ora, é essa a atitude que foi legada à cultura ocidental e que encontrou três veículos principais: a ascese cristã, a militância política e a arte moderna. É nesse sentido que Foucault sustenta que há um cinismo trans-histórico: isso é, sob diferentes formas e com objectivos distintos, o cinismo como categoria moral atravessou a cultura ocidental desde a antiguidade clássica até aos nossos dias.

Em segundo lugar surge a que creio ser a tese mais original de Foucault sobre o cinismo: a articulação do seu legado clássico – ou seja, os ditos, as anedotas e os escritos em que a doutrina é transmitida e os feitos recordados –, pode ser feita a partir dos quatro eixos em que os diferentes valores da noção de verdade se repartem no pensamento grego clássico.

Portanto, em oposição à interpretação mais corrente que coloca a tónica no individualismo, para Foucault o cerne da atitude cínica reside na nova economia da verdade que propõe. É essa economia vital que revolve os temas consensuais da filosofia grega e consequentemente provoca o escândalo cínico.

---

[8] Idem. Os autores alemães que representam a "hipótese da descontinuidade" são Paul Tillich, Arnold Gehlen, e Heinrich Niehues-Probsting, A obra de Peter Sloterdijk, *Crítica da Razão Cínica*, que tinha acabado de ser editada em alemão, é apenas referida (ironicamente) por Foucault, já que ele reconhece que não teve oportunidade de a ler.

Vejamos então a noção de verdade, tal como foi pensada pelo pensamento grego clássico.

Recorde-se que um dos temas principais da aula inaugural de Foucault no Colégio de França foi a deslocação da verdade da enunciação para o enunciado como momento crucial na história da vontade de verdade no Ocidente[9]. Agora, no seu último curso, Foucault retoma esse tema para mostrar que a verdade não se esgota na sua dimensão proposicional. Se a *alêtheia,* ou seja, a verdade, tem um alcance e uma aplicação que transcende a proposição, isso é, se ela não se esgota como operador apofântico e antes pode ser aplicada a outros domínios como a vida, a vida verdadeira, ou o amor, o verdadeiro amor, é justamente porque comporta quatro significações[10].

Consideremos esses quatro sentidos. Em primeiro lugar, uma coisa pode ser dita verdadeira se não está dissimulada; a *alêtheia* é o que não está oculto, ou seja, aquilo que é completamente visível. Em segundo lugar, o que é verdadeiro é o que não está alterado, ou seja, não lhe foi acrescentado algo que o mistura com qualquer coisa que lhe é estranha. A relação desse valor com o primeiro é evidente, já que alterar é também dissimular. O terceiro valor é a rectitude. *Alêtheia* opõe-se ao desvio, ao rodeio, ao recuo. Tal rectitude deriva dos valores anteriores, pois a dissimulação e a mistura são formas de recuo. Finalmente, o que é verdadeiro é o que é incorrupto, o que permanece na sua identidade. Esse valor decorre também dos anteriores, já que aquilo que não é nem dissimulado nem misturado e que é recto é imutável e incorrupto.

Se a explicitação desses quatro valores não é original – pois a contribuição de Martin Heidegger é evidente –, ela tem, no entanto, um papel crucial na tese de Foucault, porquanto é ela que permite compreender o modo como os cínicos extremaram e revolveram o ideal clássico de uma homologia entre o discurso verdadeiro e a vida.

Se a vida como escândalo da verdade não é apenas uma assimilação da verdade através da ascese[11], como o é no caso dos estoicos, mas a própria vivência da verdade, isso só é possível porque essa comporta esses quatro valores. A tese de Foucault é então a seguinte: depois da bravura política

---

[9] FOUCAULT, Michel. *L'ordre du discours*. Paris: Gallimard, 1971. p. 16.

[10] As quatro significações da *alêtheia* são analisadas nas aulas de 7 e 14 de Março de 1984.

[11] FOUCAULT, Michel. *Dits et écrits*. IV, Paris: Gallimard, 1994. p. 800.

e da ironia socrática, a terceira forma de parrésia é aquela que os cínicos professam: arriscar viver o que os outros virtualmente valorizam, em suma, expor a vida.

Ao afrontar as pessoas com os seus próprios valores, o cinismo representa um desafio; é por isso que ele não deixa de atrair; mas o que faz com que ele se torne escandaloso, e portanto repelente, é que a vivência desses mesmos valores no limite acaba por provocar neles uma reviravolta, uma transvalorização.

É por essa razão que os filósofos, a começar pelos estoicos, a um só tempo condenavam e admiravam os cínicos. A imagem que Foucault emprega para descrever essa ambivalência, aquilo que ele define como a banalidade e o escândalo do cinismo, é a do espelho quebrado.

Por um lado, a filosofia reconhece-se nos temas cínicos, por outro, a sua reviravolta é injuriosa. Em suma, a ironia cínica, ou o seu "ecletismo de efeito inverso"[12] é levar as pessoas a rir e a injuriar aquilo que supostamente defendem.

Foucault aborda no curso de 1984 dois temas que foram objecto dessa reviravolta cínica: a vida verdadeira e o verdadeiro amor. Exemplos clássicos, porque boa parte da filosofia platónica, estoica e epicurista consiste na sua explanação. Recorde-se que o tema do último capítulo do segundo volume da *História da Sexualidade* é precisamente o verdadeiro amor.[13]

Comecemos por ver o tema da vida verdadeira como vida outra. Atente-se a que, se para Foucault o cinismo não é uma figura grosseira e anedótica da filosofia antiga, se a atitude cínica atravessa a filosofia ocidental até aos nossos dias, é precisamente porque os cínicos formularam da forma mais radical, embora paradoxal, a questão ética de saber se a vida verdadeira não deve ser uma vida outra. Ora, essa questão, que já tinha sido abordada em 1982 a propósito da espiritualidade, é para Foucault capital.[14] Muito embora a questão da vida verdadeira como vida outra tenha sido confiscada pela religião e anulada pela ciência, ela

---

[12] *Éclectisme à effet inverse*. Aula de 14 de Março de 1984.

[13] *Le véritable amour*. In: FOUCAULT, Michel. *L'usage des plaisirs*. Paris: Gallimard, Paris, 1994. p. 249-269.

[14] FOUCAULT, Michel. *L'Herméneutique du sujet*, Cours au Collège de France, 1981-1982. Paris: Gallimard, 2001. p. 16-20. Ver também, CÂMARA LEME, José Luís. Foucault, Weber e a Vivência da Ciência. In: *Revista de Comunicação e Linguagens,* n. 38, Lisboa: Relógio D'Água, 2007. p. 307-317.

não deixa de reaparecer, de atravessar a nossa história, pois ela é a questão crucial da ética ocidental.

Vejamos agora os quatro temas da vida verdadeira, e como é que a vida cínica como vida outra provocou neles uma reviravolta.

Primeiro: posto que a verdade é o não dissimulado, então a vida verdadeira é a vida não dissimulada, a vida que não esconde uma parte dela, porque nada tem de vergonhoso. Foucault apresenta três exemplos tradicionais: em Platão, com o *Banquete* e o *Fedro*, surge o tema do verdadeiro amor, o amor que não procura as sombras, um amor que quer ser vivido aos olhos dos outros; em Séneca a vida verdadeira é aquela que deve ser vivida sempre sob o olhar dos outros; a correspondência espiritual é justamente uma forma de sujeitar a vida ao olhar real e virtual do outro; em Epicteto, a vida desenrola-se sob o olhar interior, o olhar dessa divindade que habita o interior do homem.

Ora o que os cínicos fizeram foi tornar esse olhar virtual num olhar efectivo, material e quotidiano. Se o cínico come, dorme e pratica o sexo na praça pública é porque nada tem a esconder. O que é o pudor tradicional senão o pressuposto de que há qualquer coisa de vergonhoso na natureza? É agora fácil de ver que essa dramatização do princípio da não dissimulação conduz, através da sua radicalização, a uma reviravolta; a vida verdadeira aparece agora como sendo irredutivelmente outra.

O segundo tema é a vida verdadeira como vida sem mistura, isso é, sem dependência em relação ao que lhe é estranho. Foucault apresenta dois exemplos de uma estilística da vida que relevam desse princípio: a estética da pureza em Platão, ou seja, o ideal de libertar a alma de tudo aquilo que é corporal, já que esse não só lhe é estranho como representa também um princípio de desordem; e a estilística da independência cultivada pelos estoicos e epicuristas: a ideia de que é preciso estar preparado para os infortúnios, por exemplo, a pobreza. Ora esse princípio da vida sem mistura e dependência foi dramatizado pelos cínicos sob a forma de uma vida material indiferente. A reviravolta provocada foi a assunção de uma pobreza real, activa e indefinida. A pobreza virtual dos estoicos deu lugar a uma pobreza visível, que fez com a vida cínica fosse uma "vida de fealdade, dependência e humilhação[15]".

---

[15] Aula de 14 de Março de 1984.

O terceiro tema é a vida recta, a ideia de que a vida é verdadeira se for conforme ou ao *logos*, ou às leis, ou à natureza. Ora, esses três referentes, que variam de escola para escola, tornam-se equívocos, porque imprecisos e ambíguos. O que os cínicos fizeram, segundo Foucault, foi indexar a vida verdadeira exclusivamente à natureza, o que implicou a rejeição de toda a convenção. Temos assim a valorização da animalidade; recorde-se que a vida cínica é uma vida de cão. A animalidade deixa de ser um "ponto de repulsão", como era para o pensamento clássico, para se tornar um modelo de comportamento.

Finalmente, o quarto tema é a vida soberana. Para Foucault, essa é a mais característica e paradoxal das reviravoltas que os cínicos fizeram dos temas correntes da filosofia clássica. Na forma tradicional, esse tema tem para Foucault dois traços distintivos: por um lado, a vida soberana é a vida que se caracteriza por uma relação a si mesmo de posse e de gozo, e por outro, essa relação a si mesmo é também uma relação de benefício para os outros.

Posto que esse tema é bem conhecido – Foucault explanou-o minuciosamente no curso de 1982[16] –, vejamos o que significa essa reviravolta cínica. A vida soberana como vida verdadeira é agora comandada pela assunção arrogante e irrisória de que o cínico é o rei. Não se trata aqui de reiterar a analogia conhecida entre a realeza e a relação de soberania de si a si mesmo, trata-se antes de afirmar literalmente que o cínico é o rei, melhor dizendo, o antirrei: aquele que traz a lume a precariedade e a vanglória da falsa realeza, da mesma forma que a verdadeira moeda expõe a falsidade das outras. Para Foucault, o célebre encontro de Alexandre com Diógenes, em que o primeiro afirma que se não fosse ele mesmo gostaria de ser Diógenes, é a cena matricial a partir da qual se pode compreender essa reviravolta. São quatro as lições que Foucault retira dessa dissimetria de posições. A realeza de Alexandre é frágil, pois depende de coisas que não estão sob o seu domínio, ao contrário da de Diógenes, que não pode ser derrubada porque ele não precisa de nada. Se o verdadeiro rei é aquele que descende directamente de Zeus, que o tem por modelo, a sua alma não precisa de ser formada, é real por natureza. Ora Alexandre é alguém que herdou o poder e precisou de uma educação para exercer o seu cargo. Mas se o que define a soberania é a capacidade de triunfar sobre os seus

---

[16] FOUCAULT, Michel. *L'Herméneutique du sujet*, Cours au Collége de France, 1981-1982. Paris: Gallimard, 2001.

inimigos, então resta a Alexandre vencer o verdadeiro inimigo, aquele que Diógenes já derrubou, o inimigo interior, os defeitos e os vícios. Em último lugar, ao contrário da precariedade da monarquia de Alexandre, que está sujeita a todos os infortúnios, Diógenes é o rei desconhecido que esconde e fortalece a sua realeza através de todo um conjunto de exercícios de resistência. Em suma, com esse último tema temos a criação de duas figuras: por um lado, o filósofo como herói, o tema da heroicidade da filosofia, pois a vida filosófica como vida verdadeira exige daquele que a professa uma coragem hercúlea; e por outro, a conhecida figura do rei da irrisão e do escárnio, aquela que posteriormente ocupou o lugar do conselheiro parrésico, o bobo da corte, que diz as verdades duras.

Como é evidente, haveria muito mais a dizer da interpretação que Foucault fez do cinismo, mas para a economia da nossa hipótese é suficiente reter a seguinte ideia: o escândalo cínico consiste em fazer da própria vida o lugar de manifestação da verdade, mas essa deslocação radical da verdade para a vida provocou uma reviravolta nos temas sobre os quais essa manifestação se exerceu.

A questão capital pode agora ser formulada: em que medida a economia desses temas cínicos está presente em Manet? Ou, para empregar a expressão do próprio Foucault: qual é o "grande escândalo de Manet"[17]?

Comecemos por relembrar que, para Foucault, são três os veículos da atitude cínica na história do Ocidente: a ascese cristã, a militância política e a arte. Em relação a essa última, ele distingue dois momentos: no primeiro, temos a arte atravessada por temas cínicos como a sátira e a comédia; no segundo, temos a arte moderna. Nessa última é preciso distinguir duas vertentes: na primeira temos o aparecimento, no fim do século XVIII, do tema da vida do artista, mas com uma diferença radical em relação ao modo como a Renascença a tematizou: agora a vida do próprio artista deve ser um testemunho da verdade da sua arte, o que significa que a vida do artista como vida verdadeira é uma vida outra em relação à vida dos filistinos[18]. A segunda vertente consiste na ideia de que a arte, e já não o artista, deve ter com o real uma relação de redução violenta ao existente, ao elementar. Ou seja, em lugar da imitação e do ornamento, a arte põe a nu, desmascara. Mas essa redução ao elementar, ou a exposição da verdade,

---

[17] *Le grand scandale de Manet*. Aula de 29 de Fevereiro de 1984. *Esprit*, Paris: dezembro de 2008. p. 59.
[18] Idem, p. 58.

é também a possibilidade de, numa cultura, o que essa reprime encontrar a possibilidade de expressão. Foucault define a expressão do reprimido através da "redução violenta ao elementar da existência"[19] como o antiplatonismo da arte moderna.

O antiaristotelismo da arte moderna é, por sua vez, definido por Foucault em função da "verdade bárbara" que ela corajosamente expõe. Da mesma forma que os cínicos revolveram o ecletismo dos temas clássicos, também a arte moderna se opõe à convenção, ao consenso cultural. A determinação bárbara dessa verdade da arte moderna releva da relação com o arquivo e do exercício da fealdade. No ensaio de 1964 sobre *As Tentações de Sto. Antão* de Flaubert, Foucault sustenta a tese de que a obra de Manet está para o museu assim como a de Flaubert está para a biblioteca[20]. Por outras palavras, é em função desse arquivo que essas obras se constituem; se por um lado, elas são parte integrante dele – e por isso só podem ser compreendidas se se tiver em conta esse vínculo –, por outro, essa relação é de destruição do cânone estético. Foucault confessa mesmo numa entrevista de 1975 que aquilo que o intriga em Manet é a sua fealdade (laideur). Porém, essa não é para ele, como precipitadamente o jornalista conclui, uma forma de vulgaridade, mas justamente o contrário: o que está em causa é a "destruição total", a "indiferença sistemática a todos os cânones estéticos"[21].

Não é assim difícil de compreender que em 1984, no seu último curso no Colégio de França, Foucault sustenta a tese de que "a arte moderna é o cinismo na cultura". Ou, por outras palavras "...é na arte sobretudo que se concentram no mundo moderno, no nosso mundo, as formas mais intensas de um dizer verdadeiro que tem a coragem de arriscar ferir"[22]. Mas atente-se, se esse ferir releva do cinismo, não é porque manifesta uma

---

[19] Idem, p. 59.

[20] *Flaubert est à la bibliothèque ce que Manet est au musée. Ils écrivent, ils peignent dans un rapport fondamental à ce qui fut peint, à ce qui fut écrit...* FOUCAULT, Michel. *Dits et écrits I: 1976-1988*. Paris: Gallimard, 1994. p. 299. «...il est très difficile de définir la laideur. Il peut s'agir de la destruction totale, de l'indifférence systématique à tous les canons esthétiques, et pas seulement ceux de son époque. Manet a été indifférent à des canons esthétiques qui sont si ancrés dans notre sensibilité que même maintenant on ne comprend pas pourquoi il a fait ça, et comment il l'a fait. Il y a une laideur profonde qui aujourd'hui continue à hurler, à grincer.» FOUCAULT, Michel. *Dits et écrits II: 1976-1988*. Paris: Gallimard, 1994. p.706.

[21] Idem, p. 706.

[22] 29 de Fevereiro de 1984. *Esprit*, Paris: Dezembro de 2008, p. 60.

simples agressividade exterior contra a convenção, trata-se antes de revolver – da mesma forma que o cinismo revolveu os temas da vida verdadeira –, o tema consensual, nesse caso o arquivo cultural, contra ele mesmo, de forma a pôr a nu a verdade que esse dissimula[23].

Vejamos agora a conferência de Foucault sobre Manet e o modo como a reviravolta de um tema consensual, o nu reclinado, expõe cinicamente uma verdade que fere.

A primeira tese de Foucault é a de que Manet tornou possível a pintura no interior da qual ainda nos encontramos. Portanto, mais do que um precursor do impressionismo, a pintura contemporânea – por exemplo, Francis Bacon –, tem em Manet o seu fundador. A ideia chave é a de que Manet foi o primeiro a fazer ressurgir a materialidade do quadro, por oposição à pintura posterior ao século XV. Dito de outra forma, o que caracteriza a tradição que emergiu a seguir a *quattrocento* é a tentativa da pintura ocultar a sua própria natureza, o facto de "repousar sobre uma superfície mais ou menos rectangular e a duas dimensões"[24].

São três as razões que ele apresenta para sustentar essa ideia. Primeiro temos o propósito de criar a ilusão de uma representação a três dimensões num espaço a duas, o que é feito através do privilégio das linhas oblíquas e espirais; depois temos a tentativa de criar a ilusão de uma iluminação interior ao quadro; e finalmente temos a fixação do lugar ideal do espectador com o móbil de criar a representação de um espaço profundo que se oferece como um espectáculo a contemplar. A partir desses três elementos – as propriedades espaciais, o problema da iluminação e o lugar do espectador –, Foucault analisa um conjunto de quadros de Manet para mostrar como esse se opôs ao "jogo de esquiva, de ilusão"[25] para afirmar a materialidade do quadro.

Vejamos agora a análise de *Olympia*. Foucault relembra, antes de mais, o escândalo que esse quadro provocou quando foi exibido pela primeira vez no salão dos recusados de 1865. Esse tumulto tem sido objecto de controvérsia, porque parece conter um paradoxo: com efeito, se a tradição do nu feminino remonta ao século XVI, e se outros quadros representando o mesmo tema (o nu feminino reclinado) tinham sido exibidos no

---

[23] *L'art moderne, c'est le cynisme dans la culture, c'est le cynisme de la culture retournée contre elle-même.* Aula de 29 de Fevereiro de 2008. *Esprit*, Paris: Dezembro de 2008, p. 60.

[24] FOUCAULT, Michel. *La peinture de Manet*. Paris: Seuil, 2004. p. 22.

[25] Idem, p. 23.

mesmo salão, o que é que nele pôde provocar uma tal reacção[26]? Por que razão foi retirada essa variação do célebre quadro de Ticiano, *A Vénus de Urbino*, não sem que antes alguns visitantes a tentassem perfurar com os seus guarda-chuvas?

Foucault começa por suspender a explicação tradicional, o modo indecoroso de mostrar uma meretriz aguardando o seu cliente[27], para propor uma análise a partir das características pictóricas da obra. Ele convida-nos a observar a diferença de iluminação entre o quadro de Manet e o de Ticiano.

Na *Vénus de Urbino*, a fonte luminosa encontra-se em cima, à esquerda, e ilumina docemente a face, o seio e a perna da mulher. Trata-se pois de uma luz que doura e acaricia esse corpo feminino. Logo, é o jogo entre a luz e a nudez que os espectadores surpreendem nesse quadro. Ora, Foucault sustenta que a chave do escândalo do quadro de Manet reside precisamente no modo oposto como a iluminação é aí jogada: não é uma luz lateral, doce e acariciante, mas, pelo contrário, uma luz violenta que de rompante atinge o corpo e o ilumina. É uma luz que vem de frente, precisamente de onde os espectadores se encontram. Assim, se há três elementos que se jogam no quadro de Ticiano, a nudez, a iluminação e o espectador, Manet reduz o jogo a dois: a nudez e o espectador que se encontra no lugar de onde a luz irrompe. Logo, é o nosso olhar de espectador que ilumina o corpo de *Olympia*[28]. A conclusão de Foucault é então a seguinte: através de uma transformação estética, Manet logrou provocar um escândalo moral. Os elementos pictóricos tornam o espectador responsável por aquilo que vê: é ele que torna visível a nudez de *Olympia*.

Se relacionarmos a análise desse quadro com os outros estudos de Foucault, teremos inevitavelmente que a contrapor à célebre análise da obra de Velazquez, *As Meninas*[29]. O denominador comum é surpreendente:

---

[26] A interpretação de Kenneth Clark é ainda sintomática desse mal-estar. Para este historiador, o escândalo resultou do facto de Manet ter subvertido as premissas do nu ao retratar uma mulher individualizada justamente onde seria provável encontrá-la, e não num ambiente pastoral como era de convenção. CLARK, Kenneth. *O Nu*. Lisboa: Ulisseia, 1966. p. 147.

[27] Ver por exemplo, Gerald Needham, "Ma et Olympia and Pornographic Photography", in: *Woman as sex object, Studies in Erotic Art, 1730-1970*. Thomas Hess and Linda Nochlin (ed.). London: Penguin Books, 1972. p. 80-89.

[28] "*Notre regard sur l'Olympia porte la lumière: nous sommes donc responsables de la visibilité et de la nudité de l'Olympia.*" FOUCAULT, Michel. *La peinture de Manet*. Paris; Seuil, 2004. p. 81.

[29] FOUCAULT, Michel. *Les mots et les choses*. Paris: Gallimard, 1966. p. 19-31.

em ambos os quadros a personagem principal parece estar ausente. Mas essa ausência é bem diferente nos dois casos.

O quadro de Velazquez não só tem por tema a representação, como todos os seus elementos são momentos da representação: o pintor, a paleta, a tela, os quadros, os espectadores. No entanto, as linhas interiores do quadro apontam para algo que é representado, mas que está ausente. É esse paradoxo que prende Foucault: a representação de uma carência. Primeiramente pensamos que quem está ausente é a personagem real, cujo reflexo descobrimos no espelho que se encontra no fundo da sala representada; depois, o próprio pintor, porque ele se representa simultaneamente como sujeito e objecto do quadro; e, finalmente, descobrimos que, nesse jogo alternado entre o soberano e o pintor, é o espectador que está verdadeiramente em causa, porque é ele que, com o seu olhar, torna o quadro numa representação. A lição que Foucault tira de *As Meninas* é então a seguinte: nessa obra é representada uma carência essencial, que não é lacunar, porque esse lugar é sem cessar habitado por aquele que tece os fios da representação. No pensamento clássico há representações, mas aquele que as tece, ou seja, o homem, está ausente[30].

Ora, se compararmos o quadro de Velazquez com o de Manet, vemos que eles nos oferecem lições bem diferentes: no primeiro temos um jogo de representações que apontam para uma carência; no segundo, ao invés, os elementos pictóricos comprometem o espectador. Não estamos nesse caso simplesmente perante um jogo de representações, confrontamo-nos com uma realidade pela qual somos responsáveis: a verdade de *Olympia*, somos nós que a procuramos, que a realizamos, e que a usamos. Não somos portanto os espectadores inocentes que assistem à nudez da Vénus de Urbino, e que depois se afastam descomprometidamente desse jogo de representações. Agora, com *Olympia*, a verdade que fazemos, a nudez que tornamos visível com o nosso olhar iluminador, implica-nos eticamente: o quadro constitui-nos sujeitos de um olhar que objectiva, na nudez de

---

[30] "Dans la pensée classique, celui pour qui la représentation existe, et qui se représente lui-même en elle, s'y reconnaissant pour image ou reflet, celui qui noue tous les fils entrecroisés de la 'représentation en tableau', – celui-là ne s'y trouve jamais présent lui-même. Avant la fin du xviii siècle, l'homme n'existe pas." Idem, p. 319. Sobre a comparação entre estas duas lições, a leitura foucaultiana de *As Meninas* e de *Olympia*, ver também, CÂMARA LEME, José Luís. *A Experiência da Verdade na Filosofia de Michel Foucault*. Lisboa: UNL, 2000, p. 324-327.

uma mulher, não apenas a sua verdade[31], mas também, e principalmente, a nossa verdade de clientes.

Como é evidente, não se trata aqui de um libelo contra a prostituição, já que não faz sentido moralizar aquilo que os cínicos caracterizavam como "uma fricção acompanhada de espasmo"[32]; o que está em causa é, pelo contrário, a hipocrisia do cliente. Não é agora difícil de ver que a reviravolta cínica que o quadro realiza releva dos quatro temas da vida verdadeira que o cinismo revolveu. Atente-se que a verdade parrésica não é uma verdade geral ou abstracta, é uma verdade de natureza ética que tem um destinatário preciso; por exemplo, é uma verdade que expõe a cobardia ou a mentira de um indivíduo identificável. Se é uma verdade que dói é justamente porque obriga o destinatário a reconsiderar a sua própria vida, e se for reconhecida tem consequências concretas no seu quotidiano mais imediato.

Assim sendo, podemos inferir que o escândalo de *Olympia* reside no facto de obrigar o espectador a concluir as seguintes verdades: primeiro, o lugar que ele ocupa, o lugar do cliente, é o lugar da vida falsa, porque é um lugar dissimulado e envergonhado; segundo, é um lugar espúrio, porque em vez de celebrar a pureza da sua alma, celebra através da fealdade de *Olympia* a sua própria miséria; terceiro, o lugar que ocupa é o lugar do desejo, mas esse desejo só é absolutamente natural sob condição de ele aceitar a sua própria condição canina; e finalmente, o que esse lugar revela é o de uma soberania irrisória, de uma impotência, pois o que é a contracção da mão de *Olympia* senão o símbolo do poder que lhe escapa?

Chegamos assim ao paradoxo que formulei no início: por que razão o escândalo de *Olympia* se desvaneceu? O que é que sustem a actual indiferença perante a sua verdade parrésica? Em suma, como é que o injurioso se tornou parte de um sistema recreativo e publicitário?

A resposta mais óbvia é dizer que essas verdades já não colhem porque expressam aquilo que já ninguém denega. Com efeito, hoje é mais provável ter de proteger o quadro de Manet de um roubo do que de um espectador

---

[31] Sobre o tema da mulher nos estudos de Foucault, ver PERROT, Michelle. De Mme Jourdain à Herculine Barbin: Michel Foucault et l'histoire des femmes. In: *Au risque de Foucault*. Paris: Éditions du Centre Pompidou, 1997. p. 95-107; ver também MCNAY, Lois. *Foucault and feminism: power, gender and the self*. Cambridge: Polity Press, 1992. p.165-177.

[32] AURÉLIO, Marco. *Pensamentos*, VI, §13. Lisboa: Relógio d'Água, 1995. p. 69.

que usa o seu chapéu-de-chuva como extensão da sua fúria, seja essa a da afronta sofrida ou do amplexo fantasiado. Apesar de algumas formulações em contrário, a outra resposta é reconsiderar a oposição entre os dois cinismos[33]; não é precisamente esse o uso que Foucault faz da noção quando, em 1975, a propósito do exercício do poder pela burguesia no século XIX, afirma que o cinismo era a forma do seu orgulho[34]?

Se assim for, o que resta desse orgulho é o conforto de um tapete oriental que faz a vez de um serralho imaginário.

---

[33] Sobre os dois cinismos e o que esta oposição representa como impossibilidade de um pacto parrésico, ver SLOTERDIJK, Peter. *Critique de la raison cynique*. Paris: Christian Bourgois, 1987; ZIZEK, Slovoj. *Eles não sabem o que fazem*. Rio de Janeiro: Jorge Zahar, 1992; SAFATLE, Vladimir. *Cinismo e falência da crítica*. São Paulo: Boitempo, 2008.

[34] "Pour elle, détentrice du pouvoir, le cynisme était une forme d'orgueil". FOUCAULT, Michel. *Dits et écrits II: 1976-1988*. Paris: Gallimard, 1994. p. 719.

Combater na imanência

Luiz B. Lacerda Orlandi

Primeiramente, agradeço à nossa incansável e corajosa Coordenadora Geral, Profª Drª Margareth Rago, a possibilidade de participar deste evento. Quando recebi o convite, fiquei contente porque admiro a inteligência e o humor diabólico de Margareth Foucault, ou melhor, de Foucault Rago, isso é, de ambos. Agradeço também a vocês pela paciência de continuarem por aqui depois de tantas horas de trabalho. Mas eu não esperava ser encaixado ao lado do item "palestra de encerramento". Para compensar isso tudo, prometo falar pouco.

Gostaria de situar minhas poucas palavras sob a inspiração da seguinte frase do nosso amigo Durval Muniz de Albuquerque Júnior: "Coerente com seu pensamento heterotópico, Foucault não esperava por mudanças sociais que viriam no futuro, mas nos convidava a criar o novo no presente, em todas as relações em que nos encontramos"[1].

Tomo essa frase de Durval como guia. Acontece, porém, que eu tenho uma certeza inabalável: a de que não direi algo classificável como inovação do ponto de vista do tema deste encontro. O que aqui pretendo dizer já é do conhecimento de todos. Em consequência disso, serei levado, certamente, a repetir, embora sem o devido tratamento, ideias que já foram apresentadas com a sobriedade intelectual exigida por momentos como este.

Como se nota, é bem perceptível minha dificuldade: sei que nada direi de novo, mas não consigo evitar inspirar-me nesse convite que Foucault nos faz em prol de um esforço de inovação no presente, no nosso presente. É muito estranha essa atração por um convite para participar de inovações

---

[1] Durval Muniz de Albuquerque Júnior. "O pensador de todas as solidões", em *Revista Educação*, número especial dedicado a *Foucault Pensa a Educação*. São Paulo: Segmento, 2007, p.15.

das quais, entretanto, não me julgo capaz. De onde vem essa atração pelo novo e a simultânea sensação de ser incapaz de inovações? É como se o convite em prol de movimentos tendentes ao advento do novo entrasse em ressonância com uma aventura vital, aventura de que participamos até biologicamente, mas que não criamos originalmente.

Permitam-me delinear um pouco melhor minha dificuldade: quando digo que nada direi de novo, não estou pensando numa inovação discursiva; o problema não é o de uma retórica propensa a frases supostamente originais. Rigorosamente pensando, dizer algo novo é relativo à explicitação conceitual de uma nova problemática de vida. Se assim é, concretamente falando, sei que não direi algo novo, principalmente porque não tenho certeza de que a problemática em que nosso presente está imerso seja efetivamente distinta daquela pensada por Foucault. É como se houvesse entre Foucault e nós uma contemporaneidade tão pulsante que ela chega a reduzir a quase nada a passagem cronológica nos anos que nos separam de sua morte. Mais ainda: é como se nós mesmos e Foucault estivéssemos conjuntamente enredados numa tensa interseção, essa em que nos debatemos entre um insistente passado e um futuro que nem mesmo ousamos nomear.

Por quê? É que mil e um acontecimentos, grandes ou pequenos, grudam-nos nessa interseção; e, nela, esses acontecimentos nos colocam ao alcance de um complexo campo problemático. Complexo, porém de modo algum abstrato, como confirma o simples fato de vivermos experiências que vão desde bons ou maus encontros com vizinhos do mesmo bairro até arriscados encontros com a especulação financeira internacional que não toma como prioritária a abertura de horizontes para a vida. É claro que somos atingidos diferentemente por esse campo, de modo que cada um de nós vive a seu modo, e como pode, uma variável de problemas que nele se atiçam. Mas, justamente por isso, nenhum de nós tem o monopólio prático e/ou teórico dele. Como campo problemático, esse nosso habitat crepita em toda parte, afetando longas e pequenas durações: ele estala em velocidades distintas em todas as longitudes do planeta. Ao mesmo tempo, distintos graus de uma intensa e nomádica latitude são desencadeados por ele em cada sensibilidade das *gentes*, como diria Dersu Uzala, aquele personagem do filme de Arika Kurosawa (1975), seja a denominada sensibilidade humana, seja a animal, a vegetal, a mineral ou qualquer outra. Em suma, esse campo problemático, onipresente, pulsa, late, lateja de maneiras distintas a cada instante de cada existente. Não somos os inventores desse campo que ainda nos liga a Foucault. E é nas dobras dessa problematicidade vivida que se ativa o próprio poder foucaultiano de questionar; e é também nessas dobras que nosso viver se vira num delirante jogo de problemas e forças.

É nesse jogo, é nos cruzamentos de problemas e forças que se formam os ritmos da nossa imanência às distâncias e aos percursos. Combater na imanência implica em um permanente *estar à espreita* das surpresas desses cruzamentos de forças e surpresas que agitam o campo das nossas vivências. *Foucault* (escrito em itálico) vem a ser, nesse caso, o nome de uma das mais notáveis práticas discursivas mobilizáveis em táticas no nosso estar à espreita. São inúmeros e consideráveis os escritos de Foucault que podemos, em variadas circunstâncias, privilegiar como aliados em nossos combates num campo problemático que ele ainda nos ajuda a pensar. Até mesmo um pequeno enunciado presente em um dos seus menores textos é capaz de nos conectar a uma estratégia imprescindível à inteligibilidade e à eficácia dos nossos combates nesse campo.

Exemplar a esse respeito é a frase que inspira este nosso encontro: *por uma vida não-fascista*. Sabe-se que essa frase reverbera um texto escrito por Michel Foucault, publicado em 1977 como prefácio à edição norte-americana do primeiro livro escrito por Gilles Deleuze e Félix Guattari, intitulado *Capitalismo e esquizofrenia – O Anti-Édipo*, editado na França em 1972. O pequeno prefácio de Foucault só apareceu em francês em 1988, quatro anos depois de sua morte, portanto[2]. Detalhei um pouco essas informações bibliográficas para salientar, por contraste, a extraordinária concisão com que esse escrito apreende uma dupla conexão: de um lado, a d'*O Anti-Édipo* com toda uma época europeia de ricas intervenções práticas e teóricas; e, por outro lado, a bem humorada vertente "ética" com que o *O Anti-Édipo* soube, como "arte", entrelaçar uma *ars erótica*, uma *ars theoretica* e uma *ars política*, entrelaçamento esse que busca ferir a cada passo o inimigo maior, o "adversário estratégico", qual seja, "o fascismo", não só o "histórico de Hitler e de Mussolini", aquele mesmo que "soube tão bem mobilizar e utilizar o desejo das massas, mas também o fascismo que está em todos nós, que se apossa dos nossos espíritos e das nossas condutas cotidianas, o fascismo que nos leva amar o poder, a desejar essa mesma coisa que nos domina e nos explora".

---

[2] Ele ocupa apenas duas páginas (49-50) do número 257, de setembro de 1988, da revista *Magazine Littéraire*. Um ano depois, 1989, ele foi republicado no tomo III de *Dits et écrits* (Paris: Gallimard), como texto n.189, p.133-136.

É interessante notar o quanto essas frases de Foucault suscitam o ódio dos candidatos e chefetes em todos os níveis de nosso universo de convivências. Não me refiro tão-só aos que se aproveitam das linhagens políticas ou ideológicas e nem apenas aos que se alimentam de disputas de suas respectivas profissões. E nem aponto apenas os violentos que massacram vidas alheias. A coisa é vasta e muito sórdida, é insidiosa e micropenetrante: contamina modos de escrever e de falar, exala das posturas, insufla sonoridades invasivas, estufa imagens impositivas, cria pequenas ou grandes atmosferas propícias aos narcisismos de toda espécie. Um nojo. Uma vergonha. Às vezes, dá vontade de fugir para não reagir violentamente; reação que nos aproximaria em demasia da própria ressurreição do fascista que julgávamos eliminado para sempre das nossas entranhas machistas.

Estou expondo algumas impressões que me ficaram desse texto de Foucault. Uma única leitura ou sucessivas retomadas da leitura d' *O anti-Édipo* dão suficiente razão a esse prefácio. Com efeito, Deleuze e Guattari não perdem tempo cognitivo no que seria uma obsessiva oposição aos "burocratas da revolução" e aos "funcionários da Verdade", como diz Foucault. E por que não perdem muito tempo em escrever contra? Por que esse antepositivo *anti*, que recebemos como herança dos gregos e que agora atua na expressão *anti-Édipo*, não esgota o assunto do livro e nem o condena a uma militância do contra? Porque "ser anti-Édipo" é apreendido pelo prefácio de Foucault como algo eticamente positivo, é apreendido como um "estilo de vida, um modo de pensamento e de vida".

E as perguntas que o prefácio constrói colocam esses estilo ético de viver, não como doutrina orientadora da boa vontade das almas, mas como virtude necessária à própria engrenagem operatória das ações em todos os níveis: "como fazer para não tornar-se fascistas mesmo quando (e sobretudo quando) a gente crê ser um militante revolucionário? Como desembaraçar nossos discursos e nossos atos, nossos corações e nossos prazeres, do fascismo? Como desalojar o fascismo que se incrustou em nosso comportamento?". A vigorosa contemporaneidade desse sopro ético torna-se evidente nessa distinção proposta pelo prefácio: "os moralistas cristãos buscam traços da carne que se alojaram nas redobras da alma. Deleuze e Guattari, por sua vez, espreitam os traços mais ínfimos do fascismo no corpo".

É amparado nesse ardiloso confronto que o Prefácio chega ao ponto em que o húmus diabólico de Foucault atinge um ponto de extraordinária excelência. É que ele começa prestando "modesta homenagem" a São Francisco de Sales (1567-1622), esse autor a quem a Igreja Católica Apostólica Romana deve a proposta de uma perspectiva de vida capaz de atrair e reconverter até mesmo milhares de adeptos da Reforma protestante. É com essa homenagem que Foucault arma e bem humorada aproximação entre uma das obras desse santo, *Introdução à vida devota*, e *O anti-Édipo*, afirmando que esse equivaleria a uma *introdução à vida não-fascista*. Assim fazendo, o prefácio estava criando, com muita esperteza, uma atmosfera intelectual comum a esses dois livros, atmosfera muito propícia a um leitor norte-americano de certo modo familiarizado com alguma das linhas da tradição protestante e com alguma lembrança dos tempos em que os Estados Unidos da América do Norte participaram poderosamente da guerra contra o império japonês e contra o fascismo italiano e alemão.

Como se não bastasse essa aproximação nominal, Foucault chega a extrair desse "grande livro", como ele diz, referindo-se a *O anti-Édipo*, "um certo número de princípios essenciais". E ele diz que "resumiria" esses princípios "se devesse fazer desse grande livro um manual ou um guia da vida cotidiana". Acontece que ele não se atém a esse condicional "resumiria". Ele de fato resume os ditos princípios essenciais do livro em sete recomendações.

Mas antes de detalhar essas sete recomendações, talvez seja o caso de perguntar: por que o número sete? Esse número teria algo a ver com a longa história da seleção das paixões, seleção que viria compor a lista dos sete pecados capitais, pecados que mereceram a atenção até mesmo de São Tomás de Aquino? Teria algo a ver com a lista fixada pela Igreja no século XVII, lista a que Peter Binsfeld já havia ligado anteriormente sua classificação dos demônios? Teria algo a ver com a determinação das sete virtudes do bem que se opõem aos pecados capitais e seus respectivos demônios? Eis uma listagem dos nomes das virtudes, dos pecados que elas combatem e dos demônios patrocinadores dos respectivos pecados:

Virtudes	Pecados	Demônios
Simplicidade	Luxúria	Asmodeus
Abstinência	Gula	Belzebu
Desprendimento	Avareza	Mammon
Diligência	Preguiça	Belphegor
Calma	Ira	Satã
Caridade	Inveja	Leviatã
Humildade	Vaidade	Lúcifer

Confesso-me responsável por essa arrumação tripartite das virtudes, pecados e demônios intercorrespondentes. Mas, para não dar a impressão de ser um conhecedor de assuntos religiosos, confesso, por honestidade intelectual, que essa arrumação está ancorada numa pesquisa meramente enciclopédica, isso é, gugófila, ou seja uma pesquisa que se alia amigavelmente ao "Google", a quem agradeço.

Anotemos agora, para confronto, as sete recomendações do guia ético criado pelo humor de Foucault em seu prefácio à edição norte-americana de O *anti-Édipo*:

1- "Libere a ação política de qualquer forma de paranoia unitária e totalizante".

2- "Faça com que a ação, o pensamento e os desejos cresçam mais por proliferação, justaposição e disjunção do que por subdivisão e hierarquização piramidal".

3- "Liberte-se das velhas categorias do Negativo (a lei, o limite, a castração, a falta, a lacuna) que o pensamento ocidental manteve durante longo tempo como sagrado enquanto forma de poder e modo de acesso à realidade. Prefira o que é positivo e múltiplo, prefira a diferença à uniformidade, os fluxos às unidades, os agenciamentos móveis aos sistemas. Considere que o que é produtivo não é sedentário, mas nômade".

4- "Não imagine que seja necessário ser triste para ser militante, mesmo que seja abominável a coisa que se esteja combatendo. É o liame do desejo com a realidade (e não sua fuga em formas de representação) que possui uma força revolucionária".

5- "Não utilize um pensamento para dar a uma prática política um valor de Verdade; nem utilize a ação política para desacreditar um pensamento, como se esse fora tão-somente pura especulação. Utilize a prática política como um intensificados do pensamento, e utilize a análise como um multiplicador das formas e dos domínios de intervenção da ação política".

6- "Não exija da política que ela restabeleça os 'direitos' do indivíduo, tais como a filosofia os definiu. O indivíduo é o produto do poder. O que é preciso é 'desindividualizar' pela multiplicação e deslocamento, pelo agenciamento de combinações diferentes. O grupo não deve ser o liame orgânico que une indivíduos hierarquizados, mas um constante gerador de 'desindividualização'".

7- "Não fique apaixonado pelo poder".

Teria cabimento reunir, numa mesma configuração moralista, as séries das sete virtudes, pecados e demônios e a lista das sete recomendações presentes no resumo feito por Foucault? Não haveria uma diferença decisiva entre um bloco e o outro? Parece-me que o riso de Foucault, esse humor responsável pela aproximação dos dois conjuntos – o da vida devota e do combate na imanência – é justamente sua forma demoníaca de reafirmar uma diferença que leva nossa contemporaneidade a uma alegre conversação com Espinosa e com Nietzsche. Por quê? Porque o que se destaca de seu pequeno texto é uma diferença que não raro nós mesmos diluímos: do lado devoto, o que vigora é uma estratégia de moralismo transcendentalista, estratégia que avalia os encontros em função do bem e do mal, um bem que vai desde um idealizado ou personificado modelo de ação ou pensamento até esse benzinho que distribuímos a torto e a direito quando embarcamos nas expressões do tipo bem-interpretado, bem-feito, bem-vestido, bem-escrito, bem-acabado, bem-representado etc.; por outra lado, o que o texto de Foucault procura valorizar é, evidentemente, uma ética, como ele próprio diz, uma ética em prol de uma vivência não-fascista; em outras palavras, o que seu texto valoriza é uma complexa ética imanentista que nos convida, negativamente, a não nos apaixonarmos pelas posições de poder e, afirmativamente, a estarmos atentos aos nossos combates na imanência.

Esses combates são tensionados, primeiramente, por uma interseção que se repõe em todos os cruzamentos das longitudes e latitudes que marcam nossas distâncias e percursos pelo campo problemático de nossa cotidiana imersão numa realidade feita de dobras, redobras e desdobras: essa interseção é a da posição multipolar dos problemas (posição que desliza entre imposições e exposições) e a do caráter circunstancial das alianças. É nos combates desse campo de tensões que distinguimos nossos encontros em bons e ruins, conforme os afetos que neles vivenciamos. A coisa é complexa, porque, ao combatermos por premência dos problemas, não praticamos apenas uma resistência contra esse ou aquele intolerável, contra essa ou aquela exploração, contra essa ou aquela injustiça, contra essa ou aquela violação; ao combatermos, somos também levados a sentir e a pensar os combates que se apossam de cada um de nós mesmos, somos levados a avaliar as forças, os afetos que, em nós mesmos, disputam intensamente nossas maneiras de sentir, de perceber, de pensar, de agir, criando os mais variados trejeitos de repúdios e aquiescências. A questão ética que se coloca nesse duplo combate – de um lado, o combate de resistência contra o intolerável que identificamos em nossa exterioridade e, por outro lado, o combate que se passa entre forças e afetos de que nós mesmos somos portadores – é a questão das alianças com forças que recriem, em cada um de nós, múltiplos pontos de recepção e de replicação de uma potente coexistência de bons encontros[3]. Não é apenas isso que justifica estarmos aqui festejando nosso encontro deste ano?

---

[3] Nas palavras de Gilles Deleuze (DELEUZE, GILLES. *Critique et clinique*. Paris: Minuit, 1993, p.93 (no Brasil: *Crítica e clínica*, tradução de Peter Pál Pelbart. São Paulo: Trinta e Quatro, 1997. p.151): "Mas esses combates exteriores, esses combates-contra encontram sua justificação em combates-entre que determinam a composição de forças no combatente. É preciso distinguir o combate contra o Outro e o combate entre Si. O combate-contra busca destruir ou repelir uma força (lutar contra 'as potências diabólicas do futuro'), mas o combate-entre, ao contrário, busca apossar-se de uma força para fazê-la sua. O combate entre é o processo pelo qual uma força enriquece apropriando-se de outras forças e se juntando a elas num novo conjunto, num devir."

O "livro-teatro" jesuítico:
uma leitura a partir de Foucault

Magda Maria Jaolino Torres

Considerando a temática comum aos escritos aqui reunidos em torno de Foucault e de sua *provocação e estímulo* (VEIGA-NETO, 2008), *por uma vida não-fascista*, longe de tomar o fascismo como um Universal, na condição de historiadora atenta às férteis sugestões daquele estudioso, ocorreu-me pensar sobre suas possíveis matrizes. De forma alguma me reporto a supostas "origens", noção bastante diversa, conforme alertou Foucault. Tal procedimento também me afasta da proposição de uma arqueo-genealogia do fascismo, tarefa impossível nos limites de um breve capítulo.

Limito-me a eleger e examinar uma, entre tantas formas históricas de emergência de *ortodoxias*. Talvez seja esse um dos aspectos incontornáveis dos fascismos históricos: a produção de *crentes*, seja pela persuasão, seja pelo uso da violência bruta. Entendo as ortodoxias como corolários de sistemas de pensamento dogmáticos que desautorizam o movimento reflexivo da crítica ou, pelo menos, restringem o seu exercício a uma minoria absoluta. Esses poucos são aceitos como aptos tão somente enquanto acreditados como portadores da Graça, carisma ou de um saber que os distinguem de todos os outros. Eles são sempre pessoas extraordinárias. Digo acreditados, pois a condição *sine qua non* para a emergência de ortodoxias é a fé. Uma fé tão absoluta quanto à verdade pela qual a ortodoxia se constrói e impõe.

É, portanto, no campo religioso, muitas vezes destacado por Foucault, que tomo o objeto de minha análise. Esse é um dos campos estranhamente menos indagados a partir dele, especialmente quando se trata das condições do exercício do poder, muito embora sempre venha emparelhado ao da Política entre aqueles temas sobre os quais *não se deve discutir*, no velho mote popular. Escolhi examinar um particular dispositivo criado no seio da Companhia de Jesus, no séc. XVI, para fixar e difundir a Verdade: um livro de imagens, um *livro-teatro*, como o considero. Também atenta a Foucault, aqui pouco importa questionar a possibilidade metafísica de tal Verdade. Como historiadora, ocupo-me apenas das formas históricas de sua produção e afirmação como tal.

Sobre a problemática da produção de imagens, novamente Foucault me ofereceu sugestões. As imagens que selecionei, como no caso de *Las meninas* (FOUCAULT, [1966], 1992, p. 19-31), parecem oferecer um espelho em que não somos nós os refletidos, mas aquelas "estranhas silhuetas" tão familiares ao artista e que as suas próprias condições de possibilidade consentem ver. De fato, como em *Las meninas*, somos "excessivos". Não era exatamente o nosso o olhar visado. Esse olhar era outro, aquele que, contemporâneo ao artista, supostamente estivesse pronto a colher os sinais e os códigos engenhosamente construídos para capturá-lo. Olhares que se construíram e instituíram as próprias condições de representar compartilhadas pelo pintor. E, no caso de minha escolha não se trata de uma pintura singular, única, mas de imagens impressas, prontas a multiplicar-se pela técnica e a ganhar mundo, universalizar-se. Portanto, oferecer-se a olhares que talvez, diferentes, precisassem ser educados para que pudessem perceber o *Mesmo*.

Como diria Foucault:

> A relação da linguagem com a pintura é uma relação infinita. [...] São irredutíveis uma ao outro: por mais que se diga o que se vê, o que se vê não se aloja jamais no que se diz, e por mais que se faça ver o que se está dizendo por imagens, metáforas, comparações, o lugar onde estas resplandecem não é aquele que os olhos descortinam, *mas aquele que as sucessões da sintaxe definem* [...] É preciso, pois, fingir não saber quem se refletirá no fundo do espelho e interrogar esse reflexo ao nível de sua existência [...]. (FOUCAULT, 1992, p. 25. Itálicos meus)

Iluminar essa *sintaxe* implica, como primeira tarefa, mergulhar parcialmente no *arquivo* que a Companhia de Jesus foi capaz de criar. Mais do que guardiãs de escritos, os arquivos jesuíticos devem ser entendidos como *administradores* e *reelaboradores* de informações que deviam circular (TORRES, 2008). Produziam-se, assim, saberes e práticas que visariam uniformizar e maximizar a eficácia de cada ação particular bem sucedida no campo da evangelização. Assim, tomo a palavra *arquivo* em dois sentidos possíveis: não só o mais comum, "lugar de conservação de documentos", mas também como "sistemas de enunciado" (FOUCAULT, 1986, p. 148). Lembro ainda o relevo dado por Foucault muitas vezes de forma específica às práticas da Ordem fundada por Inácio de Loyola, situando-as em diversos trechos de seus escritos como marcos simbólicos da emergência de novas formas de subjetivação, de poder e de saber (p. ex. FOUCAULT, 2003, p. 1987). Sublinho, pois, a importância dos seus ditos para a construção da problemática que proponho, convidando-os a mergulhar nesse arquivo, a forma mais adequada de apreender a *sintaxe* que pode iluminar o que chamo de livro-teatro jesuítico. Certamente incompleta e limitada, dados os limites impostos à extensão deste capítulo, essa análise se oferecerá como uma sugestão metodológica, sem a pretensão de levar a todas as suas consequências as propostas que se poderia extrair de Foucault para aprofundar o tema.

Uma breve incursão no arquivo jesuítico: os *Exercícios espirituais*...

Dada a natureza da discursividade jesuítica, limito-me ao escrito de Santo Inácio de Loyola, *Exercícios espirituais*, texto fundador da espiritualidade inaciana, cuja particularidade destacada, entre outras, é exatamente a de sugerir regras para a produção e composição de imagens, as *imagens mentais* da *contemplação* jesuítica[1]. Tais regras, empenhando os cinco sentidos do exercitante, seguindo sempre uma *mesma ordem* de estimulação (LOYOLA, [1548], 1977, p. 153), partem de um *dispositivo de ficção* – o *como se*... De fato, esse se encontra disperso em quase todos os exercícios propostos:

> O *como se* toca um dos pontos salientes da espiritualidade inaciana, porque o sistema de vida proposto pelo autor, em muitos casos prevê o disparo de tal *dispositivo de ficção*, útil para empenhar todas as forças psicologicamente disponíveis, conforme aquela indicação, atribuída a Inácio, de fazer as coisas em tal modo, *como se* tudo dependesse de si mesmo e esperar o êxito positivo das próprias ações, *como se* tudo dependesse de Deus.[2]

É, portanto, um livro de experiência e de prática destinado a um mestre situado fora das relações singulares que se estabelecem entre aquele que dá os exercícios e aquele que os recebe, sugerindo o estabelecimento

---

[1] Sobre suas possíveis matrizes, embora sem se ocupar do escrito de Loyola, veja-se Foucault (2004, p. 351-380); p. 551-578.

[2] Cf. notas do padre Giuseppe De Genaro aos *Exercícios espirituais*. (Loyola, [1548], 1977, n. 17 p. 95. Tradução e itálicos meus).

de uma relação ativa entre o *diretor* ou *orientador* e o *exercitante* ou *retirante*, na qual o principal autor, para os inacianos, seria o próprio Espírito Santo (LOYOLA, [1548], 2000, n. 1 e 3, p. 9; DEMOUSTIER S. J., 2006). Sem que me possa estender aqui, relevo as reflexões de Foucault sobre as características da conversão cristã e o nascimento de sujeitos novos que essa deve operar: a instituição de representações e de sua exegese, *a incitação aos discursos*, que entretanto faço recuar ao séc. XVI (FOUCAULT, 1988, p. 21 e segs.), o papel do diretor espiritual e o da palavra do convertido, induzido ao dever de enunciar a verdade sobre si mesmo. Ele os situou entre as mais importantes *tecnologias de si* que o Ocidente conheceu (FOUCAULT, 2004, 2001, 2003).

De fato, os *Exercícios*, longe de uma experiência de contemplação passiva, são propedêuticos ao *movere* característico da Ordem. É nesse sentido que a obra pode ser lida como um instrumento de *ordenação* do mundo, de *disciplina* de vontades, paixões e, muito especialmente, do *olhar* (Cf. LOYOLA, [1548], 1977, p. 91). Neles o *exercitante* é convidado a construir mentalmente para si uma *outra história*, aquela da sua salvação individual, conduzido pela voz de seu orientador, sobretudo através de um *exercício de contemplação*.

Destaco somente um dos sentidos fundamentais desse *contemplar*: concatenar. Concatenar os seus cinco sentidos, concatenar o tempo histórico e o da eternidade, seguindo uma trilha pré-determinada por uma sequência de estímulos aos quais ele deve responder, sucessivamente, com todo o seu corpo, que deve ser projetado na cena para *sentir odores, ver, tocar, ouvir*, para sofrer e alegrar-se, através de sua memória afetiva.

Concatenar é ordenar, disciplinar. Nas palavras de Foucault, a "*ordem* é ao mesmo tempo, aquilo que se oferece nas coisas como sua lei interior, a rede secreta segundo a qual elas se olham de algum modo umas às outras e aquilo que só existe através do crivo de um olhar, de uma atenção, de uma linguagem [...] (FOUCAULT, 1992, p. 9-10. Itálico meu).

Todas aquelas sensações não serão as mesmas do Cristo, mas com aquelas do Salvador devem manter uma relação de homologia. Trata-se de uma técnica cuidada, em que as imagens sugeridas no texto escrito e reportadas ao exercitante pela voz do orientador são construídas para *ilustrar ações*. Essas devem ser percorridas, rigorosamente, numa mesma ordem de estimulação por todos os sentidos do exercitando.

É notável a forma detalhada pela qual Loyola ensina como o exercitante deve ordenar e aplicar os cinco sentidos, especificando o sentido próprio para cada um deles:

> 1º ponto. [...] *consiste em ver com o olho* imaginativo as pessoas, meditando e contemplando em particular as suas situações e tirando algum fruto de tal visão.
>
> 2º ponto. [...] *ouvir com o ouvido* aquilo que dizem ou poderiam dizer [...].
>
> 3º ponto. [...] *cheirar e saborear com o olfato e com o gosto*, a infinita suavidade e doçura da divindade, da alma e das suas virtudes, segundo a pessoa que se contempla. [...]
>
> 4º ponto. [...] *tocar com o tato*, como seria abraçar e beijar os lugares onde estas pessoas passam [...]. (LOYOLA, [1548], 1977, p. 124. Tradução e itálicos meus.)

Ainda, ao olhar, o primeiro sentido mobilizado pelo exercício, é sugerido como ponto de partida a *composição de lugar*, construção do espaço cênico e, assim, fixado o lugar de onde se olha, sucessivamente, vão se acrescentando os outros elementos e mobilizando-se os outros sentidos.

Esse excesso de cuidado e a necessidade do mediador parecem indicar, ao mesmo tempo, a relação de confiança e desconfiança nos próprios sentidos, na sua capacidade de criar *representações*. Há que se submeter a imaginação a controles. Há a necessidade de desconfiar de si e de submeter-se a um outro quando se busca a verdade sobre si. Somente com a ajuda desse *outro*, que detém um saber, é possível iluminar os próprios verdadeiros desígnios. De fato, o exercitando deve aceitar a sua impotência para chegar sozinho.

Parece ser, portanto, um livro fundamentalmente voltado à fundação de novos sujeitos, à conversão cristã, entre cujas características apontadas por Foucault, relevo o movimento que promove uma ruptura no interior do próprio sujeito, para fazê-lo renascer sob nova forma (FOUCAULT, 2004, p. 260). Insisto que é impossível nos limites materiais de um capítulo desenvolver todas as contribuições tomadas à Foucault.

O "livro-teatro" jesuítico

A discussão sobre a pertinência de concretizar em imagens as *contemplações* propostas por Loyola, em seus *Exercícios*, foi levantada em diversas ocasiões (FABRE, 1992; CERTEAU, 1973; BARTHES, 1977). Sem desconhecer a enorme contribuição que tal questão trouxe para a análise dos sentidos dessa prática, cumpre destacar a vitória das imagens impressas, que proliferaram em suas várias edições, nos séculos seguintes. Essa vontade de imagens também pode ser detectada ainda no século XVI, na decisão de publicar a chamada *Bíblia de Nadal*, atribuída ao padre Jerônimo Nadal S. J. (1507-1580)[3], pela Companhia de Jesus.

O uso da expressão *Bíblia de Nadal*, como esclarece uma de suas mais autorizadas estudiosas, deve-se a um "desejo de simplificar uma situação complicada" (MAUQUOY-HENDRICKX, 1976, p. 28-63, p. 27). Isso porque essa obra reúne duas partes independentes: as *Evangelicae historiae imagines ex ordine Evangeliorum, quae toto anno in Missae Sacrificio recitantur, in ordenem temporis vitae Christi digestae*[4], publicada em Antuérpia, em 1593, seguida pela *Adnotationes et meditationes in Evangelia quae in sacrossancto Missae sacrificio toto anno legunturi*, do mesmo autor, também publicada em Antuérpia, no ano seguinte, e que parece completar a primeira. Na Fig. 1, reúno os frontispícios das duas obras.

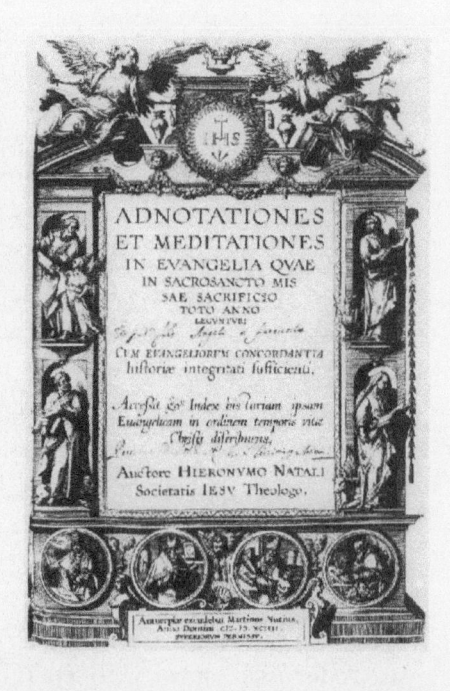

Figura 1

---

[3] Uma estimulante discussão, a partir de outros pressupostos teóricos, sobre a posição de Nadal em Fabre (1992, p. 211-262).

[4] Imagens da história evangélica, segundo a ordem dos Evangelhos que durante o ano são recitados no sacrifício da Missa.

Visando examinar a técnica de sua produção, as possíveis regras da *mise en scène* inaciana, aqui me ocupo somente da *Evangelicae historiae imagines...*, a primeira a ser publicada. Trata-se daquela que reúne as imagens supostamente preparadas para uma única obra, mas que dela se desagregaram e ganharam vida própria. Isso pode ter acontecido, aparentemente, pela *vontade de imagens*, apontada como característica da ascese jesuítica, e a urgência delas para o seu trabalho apostólico, no século XVI. Parece confirmar essa hipótese o fato de constar duas numerações impressas, em cada folha (uma, em algarismos arábicos, correspondente à *Evangelicae historiae imagines...*, e a outra, em romanos, correspondente às *Adnotationes...*).

As *Evangelicæ historiæ imagines...* é um documento iconográfico da maior importância entre os produzidos pela Companhia de Jesus e parece-me inédito entre nós. Pesquisando sobre o êxito dessa obra, verifiquei que esse foi quase tão grande quanto a presença dos jesuítas no mundo. Santiago Sebastián (1963, p. 63) assinalou sua marca na gênese da primeira manifestação artística chinesa de cunho cristão (Fig. 2).

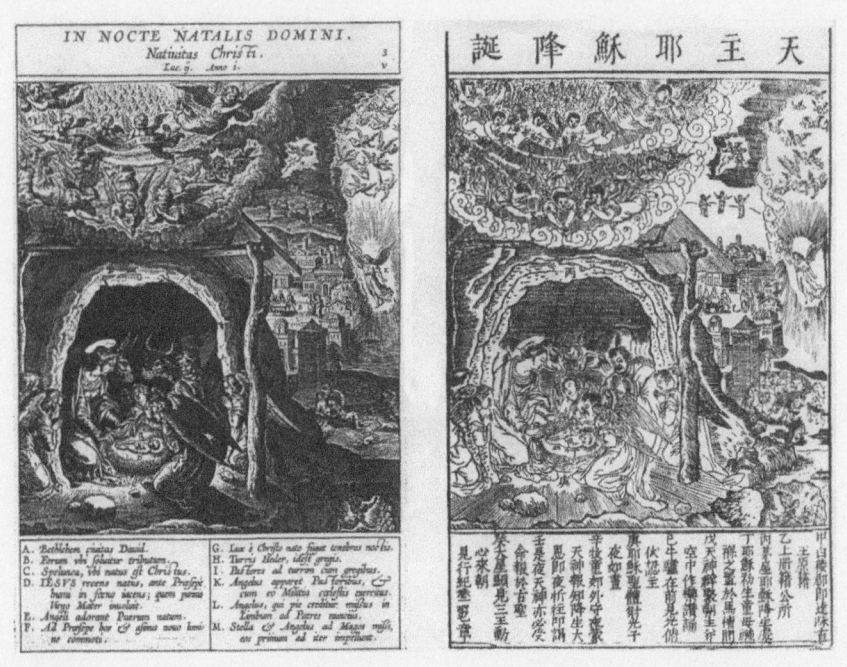

Figura 2

Figura 2

Seu conteúdo dá visibilidade a temas bíblicos e da Tradição católica. Assinalo somente as suas regras de enunciação e essas parecem revelar aquelas mesmas da *contemplação* inaciana, a dos *Exercícios espirituais*. Isto, na condição de que se aceite *ler* as imagens de acordo com as indicações implicitamente contidas no código alfabético das didascálias, como se verificará. Tal fato faz com que esse documento seja talvez uma das suas mais importantes traduções iconográficas, o testemunho mais autorizado do *teatro mental* que está na base de toda a *devotio* jesuítica, com todas as implicações de um dispositivo de conversão.

Ilumine-se a sua construção. O próprio conceito de *livro-teatro* que utilizo revela que esse é um dispositivo que prevê, fundamentalmente, o *movimento* em si mesmo: é *ilustrar a ação* o seu objetivo. Essa preocupação atinge quase a ilusão cinética, como se pode experimentar, por exemplo, folheando rapidamente as diversas *cenas* que compõem o *ato* da Paixão (Fig. 3: Nadal, 1593. Pranchas nº 127, 128, 129 e 130.)

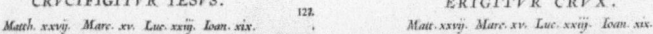

Figura 3

Da mesma forma, essa se revela acompanhando o ir e vir dos personagens nas diversas *cenas* do mesmo *ato* de apresentação de Jesus a Pilatos[5], o *Ecce Homo* (Fig. 4: Nadal, 1593. Pranchas nº 120, 122, 123 e 124).

Figura 4

[5] Pranchas nº 120, 122, 123 e 124.

Ou, ainda, aquelas que registram a visita das mulheres ao Santo sepulcro, tornada famosa nas representações medievais do *Quem quæritis* (DRUMBL, 1981), nas pranchas números 136, 137, 138 e que se poderia estender, ainda, à prancha 139, em que Cristo aparece à Madalena (Fig. 5: NADAL, 1593). De fato, os exemplos podem ser multiplicados.

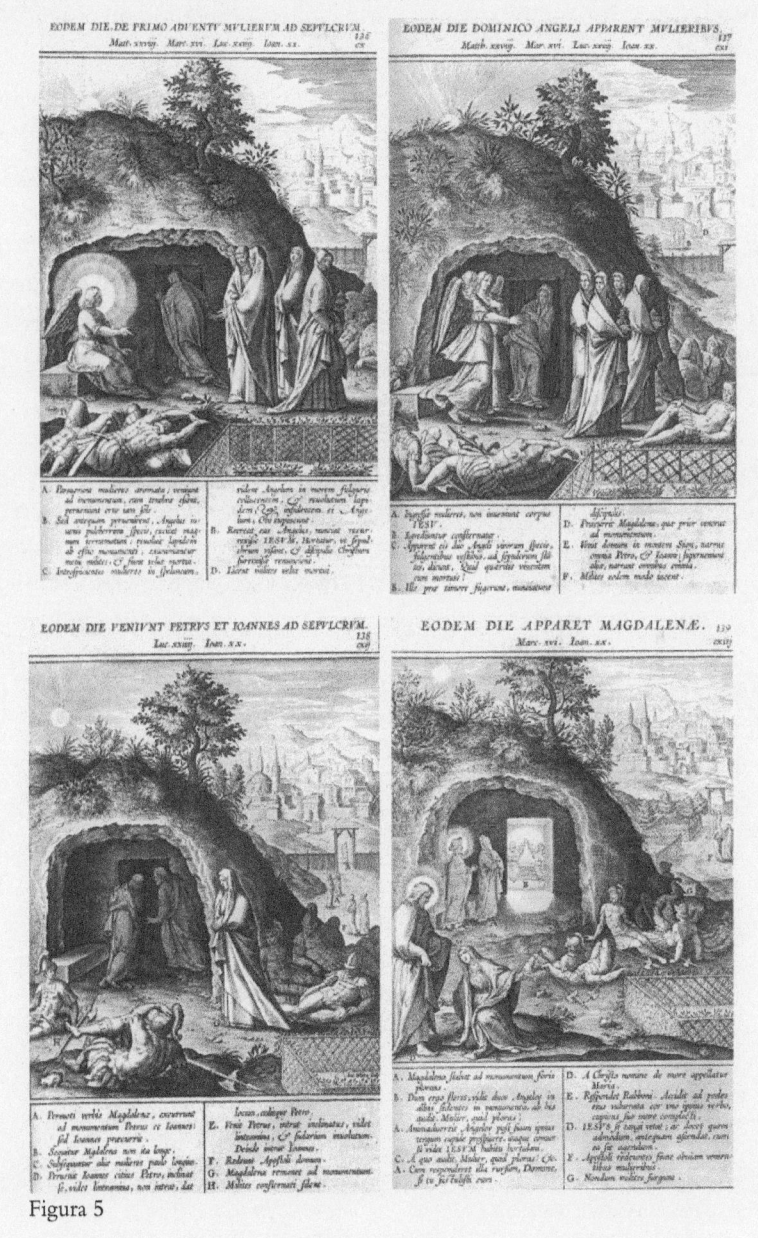

Figura 5

A repetição consciente, isso é, usada com *agudeza* – conceito próximo àquele de *engenho*[6], que terá fortuna na Idade Barroca, cujas matrizes discursivas, porém, enraízam-se profundamente na *arte da memória* (YATES, 1972, p. XIV), nos textos clássicos de Retórica e na leitura que desses fizeram os inacianos – é o seu recurso por excelência. São as repetições, com modificações mínimas, em cada um dos momentos sucessivos em que se repropõe a cena, as responsáveis pelo efeito.

A produção dessas imagens correspondeu a uma vontade do Santo fundador, que teria encarregado Nadal, um dos dez primeiros companheiros, dessa tarefa (JACOBO XIMENEZ S. J. Apresentação. In: NADAL, 1593). É digna de nota a data de publicação, 1593, quando se tem notícias de que já estaria virtualmente concluída, pelo menos, desde 1575 (MAUQUOY-HENDRICKX, 1976, p. 28), sobretudo se considerarmos o desejo de Loyola – morto em 1556 – o que ampliaria ainda mais o tempo de sua gestação. Considere-se, também, que essa publicação foi feita treze anos após a morte do próprio Nadal, em 1580.

Talvez, a demora possa indicar mais a extrema atenção que o uso das imagens merecia no seio da Companhia, bem como a polêmica sobre sua pertinência, do que possíveis problemas financeiros[7]. Além disso, a escolha de Antuérpia, o grande centro editorial da Reforma católica, como local de impressão e a preferência pelos gravadores flamengos parece reforçar o cuidado e a importância atribuída à execução da obra. Há, ainda hoje, na *Biblioteca Nazionale Vittorio Emanuele II*, em Roma, diversas gravuras, provas de gravadores para esse livro, inclusive italianos, que foram rejeitadas pela Companhia.

Considero essa obra, portanto, como uma produção coletiva. Mais do que de um possível autor, destaco a instituição que assim o decidiu, após longos e intensos debates. Como recordou Veiga-Neto, quando da apresentação oral do presente trabalho, o tempo de sua conformação foi comparável ao da *Ratio Studiorum*, o monumento pedagógico da Companhia, resultante das sucessivas experiências e consultas ao corpo da Ordem a que foram submetidas as suas diversas *versões* preliminares.

---

[6] Sobre o conceito de *engenho* e suas matrizes do séc. XVI e discussões, veja-se, entre outros, Saraiva (1996. p. 153-179). Não obstante o título refira-se a Vieira, o estudo interessa muito pela discussão relativa à emergência do conceito, situando-o no séc. XVI. Veja-se, também, Pécora (1997, p. 155-162).

[7] Em outra chave de leitura, esta polêmica é descrita em Fabre (1992).

Para uma melhor compreensão e visibilidade da maneira como a edição dessas imagens foi estruturada, elaborei um esquema com base nas pranchas da *Evangelicae historiae imagines...*, seguindo a sugestão da sua descrição, elaborada pelo padre MacDonnell S. J. (Fig. 6):

ESQUEMA DAS PRANCHAS DAS GRAVURAS DA *BÍBLIA DE* NADAL

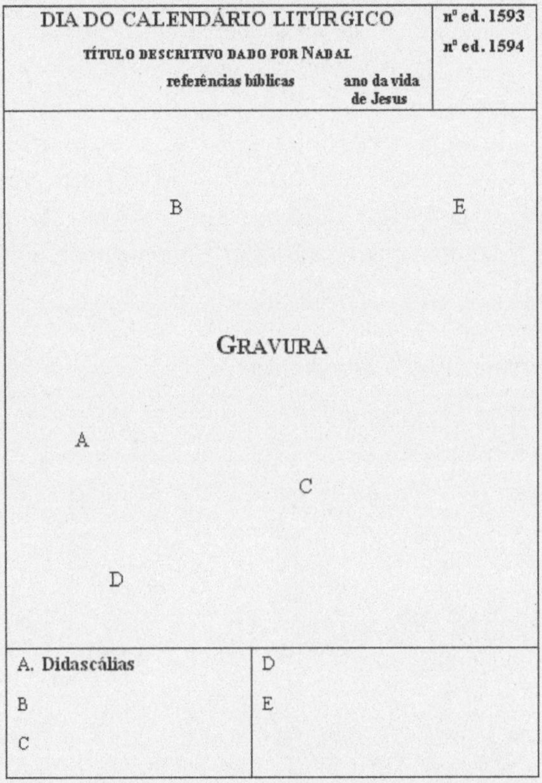

DIA DO CALENDÁRIO LITÚRGICO		n° ed. 1593
TÍTULO DESCRITIVO DADO POR NADAL		n° ed. 1594
referências bíblicas	ano da vida de Jesus	
B　　　　　　　　　E　　　　　　　　GRAVURA　　　A　　　　　　C　　D		
A. Didascálias　B　C	D　E	

Figura 6. Fontes: NADAL, 1593; MACDONNELL S. J., 1998.

Como se pode observar a preocupação com a autenticidade da cena pode ser medida pelas cuidadosas referências à Bíblia. O esforço em não consentir ambiguidades é demonstrado na preocupação de fazer acompanhar cada imagem por didascálias, mas, também, naquela de orientar o olhar do observador através de uma série de signos alfabéticos. São esses que o induzem a examiná-la de forma controlada, guiada segundo uma ordem que, apresentada como histórica (isso é, objetiva, verdadeira), relê o mundo a partir dos pressupostos da Fé. Mais do que isso, dirigida explicitamente à conversão interior, à catequese, essas imagens devem ser claras, verossimilhantes e desfrutar de todos os recursos advindos da arte retórica, colocada ao serviço da fé, em uma época de profundas confusões doutrinais, para levar à contemplação, à reflexão. Aí se deve revelar a arte e a ordem do discurso jesuítico.

O título da obra em latim, composta de 153 pranchas, frontispício excluso, é bastante claro sobre o seu conteúdo: *Imagens da história evangélica, segundo a ordem dos Evangelhos que durante o ano são recitados no sacrifício da Missa*, explicando tratar-se da *Vida de Cristo na ordem do tempo*. Mesmo se as didascálias são, em parte, retiradas dos Evangelhos e da Tradição, as imagens alimentam-se de outras fontes, provavelmente dos Evangelhos apócrifos. Incluo, entre essas, todas as cenas referidas à vida e morte da Virgem Maria (Cf. Fig. 7: Pranchas 150 a 153, inclusive). O uso do latim pode sinalizar ainda, em se tratando de destinatários que o ignoravam, a necessidade de um "tradutor" interposto entre esses e o texto, para conduzi-los de um modo talvez próximo àquele pelo qual a figura do *diretor* ou *orientador* era prevista nos citados *Exercícios espirituais*.

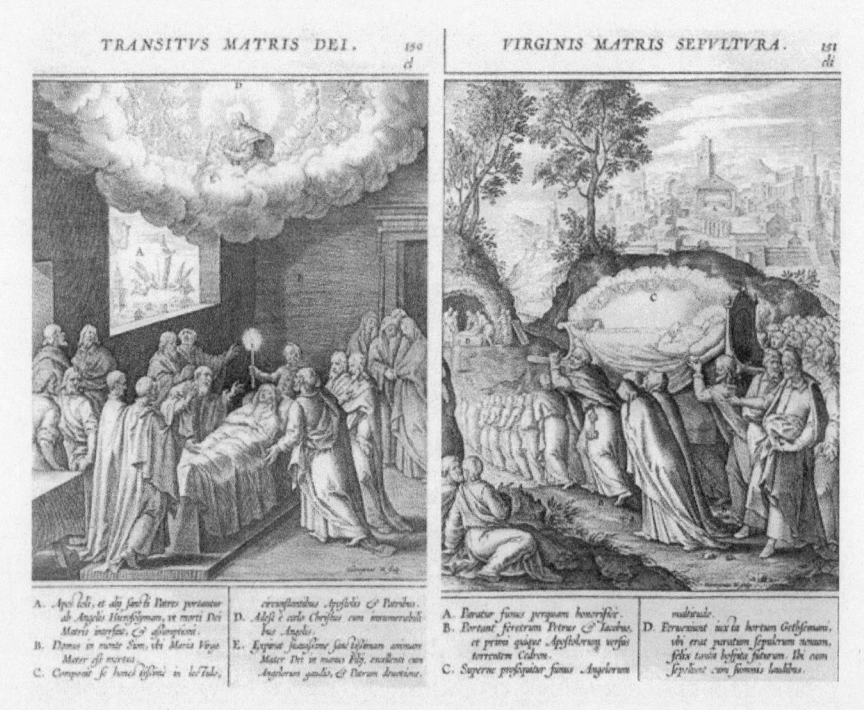

Figura 7

Figura 7

A originalidade do método é revelada, em parte, por Ceballos:

> As imagens da *História evangélica*, graças à união indissolúvel da estampa e do texto escrito, foram no seu tempo de uma inegável originalidade. Por um lado, estas atualizavam o método ótico-intuitivo da prece pessoal que, encontrado na *devotio moderna* medieval, havia conquistado Santo Inácio de Loyola. Por outro, contribuíam de maneira eficaz à doutrinação das massas, segundo as indicações do Concílio de Trento, desfrutando a fundo a técnica de reprodução e multiplicação da imagem através dos impressos.[8] (SEBASTIÁN, 1981, p. 64-65)

Vou além: se a Idade Média havia produzido uma história em quadros paratáticos, reinventando uma arte da memória que é ainda muito mais antiga, no *livro-teatro* jesuítico pode-se falar de uma expressão gráfica próxima àquela que, ainda hoje, faz falar os personagens com didascálias na base da cena da ação representada. A parataxe designa, num enunciado, uma sequência de frases justapostas, sem conjunção coordenativa, no caso das representações pictóricas, o termo se aplica às imagens justapostas,

---

[8] Tradução minha.

paratáticas, que marcavam também a narrativa da cena e do teatro medieval, seus *luoghi deputati* (*casas*)⁹. No *livro-teatro*, a parataxe parece ser substituída por uma narrativa que procura criar uma coordenação sindética, em que há conjunções coordenativas. Essas, talvez, possam ter sido construídas, nas imagens, exatamente pelas sucessivas repetições das cenas e pelas suas didascálias, como foi assinalado.

Não se trata, nos limites que impus a este trabalho, entretanto, de fazer uma análise iconológica dessas figuras. Trata-se, aqui, apenas de individuar um método de olhar, uma ordem em seu princípio ordenador, na produção da Companhia de Jesus. Para iluminar tal procedimento, observe-se as imagens seguintes que selecionei entre tantos exemplos presentes no livro. É notável a aderência dessas imagens à ordem inaciana evidenciada nos *Exercícios espirituais* de Loyola.

Figura 8

---

⁹ Para a noção de parataxe, no teatro medieval, veja-se, especialmente, Cruciani (1995, p. 50).

A primeira (Fig. 8) tem um título suficientemente claro para indicar a cena: *Crvcifigitvr Iesvs* (Jesus é crucificado). A didascália na base pontua a cena, apresentando-a em toda a sua complexidade: começa-se a perceber a presença de muitas cenas, no mesmo quadro, como se observará em seguida. Detendo-se ainda um pouco, percebe-se que as letras, assinaladoras da decomposição da cena principal, reproduzem-se na tela incisa. Individuá-las é, talvez, tarefa mais árdua do que aquela de identificar os personagens aos quais se referem. Convido a experimentar o exercício. Posso garantir que é bastante árduo, requer concentração e, sobretudo, paciência: "Aquele que se encontra na desolação deve esforçar-se em perseverar na paciência", diz a oitava regra dos *Exercícios* de Loyola (LOYOLA, [1548], 1977, p. 173 tradução minha.); "[...] é sobretudo o espírito bom que nos guia e aconselha. É próprio do anjo mau [...] introduzir-se nos sentidos [...] e fazer-nos perder o caminho justo" (LOYOLA, [1548], 1977, p. 171-172).

Assim sendo, realço o percurso dessa estrada feita para o olhar. A prancha 127 apresenta a rede que lancei (Fig. 9).

Figura 9

Pode-se, então, refletir sobre essa rede que se desenha pelo nosso olhar. Essa deve parecer muito intrincada na representação gráfica desse percurso. Entretanto, lembro tratar-se de uma sua simplificação, deixando de aparecer aí todos os outros pontos sobre os quais o olhar se detém na procura das letras, guias para a percepção *correta* da cena que, num primeiro momento, nem se havia imaginado a possibilidade de não ver corretamente. Observe-se:

- antes de tudo, deve-se olhar para o fundo da cena, à direita (A), "chega-se ao Gólgota". É pela *percepção do lugar* que se deve iniciar;
- depois, o olhar deve atravessar toda a tela e vir para o primeiro plano, quase ao centro (B) para ver o personagem que versa o "vinho misturado ao fel". O sabor de tal bebida pode-se imaginar, pois está escrito que "tendo-o provado [Jesus] não quer bebê-lo";
- já a letra C empurra o olhar, que deve ser suficientemente ágil para colhê-la nos quatro diversos pontos em que estão assinalados os "quatro soldados" que executam uma ação simultânea: um, na extrema esquerda do quadro; outros dois encontram-se no centro, enquanto o último está na base da cruz, à extrema direita da figura;
- apenas terminada essa operação, outra vez é necessário percorrer a tela à procura da letra D. Essa também se repete três vezes, exatamente ao lado dos três primeiros soldados (C) e, se aqueles "preparam-no para que seja crucificado", esses assinalam o momento sucessivo: "É crucificado";
- ao levar o olhar à letra E, também o observador completa o desenho da cruz: "por ordem de Pilatos, é afixado um escrito no alto da cruz". Os personagens estão em ação e a didascália informa a ordem que receberam: quase se pode ouvi-la.
- Ao mesmo tempo, o olhar é totalmente desviado da observação do grupo ao fundo, quase no centro da composição, sem nenhuma letra que o assinale. De fato, o movimento do olhar parece dever ignorá-lo. Poder-se-ia imaginar que, como o próprio observador, esse grupo só foi ali colocado para testemunhar a cena (Fig. 10). Aparentemente, trata-se das mulheres com as cabeças cobertas (referidas na prancha imediatamente anterior, 126, letra C, em primeiro plano á esquerda), às quais se vem juntar João: "Os amigos de Jesus como também as mulheres, que o tinham seguido desde a Galileia, conservavam-se a certa distância e observavam essas coisas" (Luc. 23, 49). Ou, como descreve Mateus: "Havia ali, também, algumas mulheres que de longe olhavam [...]" (Mat. 27, 55-56). Esse mesmo grupo será reproduzido

nas pranchas 128 e 130, trazidos gradativamente do fundo ao primeiro plano nas pranchas 127, 128 e 129 e, novamente afastados (prancha 130), num movimento de aproximação e distanciamento da cruz, jamais marcado pelas letras. João somente será identificado, explicitamente, pelo olhar e fala de Jesus, dirigidos a ele e a Maria, ao seu lado. São essas ações de Jesus as assinaladas na prancha 129, com a letra I, situada sobre o braço esquerdo da cruz.

Figura 10

Todavia, alguma coisa ainda escapava ao olhar, nessa prancha 127 (Fig. 9), essa sim assinalada, com letra F, que se repete duas vezes: há uma segunda cena, paralela, que deve ser vista. Trata-se da "crucificação dos dois ladrões", no fundo da cena, à esquerda de quem olha, ao alto (letras F). Dessa forma o olhar é conduzido ao horizonte da ação que se desenvolvia desde a letra A.

Completada a cena na terra, é chegado o momento de olhar para o céu: "há um eclipse universal do sol", informa a letra G, ao centro, no alto.

Como acenei no início, era necessária a *paciência* aconselhada por Santo Inácio de Loyola "para vencer a si mesmo e ordenar [...]" a cena. (LOYOLA, [1548], 1977, p. 171-172) Era necessário ter presente que "no ponto em que encontrarei aquilo que desejo, ali repousarei, sem sentir a ânsia de seguir além, até que me satisfaça", como ensina o Santo nos "Adendos para melhor fazer os exercícios e para melhor encontrar aquilo que a alma deseja". (LOYOLA, [1548], 1977, p. 116). O primeiro preâmbulo era "a composição vendo o lugar [...], o lugar corpóreo onde se encontra aquilo que quero contemplar [...] como um monte [...]" (LOYOLA, [1548], 1977, p. 107-108), como o Gólgota, assinalado pela letra A, na prancha 127, ora analisada.

Começa-se, então, a perceber que aquela rede construída pelo nosso olhar é incompreensível sem o referimento à sintaxe, aos princípios que orientaram a sua construção. Esses não são somente cronológicos, como poderia parecer numa primeira tentativa de explicação: na realidade, esses parecem revelar a ordem que rege as contemplações, segundo o prescrito nos *Exercícios espirituais* de Santo Inácio de Loyola.

Observando novamente a rede percorrida pelo olhar, nota-se que aquilo que deveria ser o objeto da atenção do observador não eram exatamente os pontos onde esse repousava o olhar, ao encontrar as letras correspondentes, ainda que ali pudesse perceber – "mirando a feiúra e a malícia" (LOYOLA, [1548], 1977, p. 111) dos pecados – o gosto da bebida amarga, ouvir a ordem de Pilatos, sentir a dor.

A contemplação propriamente dita – e trata-se de uma contemplação – era a figura que se estende lá, onde todas as estradas desenhadas pelo olhar entrecruzam-se. É o corpo do Cristo que – sem nenhuma indicação específica – será varrido pelo movimento de vai e vem do olhar e, "assim vendo-o, e assim colocado na cruz, discorrer segundo seremos inspirados" (LOYOLA, [1548], 1977, p. 107)[10].

---

[10] *Primeiro Exercício* que é a meditação com as três potências da alma: inteligência, memória e vontade.

A rede traçada pelas letras encaminha o olhar, restringe as possibilidades de interpretação, assinala os pontos fortes e ignora o que considera menos importante para o efeito dramático, mas não descartável para a própria veracidade e autoridade da cena – como o citado grupo de mulheres, as testemunhas. A presença dessas mulheres, referidas nas Escrituras como espectadoras, mas a sua invisibilidade nos passos de significação dessas gravuras, pode ser lida também como uma forma de construção de gênero muito sutil e muito importante a ser assinalada na instauração do patriarcado no novo e velho mundo, conforme me sugeriu Tania Swain, quando da apresentação deste trabalho. Acrescento a essa observação o fato de, nesse livro, a revelação de Cristo, após a Ressurreição, dar-se primeiro a Maria e, somente depois a Madalena (respectivamente, pranchas 135 e 139. NADAL, 1593)

A próxima cena escolhida reporta a um momento anterior e está intitulada *Gesta post coronationem, antequam ferretur sententia*[11] (Fig. 11):

Figura 11

– O dinamismo plástico propõe-se a envolver o espectador do mesmo modo pelo qual os caracteres do alfabeto levam-no a penetrar na

---

[11] "Acontecimentos após a coroação, antes que seja proferida a sentença" (tradução do Padre Miguel Naccarato S.J.).

obra. Essa gravura parece mesmo antecipar as de Jacques Callot (1592-1635), com suas *multidões envolventes* e recorda aquelas de seu mestre Antonio Tempesta (1555-1630).

Na apresentação de Cristo por Pilatos – *Ecce Homo* –, não se é chamado a olhar o Cristo, em primeiro plano, mas a multidão que dá as costas ao observador, a multidão que olha e vê a cena, ouve as vozes, toma posição e pode fazer com que se sinta a necessidade de pedir licença a um possível espectador postado à frente, que poderia atrapalhar a visão do espetáculo. Entretanto, o observador não se deve preocupar em não conseguir ver: a obra guia-o, com mão firme, no percurso marcado pelos signos alfabéticos, e não deixará escapar nada que não queira que ele deixe de perceber;

– e, quando a complexidade do quadro torna-se grande, esse se repetirá tantas vezes quanto for necessário, com entradas e saídas de personagens que, a cada vez, recitarão o seu papel. Esse cenário e seus personagens, por exemplo, serão repetidos nas gravuras 118, 120, 123 e 124, dessa obra (Fig.12). Como já observei, anteriormente, essa prática é comum a muitas outras cenas. Em algumas delas, inclusive,

Figura 12

Figura 12

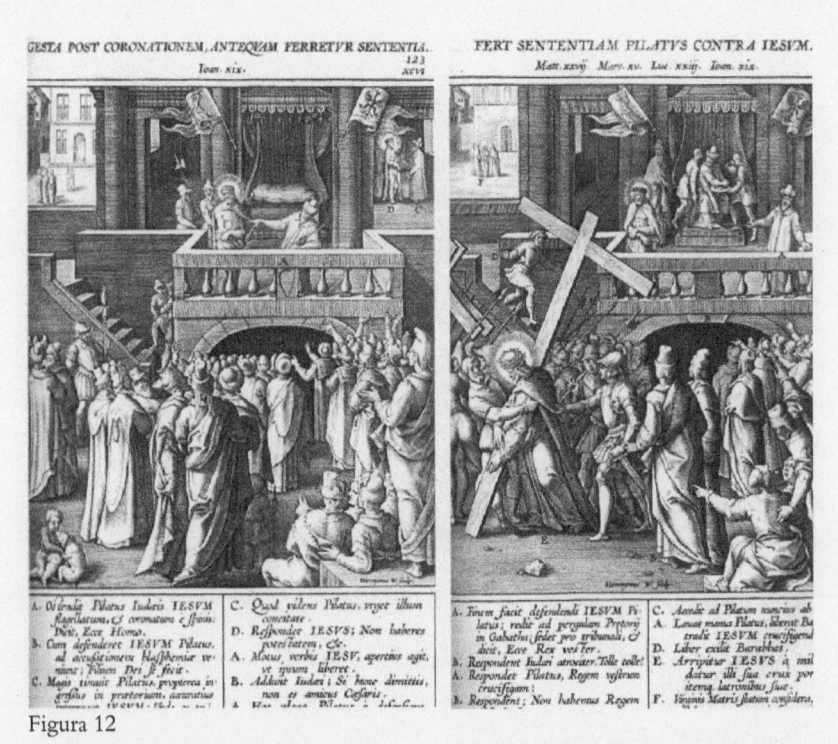

provocando um efeito cinético, como foi mostrado. É interessante notar ainda, que nesses casos, a regra inaciana de *composição de lugar* parece ser mantida, como se pode observar na primeira gravura da *série*, a de número 118, em que a letra A, de fato, assinala a casa de Pilatos: *Domus Pilati*. A *composição do lugar*, entretanto, prossegue ainda nas letras B, "Nela, o pretório.", C e D, "Pórtico com as bandeiras e três portas.", bem como a letra E, "Escadas pelas quais Jesus sobe e desce.", não deixando a letra I de destacar o vestíbulo: "Do vestíbulo Pilatos pergunta aos judeus: que acusação trazem contra Jesus."

– As marcações de cena da prancha 123 (Fig. 11), objeto da análise, como no teatro, são claras: "não preste atenção, ainda, à figura de Jesus", parece dizer a letra A, "é em Pilatos que a ação inicial está centrada". A vez de Jesus não será indicada por uma letra, mas por um gesto: é o gesto de Pilatos ao indicar Jesus que estabelece o momento de torná-lo o foco do olhar. É esse gesto, que dá a *deixa*[12] – concedendo-me o uso de uma expressão teatral –, para

---

[12] Marcação visual ou sonora que indica, ao ator, o instante correto de entrar, falar ou agir em cena.

o desenrolar de toda a ação. Essa ação até mesmo inclui uma saída de cena (marcada com as letras C e D) dos dois personagens nos quais se concentra o drama: Pilatos (C) e Jesus (D) são levados a um outro ambiente, à direita, no ângulo superior. Sua repetição, na didascália, assinala o diálogo entre eles e, somente após a sua conclusão, é que os dois retornam à posição anterior, diante do público e do observador.

Essa análise se poderia estender por todo o livro, com resultados bastante próximos. Entretanto, nos limites impostos a este capítulo apresentei uma amostra necessariamente muito reduzida, embora significativa. Como alertou Foucault, o lugar das relações entre as imagens e a linguagem resplandeceu não naquilo que o olhar descortinou, mas naquilo que as sucessões sintáticas definiram.

Um teatro da memória

Sendo a arte da memória uma prática visando à formação de imagens para a memorização, é notável a relação entre as imagens propostas por Nadal e os *Exercícios* de Loyola[13]. Entre outros estudiosos, Yates a reconhece como uma das bases dos próprios *Exercícios espirituais* de Loyola, mesmo não se tendo dele ocupado, particularmente. (Yates, 1972, p. v) Enunciando o problema da relação entre as imagens produzidas mentalmente como apoio à memorização e às artes figurativas, ela admite que seus confins muito provavelmente fossem superpostos, apesar das especificidades próprias a cada uma dessas artes:

> [quando se ensinava a praticar a formação de imagens para a memória], [...] é difícil supor que tais *imagens internas* não tenham encontrado uma sua via própria de expressão externa. Ou, reciprocamente: se as *coisas* que se deviam recordar, graças às imagens internas, *eram do mesmo gênero* das *coisas* que a arte didática cristã ensinava através das imagens, é possível que os lugares e as imagens daquela arte se tenham refletido na memória e, assim, tenham tornado-se *memória artificial* [aquela que, diferentemente da *memória natural*, potencializa-se e consolida-se pela educação].[14] (YATES, 1972, p. 75)

---

[13] Esta relação, a partir de pressupostos teóricos diversos dos meus, foi tomada por tema por Fabre (1992).

[14] Tradução, itálicos e anotação meus.

Com Foucault, eu gostaria de *desnaturalizar* esse *acontecimento*. Parece-me que há mais e, ao reduzir-se assim o problema, talvez se perca o aspecto que relevo como o mais original na emergência das imagens na Companhia de Jesus e muito especialmente no livro-teatro aqui analisado cuja gestação durou 18 anos. É importante assinalar que Loyola e Nadal de fato não operam a partir de qualquer imagem, mas de imagens sagradas, em uma época particular, em que se pretende fixar uma firme ortodoxia. Observe-se que, nos *Exercícios*, ainda era deixado algum campo para leituras diversas na composição de *imagens mentais*, muito embora já se fizesse presente uma ordem para a sua composição, conforme foi visto. Nas imagens impressas, as possibilidades de leitura se reduzem drasticamente, a leitura das imagens passa a ser dirigida pelos caminhos traçados para o olhar, vinculando inexoravelmente o olhar ao discurso. Portanto, aquele *mais*, a que me referi e aqui se insinua, bem poderia ser a emergência da noção de *representação*, de uma nova sintaxe, uma *nova maneira de fazer a história*.

Uma nova maneira de fazer história

Como sugere Foucault:

> No Renascimento, a estranheza animal era um espetáculo; figurava nas festas, nos torneios [...], onde quer que o bestiário desdobrasse suas fábulas sem idade. O gabinete de história natural e o jardim, tal qual são organizados na idade clássica, substituem o desfile circular do "mostruário" pela exposição das coisas em "quadro". O que se esgueirou entre esses teatros e esse catálogo não foi o desejo de saber, mas um novo modo de *vincular as coisas*, ao mesmo tempo, ao olhar e ao discurso. *Uma nova maneira de fazer história*. (FOUCAULT, 1992, p. 145. Itálicos meus.)

Selecionar e ordenar são as características anotadas, por Foucault, para os novos espaços criados quando da emergência da História Natural – herbários, jardins e, também, eu acrescento, livros de imagens – *espaços claros onde as coisas se justapõem* (FOUCAULT, 1992, p. 145). Era essa, segundo ele, a diferença do uso do espaço em relação ao Renascimento, em que a estranheza e a curiosidade frente às plantas e animais, deram lugar ao espetáculo. Esses eram exibidos em festas, torneios, reconstituições lendárias, todas essas formas de exibição comparadas, por ele, a um *mostruário*.

Assinalo que a *Bíblia de Nadal*, aqui analisada, tornou-se muito influente na Europa pós-tridentina, na medida em que suas ilustrações estavam entre as primeiras a usar a nova técnica de desenho perspectivo, que representava figuras tridimensionais em desenhos bidimensionais de forma mais *realista*, como passou a ser usado nos desenhos científicos da época. Interessa observar a maneira pela qual os jesuítas, no final do séc. XVI, construíram a história evangélica em *quadros*, como já observado, não-paratáticos. De tal forma, vinculavam-se as imagens ao mesmo tempo ao olhar e ao discurso, isso é, às regras de sua formação.

A partir da idade clássica, como afirmou Foucault, a novidade estaria, justamente, no espaço em que plantas e animais *podem ser vistos* e *de onde podem ser descritos* (FOUCAULT, 1992, p. 145). Surgia, assim, numa clara oposição ao mostruário, a exposição das coisas em *quadro*. O acontecimento que ele releva é o do *novo modo de vincular as coisas, ao mesmo tempo, ao olhar e ao discurso*, o que ele passa a considerar *uma nova maneira de fazer história* (FOUCAULT, 1992, p. 145). Ainda lembrando suas palavras: "[…] o lugar dessa história é um retângulo intemporal, onde, despojados de qualquer comentário, os seres se apresentam uns ao lado dos outros, aproximados segundo seus traços comuns e, com isso, já virtualmente analisados e portadores apenas de seu nome" (FOUCAULT, 1992, p. 145).

Reportar aqui essas reflexões torna-se necessário, na medida em que o modelo desses livros de história natural já foi reconhecido na base do livro das imagens evangélicas analisado, produzido no final do séc. XVI, pela Companhia de Jesus (FABRE, 1992, p. 168-169), muito embora não se tenha refletido sobre todas as suas implicações que, como assinalo, vão muito além de uma aproximação formal.

Como os livros de História Natural, esse parece buscar, exatamente, fixar e, assim, *purificar* as *representações* possíveis da história evangélica. As imagens devem reproduzir fielmente *as coisas* reveladas no texto sagrado, *como se* as materializassem, sem intermediário, em *quadros*, cuja leitura é direcionada. Trata-se, portanto, da construção e fixação de uma *representação*, de tal modo fiel, que chegue quase a dispensar o próprio texto.

Entretanto, numa civilização do Verbo e da Tradição, o texto não pode estar ausente. De fato, é esse que autoriza qualquer possibilidade de representação. Sua onipresença é marcada na escolha dos títulos; nas referências bíblicas precisas que encimam as imagens, presentes na maioria dos quadros, e, quando não, na mais sólida Tradição reconhecida pela Igreja. A precedência do nome, encimando cada imagem, parece indicar a precedência da representação sobre a observação. Sendo assim, a observação estará, desde o inicio, controlada por uma representação que dirige o olhar do observador que, em última instância, virá a confirmá-la ou reatualizá-la.

Além disso, as imagens, pontuadas por signos alfabéticos, como já foi descrito, são complementadas por didascálias, que os reproduzem, situadas na sua base: frases curtas, quase totalmente referidas às fontes bíblicas ou da Tradição acima citadas, garantia de aderência do olhar ao discurso. Como numa História Natural, poder-se-ia dizer que se trata de uma *observação tecnicamente controlada* (FOUCAULT, 1992, p. 147).

Num momento já assinalado como de notável confusão doutrinal e de disputas em torno dos sentidos da Palavra, parece ser necessário fixá-la em imagens, tentando *purificá-las* dos excessos de signos que sobre elas se depositaram e ainda se quer depositar. Trata-se de uma luta que é, sobretudo, uma luta por sentidos e pelo seu monopólio. Os *quadros* propostos parecem conseguir afastar os *excessos*, por meio das imagens que, enfim, *representem* a Palavra. Combate-se, dessa forma, um saber em que os *signos faziam parte das coisas* e trata-se de torná-los *modos de representação*, sendo a proximidade entre as *coisas*, o sinal suficiente de pertinência. Trata-se de instaurar os signos que, univocamente, passem a representá-las.

É significativo que as quatro pranchas finais das *Evangelicae historiae imagines...* tratem exclusivamente da fixação da história da Virgem: sua morte, seu sepultamento, sua ascensão aos céus e sua coroação pela Santíssima Trindade (Fig. 7: Pranchas 150 a 153, inclusive.). Todas essas histórias, praticamente ausentes da letra da Bíblia, como se viu, existiam somente na voz da Tradição.

Ilumina-se assim aquele que pode ser um dos aspectos mais importantes e menos explorados desse livro de imagens, o seu papel na fixação da ortodoxia da Palavra católica em imagens que, mais do que a própria Bíblia, não deixassem margens ao engano. Talvez seja esse o motivo maior da longa gestação das *Evangelicae historiae imagines...*, como foi referido: entre a sua virtual conclusão e a sua efetiva publicação, passaram-se, pelo menos, dezoito anos. Esse texto parece ir muito além do papel de um possível coadjutor dos *Exercícios espirituais*, partilhando as suas próprias regras de produção. Muito embora alguns estudiosos, a partir de pressupostos teóricos muito diversos dos meus (e, talvez por isso mesmo), chegassem a perceber a influência dessas gravuras de forma clara nos trabalhos posteriores de ilustradores da Bíblia, como por exemplo, Gustave Doré

(Macdonnell S. J., 1998), seu relevo parece não ter sido suficientemente destacado: o de instaurador de modos de representação e fixação da ortodoxia Católica.

*

No presente estudo verificaram-se, entre as condições de possibilidade de instauração das ortodoxias, regimes de verdade, a emergência de *representações* unívocas, sobretudo através da construção de imagens, fixação de ordens e educação dos sentidos. Do mesmo modo, apareceram dentre as tecnologias de si, a necessidade da intermediação entre o *si mesmo* e a *verdade de si*, uma assumida impotência em decodificar uma verdade interior e exterior que pode revelar-se pelo que penetra através dos sentidos, nos quais se deve confiar, desconfiando. Desconfiança que tem por corolário a necessidade do *outro*, o *guia*, o portador do saber ao qual se deve assujeitar como condição para chegar àquela verdade. Na ortodoxia, cria-se a cena discursiva em que se institui o *nós* e os *outros*, os convertidos e os excluídos, novas formas de subjetivação.

Se o poder cria, um dos caminhos mais ricos para segui-lo pode ser aquele de perseguir a emergência de suas criaturas, aquelas "estranhas figuras" que se podem colher nessas imagens, como em um espelho, conforme o alerta de *Las meninas*, antes reportado. É disso que também me parece tratar ao aceitar o convite de Foucault, por uma vida não-fascista. Uma História das práticas de subjetividade, bem como das suas técnicas, revela, assim, toda a sua fecundidade. Insisto, portanto, na fertilidade do exame de suas condições possibilidade, dos dispositivos instituidores das ortodoxias sempre que se visar a individuar o que tornam possíveis os fascismos, também estes instituidores de ortodoxias: ortodoxias outras.

Referências

BARTHES, Roland. *Sade, Fourier, Loyola:* la scrittura come eccesso. Traduzione di L. Lonzi. Torino: Einaudi, 1977.

CERTEAU, Michel De. L'espace du decir ou le *foundament* des Exercices Spirituels. In: *Christus*, XX, 1973, ° 77, p. 118-128.

CRUCIANI, Fabrizio. *Lo spazio del teatro*. Roma-Bari: Laterza, 1995.

DEMOUSTIER, Adrien S. I. *Les Exercices Spirituels de S. Ignace de Loyola:* lecture et pratique d'un texte. Paris: Éditions Facultés Jésuites de Paris.

DRUMBL, Johann. *Quem queritis:* teatro sacro dell'Alto medioevo. Roma: Bulzoni, 1981.

FABRE, Pierre-Antoine. *Ignace de Loyola et le lieu de l'Image:* le problème de la composition de Lieu dans les pratiques spirituelles et artistiques jésuites de la seconde moitiè du XVI siècle. Paris:Vrim, 1992.

FOUCAULT, Michel. *A arqueologia do saber.* Tradução de Luiz Felipe Baeta Neves. 2ª ed. Rio de Janeiro: Forense Universitária, 1986.

FOUCAULT, Michel. *A hermenêutica do sujeito.* Tradução de Márcio Alves da Fonseca e Salma Tannus Muchail. São Paulo: Martins Fontes, 2004.

FOUCAULT, Michel. *As palavras e as coisas.* Tradução de Salma Tannus Muchail. 6ª ed. São Paulo: Martins Fontes, 1992.

FOUCAULT, Michel. *História da sexualidade I:* a vontade de saber. Tradução de Maria Thereza da Costa Albuquerque e J. A. Guilhon Albuquerque. Rio de Janeiro: Graal, 1988.

FOUCAULT, Michel. *Le pouvoir psychiatrique:* Cours au Collège de France, 1973-1974. Édition établie sous la direction de François Ewald et Alessandro Fontana, par Jacques Lasgrange. Paris: Seuil/Gallimard, 2003.

FOUCAULT, Michel. *Os anormais:* Curso no Collège de France: 1974-1975. Tradução de Eduardo Brandão. São Paulo: Martins Fontes, 2001.

FOUCAULT, Michel. *Vigiar e punir:* nascimento da prisão. Tradução de L. M. P.Vassalo. 7ª ed. Petrópolis, Rio de Janeiro:Vozes, 1987.

LOYOLA, Ignazio di. *Exercícios Espirituais.* Apresentação, tradução e notas do Centro de Espiritualidade Inaciana de Itaici. São Paulo: Loyola, 2000.

LOYOLA, Ignazio di. Esercizi Spirituali. Introduzione, versione e note di Giuseppe Gennaro S. I. In: *Gli Scritti.* A cura di Mario Gioia. Torino: UTET, (1548) 1977, p. 65-186.

MACDONNELL S.J, Joseph F. *Gospel Illustrations:* A Reproduction of the 153 Images taken from Jerome Nadal's 1595 book "Adnotationes et meditationes in Evangelia". Fairfield, CT: Fairfield Jesuit Community, 1998.

MAUQUOY-HENDRICKX, Marie. Les Wierix illustrateurs de la Bible dite de Natalis. *Quaerendo.* Amsterdan: University Library of Amsterdan, 1976. v.VI/1. p. 28-63.

NADAL, Jeronimo (1507-1580), *Evangelicae historiae imagines ex ordine Evangeliorum, quae toto anno in Missae Sacrificio recitantur, in ordinem temporis vitae Christi digestae.* Anversa: Tipografo Plantin, 1593.

PÉCORA, Alcir. Lugar retórico do mistério em Vieira. In: Margarida Vieira Mendes, Maria Lucília Gonçalves Pires e José da Costa Miranda (orgs.). *Vieira escritor.* Lisboa: Cosmos, 1997. p. 155-162.

SARAIVA, António José. *O discurso engenhoso: ensaios sobre Vieira*. Lisboa: Gradiva, 1996. p. 153-179.

SEBASTIÁN, Santiago. *Contrarreforma y barroco:* lecturas iconográficas e iconológica. Madrid: Alianza Editorial, 1981.

TORRES, Magda Maria Jaolino. O "arquivo" inaciano na gênese do "poder disciplinar": formação, conformação e produção da Companhia de Jesus. In: *XII Jornadas internacionales sobre las misiones jesuíticas: "interacciones y sentidos de la conversión"*, Buenos Aires, 23 al 26 de septiembre de 2008. Buenos Aires, 2008. Suporte digital.

VEIGA-NETO, Alfredo. O currículo e seus três adversários. In: *V Colóquio internacional Michel Foucault: por uma vida não-fascista:* participantes e resumos. 2008. Disponível em: http://www.coloquiofoucault2008.mpbnet.com.br/participantes.html. O texto completo constitui capítulo deste livro.

YATES, Frances. *L'arte della memoria.* Traduzione di A. Biondi. Torino: Einaudi, 1972.

Max Weber, Michel Foucault e a história

Márcio Alves da Fonseca

A proximidade entre a filosofia de Michel Foucault e o pensamento de Max Weber não é desconhecida. É o próprio filósofo francês quem por primeiro a sugere, nas duas versões de seu comentário ao texto de Kant sobre as Luzes.

Uma das versões do comentário de Foucault ao opúsculo kantiano *O que são as Luzes?* (publicado no *Periódico Mensal Berlinense*, em 1784) foi apresentada pelo filósofo em sua aula de 5 de janeiro do curso do *Collège de France* do ano de 1983, *Le Gouvernement de soi et des autres*. Ela foi objeto de uma primeira publicação em 1984, segundo uma forma mais concisa, na revista *Magazine Littéraire,* com o título *Qu'est-ce que les Lumières?*[1]. Posteriormente, essa mesma versão foi reproduzida em *Dits et écrits*[2]. Atualmente encontra-se publicada, em sua forma original, na edição francesa do curso de 1983[3]. A outra versão do comentário de Foucault ao ensaio kantiano foi publicada originariamente em inglês, com o título *What is Enligthenment?*, em obra coletiva organizada por Paul Rabinow[4]. Posteriormente, essa versão também foi reproduzida em *Dits et écrits*[5].

Nas duas versões, Foucault alinha seu pensamento ao de Weber, além de referir-se também às filosofias de Hegel, Nietzsche e dos pensadores da Escola de Frankfurt. Na versão publicada originariamente em inglês, dirá:

[1] FOUCAULT, 1984.
[2] FOUCAULT, 1994b.
[3] FOUCAULT, 2008.
[4] RABINOW, 1984.
[5] FOUCAULT, 1994a.

De Hegel a Horkheimer ou a Habermas, passando por Nietzsche ou Max Weber, não há filosofia que, direta ou indiretamente, não tenha se confrontado com esta questão: o que é este acontecimento a que chamamos de *Aufklärung* e que determinou, ao menos em parte, aquilo que somos, aquilo que pensamos e aquilo que fazemos hoje?[6].

Já na versão que corresponde à aula de 5 de janeiro de 1983, afirma: "E é esta forma de filosofia que, de Hegel à Escola de Frankfurt, passando por Nietzsche, Max Weber, etc., fundou um tipo de reflexão ao qual me vinculo na medida em que posso"[7].

Tanto na aula do *Collège de France* quanto no texto em inglês, que deram lugar às várias publicações citadas, tratava-se de indicar aquela que seria, segundo o filósofo, a tarefa filosófica para a qual convergiriam os trabalhos de todos aqueles pensadores, inclusive o próprio: a tarefa de realizar uma reflexão sobre a atualidade que se configuraria como uma crítica ao presente, compreendido em sua singularidade histórica.

"Reflexão sobre a atualidade", "crítica ao presente" e "singularidade histórica" são as três balizas que indicam o contorno da tarefa filosófica à qual Foucault se vincula, colocando-se ao lado dos pensadores mencionados, dentre eles Max Weber.

Nessa linha, pretendemos indicar a seguir, de modo bastante introdutório, algumas convergências entre os trabalhos dos dois pensadores a partir das três balizas referidas. Se tais balizas servem para delinear a tarefa filosófica relativamente à qual tanto a filosofia de Foucault quanto a sociologia de Weber se reportariam, a tentativa de cotejar alguns aspectos dos escritos desses pensadores parece insinuar-se fecunda para uma compreensão mais aguda do próprio significado de tal tarefa.

Para tanto, num primeiro momento, propomos retomar, em linhas gerais, uma das versões do comentário de Foucault ao texto kantiano *O que são as Luzes?*, aquela publicada originariamente em inglês. Trata-se justamente da versão que nos parece explicitar melhor o significado da "tarefa filosófica" à qual se vinculariam os trabalhos de Weber e de Foucault.

Num segundo momento, pretendemos sugerir uma via para o cruzamento entre os trabalhos dos dois pensadores, a partir da presença decisiva, em cada um deles, da preocupação com a história.

---

[6] FOUCAULT, 1994a, p. 562 (nossa tradução).
[7] FOUCAULT, 2008, p. 22 (nossa tradução).

A versão de *O que são as Luzes?*, publicada por Rabinow

A versão é bem conhecida. Nesse comentário de Foucault ao texto kantiano, o filósofo francês retoma a definição das Luzes proposta por Kant, enquanto "a saída do homem de sua menoridade de que ele próprio é culpado"[8]. Em seguida, retoma a distinção entre "uso privado" e "uso público" da razão, chegando, por fim, à ideia que mais lhe interessa colher do texto de Kant e que concerne à modernidade.

Nesse momento, Foucault sublinha o vínculo entre o breve ensaio kantiano e as três *Críticas*. Para Foucault, se o ensaio caracteriza as Luzes como o processo através do qual o homem (ao menos enquanto espécie) passa a fazer uso da própria razão sem submeter-se à vontade de outrem, é precisamente em face desse processo que a Crítica é necessária, uma vez que ela terá o papel de definir as condições nas quais o uso da razão é legítimo, a fim de determinar "o que podemos conhecer?", "o que é preciso fazer?" e "o que nos é permitido esperar?". Para Foucault, a Crítica será o "livro de bordo" da razão que, com as Luzes, possibilitará ao homem conquistar sua maioridade. E por isso também que a época das Luzes corresponderá à idade da Crítica.

Em seguida, Foucault indica o vínculo entre o ensaio sobre as Luzes e os demais escritos de Kant acerca da história. Se em tais escritos, Kant busca definir a finalidade interna do tempo histórico e o ponto para o qual se encaminha a história do homem, é precisamente na análise kantiana sobre as Luzes que, segundo Foucault, será possível situar a "atualidade" relativamente ao movimento de conjunto da história de que os demais escritos histórico-políticos tratam.

Daí a sua hipótese, que consiste em afirmar que o opúsculo sobre as Luzes encontra-se no cruzamento da empresa Crítica com a reflexão sobre a história realizada por Kant. Ele consistiria o lugar da reflexão kantiana sobre a atualidade, o lugar da "reflexão sobre o 'hoje' como diferença na história e como motivo para uma tarefa filosófica particular"[9]. E por isso é que seria possível reconhecer nesse texto de Kant o esboço daquilo a que se poderia chamar, segundo Foucault, "atitude de modernidade".[10]

---

[8] KANT, 2004, p. 11.
[9] FOUCAULT, 1994a, p. 568.
[10] FOUCAULT, 1994a, p. 568.

Para o filósofo, não se trata certamente de encarar a modernidade – no sentido em que essa aparece no texto kantiano – como uma época, ou ainda como um conjunto de traços característicos de uma época. Trata-se de considerá-la, antes, como uma atitude. Por atitude, Foucault quer significar um "modo de relação com a atualidade", uma "escolha voluntária realizada por alguns diante do seu tempo", uma "maneira de pensar e de sentir, uma maneira também de agir e de se conduzir que, a um só tempo, marca um pertencimento e se apresenta como uma tarefa"[11]. E completa: "um pouco, sem dúvida, como aquilo a que os Gregos chamariam *ethos*".[12]

Frequentemente identifica-se a modernidade à consciência da descontinuidade do tempo, à ruptura com a tradição e ao sentimento de novidade. Para caracterizar a atitude de modernidade, cujo esboço reconhece no texto kantiano sobre as Luzes, Foucault fará referência a Baudelaire, que considera a esse respeito um "exemplo quase necessário".[13]

Em Baudelaire, dirá Foucault, a modernidade também é definida "pelo transitório, pelo fugidio e pelo contingente", porém, ser moderno, segundo a perspectiva do escritor, não significa apenas reconhecer e aceitar esse movimento perpétuo, mas acima de tudo, tomar certa atitude relativamente a tal movimento e fugacidade. Essa atitude, dirá Foucault, consiste em apreender algo de eterno, que não estaria "além" do presente, ou "atrás" dele, mas que está no próprio presente. É a atitude que consiste em apreender o que existe de "heroico" no momento presente[14].

Porém, a heroicização do presente em Baudelaire, dirá Foucault, é irônica. Pois não consiste na sacralização do momento que passa para se tentar perpetuá-lo a todo custo, não consiste no esforço para reter o presente como uma curiosidade fugidia e interessante, que precisa ser preservada.

A forma de viver o presente que acaba por retê-lo tão somente como uma curiosidade a ser preservada na memória seria própria do *flâneur*. A *flânerie* consiste no "passar despreocupadamente", que se contenta em "abrir os olhos", contemplar à distância e colecionar o que se vê na lembrança,

---

[11] FOUCAULT, 1994a, p. 568 (nossa tradução).
[12] FOUCAULT, 1994a, p. 568 (nossa tradução).
[13] Cf. FOUCAULT, 1994a, p. 568.
[14] Cf. FOUCAULT, 1994a, p. 569.

sem compromisso. Ora, ao homem da *flânerie*, Baudelaire opõe o "homem da modernidade". Esse, não se contenta em contemplar despreocupadamente o momento que passa, mas procura, persegue algo precisamente no momento que passa[15].

Por isso que, segundo Foucault, como exemplo de atitude de modernidade, Baudelaire citará, em *O Pintor da vida moderna*, o desenhista Constantin Guys. Esse pintor seria aparentemente um *flâneur*, um "colecionador de curiosidades" sobre os homens e o mundo que tinha diante dos olhos. Porém, o que faria desse pintor o pintor moderno por excelência é que, justamente no momento em que o mundo dorme, ele se põe ao trabalho e transfigura esse mundo. Transfiguração que não consistirá na anulação do mundo tal como ele é, mas em realizar um "jogo difícil entre a verdade do real e o exercício da liberdade"[16].

Por meio desse jogo, Constantin Guys não sacraliza o momento presente, mas o heroiciza, na medida em que associa de modo definitivo o elevado valor que o presente possui com a tarefa de imaginá-lo diferentemente daquilo que ele é e de transformá-lo. Para Foucault, a modernidade baudelairiana é um exercício no qual a atenção extrema à realidade está confrontada com a prática de uma liberdade que, ao mesmo tempo, a respeita e a viola[17].

Ainda em Baudelaire, essa atitude de modernidade não é apenas uma forma de relação com o presente, mas é também uma "forma de relação que se deve estabelecer consigo mesmo". De tal modo que, aquele que se posiciona em face do presente e do mundo, assume igualmente a tarefa de tomar a si próprio como objeto de uma elaboração complexa e contínua, inventando-se incessantemente. O homem moderno, para Baudelaire, não é aquele que parte em busca de si mesmo (e dos seus segredos, ou ainda, da sua verdade escondida), mas aquele que busca inventar a si mesmo[18].

A referência a Baudelaire serve a Foucault para denotar aquele que entende ser o sentido de nosso vínculo atual com as Luzes. Esse seria menos de um vínculo de fidelidade aos elementos da doutrina iluminista do que uma proximidade da tarefa de reativação permanente da atitude, do *ethos*

---

[15] Cf. FOUCAULT, 1994a, p. 569-570.
[16] FOUCAULT, 1994a, p. 570.
[17] Cf. FOUCAULT, 1994a, p. 570.
[18] Cf. FOUCAULT, 1994a, p. 570-571.

filosófico que pode ser compreendido como uma crítica permanente de nosso ser histórico[19].

É a caracterização desse *ethos* filosófico que permitirá ao filósofo aproximar seu pensamento daquele dos autores citados, inclusive o de Max Weber.

Para Foucault, tal *ethos* consiste na crítica que se configura, primeiramente, como uma *atitude limite*: trata-se de descobrir, naquilo que nos é dado como universal e necessário, o aspecto singular e contingente. A crítica não deduzirá, da forma daquilo que somos, os limites daquilo que podemos fazer ou conhecer, mas depreenderá, da contingência que nos fez ser aquilo que somos, a possibilidade de não sermos, fazermos ou pensarmos aquilo que somos, fazemos ou pensamos[20]. Sua tarefa, portanto, é reativar, tanto quanto possível, o "trabalho indefinido da liberdade"[21]. E justamente por se colocar como uma prova histórico-prática dos limites a que podemos ultrapassar, ela se configura, igualmente, como uma *atitude experimental*, pois não permite acedermos a certezas últimas, mas nos move incessantemente no ambiente da provisoriedade[22].

Porém, ainda que consciente de que seu fazer não dá acesso a um conhecimento completo e definitivo daquilo que pode constituir nossos limites históricos, essa forma de crítica possui, apesar disso, uma generalidade, uma sistematicidade, uma homogeneidade e encerra um desafio. Seu *desafio* consiste em – contrariando a crença na simultaneidade e na proporcionalidade entre o avanço das capacidades técnicas do homem em agir sobre as coisas e o crescimento da liberdade dos indivíduos – interrogar sobre as formas possíveis de se dissociar o crescimento das capacidades técnicas e a intensificação das formas de dominação[23]. Sua *homogeneidade* consiste em tomar como domínio de referência, não as representações que os homens fazem deles próprios, nem as condições que os determinam sem que o saibam, mas aquilo mesmo que fazem e a maneira pela qual o fazem; em outras palavras, trata-se de tomar como domínio de referência as "formas de racionalidade que organizam as maneiras de fazer"

---

[19] Cf. FOUCAULT, 1994a, p. 571.
[20] Cf. FOUCAULT, 1994a, p. 574.
[21] FOUCAULT, 1994a, p. 574.
[22] Cf. FOUCAULT, 1994a, p. 574-575.
[23] Cf. FOUCAULT, 1994a, p. 575-576.

dos homens[24]. Sua *sistematicidade*, por sua vez, está na consideração desses conjuntos de práticas dos indivíduos segundo três eixos que, apesar de suas especificidades, encontram-se intrincados: o domínio das relações de dominação sobre as coisas (o eixo do saber), o domínio das ações sobre os outros (o eixo do poder) e o domínio das ações sobre si mesmo (o eixo da ética)[25]. Por fim, essa forma de crítica, construída por meio de interrogações que incidem sobre objetos, conjuntos de práticas e discursos determinados, tem sua *generalidade* definida pela própria forma de interrogação a que dá lugar: trata-se de perguntar pela maneira segundo a qual esses objetos, conjuntos de práticas e discursos ainda nos concernem[26].

Foucault reconhece seu trabalho nesse "estilo" de filosofia e, ao seu lado, situa o pensamento de Weber. Passemos, então, a indicar algumas das convergências entre os trabalhos dos dois pensadores em torno das três balizas – a reflexão sobre a atualidade, a crítica ao presente e a singularidade histórica – que parecem fazê-los convergir para uma mesma tarefa filosófica. Procuraremos apontar um único ponto de cruzamento entre os seus escritos – certamente vários outros seriam possíveis – que consiste na identificação de semelhanças na maneira pela qual o filósofo e o sociólogo trabalham com a história.

Foucault, Weber e a história

Relativamente a seu trabalho em história, talvez possamos afirmar que um traço comum aos pensamentos de Weber e Foucault consiste na interrogação acerca das condições que conduziram à formação de diferentes aspectos da cultura Ocidental moderna.

A história arqueológica de Michel Foucault, como sabemos, procura identificar aquilo que seria próprio à *épistémè* da época moderna, partindo da análise da irrupção de singularidades, relativamente a diferentes domínios de objetos. Essas singularidades serão designadas "acontecimentos" e constituirão o objeto central de sua pesquisa em história que, por sua vez, configura-se como o ponto de partida para as diversas problematizações que sua filosofia propõe.

---

[24] Cf. FOUCAULT, 1994a, p. 576.

[25] Cf. FOUCAULT, 1994a, p. 576.

[26] Cf. FOUCAULT, 1994a, p. 577.

Foucault considerará "acontecimentos", por exemplo, a clínica médica do final do século XVIII, entendida como a condição de possibilidade da medicina moderna, em *O Nascimento da clínica*[27]. Assim também, pode ser chamado de "acontecimento", na perspectiva de Foucault, o "homem", enquanto sujeito empírico-transcendental, doador de sentido a todas as coisas pela sua racionalidade e, por isso mesmo, condição de possibilidade da forma dos saberes que correspondem às ciências humanas, em *As Palavras e as coisas*[28].

Acerca da noção de acontecimento Foucault afirmará, ao final de sua aula inaugural no *Collège de France*:

> Certamente o acontecimento não é nem substância nem acidente, nem qualidade, nem processo; o acontecimento não é da ordem dos corpos. Entretanto, ele não é imaterial; é sempre no âmbito da materialidade que ele se efetiva, que é efeito; ele possui seu lugar e consiste na relação, na coexistência, na dispersão, no recorte, na acumulação e na seleção de elementos materiais; não é o ato nem a propriedade de um corpo; produz-se como efeito de e em uma dispersão material[29].

A história em Foucault, no lugar de partir do pressuposto da existência de leis gerais a serem descobertas e explicadas, assume a tarefa de discernir os acontecimentos enquanto singularidades[30], singularidades não-necessárias que, de algum modo, continuam a nos atravessar.

Nesse sentido, o presente histórico comportaria a marca desses acontecimentos e o papel da história seria identificar a sua irrupção, ou seja, identificar a irrupção desse passado que ainda nos guia, tornando possível a sua genealogia.

A história construída por Foucault – seja a história da loucura na Idade Clássica, seja a história da medicina moderna, seja a história dos saberes consistentes nas ciências humanas, ou também a história da forma punitiva configurada pela prisão, ou ainda a história da constituição do dispositivo de sexualidade no século XIX, ou também a história das artes de governar correspondentes à razão de Estado ou ao liberalismo – constitui

---

[27] FOUCAULT, 1963.

[28] FOUCAULT, 1990.

[29] FOUCAULT, 1996, p. 57-58. Sobre a complexidade dessa noção nos trabalhos do filósofo, ver também: VEYNE, 2001; EWALD, 1997 e REVEL, 2005.

[30] Cf. VEYNE, 2001.

no trabalho de identificação, bem como na tentativa de compreensão, das singularidades que se configuram como os acontecimentos sob o signo dos quais o presente se tornou aquilo que ele é.

Por sua vez, o trabalho de Max Weber pode ser compreendido, ao menos em parte, como uma forma de história cujo objeto principal seria, segundo as palavras do pensador em *Economia e sociedade*, a "análise e a imputação causal de atos, estruturas e personalidades individuais que importam para a cultura"[31].

Concebida como uma "ciência causal", na medida em que deve se apoiar em um aparelho demonstrativo rigoroso, mas ao mesmo tempo como uma "ciência do particular", uma vez que seu objeto é a configuração singular da vida cultural e social, o problema central da história, em Weber, é aquele da imputação causal às sequências de acontecimentos singulares[32].

Exemplos significativos dessa concepção de trabalho em história, segundo Catherine Colliot-Thélène, seriam *A Ética protestante e o espírito do capitalismo* e também *Economia e sociedade na Antiguidade*, pois, enquanto trabalhos históricos, esses textos não tratam daquilo que poderia ser entendido como o "capitalismo em geral", não procuram encontrar e descrever as leis do capitalismo *tout court*, mas, a cada vez, abordam uma das configurações singulares a que podemos chamar de "capitalismo", seja o capitalismo moderno de empresa, no caso de *A Ética protestante e o espírito do capitalismo*, seja o "capitalismo" da Antiguidade, no caso de *Economia e sociedade na Antiguidade*[33].

O "nome" atribuído ao objeto pesquisado pode ser o mesmo, mas o que importa na pesquisa histórica, considerada na perspectiva de Weber, é a especificidade, a particularidade, a singularidade dos objetos históricos que, para o sociólogo, corresponderia à forma de conhecimento própria das chamadas "ciências da realidade", ou "ciências da cultura", ou "ciências empíricas da ação", ou ainda "ciências históricas".

Está implícita aqui, uma crítica à concepção segundo a qual o fim de toda ciência deveria ser a formulação de leis gerais[34]. Ancorada no otimismo racionalista do século XVIII, alimentada por uma pretensão de

---

[31] WEBER, 1971, p. 17.
[32] Cf. COLLIOT-THÉLÈNE, 2006, p. 32.
[33] Cf. COLLIOT-THÉLÈNE, 2006, p. 34.
[34] Cf. COLLIOT-THÉLÈNE, 2006, p. 34.

um conhecimento puramente objetivo, sobre o qual se poderia construir a empresa de dominação técnica da natureza, como dirá Colliot-Thélène, tal concepção excluiu o interesse pelos acontecimentos singulares do horizonte dos interesses científicos considerados legítimos[35].

Ainda que, em Weber, a história seja entendida como uma ciência – e por certo, só por esse ponto já caberiam várias distinções em relação à história arqueológica de Michel Foucault – ela é uma ciência do "particular". Trata-se de uma ciência que tem por objeto a análise e a imputação causal de ações, de estruturas, de personagens individuais que têm significado para constituição da especificidade da cultura Ocidental moderna. Já, sua sociologia, essa sim, terá o papel de elaborar conceitos de "tipos" abstratos que permitirão, ao saber sociológico, lidar com a descrição de regras gerais do devir.

Mas esse não é o papel da história. A tarefa do historiador, segundo a perspectiva de Weber, ainda nas palavras de Colliot-Thélène, não é propriamente a narração dos fatos. Não cabe ao historiador relatar os acontecimentos e explicá-los segundo o seu sentido verdadeiro, mas administrar as provas existentes das conexões causais entre os acontecimentos singulares, a partir dos quais a história é tecida[36].

Daí a coerência da epistemologia weberiana que pressupõe um hiato irredutível entre a realidade e o conceito. A consideração desse vão de irracionalidade entre a realidade e o conceito significa o rompimento com a pretensão de se dar conta exaustivamente, em termos de conceito, dos elementos que convergiram para a produção de um acontecimento qualquer[37]. Isso significa aceitar que as explicações fornecidas pela história (ou pela sociologia), se quiserem evitar o dogmatismo, deverão assumir seu caráter inevitavelmente parcial[38].

Algumas indicações para pesquisa

A partir desse esboço introdutório acerca do sentido do trabalho em história presente tanto em Foucault quanto em Weber, parece termos aqui

---

35 Cf. COLLIOT-THÉLÈNE, 2006, p. 35.
36 Cf. COLLIOT-THÉLÈNE, 2006, p. 36-37.
37 Cf. COLLIOT-THÉLÈNE, 2006, p. 38.
38 Cf. COLLIOT-THÉLÈNE, 2006, p. 39.

a indicação de um caminho possível para realizar o cruzamento entre os trabalhos dos pensadores, a fim de explicitar a afirmação feita Foucault acerca da convergência e da filiação de ambos à mesma tarefa filosófica.

Foucault faz seu trabalho em história – a pesquisa arqueológica – convergir para uma genealogia, que não tem o objetivo de explicar o sentido daquilo que somos, mas procura compreender o engendramento dos acontecimentos singulares que, de algum modo, constituíram nosso presente histórico.

Em Weber, o trabalho em história converge para uma sociologia e, inversamente, essa converge para aquele. Se, de uma parte, essa sociologia tem por função, como uma de suas tarefas essenciais, elaborar conceitos e regras gerais, de outra, tais construções abstratas possuem um caráter essencialmente instrumental, pois, em Weber, o conhecimento da realidade histórica concreta, em sua singularidade, permanece sendo o desafio maior, permanece sendo aquilo que confere utilidade e fecundidade às construções abstratas da sociologia[39]. Assim, a história em Weber é a forma decisiva – mas enquanto construção conceitual, certamente, provisória – da compreensão do modo pelo qual nos tornamos aquilo que somos.

Se, de um lado, as diferenças na maneira pela qual são construídas a história arqueológica (em Foucault) e a ciência histórica (em Weber) permitem a identificação de especificidades de suas concepções e de seus métodos relativos à história, de outro lado, sua intuição e seu trabalho em história parecem privilegiar as ideias de "singularidade", "particularidade" e "acontecimento" históricos.

Igualmente centrais em Foucault e em Weber, tais noções possuem, é certo, um significado próprio em cada um dos autores. Nossa hipótese é que a compreensão precisa desses significados, aliada ao esforço de considerá-los comparativamente, poderá elucidar de que maneira o lugar do trabalho em história realizado pelos pensadores é capaz de aproximá-los da atitude, do modo de pensamento que corresponderia a uma ontologia crítica do presente. A intuição de Weber e de Foucault ao trabalharem com a história, apesar das diferenças que seus escritos comportam, denotaria a forma aparentada desses dois pensadores se posicionarem em relação à modernidade.

---

[39] Cf. COLLIOT-THÉLÈNE, 2006, p. 37.

O filósofo, Michel Foucault, distancia-se da modernidade, entendida como a afirmação de um poder sintético e universal da racionalidade, doador de sentido à vida do homem e à sua história. Mas, ao mesmo tempo, pode-se dizer que Foucault é fiel à modernidade, entendida como atitude, entendida como *ethos* filosófico, cujo teor é a elaboração incessante de uma ontologia crítica do presente.

O sociólogo e historiador, Max Weber, também se distancia da modernidade, compreendida como a afirmação de um poder sintético e universal da racionalidade, doador de sentido à vida e à história do homem (e o faz, na medida em que problematiza e aponta os limites dessa racionalidade doadora de sentido). Mas também Weber, assim como o fará ao seu modo Michel Foucault, vincula-se à atitude de modernidade que consiste no esforço constante de compreensão de nosso ser histórico, conferindo igualmente a seus trabalhos a forma de uma ontologia crítica daquilo que somos.

Em Weber e em Foucault, a presença da história, considerada na perspectiva da singularidade e não da identificação e da narração de um sentido, remete à mesma e fundamental preocupação com o presente. Tal preocupação não tem a forma da mera constatação daquilo que o presente é. Não tem também a forma de uma heroicização do momento histórico em que vivemos a fim de perpetuá-lo. Ao contrário, ela tem a forma de uma tarefa, a tarefa filosófica de realizar uma reflexão sobre a atualidade, que se configure como uma crítica ao presente compreendido em sua singularidade histórica.

Se os escritos de Foucault e de Weber ainda têm tanto a nos dizer é porque nos permitem compreender, ao menos em parte, o significado dessa tarefa filosófica maior, que parece continuar sendo a nossa.

Referências

COLLIOT-THÉLÈNE, Catherine. *La sociologie de Max Weber*. Paris: La Découverte, 2006.

COLLIOT-THÉLÈNE, Catherine. *Max Weber e a História*. Tradução de Eduardo Biavati Pereira. São Paulo: Brasiliense, 1995.

EWALD, François. Foucault et l'actualité. In: *Au Risque de Foucault*. Paris: Éditions du Centre Pompidou, 1997.

FOUCAULT, Michel. *Naissance de la clinique*. Paris: PUF, 1963.

FOUCAULT, Michel. Qu'est-ce que les Lumières? *Magazine littéraire*, Paris, n. 207, mai. 1984. p. 35-39.

FOUCAULT, Michel. *As Palavras e as coisas*. Tradução de Salma Tannus Muchail. São Paulo: Martins Fontes, 1990, 5ª edição.

FOUCAULT, Michel. Qu'est-ce que les Lumières? In: *Dits et écrits IV: 1980-1988*. Paris: Gallimard, 1994a. p. 562-578.

FOUCAULT, Michel. Qu'est-ce que les Lumières? In: *Dits et écrits IV: 1980-1988*. Paris: Gallimard, 1994b. p. 679-688.

FOUCAULT, Michel. *A Ordem do discurso*. Tradução de Laura Fraga de Almeida Sampaio. São Paulo: Edições Loyola, 1996.

FOUCAULT, Michel. *Le Gouvernement de soi et des autres*. Cours au Collège de France. 1982-1983. Paris: Gallimard / Seuil, 2008.

KANT, Immanuel. Resposta à pergunta: Que é o Iluminismo? In: *A Paz Perpétua e outros opúsculos*. Lisboa: Edições 70, 2004. p. 11-19.

PIERUCCI, Antônio Flávio. *O Desencantamento do mundo*. São Paulo: Trinta e Quatro, 2003.

RABINOW, Paul (éd.). *The Foucault Reader*. New York: Pantheon Books, 1984. p. 32-50.

REVEL, Judith. *Expériences de la pensée*. Michel Foucault. Paris: Bordas, 2005.

VEYNE, Paul. Un archéologue sceptique. In: ERIBON, Didier. *L'infréquentable Michel Foucault*. Renouveax de la pensée critique. Paris, EPEL, 2001. p. 19-59.

WEBER, Max. *Économie et société*, I. Paris: Plon, 1971.

WEBER, Max. *A Ética Protestante e o espírito do capitalismo*. Tradução de José Marcos Mariani de Macedo. São Paulo: Companhia das Letras, 2007.

WEBER, Max. *Œuvres politiques (1895-1919)*. Paris: Albin Michel, 2004.

WEBER, Max. *Économie et société dans l'Antiquité*. Paris: La Découverte, 2001.

WEBER, Max. *Essais sur la théorie de la science*. Paris: Plon, 1965.

WEBER, Max. *Ensaios de sociologia*. Tradução de Waltensir Dutra. Rio de Janeiro: LTC, 2002, 5ª edição.

Dizer sim à existência

Margareth Rago

Há momentos na vida em que é importante decidir se continuamos ou desistimos, se ficamos ou partimos. Se partimos do bairro, da cidade, do país, da casa, do trabalho, das amizades ou do casamento, entre outras tantas relações. Momentos de encruzilhada, difíceis, angustiantes, dolorosos, em que pesam todas as minuciosas avaliações, os infindáveis balanços, as desoladas comparações entre o que fizemos ou deixamos de lado. Contudo, se decidimos ficar, convém que a opção seja clara e verdadeira, para que se possa viver com alegria e com humor, pois rir é fundamental. Como diz Sílvio Gallo, "a alegria é a prova dos nove".

É como alguém que diz sim à existência que vejo Foucault, alguém que sabemos ter enfrentado momentos de muita pressão, angústia e dor, quando recorremos à sua biografia. Alguém que desce aos infernos, confronta-se consigo mesmo e com a morte, e opta por retornar e ficar. Doravante, a força do sim proferido afeta e contamina toda a sua vida e pensamento.

Em seu novo livro, *Foucault, sa pensée, sa personne*, Veyne percebe o amigo como um samurai magro e elegante, que usa com maestria os seus textos-espadas. E adverte: esse "guerreiro não é o 'espírito que sempre nega tudo'. Foucault não é um desses pessimistas amargos que sonham em dinamitar o planeta" (Veyne, 2008, p. 70). Mais à frente, acrescenta: "Também estou em condições de provar que Foucault não era o diabo, como acreditaram alguns, e não os menos importantes", para quem tudo o que ele queria era arruinar toda moral e toda normalidade (Veyne, 2008, p. 168).

Discordando da difundida imagem de cético, Veyne entende que quando Foucault nega a verdade, trata-se das ideias universais, das verdades gerais, mas não de um ceticismo absoluto. "Positivista inesperado", diz ele, jamais descarta os pequenos fatos, os pequenos acontecimentos da vida cotidiana, como os céticos gregos, aliás. Contudo, esses acontecimentos só podem ser percebidos por um ponto de vista e por meio de discursos; não se trata, pois, de relativismo nem de historicismo, mas de perspectivismo. Por exemplo, continua Veyne, para Foucault,

> [...] não se encontra em parte alguma a sexualidade em "estado selvagem"; essa planta não se encontra senão num estado de planta cultivada num discurso, ao mesmo tempo prisioneira e guarda de um dispositivo em que é imanente o discurso, este *a priori* histórico efêmero [...]. Estou sugerindo apenas que não se poder alguma coisa sem "ter uma ideia a respeito"; diante de um recém-chegado, a criança diz "é um papai", tal é o seu discurso antropológico. (VEYNE, 2008, p. 75)

Portanto, não há como pesquisar um objeto nu, um referente pré-discursivo: "só um deus saberia o que é a loucura pré-discursiva ou a erva em si." Citando Schaeffer, Veyne prossegue sua argumentação:

> A postura epistemológica de Foucault não consistia em reduzir o real ao discurso, mas em lembrar que, desde que um real é enunciado, ele já está sempre discursivamente estruturado. Nesse sentido, a afirmação da irredutível diversidade das colocações em disc urso não implicava nem um idealismo reduzindo a realidade ao pensamento, nem um relativismo ontológico. (*Apud* VEYNE, 2008, p. 77)

Procuro, nesse texto, destacar a dimensão positiva do pensamento de Foucault, a "vontade de potência"[1], o Sim dionisíaco, que os seus opositores ignoraram, ao acusarem-no de irresponsável, de ter apenas atitudes negativas e de não propor nada, como bem lembra Abraham (2003,178). Ao contrário, encontro um Foucault que insistentemente diz sim à vida e, valendo-me da expressão de Veyne, também parceiro nesse meu trabalho, que "não corrompe a juventude", ou ainda, cuja atitude traduz, segundo Abraham,

> [...] um nihilismo guerreiro, hiperativo, que impulsiona a desmontagem das peças de um bovarismo que nos faz crer que o conhecimento e a ação se originam em um mundo feito à medida de nossa necessidade de um final feliz. Nem toda a realidade é diagramada nos estúdios de Hollywood, nem nas academias das belas almas da filosofia. (ABRAHAM, 2003, p. 182)

---

[1] "A vontade de potência, em seu mais elevado grau, sob sua forma intensa ou intensiva não consiste em cobiçar e nem mesmo em tomar, mas em dar e em criar. [...] é Dionísio. [...] É afirmação da diferença, jogo, prazer e dom, criação da distância" (DELEUZE, 2006, 158).

Esse dizer sim, esse afirmar não é a aceitação passiva do instituído, não é o Sim do burro de Zaratustra, para quem afirmar é carregar o peso do mundo, é assumir a realidade tal qual ela é, já que ele é sensível apenas àquilo que tem sobre o lombo, àquilo a que chama de real. Como diz Deleuze: "o asno carrega inicialmente o peso dos valores cristãos; depois, quando Deus está morto, carrega o peso dos valores humanistas, humanos – demasiado humanos; finalmente, o peso do real, quando há não há valor algum" (DELEUZE, 2006, p. 159). E adverte que, na verdade, o asno diz Não, pois "é a todos os produtos do nihilismo que ele diz sim". É um Sim de "resposta ao espírito de gravidade e a todas as suas solicitações" (DELEUZE, s/d, p. 272). Ao contrário, o afirmar de que falamos diz respeito à criação, à dança e à vida: "o Sim de Zaratustra é a afirmação do dançarino, o Sim do asno é a afirmação do carregador; o Não de Zaratustra é o da agressividade, o Não do asno é o do ressentimento (DELEUZE, 2006, p. 160). "Afirmar é aliviar: não carregar a vida com o peso dos valores superiores, mas criar valores novos que sejam os da vida, que façam a vida leve e ativa" (DELEUZE, s/d, p. 275).

Desdobro essas reflexões em três direções, considerando o pensamento de Foucault: a sua noção de crítica, como prática que faz viver, que dá visibilidade a acontecimentos e a saberes silenciados; a conexão com o passado, a reconstrução dos elos perdidos com a tradição; os modos de existência que nos são abertos, desde que Foucault decreta a morte do Homem, o que não acaba por isso com a Humanidade, e historiciza a subjetividade.

Multiplicar os sinais de existência

Convido, então, a prestar atenção à maneira pela qual Foucault poeticamente transforma e potencializa a noção de crítica, ao abri-la para um acolhimento e comemoração do que deve ser apreciado, valorizado e prestigiado, ao contrário da maneira pretensamente objetiva, classificatória, arrogante e negativa, que incita a julgar e a condenar de cima, de fora e do alto, em nome da verdade única. Diz ele,

> Não posso me impedir de pensar em uma crítica que não procurasse julgar, mas que procurasse fazer existir uma obra, um livro, uma frase, uma ideia; ela acenderia fogos, olharia a grama crescer, escutaria o vento e tentaria apreender o vôo da espuma para seme á-la. Ela multiplicaria não os julgamentos, mas os sinais de existência; ela os provocaria, os tiraria de seu sono. Às vezes, ela os inventaria? Tanto melhor, tanto melhor. A crítica por sentença me faz

> dormir. Eu adoraria uma crítica por lampejos imaginativos. Ela não seria soberana, mas vestida de vermelho. Ela traria a fulguração das tempestades possíveis. (FOUCAULT, 2001, p. 925)

Nessa concepção, criticar é dar vida, fazer existir, ressaltar as configurações que contornam e conformam o objeto, considerar as práticas que o constituem, descrevê-lo em sua empiricidade, observando-o e escutando-o, sem enquadramentos conceituais aprioristicos, ou simplesmente, sem preconceitos. Foucault convida a libertar o acontecimento, considerando-o em sua própria temporalidade. Assim, a história é fundamental para esse pensamento filosófico, pois é ela que pode apreender as singularidades dos fenômenos humanos, vividos e lembrados.

Ao contrário de explicações totalizadoras que produzem sínteses e conceitos abstratos, esse filósofo-historiador pratica um outro modo de conhecer o passado, munindo-se de um olhar atento para o miúdo, o pequeno, os detalhes e, portanto, sensível às singularidades das experiências humanas. Nesse sentido, exemplifica Veyne, ao aceitar a ideia de que o amor é um sentimento universal definido de X maneiras, ao contrário de inventar invariantes ao longo da História, Foucault pede que percebamos as singularidades, as diferenças que caracterizam as experiências humanas (VEYNE, 2008, p. 20). Nessa ótica, o prazer na Antiguidade, a carne no cristianismo, a sexualidade para os modernos, o gênero para os pós-modernos remetem a experiências muito singulares na relação amorosa-sexual. Do mesmo modo, a democracia moderna, explica Veyne, em nada se aproxima da democracia ateniense.

Foucault desconstrói os discursos lineares que estabelecem a continuidade histórica e permitem legitimar o presente. "O saber", diz ele, na esteira de Nietzsche, "não é feito para compreender, ele é feito para cortar." Rompe com as linearidades, com as narrativas históricas que constroem o passado como realidade objetiva e que nos fazem herdeiros progressistas de uma grande tradição. Rompe com essa tradição, desfaz os fios que nos amarram a ela, mostra sua fragilidade, implode conceitos, desacredita as verdades estabelecidas, como já mostraram inúmeros estudos.

Contudo, estaríamos longe dele se por aí considerássemos o seu ceticismo. É preciso ir além. Isso significa perceber como Foucault nos reata a outras tradições, a partir de novas relações, que, por sua vez, definem outras tradições possíveis, existentes em nosso repertório de experiências. Nessa direção, a Antiguidade renova-se aos nossos olhos libertos do confinamento imposto pelas lentes do século XIX, ao ser indagada a partir dos conceitos da subjetivação, do cuidado de si, da *parresia* e das artes da existência, entre outros. A necessidade de reler esse passado coloca-se novamente, porém, de um novo modo, em que se marcam claramente as grandes distâncias e as imensas diferenças entre o que somos e o que foram os nossos antepassados. É preciso deslegitimar o presente, desfazendo os fios da continuidade histórica, que sustentam as noções de identidade e de natureza humana. É preciso reler o passado e construir novas narrativas históricas.

Uma nova conexão com o passado

O tema da ruptura com a tradição foi dramaticamente aprofundado por Hannah Arendt (1979). Comentando o aforismo de René Char, segundo o qual "nossa herança nos foi deixada sem nenhum testamento" ("*notre heritage n'est précédé d'aucun testament*"), diz ela:

> Sem testamento, [...] ou sem tradição – que selecione e nomeie, que transmita e preserve, que indique onde se encontram os tesouros e qual o seu valor –, parece não haver nenhuma continuidade consciente no tempo, e portanto, humanamente falando, nem passado nem futuro, mas tão-somente a sempiterna mudança do mundo e o ciclo biológico das criaturas que nele vivem. O tesouro foi assim perdido, não mercê de circunstâncias históricas e da adversidade da realidade, mas por nenhuma tradição ter previsto seu aparecimento ou sua realidade; por nenhum testamento o haver legado ao futuro. (ARENDT, 1979, p. 31)

Como mostra Duarte, os perigos iminentes dessa possível ruptura com o passado inquietavam profundamente a filósofa alemã:

> A ruptura do fio da tradição implicava o risco de um bloqueio no acesso aos "tesouros" do passado, o que, por sua vez, poderia implicar que não mais se pudesse compreender o presente. [...] Um dos riscos instaurados pela ruptura da tradição é o de que ela traz consigo o perigo de que o passado se torne inacessível e seja, portanto, totalmente esquecido. (DUARTE, 2000, p. 122)

A questão é, sem dúvida, muito séria, já que, como reflete a autora, em Origens do Totalitarismo, de 1951, os regimes totalitários construíram-se a partir de estratégias de atomização dos indivíduos, de curtocircuito nas experiências comunitárias, de quebra dos vínculos espontâneos estabelecidos entre os indivíduos e os grupos sociais, assim como por um esvaziamento da experiência coletiva, o que inclui um apagamento da História e a perda da tradição.

É a destruição das redes de articulação política, como os sindicatos, as comissões operárias, as formas espontâneas de organização de base, tanto quanto sociais, – clubes, associações de moradores, grupos de lazer – que se tornam focos de violenta repressão do Estado, assim como o silenciamento dos acontecimentos e vozes consideradas ameaçadoras e indesejáveis. O apagamento da História é fundamental para os regimes totalitários, que se apropriam do passado para fins utilitários, produzindo um sistema único de interpretação histórica e de construção da "verdade".

Sem laços afetivos e sociais suficientemente fortes para ancorá-los, sem compromissos políticos que os envolvam e articulem, sem História comum, os indivíduos ficam soltos e cada vez mais fragilizados em sua solidão; isolados e desamparados, tornam-se vulneráveis à propaganda totalitária, presas fáceis para o poder. Nas palavras de Arendt:

> O totalitarismo que se preza deve chegar ao ponto em que tem de acabar com a existência autônoma de qualquer atividade que seja, mesmo que se trate de xadrez. Os amantes do "xadrez por amor ao xadrez", adequadamente comparados por seu exterminador aos amantes da "arte por amor à arte", demonstram que ainda não foram totalmente atomizados todos os elementos da sociedade, cuja uniformidade inteiramente homogênea é a condição fundamental para o totalitarismo.[...] Os movimentos totalitários são organizações maciças de indivíduos atomizados e isolados (ARENDT, 1979, p. 50)

Indivíduos isolados uns dos outros, incapazes de estabelecer redes de relações solidárias, carentes da interação humana possível com o mundo na esfera pública e privada tornam-se indiferentes e desinteressados também em relação a si mesmos. Como afirma Duarte, ao analisar o pensamento arendtiano: "A perda dos interesses é idêntica à perda de si, e as massas modernas distinguem-se [...] por sua indiferença quanto a si mesmas (selflessness), quer dizer, por sua ausência de interesses individuais" (DUARTE, 2000, p. 51).

O poder totalitário distribui os indivíduos, isola-os, classifica-os e organiza-os de modo a facilitar a dominação, como mostra tão bem Foucault, nos anos setenta, em sua crítica ao mundo fascista. *Vigiar e Punir* é, nesse sentido, um estudo profundo da formação da sociedade disciplinar, sociedade totalitária por excelência, produtora de "corpos politicamente dóceis, mas economicamente produtivos". Não é à toa que o livro se encerre com os ruídos produzidos pela resistência dos fourieristas e dos anarquistas do jornal *La Phalange* (FOUCAULT, 1976).

O desinteresse pela disciplina da História e, em especial, pela História da Antiguidade não precisa ser muito explicado. A ausência de pontes verdadeiras com o passado se evidencia na visível indiferença pelos antigos, especialmente quando tomamos contato com essa herança revisitada por Foucault, em que outros passados se delineiam.

É inevitável perguntar como um uso particular do passado, sobretudo da Antiguidade greco-romana, como mostra Funari, ateve-se a dimensões que hoje nos parecem extremamente negativas (FUNARI, 2003). Portanto, as práticas que foram lidas pela ótica do mesmo se perderam, pois foram eliminadas em operações teóricas e ideológicas sutis. Basta pensarmos em como entendemos tão bem determinadas noções, enquanto outras exigem muita reflexão, explicação e historicização. Refiro-me, por exemplo, à noção de sujeição, oposta à de subjetivação; à de retórica, contrária à *parresia*; ao culto narcisista do corpo, muito distantes das estéticas da existência desenvolvidas pelos antigos. É inevitável perguntar a que vem a ênfase insistente do lado do poder, da domesticação, do confinamento e da morte?

Consideremos a relação sujeição/subjetivação. A construção da cidadania aparece, nos textos das elites modernas, como lições de obediência e subserviência, cujos efeitos podem ser sentidos numa sociedade que valoriza avidamente os manuais de autoajuda. Ensinados quando crianças e adolescentes a repetir a ordem e a obedecer aos regimentos, os adultos reclamam que se lhes apontem os rumos a serem seguidos, os scripts a serem performatizados, as verdades a serem acreditadas, os/as líderes a serem obedecidos. Inúmeros pensadores e políticos modernos recorreram aos antigos para mostrar como a figura do cidadão que promoviam atendia às exigências da natureza e da normalidade, da evolução e do progresso, pois havia sido estabelecida desde aqueles tempos imemoriais. A título de ilustração, o médico Renato Kehl, – introdutor da eugenia no Brasil, no final dos anos de 1910 –, preocupado com a formação do povo brasileiro, escreve *A Cura da Fealdade* (1923), livro em que sugere técnicas modernas de embelezamento da população. Referindo-se à Antiguidade grega, como mostra Pietra Diwan, ele procurava justificar seus procedimentos como forma de reatar os vínculos com os nobres ideais da civilização, desde suas origens e dar-lhes continuidade (DIWAN, 2003). Dizia ele:

> Imitemos os gregos dos tempos heróicos, no que eles tinham de belo e salutar. Esforcemo-nos como eles para reabilitar física e moralmente os atributos humanos que a degeneração se propõe a alterar. Embelezemos a espécie humana, certos de que a beleza pode ser criada à nossa vontade. Não é utópica essa afirmativa. (KEHL *apud* DIWAN, 2003, p. 32)

Já a subjetivação, noção que designa as práticas refletidas da liberdade por meio das quais os indivíduos se constituem, não constava de nosso vocabulário cotidiano até muito recentemente, e ainda coloca muitos desafios ao entendimento. Como é que nos constituímos em relação aos códigos morais vigentes, a partir de que referências, de que regime de verdades, de que valores, de que crenças e de que práticas? O que entendemos por disposições éticas? Que parte de nós entregamos, deixamos capturar? Por quem? Por quê? Em que condições?

O tema é relativamente recente e tem sido objeto de muitas reflexões e pesquisas sociológicas, antropológicas e históricas, na atualidade, desdobrado, em grande parte, a partir das conexões com Deleuze. Mas, vamos lembrar, esse tema entra na agenda surpreendendo como uma grande novidade, apenas na década de oitenta. A subjetividade não havia sido problematizada de forma tão explícita, sobretudo além dos estudos psicológicos ou psicanalíticos; aliás, na década anterior, os movimentos sociais lutavam fortemente para a afirmação das identidades e não por sua desnaturalização ou desconstrução. Pouco se falava, nessa direção, sobre a própria história da noção de identidade, tão cara ao século XIX, como mostram Courtine e Haroche (1988).

Em relação à retórica e à *parresia*, sabemos que a primeira, tão constante em nosso vocabulário, é ensinada oficialmente nas faculdades de Direito, formando profissionais aptos a deslocarem-se, sem hesitação, do papel da defesa ao da acusação, dependendo do tipo de contrato oferecido. Não está em questão a dimensão ética da verdade, mas a construção de argumentos hábeis que permitem defender ou acusar, valendo-se das mesmas provas e dos mesmos depoimentos. Já a *parresia,* o falar franco em situação de risco, embora faça parte da mesma tradição grega e conste dos dicionários, só nos chega muito recentemente, pelas últimas pesquisas de Foucault, necessitando ainda de um longo trabalho de entendimento e difusão. Pede, ao mesmo tempo, uma reavaliação do que foi feito com a herança recebida, mas não transmitida. Retomando os ensinamentos de Arendt, herança que não foi incorporada não se torna tradição.

Segundo Foucault, o *parresiasta* é aquele que tem "a coragem da verdade", que se arrisca, que não teme correr riscos, que ousa dizer a verdade acerca das instituições e decisões políticas diante dos poderosos, sem temer o rei. Ao mesmo tempo, a prática *parresiasta* está distante da confissão, dessa relação com a verdade que ele entende como um importante dispositivo de controle do indivíduo e de instauração da obediência. Quanto mais o indivíduo é incitado a exprimir o seu eu mais profundo e a revelar as suas emoções mais íntimas, sobretudo pela confissão, tanto mais fica submetido a essa forma de poder denominada de "governo por individualização", que se exerce na vida cotidiana, vinculando-o à sua identidade (Gros, 2006). Finalmente, o *parresiasta* também se distancia do "militante iluminado", aquele que se sente em condições de impor ao outro o que acredita ser a única verdade possível.

Nessa referência do cuidado de si dos antigos em que se inscrevem as práticas *parresiastas*, trata-se da construção de uma "subjetividade expressiva", segundo Nancy Luxon, em oposição ao sujeito dividido e alienado para Marx, ou neurótico e obsessivo para Freud (Luxon, 2008, p. 390). Ao contrário desse, que vai para dentro em busca dos segredos do desejo, as práticas *parresiastas* de autoformação se detêm na superfície da atividade. Primeiro, trata-se de perceber-se a si mesmo, de prestar atenção aos próprios movimentos e respostas, de escutar-se. Contudo, o conhecimento de que aqui se fala não implica uma hermenêutica do sujeito, uma conversão a si nem no estilo platônico, com base na reminiscência do que a alma conheceu em outros tempos, nem no modelo cristão, que investe na recusa de quem se é, na crítica aos próprios desejos, na culpabilização do prazer e na renúncia a si, como bem mostrou Salma Muchail (Muchail, 2006). Para fornecerem um modelo de autogoverno ético, as práticas da *parresia* devem ser capazes de formar sujeitos coerentes no dizer e no agir, sem que suas relações sejam disciplinares ou de constrangimento, sem objetivação dos indivíduos num "corpo de conhecimentos", sem que as técnicas paidéticas da *parresia* se transformem em ortopedia. Foucault enfatiza as atividades que estruturam as relações individuais com outros. Segundo ela,

> Enquanto as imagens espaciais do Panóptico organizam os corpos projetando uma ordem espacial sobre eles, a parresia mantêm os indivíduos como são definidos pela particularidade da elaboração e ritmo que dão às suas práticas. As práticas da parresia educam o indivíduo para uma "disposição à firmeza". Como atingir esse auto-domínio que não é ortopédico? Não busca a verdade de si na interioridade, mas examina os próprios passos

para adquirir uma firmeza de orientação. Diferentes das tecnologias confessionais, as técnicas parresiastas ensinam duas coisas: ensinam o indivíduo a estabelecer seu padrão de valores e então a começar o trabalho paciente de mover-se entre esse padrão e o mundo em que vive. Nada de criação de um código ético universal que deva ser internalizado como consciência, mas criação de relações consigo e com os outros que forneçam um contexto imediato de reconhecimento desses valores em uma comunidade. (Luxon, 2008, 388)

Culto narcisista do corpo/estéticas da existência. As academias de ginástica, *spas,* clínicas de estetização crescem e oferecem toda sorte de produtos de emagrecimento, *lifting, bodybuilding,* fortalecimento muscular, rejuvenescimento. Ortega e Sant´Anna têm excelentes estudos, em que mostram como se produzem e processam as formas da bioascese contemporânea, ou da produção das bioidentidades (Ortega, 2008; Sant´Anna, 2001), modo em que a subjetividade se encontra no próprio corpo que deve ser modelado, transformado, adaptado.

Já as *artes da existência* dos antigos gregos, a cultura de si dos romanos, que pregam um trabalho de construção de si a partir de códigos éticos e de práticas da liberdade nos chegam num momento em que estetizar o corpo, o meio e a própria vida está no discurso do capital e nas propagandas da mídia, que apontam para um mundo da beleza, da perfeição e da harmonia. No entanto, trata-se de um investimento narcisista sobre um indivíduo que perdeu as pontes com o mundo, que desconhece a história, que vive numa temporalidade tão individualizada que inviabiliza a comunicação e a relação com o outro, na vida cotidiana. Muito diferente da experiência do cuidado de si do paganismo, que, em suas diferentes modalidades, não consiste em uma atividade solitária, não se destina a separar o indivíduo da sociedade, mas supõe as relações sociais, pois ocorre nos marcos da vida social e comunitária. Como explica Foucault, "o cuidado de si [...] aparece como uma intensificação das relações sociais." Não se trata de renunciar ao mundo e aos outros, mas de modular diferentemente a relação com os outros pelo cuidado de si.

Muito se falou sobre a atomização do indivíduo e do empobrecimento da experiência na contemporaneidade, temas caros a Arendt, Foucault, Sennett e Agamben, entre outros. Vale lembrar, porém, o quanto as esquerdas tendem a perceber o "cuidado de si" do mundo greco-romano pelas lentes domesticadoras da direita, ignorando totalmente essa tradição. Já o capital se enriquece e se apropria, respondendo com meios muito eficazes de persuasão e lucro.

Em suma, Foucault, o chamado "filósofo das rupturas e da descontinuidade", constrói novas pontes com o passado, revive e renova a tradição, mostra-nos antigas experiências de autonomia, em nosso próprio passado, construídas a partir de práticas da liberdade, rompidas, perdidas, silenciadas. Aqui, lembro sua indignação e luta pelos direitos da História, expressas em *A Arqueologia do Saber*:

> Denunciaremos, então, a história assassinada, cada vez que em uma análise histórica – e sobretudo se se trata do pensamento, das ideias ou dos conhecimentos – utilizarmos de maneira demasiado manifesta, as categorias da descontinuidade e da diferença, as noções de limiar, ruptura e transformação, a descrição das séries e dos limites. Denunciaremos um atentado contra os direitos imprescritíveis da história e contra o fundamento de toda historicidade possível.(FOUCAULT, 1986, p. 16)

Não é de ruptura com a tradição, de quebra entre passado e presente que fala Foucault quando busca construir uma história genealógica, que dê vida ao que ficou silenciado nos marcos da disputa da origem e da fundação? Foucault não declara, também aqui, o seu imenso amor pelo mundo?

As subjetividades: uma inovação total

> Voltamos para a frase de Marx: o homem produz o homem. Como entendê-la? Para mim, o que deve ser produzido não é o homem tal como teria desenhado a natureza, ou tal como sua essência o prescreve; temos de produzir alguma coisa que ainda não existe e que não sabemos o que será. (FOUCAULT, 1994, p. 75)

Segundo ele, produção nesse caso não significa liberar as forças produtivas, mas transformar o que somos e criar algo totalmente outro, uma inovação total:

> ao longo de sua história, os homens não cessaram de se construir a si mesmos, isso é, não cessaram de deslocar continuamente sua subjetividade, de se constituir em uma série infinita e múltipla de subjetividades diferentes, que não terão fim jamais e que não nos colocarão jamais diante de algo que seria o homem. Os homens se engajam perpetuamente num processo em que, constituindo objetos, desloca-os ao mesmo tempo, deforma-os, transforma-os, e transfigura-os como sujeitos. Ao falar da morte do homem, de maneira confusa, simplificada, é isso o que eu queria dizer; mas não cedo sobre o fundo da questão. Aí está a incompatibilidade com a escola de Frankfurt". (FOUCAULT, 1994, p. 75)

É impressionante constatar como, logo após a publicação dos volumes 2 e 3 da História da Sexualidade, os críticos de Foucault passaram a discutir se estaria ocorrendo um "retorno ao sujeito" em seu pensamento. Páginas e páginas foram escritas, acusando ou defendendo essa tese. Ao invés da atenção às suas novas descobertas, grande parte da crítica deslocou-se para o que considerava a falha, o furo, a "contradição interna" do seu pensamento. E, assim, mediante a correção das falhas, reafirmava-se o mesmo. As imensas asas de Tânatos sobrevoavam o mundo acadêmico, enquanto Eros caía prostrado, desalentado.

O ponto crucial desse debate parecia ficar à margem nas análises dos críticos céticos de Foucault: a importância de estudarem-se as práticas formadoras dos modos de ser na história das origens e das transformações éticas (RAJCHMAN, 1989). Nesse percurso, Foucault descobria práticas da liberdade na constituição de si, estilísticas da existência, e fortalecia-se empiricamente para produzir novas ferramentas conceituais para enfrentar o presente e o futuro que já se anunciava. Se o neoliberalismo trazia à cena a flexibilização, apontando para o "homem flexível e endividado", como diz Deleuze, Foucault acenava com a possibilidade de intervenção política no processo de constituição do eu ético, o que era muito benvindo pelos intelectuais libertários. Edson Passetti, por exemplo, percebeu desde cedo um Foucault anarquista, indomável, rebelde, "vital para quem inventa espaços, habita contraposicionamentos, utopias efetivamente realizadas, as heteretopias" (PASSETTI, 2006, p. 109).

Mas, vale perguntar: afinal, no campo das reflexões sobre as transformações sociais, que lugar havia nos quadros mentais de décadas atrás para serem tematizados tanto o cuidado de si, quanto as práticas *parresiastas* do mundo greco-romano? Difícil experiência desse pensamento intempestivo, sempre em luta contra poderosas forças inibidoras, para potencializar a vida, para dizer sim à existência.

Naquele momento, embora os discursos utópicos problematizassem a formação do "homem novo", ainda não se colocara nenhuma reflexão sobre a necessidade de uma história das práticas de conversão a si, tampouco alguma reflexão mais pertinente sobre o que se poderia enteder por "subjetividade revolucionária". Quando muito, falava-se indiscriminadamente na necessidade da "autocrítica", termo famoso no discurso das esquerdas, que designava muito mais um movimento de disciplinarização pessoal, de sujeição do que de autonomia ou de construção pessoal.

Aliás, em um dos seus cursos, discutindo as técnicas de si construídas em nossa tradição e as formas imaginadas de construção de outros modos de existência, Foucault aborda o tema da produção da "subjetividade revolucionária". Historicizando essa experiência, perguntando por sua emergência, sugere que é desde meados do século XIX, que o antigo tema de um trabalho sobre si se conecta com a ideia da revolução política, da "conversão à revolução". Em suas instigantes palavras:

> Parece-me que é a partir do século XIX [...] seguramente por volta dos anos 1830-40, e justamente em referência aquele acontecimento fundador, histórico-mítico que foi para o século XIX, a Revolução Francesa, que se começou. Parece-me que, ao longo do século XIX, não se pode compreender o que foi a prática revolucionária, não se pode compreender o que foi o indivíduo revolucionário e o que foi para ele a experiência da revolução se não se leva em conta a noção do esquema fundamental da conversão à revolução. O problema, então, estaria em examinar de que modo se introduziu este elemento que procedia da mais tradicional – [...] pois que remonta à Antiguidade – tecnologia de si que é a conversão, de que modo se atrelou ele a este domínio novo e a este campo de atividade nova que era a política, de que modo este elemento da conversão se ligou necessariamente, senão exclusivamente, à escolha revolucionária, à prática revolucionária. Seria preciso examinar também de que modo esta noção de conversão foi pouco a pouco sendo validada – depois absorvida, depois enxugada e enfim anulada – pela própria existência de um partido revolucionário. E de que modo passamos do pertencimento à revolução pelo esquema de conversão ao pertencimento à revolução pela adesão a um partido. (FOUCAULT, 2004b, p. 256)

A reviravolta que Foucault efetua ao recolocar a questão da produção da subjetividade tem sido bastante discutida e avaliada. Diante da falência de um modo de pensar, outras portas de entrada se abriram; novos acontecimentos puderam produzir-se, interpelando-nos política e subjetivamente. As pontes haviam sido construídas. Uma nova aliança com o mundo se firmava e afirmava.

Referências

ABRAHAM, Tomás (org.). *El ultimo Foucault*. Buenos Aires: Sudamericana, 2003.

ARENDT, Hannah. *Entre o passado e o futuro*. 2ª ed. São Paulo: Perspectiva, 1972.

COURTINE, Jean-Jacques; HAROCHE, Claudine. *Histoire du Visage*. Exprimer et Taire ses Émotions (du XVIe. siècle au début du XXe. siècle). Paris: Éditions Rivages, 1988.

DELEUZE, Gilles. *A Ilha Deserta*. São Paulo: Iluminuras, 2006.

DELEUZE, Gilles. *Nietzsche e a Filosofia*. Porto: Res, s/d

DIWAN, Pietra S. *O espetáculo do feio*. Práticas discursivas e redes de poder no eugenismo de Renato Kehl, 1917-1937. Dissertação (Mestrado em História) – PUC-SP, S. Paulo, 2003.

DUARTE, André. *O pensamento à sombra da ruptura*. Política e Filosofia em Hannah Arendt. Rio de Janeiro: Paz e Terra, 2000.

FOUCAULT, Michel. *Vigiar e Punir*. Rio de Janeiro: Vozes, 1976

FOUCAULT, Michel. *História da Sexualidade*. v. II: O uso dos prazeres. Rio de Janeiro: Graal, 1985.

FOUCAULT, Michel. *História da Sexualidade*. v. III: O cuidado de si. Rio de Janeiro: Graal, 1985

FOUCAULT, Michel. *A Arqueologia do Saber*. Rio de Janeiro: Forense Universitária, 1986

FOUCAULT, Michel. Le philosophe masqué. *Dits et Ecrits*, v. II, Paris: Gallimard, 2001, p. 923-929.

FOUCAULT, Michel. Coraje y verdad. In: ABRAHAM, Tomás (org.). *El último Foucault*. Buenos Aires: Sudamericana, 2003. p. 263-406.

FOUCAULT, Michel. *La Naissance de la Biopolitique*. Paris: Seuil/Gallimard, 2004ª.

FOUCAULT, Michel. *A Hermenêutica do Sujeito*. São Paulo: Martins Fontes, 2004b.

FUNARI, Pedro Paulo. A cidadania entre os romanos. In: PINSKY, J; Pinsky, C. B. (orgs.). *História da Cidadania*. São Paulo: Contexto, 2003, p. 49-80.

GROS, Frédéric. O cuidado de si em Foucault. In: RAGO, Margareth; VEIGA-NETO, Alfredo (org.). *Figuras de Foucault*. Belo Horizonte: Autêntica, 2006, p. 127-138.

LUXON, Nancy. Ethics and Subjectivity: Practices of Self-Governance in the Late Lectures of Michel Foucault. *Political Theory*, 2008, n. 36, p. 377-402.

MUCHAIL, Salma. Da promessa à embriaguês: A propósito da leitura foucaultiana do Alcibíades de Platão. In: RAGO, Margareth; VEIGANETO, Alfredo (orgs.). *Figuras de Foucault*. Belo Horizonte: Autêntica, 2006, p. 239-252

ORTEGA, Francisco. *O Corpo Incerto*. Corporeidade, Tecnologias Médicas e Cultura Contemporânea. Rio de Janeiro: Garamond Universitária, 2008.

PASSETTI, Edson. Heterotopia, Anarquismo e Pirataria. In: RAGO, Margareth; VEIGA-NETO, Alfredo (orgs.). *Figuras de Foucault*. Belo Horizonte, 2006, p. 109-117

RAGO, Margareth; FUNARI, Pedro Paulo. *Subjetividades Antigas e Modernas*. São Paulo: Annablume, 2008.

RAGO, Margareth. O valor de uma vida: criações libertárias e práticas *parresisastas*. Texto apresentado em *Conversações Internacionais 2008*: Diferença e Fabulações, Porto Alegre, 2008, (mimeo).

RAJCHMAN, John. Foucault, a ética e a obra. Texto apresentado no Colóquio Rencontre Internationale. Michel Foucault Philosophe. Paris, 9-11, janvier. Paris: Seuil, 1989.

SANT'ANNA, Denise B. Transformações do Corpo. Controle de si e uso dos prazeres. In: RAGO, Margareth; VEIGA-NETO, Alfredo. *Figuras de Foucault*. Belo Horizonte: Autêntica, 2006, p. 99-110.

SANT'ANNA, Denise B. *Corpos de Passagem*. Ensaios sobre a Subjetividade Contemporânea. São Paulo: Estação Liberdade, 2001.

SOARES, Carmen (org.). *Corpo e História*. 2ª ed. Campinas: Autores Associados, 2004.

VEYNE, Paul. *Foucault, sa pensée, sa personne*. Paris: Albin Michel, 2008.

(Des)educando corpos: volumes, comidas, desejos e a nova pedagogia alimentar

Maria Rita de Assis César

Os novos regimes de verdade que produzem o corpo contemporâneo são oriundos de uma multiplicidade de fontes discursivas, marcadamente originárias do discurso médico e seus derivados. Tais fontes, por sua vez, habitam lugares múltiplos de produção de subjetividades no mundo contemporâneo, como as diversas mídias, a moda, os diferentes produtos do *fitness* e da boa forma, desembocando, surpreendentemente, no desnutrido discurso escolar.

As estratégias disciplinares e biopolíticas descritas por Michel Foucault, as quais conformaram os corpos desde os primórdios da modernidade, permitiram a possibilidade de conceber um corpo que já não seria mais uma materialidade orgânica e fisiológica, tal como descrita pelo o discurso médico e biológico (FOUCAULT, 1984a; 1984b). A partir de Foucault e outros historiadores, passamos a compreender o corpo como um conjunto de práticas e saberes que o produziram em recortes específicos de tempo e espaço. Entretanto, a despeito de quase meio século da produção histórico-discursiva sobre a invenção do corpo, os regimes de verdade contemporâneos permanecem imersos em uma cultura somática, em vista da qual os corpos ganham visibilidade e inteligibilidade em função de sua materialidade física mais primária, como o volume, a forma e a superfície. Nessa perspectiva somática, o alvo das estratégias de controle e de produção subjetiva é ainda o corpo, como também já o era na modernidade disciplinar. No entanto, o corpo contemporâneo é ainda mais plástico e maleável, pois a ele se destina um número quase infinito de intervenções visando produzi-lo como mais jovem, mais magro, mais flexível, mais leve, mais ágil, mais versátil e mais rápido.

Partindo dos próprios limites da modernidade delineados por Michel Foucault no seu projeto genealógico, podemos sugerir o aparecimento de novos mecanismos de controle no presente, os quais, por certo, ainda incluem procedimentos disciplinares e biopolíticos, mas revisitados. O corpo que insiste em contrariar a homilia da juventude, da saúde, da boa forma e do bem estar, o corpo descrito como farto em superfície e volume, pesado e lento, é o objeto das novas modalidades de controle, da disciplina e do biopoder. Sobre esse corpo se exercem medidas a respeito de seu volume, forma e superfície na tentativa de disciplinar o desejo de comer e colocar em curso programas de exercícios para movimentá-lo por meio de uma pedagogia da boa forma, além de uma biopolítica da saúde e uma educação para a alimentação saudável.

Nessa perspectiva, os currículos escolares esvaziados e moribundos renascem nutridos por meio de intervenções que produzem a nova ortopedia alimentar nas escolas. Ao mesmo tempo em que o universo escolar é habitado pela nova pedagogia do *fitness*, ocorre também uma generalização da sintaxe pedagógica para outros campos sociais que tomam o corpo como matéria de produção material e subjetiva. A presente investigação, no entanto, não se concentra nos novos espaços pedagogizados, como academias, consultórios, revistas, *sites* e outros, mas na nova pedagogia alimentar que começa a adentrar as instituições escolares, medindo, pesando e prescrevendo condições para os corpos infantis. Criam-se assim novas hierarquias, separações e, sobretudo, novos mecanismos de exclusão e dicotomias hierárquicas entre os corpos gordos e magros, saudáveis e doentes, normais e anormais.

A modernidade, compreendida nos termos de Michel Foucault entre o final do século XVIII e o século XX, trouxe consigo um conjunto de procedimentos discursivos e institucionais sobre a educação e a produção do corpo. Se a disciplina recortou o corpo na sua individualidade para a reprodução controlada dos exercícios e a produção dos corpos dóceis, o biopoder tomou o corpo, a partir do dispositivo da sexualidade, no conjunto da população por meio dos exercícios de governo da vida. Assim como as disciplinas, o biopoder possui a função de ordenar, classificar, nomear e excluir por meio da norma, a qual, por sua vez, é o resultado das políticas de verdade sobre o corpo, sobre a população e sobre a vida (FOUCAULT, 1999).

A instituição escolar foi descrita por Michel Foucault como o paradigma moderno da disciplinarização dos corpos, desde sua universalização no decorrer dos séculos XIX e XX. Enquanto instituição disciplinar, a escola se produziu como *locus* privilegiado da realização exaustiva dos exercícios, dos exames, das punições e recompensas centradas no corpo infantil (VEIGA-NETO, 2000). Na configuração da instituição educacional moderna, além da instrução conjugaram-se também as medidas higiênicas e alimentares, de saúde física e moral, numa verdadeira cruzada sobre os corpos infantis (DUSSEL; CARUSO, 2003). A aliança entre Estado, pedagogia e medicina colocou todos os aspectos da vida das crianças em evidência no interior da escola e as mínimas manifestações foram escrutinadas – além das aulas, as brincadeiras de pátio, a merenda, as vacinas, os exercícios físicos, a higiene corporal, tudo foi tomado como campo de intervenção e produção de verdades sobre a criança, abarcando um sistema disciplinar no qual as revistas e os exames corporais compuseram medidas centrais no processo de educação escolarizada.

No entanto, o próprio Foucault demonstrou que os limites temporais do modelo disciplinar estavam demarcados. Gilles Deleuze, seguindo as pistas de Foucault, compreendeu a crise disciplinar como uma crise nos modos de confinamento instituídos pela prisão, o hospital, a fábrica, a escola e a família. Para Deleuze, os confinamentos da disciplina eram moldes produtores de subjetividades, ao passo em que os novos controles são uma "modulação", isso é, uma moldagem que pode ser transformada continuamente, produzindo a situação flexível da subjetividade pela chave do controle (DELEUZE, 1996, p. 221). As antigas instituições, como a fábrica, o hospital, a prisão e a escola se transformaram em empresas, modificando a gramática que havia sido produzida pela velha sintaxe disciplinar. Se na sociedade disciplinar o corpo e a vida foram matéria farta para o exercício da disciplina e do biopoder, a sociedade de controle irá também tomar o corpo como substrato de sua ação. Se, por um lado, a sociedade disciplinar já transbordou os seus limites, por outro lado há toda uma intensificação dos controles sobre o corpo, os quais podem ser interpretados pela noção controle, de Deleuze, e pela atualização das próprias noções foucaultianas de biopolítica e disciplina.

Tomemos a primeira formulação do conceito de biopolítica enquanto mecanismos de governo visando o cuidado para com a vida de determinadas populações (FOUCAULT, 1999). Em um mundo marcado por novas modalidades de controle tecnológico, essa formulação se atualiza na medida em que este mundo busca insistentemente seus inimigos internos e seus "outros", visando eliminá-los ou fagocitá-los. Em formulações posteriores sobre a biopolítica, Michel Foucault nos apresentaria um conjunto de novos elementos que permitem outras aproximações. No curso de 1979, *Nascimento da Biopolítica*, ao analisar o conjunto de teorizações econômicas que produziram o chamado neoliberalismo, Foucault introduziu o conceito de "capital humano" (FOUCAULT, 2004). A partir dessa nova formulação, o sujeito sujeitado por meio das práticas institucionais acabou por dar lugar a um novo produto subjetivo oriundo das novíssimas relações com um conjunto de procedimentos culturais e econômicos que o autor denominou de mercado. Para Foucault, esse novo sujeito, um "sujeito econômico ativo", deverá produzir-se a si mesmo por meio das novas tecnologias informacionais, nutricionais, educativas e físicas, que configurarão a ampliação das suas capacidades corporais e cognitivas de maneira a tornar esse sujeito um empreendedor de si mesmo (FOUCAULT, 2004, p. 232).

A partir de agora, o processo educacional não mais representará uma lenta, detalhada e exaustiva jornada disciplinar, na qual cada detalhe é corrigido ao mesmo tempo em que se produzem as hierarquias e exclusões. Ao contrário, a educação deverá ser tomada agora como empreendimento cuidadosamente analisado pelas famílias e pelo próprio sujeito. O novo *homo oeconomicus*, como o denominou Foucault, deverá ser o resultado de investimentos familiares e educacionais na infância e na juventude, assim como também o resultado de intervenções no campo da saúde e do corpo, as quais determinarão, além da aquisição de novas competências necessárias para os novos tipos de trabalho, também o prolongamento da saúde e da juventude desse novo corpo. Nessa perspectiva empreendedora, a saúde e o corpo, além da educação escolarizada e profissional, se reorganizam com o objetivo de produzir o "capital humano" dotado de um belo corpo, excelente saúde juvenil e habilidades informacionais e cognitivas extraordinárias.

Conjugada à produção de novos sujeitos, as novas tecnologias de gerenciamento da vida e do corpo são corolários de transformações profundas na forma de produção de conhecimento sobre a vida. Com o advento da biologia molecular e das biotecnologias, o conceito de vida se deslocou para uma ideia de codificação a ser desvendada e o DNA se tornou a chave de significação da vida. A partir dessa nova apreensão da vida, o corpo passou a ser tomado como a decorrência de um conjunto de informações que devem ser melhoradas e reproduzidas (SIBILA, 2002). O governo dos corpos se transformou em um processo individualizado de gestão e administração do corpo saudável, entendido aqui como magro, leve, ágil e flexível. Essa nova gestão da vida se dá por meio de uma alimentação cientificamente balanceada, exercícios físicos controlados, o controle do estresse e o estímulo da felicidade (SOARES, 2008b). A ideia do risco para a saúde e para o corpo torna-se central na contemporaneidade, tomando contornos biopolíticos fundamentais. O corpo, que já era o suporte e o produto da matéria disciplinar, convoca agora novas modulações biopolíticas (ORTEGA, 2008; FRAGA, 2006). Estabelece-se uma operação de substituição em relação à observação dos sujeitos e suas práticas sexuais, antes lugar privilegiado de produção da subjetividade normalizada, ocupado agora quase completamente pelo regramento das práticas alimentares, que, por sua vez, produzem novos sujeitos. As práticas da alimentação saudável como forma de produção subjetiva, diferentemente da antiga ênfase na sexualidade, que necessitava exclusivamente dos princípios da disciplina, dependem de um conjunto de normas moduladoras atribuídas ao sujeito tanto por meio das instituições disciplinares, como a escola, quanto também na ausência de tais instituições, por meio das determinações do mercado. Essa concepção de modulação biopolítica pode ser observada, por exemplo, nas inúmeras capas de revistas que trazem títulos de matérias sobre emagrecimento sob o título *só e gordo quem quer*. Agora, em grande medida a decisão entre ser magro ou gordo é uma decisão subjetiva e individual; todavia, se a decisão correta não for tomada todos serão punidos, pois a saúde se deteriora e os gastos com a saúde pública serão inúmeros, etc. Assim, a decisão individual que diz sobre o caráter, a força de vontade, a preguiça, a indolência e a incapacidade de resistir a uma comida repleta de gordura, diz também a verdade do sujeito, sobre o qual intervêm políticas públicas e enunciados mercadológicos diversos. Francisco Ortega definiu essa nova determinação biopolítica sobre o corpo magro e saudável como uma bioascese. Nessa perspectiva, a comida vem ocupando um lugar central nas novas preocupações biopolíticas, lugar antes ocupado pelo sexo. Para Ortega: "O tabu que se colocava sobre a sexualidade descola-se agora para o açúcar, as gorduras e as taxas de colesterol. Os tabus passam da cama para a mesa. O glutão sente-se com frequência mais culpado que o adúltero" (2008, p. 41).

A escola contemporânea não passa à margem desse novo processo biopolítico. Desde o início da década de 1990, a instituição escolar vem tentando esboçar um novo sentido para si, em virtude da crise das instituições disciplinares. Ao longo das últimas décadas observamos um vasto processo de reformas que atingiram os sistemas educacionais no mundo todo. Vimos a escola se transformar de instituição disciplinar para as modulações da pedagogia do controle, posto que os dispositivos disciplinares que a instituíram no século XIX já não produziam significados eficazes no campo da produção das subjetividades. Ao analisarmos alguns sentidos contemporâneos da instituição escolar, pode nos ocorrer que essa instituição ainda não tenha encontrado o seu lugar na contemporaneidade: afinal, por um lado, nela permanecem os persistentes artefatos disciplinares, como currículos, grades curriculares, exames, boletins, carteiras enfileiradas e professores e professoras que clamam por mais disciplina nas salas de aula, etc., elementos aparentemente tão anacrônicos na produção das subjetividades contemporâneas. Todavia, por outro lado, também percebemos a entrada em cena de novos temas e problemas que passam a habitar e colonizar definitivamente os velhos programas curriculares, tais como a ética, o consumo, o meio ambiente, a sexualidade, as relações étnico-raciais, as relações de gênero e as questões alimentares, temas que não guardam qualquer semelhança com os artefatos educacionais instituídos ao longo dos últimos séculos (César, 2004). As reformas educacionais das últimas décadas, além de demonstrar a presença cada vez mais frequente de projetos distintos de instrução elementar, acabam por demonstrar o novo papel da escola no mundo contemporâneo, muito mais próximo das novas configurações contemporâneas que versam sobre o corpo, a sexualidade, a saúde e as formas autoempreendedoras de subjetivação. Isso significa que a instituição escolar permanece sendo um palimpsesto de práticas disciplinares, biopolíticas e de controle, as quais visam produzir corpos compatíveis com as condições do mundo contemporâneo.

Especialmente desde a última década, a boa forma e o corpo magro começaram a tomar um lugar importante nas preocupações escolares. Ainda que a saúde nunca tenha deixado de ser um foco importante das preocupações escolares, percebe-se agora um deslocamento mais incisivo para a ideia de produção do corpo magro e saudável, a despeito das ações de medir e pesar os corpos terem sido constitutivas das pedagogias higienistas no decorrer dos séculos XIX e XX (Soares, 2008a, p. 76). Todavia, a autora também enfatiza que na escola contemporânea essa mensuração será atualizada por meio de transformações científicas e tecnológicas, aliadas a uma preocupação crescente com a juventude, a saúde e a obesidade. Desse modo, os novos programas educacionais, que venho denominando de pedagogias do *fitness*, tomam as medidas corporais de crianças e jovens no interior da escola e instauram o dispositivo do "novo higienismo", segundo a terminologia de Carmen Soares (2008, p. 83). Redefinidos os novos parâmetros relativos à magreza e à saúde, esse "neo-higienismo" será a tônica dos programas escolares contra a obesidade infantil. Na escola, tomam-se agora medidas de cintura, abdome, coxas, peitoral, calcula-se o IMC e se realiza a temível equação sobre a circunferência abdominal, de maneira idêntica àquela operada por academias de ginástica, consultórios médicos e de nutricionistas.

Os especialistas saem de seus consultórios, gabinetes, centros de pesquisa e partem rumo à instituição escolar em uma cruzada contra a obesidade na escola: o lema é "fechar o cerco". Aferições, exercícios, novas merendas e, sobretudo, um novo estilo de vida, magro e saudável, constituem o tema da nova pedagogia do corpo. Desse modo, instrumentos de medida, velhos e novos, re-habitam e ressignificam o interior da instituição escolar, produzindo aquele que talvez seja o novo "mau-aluno", o "aluno obeso". A obesidade será agora o novo lugar da indolência e da falta de caráter no interior da escola, e todo um aparato biopolítico induzirá a produção de novas políticas públicas para o controle das medidas, em nome da saúde física e moral da população escolar. Novas formas de proporcionar a alimentação no interior da escola são observadas, pois essa deve ser balanceada e estabelecer a diferença entre as crianças "normais" e as "obesas", as quais recebem lanches acondicionados em caixinhas de cores diferentes.[1]

Ademais, os novos postulados sobre o corpo saudável na escola visam uma transformação de maior amplitude. Constatando-se a obesidade em crianças cada vez mais jovens no interior da instituição escolar, as crianças se convertem em emissárias da boa forma, isso é, em multiplicadoras das boas maneiras à mesa, isso é, do novo estilo de comer. Talvez se encontre aí a equação entre biopolítica enquanto controle público da alimentação por meio da instituição escolar e as novas figuras biopolíticas do empreendedorismo neoliberal de si mesmo, centrado na produção de si enquanto produção de um corpo magro (SOARES, 2008b). Não importa mais se a comida será saborosa, importa que a refeição seja balanceada, essa sim a chave dos procedimentos alimentares nesse novo universo biopolítico. Quando os especialistas projetam "fechar o cerco" contra a obesidade escolar, isso significa um conjunto de medidas que vão desde detecção do "mal" até à prática de exercícios físicos e a aquisição de novos hábitos

---

[1] As escolas da Rede Municipal de Curitiba recebem a merenda escolar proveniente de uma empresa do ramo da alimentação industrial e as refeições são distribuídas conforme as "necessidades" calóricas das crianças.

alimentares em nome da saúde das crianças e de suas famílias, que também serão beneficiadas por esse novo saber-conversão adquirido na escola. Todavia, tais medidas escolares provocam uma série de reações que vão do grande desconforto em relação à balança ao choro como reação ao leve beliscar do adipômetro, pois aquilo que resulta dessa cruzada é o antigo ato de classificação, nominação e evidenciação da "criança obesa". Nessa lógica, a nova anomalia escolar deixará de ser a criança indisciplinada, pois essa já pode ser farmacologicamente tratada e sedada, para recair sobre a criança obesa, que, renitente às investidas pedagógicas, deverá ser o novo alvo da medicalização. Esse novo contingente de pessoas gordas e obesas, resistentes às políticas de saúde e à prática de exercícios, constituirá um peso econômico para o Estado, pois, segundo a lógica de saúde, elas certamente contrairão graves doenças em virtude da sua fraqueza de caráter, defeito de personalidade e debilidade da vontade. Em uma palavra, é de se esperar que esses novos "outros" constituirão alvos legítimos da repulsa moral e do ostracismo social.

Como contraponto às pedagogias do *fitness*, ao neo-higienismo e à bioascese que vêm produzindo os regimes contemporâneos de verdade sobre o corpo, apresento duas propostas que podem fazer desmoronar os muros do nosso fascismo contemporâneo. Intervenho com duas obras sobre o volume e a superfície corporal. A primeira é a obra-instalação *A classificação científica da obesidade*, de Fernanda Magalhães (2006), e a segunda é o conto *A mulher ilustrada*, de Ray Bradbury (1983). Ambas as intervenções podem nos proporcionar uma reflexão sobre outros possíveis significados do corpo contemporâneo. A obra de Fernanda Magalhães é uma resposta no mínimo inusitada à abordagem médica sobre a obesidade, que classifica os corpos a partir da equação que obtém o temível IMC – índice de massa corporal. Já o conto de Ray Bradbury narra a aflição de Emma Fleet diante do médico, solicitando que esse lhe indique um caminho para que ela possa aumentar ainda mais a já volumosa superfície do seu corpo.

A classificação científica da obesidade da artista plástica Fernanda Magalhães, utiliza os contornos de corpos gordos e volumosos. Ao dizer não aos controles contemporâneos sobre os corpos, Fernanda produz uma arte que liberta, gerando uma vida menos fascista. Nessa obra, a artista captura o discurso médico que insiste em dissertar sobre os riscos da gordura corporal para a boa saúde, a boa forma e a felicidade. Trata-se da fala biopolítica que define e classifica a saúde, a beleza, a leveza e a agilidade, ao mesmo tempo em que também condena os corpos em meio à abundância pastosa da gordura. Em resposta, a artista captura e antropofagiza o discurso médico ao construir uma obra-instalação com corpos gordos. O discurso médico afirma – "tem que cortar a gordura" – e Fernanda reponde, retirando com sua tesoura de artista a gordura do interior dos corpos. As formas criadas "escapam" e se constituem como figuras de resistência, como linhas de fuga, como formas libertárias que riem do sisudo olhar do médico-científico sobre a saúde, a boa forma e a beleza dos corpos. A artista fotografa os corpos gordos, amplia as imagens e depois recorta o interior desses corpos, deixando apenas as silhuetas ocas. Fernanda corta a gordura, os ossos, as carnes, as veias e todo risco e perigo. Os corpos reduzidos aos seus contornos flutuam plenos de vazio, sem peso, suspensos por fios de nylon no teto das galerias. São formas que riem das certezas médicas, embaralhando definições sobre tamanho, leveza, agilidade, volume e peso, para que nós, visitantes desses corpos, possamos nos alojar em suas resistências. Os contornos gordos de Fernanda traduzem a ficção da ausência de carnes e órgãos e se apresenta como realização de um "corpo sem órgãos" que atingiu o peso de uma pluma (DELEUZE; GUATTARI, 1996). São corpos que se cansaram dos órgãos e querem licenciá-los, ou, antes, perdê-los. São corpos contrários ao organismo. Os corpos de Fernanda Magalhães são aqueles que, ao se dobrarem, se abriram para a experimentação; são, como nos propôs Foucault, a produção de nós mesmos como obra de arte.

Em *A mulher ilustrada*, de Ray Bradbury, o corpo de Emma Fleet é uma experiência sobre a extensão da superfície. Emma, com o seu corpo de duzentos e um quilos, quer aumentá-lo ainda mais, e procura o Dr. George C. George. Em princípio sem entender exatamente o que quer Emma, o médico a adverte sobre o pouco sucesso da medicina psiquiátrica, sua especialidade, em diminuir o apetite de pacientes obesos. Todavia, Emma não deseja emagrecer, ao contrário, pede ajuda para aumentar mais cinquenta ou cem quilos. Emma narra ao médico a sua vida insossa antes e depois do seu casamento com o pequenino Sr. Willy Fleet. Eles se conheceram em uma feira na qual ele oferecia a brincadeira "adivinhe seu peso", a qual, na verdade, era a sua forma de buscar a mulher perfeita, isso é, uma mulher muito gorda. Durante a brincadeira, o Sr. Willy gritava de alegria: "Cento e quarenta e cinco quilos [...] a senhora é adorável! [...] A senhora é a mulher mais adorável do mundo inteiro" (BRADBURY, 1983, p. 128). Uma semana depois de tamanho entusiasmo, Emma e Willy estavam casados. Da noite de núpcias em diante, Willy, com suas mãozinhas pequeninas, desenhava no corpo de Emma, tatuando cada milímetro daquela enorme superfície corporal. Após oito anos de felicidade, com a obra completa, para Emma a felicidade chegara ao fim. Emma e Willy necessitavam de mais superfície para a continuação da obra e da felicidade. Ao fim da narração, Emma desata o casaco e mostra a obra ao Dr. George. O corpo de Emma continua liso e branco como um mármore. Ao ver o corpo liso de Emma a sugestão do médico é apagar a obra e reiniciá-la todas as vezes que essa for concluída, isso é, quando já não houver mais superfície para ser desenhada. Para Emma e Willy a solução é um milagre. A cada oito anos, Willy e Emma terão novamente uma superfície em branco para construírem sua obra. Desenhar imagens invisíveis no volumoso corpo e ter o corpo desenhado poder ter inúmeros significados. Entretanto, quaisquer que sejam as interpretações possíveis para essa narração, temos o enorme corpo de Emma e as possibilidades abertas para uma obra em construção. Para finalizar, lembro que o sobrenome de Emma não por acaso é *Fleet*, que, no inglês, como adjetivo, significa ligeiro e rápido, e como verbo significa mover-se de maneira rápida.

Os corpos gordos de Fernanda Magalhães e Emma Fleet zombam das verdades médicas e pedagógicas, pois são leves, podem flutuar no espaço, e são rápidos ao moverem-se para além dos muros que cercam nossas parcas possibilidades contemporâneas de resistência e criação.

Referências

BRADBURY, Ray. A mulher ilustrada. In: *As máquinas do prazer*. Rio de Janeiro: Francisco Alves, 1983. p. 125-137.

CÉSAR, Maria Rita de Assis. *Da escola disciplinar à pedagogia do controle*. Campinas: Programa de Pós-Graduação em Educação/UNICAMP, 2004. Tese (Doutorado em Educação).

DELEUZE, Gilles. *Conversações*. Rio de Janeiro: Trinta e Quatro, 1996.

DELEUZE, Gilles; GUATTARI, Félix. *Mil Platôs*. Capitalismo e esquizofrenia. v. 3. São Paulo: Trinta e Quatro, 1996.

DUSSEL, Inés; CARUSO, Marcelo. *A invenção da sala de aula:* uma genealogia das formas de ensinar. São Paulo: Moderna, 2003.

FOUCAULT, Michel. *Vigiar e Punir*. 3ª. Edição. Petrópolis: Vozes, 1984a.

FOUCAULT, Michel. *História da Sexualidade v. I:* A vontade de saber. 5ª. Edição Rio de Janeiro: Graal, 1984b.

FOUCAULT, Michel. *Em defesa da sociedade.* São Paulo: Martins Fontes, 1999.

FOUCAULT, Michel. *Naissance de la biopolitique.* Paris: Gallimard, 2004.

FRAGA, Alex Branco. *Exercício da informação:* governo dos corpos o mercado da vida ativa. Campinas: Autores Associados, 2006.

MAGALHÃES, Maria Fernanda. Classificações científicas da obesidade In: *[Anais--CDRoom] Seminário Internacional Fazendo Gênero 7: Gênero e Preconceito.* Florianópolis: Mulheres, 2006.

ORTEGA, Francisco. *O corpo incerto:* corporeidade, tecnologias médicas e cultura contemporânea. Rio de Janeiro: Garamond, 2008.

SOARES, Carmen Lúcia. Pedagogias do corpo: higiene, ginástica, esporte. In: RAGO, Margareth; VEIGA-NETO, Alfredo. (Orgs.). *Figuras de Foucault.* 2ª. edição. Belo Horizonte: Autêntica, 2008a. p. 75-85.

SOARES, Carmem Lúcia. A educação do corpo e o trabalho das aparências: o predomínio do olhar. In: ALBUQUERQUE, Durval Muniz; VEIGA-NETO, Alfredo; SOUZA-FILHO, Alípio. (Orgs.). *Cartografias de Foucault.* Belo Horizonte: Autêntica, 2008b. p. 69-91.

VEIGA-NETO, Alfredo. As crianças ainda devem ir à escola? In: CANDAU, Vera Maria. (Org.). *Linguagens, espaços e tempos no ensinar e aprender:* Encontro Nacional de Didática e Prática de Ensino. ENDIPE. Rio de Janeiro: DP&A, 2000. p. 9-20.

Foucault e a Antiguidade:
considerações sobre uma vida não-fascista e o papel da amizade

Pedro Paulo A. Funari
Natália Campos

> On peut rappeler en quelques slogans ce que Foucault entendait par la tâche moderne de philosopher: dénoncer les relations de pouvoir occultées, provoquer des résistances, permettre aux voix trop souvent étouffées de s'exprimer, produire des savoirs vrais qui puissent s'opposer aux gouvernementalités dominantes, permettre l'invention de nouvelles subjectivités, défier nos libertés et nos possibilités d'action, faire surgir l'historicité de nos systèmes de savoir, de pouvoir et de subjectivation, montrer que rien ne nous est fatalité, en definitive, changer nos vies. Cette tâche, Foucault a tenté de l'accomplir en racontant des histoires, des histoires qui parleraient de ce que nous étions, et de ce que nous pourrions ne plus être[1].
> FRÉDÉRIC GROS, *Foucault*. Paris: Presses Universitaires de France, 2005, p. 124-125.

O estudo da Antiguidade caracterizou-se, desde seus inícios, no século XIX, como uma prática erudita, tradicional e mesmo reacionária. A referência aos antigos dava-se em contextos voltados para a manutenção da ordem e para a justificação do *status quo*. Autores antigos, como Aristóteles, serviam para justificar a naturalidade, seja da escravidão[2],

---

[1] "Pode-se lembrar, em alguns slogans, o que Foucault compreendia como a tarefa *moderna* do filosofar: denunciar as relações de poder ocultas, provocar resistências, permitir às vozes muitas vezes abafadas se exprimirem, produzir saberes verdadeiros que possam se opor às governanças dominantes, permitir a invenção de novas subjetividades, desafiar nossas liberdades e nossas possibilidades de ação, fazer surgir a historicidade dos nossos sistemas de saber, de poder e de subjetivação, mostrar que nada é fatalidade, em definitivo, *mudar nossas vidas*. Esta tarefa, Foucault tentou realizar *contando histórias*, histórias que falam do que fomos e do que não poderíamos mais ser".

[2] Cf. Política, 1, 4-6.

seja da inferioridade da mulher[3], assim como Platão podia ser usado para explicar a necessidade de exclusão das massas do governo[4]. Esses são aspectos bem conhecidos e bastante claros e visíveis, em termos dos grandes temas e poderes, do peso dado à tradição antiga, na conformação de um presente prenhe de opressões.

Havia, entretanto, meios mais sutis e quotidianos de inculcar a submissão, na forma da sujeição da língua viva àquela morta, da *parole* à *langue*, da mutação constante da fala, ante a repetição das regras gramaticais. Como lembra Martin Bernal[5], o conhecimento das línguas grega e latina – idiomas tratados como mortos, fixos, imutáveis, conjunto de regras a serem memorizadas, descarnados – levou à tenra em-doutrinação[6]. Decorar declinações, tempos e aspectos verbais, a serem sempre repetidos, pois imutáveis eram os textos antigos. Para além dessa imutabilidade, mesmo essas línguas mortas eram consideradas apenas a partir de um cânon, de um conjunto, limitado e reduzido, de obras a serem tomadas como parâmetro. Luciano de Samósata[7], em grego, ou Petrônio[8], em latim, não constituíam modelos de língua, vocabulário, sintaxe ou argumentos que pudessem ou devessem ser retomados: eram por demais vivos e heterodoxos.

O próprio surgimento da moderna disciplina histórica fundou-se numa leitura positivista, por mais incoerente que nos possa parecer no século XXI, de autores como Tucídides ou Platão. *Ktema eis aei*[9], "uma propriedade para sempre", como escrevia Tucídides sobre sua obra histórica, era tomado como prova de uma exposição verdadeira, não como mero testemunho subjetivo[10]. *Ktema, ktaomai* refere-se a algo adquirido,

---

[3] Cf. Política, 1, 13; Tim Stainton, The weight of history, the challenge of Western self-determination to Western society, 2000, *members.shaw.ca/individualizedfunding/.../HIistory%20paper%20for%20IF%20conference%20-*

[4] Cf. John Wild, *Plato's Theory of Man*, Cambridge, Harvard University Press, 1946.

[5] Martin Bernal, *Black Athena*, Rutgers University Press, 1987;

[6] Cf. Aaron Lawson, Ideology and indoctrination: the framing of language in the 20th c. introductions to linguistics. *Language Sciences,* 23/01/2001. p. 1-14.

[7] Cf. Jacyntho Lins Brandão, *A poética do hipocentauro, identidade e diferença na obra de Luciano de Samósata*, São Paulo, Universidade de São Paulo, São Paulo. Tese de Doutoramento, 1992.

[8] Cf. Cláudio Aquati, *O grotesco no Satyricon*. São Paulo, Universidade de São Paulo, São Paulo, Tese de Doutoramento, 1997.

[9] Cf. Tucídides, 1, 22.

[10] Como afirmava Cícero, *De Oratore*, 2, 36: *historia uero testis temporum*, "História, na verdade, testemunha dos tempos"; cf. Sidney Calheiros de Lima, Poesia e retórica na narrativa historiográfica segundo a obra de Cícero, manuscrito inédito, 2008.

uma propriedade, um lote de terra, mas foi tomado como propriedade, no sentido moderno da palavra (*Eigen*, próprio), como na formulação de Leopoldo Von Ranke[11], para descrever "o que propriamente aconteceu". Tucídides, contudo, não era positivista, nem falava do conceito de moderna propriedade privada.

Semelhante uso se fez de Platão. Tomou-se sua alegoria da caverna[12] e sua descrição da verdade escondida como uma antevisão da verdade positiva. *Aletheia,* algo como "não escondido", foi interpretada como verdade objetiva, *tout court, Wahrheit*[13]. O idealismo platônico foi tomado como prenúncio do empirismo moderno. O *timor populi*[14] apavorava e os antigos serviam para defender o perigo das massas, inventava-se a plebe ociosa antiga, *idle mob*, à imagem e semelhança das temidas classes ociosas modernas[15].

Essas leituras reacionárias do passado, como maneira de justificar e naturalizar as desigualdades e exclusões do presente, foram contestadas, desde o ápice mesmo dessas leituras reacionárias, por movimentos anti-conformistas, como o anarquismo, assim como por grupos organizados de trabalhadores e de mulheres. Nem sempre, contudo, a historiografia aceitou esse caráter subjetivo do conhecimento, tendo, tantas vezes, o historiador se disfarçado de agente de polícia, em busca de indícios e provas judiciárias[16]. Foram múltiplas as trajetórias críticas[17], tendo Michel Foucault exercido um papel importante, tanto na redefinição historiográfica em geral, e sobre a Antiguidade, em particular, como no uso das experiências antigas para rever, de forma crítica, as percepções da nossa época[18]. Paul Veyne havia

---

[11] Wie es eigentlich gewesen, "como, propriamente, foi"; note-se o uso de Eigen, na origem do moderno conceito de propriedade privada (*Eigentum*).

[12] Platão, República, 7.

[13] Cf. L. B. Puntel, On the logical positivists' theory of truth: the fundamental problem and a new perspective, *Journal for the General Philosophy of Science,* 30, 1, 1999. p. 101-130.

[14] Cf. Cícero, Catilinárias, 1, 1; Quintiliano, Institutas, 9, 3, 29; William W. Batstone, Cicero's construction of consular ethos in the First Catilinarian, *Transactions of the American Philological Association*, 124, 1994, 211-266.

[15] Cf. Ellen Meiksins Wood, Labour and democracy, ancient and modern, http://www.iefd.org/articles/labour_and_democracy.php, original de 1995.

[16] C. Ginzburg, Spie. Radici di un paradigma indiziario, in: GARGANI, A. (a cura di) 1979. *Crisi della ragione. Nuovi modelli nel rapporto tra sapere e attivitá umane.* Torino: Einaudi.

[17] Cf. P. P. A. Funari, G. J. Silva, *Teoria da História,* São Paulo, Brasiliense, 2008.

[18] Cf. Gary Gutting, *Foucault.* Oxford, Oxford University Press, 2005, p. 98.

proposto que Foucault revoluciona a História[19] e a Antiguidade teve um papel importante para que o pensador pudesse mostrar a historicidade social e questionasse, dessa forma, todas as naturalizações fora da História. O questionamento da nossa época deve muito a conceitos tão distantes de nós, como a *parresia* (sinceridade[20]), mas tão reveladores das nossas aporias contemporâneas. Todos sabem o que é retórica, poucos conhecem a *parresia*, a franqueza, como lembra Margareth Rago[21].

A historiografia do mundo antigo nunca mais seria a mesma. Questionados os fundamentos da naturalização das relações sociais, já não era possível tratar os antigos como se fossemos nós mesmos, apenas transmigrados, como por um túnel do tempo da máquina historiográfica, ao passado. Já não era tão fácil falar na "*natural* superioridade cultural romana[22]", como se fez por tanto tempo[23], para justificar o domínio imperial no presente. Também a valorização da materialidade[24] foi importante para escapar das limitações das fontes da tradição textual, com a inclusão das evidências materiais. Uma miríade de conceitos e percepções antigas, em sua especificidade, veio a servir, não apenas para conhecermos os antigos, como para nos conhecermos a nós mesmos e melhor lutarmos contra o fascismo: *skholé*, espaço de reflexão, não escola opressora[25], *Eros*, amor[26], *eudamonia/felicitas*, o bem viver, *kairós*, o momento oportuno, entre tantos outros.

---

[19] Paul Veyne, *Como se Escreve a História, Foucault revoluciona a História*. Brasília, UnB, 1982.

[20] Desenvolvidas nas aulas do *Collège de France*, em janeiro de 1983.

[21] Capítulo de Margareth Rago (Dizer sim à existência) neste livro, para o *V Colóquio Internacional Michel Foucault. Por uma vida não-fascista*, Campinas, IFCH/Unicamp, 12/11/2008.

[22] Cf. Ramsay McMullen, *Changes in the Roman Empire. Essay in the ordinary*. Nova Jérsei, Princeton University Press, 1990, p. 64.

[23] Cf. Pedro Paulo A Funari, A Antiguidade, o Manifesto e a historiografia antiga sobre o mundo antigo, *Crítica Marxista*, 6, 1998. p. 106-114.

[24] Cf. Márcio Fonseca, "o homem como sujeito empírico, o acontecimento, não é um acidente, não é imaterial, é sempre material", Max Weber, Michel Foucault e a crítica ao presente, *V Colóquio Internacional Michel Foucault, Por uma vida não-fascista*, Campinas, IFCH/Unicamp, 13/11/2008.

[25] Cf. Pedro Paulo A Funari, O ensino de História na Escola Técnica: teoria e prática, Revista Brasileira de Estudos Pedagógicos, Brasília, 179/180/181, p. 118-131, 1995 (publicado em julho de 1996).

[26] Cf. Lourdes Feitosa e Margareth Rago, Somos tão antigos quanto modernos? Sexualidade e gênero na Antiguidade e na Modernidade. *Subjetividades antigas e modernas*, org. Margareth Rago e Pedro Paulo A Funari. São Paulo: Annablume/CNPq 2008, p. 107-122; Marina Cavicchioli, O falo na Antiguidade e na Modernidade: uma leitura foucaultiana, *Subjetividades antigas e modernas*, org. Margareth Rago e Pedro Paulo A Funari, São Paulo, Annablume/CNPq 2008. p. 237-250.

Um dos temas mais revolucionários e antifascistas merece uma pequena reflexão: a amizade. A *philia* e a *amicitia* são, ambas, prenhes de implicações antiautoritárias. O falar francamente está na base da amizade, o amigo é o paressiasta[27] por antonomásia[28]. A amizade, contudo, pode envolver contatos físicos, relações sexuais, mas também carícias, entre pessoas de sexos diferentes, ou do mesmo, em relações sociais diversas, entre pessoas de diferentes idades ou status. Não é à toa que *amica*, em latim, significa tanto a amiga quanto a amante. Três exemplos materiais mostram a potência da amizade. Imagens de *hetarai*, companheiras, em banquetes gregos, mostram como nos simpósios a *philia* transcendia a divisão entre homens e mulheres, entre relações intelectuais e carnais, pois tudo isso estava envolvido, ao mesmo tempo. A amizade entre homens podia transcender barreiras etárias e envolviam relações carnais, como atesta a *Warren Cup*. As relações entre homem e mulher podiam incluir uma dimensão intelectual, como indica o afresco pompeiano que retrata um casal com instrumentos de escrita.

Imagem de *hetairai,* companheiras, participantes de um banquete, a mostrar *philia* por meio de carícias.

---

[27] Cf. Edson Passetti, Foucault-parresiasta, *V Colóquio Internacional Michel Foucault, Por uma vida não--fascista*, Campinas, IFCH/Unicamp, 12/11/2008.

[28] Cf. Cícero, *De amicitia*, 5, 19: A base da estabilidade e da constância que buscamos na amizade é a sinceridade; no original: *Qui ita se gerunt, ita vivunt ut eorum probetur fides, integritas, aequitas, liberalitas.*

Taça de época romana, conhecida como *Warren Cup*, exposta no Museu Britânico. A amizade entre homens adultos podia envolver, também, relações sexuais.

Pintura mural encontrada em Pompeia retrata homem e mulher com instrumentos de escrita, em amizade também intelectual.

Aliás, mesmo nos textos considerados canônicos e utilizados como modelo para entender a amizade antiga e como exemplo para a moderna, encontram-se posições bem diferentes. É necessário que se faça uma leitura não normativa desses textos e que fuja dos discursos que os tornaram canônicos.

O livro *De Amicitia Laelius* (Lélio Sobre a Amizade) de Cícero é uma das principais fontes utilizadas para tratar do tema da amizade e, muitas vezes, acaba sendo a única, em particular quando o assunto abordado é a amizade romana. A ideia de que a amizade seria uma relação não sexual entre dois homens, cidadãos, baseada na confiança e tendo a virtude como meta[29] é geralmente acompanhada de citações tiradas do *De Amicitia* e apresentadas como provas irrefutáveis da definição dada acima. No entanto, Cícero apresenta no texto diversas visões sobre a amizade correntes na época e que diferiam da sua. Em especial cita os epicuristas que, segundo Cícero, entendiam a amizade como a procura de algo que falta. Para ele isso colocaria o interesse como base da amizade, algo que ele rejeita. Porém, tal relato já mostra que vários discursos distintos relacionados à amizade coexistiam na Antiguidade.

Além disso, temos no próprio Cícero uma outra fonte importante na sua coleção de epístolas que é bastante extensa[30]. A questão da *amicitia* inserida nesse contexto é muito interessante, pois ela aparece quase que em todos os aspectos discutidos, nem sempre como tópico principal, mas como pano de fundo para outros assuntos. São nessas cartas também que a *amicitia* aparece nas suas formas mais variadas e contrastantes com aquela apresentada por um discurso normativo. Um exemplo interessante que demonstra isso é a relação existente entre Cícero e o seu secretário Tirão. Se é verdade que havia entre eles a relação entre patrono e cliente, isso não exclui a existência de uma afeição e carinho ou de uma "amizade menos importante" devido a isso:

> [...] em relação a Tirão vejo que está cuidando dele. Apesar de ele ser incrivelmente útil para mim, quando saudável, em todos os departamentos/ aspectos dos negócios e da literatura, não é por um motivo egoísta, mas sim por seu próprio caráter encantador e modesto que me leva a desejar sua melhora [...][31].

---

[29] Para uma definição mais detalhada ver: BURTON, Paul J. *Amicitia in Plautus: a study of Roman friendship processes in* American Journal of philology, 125, 2004. p. 209-243.

[30] A coleção de epístolas se estende por um período que vai de 68 a.C. até 43 a.C. e contém aproximadamente 900 cartas.

[31] Cf, Cícero *Epistulae Ad. Atticum VII, 5:* "[...] de Tirone video tibi curae esse. quem quidem ego, etsi mirabilis utilitates mihi praebet, cum valet, in omni genere vel negotiorum vel studiorum meorum, tamen propter humanitatem et modestiam malo salvum quam propter usum meum [...].

Fica claro que Cícero tem sincera preocupação em relação a Tirão e ele mesmo expressa que não é pelo que o secretário pode fazer por ele, mas por seu próprio "caráter encantador" ou, como Cícero diz, a *humanitas* que ele demonstra.

Fica evidente a necessidade do uso de fontes diversificadas – materiais, da tradição textual – que possibilitem a inclusão na história das mulheres, escravos, cidadãos pobres ou mesmo daqueles que diferissem da posição que se tornou cânone. Aliás, tornado cânone na maioria das vezes por leituras posteriores desses textos antigos, pelos usos do passado[32]. É somente historicizando esses conceitos – no caso, a amizade – que parecem universais e anistóricos, que se cria finalmente a possibilidade de se questionar a sociedade contemporânea que busca na construção de um passado sua legitimidade e sua inevitabilidade[33]. Por uma vida não-fascista, o estudo da Antiguidade pode se mostrar inspirador para práticas de liberdade[34].

Referências

AQUATI, Cláudio. *O grotesco no Satyricon*. São Paulo: Universidade de São Paulo, Tese de Doutoramento, 1997.

BASTONE, William W. Cicero's construction of consular ethos in the First Catilinarian. *Transactions of the American Philological Association*. n. 124, 1994. p. 211-266.

BERNAL, Martin. *Black Athena*. Rutgers University Press, 1987.

BRANDÃO, Jacyntho Lins. *A poética do hipocentauro, identidade e diferença na obra de Luciano de Samósata*. São Paulo: Universidade de São Paulo, Tese de Doutoramento, 1992.

BURTON, Paul J. *Amicitia* in Plautus: a study of Roman friendship processes. *American Journal of Philology*. n. 125, 2004, p. 209-243.

CAMPOS, Natália. *O Conceito Ciceroniano da Amicitia e sua Interpretação por Ronald Syme e Jacques Derrida: uma análise comparada*. Monografia de graduação, Unicamp, 2008.

CAVICCHIOLI, Marina. O falo na Antiguidade e na Modernidade: uma leitura foucaultiana. In: RAGO, Margareth; FUNARI, Pedro P. (orgs.). *Subjetividades antigas e modernas*. São Paulo: Annablume/CNPq, 2008. p. 237-250.

---

[32] Cf. Glaydson José da Silva, *História Antiga e Usos do Passado*. São Paulo: Annablume/Fapesp, 2007.

[33] Natália Campos, *O Conceito Ciceroniano da Amicitia e sua Interpretação por Ronald Syme e Jacques Derrida: uma análise comparada*. Monografia de graduação. Unicamp, Campinas, 2008.

[34] Cf. Margareth Rago e Pedro Paulo Funari. Apresentação. In: RAGO; FUNARI (org.). *Subjetividades antigas e modernas*. São Paulo: Annablume/CNPq 2008, p. 9-12.

FEITOSA, Lourdes; RAGO, Margareth. Somos tão antigos quanto modernos? Sexualidade e gênero na Antiguidade e na Modernidade. In: RAGO, Margareth; FUNARI, Pedro P. (orgs.). *Subjetividades antigas e modernas.* São Paulo: Annablume/CNPq, 2008. p. 107-122.

FONSECA, Márcio. O homem como sujeito empírico, o acontecimento, não é um acidente, não é imaterial, é sempre material: Max Weber, Michel Foucault e a crítica ao presente. *5°. Colóquio Internacional Michel Foucault, Por uma vida não-fascista.* Campinas: IFCH/Unicamp, 13/11/2008.

FUNARI, Pedro P. A Antiguidade, o Manifesto e a historiografia antiga sobre o mundo antigo. *Crítica Marxista.* n. 6, 1998. p. 106-114.

FUNARI, Pedro P. O ensino de História na Escola Técnica: teoria e prática, Revista Brasileira de Estudos Pedagógicos, Brasília, n. 179/180/181, p. 118-131, 1995 (publicado em julho de 1996).

FUNARI, Pedro P.; SILVA G. J. *Teoria da História.* São Paulo: Brasiliense, 2008.

GINZBURG, C. Spie. Radici di un paradigma indiziario, in: GARGANI, A; *Crisi della ragione. Nuovi modelli nel rapporto tra sapere e attivitá umane.* Torino: Einaudi, 1979.

GUTTING, Gary. *Foucault.* Oxford: Oxford University Press, 2005. p. 98.

LAWSON, Aaron. Ideology and indoctrination: the framing of language in the 20th c. introductions to linguistics. *Language Sciences,* 23/1/2001. p. 1-14.

LIMA, Sidney Calheiros de. *Poesia e retórica na narrativa historiográfica segundo a obra de Cícero,* manuscrito inédito, 2008.

MCMULLEN, Ramsay. *Changes in the Roman Empire. Essay in the ordinary.* New Jersey: Princeton University Press, 1990. p. 64.

PASSETTI, Edson. Foucault-parresiasta. *5° Colóquio Internacional Michel Foucault, Por uma vida não-fascista.* Campinas: IFCH/Unicamp, 2008.

PUNTEL, L. B. On the logical positivists' theory of truth: the fundamental problem and a new perspective. *Journal for the General Philosophy of Science,* 30/1/1999. p. 101-130.

RAGO, Margareth. Dizer sim à existência. *5° Colóquio Internacional Michel Foucault, Por uma vida não-fascista.* Campinas: IFCH/Unicamp, 12/11/2008.

RAGO, Margareth; FUNARI, Pedro P. Apresentação. In: RAGO, Margareth; FUNARI, Pedro P. (orgs.). *Subjetividades antigas e modernas.* São Paulo: Annablume/CNPq, 2008. p. 9-12.

SILVA, Glaydson J. *História Antiga e Usos do Passado.* São Paulo: Annablume/Fapesp, 2007.

STAINTON, Tim. *The weight of history, the challenge of Western self-determination to Western society*. 2000. Disponível em <*members.shaw.ca/individualizedfunding/.../HIistory %20paper%20for%20IF%20conference%20-*>.

VEYNE, Paul. *Como se Escreve a História, Foucault revoluciona a História*. Brasília: UnB, 1982.

WILD, John. *Plato's Theory of Man*. Cambridge: Harvard University Press, 1946.

WOOD, Ellen Meiksins. Labour and democracy, ancient and modern. Disponível em <http://www.iefd.org/articles/labouranddemocracy.php>, 1995.

A escrita como prática de si

Norma Telles

Neste texto, trato da escrita como prática de si, seguindo Foucault o que, por sua vez, ajudou a pesquisadora a entender a escritora, Maria Benedita Câmara Bormann e o romance por ela publicado na cidade do Rio de Janeiro, na última década do século XIX.

Recordando Foucault: na Antiguidade clássica, a "cultura de si" se caracteriza como a arte da existência – a *techne tou biou* sob suas diferentes formas – dominada pelo princípio segundo o qual "é preciso tomar conta de si mesmo". É esse princípio que funda "a necessidade, comanda o desenvolvimento e organiza a prática (FOUCAULT, 1984, p. 57-58)" da arte da existência. A noção de se ocupar de si mesmo remonta a eras arcaicas e, com o passar do tempo, tornou-se um imperativo bastante difundido entre gregos e romanos, sendo adotada por várias correntes filosóficas. Consagrado por Sócrates, o tema foi retomado pelas filosofias posteriores e acabou o centro da arte da existência que pretende ser. Esse tema progressivamente se desligou de suas primeiras formas e ganhou uma dimensão geral.

A noção então se tornou "uma forma de atitude, uma maneira de se comportar e impregnou os modos de vida (FOUCAULT, 1984, p. 59)". Práticas, exercícios, processos, prescrições em torno do cuidado de si constituem práticas que são também sociais, pois dão lugar a relações entre os indivíduos, a trocas e comunicações, enfim, a "um modo de conhecimento e a uma elaboração do saber". O cuidado de si acabou por assumir a forma de um principio geral, uma regra "co-extensiva à vida (FOUCAULT, 2004, p. 301)", ligada a um status especial no interior da sociedade. Todo o ser do sujeito, durante toda sua existência, deveria cuidar de si. Pode-se então compreender que o coroamento desse labor, do cuidado de si durante toda idade adulta, se desse na velhice, quando sentiria então a recompensas da satisfação consigo mesmo. O idoso então tem uma definição:"aquele que pode enfim ter prazer consigo, [...] que se apraz consigo..."(FOUCAULT, 2004, p. 134). A ética da cultura de si era uma prática de liberdade, e a natureza construída e transformadora do eu se elaborava em relação às normas sociais.

Na época estudada por Foucault, isso é, especialmente nos séculos I e II,

> [...] a escrita pessoal e individual já se tornara elemento do exercício de si. A leitura se prolonga, reforça-se, reativa-se pela escrita que, também ela, é um exercício, um elemento de meditação [...] É preciso temperar a leitura com a escrita, e reciprocamente. [...] A leitura recolhe discursos, elementos de discurso, mas é preciso disso fazer um *corpus*. A escrita vai constituir e garantir este *corpus*. (FOUCAULT, 2004, p. 431)

O exercício de ler, anotar, reler as notas, era então um exercício "quase físico de assimilação da verdade e do *lógos* a se reter", assinala Foucault (2004, p. 432) relembrando um fragmento de Epicteto:"Guarda esses pensamentos noite e dia à tua disposição (prókheira); coloca-os por escrito e deles faz a leitura" (Ibid). O cuidado de si ligado à prática da escrita conduzia a atenção para as sutilezas da vida, para experiências que por esse ato se intensificavam. Logo surgiram livros de notas denominados *hypomnémata*, suportes de lembranças (FOUCAULT, 2004, p. 433), uma nova técnica bastante inovadora. Como instrumento do cuidado de si essas notas unificam fragmentos heterogêneos através de sua subjetivação no exercício da escrita pessoal. Assim, torna-se princípio de ação racional no próprio escrito, portanto, é criação de si. Esse tipo de livro de anotações que se tornam moda na época de Platão, foi tão ruptor, diz Foucault em uma entrevista, que pode ser comparado à introdução do computador na vida particular de hoje em dia. Instrumentos novos, o *hypomnémata* logo se tornou instrumento para a constituição de relação permanente de organização de si mesmo. Mediante a ação de escrever formava-se o sujeito ético e estético como ficção e construção; formava-se um esboço de si multiforme e versátil.

Esses livros de anotações foram usados como livros da vida, guias de conduta; neles eram anotados fragmentos, citações, exemplos, ações. Assim, constituíam também material de memória. Porém, jamais se tornaram diários íntimos ou relatos de lutas espirituais como mais tarde aparecem na literatura cristã. Eles não constituem, Foucault chama a atenção, "prestação de contas de si mesmo" (FOUCAULT, 1984), confissões pessoais, pois não objetivam trazer à luz a consciência arcana. O ponto não é revelar o escondido, o não dito mas coletar o já dito, pela recorrência do discurso, pela prática de citações tidas como material de peso e sabedoria e que pudesse servir à ética que então se desenvolvia e que era orientada para o cuidado de si. Note-se ainda que o cuidado de si é forma de vida particular, implica sempre uma escolha, distinta de outras vidas. E também que o

> [...] cuidado de si na cultura antiga, na cultura grego e romana, jamais foi efetivamente percebido, colocado,, afirmado como uma lei universal válida para todo o indivíduo, qualquer que fosse o modo de vida adotado. O cuidado de si implica sempre uma escolha de modo de vida, isso é, uma separação entre aqueles que escolheram esse modo de vida e os outros. (FOUCAULT, 2004, p. 139)

As práticas do cuidado de si, no entanto, não se restringiam aos meios aristocráticos antigos mas difundiram-se amplamente pela população que era então bastante cultivada se comparada às populações posteriores europeias, segundo Foucault. De um lado, considerando as classes menos favorecidas, o cuidado de si estava ligado a grupos religiosos bem organizados em torno de determinado culto o que altera as práticas. Por outro lado, práticas de si sofisticadas estavam mais ligadas a escolhas pessoais (FOUCAULT, 2004, p. 141). Na verdade, nota Foucault, as coisas são mais nuançadas e complicadas e não se restringem a dois polos distantes, mas há várias instâncias intermediarias.

Foucault, embora ressalte que o tema do retorno a si nunca dominou depois da Antiguidade, encontra tentativas de retomada do tema do cuidado de si. Ele assinala dois momentos: o século XVI, quando a ética e a estética de si se referiam explicitamente aos textos gregos ou romanos e o século XIX, quando, acredita, toda uma vertente do pensamento poderia ser retomada dessa perspectiva e ser entendida como "a difícil tentativa, ou uma série de difíceis tentativas, para reconstituir uma ética e uma estética do eu [...] todas elas polarizadas pela questão: é possível constituir, reconstituir uma estética e uma ética do eu? A que preço e em que condições? (FOUCAULT, 2004, p. 305). Tudo então seria bem mais complicado, bem mais ambíguo e contraditório.

Atenta a essas indicações de Foucault – a escrita como uma das práticas do cuidado de si e os questionamentos e empenhos para reconstituir uma ética do eu no século XIX –, trato simplesmente de fazer uma breve leitura do romance de 1890 atendendo para aquelas sugestões.

Lésbia, título do livro e pseudônimo da personagem central que estaremos tratando aqui, é um *künstlerroman,* isso é, um romance da formação do artista, escrito em 1884 por Maria Benedita Câmara Bormann (1852-1895) e publicado seis anos mais tarde. Livro singular e, sem dúvida, pioneiro esse livro de Délia – como Bormann assinava seus textos – que não tendo, como as escritoras inglesas, uma longa tradição de mulheres escritoras atrás de si, apenas os modelos franceses de Sand e Staël, refletiu de maneira inovadora sobre o tema da artista.

É preciso fazer aqui, antes de mais nada, uma ressalva: todos sabem que as mulheres não são artistas e não escreveram romances de formação antes de adiantado o século XX; elas não são jamais incluídas no rol de autores desse tipo de romance considerado por Moretti como central à cultura europeia moderna. O romance de formação, *bildungsroman,* do qual o *kunstlerroman* é uma variante, surge com o *Wilhelm Meister de Goethe,* que codifica um novo paradigma colocando a juventude como a parte mais importante da vida, ao contrário do que ocorrera na Antiguidade que narrara as proezas de heróis maduros como Ulisses, Aquiles, Heitor e tantos outros. O *Bildungsroman,* em suas várias modalidades, é a forma simbólica da modernidade e a juventude está no centro dessa forma assinalando que este é um mundo que se desfez das tradições, que trocou o campo pela cidade e que busca seu significado no futuro, não mais no passado ou no presente (MORETTI, 2000, p. 5). A primeira opção para o personagem desses romances é sempre um anti-herói, um jovem comum embora com ele sempre a normalidade se torne interessante e significativa.

> Se [...] a insatisfação interna e a mobilidade tornam o jovem dos romances "simbólico" da modernidade, eles também o forçam a partilhar a falta de forma da nova época, em sua esquivança proteica. Para se tornar uma "forma" precisa de algo contraditório[...] da noção que "a juventude não dura para sempre". (MORETTI, 2000, p. 6)

A centralidade do romance de formação na literatura europeia moderna forja o jovem desassossegado como personagem central, surgido da queda das sociedades tradicionais ele se torna figura simbólica da Europa moderna pela mistura de grandes expectativas e ilusões perdidas reconhecido pelos leitores. Sempre o jovem, assim ficou estabelecido. No entanto, como mostrei em outro artigo (TELLES, 1999), existe sim um romance de formação escrito por mulheres a partir de suas perspectivas, mas essas discussões não serão tratadas no presente texto.

Na mesma linha de verdades impostas estabelecidas, todos sabem que as mulheres daquela época não se preocuparam com ética ou estética ou com outros questionamentos existenciais. Os sujeitos da modernidade, da cultura urbana industrial, são os *flaneurs* ou dândis, ou boêmios, sendo que nenhum desses termos tem declinação feminina, a não ser o último que conota algo diferente do masculino. A jovem não corresponde ao jovem em busca de si mesmo visto que o que se esperava dela no futuro era inteiramente previsto. Posto isto, continuemos nossa leitura na contramão das afirmações canônicas.

Lésbia, o romance de Délia, recebeu críticas favoráveis, como a de *O País* em novembro de 1890, sendo por muitos considerado como obra-prima, sempre citado até as primeiras décadas do século XX, após o que vai sendo esquecido. Crítica desfavorável recebeu de Araripe Jr que não se conforma de moça tão bela escrever tais diatribes "à la Sand", numa censura típica às mulheres que ousavam deixar de lado os papéis sociais tradicionais. Mesmo a escritora Ignez Sabino contemporânea de Délia que diz ter lido o prefácio ainda manuscrito, não entendeu o romance, achou-o desestruturado, talvez exatamente devido à sua modernidade.

Délia, no prefácio datado do ano da publicação, com bastante lucidez, sugere alguns elementos que poderiam ser criticados na história e que talvez possamos entender como tendo postergado a edição: o inusitado do tema e a questão do suicídio. Começo tratando do primeiro tema e deixo o segundo para o final. Em relação ao primeiro a autora escreve: "como esse livro fala de uma escritora, ele tem um escopo bem maior e mais abrangente e envolve mais experiências do que a vida comum das mulheres". A maioria das mulheres, afirma em expressão lapidar, não trama ou ambiciona, mas "desvive-se em carinho e afeto". A escritora por ambicionar expressão e fama, trama enredos e estratégias para criar e divulgar sua obra, envolve-se assim com o mundo de modo diverso das outras mulheres e constrói uma vida toda sua. Em *Lésbia*, antecipando em uma década escritoras de língua inglesa do final do século XIX (HEILMANN, 1995; 1996) e as modernistas do nosso século (GUBAR, 1983), Délia estabelece a ligação entre a busca da protagonista por desenvolvimento artístico, independência financeira e amorosa e a noção de um local de trabalho próprio, no caso, um palacete todo seu.

Lésbia é um livro que entrelaça as relações e tensões entre a paixão pelo conhecimento – leitura e escrita – e a paixão erótica. Ao contrário da mulher que desvive-se em carinho e afeto, a escritora vive, com prazer, alegria e às vezes intenso sofrimento, os desejos da mente e do corpo. A cisão entre a realização pessoal na experiência e o eu artístico que deseja liberdade das exigências da vida, característica dos *künstlerromanne* escritos por homens, não acontece nesse livro onde a ação decorre da alternância e inter-relação entre esses dois polos. A fronteira entre vida e arte é rompida, as duas se mesclam, um "ato político que reavalia a mulher como criadora exemplar, a heroína como artista" (GUBAR, 1983).

A cultura e os textos hegemônicos opunham produção e reprodução ao mesmo tempo em que houve uma apropriação do nascimento como metáfora para legitimar o "filho do intelecto" dos escritores, ou para desqualificar, ou insultar, obras femininas cuja produção era comparada à repetição da reprodução, isso é, algo físico e involuntário. Produção artística e reprodução biológica eram modelos contraditórios oferecendo roteiros alternativos ou paradigmas de vida paralelos e diferenciados.

O livro narra a história da jovem de classe média, Arabela, infância feliz, protegida e nutrida pelos pais que percebem a inteligência, pendores artísticos e a curiosidade da menina. Bela, como era chamada, tenta seguir o script prefixado, estuda, porém, ao contrário do que visava o currículo para moças, se apaixona pelo conhecimento. Os estudos prescritos, no entanto, não a prepararam para as escolhas no mundo. Ela se casa aos dezenove anos por escolha própria, voluntariosa, contra a vontade dos pais, com um homem que já ao fim de oito dias mostra-se um bruto. "Ouvira palavras afetuosas e aparentemente sinceras com que os homens iludem as mulheres". Arrependida, "media a profundidade do abismo onde se despenhara" e abafava os queixumes. O pior, o que se tornou insuportável e acabou sendo fator de separação, era ele caçoar dela, "és insuportável! uma preciosa ridícula". Ao ouvir essas palavras pela primeira vez, a moça chorou e para dele ainda mais se afastar, mais estudou.

O percurso de Arabela até os vinte anos levou-a da casa dos pais ao colégio, de lá à casa do marido e de volta àquela dos pais. Ela é dependente financeiramente dos homens que estão em seu caminho. Mas a semente caíra em solo fértil, teve forças para não se deixar silenciar. E nunca duvidou de seus merecimentos intelectuais.

Aqui é engenhoso o recurso da autora ao começar a apresentar o poder masculino como não sendo de um único tipo ao empregar uma sucessão de figuras semelhantes, porém diferentes: marido = pai, mas diferente do pai por ser um bruto enquanto o primeiro era amigo e compreensivo; a seguir surgem um dândi, um pretendente, o invejoso, e outros tais, sugerindo uma rejeição da lógica unilateral da sucessão de poder igual de homem a homem, embora todos eles contribuam, mais ou menos, salvo exceções de praxe, para o embotamento das mulheres e para mantê-las em seu lugar. E a autora não aceita também que o conhecimento, a habilidade nas artes, até saberes médicos, pertençam somente aos homens, borrando assim a linha divisória da difusão cultural do saber entre os gêneros.

A moça se separa do marido. Lágrimas de tristeza, mas a vida continua. Bela volta ao mundo, e entra em cena o outro homem prescrito, o amante, homem do mundo, um *bon-vivant*. Caso amoroso com fim amargo, profunda depressão e um lento processo de cura. Ainda presa de profunda melancolia, certa tarde, para "distrair-se e fugir de si mesma, ao acaso pegou na biblioteca do pai um livrinho, *Máximas* de *Epictetus*". E, súbito a luz se fez, ela exclama: "é isso mesmo. Saberei vencer [...] e porque não escrever?" Lê em voz alta e transcreve o primeiro aforismo, comenta que sempre pensara daquele modo, embora lhe faltassem palavras para expressar as ideias.

Para Foucault é com Epíteto que acontece a mais elevada elaboração do tema do cuidado de si. O ser humano é definido pelo filósofo como o ser

> [...] que foi confiado ao cuidado de si. É ali que reside a diferença fundamental com os outros viventes: os animais encontram pronto o que precisam para viver [...] O homem por seu lado deve velar por si mesmo [...] pois o deus dispôs assim para que pudesse fazer uso livremente de si mesmo; e é para esse fim que é dotado de razão [...] faculdade absolutamente singular que é capaz de se servir dela própria: pois é capaz de se tomar a si, assim como qualquer outra coisa como objeto de estudo.
> (FOUCAULT, 1984, p. 62)

Por serem livres e racionais os humanos são na natureza os seres incumbidos do cuidado de si que para Epíteto é um privilégio-dever "que nos garante a liberdade ao nos constranger a tomar a nós mesmos como objeto de toda nossa aplicação".

Deve-se aprender a viver a própria vida; deve-se considerar o próprio de cada indivíduo e a questão fundamental é o que se é internamente.

Uma vida feliz é motivada pela virtude que é a capacidade de usar com sabedoria as vantagens e circunstâncias. Cuidar de si implica o uso de todo um conjunto de ocupações e trabalho.

Délia, ao ler as *Máximas* concluiu: "é isso mesmo. Saberei vencer [...] e por que não escrever?" O cuidado de si se liga à técnica de escrever; o ato de escrever é aqui uma estratégia prática na constituição do sujeito, e, mostra Foucault, bem diversa da confissão e autoexposição preconizadas pelo *ethos* cristão posterior. No romance, surgem para a moça evocações do passado que formam outros conjuntos, em novas junções: nasce assim a escritora.

Retorno ao romance: transfigurada, a jovem dirige-se ao tocador de "mulher faceira até então dedicado ao *far niente*, e dali em diante transformado em gabinete de estudo". A moça se põe a estudar e escrever; reconhece o momento extraordinário que a impeliu à escrita para reviver agitações e dores e opera-se violenta revolução moral, ela anota. Desse exercício surgiria a serenidade de ânimo que aceita os fatos consumados. Délia continua seguindo os preceitos do filósofo que afirmava que os acontecimentos não são bons ou maus em si, mas dependem de nosso julgamento.

Ao fim e ao cabo, Lésbia, pseudônimo adotado pela moça Bela agora tornada escritora, fazia anotações em um caderno, como aqueles que Lygia Fagundes Telles inspiradamente chamou de cadernos goiabada da mulher brasileira, os cadernos baratos que estavam à mão. E a personagem Lésbia no caderno escreve um romance, a história de um amor. Esse caderno lembra também os antigos sistemas de notação gregos, *hypomnémat*, mencionados acima, onde a escrita se engaja em conversas com outros autores, sem retórica ou floreios, onde não existe confissão ou narrativa. Cadernos que se formam por uma prática através da qual o indivíduo tenta mudar a relação consigo mesmo e participar ativamente do processo de constituir sua própria alma. Ao escrever o escrevente cria a si mesmo ativamente. Trata-se de se constituir como sujeito da ação racional através da apropriação, unificação e subjetivação do fragmentário e da seleção do já dito e já selecionado.

Na *paidea* proposta pelo cuidado de si há íntima ligação entre males físicos e males da alma, uma aproximação entre medicina e moral. O cuidado de si era um sistema de obrigações recíprocas e, em consequência, uma prática social, e isso em vários sentidos, entre eles exercícios que permitiam receber ajuda ou ajudar outros. As diferentes funções de professor, guia, conselheiro e confidente pessoal não se distinguiam bem e na prática da cultura de si, eram muitas vezes intercambiáveis, mostra Foucault (1984, p. 68). Pela escrita se firmava também a *animi medicina*, ou medicina para a alma. "Se formar e se curar são atividades solidárias" (Foucault, 1984, p. 71) e, seguindo Epicteto, insistiu nesse ponto.

Essa prática vai focalizar o corpo de modo diferente do vigor físico da ginástica, ou do treinamento militar. Ela é peculiar porque se inscreve, ao menos em parte, no interior de uma moral que coloca a morte, a enfermidade e o sofrimento físico não como males verdadeiros, por isso é melhor tratar de cuidar da alma. Nas práticas de si, "os males do corpo e os da alma podem se comunicar entre eles e trocar seu mal-estar (Foucault, 1984, p. 72). Quem estivesse genuinamente interessado na saúde da alma, devia retirar-se em si mesmo, constantemente, não para se expor, nem para autoexame, mas para recordar regras de ação e considerar como se conduzir. As notas escritas para o cuidado de si deveriam ser simples e claras para que o estilo refletisse a orientação ética.

No livro de Délia essas indicações levam a autora a fazer uma inversão interessante, tornando a personagem recém-escritora uma curadora em relação ao médico familiar, figura onipresente de autoridade, no século XIX, detentor de um saber sobre as pessoas que partilha a conta-gotas com as mulheres que dele sempre necessitam, dissipando-lhes em parte a ignorância, ensinando-as a se comportar. No romance há inversão dessas posições pois Lésbia mostra o que escrevera ao médico; esse se emociona profundamente ao ler o relato da jovem, sofre uma transformação, deixa vir à tona o que escondia. O movimento atende também aos preceitos estoicos, as notas do cuidado de si podem ser enviadas a um amigo, pois ele é "intrinsecamente ligado a um 'serviço da alma' que comporta a possibilidade de um jogo de trocas com o outro e um sistema de obrigações recíprocas" (Foucault, 1984, p. 69).

A personagem escritora segue em frente mostrando o livro para o círculo familiar, para amigos e finalmente para um editor, esse ainda um outro tipo de homem, honesto e sem preconceitos. Lésbia fará carreira, terá sucesso, sofrerá maledicências e contratempos mas, até o final, continuará a tramar seu destino.

Há ainda um fragmento de Epicteto que, certamente, teria interessado Délia. Declara o filósofo que as mulheres são especialmente sobrecarregadas pela atenção que recebem devido à sua presença agradável.

Desde cedo são avaliadas somente em termos de sua aparência externa o que pode levá-las a pretender simplesmente serem adequadas para dar prazer aos homens enquanto seus verdadeiros dons interiores se atrofiam, uma confusão, alerta, a ser evitada. A mulher teria então mais trabalho no cuidado de si, deveria ficar ainda mais atenta para seus dons e necessidades ao invés de perder tempo com sua beleza exterior e distorcer seu eu natural para agradar aos outros. Lembremos, mais uma vez a sentença de Délia: "a mulher desvive-se em carinho e afeto".

A escritora-personagem "quanto mais conhecia os homens mais se apegava aos livros". No entanto... as coisas não ficam assi m e para uma escritora bem sucedida, o parceiro é um "homem sensível". Ela conhece seu par,

> [...] caráter ilibado, homem distinto, de rara erudição, de exagerada modéstia, ou antes, absolutamente indiferente o todo e qualquer encarecimento. [...] Grande poeta, grande coração, excessiva sensibilidade, e "não era um desprevenido de vinte anos", até já vivera bastante e conhecia os requintes do gozo... (p. 122)

Ele lera seu romance, conhecia o que ela escrevia. E amou-a e Lésbia bendisse seu talento que a fizera conhecer tal homem. Serás o meu Catulo, diz, "trabalharemos juntos, completar-nos-emos e os deuses nos invejarão!"

A arte de viver, o cuidado de si na vertente de Epíteto não pretendia, como a ascese posterior, eliminar o desejo ou o prazer. Três campos de estudo eram referendados pelos estoicos para o treinamento: o que dizia respeito ao desejo ou aversão; aquele que concerne o impulso para agir ou não agir; o que diz respeito ao que se aprova e se incorpora ou não. O primeiro topos é o desejo, ou aversão para que nunca se deixe de conseguir o desejado ou caia no que não quer. Isso quer dizer que não basta saber como a natureza opera, é preciso treinar os desejos à luz do conhecimento adquirido para só desejar o que esteja em harmonia com a natureza aqui entendida como sistema físico complexo e interligado do qual individuo é apenas uma parte. O segundo princípio do filosofo trata do impulso, ação ou não ação, e ao comportamento para que a ação seja considerada com cuidado e não se aja descuidadamente. O terceiro topo diz respeito a ficar livre de desenganos e julgamentos precipitados e em geral com tudo que se relacione com pertencimento.

O corpo, como mostrou Foucault, é a superfície inscrita pela história de sua sujeição, por isso, no século XIX, era preciso refazê-lo; gestos posturas e vestimentas elaboradas foram desenhadas por Délia para fazer a escritora da ficção se expressar. O lar, local tradicional do encerramento e enfermidade para a mulher no século XIX, é reconstruído no romance numa revisão da mitologia doméstica onde a resistência silenciosa foi substituída pela linguagem da mulher. Então pode lhe atribuir valores tais como autorrespeito, determinação e criatividade. Na porta de entrada ao gabinete de trabalho a divisa *Non omnis moriar*, não morrerei de todo, parte de um verso de Horácio, indica a ambição de deixar a marca de sua passagem pela Terra. Nesse santuário da heroína escritora, só Catulo podia penetrar. Parceiros na arte e no amor, não moravam juntos; cada qual preservou seu espaço.

Mas... esse não é um conto de fadas, o homem sensível não é um príncipe encantado ou a escritora uma princesa congelada em sua torre de marfim. Lésbia, vive anos e anos feliz com Catulo, viajam juntos, retornam. Tornam-se praticamente irmãos. E envelhecem. À angústia do envelhecer, pensar que as faculdades declinavam, se junta à irrupção de uma súbita paixão. Lésbia apaixona-se por um jovem que crescera lendo seus livros, adorava-os tanto que dormia e acordava contemplando-os. Fetichismo do livro, diríamos, mas no enredo de Délia, finalização do ciclo das intenções da personagem, compartilhar com a geração seguinte o conhecimento de si. Nada mais tendo a viver, recusando-se a trair a amizade que desfrutava com Catulo, decide-se, escreve seu derradeiro enredo, detalhado, preciso: é a trama de sua morte, *à la romana*, e as disposições testamenteiras.

A autora no prólogo aborda a questão do suicídio, "um dos desfechos condenados, segundo opinião de muitos (p. 33)", e lembra o *Werther* de Goethe que endeusava o suicídio. E continua dizendo que seu livro também termina assim, porém, esse gesto não era ato irrefletido, "antes a consequência fatal do tormentoso viver". Continua explicando que a personagem Lésbia não era apologista do suicídio, mas que existem casos em que é a melhor das soluções. Essas colocações nos fazem retornar a Epicteto e sua concepção sobre a morte, embora seu nome não apareça quando é tratado esse tema.

Para o filósofo estoico a morte não só não era um mal, como poderia ser um ganho quando continuar a viver fosse somente o prolongamento de sofrimento sem propósito. O suicídio então seria preferível. Os estoicos eram materialistas, corpo e alma seriam da mesma matéria que a natureza e a morte seria o retorno da matéria que nos compõe ao cosmos. O ressentimento quanto a nosso destino mortal seria impróprio e irracional. O suicídio traz a presença do trágico, revela, no caso do Werther de Goethe, a caricatura do mundo burguês em seu viver meio a altas rodas e variedades. Trata-se sempre da questão da dignidade da pessoa humana. O suicídio é condenado, em geral, porque representa, ao mesmo tempo, a renúncia ao maior dom de Deus e o dever de viver para cumprir os mandamentos.

Não na filosofia de Epicteto, como vimos, onde o suicídio pode ser uma via digna. A ética do cuidado de si, como já dissemos, continha também uma prática de liberdade não só pessoal, mas comunitária. E pensando nisso gostaria de lembrar os versos franceses de Joaquim Nabuco, publicados em um jornal no qual Délia também colaborava, escritos dois anos após o livro, 1886, porém antes de sua publicação. O poema se chama "Escravo", os versos em francês são dedicados a Epicteto, e foram publicados como um libelo pela Abolição. Assim, parece-me que o Frigio, como o trata Nabuco ao filósofo estoico que fora escravo e se libertara, é tomado como emblema na luta abolicionista brasileira, e a menção de seu nome poderia ser compreendida por muitas pessoas à época, como sugere a menção do filósofo pelos autores citados, Nabuco e Délia.

Délia, em sua obra, mostra o sujeito estético formar-se como ficção mediante a prática da escrita e através dela também forma-se o sujeito ético, sempre em busca dos marcos lógicos, da ação em sintonia com a natureza. O esboço de si forma um eu multiforme, conflituoso, versátil, sempre em transformação em oposição total, exatamente por isso, ao ideal fixo da mulher no século XIX. A personagem tem sua transformação, mas não se livra de "uma jaça, uma ligeira pequenez naquela alma imensa e luminosa – era vingativa! (p. 121)". Ao não ser perfeita, apesar de todos os superlativos que a descrevem, a personagem se aproxima mais das mulheres suas contemporâneas mostrando ser possível viver sem seguir o manual da perfeição imposto às mulheres que se desviviam em carinho e afeto.

Uma nota final, Délia, o pseudônimo da autora, e Lésbia, sua personagem, se inscrevem numa genealogia de escritoras que vem de Safo, passa por Mme de Staël e George Sand e chega a Délia, autora e Lésbia personagem. Uma linhagem à qual se agregam libertários da época em sua luta contra a escravidão local. Uma linhagem imaginária que segundo Délia, que emprega o exemplo de Sand, pode demonstrar "o quanto pode o gênio em peito feminino."

Referências

BACHELARD, Gaston. *La poétique de la rêverie*. Paris: PUF, 1978.

BORMANN, Maria Benedita Câmara (Délia). *Lesbia*. Rio de Janeiro: Evaristo da Veiga, 1890; 2ª ed. Florianópolis: Mulheres, 1998.

GUBAR, Susan. The birth of the Artist as Heroine: (Re)production, the Künstlerroman Tradition, and the Fiction of Katherine Mansfield. In: Heilbrun, C. *Representation of Women in Fiction*. UMI, 1996.

FOUCAULT, Michel. *Le Souci de Soi*. Paris: Gallimard, 1984.

FOUCAULT, Michel. *A hermenêutica do sujeito*. São Paulo: Martins Fontes, 2004.

HEILMANN, Ann. Feminist Resistance, the Artist and A Room of One's Own. In: New Woman Fiction". *Women's Writing*. v. 2, n. 3, 1995, p. 291-308.

FOUCAULT, Michel. The "New woman" Fiction and Fin-de-Siècle Feminism. In: *Women's Writing*. v. 3, n. 3, 1996, p. 197-216.

NABUCO, Joaquim. Escravos! Versos franceses a Epicteto. *Propaganda Liberal Quarto Opúsculo*, 1886.

ORTEGA, Francisco. *Amizade e Estética da Existência em Foucault*. Rio de Janeiro: Graal, 1999.

SHOWALTER, Elaine. *Daughters of Decadence*. New Jersey: Rutgers University Press, 1993.

SHOWALTER, Elaine. *Hystories*. New York: Picador, 1997.

STEWART, Grace. *A New Mithos: the novel of the artist as Heroine*, 1887-1977. Fountain Valley: Eden Press, 1979.

TELLES, Norma. Um Palacete todo seu. *Pagu*, n. 12. Campinas: Unicamp, 1999, p. 379-400.

TELLES, Norma. Intuição do Instante. *Congresso da AATSP*, Nashville, 1997.

TELLES, Norma. *Encantações*. São Paulo, PUC, tese doutorado, 1987. mimeo; São Paulo: NaT editorial, 1998.

Tornar-se anônimo.
Escrever anonimamente

Philippe Artières

Abertura

No início do filme de Philippe Garrel sobre o movimento de maio de 1968 – *Les amants réguliers* (*Os amantes regulares*) –, num quarto de empregada (do Quartier Latin), jovens estudantes discutem na penumbra; a um dos amigos que diz querer tornar-se célebre, um outro responde que deseja tornar-se pintor de paredes. "E por quê?" pergunta seu colega; por que não pintor simplesmente de verdade? "Para tornar-me anônimo", responde o outro.

Tornar-se anônimo

Há um outro filme – o de Jean-Luc Godard, intitulado *One + One*, sobre a gravação da canção *Sympathy for the devils* (dos *Rolling Stones*) –; esse filme *cult* de 1968 é um símbolo desse período 1968, do qual Foucault fala no início do texto *Para uma vida não-fascista*. Que se vê nesse filme? Vê-se uma jovem mulher, uma jovem desconhecida escrevendo com um spray preto sobre os muros da cidade (Londres) alguns *slogans*, como, por exemplo "Freudoom".

Escrever anonimamente

Certamente, aqui pensamos em Foucault e em seu desejo de não ter mais um rosto e de sua vontade de anonimato... o filósofo mascarado, do início dos anos 1980, respondendo a uma entrevista do jornal *Le Monde* e sua preocupação por um ano de publicações sem aparecer o nome do autor. Pensamos, também, nas práticas da escrita clandestina do *Grupo de Informações sobre as Prisões*, na neutralização do nome do autor, em *A Desordem das Famílias*[1].

Mas se o anonimato me parece estar aqui no coração da nossa questão, é porque ele envolve um prática que está no âmbito da passagem da sociedade disciplinar de Foucault para a sociedade de controle, destacada por Deleuze. O que é o tornar-se anônimo, senão uma arte de vida não-fascista ou isso que, nas próprias palavras de Foucault, "está em todos nós, que martela nossos espíritos e nossas condutas cotidianas, o fascismo que nos faz amar o poder, desejar essa própria coisa que nos domina e nos explora"?

Eu gostaria, aqui, de esboçar alguns elementos dessa história do anonimato que me parece corresponder exatamente àquilo que Foucault chama de uma arte de vida não-fascista, e da qual se poderia dizer que se constitui num tipo singular de prática de si.

*

Numa pequena e bela moldura dourada, o daguerreótipo representa uma mulher com um longo penteado coberto com uma renda branca; ela está com os braços cruzados e tem sobre o rosto uma máscara que esconde seu nariz e seus olhos. Estranho retrato esse, capturado por um fotógrafo americano em meados do século XIX[2]. Manifestação súbita do anonimato no próprio lugar da identidade que constitui o retrato fotográfico.

O relatório diário do necrotério de Paris assinala, no dia 9 de janeiro de 1894, a descoberta de um "corpo de um homem desconhecido, aparentando 65 anos, encontrado pendurado no bosque de Clamart; o morto não tem nenhum documento que pudesse revelar a sua identidade. O cadáver foi exposto e fotografado."[3]

No outono de 1899, jovens aterrorizavam Montreuil-sous-Bois: eles atacavam velhas senhoras, a fim de lhes roubar as economias. Justo quando estavam para ser presos, eles atiraram contra os agentes da polícia. O *Petit Journal* noticiou tais ataques e expôs os dois bandidos: eles tinham

---

[1] *Le Désordre des familles* (avec A. Farge). Paris: Julliard/Gallimard, coll. "Archives", 1982.

[2] Cf. *Secrets of the dark chamber:* The art of the american daguerreotype. National Museum of American Art, Smithsonian Institution.

[3] Cf. *Archives de la Préfecture de Police*, DA 34. 1894.

o rosto coberto, até a metade, por um cachecol que só lhes deixavam visíveis os olhos.[4]

O monumento a Joana d'Arc, na rua Rivoli, é objeto de uma vigilância constante; os agentes da polícia observam o menor movimento nos arredores, anotam e descrevem as coroas e os ramos de flores ali depositados. Por isso, um deles nota, num dia do ano de 1892, o arremesso de um buquê, por uma mulher que, logo em seguida deixou rapidamente o lugar.

Tornar-se anônimo; a fotografia, os relatórios do necrotério e da chefatura, assim como a gravura num jornal mostram isso. São os gestos e os lugares dos quais não se quer ser o autor[5]. Não são apenas os evadidos e os esquecidos pela história[6] que não têm rosto, não somente os silenciosos[7] ou os sem rostos de Arlette Farge que não deixaram seus rastros. Trata-se de indivíduos que tentaram, num dado momento, não ter mais uma identidade ou, pelo menos, neutralizá-la; trata-se, em suma, de indivíduos que tentaram se ocultar; trata-se não mais do que escritores que recusaram a ordem da assinatura[8]. Esses indivíduos que atravessam a Grande História não são – ou são muito pouco – objeto de pesquisa; desse modo, no interior da história da identificação – que se desenvolveu amplamente na última década[9] – a história do anonimato voluntário é uma história menos conhecida e que em parte ainda está para ser escrita.

Nessa história que deveria ser entendida como a história da resistência à sociedade de controle, o corpo ocupa um lugar central que nós gostaríamos de examinar brevemente aqui.

*

Imediatamente, uma questão se impõe: quando, em nossas sociedades europeias, emergiu a ideia de neutralizar a sua própria identidade? Mais exatamente, e será nesses termos que queremos puxar alguns fios dessa

---

[4] Cf. *Le Petit Journal,* décembre 1899, n. 474.

[5] Cf. Béatrice Fraenkel. "Le terme auteur en français. Analyse lexicographique d'un terme fossile". *Revue Mots,* n. 77, 2005.

[6] A. Corbin. *Le Monde retrouvé de Louis-François Pinagot.* Paris: Flammarion, 1998.

[7] Michelle Perrot. *Les femmes ou les silences de l'Histoire.* Paris: Flammarion, 1998.

[8] Vide Béatrice Fraenkel. *La Signature.* Paris: Gallimard; vide, também: *Figures de l'anonymat. Média et sociétés, textes réunis et présentés par Frédéric Lambert.* L'Harmattan, 2001.

[9] Vide os trabalhos determinantes, nesse domínio, de Gérard Noiriel e de Michel Offerlé.

história: a partir de quando tais práticas do anonimato começaram a criar problemas, ao ponto de os regulamentos as proibirem, ao ponto de os agentes se encarregarem de as reprimirem?

Se é impossível determinar a data exata desse momento repressivo, pode-se no entanto, com a ajuda de uma série de indicadores, estimar que, ao longo da última década do século XIX, uma inquietação se manifesta frente ao anonimato. Assim, é dessa época que a tradição do *Veau Gras*[10] (Vitelo Gordo) é retomada em Paris; o desfile tradicionalmente à fantasia não deveria mais ter, em suas fileiras, indivíduos cujos rostos estivessem escondidos; as circulares do Chefe de Polícia de Paris são insistentes sobre tais questões, sobretudo quando existe algum risco de violência; dito de outra maneira, esconder o rosto (e, por conseguinte, impossibilitar qualquer tentativa de reconhecimento) corresponde a uma desordem pública. Toda ação deve, de fato, poder ser atribuída a um autor. O indivíduo disfarçado contraria tal imperativo e, por isso, deve ser então penalizado. Essa luta contra os atos anônimos é particularmente intensa no que concerne à escrita. Antes que se desenvolvam técnicas de apagamento de particularidades individuais da grafia (escrita tremida, mudança de tipo de letra etc.), tem lugar uma bateria de dispositivos com vistas a impedir as escritas anônimas (abertura de inquéritos após o registro de uma queixa, recurso aos *experts* etc.)[11]. O anonimato não é mais apenas um estado; ele se transforma no resultado de uma série de atos deliberados. Quais são esses atos pelos quais o corpo se torna anônimo?

O rosto

Emmanuel Lévinas sublinhou o quanto, em nossas sociedades ocidentais, o rosto se constituiu como o lugar da nossa humanidade[12]. Como se sabe, foi também em torno do rosto humano que as tentativas de descrição foram mais numerosas e objeto dos maiores debates. Nesse particular, lembremos de J. G. Lavater e de sua ciência, a fisiognomia, que permitiria

---

[10] O *Veau Gras* (vitelo gordo) é uma festa popular que acontece em Paris, no mês de julho. (NT)

[11] Essa "polícia da escritura" é o assunto de nossas pesquisas atuais; ela se constitui em um dos eixos do programa da equipe de Antropologia da Escrita, do LAHIC/EHESS, coordenado por B. Fraenkel.

[12] Acerca de uma ética do rosto, pode-se consultar o capítulo "Rosto e ética", em E. Lévinas. *Totalité et infini*. Essai sur l'extériorité. Kluwer Academic, 1971. Livre de Poche, 1990.

reconhecer o caráter de cada homem a partir da análise dos traços de seu rosto, a fronte carregando "o sublime das faculdades intelectuais". No século XIX, multiplicam-se numerosas iniciativas para conseguir descrever, com a maior precisão possível, cada um dos elementos da face, a fim de estabelecer quais seriam os melhores sinais possíveis.[13] Por isso, na história do anonimato, o rosto foi, sem dúvida nenhuma, a parte do corpo sobre a qual mais se investiu.

O caso mais sintomático do apagamento do rosto para esconder a identidade do corpo é o uso, nos ateliês fotográficos, de mantas e cachecóis para manter o segredo da identidade dos modelos. Hélène Pinet relata que um fotógrafo chamado P. Richet utilizava um cachecol dobrado na ponta e amarrado atrás da cabeça[14]. O uso do túnicas, de máscaras e de meia-máscaras foi também muito comum no final do século XIX, nos ateliês, onde se praticava a "fotografia leve", a tal ponto que se pode perguntar se não era por brincadeira que os modelos às vezes carregavam tais acessórios.

Para escapar da vigilância dos guardas, para evitar os controles, muitos tentaram mudar o rosto. A história da maquiagem serve como um bom exemplo dessas práticas que não visam propriamente esconder, mas sim substituir uma identidade por outra; fazer uma identidade passar por outra.

Graças a *L'art de se grimer, manuel de maquillage* (*A arte de se maquiar, manual de maquiagem*), de J. Renez, do Teatro Municipal de Chatelet, obra publicada em 1900, dispõe-se de informações relativas às técnicas contemporâneas. A lista dos acessórios necessários para se maquiar bem é a seguinte:

> Uma pata de coelho
> Duas hastes com ponta de algodão de espessura média
> Um pacote de algodão
> Uma escova macia
> Uma escova dura
> Uma pluma para pó-de-arroz

---

[13] Vide, por exemplo, os retratos falados estudados por Michel Porret: "Le visage des scélérats in Images. 4-1998. *Visage*, p. 34-41. Vide, também, Jean-Jacques Courtine, Claudine Haroche. *Histoire du visage 16ᵉ-19ᵉ siècles*. Paris: Rivage, 1988. Payot, 1994.

[14] Vide, por exemplo, a série "Pasquiou, modèle féminin masqué, 1907, coll. Ecole des Beaux-arts". *L'art du nu au XIXe siècle*. *Le photographe et son modèle*. Paris: Hazan, BNF, p. 124-129.

Uma pluma para empoar as perucas
Um pente de ferro
Duas caixas de pó-de-arroz
Duas caixas de pó para empoar perucas
Um estojo para ruge (blush)
Um pequeno pincel
Um frasco de verniz e seu pincel
Uma lixa de unhas
Uma calçadeira
Uma pinça
Uma caixa de vaselina
Uma caixa de sabonete
Um batom de manteiga de cacau
Um frasco de água-de-colônia

As pessoas se maquiavam não apenas para assumir uma outra aparência mas também para dissimular certos traços; esse é o caso dos bigodes. Pode-se, também, alterar a forma das sobrancelhas: "encobrir as sobrancelhas com uma forte camada de ruge aplicada na testa; depois, desenhar as sobrancelhas desejadas com lápis de maquiagem". O preço dos acessórios não era desprezível: desse modo, para adquirir uma peruca de velho (cor de cinza) pagava-se 22,5 francos; para uma coleira da Auvérnia[15], 6 francos; para um cavanhaque, 5 francos.

Sem dúvida, a pintura do belga James Ensor (1860-1949) remete explicitamente a tais práticas de maquiagem; consideremos, aqui, os quadros intitulados *As máscaras singulares* (1892), *As máscaras escandalizadas* (1883), *As máscaras diante da morte* (1888). De um modo mais geral, note-se o quanto essa temática está presente na pintura na virada do século XIX para o século XX.

Os olhos e as mãos

Para se tornar verdadeiramente anônimo e evitar o controle dos olhares, convém esconder os olhos, de modo a impedir a identificação e conter

---

[15] No original: "collier d'auvergnat"; designação de um tipo de adorno colocado no pescoço, originário da Auvérnia, região do sul da França. (N.T.).

a formidável tarefa de qualificação que os antropólogos desenvolveram a partir de meados do século XIX, em especial a investigação de Topinard sobre cerca de 180.000 indivíduos.[16] [17] Para esse fim, o uso de máscaras é cada vez mais frequente nas últimas décadas do século. Escondem-se os olhos para atacar, mesmo que a agressão se faça à noite. Há todo um uso delinquente da máscara que está para ser estudado; os raros exemplos desses usos de máscaras são reconhecidos especialmente nas gravuras da imprensa ou nos depoimentos verbais de agressões.

Nessa perspectiva, as mãos e as impressões digitais que elas deixam foram objeto de uma mesma preocupação. Foi a partir da descoberta de Galton que o uso de luvas se tornou cada vez mais frequente nos assaltos; o romance é testemunho de tal uso: Arsène Lupin e o Voleur, de Georges Darien, usam luvas. A mulher com o véu no chapéu não é estranha a tal dissimulação das identidades; pensemos aqui no pequeno desenho de Georges Seurat, intitulado *La voilette*, datado de 1883 e exposto no Museu de Orsay.

Lembremos que esse uso "desviante" das luvas é contemporâneo de um recurso maior que visava a proteção das mãos em situação profissional. As luvas não eram apenas um acessório de festas e solenidades; elas se tornavam, cada vez mais, luvas de trabalho. Dito de outra maneira, quanto mais seu uso se generaliza, mais esse uso é desviado, modificado, ressignificado.

Desse modo, ocultar os olhos e enluvar as mãos são duas outras maneiras de tornar-se anônimo nesse final do século XIX. Mais adiante, as coisas serão diferentes. Assim, ao invés de máscaras e cachecóis, hoje preferem-se as meias de *nylon*; ao invés de uma escrita tremida, usam-se as letras recortadas dos jornais... A cada desenvolvimento técnico, correspondem novas maneiras de esconder sua identidade

Essa história do anonimato exigiria, sem dúvida, fazer uma longa incursão pela história da cirurgia e, particularmente, pela história dos "gargantas cortadas"[18] da Segunda Guerra Mundial, que contribuíram para

---

[16] Vide Nélia Dias, *La Mesure des sens*. Les anthropologues et le corps humain au XIXe siècle. Paris: Aubier, Collection Historique, 2004.

[17] Dominique Kalifa. *Crime et culture au XIXe siècle*. Paris: Perrin, 2005. Vide, também, Simone Delattre. *Les Douze heures noires. La nuit à Paris au XIXe siècle*. Préface d'Alain Corbin. Paris: Albin-Michel, 2000.

[18] Expressão com que se designam os soldados cujos rostos eram brutalmente desfigurados nas linhas de frente, durante a Primeira Guerra Mundial. (NT)

o desenvolvimento de técnicas de cirurgia facial e, sem dúvida nenhuma, para lançar as bases de uma cirurgia dita "estética", elo pós-moderno dessa história, colocado claramente em cena por John Woo, em *Face off*. A jovem mascarada torna-se, então, um jovem mascarado.

Vamos ao presente, à carta anônima.

As cartas desprovidas de assinatura.
Arte de resistência ou dispositivo de controle

Nessa história que deve ser compreendida como uma história da resistência à sociedade de controle, a carta anônima ocupa um lugar de cruzamento que aqui gostaríamos de questionar. De fato, às vezes, deixar de assinar uma carta não resulta somente de um esquecimento; esse pode ser um ato voluntário e constituir-se, nesse caso, num ato tão deliberado quanto o de assinar. R. Chartier lembra o quanto a publicação de um livro anônimo, na Modernidade, pode ser entendido como numa recusa de entrar na ordem do negociante, na sociedade de mercado, uma entrada que mancharia sua reputação. Um ato cartorial não assinado não tem valor[19]. No caso da correspondência, como Dumas notou ironicamente, esse ato de escrita implica a impossibilidade de responder à missiva. Dito de outro modo, ele interrompe e suspende momentaneamente a troca; ele impede a comunicação entre dois correspondentes. Trata-se, em suma, de uma escrita que introduz a incerteza e que, desse modo, interfere sobre a sua própria força performativa; trata-se de uma escrita que é tão frágil quanto uma palavra ou um grito, mas que tem, também, toda a força e, com ela, a violência[20]. Por isso, podemos chamar essa prática de *assinatura anônima* e considerá-la como um ato de escrita.

Vê-se claramente, aqui, que aquilo que importa questionar é o valor de um escrito em relação a outro. Em geral, atribui-se tal valor à assinatura; ora, o que a prática da carta anônima traz à luz é que tal valor, no final do século XIX, carrega também outros elementos. Se, por exemplo, uma carta de denúncia tem uma força perlocutória, se a recepção implica uma ação, é porque ela é levada a sério, para além de seu anonimato.

---

[19] Béatrice Fraenkel, David Pontille. L'écrit juridique à l'épreuve de la signature électrique approche pragmatique. *Langage & Société*, n. 104, juin 2003, p. 83-122.

[20] Vide Philippe Artières. Des écrits pour faire peur. *Terrain*, 43, septembre 2004, p. 31-46.

Fazer das cartas anônimas um objeto da história não é uma coisa fácil. Elas pertencem à categoria dos objetos órfãos, sem pai nem mãe, assim como os pequenos anúncios nos jornais e nos bilhetes dos prisioneiros. Para o historiador, é (quase) impossível, evidentemente, chegar aos seus autores; os arquivos mais conservados são, por sua vez, os da repressão e, por isso, dificilmente se constituem como séries representativas de períodos significativos; os únicos casos de que se dispõem formam amostras heterogêneas. Elas consistem, de mais a mais, numa delinquência gráfica quantitativamente considerável, mas que não deixa senão mínimos traços nos arquivos judiciários, diante das grandes questões que ocultam, como veremos, a banalidade da sua prática. Enfim, historicizar essa prática significa levar a sério um objeto que parece, aos olhos das Ciências Sociais, uma farsa, um jogo sem importância, anedótico e romanesco. Tais dificuldades obrigam a tomar as cartas anônimas sob o ângulo da representação e dos discursos que se produzem sobre elas; o que importa é menos o que dizem tais missivas e mais a sua condenação ou a sua aceitação. Qual é o perigo que se atribui a essas cartas desprovidas de assinaturas? Em que momento e até quando elas são um problema?

Cartas de ameaças anarquistas

Durante a primavera de 1892, quando várias bombas anarquistas explodiram em Paris, desenvolveu-se uma "epidemia" de cartas de ameaça, no meio da população.[21] Mais de 1500 queixas foram registradas contra autores anônimos de tais missivas inquietantes. O contexto desse fenômeno era singular: uma série de atentados haviam sido perpetrados em plena Paris, ao longo das últimas semanas. Na rua Saint-Dominique, uma primeira bomba explodiu no dia 29 de fevereiro; depois, uma outra, em 11 de março, no Boulevard Saint-Germain; no dia 15, uma terceira explodiu na Caserne Lobau; enfim, mais uma, no dia 27, na rua de Clichy. As explosões dessas bombas não fizeram nenhuma vítima, mas a imprensa exagerou sobretudo quando se ocupou do processo de Ravachol, o principal suspeito do atentado que no dia 30 de abril matou duas pessoas[22]. Uma grande campanha

---

[21] Sobre essas ameaças, vide o número de *Terrain* n°43 (2004), e o meu artigo "Des mots pour faire peur. Des lettres de menace à Paris en 1892", p. 31-46.

[22] Ravachol foi o pseudônimo de François Claudius Koënigstein (1859-1892), anarquista francês. Famoso pelos atentados à bomba, Ravachol foi primeiramente condenado à prisão perpétua e trabalhos forçados; depois, condenado à morte, foi executado na guilhotina. (NT)

pela imprensa assegurou a continuidade dos colocadores de bombas, de modo a manter um clima de insegurança.

Se as manchetes dos jornais amedrontavam os parisienses, foram principalmente as cartas que eles encontravam debaixo de suas portas, nas suas caixas de correspondência ou sobre a calçada, aquilo que mais os apavoraram. Uma mensagem quase única: uma data e as palavras *dinamite*, *explosão* e *anarquistas*. Bilhetes colocados sob uma porta, missivas fixadas com percevejos num desvão de escada, cartas não seladas, a escrita deve imitar a bomba. Uma mão anônima deposita-a onde menos se espera e são, ao mesmo tempo, as palavras que contêm e, sobretudo, a sua feitura que deve produzir a violência.

A forma material de tais bilhetes, a começar pelo suporte em que são escritos; certos correspondentes utilizam, por exemplo, papel de aviso fúnebre, emoldurado com uma tarja preta. Outros, recorrem a grafias não habituais, cujo objetivo é não apenas ocultar a identidade de quem escreveu mas, também, provocar um certo mal-estar em quem lê. Escritas tremidas, grafia irregular e às vezes até grosseira, com borrões, são como que técnicas de intimidação para violentar o destinatário. O insulto que frequentemente esses bilhetes contêm potencializam tal efeito.

Aos redatores desses textos não falta imaginação quando querem anunciar, por escrito, a próxima explosão de uma bomba. A carta pode ser até mesmo acompanhada de uma pequena quantidade de pólvora. Desse modo, um desses missivistas anônimos colocou uma substância cinzenta num pequeno saquinho e prendeu-o com um alfinete ao seu bilhete: "Eis uma amostra da pólvora que o transformará em carne de salsicha, para o nosso triunfo. Um amigo de Revachol".[23]

Amedrontados, os destinatários vêm registrar queixas nos comissariados de diferentes distritos de Paris. Com precisão e cuidado, os agentes recolhem todos os detalhes, lançando um novo olhar sobre a escrita.

Acontecimentos silenciosos, esses envios de muitas centenas de missivas anônimas inscrevem-se num clima de terror largamente alimentado pela imprensa. Essas "cartas para meter medo" são uma ocasião de desvelamento de todo ressentimento social, de uma tecitura de conflitos profissionais, familiares e individuais. Eles testemunham, acima de tudo, práticas que

---

[23] *Folio* n. 2060, p. 508-512, Archives de la Préfecture de Police de Paris.

prejudicam a ordem gráfica que a sociedade do século XIX se empenhava em estabelecer.

Ainda que a maior parte das mensagens anuncie a próxima explosão à dinamite de um prédio, de uma loja ou de uma usina, é raro que elas sejam mesmo seguidas de alguma dinamitação. Isso não significa, automaticamente, que se tratasse de alguma brincadeira de mau gosto, mas significa sim que, nesse final do século XIX, aquilo que está em jogo é uma forma de crítica radical e de resistência ao exercício da escrita. Escrever anonimamente a fim de desestabilizar o poder da escrita.

Mas como logo veremos, há todo um outro uso da escrita anônima.

Cartas de denúncia

De fato, no que diz respeito aos arquivos conservados na Chefatura de Polícia de Paris, parece que os parisienses, por exemplo, se valeram habitualmente de cartas de denúncia a fim de dar parte, às autoridades, de seus descontentamentos. A Chefatura seria, desse modo, um dos lugares centrais dessa história, na medida em que era uma destinatária privilegiada.

Ainda que, em termos estatísticos, sejam marginais, as cartas anônimas continuavam a chegar cotidianamente aos poderes públicos.[24] Bem antes do clamor das grandes questões – entre as quais a questão de Tulle (*O Corvo de Clouzot*) não é senão a primeira manifestação –, há usos sociais menos complexos que não correspondem a situações de crise, como mostraremos aqui, a partir da análise do *corpus* específico ligado à repressão de certos comportamentos na capital, entre 1870 e 1920, a saber, as cartas de denúncia de assédio das prostitutas de Paris[25].

Pode-se distinguir três momentos nessa história da "assinatura anônima": num primeiro momento, até o final da década de 1880, o uso da carta desprovida de assinatura é mínimo; depois, vem um período no qual o anonimato tende a se desenvolver, acompanhado de um discurso de justificação de modo a diferenciá-lo da carta anarquista contemporânea; a

---

[24] Em cada ministério, há um serviço cuja função é de responder ao correio; segundo o responsável por um desses serviços, todos os dias chegam cartas anônimas que não levam à abertura de nenhum processo. Vide B. Fraenkel. "Répondre à tous. Une enquête sur le service du courrier présidentiel". In: Daniel Fabre (dir.). *Par écrit. Ethnologie des écritures quotidiennes*. Paris: MSH, 1997. p. 243-271.

[25] Muitos dossiês podem ser consultados, nos arquivos da Préfecture de Police de Paris: BA 1869, BM et BM2).

partir de 1900, aparece como moda privilegiada de comunicação com os poderes públicos. Em cinco décadas, uma prática ilícita, pequena de início, é progressivamente adotada para ser, finalmente, aceita pela polícia e, até mesmo, considerada como um meio de informação eficaz e pouco oneroso.

Peticionários

No início do mês de julho de 1869, o comissário de polícia do 12º Distrito recebeu a seguinte carta:

> Os signatários, todos habitantes da passagem Hebert, vêm solicitar de Vossa Benevolente Administração a expulsão, de nossa passagem, de todas as mulheres de má conduta que fervilham por aqui e que são diariamente motivos de continuados escândalos [...] pessoas pacíficas e trabalhadoras que pedem a proteção e a segurança a quem de direito.

Seguem as assinaturas de pelo menos 17 pessoas, seguidas dos respectivos endereços. Em agosto de 1871, 12 comerciantes enviam uma petição a propósito da prostituição noturna na rua do Oratoire e na rua Croix des Petits Champs; em 28 de abril de 1876, 19 signatários que colocam não apenas seus endereços no 3º Distrito, mas também suas profissões, encaminham "uma reclamação contra uma casa de tolerância muito embaraçosa, para não dizer escandalosa". Em julho do mesmo ano, há uma petição assinada por quase uma centena de pessoas – precisamente 92 pessoas – que se dirigem ao Prefeito:

> Os signatários, comerciantes e pais de família que moram no Quartier des Quinze-Vingts, rua Moreau, avenida Daumesnil e rua Lyon, têm a honra de expor o que segue:
>
> Que desde alguns meses, prostitutas se estabeleceram nos hotéis da praça St. François, na rua Moreau nº 5 e na avenida Daumesnil nº 3.
>
> Resulta disso que os signatários têm sofrido bastante em sua tranquilidade, bem como a de seus filhos e suas famílias. Consequentemente, eles têm o maior interesse de obter a proibição desse estado de coisas e vos pedem, Senhor Prefeito, de querer levar essa demanda em consideração.

O uso de petições assinadas é importante antes de 1880[26]. A cada vez, a prática é a mesma: a denúncia, que tem a forma de uma queixa é um

---

[26] Nos arquivos da maioria dos casos citados, até 1890 sobressaem muitas cartas desse tipo: em 29 de maio de 1878, 17 proprietários e lojistas da passagem Brunoy, 12º Distrito; 8 de setembro, 18 de

texto coletivo, acompanhado de uma massa de nomes e endereços. O que é legível é menos o nome do signatário do que suas coordenadas ou sua profissão e, com tais indicações, seu pertencimento a um bairro da capital ou a um grupo profissional. Dito de outra maneira, a assinatura não identifica os indivíduos em suas singularidades, mas sim um grupo localizável ou socialmente autoconstituído. Vê-se, assim, o quanto as denúncias em forma de petição carregam, em si mesmas, uma prática de anonimato que se radicaliza nos anos seguintes. Assinando, em 1876, uma carta coletiva ao Chefe de Polícia, os 92 pais de família desaparecem na massa dos signatários. Pouco importa quem assina; o essencial é que a petição seja assinada por uma quantidade importante de moradores do 12º Distrito.

Pais de família muito honrados

A partir do início da década de 1890, começa um novo período em matéria de práticas de anonimato, nas cartas de denúncia relativa aos costumes. Sem desaparecer, a petição é substituída por uma prática individual de redação de cartas anônimas. Dirigidas aos comissários e ao chefe de polícia, os missivistas não assinam suas cartas. A assinatura desaparece.

> 15 de agosto de 1892
> Senhor Comissário de Polícia:
> "Eu não ouso dar meu nome para vos dizer que o nosso Ranelagh está de tal maneira infestado".

No entanto, essa ausência de identidade do escrevente torna-se objeto de um desenvolvimento mais ou menos elaborado na carta. Trata-se de escrever anonimamente, mas justificando essa prática. Os missivistas insistem sobre o assunto escandaloso de sua missiva – a saber, a prostituição ou a pederastia – e não sobre o problema ético da delação anônima. Isso significa que eles preferem adotar uma prática ilícita ou socialmente reprovável, ao invés de manchar sua reputação social associando seu nome às práticas que eles julgam ainda mais imorais. Nesse caso, a defesa de sua honradez está no centro da prática.

---

outubro de 1879, 23 de março de 1880, 15 de junho de 1881, moradores do Boulevard Beaumarchais, respectivamente 8, 11, 9, 10 signatários com os respectivos endereços.

> 14 de outubro de 1904
>
> Vós estareis de acordo em me desculpar, senhor Prefeito, se eu não assino minha carta; sendo funcionário eu temo que a divulgação do meu nome possa prejudicar meus interesses.
>
> 14 de janeiro de 1907
>
> Eu lastimo não poder dar a vós o meu nome, uma vez que sou pai de família e não posso permitir que eu seja confundido com um assunto ou com uma queixa, mas eu espero que, no interesse da moral e da virtude pública, vós farieis bem se vigiasseis essa casa e, se necessário for, dar aí uma batida policial para aplicar esse reparo.
>
> Fevereiro de 1909
>
> Desculpe-me tomar a liberdade, eu não assino minha carta porque sou um soldado e eu temo o perigo. Eu estou muito mal na enfermaria, faz 6 dias.

Se esse discurso da justificação está tão presente, provavelmente é também porque ao mesmo tempo se desenvolvem epidemias de cartas anônimas de caráter fortemente político. Tais cartas, que numa quantidade apreciável são endereçadas ao Prefeito, ameaçam os bens e as pessoas com explosões de dinamite[27]. Sejam assinadas com pseudônimos tomados de empréstimo aos movimentos libertários – especialmente Ravachol –, seja com uma autodesignação vaga e coletiva – os anarquistas –, seja sem menção alguma, tais cartas parecem ativar a figura de um terrorista anônimo, capaz de irromper em todo lugar e a qualquer momento causar medo.

> Nós avisamos aos moradores que essa casa explodirá antes do 1º de maio de 1892. Assinado: o Anarquismo. (Peça encontrada colada à porta de uma casa na rua Mozart, 54bis, no dia 27 de abril de 1892, pelo porteiro. BA510-2312)

Sendo a ameaça mais reprimida do que a calúnia, os autores são mais inventivos a fim de enganar a polícia acerca de suas próprias identidades. Não se cuida apenas de que a assinatura seja anônima; o corpo da carta é objeto de um trabalho de neutralização, de apagamento, de disfarce. Ainda que se possa supor que, às vezes, certos missivistas foram, ao mesmo tempo, autores de cartas de ameaça e de delação, as cartas ao Prefeito para denunciar a presença de prostitutas não são produzidas com a mesma preocupação. De um lado, a materialidade da carta não tem uma função, como

---

[27] Jean Maitron. *Ravachol et les anarchistes*. Paris: Julliard, coll. "Archives", 1964, rééd. Gallimard, coll. Folio Histoire, 1992.

tem no caso da ameaça. Ela não deve ser inquietante; bem ao contrário, ela deve estabelecer uma cumplicidade com o seu destinatário. A carta de denúncia é certamente anônima, mas todo seu conteúdo e sua forma devem provar a lealdade e a honestidade de seu autor, sua respeitabilidade. Vê-se o quanto o anonimato tem funções opostas: num caso, a assinatura anônima participa da violência gráfica, reforça-a; no outro caso, ela serve menos para se proteger das autoridades do que do mundo que seu autor quer denunciar, ela o distingue desse. Por isso, não encontraremos, nas missivas relativas aos costumes, casos de falsa assinatura, de disfarces ou de pseudônimos. Ao contrário, tais práticas, quando aparecem, são um sinal de suspeição quanto à informação que elas contêm. Por isso, geralmente é com um tom de grande respeitabilidade que as cartas são redigidas, quando colocam a situação de um chefe de família; esse é o caso dessa carta datada de 11 de junho de 1897:

> O bairro se queixa surdamente e nada ousa dizer. Deixai-me esperar que vós dareis satisfação a um pai de família escandalizado por si e por suas crianças já na idade da razão, que não tardarão a suspeitar dessas idas e vindas de gente de todo tipo. Permitai insistir, junto a vós, para que se livre o bulevar dessa mulheres infectas que, desde as 4 horas da tarde, fazem o *trottoir* entre as ruas Capucins e a estação dos ônibus da Madeleine. (BM2-29)

O bom cidadão

Na primeira década do século XX, a assinatura anônima se banaliza e, em certa medida, pode-se perguntar se ela não é sancionada pelas autoridades, no que concerne à luta contra os maus costumes. De fato, cada um dos dossiês da brigada de costumes inicia por uma carta anônima de denúncia ao Chefe de Polícia, do tipo daquela do dia 10 de janeiro de 1912, sobre a avenida Duquesne:

> Eu me permito, guardando o anonimato como morador no bairro desde há muitos anos, de registrar, à vossa generosa atenção, uma casa suspeita, frequentada por homossexuais.

Tais cartas são frequentemente escritas num estilo mais maneiroso, com fórmulas de polidez e de deferência; semelhante a essa carta do fim desse período – de 6 de outubro de 1923, na qual a assinatura é completamente ilegível –, a delação se reveste de palavras de saber-viver e de boas maneiras:

> Senhor Prefeito
>
> Eu tomo a respeitosa liberdade de registrar que a parte do Quai d'Orsay [...] tornou-se um lugar mal-afamado, que é perigoso para uma pessoa honesta e para as crianças que por aí passam [...] Ao registrar essas particularidades deploráveis, eu me faço eco, Senhor Prefeito, de uma quantidade muito numerosa de pessoas que sofreram essa imoralidade que eu destaco, esperando que vossa generosa intervenção colocará um fim a isso.
>
> Sem mais para o momento, eu vos apresento, Senhor Prefeito, meus agradecimentos antecipados, assegurando meu mais profundo respeito.

De fato, tudo se passa como se, dentre os dispositivos de vigilância da polícia, o recebimento de cartas anônimas se constituisse num recurso dentre outros; que mesmo não sendo encorajado, era perfeitamente admissível. Após o recebimento de uma missiva, os agentes dedicam-se à questão, a fim de avaliar se ela procede; pode acontecer que, após a verificação, a informação seja falsa, mas nenhuma investigação é efetuada para identificar seu autor. Esse foi o caso, no inverno de 1914-1915, sobre a rua Lyon e uma carta anônima endereçada a M. Laurent, Chefe de Polícia de Paris, datada de 16 de novembro:

> Senhor:
>
> Eu venho vos solicitar um pouco de atenção sobre essa brigada de polícia, chamada brigada de costumes, sem dúvida nenhuma travestidos de civis. Vós podereis julgar por vós mesmos que, a qualquer hora do dia ou da noite, essa brigada, ao invés de conduzir certas mulheres que à tarde infectam a Estação e a rua de Lyon, à parte alta da rua Traversier, vão saborear pequenos lanches e ceias finas, sem dúvida em companhia de suas próprias mulheres, na casa de um tal Thomas, hoteleiro, na rua Traversier, n° 31.

Num relatório do dia 16 de janeiro, essa informação foi desmentida pela polícia:

> Eu avalio que essa questão não merece ter nenhuma continuidade, tendo os depoimentos esclarecido que os fatos denunciados são inexatos. [...] Parece resultar que a carta aqui anexada deve ter sido enviada por um vizinho invejoso ou por moças públicas que se sentem incomodadas, em seu tráfico, pela repressão ativa feita pelos agentes nas cercanias da Estação de Lyon.

Nos dossiês da brigada mundana[28] encontra-se, no entanto, um grande número de cartas a partir das quais é feita uma diligência e, às vezes, é dada

---

[28] *BM et BM2 de la Préfecture de Police.*

uma batida. Tal é o caso no outono de 1910, que se seguiu ao recebimento de uma carta anônima que indicava que, no segundo andar do nº 1 da rua Mansard, algumas mulheres se colocavam à janela em poses inconvenientes e faziam sinais aos transeuntes. Em um relatório do dia 21 de outubro, o comissário indicava ao Prefeito:

> [...] duas diligências foram feitas nas cercanias do imóvel situado na rua Mansard, nº 1. No curso dessas diligências, eu constatei, à janela do 2º andar, a presença permanente de duas jovens mulheres: uma loira gorda uma negra com um turbante. Essas duas mulheres, que parecem estar ocupadas num trabalho de costura, atraem os transeuntes com sinais de cabeça, discretos mas bem compreensíveis. (BM-carton 13)

O uso de tais informações recebidas anonimamente não tem senão a função de uma repressão imediata, ainda que as cartas permitam à polícia um bom conhecimento acerca das casas de encontro clandestino e daquilo que aí acontece; elas servem fundamentalmente de dossiê. Dito de outra maneira, a missiva anônima faz parte do cotidiano do controle; ela se banaliza frente à imagem do relatório que se segue à recepção de uma carta datada de 2 de abril de 1911, reclamando acerca da existência de um bordel, em Saint-Placide:

> 12 de agosto de 1911. [...] uma casa de prostituição clandestina. Ainda que bem conservada, nenhum aspecto imoral. Janelas fechadas. Os vizinhos não se queixam e são unânimes em afirmar que aí jamais aconteceram escândalos. Uma batida não parece ser necessária atualmente. (BM2-24)

Essa constituição dos arquivos não diz respeito apenas aos lugares; graças às cartas, a polícia recolhe e reúne também informações biográficas acerca das mulheres públicas frente à imagem de seus contemporâneos[29]. O correspondente anônimo revela, assim, suas existências, como demonstra esse relatório bem instruído e detalhado – datado do dia 21 de junho de 1894, seguido de uma carta de "uma pessoa do bairro:

> A mulher que foi objeto da nota aqui anexada é uma tal Dhaveloose, Marie Elisabeth, nascida em Moorseele (Bégica), no dia 30 de junho de 1861, filha de Ignace e de Nathalie Cappon. Ela está em Paris há 3 anos

---

[29] Vide Nathalie Bayon. "Personnels et services de surveillance de la préfecture de police: de la constitution des dossiers de surveillance à la mise en forme du politique (1870-1900)". In: *Culture et conflits*, n. 53, Surveillance politique: regards croisés. www.conflits.org/document997.html

e mora na rua Blanche, n° 94, desde janeiro último, pagando um aluguel anual de 470 francos. A acima referida não tem outros meios de existência a não ser o produto da prostituição e, em cada tarde, ela se desloca para o Moulin-Rouge, de onde ela se faz acompanhar de (outras) pessoas à sua própria casa. Não é correto dizer que ela atraia moças ou moços para a sua casa, sob o pretexto de uma hospedagem. Ela não tem empregada e ela mesma cozinha. Não obstante, ela recebe muito frequentemente, à sua mesa, amigas com as quais ela se cotiza para a refeição. (BM2-29)

Vê-se bem o quanto o uso da carta anônima é variado, para a brigada dos costumes: ela não serve apenas para interditar e constranger; ela é um dos principais materiais na constituição de um dossiê. Às vezes, acontece que um dossiê sobre uma pessoa, ou sobre um lugar, possui várias cartas anônimas recebidas pelos serviços policiais, ao longo de 20 anos. Isso que se constitui numa prática temporária, passageira, acaba sendo inscrita pelos policiais num tempo mais longo, através dos dossiês. Com o tempo, o anonimato da carta acaba se atenuando e só conta a informação que ela contém. Tudo se passa como se agora se equivalessem o relatório policial e o relato do cidadão anônimo. Na espessura do dossiê, não se distingue mais o que é incorreto daquilo que é válido.

Depois de iniciada a Primeira Guerra Mundial, a denúncia anônima adquire um novo contorno e, de mais a mais, inesperado: ela se transforma em um ato patriótico. Trata-se de preservar a retaguarda dos ataques das tropas internas, compostas de prostitutas e daqueles que as sustentam. Uma carta de 9 de setembro de 1916, assinada por "um dos vossos bons amigos", testemunha essa articulação entre a defesa dos soldados e a repressão da prostituição; o autor acusa as prostitutas de traição:

> É com grande alívio para o bom nome de Paris (que os boches[30] tanto difamam) que uma medida enérgica será tomada para limpar as Estações do Leste e do Norte e sobretudo os terraços e os fundos das lojas e bistrôs diante das Estações, onde se reúnem secretamente os assaltantes para dar ajuda a pessoas suspeitas. Está na hora exata de agir, dada a audácia desse exército de pierretes escandalosas. Seu "trabalho", controlado por lamentáveis indivíduos, consiste sobretudo em levar os nossos bravos permissionários a bisbilhotar nos quartos de hotéis especiais. Nota-se, sobretudo de um tempo para cá, [...] uma quantidade de mulheres e moças belgas e de Lille que se atiram à prostituição [..] é preciso deter tudo isso [...]

---

[30] *Boche* designava, pejorativamente, os alemães, durante a Primeira Guerra Mundial. (N.T.)

é urgente igualmente limpar os guichês de postas-restantes em todas as agências do bairro, nas quais as moças vão, a pedido de seus pais, retirar as cartas e onde as pessoas estrangeiras retiram sua correspondência em plena guerra!!

Em direção à sociedade de controle

Que se pode concluir diante da frequência dessas práticas de escritas anônimas e de sua integração nos métodos policiais de informação? Por um lado, tais usos testemunham, nós acreditamos, a emergência, ao longo da última década do século XIX, de uma forma de vigilância de um tipo inédito; a escrita assumiu um lugar central e a leitura tornou-se uma prática de controle bem mais importante do que a vigilância visual[31].

Por isso, é preciso compreender a emergência de uma escrita anônima como um meio de resistência face a esse dispositivo de leitura/identificação. Nas cartas de ameaça, escreve-se anonimamente a fim de se proteger de um leitor, de modo a não cair nas malhas do poder. Com as cartas de denúncia – e, de maneira singular e maciça, com aquelas enviadas à brigada de costumes –, assiste-se a uma apropriação, pelo panóptico gráfico, de determinadas técnicas de resistência a seu favor. Pouco importa que a carta não tenha autor conhecido; o essencial é que ela dê informações e alimente o empreendimento de controle. Seu valor não está mais na assinatura, mas num conjunto de sinais de respeitabilidade, que passe pelo ato de escrever. É a qualidade do ato de escrever que provoca, ou não, a ação da polícia. Tudo se passa como se a assinatura tenha se deslocado no espaço gráfico. Para dizer de outro modo, não é tanto a patologização dessa prática, mas sim a sua aceitação tácita pelas autoridades que é a causa da neutralização da periculosidade da assinatura anônima.

Tradução: *Alfredo Veiga-Neto*.
Revisão: *Margareth Rago*.

---

[31] Sobre essa noção, vide o nosso artigo "Le panoptique graphique". In: Emmanuel da Silva & Jean-Claude Zancarini (ed.). *Lecture de Foucault*. Lyon: ENS, 2003.

Abjeção e desejo.
Afinidades e tensões entre a Teoria Queer e a obra de Michel Foucault

Richard Miskolci

No prefácio à edição norte-americana de *O Anti-Édipo* (1977), intitulado *Por uma vida não-fascista*, Michel Foucault adverte em sua sétima proposta: "não se apaixone pelo poder". O filósofo analisaria essa relação entre o poder e o desejo ao empreender uma genealogia do sujeito moderno que criaria as bases para uma analítica do poder focada na sexualidade. É o foco na intersecção entre subjetividade e norma social, ou seja, entre o desejo e o que é socialmente qualificado como abjeto que repousa a principal afinidade e tensão entre a Teoria *Queer* e a obra de Michel Foucault.

Contextualizar o projeto foucaultiano como uma história da sexualidade permite compreender sua incorporação, ao mesmo tempo seletiva e diferenciada, pelo pensamento *queer*. A despeito das tensões, predomina uma afinidade entre a obra do filósofo e o empreendimento teórico de trazer ao presente a analítica da normalização. Em comum, tanto Foucault quanto os *queer* enfatizam a maneira como o poder opera por meio da adesão dos próprios sujeitos às normas sociais. Ao invés de reprimidos, constrangidos ou vitimizados, mostram como os sujeitos costumam participar da ordem que os subjuga em uma forma de análise mais sofisticada e menos compassiva para com aqueles que se "apaixonam" pelo poder.

O empreendimento *queer* têm muitas fontes, dentre as quais, são marcos importantes *O Anti-Édipo* de Deleuze e Guattari (1972) e *História da Sexualidade I: a vontade de saber* (1976) de Foucault, obras que representaram reações à hipótese repressiva que marcara as especulação do freudo-marxismo, um conjunto amplo de teorias críticas desenvolvidas a partir da década de 1920, que buscou associar à economia-política de Marx as descobertas de Freud para compreender a adesão das massas ao fascismo, ou seja, a internalização subjetiva do poder.[1] Em *História da Sexualidade*, Foucault sintetizou a crítica à hipótese repressiva ao afirmar que vivemos em uma sociedade que há mais de um século fala prolixamente de seu próprio silêncio, obstina-se em detalhar o que não diz; denuncia os poderes que exerce e promete libertar-se das leis que a fazem funcionar. (FOUCAULT, 2005, p. 14) Assim, o filósofo afirma que a sexualidade não é proibida, antes produzida por meio de discursos, práticas que criam incessantemente os objetos aos quais se referem. Portanto, ao se falar, teorizar ou ainda legislar sobre sexo, cria-se a sexualidade inserindo o desejo em um regime de verdade no qual se privilegiam alguns em detrimento de Outros.

Seguindo seu projeto inicial da história da sexualidade, Foucault mostraria que a associação entre sexo, subjetividade e verdade remonta à moralidade pagã centrada em valores como monogamia, fidelidade e procriação. Essa moralidade antiga foi incorporada pelo Cristianismo, mas transformada de forma importante por Santo Agostinho quando descreveu o que hoje chamaríamos de libido ou desejo como o componente interno, rebelde e perigoso da vontade interior. Segundo o teólogo cristão, a ereção involuntária de Adão equivalia à sua rebelião contra Deus. A teologia moral de Agostinho problematizou o desejo de forma a ver no interior dos sujeitos uma luta espiritual que exigia um constante autoexame, uma hermenêutica do sujeito em que só se alcançaria o domínio de si por meio da vitória definitiva com relação à vontade. (FOUCAULT; SENNETT, 1981) O eixo dessa luta espiritual contra a impureza estaria em descobrir a verdade sobre si mesmo e vencer o desejo fora das normas.

A hermenêutica de Agostinho foi aprimorada e disseminada quer no contínuo exame de consciência instituído pela Reforma Protestante quer por meio da confissão obrigatória dos católicos imposta a partir da Contra-Reforma. A mesma técnica espiritual disseminou-se e adquiriu contornos agnósticos na vida cotidiana assim como na sua herdeira mais conhecida, a prática psicanalítica. O paralelo crítico não deixa de ser esclarecedor: enquanto no passado se confessava a fraqueza da carne ao padre, desde o final do século XIX confidenciam-se segredos sexuais ao terapeuta. Uma coisa é certa, a centralidade do desejo como meio de acesso à verdade do sujeito é uma herança cristã que nos lega a associação entre sexualidade e caráter.

---

[1] A Escola de Frankfurt foi uma de suas principais vertentes do freudomarxismo e a obra *Eros e Civilização* (1955) de Herbert Marcuse um de seus marcos ao prefigurar muitas das ideias que marcariam os movimentos da contracultura na década de 1960.

O projeto dos volumes finais de *História da Sexualidade* foi modificado entre o final da década de 1970 e o início da seguinte, portanto em um período histórico ainda marcado pelas consequências de 1968. Durante pouco mais de uma década, o mundo ocidental passou por transformações comportamentais profundas como a disseminação do uso da pílula, a aprovação do direito ao aborto em alguns países (no Brasil, apenas do divórcio), a retirada da homossexualidade da lista de patologias pela Sociedade Psiquiátrica americana em 1973, a expansão e maior visibilidade de movimentos sociais como o feminista e o então chamado movimento homossexual. Por fim, especialmente nas sociedades centrais, vigorava uma maior experimentação sexual propiciada pela separação definitiva entre reprodução e prazer, o que Foucault pode constatar ao conhecer as comunidades *gays* que floresciam na América do Norte.

Ao encontrar no desejo o meio pelo qual o dispositivo de sexualidade emergiu e se desenvolveu, Foucault decidiu especular sobre formas de resistência focadas em corpos e prazeres. Nesse intuito, voltou-se para estudos históricos sobre a forma como os antigos haviam desenvolvido uma relação diversa com as prescrições sociais. Sua priorização dos prazeres em detrimento do desejo derivou, portanto, de uma tentativa de escapar ao ponto nodal entre indivíduo e poder. No início da década de 1980, o filósofo não poderia imaginar como o foco nos prazeres perderia seu apelo alternativo em meio ao pânico que se utilizaria da emergente epidemia de AIDS com intuitos moralizadores. Não apenas o prazer tornou-se o grande inimigo da saúde pública como também foi, desde então, associado ao desejo desregrado e à culpa pela doença. Nesse contexto de pânico sexual e domínio de um modelo epidemiológico sobre a sexualidade também se tornou progressivamente visível a centralidade do desejo homoerótico como fantasma da cultura ocidental contemporânea.[2]

Infelizmente, em meio à primeira vaga de fatalidades, sucumbiu Foucault deixando inacabado seu projeto renovado de história da sexualidade e, sobretudo, sem poder testemunhar a mudança de contexto social e histórico que poderia fazê-lo repensar a discussão dos prazeres como alternativa a um aprisionamento pelo desejo. No ano seguinte à sua morte, em 1985, sua amiga antropóloga Gayle Rubin escreveria *Pensando sobre*

---

[2] Sobre o fantasma do desejo homoerótico na cultura ocidental contemporânea consulte PERLONGHER, 1987 e também PELÚCIO e MISKOLCI, 2009.

Sexo, um dos textos mais importantes sobre pânicos sexuais, e a teórica literária Eve Kosofsky Sedgwick daria o primeiro passo em direção ao *queer* ao publicar seu livro *Between Men: English Literature and Male Homosocial Desire*. Em comum, a preocupação em compreender o misto de atração e repulsa que a cultura ocidental desenvolveu pela sexualidade e pelo desejo não-normativo, em especial, o voltado para pessoas do mesmo sexo.

O Pânico Sexual da AIDS

Os primeiros teóricos *queer* eram leitores norte-americanos de Foucault que, em meio ao pânico sexual da AIDS na segunda metade da década de 1980, retomaram o foco no desejo como estratégia de crítica sociológica ao impulso coletivo de purificação pelo expurgo e eliminação dos contaminados, compreendidos como desviados sexuais, marginais e estrangeiros.[3]

Nos EUA, a resposta social e governamental à epidemia foi de repatologização da homossexualidade em uma mistura perversa de epidemiologia do risco com ciências psi. Os discursos morais sobre o "mau sexo" ganhavam uma roupagem científica, agora que a homossexualidade, sobretudo a masculina, podia ser repatologizada em novos termos por meio de uma doença que chegou a ser anunciada como "o câncer *gay*". Quando a AIDS ganhou, enfim, sua etiologia, essa veio fortemente associada aos homossexuais e suas práticas eróticas. O movimento *gay* foi tímido nas suas respostas ao pânico sexual suscitado pela doença e poucos intelectuais ousavam contestar o senso comum reinante. Na visão da maioria, parecia ter chegado a hora de pagarmos "pelos excessos libidinosos" cometido em nome do amor livre e da livre expressão das sexualidades não heterossexuais. (PERLONGHER, 1987) No limite, a AIDS constituída como DST foi a resposta médico-moralizante à geração 1968, ao "desbunde" e à Revolução Sexual.[4]

---

[3] Segundo William B. Turner: "Os criadores da Teoria Queer são todas acadêmicas feministas e suas preocupações não lidavam apenas com a sexualidade, mas também com todas as intersecções de sexualidade, gênero e outras categorias identitárias que há muito serviram de base para a forclusão ao invés da busca de compreensão das vidas de pessoas marginalizadas." (2000, p.34).

[4] A despeito da doença ter sido descoberta em 1979, ela teve sua data de nascimento oficial em 1981, quando as autoridades de saúde perceberam que dois em cada cinco contaminados eram homens que se relacionavam com outros homens. Para uma análise crítica da construção médica da AIDS como doença sexualmente transmissível ao invés de uma similar à hepatite B, consulte GILMAN (1991).

O pânico sexual da AIDS[5] revelava o retorno de um "desejo coletivo de expurgo" e de "eliminação", de forma que o contaminado se tornou uma "raça", uma "espécie", no sentido empregado por Foucault ao discutir a invenção da homossexualidade como fenômeno clínico. Essa "nova espécie" foi aglutinada na categoria clínica do "aidético", sendo-lhe atribuída uma trajetória moralmente condenável. Sander L. Gilman observou que o paciente de AIDS era compreendido como um homem sofredor, ao mesmo tempo a vítima e a fonte de sua própria contaminação (GILMAN, 1991, p. 262), de forma que a epidemia foi compreendida inicialmente de forma a desculpabilizar a maioria evocando fantasias de purificação coletiva. O saber epidemiológico, por meio da retórica do risco e de seu status de cientificidade, tornou-se meio de expressão de medos coletivos anteriores com relação a uma "psicologia do Outro" em que fantasias de decadência e degeneração do passado se reatualizavam.

A bioidentidade do "aidético", surgida nessa onda, tornou-se uma forma contemporânea do "judeu".[6] Historicamente, devido ao estigma religioso que os associava a uma impureza contaminante, os judeus foram sistematicamente perseguidos em diferentes contextos, dentre os quais, o holocausto nazista representou o ápice do desejo de purificação do corpo social do elemento de poluição. Na segunda metade da década de 1980, a AIDS se apresentava como uma espécie de Holocausto *gay* em que, ao invés dos campos de concentração, vigorava a proposital falta de políticas públicas ou tratamento durante os primeiros anos da epidemia. Ao invés da perseguição política e militar, deu-se a marcação da população por meio de políticas de saúde centradas no controle e na testagem. Ao invés do encarceramento em campos, assistia-se a exposição dos doentes a processos contínuos de estigmatização, isolamento e individualização. Diante do pânico sexual reforçado por um alto número de mortes, pesquisadores e pesquisadoras começaram a desenvolver reflexões marcadas por três aspectos.

---

[5] Sobre pânicos sexuais consulte RUBIN (1993) e sobre a teoria sociológica dos pânicos morais veja MISKOLCI (2007).

[6] A questão judaica e suas intersecções com a sexualidade e o gênero marcaram a emergência da Teoria *Queer*, algo notório na forma como Sedgwick (1990, 2007) analisa os paralelos entre o segredo da origem judaica e o da homossexualidade em Marcel Proust para desenvolver sua epistemologia do armário. A maioria dos teóricos *queer* é de origem judaica, o que faz com que na introdução à coletânea organizada por BOYARIN et alli, intitulada *Queer Theory and the Jewish Question*, observe-se: "Se *queer* é para ser mais do que um termo substituto para homossexual – e se a Teoria *Queer* almeja ser mais do que uma forma sofisticada de dizer mais do mesmo – então é necessário trabalhar nos espaços intermediários nos quais nenhuma diferença se sobrepõe a outras." (2003, p. 9).

Primeiro, a crítica às insuficiências teóricas das ciências sociais canônicas e mesmo dos feminismos para lidar com questões de sexualidade fora de um marco em que a heterossexualidade se confundia com a própria ordem natural do sexo. Assim, esse conjunto de pesquisadores eram críticos tanto das vertentes do feminismo que afirmavam apenas as mulheres como seu sujeito quanto dos saberes institucionalizados que – no máximo – desenvolviam estudos de minorias. Os estudos socioantropológicos, por exemplo, ao estudarem *gays* e lésbicas como culturas sexuais reiteravam a concepção do social como sinônimo de heterossexualidade e qualquer dissidência como "questão minoritária".[7] O pânico sexual da AIDS exprimia a ansiedade coletiva diante do desejo homoerótico, a qual exigia coragem teórica de ser trazida ao discurso e analisada em sua centralidade para compreender a vida social contemporânea como um todo.

Politicamente, criticavam os objetivos assimilacionistas dos movimentos identitários (feministas, *gays*, lésbicos ou outros) e afirmavam que o central não eram as identidades, antes as regras, as normas de enquadramento societário, apontando, assim, para uma nova política de gênero em que o sujeito do feminismo, nos termos de Judith Butler, não tinha que ser necessariamente a mulher (ou as mulheres). A nova política de gênero (*New Gender Politics*) podia incluir sujeitos em desacordo com as normas sexuais e de gênero como transexuais, travestis e pessoas intersex (BUTLER, 2004).

Por fim, mas não por menos, as reflexões de pesquisadores como Eve Kosofsky Sedgwick, Judith Butler, David M. Halperin e Michael Warner tomavam como axioma *História da Sexualidade I: a vontade de saber* (1976) e, por assim dizer, levava ao paroxismo sua análise estendendo a reflexão foucaultiana sobre o dispositivo de sexualidade para a sua forma contemporânea. A inspiração foucaultiana, no entanto, não era única. As obras de Jacques Derrida, Gilles Deleuze e Félix Guattari e, mais atrás, Antonio Gramsci, são algumas das fontes que marcaram o desenvolvimento do que em 1991, em uma conferência na Califórnia, Teresa de Lauretis denominaria de Teoria *Queer*. Seu objetivo era contrastar essa vertente teórica e política com as já existentes do feminismo e também em relação aos antigos estudos *gays* e lésbicos. A escolha do termo *queer* para se denominar a teoria, ou seja, um xingamento que denotava anormalidade, perversão e

---

[7] Sobre as relações entre a Teoria *Queer* e as Ciências Sociais, em particular a Sociologia, consulte MISKOLCI (2009).

desvio, servia para destacar o compromisso em desenvolver uma analítica da normalização focada na sexualidade.

A emergência da Teoria *Queer* equivale, portanto, à de toda uma vertente de análise que tem por objetivo dissecar a sexualidade contemporânea para compreender como ela opera dentro do binário interdependente da hetero-homossexualidade naturalizando, e portanto privilegiando, as relações entre pessoas do sexo oposto subalternizando, silenciando e tornando invisíveis no espaço público as relações homoeróticas. Dentre as obras que marcaram esse ponto de viragem nos estudos sobre sexualidade, destacou-se *A epistemologia do armário*, de Eve Kosofsky Sedgwick (1990). Nesse livro, considerado o fundador da vertente teórica, logo no primeiro parágrafo, aparece o ponto de partida do empreendimento intelectual *queer*:

> Este livro argumentará que uma compreensão de virtualmente qualquer aspecto da cultura ocidental moderna será, não meramente incompleta, mas danificada em sua substância central no grau em que não incorporar uma análise crítica da definição moderna homo/heterossexual; e assumirá que o lugar apropriado para começar tal análise crítica é da perspectiva relativamente descentrada da teoria *gay* e anti-homofóbica moderna. (1990, p. 1)

Sedgwick afirma que o armário não é um objeto de reflexão apenas sobre aqueles que se relacionam com pessoas do mesmo sexo, mas também o meio de regulação que garante privilégios àqueles que se relacionam com indivíduos do sexo oposto e mantêm a ordem heterossexista com suas instituições (como o casamento e a família tradicionais) e seus valores (como a assimetria entre os gêneros). Assim, ele não diz respeito apenas àqueles que vivem suas vidas amorosas em segredo, mas também aos que usufruem o privilégio de vivê-las abertamente.[8]

O armário é um regime que, com suas regras limitantes no que toca ao público e ao privado, serviu para dar forma ao modo como questões de valores, moralidade e conhecimento foram tratadas na sociedade ocidental como um todo há mais de um século. Sua análise permite perceber que o binário hetero/homossexualidade não se trata de verdadeira oposição,

---

[8] O armário ainda estrutura a vida da maioria dos homens que buscam relações amorosas com outros homens. Sobre o contexto brasileiro contemporâneo, consulte a síntese de minha etnografia feita em bate-papos *gays* e *sites* de busca de parceiros amorosos voltados para usuários da cidade de São Paulo em MISKOLCI (2008).

é, antes, um único sistema interdependente que tem por objetivo reinscrever incessantemente uma hierarquia que privilegia e reitera a ordem heterossexual desprezando e subordinando sujeitos homo-orientados. De forma sintética, em 1991, Michael Warner denominou esse sistema de heteronormatividade.

O dispositivo de sexualidade tão bem descrito por Foucault em sua gênese ganha, nas análises *queer*, um nome que esclarece tanto a que ele direciona a ordem social como seus procedimentos nesse sentido. A heteronormatividade expressa as expectativas, as demandas e as obrigações sociais que derivam do pressuposto da heterossexualidade como natural e, portanto, fundamento da sociedade. Muito mais do que o *aperçu* de que as relações com pessoas do sexo oposto são compulsórias, a heteronormatividade sublinha um conjunto de prescrições que fundamenta processos sociais de regulação e controle até mesmo daqueles que se relacionam com pessoas do mesmo sexo.[9] Assim, ela não se refere apenas aos sujeitos legítimos e normalizados, mas é uma denominação contemporânea para o dispositivo histórico da sexualidade que evidencia seu objetivo: formar a todos para a heterossexualidade ou para organizarem suas vidas a partir de seu modelo supostamente coerente, superior e "natural".

Historicamente, pouco a pouco, a heterossexualidade passou a ser encarada pela maioria das pessoas como a própria ordem natural do sexo enquanto a homossexualidade tornou-se o princípio da diferença sexual e social, o fundamento de um novo sistema baseado na individualização do desejo e na atribuição, a cada indivíduo, de uma orientação e identidade sexuais. Segundo o sociólogo e historiador da sexualidade David M. Halperin (2002), a homossexualidade se revelou fundamental na articulação da diferença, na produção social do desejo e na própria construção social da subjetividade.

O foco *queer* na heteronormatividade tem um duplo objetivo: analisar tanto o heterossexismo coletivo materializado em mecanismos de interdição e controle das relações amorosas e sexuais entre pessoas do

---

[9] Priorizo o uso de expressões como "pessoas que amam outras do mesmo sexo" de maneira a evitar a naturalização implícita em termos como homossexual assim como a perspectiva minoritária e identitária que o engendra. Na perspectiva *queer*, o desejo é universal e assume formas variáveis, histórica e culturalmente, portanto identidades sexuais não passam de intersecções entre saber e poder que se baseiam em uma estabilidade ficcional do desejo para individualizar, controlar e moldar comportamentos.

mesmo sexo quanto a padronização hetero dos homo-orientados por meio de mecanismos subjetivos em que a sensação de estranhamento incentiva a adesão às normas culturais dominantes. Em outras palavras, para a Teoria *Queer* há uma relação intrínseca entre a norma heterossexual e a formação de sujeitos abjetos, interiormente marcados pelo temor de que seus desejos os coloque em uma perigosa contradição com a ordem social. Assim, em uma situação paradoxal em que seu desejo se confunde com a solidão de uma vida em segredo, convivem com uma sensação de impotência diante da coletividade cujas normas os ameaçam permanentemente com a eliminação.

Abjeção e Desejo

A emergência da epidemia de HIV-AIDS permitiu que os saberes médicos cristalizassem o maior pânico sexual de que se tem notícia como resposta moralizadora às mudanças comportamentais profundas pelas quais passava a sociedade ocidental após 1968. Pânico que engendrou biopolíticas que mantiveram e aprofundaram a crença em um antagonismo originário entre o desejo homoerótico e a ordem social. Nesse contexto, Néstor Perlongher expôs uma das mais corajosas e perspicazes análises do que denominou de dispositivo da AIDS assim como seu adversário jamais derrotado: "Nas políticas de combate à AIDS, o discurso médico parece considerar os órgãos e os corpos como coisas perfeitamente reguláveis. No entanto, enfrenta uma incontornável resistência: o desejo" (1987, p. 81).

Desde a década de 1980, o discurso preventivo que marca a sexualidade pós-AIDS controlou os desejos de forma a evitar os usos alternativos do corpo em busca do prazer revertendo-os para formas canônicas claramente padronizadas a partir de uma relação sexual reprodutiva. No passado, a heterossexualidade compulsória incentivava a manutenção desse modelo enquanto, em nossos dias, a heteronormatividade revela-se mais sofisticada em sua capacidade de modelar até mesmo as relações entre pessoas do mesmo sexo em direção a formas monogâmicas, legalizadas e, quiçá, familiares.

Discursos educativos, governamentais e midiáticos se articulam em práticas sociais que nos formam desde a mais tenra infância para crermos que somos o que desejamos. De forma que o desejo constitui-se no ponto nodal da sexualidade, ou seja, do que Foucault descreveu como um dispositivo histórico do poder que regula socialmente as subjetividades e os corpos direcionando o desejo segundo normas sociais rígidas. O que os teóricos *queer* acrescentaram à descoberta foucaultiana foi a dissecação dessas normas de maneira a demonstrar que o heterossexismo institucional insere-nos dentro do binário interdependente da hetero-homo de forma a construir o espaço público como sinônimo de heterossexualidade por meio de uma "política da vergonha" que se manifesta na recusa cognitiva das relações entre pessoas do mesmo sexo.

A Teoria *Queer* converge para a proposta foucaultiana de uma analítica da normalização, mas se diferencia no foco nas subjetividades dos sexualmente dissidentes buscando somar à crítica dos processos sociais normalizadores uma compreensão não-normativa da subjetividade daqueles que vivem em desacordo com as prescrições sexuais e de gênero hegemônicas. Por meio de caminhos distintos, o que há é uma busca de articulação da analítica foucaultiana do poder em um empreendimento não-moralizador quer seja em relação ao social ou aos saberes psi.[10] Percebe-se o intuito de analisar o aparente paradoxo heteronormativo que privilegia subjetivações normalizadas criando outras, vigiadas e constrangidas a apagar seu desejo do convívio cotidiano ao mesmo tempo que compreendem a si mesmas como produto dele.

Em nossa era pós-AIDS, a repatologização do desejo por pessoas do mesmo sexo tem seu centro na epidemiologia do risco, nos discursos de saúde pública que montam um drama gótico de crime sexual e punição contribuindo para restaurar a associação entre homossexualidade e doença. Não estamos mais nos tempos em que ela era sinônimo de loucura e internamento forçado em hospitais psiquiátricos, antes em um momento histórico em que diagnósticos sobre psiques "perigosas" levam esses indivíduos a se auto-examinarem e autocontrolarem. Diante disso, David M. Halperin afirma: "é crucial afastarmos nossos modelos de subjetividade *gay* masculina dos discursos da saúde mental, do alto drama moral do ato sexual em si, da oposição dicotômica entre agência racional e patologia e da epidemiologia do risco" (2007, p. 29).

---

[10] Enquanto Judith Butler busca, em um viés psicanalítico lacaniano, construir uma nova cartografia psíquica capaz de dar conta das subversões do desejo, David M. Halperin, por sua vez, propõe o desenvolvimento de uma perspectiva sociológica e histórica de compreensão das subjetividades em desacordo com a ordem heteronormativa. A despeito das diferenças, ambos empreendem esforços teóricos para criar reflexões não-normativas sobre a experiência, ao mesmo tempo social e subjetiva, daqueles e daquelas cujas vidas foram compreendidas pelas ciências sociais como marginais e desviantes e pela psicanálise canônica como marcadas por alguma anormalidade. Sobre o projeto butleriano, consulte ARÁN e PEIXOTO JR (2007).

Nossa sociedade busca e exige de homens que se relacionam com outros homens uma intencionalidade no que se refere ao desejo que exime aqueles que se relacionam com pessoas do sexo oposto da reflexão sobre quão racionalmente levam suas vidas sexuais. O modelo que julga a intencionalidade dos atos afetivos e sexuais é não apenas injusto, mas inadequado. Nas palavras de Halperin:

> A distinção entre atos intencionais e não-intencionais é, sobretudo, jurídica, designada para permitir ao Estado e suas instituições que diferenciem aqueles que são culpavelmente responsáveis por seu comportamento daqueles que são inocentes de conduta não-intencional. Pode bem ser que "intencionalidade" não seja a categoria certa para refletir sobre os tipos e os graus de atenção ou distração que trazemos às nossas vidas cotidianas – incluindo, especialmente, nossas práticas sexuais. (2007, p. 52)

Uma outra forma de compreensão do desejo é possível. Michael Warner contribuiu para o desenvolvimento de uma abordagem menos pautada pela demanda de racionalização dos afetos e crítica com relação a padrões moralizantes ao descrever como sexualidades dissidentes aprenderam a romper as molduras moralizantes do certo e do errado em que se enquadra a maior parte do sexo entre pessoas do sexo oposto. Segundo ele, a fonte de onde brota muito do caráter iconoclasta da sexualidade *queer* deriva de razões distantes do ego, antes social e historicamente explanáveis. Em suas palavras, a origem dessa relação diversa com as normas, estaria no fato de que "A abjeção continua a ser nosso segredo sujo."[11]

A experiência de compreender a si mesmo como impuro e poluidor torna compreensível como a abjeção opera na constituição de subjetividades *queer* assim como das relações que essas pessoas desenvolvem em relação aos seus corpos e ao sexo. O confronto com as normas que molda subjetividades marcadas pelo segredo constitutivo da abjeção pode levar da pura e simples auto aniquilação, passando por formas contraditórias e dolorosas de manipulação do estigma por meio do "armário" até a frequente subversão normativa. Qualquer que seja o caminho tomado – capitular, resistir ou subverter – mantém-se a singularidade da experiência da abjeção.

---

[11] Esta afirmação e outras reflexões sobre as quais desenvolvo minhas próprias estão no antigo e inspirador artigo de Michael Warner intitulado "Unsafe", recentemente republicado como anexo e cuidadosamente analisado em HALPERIN (2007).

O abjeto é algo de si próprio pelo que alguém sente horror ou repulsa como se fosse sujo ou impuro a ponto de que o contato com isso seja temido como contaminador e nauseante. Em nossa sociedade, esse caráter abjeto é atribuído ao desejo por pessoas do mesmo sexo já que até mesmo ser chamado (o que, quase sempre, equivale a ser xingado) de homossexual é um convite a se autocompreender e, ao mesmo tempo, constatar a condenação social do que se é.[12] Portanto, a experiência da abjeção deriva do julgamento social negativo sobre seu desejo e sua vivência é a de uma espécie de exclusão do mundo das pessoas "decentes", normais, em suma, "heterossexuais".[13]

A psicologia e a psicanálise interpretam a abjeção como masoquismo e, portanto, como uma perversão, mantendo o monopólio do discurso sobre o Outro naquilo que Foucault descreveu como o monólogo da razão sobre a loucura. Em uma análise *queer*, a mesma experiência ajuda a compreender as tentativas de transcender a humilhação social em uma transformação do inaceitável em glorificação erótica. Enquanto o diagnóstico psicologizante afirma que a abjeção gera masoquismo e condena aquilo que descreve como prazer doentio na dor e no sofrimento, uma leitura propriamente sociológica e histórica aponta nas formas criativas de lidar e superar a abjeção uma neutralização do poder e a reversão da correlação de forças socialmente instituídas. Daí Warner afirmar que a genialidade das sexualidades dissidentes ter se revelado em sua capacidade em transformar experiências de degradação pessoal em prazer.

A Teoria *Queer* foca no desejo como ponto de articulação entre o social e o subjetivo em que há deslocamentos, tensões, ambiguidades e,

---

[12] Segundo Anthony Giddens (2006), dois em cada três homo-orientados sofreu alguma forma de agressão verbal no espaço de um ano. Didier Eribon (1999) inicia seu elucidativo livro sobre a questão *gay* afirmando a experiência da injúria como a fundante da subjetividade de todos que rompem com a norma heterossexual. Ser xingado, humilhado ou viver sob uma destas ameaças molda a experiência de vida de mais pessoas do que as estatísticas podem apresentar.

[13] Constatação que auxilia a compreender os paradoxos que marcam a forma como estas pessoas embarcam em projetos corporais que visam a construção de um corpo ideal(izado) como porta de entrada para a aceitação social plena. Nisso se insere a cultura do corpo que leva boa parte de *gays*, por exemplo, à construção de uma hipermasculinidade. A abjeção como rejeição em si mesmo do que denuncia alguém como diferente (no caso uma suposta feminilidade) contribui para esta busca de conformidade aos mesmos valores que fundamentam sua abjeção (a masculinidade hegemônica). Dada a conexão direta entre formas de subjetivação e a construção cultural do corpo, qualquer forma de resistência (e quiçá transformação) da cultura somática heterossexista exige explorar a experiência social da abjeção sob uma nova perspectiva. Sobre o tema consulte MISKOLCI (2006).

sobretudo, ação criativa. Dessa maneira, volta-se contra uma leitura literal de Foucault em que os sujeitos aparecem aprisionados em relações de poder nas quais só podem resistir ou reagir. Para os *queer*, no desejo que rompe com as normas há algo que modifica e desloca, que combate o que Foucault reconheceu como "adversário estratégico", ou seja, "o fascismo que está em todos nós, que martela nossos espíritos e nossas condutas cotidianas, o fascismo que nos faz amar o poder, desejar essa coisa que nos domina e nos explora." O adversário que, socialmente se expressa pelo impulso coletivo de expurgo das diferenças e, subjetivamente, na tentativa de eliminação do Outro em si mesmo. Em uma perspectiva *queer*, para uma vida não-fascista é necessário reconhecer o adversário comum que é a recusa da alteridade expressa nas tentativas de controle e eliminação do que mais a ameaça: o desejo.

Referências

ARÁN, Márcia e PEIXOTO JR, Carlos Augusto. Subversões do Desejo: sobre gênero e subjetividade em Judith Butler. *Cadernos Pagu*. Campinas (SP), n. 28, 2007. p. 129-147.

BOYARIN, Daniel et alli. *Queer Theory and the Jewish Question*. New York: Columbia University Press, 2003.

BUTLER, Judith. *Undoing Gender*. New York: Routledge, 2004.

DELEUZE, Gilles e GUATTARI, Félix. *Capitalisme et schizophrénie. L'Anti-OEdipe*. Paris: Les Editions de Minuit, 1995.

ERIBON, Didier. *Reflexiones sobre la cuestión gay*. Barcelona: Anagrama, 1999.

FOUCAULT, Michel. *História da Sexualidade I:* a vontade de saber. São Paulo: Graal, 2005.

FOUCAULT, Michel. *História da Sexualidade II:* o uso dos prazeres. São Paulo: Graal, 2005.

FOUCAULT, Michel. *História da Sexualidade III*: o cuidado de si. São Paulo: Graal, 2005.

FOUCAULT, Michel. Por uma vida não-fascista. Disponível online em http://www.coloquiofoucault2008.mpbnet.com.br/por_uma_vida_nao_fascista.html

FOUCAULT, Michel e SENNETT, Richard. Sexuality and Solitude. *London Review of Books*. Londres, May 21-June 3, 1981. p. 4-7.

GIDDENS, Anthony. *Sociologia*. Porto Alegre: Artmed, 2006.

GILMAN, Sander L. Seeing the AIDS patient In: *Disease and Representation* – Images of Illness from madness to AIDS. Ithaca: Cornell University Press, 1991. p. 245-272.

HALPERIN, David M. *How to do the history of homosexuality.* Chicago: The University of Chicago Press, 2002.

HALPERIN, David M. *What do gay men want? An essay on sex, risk, and subjectivity.* Ann Arbor: University of Michigan Press, 2007.

MISKOLCI, Richard. A Teoria *Queer* e a Sociologia. *Sociologias*. Porto Alegre (RS), n. 21, 2009. (no prelo)

MISKOLCI, Richard. Corpos Elétricos: do assujeitamento à estética da existência. *Revista Estudos Feministas*. Florianópolis (SC), v. 14, n. 3, 2006. p. 681-693.

MISKOLCI, Richard. Pânicos Morais e Controle Social – Reflexões sobre o casamento gay. *Cadernos Pagu*. Campinas (SP), n. 28, 2007. p. 101-128.

MISKOLCI, Richard. Vidas em Segredo. *Sexos*. São Paulo: Duetto Editorial, 2008. n. 2, p. 76-82

PELÚCIO, Larissa e MISKOLCI, Richard. *A Prevenção do Desvio:* o dispositivo da AIDS e a repatologização das sexualidades dissidentes. São Paulo: mimeo, 2009.

PERLONGHER, Néstor. *O que é AIDS?* São Paulo: Brasiliense, 1987.

RUBIN, Gayle. Thinking Sex: Notes for a radical theory of the Politics of Sexuality. In: ABELOVE et alli. *The Lesbian and Gay Studies Reader*. New York: Routledge, 1993. p. 3-44

SEDGWICK, Eve Kosofsky. A Epistemologia do Armário. *Cadernos Pagu*. Campinas, n. 28, 2007. p. 19-54.

SEDGWICK, Eve Kosofsky. *Between Men* – English Literature and Male Homosocial Desire. New York: New York University Press, 1985.

SEDGWICK, Eve Kosofsky. *Epistemology of the Closet*. Berkeley: University of California Press, 1990.

TURNER, William B. *A Genealogy of Queer Theory*. Philadelphia: Temple University Press, 2000.

WARNER, Michael. Unsafe In: HALPERIN, David M. *What do gay men want?* An essay on risk, subjectivity. Ann Arbor: University of Michigan Press, 2007. p. 155-167.

Psiquiatrização da ordem:
neurociências, psiquiatria e direito

Salete Oliveira

França, final do século XX. Paris, auditório da Sorbonne, 1980. A plateia lotada espera pelo conferencista da noite. Ele entra, reservado, quase tímido. Lê o título do texto que preparou para apresentar: "O cérebro e o pensamento". A voz madura e firme do epistemólogo Georges Canguilhem invade o ambiente:

> É certo que cada um de nós se envaidece por ser capaz de pensar, e muitos até gostariam de saber como é possível que pensem como de fato pensam. Ao que tudo indica, entretanto, essa questão já deixou, manifestamente, de ser puramente teórica, pois parece-nos que um número cada vez maior de poderes estão se interessando pela nossa faculdade de pensar. E se, portanto, procuramos saber como é que nós pensamos do modo como o fazemos, é para nos defender contra a incitação, sorrateira ou declarada, a pensar como querem que pensemos. Com efeito, muitos se interrogam a respeito dos manifestos de alguns círculos políticos, a respeito de certos métodos de psicoterapia dita comportamental e a respeito dos relatórios de certas empresas de informática. Eles acreditam estar discernindo aí a virtualidade de uma extensão programada de técnicas que objetivam, em última análise, a normatização do pensamento. [...] Da mesma forma que os biólogos acharam que só podiam falar do cérebro humano situando esse cérebro no extremo de uma história dos seres vivos, parece-me também apropriado, para começar uma palestra sobre o cérebro e o pensamento, situar essa questão, antes de mais nada, na história da cultura. (CANGUILHEM, 1980, p. 1)

Distante dos objetivos de Canguilhem, interessa, apenas, pegar uma pista sugerida por ele, quando diz: "E se, portanto, procuramos saber como é que nós pensamos do modo como o fazemos, é para [resistir] nos defender contra a incitação, sorrateira ou declarada, a pensar como querem que pensemos." Apresento aqui, breves apontamentos abolicionistas de vestígios, mínimos disparates do acaso no presente atual, sob uma perspectiva histórico-política interessada em problematizar pequenas conexões entre os atuais investimentos na neurociência e suas articulações com um modo de pensar presente na cultura jurídica e seus efeitos que incidem sobre corpos de crianças e jovens, atravessados, atualmente, pelo discurso médico-jurídico e a psiquiatrização da ordem, em nome da segurança associada ao conceito de vulnerabilidade e qualidade de vida.

Potes de cultura e cortes em lâminas

Brasil, início do século XXI. São Paulo, próximo às margens do Rio Pinheiros. Laboratório de Neurociências da USP, conhecido como LIM 27. Cheiro de éter na sala. Adentra-se em um ambiente acostumado à dissecação de tecidos e imagens. Trechos da descrição do protocolo 72 para Cultura Primária de Neurônios:

DIA -1
PREPARO DOS RECIPIENTES DE CULTURA

Soluções:
poli-D-lisina
laminina
IMS, 70% (antisséptico)

Material:
Pratos /frascos (Falcon plates, Marathon Laboratory Suppplies)
Pipetas 12 ml
pipetas Pasteur de vidro (1) / aspirador

- revestir recipientes com poli-D-lisina (0,5 ml por poço, se pratos com 12 poços; 1 ml por poço, se pratos com 6 poços; 2,5 ml por frasco de 25 cm^2);
- incubar em temperatura ambiente por pelo menos 2 horas;
- aspirar poli-D-lisina (com pipeta pasteur de vidro);
- substituir com o mesmo volume de laminina e incubar a 37 $^{\circ}$C (overnight).

DIA 0
DISSECÇÃO

Soluções:
HBSS(-)
HBSS(+)
tripsina (37 oC) (em HBSS-)
calf serum
neurobasal medium
B-27 (10 ml)
penicilina / streptomicina (5 ml)
glutamina (5 ml)
Trypan Blue (Sigma, T8154)

Material:
instrumentos para dissecção
4 pratos com tampa
tubo de ensaio de 15 ml
pipetas 12 ml, Pasteur de plástico (1) e vidro
câmara de fluxo laminar
aspirador
bico de Bunsen
microscópio
lâmina/lamínula (hemocitômetro)

- dissecar córtex de embriões de ratos E17 em meio HBSS$^{(-)}$, em temperatura ambiente;
- com auxílio de microscópio, remover cuidadosamente meninges e picar tecido em pedaços de aproximadamente 1-2 mm ; transferir para tubo de 15 ml;
- lavar duas vezes em HBSS$^{(-)}$ e adicionar 5 ml de tripsina aquecida (em HBSS);
- incubar por 15-20 min. a 37°C;

OBTENÇÃO DE SUSPENSÃO DE CÉLULAS CORTICAIS

- polir em chama 2 pipetas de vidro, uma das quais deve ter orifício reduzido para aprox. 1mm de diâmetro (deixar esfriar);
- remover cuidadosamente a solução de tripsina com pipeta de vidro e aspirador;
- lavar tecidos 3 vezes em HBSS$^{(+)}$ previamente aquecido a 37°C;
- após terceira lavagem, adicionar 2-3 ml de HBSS$^{(+)}$ e triturar cuidadosamente os pedaços de tecido com auxilio das pipetas pasteur polidas em chama, 20 a 30 vezes até obter suspensão homogênea (iniciar com a de orifício maior; manter extremidade distante cerca de 0,5 ml do fundo do tubo) [...]" (LIM 27a, 2008).

Pesquisas neurobiológicas, violência e segurança

As extrações de argumentos para o direito de estudos neurocientíficos e da biologia molecular vêm servindo tanto para imputar à crianças e jovens em seu discurso, um mapeamento da precocidade, ou maturação do cérebro ou seu retardo de maturidade. Dito de outro modo, essa extração argumentativa, mediada pelo discurso psiquiátrico, subsidia tanto o discurso jurídico de rebaixamento da idade penal quanto o discurso jurídico que o combate. Contudo, no interior do próprio direito se situa um segundo embate: é o direito ou a biologia que deve passar a definir a menoridade penal?

Daniel Barros, um jovem pesquisador médico-psiquiatra, em seu artigo intitulado *Maioridade penal ou biológica: o difícil diálogo entre o direito e as neurociências*, coloca em discussão que o mapeamento neurocientífico do cérebro ainda – ainda... – não têm bases sólidas para definir qual a idade em que todos poderiam ser considerados imputáveis diante da lei; e caso tivesse, essa discussão não poderia ficar restrita ao direito, à biologia e à psicologia mas estender-se às amplas áreas das Humanidades, tais como filosofia, sociologia, pedagogia, dentre outras, e incorporar a sociedade civil participativa e representada. Contudo, ele sinaliza para o fato de que

> É possível que ainda assim não consigamos estabelecer um momento fixo no qual tenhamos a certeza de que todos os indivíduos tenham feito a transição da infância para a maturidade. Se assim for, contudo, não estaremos de mãos atadas. Ainda ser-nos-á possível perguntar não mais "Qual é a idade em que todos seres humanos tornam-se maduros?", mas sim "Esse jovem já está maduro?". É um paradigma novo e poder ser logisticamente difícil, mas afigura-se como uma maneira possível para que não sejamos lenientes com os culpados ao mesmo tempo em que não punamos injustamente os inocentes. (BARROS, 2008, web).[1]

Estamos diante de mapeamentos no cérebro para punir, antes de mais nada, crianças.

---

[1] Daniel Martins de Barros é médico formado pela Faculdade de Medicina da Universidade de São Paulo (FMUSP), com pós-graduação *latto senso* em Psiquiatria, no Instituto de Psiquiatria do Hospital das Clínicas (IPq-HC) da FMUSP. Titulado pela Associação Brasileira de Psiquiatria, atualmente é médico coordenador do Núcleo de Psiquiatria Forense (Nufor) do IPq e doutorando na mesma instituição. É responsável pela preceptoria da Residência Médica em Psiquiatria Forense do IPq. Atua ainda como supervisor dos médicos na parceria Ipq –Fundação Casa (ex-Febem), que presta assistência psiquiátrica e subsidia a justiça na aplicação da medida sócio-educativa. É editor na Atlântica Editora.

Se por um lado, parte de neurocientistas, como Wagner Gattaz – Professor Titular do Departamento de Psiquiatria da Faculdade de Medicina da Universidade de São Paulo e Diretor do Laboratório de Neurociências –, coloca em questão suspensa a associação imediata entre doença mental e violência, por outro lado, abrem o flanco para a continuidade de pesquisas nessa direção ao afirmar que, apenas a intensidade com que a mídia veicula essa ideia é que é menor do que se pensa. Como se opera, então esse espaço no qual a associação é mantida em menor intensidade, sem contudo, ser abandonada, pelos neurocientistas? E não só, a partir daquilo que é menor: a criança.

A simultaneidade entre o investimento em pesquisas neurobiológicas correlacionadas à violência ou a "comportamentos inadequados" e a expansão do programa de tolerância zero, na década de 1990, não é fortuita. Hoje, os mapeamentos genéticos biofuncionais acumulados em bancos de dados acoplados a disputas e consórcios farmacológicos-computo-informacionais, visam responder não mais à clássica definição positivista de disfunção, mas ao conceito transfigurado de *transtorno* e suas inumeráveis tipologias, Transtorno de Personalidade Antissocial; Transtorno da Personalidade Borderline; Transtorno Psicótico; Episódio Maníaco; Transtorno de Conduta; Transtorno de Déficit de Atenção e Hiperatividade e, simultaneamente, o conceito de transtorno vem acompanhado do redimensionamento de políticas criminais que pretendem responder a controles sociais alternativos, reparadores e restauradores. É possível elencar algumas primeiras conexões entre tais transtornos que passam, preferencialmente, pela clivagem do maior a partir do menor.

Transtorno de Déficit de Atenção e Hiperartividade (TDAH), por Luis Rohde – professor do departamento de Psiquiatria da Faculdade de Medicina da Universidade Federal do Rio Grande do Sul (UFRGS):

> O transtorno de déficit de atenção e hiperatividade (TDAH) caracteriza-se, basicamente, por três sintomas: desatenção, hiperatividade e impulsividade. A primeira descrição do quadro de hiperatividade em crianças foi apresentada pelo médico alemão Heinrich Hoffman, em 1854. Desde então, ocorreram diversas modificações na nomenclatura da síndrome, até se chegar à designação atual do TDAH. Sinais clínicos: As crianças com TDAH são facilmente reconhecidas. A desatenção consiste numa dificuldade em prestar atenção a detalhes ou na propensão a cometer erros por descuido nas atividades escolares e de trabalho. Também é comum a falta de atenção em tarefas ou atividades lúdicas. O portador do

transtorno parece não escutar quando lhe dirigem a palavra, costuma não seguir instruções e não terminar tarefas escolares, domésticas ou deveres profissionais. Normalmente tem dificuldade em organizar atividades e evita ou reluta em envolver-se em exercícios que exijam esforço mental constante. Além disso, o indivíduo é facilmente distraído por estímulos alheios e apresenta esquecimento das atividades diárias. A hiperatividade constitui-se de hábitos como agitar as mãos ou os pés ou se remexer na cadeira, abandonar o assento na sala de aula ou outras situações nas quais se espera que permaneça sentado, correr ou escalar em demasia, em situações inapropriadas e falar em demasia. Como o portador do TDAH tem dificuldade em brincar ou envolver-se silenciosamente em atividades de lazer, frequentemente se mantém em constante atividade, como se estivesse "a todo o vapor". Já a impulsividade caracteriza-se por atitudes precipitadas, como dar respostas antes que as perguntas tenham sido concluídas, interromper ou se meter em assuntos alheios e não conseguir esperar a vez em filas. (ROHDE, 2008, web)

Práticas de observação, mapeamentos, dosagens, medicalização e invasão sobre corpos de crianças e jovens, reconfigura a prevenção geral, passando a transitar sob uma nova nomeclatura, que se inicia pelo diagnóstico banal de hiperatividade, e projeta o risco do transtorno de conduta como sinônimo atual para o que era designado como delinquente, projetado agora no jovem, e atinge seu ápice na conduta antissocial, que aparece enquanto similar menor, em grau atenuado da virtualidade do sociopata.

Mario Louzã Neto – coordenador do Projeto Déficit de Atenção e Hiperatividade no Adulto (PRODATH). do Hospital das Clínicas da Faculdade de Medicina da USP –, corroborando esse discurso medicalizador-preventivo, associando a farmacologia, a psiquiatria e a pedagogia, afirma que é indispensável o tratamento medicamentoso com estimulantes e antidepressivos associado preferencialmente à psicoterapia, caso contrário a criança poderá apresentar acrescido outro transtorno sobreposto ou subsequente: o transtorno de conduta.

O ponto de inflexão do conceito de transtorno, ao mesmo tempo que assume exterioridades distendidas na amplificação de medicalizações de crianças e jovens no cotidiano, traz para a tessitura do discurso médico-jurídico o respaldo das graduações de periculosidade que transitaram do conceito de delinquente para o atual conceito "transtorno de conduta". E se, anteriormente, o delinquente era o correlato do jovem criminoso, hoje, pelo conceito de transtorno de conduta presente no jovem considerado infrator pelo sistema penal, antecipa-se o transtorno de personalidade antissocial ao ser construído por um duplo constitutivo reverso: a conduta de risco presentificada na personalidade antissocial.

O Transtorno de Personalidade Antissocial (TPAS) é um diagnóstico operacional proposto pelo Manual Diagnóstico e Estatístico de Transtornos Mentais, definido em 1994, com suporte em pesquisas e diagnósticos realizados 3 anos antes e norteados segundo o CID 10 – indexador internacional da OMS para doenças. As pesquisas balizadas por esse conceito, desenvolvidas por universidades e institutos estadunidenses, ganham cada vez mais espaços de ressonância entre pesquisadores no Brasil.

No século XIX, a taxonomia científica discriminava catalogações universais extraídas do modelo da biologia evolucionista. Ao mesmo tempo, os conceitos de periculosidade, crime e criminoso, oriundos do direito e da psiquiatria, tomavam pé. Os conceitos vingaram. Se hoje a biologia molecular consegue desvencilhar-se do conceito de raça pelo mapeamento de genomas, destoando da insistência das Ciências Humanas, os demais conceitos, termos, palavras e linguagem do XIX persistem, como: classe, gênero, família, espécie, crime, criminoso... Por sua vez, o amplo uso cirúrgico da lobotomia, nas décadas de 40 e 50 do século XX, em pessoas identificadas como doentes mentais – quando se adensou a verdade psiquiátrica de "implicação do cérebro frontal na gênese das personalidades antissociais" –, serve hoje de lastro técnico-argumentativo para procedimentos "não invasivos" da neurobiologia em estudos do córtex pré-frontal em gente e outros bichos.

Mas não em qualquer gente ou qualquer outro bicho. Os preferenciais são pobres e ratos. Os ratos, já historicamente, por estímulos elétricos de choques, indicando índices de medo condicionado e gente pelos mapeamentos de neuro-imagens funcionais do cérebro por meio da tomografia PET (*Positron Emission Tomography*). Essa simultaneidade, também, não é fortuita e nem tão nova assim.

Eis a pergunta que atravessa as pesquisas: "por que o cérebro frontal parece ser tão importante na gênese de indivíduos antissociais?" Hipótese provável: "quando não existe punição, ou quando a pessoa é incapaz de ser condicionada pelo medo, devido a uma lesão no córtex órbito-frontal e amígdala, por exemplo, ou devido à baixa atividade neural nessa área, então ele desenvolve uma personalidade antissocial".

Breves anotações do início de uma pesquisa

Foucault, em *O poder psiquiátrico*, – lançando mão de uma afirmação de Canguilhem, em *O normal e o patológico*, onde esse último afirma que "o normal é o termo pelo qual o século XIX, vai designar o protótipo escolar e o estado de saúde orgânica –, investe na hipótese de que

> a psiquiatrização da criança, por mais paradoxal que seja, não passou pela criança louca ou pela loucura da infância. Parece-me que a psiquiatrização da criança passou por outro personagem: a criança imbecil, a criança idiota, a que logo será chamada de criança retardada. [...] Foi por intermédio da criança não louca que se fez a psiquiatrização da criança, e a partir daí, que se produziu esta generalização do poder psiquiátrico. (FOUCAULT, 2006, p. 257)

Ao iniciar esta pesquisa pelo acervo eletrônico do laboratório de neurociências da USP, Lim 27, encontra-se já na página inicial sua formação na década de 1990 no interior do Instituto de Psiquiatria daquela Universidade. O visitante é apresentado a uma listagem de 24 frentes de pesquisa acompanhadas de suas definições, diagnóstico, tratamento, etc.; dentre elas: Depressão; Síndrome de Prader Willi; Doença de Hunttington; Fobias; Transtorno de Pânico; Violência e Doença Mental; antidepressivos e tranquilizantes; eletroconvulsoterapia; Retardo Mental. É curioso que, dessa listagem, o desdobramento direto com a psiquiatria se dá, especificamente, pelo texto que acompanha a definição de retardo mental. "Lincando" diretamente a página eletrônica do lim 27 ao *site* Psiqweb – dirigido pelo médico Geraldo José Ballone, professor de psiquiatria da PUCAMP –, que contempla temas de psiquiatria geral e psiquiatria forense, esse *site*, por sua vez remete o visitante, de forma direta, a um recente *site* de psiquiatria forense, cuja especificidade temática pela qual responde é a *perícia psiquiátrica*.

Considerando que o retardo mental, historicamente, não é um campo das designadas *doenças mentais*, como é que especificamente tal denominação desdobra-se de um laboratório de neurociência para publicações e exposições de pesquisas em congressos no interior da área da psiquiatria, da psiquiatria forense e da perícia psiquiátrica? Contudo essas conexões, do ponto de vista analítico, respondem a uma possibilidade de psiquiatrização da ordem hoje, de forma distinta ao que se deu na sociedade disciplinar, e simultaneamente associa resíduos, da própria "generalização" da psiquiatria a partir da criança, mas não da criança louca e nem da crinça criminosa. E o transtorno de déficit de atenção e hiperatividade mostra-se como algo banal, algo corriqueiro, que deve ser localizado na família e na escola e imputado a crianças e jovens, medicalizando o que passa a ser construído como espaço de vulnerabilidade em corpos tenros expostos ao risco de transtorno de conduta, se não forem tratados, e projetados como o perigo do Transtorno Antissocial.

> Existem estudos mostrando relações entre certos tipos de violência episódica e transtornos do SNC (veja Violência e Psiquiatria), particularmente do sistema límbico. Alguns portadores de Transtornos de Conduta podem mostrar, no exame clínico, sinais e sintomas indicativos de algum tipo de disfunção cerebral. Uma das ocorrências neuropsiquiátricas mais comumente encontradas nos Transtornos de Conduta é o de Hiperatividade com Déficit de Atenção; outras vezes o diagnóstico se confunde com casos atípicos de depressão grave em crianças e adolescentes. Um dos fatores que mais desanimam a psiquiatria em relação aos portadores de Transtornos de Conduta é o fato de não haver nenhum tratamento efetivo e reconhecido especificamente para esse estado. Esse é um fator que contribui, significativamente, para alguns autores não considerarem esse modo de reagir à vida como doença. Tratar-se-ia de uma alteração qualitativa do caráter que caracteriza uma maneira de ser, não exatamente um processo ou desenvolvimento patológico. Evidentemente, quando esse Transtorno de Conduta reflete uma depressão subjacente ou uma Hiperatividade, o tratamento é dirigido para esses estados patológicos de base e, é claro, o prognóstico é substancialmente melhor. Outros programas têm tentado lidar com o comportamento disruptivo dessas crianças com fármacos, tais como o carbonato de lítio, a carbamazepina ou antidepressivos, conforme o caso. (BALLONE, 2004, web)

A conceituação técnica do Transtorno de Personalidade Antissocial (TPAS), por sua vez, define dentre uma gama ampla de características, uma como principal: a impulsividade – presente já no transtorno mais banal a hiperatividade –, da qual deriva uma disposição ao risco. Conceito propício a uma época em que transtornar, independente de índices catalogáveis, é uma ameaça à vida entendida sob o parâmetro da segurança, do medo e do castigo, da vulnerabilidade e da qualidade de vida.

Se a biopolítica, no século XIX, como mostrou Foucault, emergiu enquanto condição simultânea a uma sociedade de normalização, e essa é derivada de investimentos de um governo de verdade sobre a própria vida, hoje essa relação de regime de verdade se desloca para um governo da vida contida duplamente, diante do conceito de vulnerabilidade, e alastrada no cotidiano como qualidade de vida pela moral psiquiátrica.

> O LIM-27, com o objetivo de integrar *softwares* de computador como ferramentas de apoio às suas pesquisas, tem concentrado esforços e recursos no desenvolvimento do Neurogene – Sistema de Estudo Clínico/Molecular de

Distúrbios Neuropsiquiátricos. Trata-se de um *software* baseado em banco de dados, que tem como objetivo o cadastramento de amostras de DNA, com suporte ao detalhamento genotípico e integração com dados clínicos dos pacientes de distúrbios neuropsiquiátricos. (LIM-27 b, 2008, web)

No curso livre da vida não há moral da história, ainda que o discurso jurídico insista nisso, ou que o discurso neurobiológico afirme que é no córtex pré-frontal que se situa o órgão moral, subsidiando pesquisas recentes para instituir o que vem sendo chamado, na área de ponta da neurociência, de nova ciência: a ciência da moral. E, mais uma vez, a psiquiatria segue como operadora de mediações para uma nova linguagem.

Nenhuma ciência ou conhecimento é neutro, por mais exata, biológica ou humana que seja. Ninguém pesquisa apartado do modo como toca na própria vida.[2]

Referências

BALLONE, Geraldo José. Transtornos de Conduta: delinquência. In: *PsiqWeb*, disponível em http://virtualpsy.locaweb.com.br/?art=61&sec=20, revisto em 2004. Consultado em 21 de agosto de 2008.

BARROS, Daniel. Maioridade penal ou biológica: o difícil diálogo entre o direito e as neurociências, disponível em http://www.eventus.com.br/ofensas/daniel_barros.pdf. Consultado em 5 de agosto de 2008.

CANGUILHEM, Georges. O cérebro e o pensamento. *Conferência na Sorbonne*, 1980. Tradução de Sandra Yedid e Monah Winograd disponível em http://br.geocities.com/materia_pensante/cerebro_pens_canguilhem.html. Consultado em 20 de agosto de 2008.

FOUCAULT, Michel. *O poder psiquiátrico*. Tradução de Eduardo Brandão. São Paulo: Martins Fontes, 2006.

LIM 27a. Procedimentos de cultura primária: Protocolo 72. Disponível em http://www.neurociencias.org.br/Downloads/Procedimentos/72CulturaPrimaria.pdf. Consultado em 10 de agosto de 2008.

LIM 27b. Neurogene: sistema de estudos clínico-moleculares de distúrbios neuropsiquiátricos. Disponível em http://www.neurociencias.org.br/Display.php?Area=Projetos&Action=Read&ID=2&IDStatus=2. Consultado em 20 de agosto de 2008.

ROHDE, Luiz. Transtorno de déficit de atenção e hiperatividade (TDAH), disponível em http://www.neurociencias.org.br/Display.php?Area=Textos&Texto=TranstornoDeficitAtencao. Consultado em 13 de agosto de 2008.

---

[2] Ver, em especial, *Hypomnemata*: "Quase tudo sobre um assalto", por Edson Passetti. http://www.nu-sol.org/hypomnemata/boletim.php?idhypom=114.

Leitura dos antigos, reflexões do presente

Salma Tannus Muchail

> *... de que modo pode o sujeito agir como convém, ser como deve, na medida em que não apenas conhece a verdade, mas na medida em que ele a diz, pratica e exerce?*
> MICHEL FOUCAULT

É no chamado "momento socrático-platônico"[1] que Foucault situa a formulação filosófica inaugural do conceito de "cuidado de si", originariamente conjugada à incorporação filosófica do conceito correlato, "conhecimento de si". O diálogo *Alcibíades* que, juntamente com a *Apologia*, constitui assunto específico das primeiras aulas, não somente é ponto de partida como também referência constantemente retomada, de ponta a ponta, ao longo de todo o *Curso de 1982 – A Hermenêutica do sujeito*. Porém, se o diálogo platônico é ponto de partida e referência constante, sua presença não ocupa a porção mais extensa e volumosa do *Curso*. São as filosofias helenísticas e romanas, especialmente o epicurismo e o estoicismo (mais esse que aquele) dos séculos I e II d.C[2] que compõem o mais farto material. Epicuro, Epicteto, Sêneca e Marco Aurélio principalmente, além de Plutarco, Musonius Rufus, Fílon de Alexandria entre outros, são vasculhados e trabalhados[3]. A escolha dessa circunscrição

---

[1] Foucault (2001, p. 237. Trad. bras., 2004, p. 301).

[2] Compreendendo o que os historiadores denominam de Alto Império Romano – Cf. Foucault (2001, p.79), nota 1, de F.Gros, p. 97, p. 398, p. 401, p. 429;– ou "começo do Império Romano", p. 221. Trad. bras., 2004, p. 101, p. 123, p. 505, p. 508, p. 543; p. 283.

[3] No Capítulo II de *Le Souci de soi*, 1984, (trad. bras., 1985, *O Cuidado de si*), intitulado precisamente "La Culture de soi" ("A Cultura de si"), encontra-se um estudo condensado deste período longamente estudado no *Curso de 1982*.

histórica – de Platão ao Império Romano – tem objetivo explícito. Foucault esquematiza o tratamento histórico que confere à questão do "cuidado de si" (e, correlatamente, do "conhecimento de si") em "três grandes modelos" que circunscrevem três momentos históricos[4]. Em uma ponta, o "modelo platônico", modelo paradoxal que, acoplando, na sua origem, os dois conceitos com predominância do cuidado, prossegue, no seu acabamento, em direção à prevalência do conhecimento. Na outra ponta, o "modelo cristão", em que conhecimento e cuidado se direcionam à renúncia a si. Entre ambos, o "modelo do meio", helenístico e romano: diferentemente do platônico, não identifica cuidado e conhecimento de si nem absorve aquele nesse, acentuando, ao contrário, o privilégio do cuidado de si; diferentemente do modelo cristão, não tende à renúncia a si, tendo como meta, ao contrário, a dotação ao eu de condições para sua autoconstituição. Ao longo da história, o primeiro e o terceiro modelo obscureceram o segundo. Porém, foi o segundo que, afinal, deu um rumo diversificado à posteridade do platonismo e, principalmente, foi "no interior deste modelo helenístico, nem platônico nem cristão, que se formou uma certa moral exigente, rigorosa, restritiva, austera"[5] que será herdada, não porém inventada, como frequentemente se pensa, pelo cristianismo. Esse período representa, segundo Foucault, "uma verdadeira idade de ouro", um "ápice" na história do cuidado de si[6].

Ora, desse ponto de vista, centrar o foco sobre o período helenístico e romano significa, para Foucault, redefinir "uma perspectiva histórica geral"[7]. Sua proposta, como bem afirma F. Gros, realiza assim uma "recolocação em perspectiva do conjunto da história da filosofia", lida agora sob o prisma ou sob o princípio do cuidado de si[8]. Creio que essa recolocação em perspectiva da história da filosofia consubstancia-se no interesse por uma questão (a que escolhemos como epígrafe) à qual conduz o período estudado. Nessa direção, concordamos mais uma vez com a hipótese de F. Gros, segundo a qual Foucault se debruça no estudo dos autores helenísticos

---

[4] Cf. Foucault (2001, p. 243-248. Trad. bras., 2004, p. 308-314).

[5] Foucault (2001, p. 248. Trad. bras., 2004, p. 313).

[6] Foucault (2001, p. 79 e 81, p. 122. Trad. bras., 2004, p. 101 e 103; p. 156-302. Trad. bras., p. 382-383) encontra-se mais uma justificativa para a escolha desse período. As expressões "ápice" e "idade de ouro" aparecem também em *Le Souci de soi,* por ex., à p. 59; trad. bras., p. 50.

[7] Foucault (2001, p. 248. Trad. bras., 2004, p. 314).

[8] Gros (2003, p. 154-151).

e romanos porque eles significam "algo como a exacerbação da injunção socrática do cuidado de si"[9].

Assim, faremos, inicialmente, um esquemático cotejo entre o platonismo – principalmente no *Alcibíades* – e os filósofos epicuristas e estoicos a propósito do cuidado de si. Esse cotejo será organizado em tópicos ao cabo de cada qual buscaremos inserir passagens dos autores estudados (algumas de Sêneca e Marco Aurélio, muito poucas de Epicuro), como se fossem "máximas", imitando um pouco, e pretensamente, o estilo de Sêneca que conclui algumas *Cartas a Lucílio*, com a inserção de citações. E, para concluir, faremos uma breve reflexão sobre o conjunto do que acabamos de chamar de perspectiva geral da história da filosofia.

* * *

São numerosas as passagens do *Curso de 1982* que ora detalham ora sintetizam as relações e, principalmente, as diferenças entre o cuidado de si proposto por Sócrates a Alcibíades e as práticas preconizadas por estoicos e epicuristas [10]. Algumas realçam certos aspectos mais que outros, ou agrupam traços que outras separam, algumas são mais longas, outras constituem "sobrevôos" esquemáticos [11]. Retomadas dessas passagens, organizamos em dois grupos as características do cuidado de si nos dois modelos em questão.

– No *primeiro grupo*, as características são de natureza *política, pedagógica e erótica* (as três articuladas entre si).

O cuidado de si que Sócrates espera de Alcibíades tem finalidade prioritariamente *política*: é preciso cuidar-se para bem cuidar da cidade, governar-se para governar os outros; desempenhando papel "claramente instrumental"[12], a relação de si para consigo passa, portanto, pela "mediação da cidade"[13]. Por isto, e em segundo lugar, é uma demanda que concerne particularmente aos jovens que, em virtude do privilegiado estatuto social são destinados ao exercício do

---

[9] Gros (2003, p. 156).

[10] Cf. Foucault (2001, por ex., p. 12-13, 73-75, 79-80, 84-86, 168-171, 197-198, 237, 243-248, 400-401, 421-422, 428-430. Trad. bras., 2004, p. 14-15, 93-96, 101-104, 107-1009, 215-218, 253-254, 301-302, 308-314, 507-509, 533-534, 542-544).

[11] Cf. Foucault (2001, p. 12, p. 80, p. 171. Trad. bras., 2004, p. 14, 103, 218).

[12] Foucault (2001, p. 168. Trad. bras., 2004, p. 215).

[13] Cf. Foucault (2001, p. 81. Trad. bras., 2004, p. 103).

poder; deve, nesse sentido, suprir, substituir ou complementar uma *pedagogia* deficiente, a fim de dar conta daquela fase crítica "difícil e perigosa"[14], que é a passagem da adolescência à idade adulta. Terceiro, correlato à relação pedagógica, estabelece-se o estreito laço *erótico-amoroso*, "uma espécie de pequeno caso a dois"[15] que liga reciprocamente mestre e discípulo.

– Um *segundo grupo* de características do cuidado de si, no contexto socrático-platônico, complementa o primeiro. São também esquematizáveis em três aspectos articulados entre si. Primeiro, o cuidado de si origina-se na necessidade de *superar a ignorância* e, mais ainda, a ignorância que se ignora. Segundo, desemboca no *reconhecimento do divino* no próprio eu (a alma) e isso significa conhecer a si mesmo. Terceiro, conhecer a si mesmo pelo reconhecimento do divino em si é também ter *acesso à verdade*, ou seja, é conhecer – pela reminiscência, que é aqui "implicação essencial" – tudo o que já e sempre se soube [16].

Herdados pelas filosofias helenísticas e romanas dos séculos I e II, esses dois grupos de traços serão nelas e por elas deslocados e gradativamente revertidos. Senão, vejamos.

* * *

Consideremos, no seu conjunto os traços do *primeiro grupo* – o político, o pedagógico, o erótico. Eles demarcam, por assim dizer, o cuidado de si, na medida em que lhe conferem "limitações"[17]: quanto à finalidade (o governo da cidade), ao destinatário (o jovem de alto *status* que ingressa na vida adulta) e o âmbito de suas relações (mestre/discípulo). No período helenístico romano, tais demarcações se romperão. Primeiro, a *finalidade*. Cuidar-se não é privilégio nem dever de alguns para o governo dos outros, é imperativo para todos; o eu de que se cuida não é mais "um ponto de juntura", "um elemento de transição para outra coisa que seria a cidade ou os outros", é "meta definitiva"[18], é "autofinalizado"[19]. É preciso, como

---

[14] Foucault (2001, p. 84. Trad. bras., 2004, p. 107).

[15] Foucault (2001, p. 197. Trad. bras., 2004, p. 253).

[16] Foucault (2001, p. 169. Trad. bras., 2004, p. 217).

[17] Foucault (2001, p. 79-80. Trad. bras., 2004, p. 101-102).

[18] Foucault (2001, p. 170. Trad. bras., 2004, p. 218).

[19] Cf. Foucault (2001, entre outros, p. 170, p. 172, p. 198, p. 247. Trad. bras., 2004, p. 218, p. 220, p. 254, p. 314).

se lê em *O Cuidado de si*, "tornar-se disponível para si próprio"[20]. Segundo, o *destinatário*. Cuidar-se não se endereça a uma fase específica da vida, é tarefa para todo o tempo e, se houver alguma etapa a que melhor se destina é a maturidade, principalmente a velhice; portanto, a educação pelo cuidado de si não é somente "preparatória" para a idade adulta, mas acompanha a vida inteira, estirando-se numa "coextensividade entre vida e formação"[21]. "Portanto – lê-se em *O Cuidado de si* –, não há idade para se ocupar consigo"[22]. Terceiro, o *âmbito das relações*. Cuidar-se não se circunscreve ao vínculo dual e amoroso entre mestre e discípulo, expande-se aos círculos de amizades (e sabemos quanto o tema da amizade é importante nas filosofias helenistas), de parentesco, de profissão, quer em formas individuais (cartas, aconselhamentos, confidências), quer institucionalizadas e coletivas (escolas, comunidades, etc.): "doravante, a prática de si integra-se, mistura-se, entrelaça-se com toda uma rede de relações sociais diversas, onde existe ainda a mestria no sentido estrito, mas onde se encontram outras formas relacionais possíveis"[23]. "O cuidado de si aparece então – lemos em *O Cuidado de si* – como intensificação das relações sociais"[24].

Podemos dizer que as transformações nesses três primeiros aspectos têm, no seu conjunto, um denominador comum, a saber, o que era limitação, generaliza-se. O cuidado de si torna-se " um princípio geral e incondicionado"[25], "principio válido para todos, todo o tempo e durante toda a vida"[26]. A prática desse princípio geral identifica-se à prática da filosofia que Foucault exemplifica citando, mais de uma vez, o início da *Carta* de Epicuro a Meneceu: "que ninguém hesite em se dedicar à filosofia enquanto jovem nem se canse de fazê-lo depois de velho, porque ninguém jamais é demasiado jovem ou demasiado velho para alcançar a saúde do espírito", e como filosofar e cuidar-se coincidem com a "hora de ser feliz", "é necessário cuidar das coisas que trazem a felicidade..."[27].

---

[20] Foucault (1984, p. 61. Trad. bras., 1985, p. 52).

[21] Foucault (2001, p. 241. Trad. bras., 2004, p. 533-534).

[22] Foucault (1984, p. 63. Trad. bras., 1985, p. 54).

[23] Foucault (2001, p. 197-198. Trad. bras., 2004, p. 254).

[24] Foucault (1984, p. 69. Trad. bras., 1985, p. 58-59).

[25] Foucault (2001, p. 237. Trad. bras., 2004, p. 301).

[26] Foucault (1984, p.62. Trad. bras., 1985, p. 53).

[27] Epicuro (trad. bras., 2002, p. 21-23). Citado por Foucault (2001, p. 85, trad. bras., 2004, p. 108); e em Foucault (1984, p. 60 e 63, trad. bras., 2002, p. 51 e 54).

Generalizado enquanto princípio, o cuidado de si concretiza-se, porém, sob condições de fato restritivas. Reivindicado para todos, elitiza-se. Com efeito, sua efetivação requer de quem o pratica "capacidade cultural, econômica e social", além de certa competência ética superior[28].

Desse contexto em que o cuidado de si embora princípio geral é praticado por alguns, podemos fazer derivar o destaque de alguns temas ou procedimentos. Particularmente dois: a prática desse princípio envolve um certo modo de lidar com as *ocupações*, relativizando-as e, correlatamente, a necessidade de contar com o *ócio*, valorizando-o. Sua autofinalização no próprio eu torna imperioso não confundir o eu com suas funções, cargos ou ocupações. Imperioso, inclusive para o imperador, Marco Aurélio, aquele que, literalmente, não se identifica com o posto de César: "cuidado para não te cesarizares", escreve ele para si mesmo[29]. Afinal, comenta Foucault, "ele bem sabia que estaria atento, como convém, ao gênero humano que lhe fora confiado na medida em que, desde logo e antes de tudo finalmente e ao cabo, soubesse cuidar de si mesmo como convém" e que só cumpriria "os encargos cesarianos sob a condição de comportar-se como um homem comum"[30].

Sêneca, por sua vez, critica os que transformam a vida em "contínuo labor"[31]. Cheios de "ocupações inúteis"[32], "inutilmente cansados", sua vida é uma "preguiça inquieta", comparável à caminhada "irrefletida e vã" das formigas "que trepam pelas árvores e, depois de subir ao mais alto topo, descem vazias à terra"[33]. Um homem ocupado "não pode fazer nada bem", menos ainda viver. Homens assim são "atarefados por nada"[34]. Agitando-se incessantemente entre uma atividade e outra, inquietando-se até mesmo no lazer, têm "ocupações indolentes" e "ócio ocupado"[35]. Lembremos aqui aquele "último exemplo" que ocorre a Sêneca no final do Tratado *Sobre a Brevidade da Vida* e que, diz ele, "não posso omitir".

---

[28] Foucault (2001, p. 73-74; cf. também, p. 109. Trad. bras., 2004, p. 94-95; cf. também, p. 139).

[29] Marco Aurélio (trad. bras., 1973, VI, 30, p.296). Cf. Foucault (2001, p. 192. Trad. bras., 2004, p. 245).

[30] Foucault (2001, p. 192. Trad. bras., 2004, p. 245). Veja-se toda a bela passagem sobre Marco Aurélio como Príncipe, às p. 191-194; trad. bras., p. 244-248.

[31] Sêneca (trad. bras., 1994, XVII, 4, p. 71).

[32] Sêneca (trad. bras., 1994, XIII, 1, p. 59).

[33] Sêneca (trad. bras, 1994, XIII, 1, p. 57).

[34] Sêneca (trad. bras., 1993, XVI, 1, p. 48). Cf. a mesma expressão na *Carta* XXXI a Lucílio, em Sêneca (trad. bras., 2008, p. 33).

[35] Sêneca (trad. bras., 1993, XII, 1, p. 40-43; cf. também, XVI, p. 48-49).

Trata-se da história de um certo Turânio, funcionário público no cargo de *praefectus annonæ* (espécie de administrador do abastecimento de trigo em Roma), homem "de comprovada diligência", e que, completados seus 90 anos, foi dispensado por César sem que tivesse solicitado; Turânio então "ordenou que o colocassem em seu leito e que a família, que se reuniu em torno dele como se estivesse morto, o pranteasse. A casa lamentava o ócio de seu velho senhor, e a tristeza não terminou antes que o cargo lhe fosse restituído. É tão bom assim, morrer ocupado?" – pergunta Sêneca[36].

Não confundir-se com seus encargos, não perder-se nos afazeres, requer tempo, tempo para recolher-se, mais que isto, tempo do *ócio*. Citemos Marco Aurélio: "A lugar nenhum se recolhe uma pessoa com mais tranquilidade e mais ócios do que na própria alma [...]. Proporciona a ti mesmo constantemente esse retiro e refaze-te"[37]; e ainda: "nem passes a vida absorto no trabalho"[38]. No Tratado de Sêneca *Sobre a Tranquilidade da Alma* lemos:

> É mister recolher-se muito em si mesmo: pois a relação com os que não são semelhantes perturba os equilibrados, renova-lhes as paixões e ulcera o que quer que na alma esteja fraco e mal-curado. Deve-se alternar a solidão e a comunicação. Aquela nos incutirá o desejo do convívio social, esta, o desejo de nós mesmos: e uma será o remédio da outra [...].[39]

Ao contrário do "contínuo labor", cumpre "folgar o espírito", "ser indulgente" com ele, encontrar tempo para jogar, beber, brincar, dançar, para passeio, viagem, mudança, banquete, "renovando um pouco a triste sobriedade"[40]. No Tratado *Sobre o Ócio*, Sêneca reúne Epicuro com os estoicos para insistir que ao sábio é indispensável o "ilibado ócio"[41]. No Tratado *Sobre a Brevidade da Vida*, nomeia homens ilustres e poderosos que "desejam e louvam o ócio e o preferem a todos os seus bens"[42], mas jamais encontram o tempo do ócio, ócio "sempre desejado, nunca obtido"[43].

---

[36] Sêneca (trad. bras., 1993, XIX, 5, p. 54).

[37] Marco Aurélio (trad. bras., 1973, IV, 3, p. 283).

[38] Marco Aurélio (trad. bras., 1973, IX, 51, p. 310).

[39] Sêneca (trad. bras., 1994, XVII, 3, p. 69).

[40] Sêneca (trad. bras., 1994, XVII, 4, p. 70-71). Veja-se também, em Sêneca, a *Carta*, LXVIII a Lucílio (trad. bras., 2008, p. 59-62).

[41] Sêneca (trad. bras., 1994, I, 4; II, 1; III, 1, p. 77-83).

[42] Sêneca (trad. bras., 1993, IV, 1-6, p. 29-31).

[43] Sêneca (trad. bras., 1993, XVIII, 1, p. 51).

E, em contrapartida ao homem ocupado, aquele "que não pode fazer nada bem", menos ainda viver[44], afirma:

> Dentre todos os homens, somente são ociosos os que estão disponíveis para a sabedoria (e nomeia aqui, entre outros, Sócrates e Epicuro); eles são os únicos a viver, pois, não apenas administram bem sua vida, mas acrescentam-lhe toda a eternidade[45].

* * *

Consideremos agora o *segundo grupo* de aspectos do cuidado de si na versão socrático-platônica – superação da ignorância que se ignora, conhecimento do eu pelo reconhecimento do divino em si, alcance da verdade pela reminiscência. Tomados conjuntamente, eles têm como denominador comum a tendência a fazer confluir o cuidado na direção do conhecimento, tornando-o sua "forma maior senão exclusiva"[46]. Não que, por um lado, o conhecimento tenha desaparecido na versão helenística e romana, mas ele "se atenuou, integrou-se no interior de um conjunto, conjunto bem mais vasto"[47]. Esse conjunto mais vasto abrange, prioritariamente, as práticas de si, *exercícios, ascese*. Não que, por outro lado, os filósofos helenistas tenham sido iniciadores das práticas de si no caminho do conhecimento. Pelo contrário, sabemos quão fortemente elas existem desde antes do platonismo. Foucault nos oferece um breve e esquemático inventário das práticas mais frequentes na Grécia arcaica, na Grécia clássica e na Grécia helenística: são "ritos de purificação" para ouvir oráculos e entender o que os deuses têm a nos dizer; são "técnicas de concentração" ou de "recolhimento" necessárias para que a alma, que é sopro (*pneuma*), não se esvaneça nem disperse; é a técnica do "retiro" (*anakhôresis*), para saber ausentar-se do mundo sem deixar-se de situar-se nele; é a "prática da resistência", para que se consiga suportar as dores e dificuldades e enfrentar as tentações[48]. Em Platão, especialmente, encontram-se numerosos exemplos. Foucault os menciona mais de uma vez. Mas basta, para isto, lembrar a figura de Sócrates vestido com um

---

[44] Sêneca (trad. bras., 1993, VII, 2, p. 33).
[45] Sêneca (trad. bras., 1993, XLV, 1, 2, p. 45-46).
[46] Foucault (2001, p. 80; cf. também, p. 75. Trad. bras., 2004, p. 102; cf. também, p. 96).
[47] Foucault (2001, p. 81. trad. bras., 2004, p. 104).
[48] Foucault (2001, p. 46-47. Trad. bras., 2004, p. 59-60).

simples manto, os pés descalços sobre a neve, ou ereto, imóvel, durante um dia e uma noite, absorto em reflexão[49]. Aliás, não nos esqueçamos que, segundo Foucault, na "paisagem socrático-platônica"[50] em que surgem, nascidos ambos reciprocamente indissociados e sobrepostos, o conhecimento de si é originariamente tributário do cuidado.

O que muda, pois, nas filosofias helenísticas e romanas não é a presença de exercício ou a ausência de conhecimento. É o tipo de exercício e de conhecimento. Ou antes, mudam direção e centro. No conjunto das práticas ou da ascese, o conhecimento de si não será mais nem centro nem norte. E no conhecimento, por sua vez, o eixo não será mais o reconhecimento em si do elemento divino[51].

Como no caso do primeiro bloco de diferenças, façamos derivar, também aqui, a título de exemplos, alguns temas e procedimentos. Consideremos primeiro, os *exercícios* e depois os *conhecimentos*.

Os *exercícios* não têm mais como "quadro de referência" nem como "fundo" a ignorância[52] cuja superação preparava a formação do futuro governante. Eles se inserem agora em um quadro da formação permanente que corrige e libera. Continuam a requerer o papel insubstituível do mestre, não tanto porém para que o discípulo passe da ignorância – e da pior delas, que é a ignorância que se ignora – ao saber, mas para ajudá-lo a sair do estado de *stultitia*, o que significa, principalmente, do estado da servidão – e da pior delas que é a "servidão voluntária"[53]. Assim, menos que "formação-saber", o cuidado de si torna-se "correção-liberação", capaz de dotar o indivíduo de uma "armadura" ou "equipamento" (*paraskeué*, traduzido por Sêneca como *instructio*), que o protege e o municia para enfrentar todos os acontecimentos que lhe possam sobrevir[54].

Foucault fornece minuciosas descrições e numerosos exemplos de exercícios ascéticos. Nas últimas aulas, divide-os em duas grandes famílias:

---

[49] Cf. exemplos citados por Foucault (2001, entre outros, p. 49. Trad. bras., 2004, p. 62-63). Veja-se também a nota 16, de Frederic Gros, p. 62; trad., p. 79;

[50] Foucault (2001, p. 237. trad. bras., 2004, p. 301).

[51] Foucault (2001, p. 401-402. Trad. bras., 2004, p. 508-509).

[52] Cf. Foucault (2001, p. 90-91. Trad. bras., 2004, p. 114-115).

[53] Cf. Sêneca, *Carta* XLVII a Lucílio (trad. bras., 2008, p. 42). Veja-se também, Sêneca (1993, II, 1, p. 26).

[54] Cf. Foucault (2001, p. 91. Trad. bras., 2004, p. 115). Veja-se também, entre outras numerosas passagens, p. 305-313; trad. bras., p. 386-395.

os exercícios de pensamento (meditação, premeditação da morte, principalmente) e os exercícios em situação real (abstinências e provas, principalmente). De modo geral, estão associados aos termos gregos e latinos (substantivos e verbos) *meletê* e *meditatio*, *meletan* e *meditari* que remetem, fundamentalmente, à ideia e à prática de *treinamentos* [55]. Por isso mesmo, "armaduras" e "equipamentos" assim como "treinamentos", são frequentemente comparados ao preparo do atleta e à situação de luta. Ouçamos Sêneca: "Viver, Lucílio, é ser soldado. É por isso que aqueles que se arriscam em missões mais perigosas, através de penhascos e desfiladeiros, são os mais valentes, a elite da tropa"[56]. Ou ainda:

> Caso consagres aos estudos o tempo que hajas subtraído aos serviços não terás desertado nem terás recusado teu dever: pois não somente milita quem permanece de pé na linha de frente [...] mas também quem defende as portas e desempenha missão em porto menos perigoso, todavia não sem trabalho, vigia durante a noite e guarda o arsenal[57].

E Marco Aurélio: "o homem que assim procede" (aquele que não gasta a vida "a cogitar nos outros") é "atleta da luta mais excelsa para não ser derrubado por nenhuma paixão, profundamente impregnado de justiça, saudando do fundo da alma todos os acontecimentos que constituem seu quinhão"[58]. E mais adiante: "A arte de viver é mais semelhante à luta que à dança em nos mantermos eretos e preparados para os acontecimentos imprevistos"[59].

Consideremos finalmente, questões sobre o *conhecimento*. Se na via platônica o caminho para o conhecimento funda-se no reconhecimento do divino no eu e procede por reminiscência ou memória[60], as filosofias helenísticas também estabelecem o parentesco da alma com o divino, mas ele é diverso do platônico, e o acesso à verdade passa não pela reminiscência ou memória, mas pela *meditação* que, como vimos, menos que de ordem intelectiva, é, também ela, *exercício*[61]. Aqui, o conhecimento de si

---

[55] Cf. Foucault (2001, entre numerosas passagens, p. 81-82, 339-342, 406-407, 436-437. Trad. bras., 2004, p. 104-105, 428-431, 515-516, 552-554).

[56] Sêneca, *Carta* XCVI a Lucílio (trad. bras., 2008, p. 98).

[57] Sêneca (trad. bras.,1994, III, 5, p. 29).

[58] Marco Aurélio (trad. bras., 1973, III, 4, p. 280).

[59] Marco Aurélio (trad. bras., 1973,VII, 61, p. 304).

[60] Cf. Foucault (2001, p. 438-439. Trad. bras., 2004, p. 555-556).

[61] Cf. Foucault (2001, p. 441-442. Trad. bras., 2004, p. 558-560).

aproxima-se do movimento de "conversão", do retorno a si mesmo, do olhar sobre si, tema que "nunca foi tão dominante [...] como na época helenística e romana"[62], "núcleo"[63] em torno do qual "o modelo helenístico" está "centrado"[64]. Esse tema requereria um tratamento especial. Retenhamos apenas que a conversão a si helenística e romana como que desdobra o eu nele próprio, numa "presença de si a si" que é simultaneamente uma "distância de si para consigo"[65]. É por esse desdobramento, por essa distância que o eu jamais se acaba em uma identidade sempre igual e portanto, jamais se completa; sempre em movimento de autoprodução, é labor e *obra*. Por isso mesmo somente são *úteis* os conhecimentos que provocam a autoprodução de si por si.

E reencontramos assim, agora no plano dos conhecimentos, o correlato das ocupações inúteis e do ócio inútil. O critério que permite identificar a *utilidade* e a *inutilidade* dos conhecimentos não é seu conteúdo (por exemplo, se eles tratam das coisas da natureza ou das coisas humanas), mas seu efeito, por assim dizer, isso é, se são apenas "ornamentos" ou se transformam o modo de ser daquele que conhece[66]. *Inútil* é o saber meramente erudito e enciclopédico. Foucault lembra, por exemplo, a crítica de Sêneca à enciclopédia de Alexandria[67]: "quarenta mil livros" que não passam de "belíssimo monumento de opulência régia"[68]. Na categoria do "ócio indolente", Sêneca inclui o aprendizado "de inutilidades"[69]. Nas *Cartas a Lucílio* aconselha o comedimento na leitura e na escrita e denuncia conhecimentos que são "supérfluos"[70]. Numa palavra, *uteis* são os conhecimentos que têm caráter "etopoético", isso é, que produzem "ethos", que conduzem à conduta ética. "Armadura" e "equipamento"

---

[62] Foucault (2001, p. 240. Trad. bras., 2004, p. 305).

[63] Foucault (2001, p. 198. Trad. bras., 2004, p. 254).

[64] Foucault (2001, p. 248. Trad. bras., 2001, p. 314). A respeito desse tema, além de numerosas outras passagens, veja-se, principalmente, toda a primeira hora da aula do dia 10 de fevereiro, p. 197-214 e a primeira aula do dia 17 de fevereiro, p. 237-255; trad. bras., p. 254-273 e p. 301-323.

[65] Foucault (2001, p. 214. Trad. bras., 2004, p. 273).

[66] Cf. Foucault (2001, toda a segunda hora da aula do dia 10 de fevereiro, p. 220-233. Trad. bras., 2004, p. 281-297).

[67] Foucault (2001, p. 249-250. Trad. bras., 2004, p. 316).

[68] Cf. Sêneca (trad. bras.,1994, IX,5, p. 45-47).

[69] Sêneca (trad. bras., 1993, XIII, 1, p. 43).

[70] Sêneca (trad. bras., 2008, *Carta* LXXXVII, p. 80-83. *Carta* LXXXVII, p. 84-89).

(*parasqueuê*), *meditação* como "treinamento", assim também os *conhecimentos úteis* que produzem "a transformação do *logos* em *ethos*"[71]. Ora, juntar *"logos"* e *"ethos"* é novamente reunir conhecimento e cuidado, agregar o plano do enunciado que está no âmbito dos *dizeres* e o plano do perceptível que está no âmbito dos *olhares*; em outras palavras, é *fazer* a verdade que se *diz*, é *parresia*, dizer-verdadeiro, franco-falar. Mas esse é tema para outra reflexão.

* * *

Fazer da vida, *obra*: arte de si, arte da vida. *Tékhne tou bíou*: arte da vida, estética da existência.[72] Eis, a nosso ver, a redefinição que Foucault propõe como nova perspectiva histórica geral e para a história da filosofia em particular. Não, é claro, a transposição impossível de uma época "de ouro" do cuidado de si para os nossos tempos, mas a reabilitação, essa sim possível, de um ângulo que permanecera obscurecido, a ser tomado como prisma e fio condutor da tradição filosófica. Isso significa – como disse F. Gros em texto inicialmente citado – "exacerbar" hoje, a injunção socrática do cuidado de si. Isso significa ainda – como propusemos em nossa epígrafe – reformular a questão que fora apropriada aos filósofos helenistas e apropriá-la a nós: "de que modo pode o sujeito agir como convém, ser como deve, na medida em que não apenas conhece a verdade, mas na medida em ele a diz, pratica e exerce?"[73]

Referências

EPICURO. *Carta sobre a felicidade (a Meneceu)*. Tradução e apresentação de Álvaro Lorencini e Enzo Del Carratore. Edição bilíngue. São Paulo: Unesp, 2002.

FOUCAULT, Michel. *Histoire de la sexualité* – Le Souci de soi. Paris: Gallimard, 1984.

FOUCAULT, Michel. *História da sexualidade* – O Cuidado de si. Tradução de Maria Thereza da Costa Albuquerque. Revisão técnica de José Augusto Guilhon Albuquerque. Rio de Janeiro: Graal, 1985.

---

[71] Foucault (2001, p. 312. Trad. bras., 2004, p. 394).

[72] Cf. Foucault (2001, entre muitas passagens, p. 84, p. 171-172, p. 197, p. 428-430. Trad. bras., 2004, p. 107, p. 219-220, p. 253, p. 542-544).

[73] Foucault (2001, p. 304. Trad. bras., 2004, p. 385).

FOUCAULT, Michel. *L'Herméneutique du sujet* – Cours au Collège de France (1981-1982). Édition établie sous la direction de François Ewald et Alessandro Fontana, par Frédéric Gros. Paris: Gallimard/Seuil, 2001.

FOUCAULT, Michel. *A Hermenêutica do sujeito*. Tradução de Márcio Alves da Fonseca e Salma Tannus Muchail. São Paulo: Martins Fontes, 2004.

GROS, Frédéric. À propos de l'Herméneutique du sujet. In: Le Blanc, Guillaume et Terrel, Jean (orgs.). *Foucault au Collège de France* – un itinéraire. Bordeaux: Presses Universitaires de Bordeaux, 2003, p. 149-163.

MARCO AURÉLIO. *Meditações*. Tradução e notas de Jaime Bruna. Coleção Os Pensadores. São Paulo: Abril Cultural, 1973.

SÊNECA. *Sobre a brevidade da vida*. Tradução, introdução e notas de William Li. Edição bilíngue. São Paulo: Nova Alexandria, 1993.

SÊNECA. *Sobre a tranquilidade da alma* e *Sobre o ócio*. Tradução, notas e apresentação de José Rodrigues Seabra Filho. Edição bilíngue. São Paulo: Nova Alexandria, 1994.

SÊNECA. *Cartas a Lucílio*. In: *Aprendendo a viver*. Tradução de Lúcia Sá Rebello e Ellen Itanajara Neves Vranas. Porto Alegre: L&PM, 2008.

Entre Édipos e *O Anti-Édipo*:
estratégias para uma vida não-fascista

Sílvio Gallo

> *A alegria é a prova dos nove.*
> *Só a antropofagia nos une.*
> OSWALD DE ANDRADE, Manifesto Antropófago, 1928.

O riso contra o fascismo

No início dos anos 1940, Oswald de Andrade escreveu, a pedido de Edgard Cavalheiro, um texto intitulado *Meu Testamento*, que seria publicado em 1944. no livro organizado por esse último, com o título *Testamento de uma geração*. Logo no início, o poeta destacou que:

> Ser contra uma determinada moral ou estar fora dela não é imoral. Atacar com saúde os crepúsculos de uma classe dominante não é de modo algum ser pouco sério. O sarcasmo, a cólera e até o distúrbio são necessidades de ação e dignas operações de limpeza, principalmente nas eras de caos, quando a vasa sobre, a subliteratura trona e os poderes infernais se apossam do mundo em clamor. (ANDRADE, 1978, p. 23)

Em épocas em que grassa o fascismo – não necessariamente o grande fascismo, o fascismo de Estado, mas aquele fascismo cotidiano do qual somos todos, a um só tempo, vítimas e agentes –, é urgente que se construa uma outra moral. Não se deixar levar pela vaga dominante, não sucumbir. Ao contrário, produzir novas formas de se relacionar: consigo mesmo, com os outros, com o mundo. Para Oswald de Andrade, o antídoto ao fascismo está no humor; afinal, "a alegria é a prova dos nove", como proclamou em seu *Manifesto Antropófago*, de 1928, no qual afirmou, ainda, que "só a antropofagia nos une". Frase emblemática: o que nos une não são laços de classe ou de sangue; o que nos une é a prática de honrar o inimigo ao devorá-lo, incorporando em si mesmo suas boas qualidades. O que nos une é uma moral que não nega o outro, como a moral fascista, mas uma moral que afirma a si mesmo e ao outro. Uma moral submetida à prova suprema do humor.

Se inicio este texto com Oswald de Andrade e o programa moral de colocar o riso contra o fascismo é porque não me parece ser outra a intenção dos filósofos Michel Foucault, Gilles Deleuze e Félix Guattari, na década de 1970: a produção de uma moral não-fascista, a construção de um programa ético que nos possibilite agir em relação a nós mesmos, em relação aos outros, em relação ao mundo de um modo libertário; em outras palavras, traçando estratégias para uma vida não-fascista.

Em torno de uma filosofia *menor*

Em 1972, Gilles Deleuze e Félix Guattari lançaram sua primeira obra conjunta: *O Anti-Édipo – capitalismo e esquizofrenia*. Sob o impacto dos acontecimentos do maio de 68, a dupla de intelectuais apresentava ali propostas de novas leituras sobre os processos de subjetivação, sobre as ações políticas. O livro recebeu muito destaque na imprensa francesa quando de seu lançamento e pode ser considerado um "sucesso de vendas" no campo da filosofia e das ciências humanas.[1] No entanto, o grande debate em torno da obra foi motivado especialmente pelas ácidas críticas que recebeu, seja da esquerda marxista, seja dos meios psicanalíticos.

Na biografia cruzada que escreveu de Deleuze e Guattari, o historiador François Dosse destacou que Foucault foi um dos poucos entusiastas com o livro desde seu aparecimento:

> Mas a obra, que não tem senão detratores, encontra um aliado de peso com Michel Foucault. O Anti-Édipo reveste-se, a seus olhos, de um estatuto de todo singular, aquele de um puro acontecimento que excede o objeto livro, de uma fulguração que deve ser apreciada por sua faculdade afectante: "O Anti-Édipo, que não se referia, que praticamente não se referiu a nada mais que à sua própria e prodigiosa inventividade teórica; livro, ou melhor, coisa, acontecimento, que conseguiu deixar rouco, até na prática

---

[1] Conforme Dosse (2007, p. 299), *O Anti-Édipo* vendeu na França 63.000 exemplares, entre seu lançamento em 1972 e o início de 2007.

mais cotidiana, esse murmúrio, por tanto tempo ininterrupto, que passou do divã para a poltrona".² Entusiasta, Foucault redige o prefácio da edição americana da obra, publicada em 1977. (DOSSE, 2007, p. 261)

Foucault parece ter sido mesmo muito impactado pela leitura dessa obra. No ciclo de conferências que proferiu na PUC do Rio de Janeiro em maio de 1973, recorreu a ela para propor uma leitura de natureza política (e não psicanalítica) da tragédia de Sófocles, para, a partir dela, realizar uma espécie de "história política do conhecimento". Depois, ao escrever o prefácio para a edição norte-americana do livro de seus colegas franceses, em 1977, referiu-se a ele como uma espécie de "introdução à vida não-fascista".

O propósito deste meu texto é o de seguir as pistas e provocações de Foucault a partir do livro de Deleuze e Guattari, fazendo a crítica dos fascismos cotidianos e identificando as possíveis estratégias para uma vida não-fascista.

A tese que procuro desenvolver aqui não estará amparada na obra "canônica" de Foucault, mas em sua produção *marginal*: artigos, conferências, cursos, entrevistas. Buscarei uma filosofia *menor* em suas produções *menores*.³ A hipótese é: a preocupação ético-política permeia a obra de Foucault do início ao final. Não é apenas nos cursos do início da década de 1980 ou nos volumes 2 e 3 de sua *História da Sexualidade* que Foucault voltou-se para a ética do cuidado de si. Embora esse conceito só apareça em sua produção do início da década de 1980, quando ele o descobre em suas pesquisas sobre os antigos, tal preocupação já estava presente antes, ao menos em textos e conferências do início dos anos 1970, como nas conferências que fez na PUC-Rio em 1973. E dizem respeito a como produzir uma "vida não-fascista".

Como indícios, poderíamos tomar, por exemplo, a entrevista de 20 de janeiro de 1984, publicada com o título *A ética do cuidado de si como prática da liberdade*, cujo final é explícito:

> Esta tarefa [a de advertir dos perigos do poder] sempre foi uma grande função da filosofia. Em sua vertente crítica – entendo crítica no sentido

---

² Afirmação de Foucault na aula de 7 de janeiro de 1976, em seu curso no *Collège de France*. Citada aqui na edição brasileira: Foucault (1999, p. 9-10).

³ Filosofia *menor* tomada no sentido que Deleuze e Guattari dão ao termo "menor", em obras como *Kafka, por uma literatura menor* (1975) e *Mil Platôs* (1980); nessa última, especialmente no *Tratado de Nomadologia*.

> amplo – a filosofia é justamente o que questiona todos os fenômenos de dominação em qualquer nível e em qualquer forma com que eles se apresentem – política, econômica, sexual, institucional. Essa função crítica da filosofia decorre, até certo ponto, do imperativo socrático: "Ocupa-te de ti mesmo", ou seja: "Constitua-te livremente, pelo domínio de ti mesmo". (FOUCAULT, 2004a, p. 287)

Ora, o que afirma Foucault ali é que o princípio ético do cuidado consigo mesmo é o que funda a possibilidade do exercício da liberdade; ou, em outras palavras, que é o domínio de si que funda a possibilidade de uma política que não esteja calcada no domínio do outro.

Por outro lado, o filósofo também compreendeu sua obra como intervenções e como ferramentas políticas, possibilidades de intervenção nos jogos de poder, como podemos ler numa outra entrevista, essa de 1975, concedida a Roger Pol-Droit:

> Meu discurso é, evidentemente, um discurso de intelectual e, como tal, opera nas redes de poder em funcionamento. Contudo, um livro é feito para servir a usos não definidos por aquele que o escreveu. Quanto mais houver novos usos, possíveis, imprevistos, mais eu ficarei contente.
>
> Todos os meus livros, seja História da loucura seja outro podem ser pequenas caixas de ferramentas. Se as pessoas querem mesmo abri-las, servirem-se de tal frase, de tal ideia, tal análise como de uma chave de fenda, ou de uma chave-inglesa, para produzir um curto-circuito, desqualificar, quebrar os sistemas de poder, inclusive, eventualmente, os próprios sistemas de que meus livros resultaram... pois bem, tanto melhor! (POL-DROIT, 2006, p. 52)

Assim, não se trata, para Foucault, apenas de um trabalho sobre si mesmo (ética); trata-se também de um trabalho sobre o outro (política), mas de um trabalho sobre o outro que não seja uma dominação fascista do outro. A prática da liberdade como sendo a prática de uma vida não-fascista. Um *convite* a uma vida não-fascista, uma vez que a imposição de uma "vida não-fascista" não deixaria de ser um ato fascista...

O Anti-Édipo: a luta contra o fascismo como ética e política

Em 1972, Deleuze e Guattari publicaram na França *O Anti-Édipo: capitalismo e esquizofrenia*, talvez o principal programa ético-político pós-Maio de 1968. No prefácio que escreveu para a primeira edição norte americana cinco anos depois, Foucault denominou-o como "uma introdução à vida não-fascista" e identificou os três inimigos contra os quais o livro foi escrito:

> a. os "ascetas políticos", isso é, os burocratas da revolução e funcionários da verdade, aqueles que fazem da revolução sua profissão e sua profissão de fé;
>
> b. os "técnicos do desejo", isso é, os psicanalistas e semiólogos, que reduzem a multiplicidade do desejo ao binarismo da estrutura e da falta;
>
> c. o fascismo, sobretudo o fascismo do cotidiano, que está em todos nós. (FOUCAULT, 1996a)

A continuidade desse projeto encontraremos nas obras seguintes de Deleuze e Guattari, especialmente em *Kafka, por uma literatura menor* (1975) e em *Mil Platôs* (1980). Para o momento, porém, fiquemos com a obra prefaciada por Foucault. De modo muito esquemático, podemos dizer que em *O Anti-Édipo* Deleuze e Guattari tentaram demonstrar o que segue:

1. Édipo não representa uma "verdade atemporal" do desejo, tal como propôs Freud ao formular o "complexo de Édipo":

> *Indecidível, virtual, reativo ou reacional*, assim é Édipo. Não é mais que uma formação reacional. Reacional à produção desejante: é um grande erro considerar essa formação por ela mesma, abstratamente, independentemente do fator atual que coexiste com ela e ao qual ela reage. Entretanto, é o que faz a psicanálise, fechando-se em Édipo e determinando progressões e regressões em função de Édipo, ou mesmo em relação a ele. (DELEUZE; GUATTARI, 1976, p. 167)

2. Tampouco representa uma "verdade histórica" do desejo.
3. O complexo de Édipo, tal como posto por Freud, consiste numa certa maneira de *conter o desejo*, um instrumento de poder nas mãos do analista, para que o desejo não escape para o mundo.
4. Édipo é um instrumento psicanalítico para confinar o desejo como um drama da família burguesa.
5. A psicanálise consiste, assim, num instrumento de re-familiarização, de familiarização forçada.

Em suma, "Não se trata de dizer que Édipo é uma falsa crença, mas que a crença é necessariamente alguma coisa de falso, que desvia e sufoca a produção efetiva [...] Quando referimos o desejo a Édipo, condenamo-nos a ignorar o caráter produtor do desejo; nós o condenamos a sonhos vagos ou imaginações..." (DELEUZE; GUATTARI, 1976, p. 140-141).

Diferentemente de Freud – que toma o inconsciente como um teatro, local de representação –, Deleuze e Guattari propõem que o inconsciente seja visto como uma fábrica, um local de produção. Produção de desejo. Mas acontece que o desejo é revolucionário: ele faz explodir as formações sociais.

> Apesar do que pensam certos revolucionários, o desejo é em sua essência revolucionário – o desejo, não a festa! – e nenhuma sociedade pode suportar uma posição de desejo verdadeiro em que suas estruturas de exploração, de sujeição e de hierarquia sejam comprometidas [...] Portanto, é de importância vital para uma sociedade reprimir o desejo e, até mesmo, achar algo melhor para do que a repressão, para que a repressão, a hierarquia, a exploração, a sujeição sejam desejados. É desagradável ter que dizer coisas tão rudimentares: o desejo não ameaça uma sociedade porque é desejo de deitar com a mãe, mas porque é revolucionário. (DELEUZE; GUATTARI, 1976, p. 153)

É por isso que o desejo precisa ser recalcado, reprimido, e é esse papel social que a psicanálise veio cumprir na sociedade capitalista. Ora, segundo Deleuze e Guattari, o mecanismo de funcionamento do fascismo é aquele de fazer com que "o desejo deseje sua própria repressão" (1980, p. 262); e nisso reside sua força. Se a psicanálise é uma forma burguesa de reprimir o desejo, ela é, então, um empreendimento fascista.

Na perspectiva de Deleuze e Guattari, Freud fez uma leitura moralizante de Édipo, confinando o desejo no esquema burguês de família. Assim, Édipo não consiste no conteúdo secreto do inconsciente, mas num instrumento de poder na relação analista-analisando. Por isso, a proposta ético-política de um *anti*-Édipo: agir em sua própria vida, tanta a "privada" quanto a "coletiva", na direção de uma liberação do desejo, no traçar linhas de fuga em relação à família burguesa e à sociedade capitalista. Potencializar a maquinaria do desejo e não contê-lo na representação familiar.

A luta contra o fascismo, portanto, se dá nessas duas frentes: em nível molecular, contra o fascista que há em cada um de nós, no âmbito ético micropolítico e, em nível molar, contra o "grande fascismo", contra os governantes fascistas, no âmbito de uma macropolítica. Não adianta agir em um desses níveis esquecendo-se do outro. Sobretudo, não adianta querer destruir o político fascista, senão destruímos o pequeno fascista que habita em cada um de nós. Nas palavras de Foucault, "o fascismo que está em todos nós, que ronda nossos espíritos e nossas condutas cotidianas, o fascismo que nos faz gostar do poder, desejar essa coisa mesma que nos domina e explora" (1996a, 199). Por isto, a luta contra o fascismo é, sobretudo, uma luta ética: é preciso conduzir nossa própria vida para longe do gosto pelo poder, para longe do desejo da própria repressão. Uma política não-fascista depende de uma ética não-fascista.

Foucault e uma leitura política de Édipo

Foucault mostrou-se muito impactado pela obra de Deleuze e Guattari, no ciclo de conferências que proferiu na PUC-Rio em 1973, norteadas pela pergunta: "como se puderam formar domínios de saber a partir de práticas sociais?" (1996b, p. 7), como ele evidenciou na primeira conferência. Sua hipótese, para enfrentar tal questão, é a de que há duas histórias da verdade: uma *interna*, como é feita pela história das ciências; e uma *externa*, presente, por exemplo, nas práticas judiciárias (1996b, p. 11). Seu percurso pelas cinco conferências será para demonstrar isto. Ficaremos, porém, restritos aqui à segunda conferência, na qual o filósofo retoma o texto de Sófocles para, influenciado por Deleuze e Guattari, propor uma *leitura política* de Édipo. Sua concordância com as teses dos dois colegas fica ainda mais explícita em uma mesa redonda da qual participaram vários psicanalistas e na qual o debate sobre o tema se impôs (1996b, p. 127-158). Nessa ocasião, Foucault chega a ser incisivo, respondendo a Hélio Pelegrino:

> *Michel Foucault*: Vocês vão achar que sou detestável e têm razão. Sou detestável. Édipo, não o conheço. Quando o senhor diz Édipo é o desejo, não é o desejo, respondo, se o senhor quiser. Quem é Édipo? O que é isso?
>
> *Hélio Pelegrino*: Uma estrutura fundamental da existência humana.
>
> *Michel Foucault*: Então eu lhe respondo em termos deleuzianos – e aqui sou inteiramente deleuziano – que não é absolutamente uma estrutura fundamental da existência humana, mas um certo tipo de *contrainte*, uma certa relação de poder que a sociedade, a família, o poder político, etc., estabelecem sobre os indivíduos. (1996b, p. 131).

Na segunda conferência, Foucault toma *Édipo Rei*, a tragédia de Sófocles, como representativa da imposição de um *mito* que é constituinte da sociedade ocidental e que hoje precisa ser destruído: de que a verdade não pertence ao poder político, que o poder político é cego, de que há antinomia entre *saber* e *poder*. De acordo com Foucault, foi Nietzsche que começou a destruir tal mito, e seu propósito é buscar sua emergência na antiguidade grega, como no texto de Sófocles. Assim ele justificou seu empreendimento:

> Parece-me muito mais interessante recolocar a tragédia de Sófocles numa história da verdade que recolocá-la numa história do desejo, ou no interior de uma mitologia, exprimindo a estrutura essencial e fundamental do desejo. Transferir, então, a tragédia de Sófocles de uma mitologia do desejo, para uma história absolutamente real, histórica, da verdade. (FOUCAULT, 1996, p. 134)

A estrutura da tragédia *Édipo Rei* é, afirma ele, a do símbolo (*simbolon*) grego, forma religiosa e política de garantia de autoridade e exercício do poder: o *simbolon* consiste numa peça de cerâmica que era dividida em duas, cada uma entregue a um portador; só com sua junção é que se atestava a autenticidade de uma mensagem, por exemplo.

Na análise de Foucault, a história de Édipo, tal como contada por Sófocles, representa essa fragmentação e a junção das diversas partes (os vários pares) para se anunciar, ao final, a verdade sobre ele. No texto, Édipo é o *homem do poder*, o que se evidencia pelo fato de que o seu título não é *Édipo, o incestuoso* ou *Édipo, o parricida*, por exemplo, mas *Edipos Tyrannós*. Todo o contexto da peça gira em torno do poder de Édipo e de sua ameaça. O que o assusta, sempre, é a ideia de *perder o poder*.

Édipo é *tyrannós* (tirano), aquele que chega ao poder não por vias naturais, mas após várias aventuras; logo, o exercício do poder é também uma aventura, pois ele está constantemente ameaçado de perdê-lo.[4] Édipo é aquele que toma o poder porque *sabe*, detém um saber: ele foi capaz de derrotar a Esfinge. O tirano é aquele que tem o poder porque *sabe mais* do que os outros. Foucault argumenta que na palavra grega *Édipo* está contido o verbo *oída*, que tem o duplo significado de *saber* e *ver*, isso é, o saber que se obtém pela visão (FOUCAULT, 1996b, p. 46-47).

O saber de Édipo é aquele obtido pela experiência. Ele se anuncia sempre como uma espécie de *piloto*, aquele que governa o barco porque, da proa do navio, o dirige. É porque vê com os próprios olhos que Édipo não quer ouvir os deuses, o Oráculo, nem o poço (os escravos que são testemunhas de sua história). Logo, ele não é aquele que não sabe – expressão do inconsciente – mas aquele que *sabe demais* e por isso *pode* demais. No entanto, tal saber e tal poder acabam por não lhe ser úteis. Na análise de Foucault, a tragédia de Édipo, tal como contada por Sófocles, critica,

---

[4] É importante ressaltar que o tirano foi uma figura comum na política grega do final do século VI a.C. e início do século V a.C.

a um só tempo, o tirano e o sofista, aquele que vende o saber, afirmando que deve haver uma separação entre saber e poder político.

Com essa leitura política do texto de Sófocles, levada a cabo sob o impacto da leitura da obra de Deleuze e Guattari, Foucault toma partido contra a universalização do "complexo de Édipo" e seu uso, fascista, de confinação do desejo, buscando evidenciar as tramas de saber e de poder e as possibilidades de conduzir a própria vida (ética) e a vida pública (política) na direção de uma *vida não-fascista*.

O cuidado de si e uma vida não-fascista

Para concluir, quero apresentar a hipótese de que quando Foucault encontra em suas pesquisas o princípio grego do cuidado de si que o leva a propor, influenciado por Nietzsche, uma ética que seja uma estética da existência, ele encontra aquilo que já buscava no início dos anos 1970 quando, dialogando com Deleuze e Guattari, ensaiava a possibilidade de produção de uma vida não-fascista, de uma vida centrada na produção desejante e que possibilitasse uma ação política outra, para além da lógica fascista dos partidos e dos grupelhos.

Como afirmou Guilherme Castelo Branco, em sua intervenção no *V Colóquio Internacional Michel Foucault*,[5] buscar a vida como obra de arte é buscar uma vida bela e intensa, não de modo isolado, mas na relação com uma "comunidade de iguais"; trata-se da busca de vidas não conformadas, em oposição à estetização burguesa. E esse é um processo que causa uma espécie de *desindividualização*. Desindividualização porque abertura para o coletivo; a ideia do "si mesmo" em Foucault não encontra paralelo com a noção de individualidade burguesa.

Uma tal desindividualização é fruto, penso, de um cuidado de si e não de um "descuido" ou "descuidado de si", como afirmou Castelo Branco na mesma ocasião. Esse último, um certo "descuido de si", é que poderia fazer emergir o fascismo, uma vez que, como afirmou Foucault no prefácio a *O Anti-Édipo*, o fascismo é um inimigo que está em nós, em cada um de nós. Portanto, é necessário o cuidado consigo mesmo, para não permitir

---

[5] Universidade Estadual de Campinas, Instituto de Filosofia e Ciências Humanas, 10 a 13 de novembro de 2008. Ressalto que cito a intervenção de Castelo Branco no Colóquio tal como a ouvi, por não dispor, ainda, de seu texto, o que pode levar-me a equívocos de recepção.

que emirja esse fascista que nos habita. É necessário um árduo trabalho de si sobre si mesmo.

Na entrevista de 1984, *A Ética do Cuidado de Si como Prática da Liberdade*, já citada aqui, Foucault tomou o cuidado de não permitir confundir práticas de liberdade com processos de liberação. Afirmou ele que a noção de liberação pode facilmente conduzir à ideia de uma essência humana, de uma natureza humana, que teria sido mascarada por processos históricos repressivos e que bastaria, então, liberar-se da repressão para reencontrar essa essência, essa natureza, essa liberdade intrínseca (2004a, p. 265-266). Ao contrário, pensa o filósofo que devamos investir em práticas de liberdade, posto que a liberdade é construção, é produzida e praticada a cada momento e não um fundamento ontológico do ser humano. Assim, cuidar de si mesmo, construir-se eticamente é colocar-se a tarefa de lutar contra o fascista que está em cada um de nós; não para "liberar-se" dele, mas para domá-lo, para não permitir que ele emirja no exercício de seu gosto pelo poder.

Foucault afirma que na antiguidade clássica o tema do cuidado de si atravessava todo o pensamento ético, mas que modernamente, com o império ocidental do cristianismo, cuidar de si passou a ser visto como "uma forma de amor a si mesmo, uma forma de egoísmo ou de interesse individual, em contradição com o interesse que é necessário ter em relação aos outros ou com o necessário sacrifício de si mesmo" (2004a, p. 268). Por isso, o cuidado de si corre o risco de ser lido, hoje, como processo de individualização burguesa, na mesma medida em que uma estética da existência ganha a dimensão de um cuidado individual que leva ao culto do corpo nas academias e a uma espécie de "ética minimalista" que professa uma "felicidade *light*", para usar os termos de Gilles Lipovetsky.[6]

Mas, reitera Foucault, o cuidado de si, na vertente grega antiga, não diz respeito ao indivíduo, essa construção eminentemente moderna, burguesa. O cidadão grego ou o cidadão romano viviam em comunidades, em coletividades e, assim, cuidar de si era também cuidar dos outros.

> O cuidado de si é ético em si mesmo; porém, implica relações complexas com os outros, uma vez que este *êthos* da liberdade é também uma maneira de cuidar dos outros; por isso é importante, para um homem livre que se conduz adequadamente, saber governar sua mulher, seus filhos, sua casa. Nisso também reside a arte de governar. O *êthos* também permite ocupar

---

[6] A esse respeito, sugiro consultar Lipovetsky (2004 e 2005), que procura analisar "o crepúsculo do dever e a ética indolor dos novos tempos democráticos".

> na cidade, na comunidade ou nas relações interindividuais o lugar conveniente – seja para exercer uma magistratura ou para manter relações de amizade. Além disso, o cuidado de si implica também a relação com um outro, uma vez que, para cuidar bem de si, é preciso ouvir as lições de um mestre. Precisa-se de um guia, de um conselheiro, de um amigo, de alguém que lhe diga a verdade. Assim, o problema das relações com os outros está presente ao longo deste desenvolvimento do cuidado de si. (FOUCAULT, 2004a, p. 270-271)

Perceba-se que se trata de um cuidado com o outro que não é uma forma de dominação, de exploração; quando alguém cuida de si, cuida também do outro, uma vez que seu bem-estar está intimamente relacionado ao bem-estar do outro e vice-versa.[7] Daí Foucault haver concluído essa entrevista afirmando que a tarefa crítica da filosofia consiste em alertar em relação aos perigos do poder[8]; com isso, ele reencontrou aquilo que já havia afirmado em 1977, quando escreveu o prefácio a *O Anti-Édipo* e destacou que um dos princípios de uma vida não-fascista era justamente: "Não se apaixonem pelo poder" (1996a, p. 200).

Uma outra entrevista desse mesmo ano – intitulada *Uma Estética da Existência* e publicada no *Le Monde* em 15-16 de junho de 1984 – nos fornece um outro elemento interessante, quando apresenta a noção de sujeito como produção (o que Guattari chamaria de "produção de subjetividades"):

> [...] penso efetivamente que não há um sujeito soberano, fundador, uma forma universal de sujeito que poderíamos encontrar em todos os lugares. Sou muito cético e hostil em relação a essa concepção de sujeito. Penso, pelo contrário, que o sujeito se constitui através das práticas de sujeição ou, de maneira mais autônoma, através de práticas de liberação, de liberdade, como na Antiguidade – a partir, obviamente, de um certo número de regras, de estilos, de convenções que podemos encontrar no meio cultural. (FOUCAULT, 2004b, p. 291)

Assim, um era o sujeito do cuidado de si no mundo antigo, outro é o sujeito do cuidado de si na contemporaneidade. Na antiguidade, eram outras as práticas de sujeição e de liberação; hoje, elas passam pelos processos de individualização da sociedade capitalista moderna.

---

[7] É bem verdade que toda esta discussão sobre as comunidades antigas não pode escamotear o fato de que elas estavam sustentadas na prática da escravidão e que os escravos não eram partícipes destas comunidades, na medida em que eram tomados meramente como instrumentos.

[8] Ver o trecho final da entrevista, citado no início deste texto.

Ora, essas duas entrevistas de Foucault nos ajudam a compreender a noção de cuidado de si e o cuidados necessários para sua aplicação ao mundo contemporâneo. A armadilha para o cuidado de si numa sociedade burguesa tributária da tradição cristã é a de tomá-lo de modo individualizado. Mas o filósofo nos mostra que não era assim que o cuidado de si era tomado na antiguidade, uma vez que a noção de sujeito era outra, que não passava pela individualização burguesa. Por isso, em nossa sociedade, falar em cuidado de si como prática da liberdade, em cuidado de si como exercício de uma vida não-fascista, passa pela desconstrução da noção burguesa de indivíduo. Penso que essa tese fica mais evidente se compreendermos a lógica da desindividualização através do conceito deleuziano de *singularidades*, que são impessoais e pré-individuais. Em *Lógica do Sentido*, obra de 1969, podemos ler:

> As singularidades são os verdadeiros acontecimentos transcendentais: o que Ferlinghetti chama de "a quarta pessoa do singular". Longe de serem individuais ou pessoais, as singularidades presidem à gênese dos indivíduos e das pessoas: elas se repartem em um "potencial" que não se comporta por si mesmo nem em Ego (*Moi*) individual, nem Eu (*Je*) pessoal, mas que os produz atualizando-se, efetuando-se, as figuras desta atualização não se parecendo em nada ao potencial efetuado. É somente uma teoria dos pontos singulares que se acha apta a ultrapassar a síntese da pessoa e a análise do indivíduo tais como elas são (ou se fazem) na consciência. Não podemos aceitar a alternativa que compromete inteiramente ao mesmo tempo a psicologia, a cosmologia e a teologia: ou singularidades já tomadas em indivíduos e pessoas ou o abismo indiferenciado. Quando se abre o mundo pululante das singularidades anônimas e nômades, impessoais, pré-individuais, pisamos, afinal, o campo do transcendental. (DELEUZE, 1998, p. 105-106)

O conceito deleuziano coloca a singularidade para além e para aquém da noção de consciência, que funda tanto o indivíduo quanto a pessoa. Afirmar-se pessoa, afirmar-se indivíduo, é resultado de um trabalho da consciência sobre si mesma. Mas a consciência é já resultado de uma produção social. Os processos de subjetivação no mundo capitalista, centrados na consciência, produzem indivíduos e pessoas, que recobrem as singularidades originárias.

O indivíduo, célula da comunidade burguesa, é sujeito resultante de um exercício fascista, de personalização e individualização de singularidades nômades; um cuidado de si aplicado a tal sujeito resulta no exercício de um narcisismo que despreza o outro, resulta numa prática política fascista. Mas se, por outro lado, pensamos numa comunidade de iguais, libertária, ela só pode ser composta por singularidades, não por indivíduos. As singularidades são iguais no exercício de suas diferenças e, como mostra Deleuze, são presididas pela lógica da conexão. Como dizia Oswald de Andrade, "só a antropofagia nos une". As singularidades podem se territorializar como indivíduos, resultantes de um processo de subjetivação, mas podem permanecer motores nômades de produção de diferenças, produzindo comunidades libertárias.

Se pensarmos o conceito do cuidado de si aplicado a singularidades, não a indivíduos, a figura é completamente outra. Podemos reencontrar, aqui, o sentido do conceito na antiguidade, sem, no entanto, tomá-lo como mera repetição do mesmo. Se há um sentido em se pensar o cuidado de si como princípio ético de uma vida não-fascista, penso que seja esse. A ética do cuidado de si é a ética do fazer de si mesmo um não-fascista; a política, como cuidado do outro, é a arte de produzir, coletivamente, uma vida não-fascista, tomando distância do poder como instrumento puramente de dominação.

Para finalizar, retomemos a ideia que abriu este texto: aquela do riso contra o fascismo. Foucault concluiu seu prefácio afirmando que

As armadilhas de O Anti-Édipo são as do humor: convites a se deixar expulsar, a abandonar o texto batendo a porta. O livro faz pensar com frequência que só há humor e jogo ali onde entretanto algo de essencial se passa, algo que é da maior seriedade: o banimento de todas as formas de fascismo, desde aquelas, colossais, que nos envolvem e nos esmagam, até as formas miúdas que fazem a amarga tirania de nossas vidas cotidianas. (FOUCAULT, 1996a, p. 200).

E no próprio livro prefaciado podemos ler: "Renunciando ao mito, trata-se de repor um pouco de alegria, um pouco de descoberta na psicanálise..." (DELEUZE; GUATTARI, 1976, p. 147). Pois é, parece que Oswald de Andrade tinha mesmo razão: na luta contra o fascismo, a alegria é a prova dos nove...

Referências

ANDRADE, Oswald de. *Do Pau Brasil à Antropofagia e às Utopias* (Obras Completas, v. 6). 2ª ed. Rio de Janeiro: Civilização Brasileira, 1978.

DELEUZE, Gilles. *Lógica do Sentido*. 4ª ed. São Paulo: Perspectiva, 1998.

DELEUZE, Gilles; GUATTARI, Félix. *O Anti-Édipo*. Rio de Janeiro: Imago, 1976.

DELEUZE, Gilles; GUATTARI, Félix. *Kafka:* por uma literatura menor. Rio de Janeiro: Imago, 1977.

DELEUZE, Gilles; GUATTARI, Félix. *Mille Plateaux*. Paris: Minuit, 1980.

DOSSE, François. *Gilles Deleuze et Félix Guattari* – biographie croisée. Paris: La Découverte, 2007.

FOUCAULT, Michel. O Anti-Édipo: uma introdução à vida não-fascista. *Cadernos de Subjetividade*. São Paulo, número especial, junho de 1996a, p. 197-200.

FOUCAULT, Michel. *A Verdade e as Formas Jurídicas*. Rio de Janeiro: NAU/PUC-Rio, 1996b.

FOUCAULT, Michel. *Em Defesa da Sociedade*. São Paulo: Martins Fontes, 1999.

FOUCAULT, Michel. A Ética do Cuidado de Si como Prática da Liberdade. In: *Ditos e Escritos V*. Rio de Janeiro: Forense Universitária, 2004a, p. 264-287.

FOUCAULT, Michel. Uma Estética da Existência. In: *Ditos e Escritos V*. Rio de Janeiro: Forense Universitária, 2004b. p. 288-293.

LIPOVETSKY, Gilles. *Metamorfoses da cultura liberal* – ética, mídia, empresa. Porto Alegre: Sulina, 2004.

LIPOVETSKY, Gilles. *A Sociedade Pós-Moralista*. São Paulo: Manole, 2005.

POL-DROIT, Roger. *Michel Foucault – entrevistas*. Rio de Janeiro: Graal, 2006.

Os investimentos em "capital humano"

Susel Oliveira da Rosa

Num cenário em que a espécie já fazia parte do jogo das estratégias políticas há um bom tempo, Michel Foucault, no curso de 1979, percebia os deslocamentos contemporâneos e as novas capturas biopolíticas ao mostrar como a racionalidade governamental havia tomado por jogo o planeta inteiro, agindo sobre o ambiente social e transformando o modelo econômico num modelo de existência. Foucault dizia que os críticos que denunciavam a sociedade como uma sociedade do consumo, uniformizadora, de massa, do espetáculo, se enganavam, pois criticavam algo que esteve no horizonte das artes de governar dos anos 20 aos anos 60 do século passado. Não estamos mais aí, afirmava o filósofo. Trata-se agora de obter uma sociedade indexada, não na mercadoria, mas sim na multiplicidade e na diferenciação das empresas. Desde os anos 1960, assistimos ao crescimento de uma sociedade empresarial (Foucault, 2008).

O que é uma casa individual, senão uma empresa? Administrar não é uma das nossas metáforas preferidas atualmente? Administrar a vida, a casa, administrar os horários das crianças, o casamento (ou a relação). Não mais a fábrica disciplinar com seus horários rígidos, mas o trabalho estendido além do horário comercial, em casa, na rua, no domingo, no feriado (o telefone celular que nos acompanha em qualquer lugar, as correspondências eletrônicas que não cessam de chegar, anunciando, muitas vezes, os trabalhos pendentes ou a realizar).

Sociedade empresarial em que o Estado de direito e as forças de lei servem apenas para formalizar a ação do governo como "um prestador de regras para um jogo econômico em que os únicos parceiros e os únicos agentes reais devem ser os indivíduos, ou, digamos, se preferirem, as empresas" (ibidem, p. 238). Nesse jogo, o *Homo œconomicus* neoliberal não é mais um parceiro da troca, é um empresário de si mesmo, ele próprio é seu capital, a fonte de sua renda" (ibidem, p. 311).

Ou seja, no final da década de setenta, Michel Foucault dizia aos seus alunos no *Collège de France* que vivíamos em uma sociedade empresarial formada por empresas que administram capital – *capital humano*. Capital humano de sujeitos econômicos ativos. Afinal, não é assim que os trabalhadores são definidos atualmente: como sujeitos econômicos ativos? As pessoas trabalham por um salário que nada mais é do que uma renda. Do ponto de vista do trabalhador, o salário não é o preço de venda da sua força de trabalho, é uma renda. Renda que é simplesmente o produto ou o rendimento de um capital. Logo, "capital" é tudo que pode ser, de uma maneira ou outra, uma fonte de renda futura. E o capital de que o salário é a renda, nada mais é do que o conjunto de todos os fatores físicos e psicológicos que tornam uma pessoa capaz de ganhar esse ou aquele salário. Sendo assim, o trabalho comporta uma aptidão; como dizem os economistas desde os anos 1970: é uma "máquina" (ibidem, p. 308).

Máquina constituída pelo trabalhador e sua competência. Aliás, trata-se de uma verdadeira miscelânea de competências a serem desenvolvidas por todos: da gestão de recursos humanos nas empresas à problematização da aprendizagem através das competências, ou ainda a interação humana focada no desenvolvimento das competências emocionais e coletivas. Competências que visam produzir pessoas "saudáveis, sadias e produtivas". Ou melhor, sujeitos flexíveis e adaptados.

Máquinas remuneradas por uma série de salários, que serão relativamente baixos quando ela começa a ser utilizada – quando os jovens entram no mercado de trabalho –, salários que depois irão aumentar – quando estivermos no auge da nossa idade/capacidade produtiva –, e mais tarde diminuirão novamente, com a obsolescência da própria máquina ou o envelhecimento do trabalhador – com o aparecimento dos cabelos brancos e rugas, o mercado fica mais restrito, dispensando aqueles que passaram da "idade produtiva", como Costa Gravas, ironicamente, mostra no longa-metragem *O Corte*.

Se a análise econômica clássica não tomou a si o elemento trabalho, os neoliberais o fizeram. E a partir do momento que o fizeram, foram levados a estudar a maneira como se constitui e acumula esse capital humano, e isso lhes possibilitou aplicar as análises econômicas a campos e áreas que são totalmente novos (ibidem, p. 312).

Pois bem, esse capital humano é composto de quê?, instiga-nos Foucault. Ele é composto, de acordo com os economistas neoliberais citados por Foucault, de elementos inatos e de outros adquiridos, de "recursos raros para fins alternativos". "Ora, é evidente que não temos que pagar para ter o corpo que temos, ou que não temos de pagar para ter o equipamento genético que é o nosso. Isso tudo não custa nada. Bem, não custa nada – será mesmo?" (ibidem, p. 313).

Se não custa nada, por que, então, o genoma humano foi declarado pela Unesco patrimônio da humanidade, em 1997, através da "Declaração Universal sobre o Genoma Humano e os Direitos Humanos". Declaração que, em seu artigo primeiro, define o genoma como "o legado simbólico da Humanidade". Patrimônio sobre o qual empresas e países investem bilhões em pesquisas, desde o final dos anos oitenta com a inauguração do "Projeto Genoma Humano", nos EUA – uma década após o início das intensas discussões dos economistas sobre os investimentos em capital humano[1]. Projeto ao qual inúmeros países se juntaram e dentre eles o Brasil, um dos que mais investe em pesquisas.

Pesquisas e investimentos que possibilitam, por exemplo, "reconhecer os indivíduos de risco e o tipo de risco que os indivíduos correm ao longo de sua existência. Ou ainda prever o comportamento futuro de pessoas, até então, aparentemente saudáveis e normais. Trata-se de incrementar, produzir, localizar bons equipamentos genéticos", como enfatiza Foucault (ibidem, p. 313).

E o que se fará quando os riscos forem reconhecidos? Aperfeiçoam-se os "equipamentos genéticos"? Relegam às pessoas esse ou aquele trabalho? Filmes como *Gattaca – a experiência genética* ou *Código 46* não serão mais ficção?

O artigo sexto da "Declaração Universal sobre o Genoma Humano" diz que "ninguém poderá ser discriminado com base nas suas características genéticas de forma que viole ou tenha o efeito de violar os direitos

---

[1] Dentre os economistas citados por Foucault, o professor de economia da Universidade de Chicago, Theodor W. Schultz, foi quem abriu o campo às pesquisas sobre *capital humano*, ainda no final dos anos 1950. Schultz recebeu o Prêmio Nobel de Economia em 1979, autor do livro *Investment in Human Capital*. Ou ainda, M. Riboud e F. Hernandez Iglesias, com *La Théorie du capital humain: um retour aux classiques*. E também Gary Becker, prêmio Nobel em 1992, autor, entre outros, de *The Economic Approach to Human Behavior*.

humanos, as liberdades fundamentais e a dignidade humana"[2]. Logo, é do corpo genético da população que a declaração trata. Esse corpo que é agora capturado, circunscrito, devassado. Em nome, é claro, dos cuidados e investimentos na espécie.

Investimentos que financiam pesquisas que se propõem a explicar, por exemplo, o transexualismo em mulheres – esse é o tema dos pesquisadores da Universidade de Viena, que atribuem o transexualismo a uma variação, a uma modificação – ou seja, a uma anomalia – em um gene específico que acarreta uma "concentração, acima do normal, de hormônios sexuais masculinos e femininos nos tecidos". Condição que, segundo os pesquisadores, afeta o desenvolvimento do cérebro, principalmente do cérebro das mulheres, já que atinge muito mais a essas que aos homens[3].

Cuidados, por exemplo, que incentivam a localização de "genes candidatos". Refiro-me aqui a uma matéria publicada na primeira semana de outubro de 2008, no *Jornal da Unicamp*, com chamada de capa intitulada "Rastreando os genes candidatos". Trata-se de uma entrevista com um pesquisador do Instituto de Biologia (IB) da Universidade Estadual de Campinas. Pesquisador que é considerado um dos maiores especialistas em genética, performance física e *doping* genético do país, convidado a pós-doutorar-se na Universidade da Califórnia, após ser premiado por suas pesquisas sobre DNA e problemas cardiovasculares. Diz o pesquisador Rodrigo Dias: "com o avanço das técnicas de biologia molecular, a leitura do código do DNA humano tornou-se rotina dentro dos grandes laboratórios de genética. Dentro desse contexto, a ciência vem investindo no chamado 'rastreamento dos genes candidatos'" (*Jornal da Unicamp*, n. 411, p. 5-6). Candidatos a doenças, a deficiências futuras, deficiências a serem corrigidas.

Futuramente, um pai levará um filho de um mês de idade ao médico e esse irá retirar uma amostra de sangue e solicitar o mapa genético da criança. A identificação prévia de mutações nos códigos de alguns genes permitirá estimar o risco relativo de o bebê desenvolver determinada doença. O alerta, ainda de acordo com o pesquisador, poderá resultar numa "conduta preventiva".

---

[2] O texto integral da Declaração está disponível no *site* da Unesco no Brasil: http://www.brasilia.unesco.org/publicacoes/livros/genoma. Acessado em 17 de dezembro de 2008.

[3] A matéria "Variação genética 'pode explicar' transexualismo em mulheres", publicada no *site* da BBC-Brasil, está disponível em: http://www.bbc.co.uk/portuguese/reporterbbc/story/2008/07/080731_transexualgenevariante_fp.shtml. Acessada em 17 de dezembro de 2008.

"Conduta preventiva". Quais foram historicamente os resultados ou as ações de condutas preventivas num mundo em que, de acordo com Hannah Arendt, "as palavras perderam seu poder" (2004, p. 12)?

Atualmente, o mesmo pesquisador conta que participa de um projeto de pós-doutoramento com o objetivo de rastrear o genoma de pacientes hipertensos. Mas diz que não pode fornecer mais informações acerca desse projeto. "Impedido de fornecer detalhes por se tratar de um grande projeto temático, o pesquisador revela somente que está envolvido com uma nova tecnologia, capaz de trazer resultados fabulosos, a ponto de tornar mais palpável a ideia do mapa genético", escreve o jornalista Luis Sugimoto (*Jornal da Unicamp*, n. 411, p. 5).

"Resultados fabulosos". "Conduta preventiva". "Recursos raros".

Quanto ao *doping* genético, o pesquisador diz que os cientistas já estão identificando os genes que podem tornar o homem mais veloz e resistente: duzentos desses genes estão cotados para serem usados como *doping* genético. Super-homem? Mulher-biônica? Incrível-Hulk? Os mutantes do X-Men? Quem sabe?

Doping genético efetuado a partir da "manipulação dos níveis de uma substância no sangue, como a testosterona e a eritropoietina (EPQ), que pode ser feita com o uso da proteína recombinante – uma droga sintética produzida em laboratório – ou com a "transfecção" de um gene que contenha o código específico para produzir esses hormônios no organismo do atleta" (ibidem). Sendo que uma das vantagens do *doping* genético, anunciada pelo pesquisador, seria a possibilidade de introduzir genes em grupos musculares específicos, como as pernas de um jogador de vôlei, oferecendo mais potência no salto.

O pesquisador lembra ainda que sua formação básica foi feita na FEF – Faculdade de Educação Física da Unicamp. Diz ter sido lá que se encantou com a área científica, indo fazer pesquisas no Instituto de Biologia. Desde a faculdade nutre, então, o desejo de potencializar a capacidade dos atletas e seu desempenho físico.

Potencializar o desempenho, desenvolver competências, gerir os riscos. Para Foucault, poderíamos fazer uma análise dos cuidados médicos e das atividades relativas à saúde dos indivíduos, como elementos a partir dos quais o capital humano poderá, primeiro, ser melhorado, segundo, ser conservado e utilizado pelo maior tempo possível (2008, p. 316). Capital que é agrupado em torno das identidades biológicas singulares, através do que Rabinow chama de biossocialidade – uma associação inovadora de corpos e de técnicas genéticas em vista da "boa qualidade de vida" (RABINOW; KECK, 2008, p. 95-6).

"Boa qualidade de vida" ou vida politicamente qualificável, sobre a qual os médicos nazistas discutiam já há algumas décadas, entrelaçando desde então economia e biologia, como nos mostra Giorgio Agamben (2002) ao retomar algumas discussões sobre a eutanásia entre médicos e cientistas, dos nazistas aos contemporâneos, que dialogam sobre a "vida indigna de ser vivida", colocando em questão a decisão sobre o valor ou desvalor da vida como tal.

Lembrando que, para Agamben, "no horizonte biopolítico que caracteriza a Modernidade, o médico e o cientista movem-se naquela terra de ninguém onde, outrora, somente o soberano podia penetrar" (2002, p. 166). Movem-se numa terra de ninguém que articula biologia e economia através da biopolítica, como podemos perceber num texto publicado em 1942 por médicos nazistas, citado pelo filósofo italiano: "estamos nos aproximando de uma síntese lógica da biologia e da economia [...] a política deverá ser capaz de realizar de modo sempre mais rigoroso esta síntese, que está hoje ainda em seus inícios, mas que permite já reconhecer como um fato inelutável a interdependência destas duas forças" (ibidem, p. 153).

Temos aí enunciados ou princípios de uma biopolítica nazista visando formar esse capital humano, essas espécies de competência-máquina das quais falávamos antes, fazendo investimentos no nível do próprio homem. No nível da espécie. Separando a vida nua da vida politicamente qualificada, agora através dos "bons" e "maus" equipamentos genéticos, ou da localização dos "indivíduos de risco" ou dos "genes defeituosos".

Foucault fala dos desdobramentos que essa localização dos indivíduos de risco pode gerar. Diz ele que a partir do momento em que se pode estabelecer quais são os indivíduos de risco (e seus "genes defeituosos") e quais são os riscos para que a união desses indivíduos produza um terceiro com mais riscos ainda, pode-se perfeitamente imaginar o seguinte: que os bons equipamentos genéticos vão se tornar certamente uma coisa rara, e, portanto, poderão perfeitamente entrar em circuitos ou em cálculos econômicos, isso é, em opções alternativas, como propunha Theodore Schultz, prêmio Nobel de Economia em 1979, autor de vários artigos e livro sobre os "investimentos em capital humano".

Logo, o próprio mecanismo da produção dos filhos pode se encaixar numa problemática econômica e social a partir do problema da raridade dos bons equipamentos genéticos. Pois, se alguém quiser ter um filho com capital humano elevado – aqui pensando em termos de elementos inatos e hereditários – será necessário todo um investimento por parte dos pais: ter uma renda compatível, ter uma boa condição social, "tomar por cônjuge ou por co-produtor desse futuro capital humano, alguém com capital humano também importante ou elevado" (FOUCAULT, 2008, p. 314)

Será preciso fazer, por exemplo, investimentos educacionais. E para os neoliberais, diz Foucault, fazer "investimentos educacionais" vai muito além do simples aprendizado escolar ou profissional. Começa pelos investimentos dos pais nos filhos, pelo tempo que eles consagram às crianças e adolescentes, fora das atividades educacionais propriamente ditas. "O tempo da criação, o tempo do afeto, pode ser analisado em termos de investimento capaz de constituir um capital humano. Tempo passado, cuidados proporcionados, estímulos culturais e, é claro, vigilância" (ibidem, p. 315).

Esses são cuidados que produzirão renda, de acordo com as análises dos economistas. E que renda será essa? Foucault responde: "o salário da criança quando ela se tornar adulta. E, para a mãe que investiu, qual renda? Bem, uma renda psíquica. Haverá a satisfação que a mãe tem de cuidar do filho e de ver que seus cuidados tiveram sucesso" (ibidem, p. 335). Investimento que reflete também na questão da natalidade, pois quanto mais elevada for a renda dos pais, mais elevado será o capital humano produzido. Nesse sentido, o filósofo lembra-nos de que a questão será não tanto transmitir aos filhos uma herança no sentido tradicional, mas a transmissão de um capital humano elevado. Numa sociedade empresarial, na qual o próprio casal é pensado como uma unidade de produção, na medida em que o casamento é um contrato, temos uma "economia dos custos da transação" (ibidem, p. 336).

Foucault cita as publicações e conferências do economista neoliberal, Jean-Luc Migué, professor da Escola Nacional de Administração Pública de Quebec, que dizia o seguinte entre os anos de 1976 e 1977:

> Uma das contribuições recentes da análise econômica foi aplicar integralmente ao setor doméstico o quadro analítico tradicionalmente reservado à firma e ao consumidor. Fazendo do casal uma unidade de produção ao mesmo título que a firma clássica, descobre-se que seus fundamentos analíticos são na verdade idênticos aos da firma. Como na firma, as duas partes que formam o casal evitam, graças a um contrato que as liga por

> longos períodos, os custos da transação e o risco de serem privadas a todo instante dos *inputs* do cônjuge e, portanto, do *output* comum do casal. Assim, portanto, em vez de se envolverem num processo custoso para renegociar e supervisionar incessantemente a incalculável quantidade de contratos inerentes às trocas da vida doméstica de todos os dias, as duas partes estabelecem, num contrato de longo prazo, os termos gerais da troca que os regerão. (ibidem, p. 358)

Lembrando que os *inputs* são investimentos de entrada em uma organização e os *outputs* são os resultados desses investimentos, na linguagem econômica. Definições ligadas à "função produção" e aplicadas a relacionamentos não-monetários, nos quais preços e custos não são considerados diretamente.

Passe-me o sal, querida, e eu te passo a pimenta. Esse tipo de negociação fica resolvido, de certo modo, por um contrato de longo prazo que é o próprio contrato de casamento, diz Foucault. E ele cita o texto deixado por Pierre Rivière, em que esse último descreve como viviam seus pais, a título de exemplo da vida matrimonial de um casal de camponeses no início do século XIX. Uma vida tecida por uma série de transações: "Vou lavrar o seu campo, diz o homem à mulher, mas contanto que possa fazer amor com você. E a mulher diz: você não vai fazer amor comigo enquanto não der de comer para as minhas galinhas" (ibidem, p. 336-337). Esse tipo de transação fica então resolvido no contrato de casamento, dispensando a renegociação cotidiana.

"São voltadas para esses investimentos que se orientam não só as políticas econômicas, mas também as políticas sociais, as culturais e as educacionais de todos países desenvolvidos. Problema da inversão das relações do social com o econômico que está em jogo nesse tipo poder" (ibidem, p. 330).

Partindo das análises de um outro economista – J. Schumpeter, que atribuía o sucesso do capitalismo ao longo das décadas, mantendo os lucros constantes, não somente ao imperialismo, mas à inovação (seja na descoberta de novas técnicas, novas fontes, mercados ou mão de obra) –, Foucault mostra-nos como os neoliberais vão retomar a ideia da "inovação" em outros termos. Não como uma característica ético-psicológico-econômica do capitalismo, mas dizendo que não se podia parar na ideia da inovação, confiando apenas na ousadia do capitalismo. Se a inovação existe, se descobrem-se novas formas de produtividade ou ainda fazem-se invenções tecnológicas, tudo isso nada mais é do que a renda do capital humano. É o resultado dos investimentos feitos no nível do próprio homem (ibidem, p. 318). Tanto que, para o filósofo, não é possível explicar o crescimento da economia ocidental e do Japão desde a década de 1930 a partir das variáveis clássicas de análise, que são: terra, capital, trabalho ou o tempo de trabalho. Mas somente a partir de uma análise fina da composição do capital humano, da maneira como esse capital foi aumentando, dos setores onde aumentou e dos elementos que foram introduzidos a título de investimento nesse capital.

Sendo assim, Foucault diz que a partir desse problema do capital humano pode ser pensada a economia dos países pobres. A não-decolagem da economia desses países é então atribuída, pelos economistas, a uma insuficiência de investimento em capital humano (ibidem, p. 319).

Curiosa constatação que podemos perceber nas reflexões do economista brasileiro Cláudio de Moura Castro, publicada na edição de 7 de maio de 2008 da *Revista Veja*. Através da coluna "ponto de vista", o economista Cláudio de Moura Castro lamenta pelos "diamantes descartados" no Brasil, lembrando que "países vencedores são aqueles que operam bem na nova economia do conhecimento". Para ele, nessa nova economia, "a riqueza mais preciosa são os cérebros bem lapidados" (CASTRO, 07/05/2008, p. 22); eis a "matéria-prima" ou os "recursos raros para fins alternativos" que, segundo o economista, é jogada no lixo aqui no país.

Para o economista, a empresa que deveria lapidar esses diamantes raros, a escola, não sabe fazê-lo, joga fora os poucos cérebros privilegiados. Ocasionalmente, diz ele, despontam alunos muito mais talentosos que os demais: aproximadamente 3% da população. Esses são, para ele, "diamantes em meio ao cascalho e ao cristal"!

Bem, temos aqui uma definição daqueles que não possuem os "bons equipamentos genéticos": são "cascalho", segundo as reflexões de Cláudio de Moura Castro.

O argumento do economista é o de que precisamos urgentemente localizar e investir nos 3% mais talentosos que os demais. Aqueles "que irão desempenhar funções de liderança, receber responsabilidades maiores na administração e impulsionar a ciência. São eles os que podem mudar o país" (CASTRO, 19/01/05). Para tal, lembra que todos os países de educação bem sucedida – como Inglaterra, França, EUA, Rússia e Cuba – possuem programas especiais para os talentosos que ganham acesso às melhores escolas. Já no Brasil, quando esses "diamantes" vêm de famílias pobres são descartados, pois não recebem educação apropriada, sendo simplesmente "integrados" aos demais.

Castro diz ainda que, diante da recusa dos sistemas públicos em lapidar tais cérebros, algumas organizações empresariais resolveram "tomar o problema em suas mãos". Como a "Fundação José Carvalho" que recruta jovens talentosos no Recôncavo Baiano, o "Bom Aluno" no Paraná, ou a instituição filantrópica "Ismart" que oferece bolsas de estudos nos melhores colégios do Rio e São Paulo. Castro ressalta ainda que a "Ismart" criou programas para identificar alunos "superdotados" pobres em escolas públicas e prepará-los para ganhar uma bolsa de estudos e concorrer nos melhores vestibulares. Programa que deverá ser aperfeiçoado, quando então os testes serão substituídos por "olheiros" acadêmicos, isso é, professores treinados para observar os alunos, na busca dos que têm os melhores prognósticos de uma carreira escolar destacada!

No entanto, o economista se ressente ao lembrar que as autoridades escolares brasileiras, em nome da igualdade de oportunidades na escola, não são receptivas aos programas para os mais talentosos, pois esses programas encontram problemas quando tentam aplicar os testes que identificariam os melhores.

Sociedade empresarial. Localização de recursos raros. Investimentos em capital humano. Bem-vindos à estação aero-espacial *Gattaca*, equipada com os "diamantes", os recursos raros, o capital humano de mais alta qualidade!

Significativamente, o economista brasileiro finaliza sua matéria citando um geneticista russo que afirma não ser o talento uma propriedade privada, mas uma propriedade pública, não tendo ninguém o direito de desperdiçá-lo!

Impossível não lembrar novamente que o genoma humano é agora considerado "patrimônio da humanidade". Podemos dispor livremente de nosso equipamento genético? O artigo nono da "declaração universal sobre o genoma humano" explicita que, em nome dos "direitos humanos e da liberdade", o consentimento e confidencialidade individual nos estudos, investimentos e pesquisas genéticas, podem ser quebrados mediante leis internacionais, desde que haja "razões imperiosas" para tal.

"Razões imperiosas". Não desperdiçar os talentos em nome dos cuidados com o "cascalho". Eis uma das formas do fascismo nosso de cada dia, e seus já nem tão novos mecanismos de captura.

Para Foucault trata-se de um esquema histórico que somos convidados a retomar, uma programação de políticas de desenvolvimento econômico, orientadas para esses novos caminhos. Algo como problematizar de outra maneira os campos da educação, da cultura, da formação, da saúde, escreveu ele nos manuscritos do curso de 1979.

A própria economia da punição ganha uma outra roupagem a partir dessa decifração em termos econômicos de comportamentos não-econômicos. Resultando num sistema penal que se ocupa das condutas, de uma série de condutas que produzem ações, ações das quais os indivíduos esperam lucro. Um sistema penal que atualmente deve reagir a uma oferta de crime, através de uma política que não tem mais como objetivo a anulação total do crime como em Bentham e no panóptico (FOUCAULT, 2008). A política penal neoliberal renuncia a essa tentativa de anulação exaustiva do crime. O princípio regulador passa a ser o de uma intervenção no mercado do crime e em relação à sua oferta, limitando essa última através de uma demanda negativa. A finalidade é obter um certo grau de conformidade com a regra do comportamento prescrito que a sociedade acredita poder se proporcionar, dizem os economistas.

Por isso, é fundamental que a sociedade empresarial consuma e produza comportamentos conformes. Não mais como uma necessidade indefinida, pois essa sociedade não tem necessidade de obedecer a um sistema disciplinar exaustivo. A sociedade que Foucault percebia no final da década de 1970 era uma sociedade que se manteria bem com certa taxa de ilegalidade e muito mal se tentasse reduzir indefinidamente essa taxa de ilegalidade.

Nesse contexto, a ação penal deve ser uma ação sobre o jogo dos ganhos e perdas possíveis, isso é, uma ação ambiental. Trata-se de uma tecnologia ambiental, diz Foucault. Não mais o projeto de uma sociedade exaustivamente disciplinar, ou uma intervenção em termos de sujeição interna dos indivíduos, mas uma "intervenção de tipo ambiental" (ibidem, p. 355), na qual o controle é o princípio motor da liberdade. Quanto mais se aumenta a mobilidade e a velocidade, mais o controle se reforça através de uma intervenção ambiental, na qual a lei tem por função a regra do jogo. A lei é o que deve favorecer o jogo, as empresas, as indústrias, as mudanças, as iniciativas, maximizando essas funções de utilidade. Teríamos, então, o descarte do modelo disciplinar? Consideradas as especificidades de cada país ou região, creio que podemos falar em interação entre a disciplina e o controle, ou ainda, na passagem de uma tecnologia disciplinar para uma tecnologia ambiental.

Bem, mas isso não significa uma assimilação antropológica de todo comportamento em termos econômicos, diz Foucault. Com sua análise da transformação do liberalismo em neoliberalismo, o filósofo procura mostrar que o sujeito só vai se tornar governamentalizável, que só se vai poder agir sobre ele, na medida em que ele é pensado como um *Homo œconomicus*. Nesse novo modelo de existência, a superfície de contato entre o indivíduo e o poder, a interface entre o governo e o indivíduo, vai ser essa espécie de "grade do *Homo œconomicus*".

Felizmente, nem todo sujeito é um homem econômico, enfatiza Foucault. Não é que a vida tenha sido exaustivamente integrada em técnicas que a dominam e gerem; ela escapa continuamente, já dizia ele no primeiro volume da *História da Sexualidade*. Esse modelo de existência se aplica àqueles que aceitam a realidade ou que respondem sistematicamente as modificações nas variáveis do meio: os que são manejáveis, eminentemente governáveis, os parceiros de uma governamentalidade que vai agir sobre o meio e modificar sistematicamente as variáveis desse meio (ibidem, p. 369-370).

No fascismo nosso de cada dia, entre linhas de fuga e capturas, o homem econômico é aquele que ama os seus pequenos poderes.

Referências

AGAMBEN, Giorgio. *Homo sacer* – o poder soberano e a vida nua I. Belo Horizonte: Editora da UFMG, 2004.

ARENDT, Hannah. *A condição humana*. Rio de Janeiro: Forense Universitária, 2004.

CASTRO, Cláudio de Moura. Diamantes Descartados. *Revista Veja*. Rio de Janeiro/São Paulo, ed. 2059, 7/maio/2008. Coluna "Ponto de Vista", p. 22.

CASTRO, Cláudio de Moura. No futebol pode. *Revista Veja*. Rio de Janeiro/São Paulo, ed. 1888, 19/jan/2005. Coluna Ponto de Vista. Disponível em <http://veja.abril.com.br/190105/ponto_de_vista.html>. Acesso em 17/dez/2008.

FOUCAULT, Michel. *Nascimento da biopolítica*. Curso no Collège de France (1978-1979). São Paulo: Martins Fontes, 2008.

RABINOW, Paul; KECK, Frédérick. Invenção e representação do corpo genético. In: CORBIN, Alan; COURTINE, Jean-Jaques; VIGARELLO, Georges (orgs.). *História do corpo*, v. 3. Petrópolis: Vozes, 2008.

SUGIMOTO, Luis. Os genes candidatos. *Jornal da Unicamp*. Campinas, n. 411. 29 set. 5 de out. 2008, p. 5-6.

"Todo homem é mortal.
Ora, as mulheres não são homens;
logo, são imortais."

Tania Navarro Swain

> *Silence avant de naître, silence après la mort. La vie n'est rien d'autre qu'un bruit entre deux insondables silences*
> Isabel Allende

Empenhamo-nos em viver. Tudo se passa como se apenas o fato de existir fosse importante. De fato, acredito que a vida não é o valor supremo, mas se instalou como tal em nossas formações e imaginários sociais. A valorização da vida faz parte de um dispositivo de controle e de dominação: nega-se o direito elementar da eutanásia, condena-se o suicídio, como se o viver fosse sua própria justificativa, suficiente para expurgar o sofrimento, a dor, a doença, a decripitude. A elegia à vida, de fato, vela os mecanismos de exploração do humano, em sistemas múltiplos de assujeitamento, de resignação, de conformismo. Se o controle das populações, como quer Foucault, exige a manutenção da vida, ele é, porém, atravessado por normas e hierarquias de gênero. Fica claro que a vida de alguns é mais importante que a de outros e, sobretudo, de outras.

Uma menina é presa por mais de uma semana em uma cela com 20 homens no Nordeste do Brasil: essa vida não importa. Milhares de mulheres assassinadas, mutiladas, surradas por seus maridos, companheiros, namorados: essas vidas pouco importam. Criou-se uma nova palavra, *feminicídio*, para designar o assassinato de centenas de mulheres, em Juarez, no México, pelo fato de serem mulheres. Quem se importa?

Meninas e jovens vítimas do tráfico internacional e nacional de mulheres destinadas à prostituição – seres humanos convertidos em orifícios a serem penetrados e usados, essas vidas não importam. Elas servem a um sistema fundado no e pelo patriarcado e pelo dispositivo da sexualidade, que destila, nos discursos fundadores do humano, na biologia, no sexo e nas práticas da sexualidade, a sagração da vida. Instaura-se aqui, de fato, não a vida, celebrada em termos de liberdade, escolha, plenitudes, mas o existir, apenas.

Um homem prende e estupra sua filha por 24 anos na Áustria e para isso a pena prevista é de 15 anos. Certos crimes, específicos contra as mulheres, pouco importam.

Para Foucault, a gestão da vida se reveste de todo um aparato político. Diz ele: "É sobre a vida agora e ao longo de seu desenrolar que o poder estabelece seu domínio; a morte, disto, é o limite, o momento que lhe escapa: torna-se o ponto mais secreto da existência, o mais 'privado'". (FOUCAULT, 1976, p. 182)[1].

A quem serve a celebração da vida?

Em que medida a promoção do existir, em si, constitui mecanismo de sujeição e de controle? Essas são as perguntas-chave, ancoradas no político.

Em alguns países, a vida não é o valor supremo, como no Japão, onde, aparentemente, a honra está acima de tudo. A defesa da vida enquanto tal, como o fazem, por exemplo, os movimentos contra o aborto, encobre outros desígnios; afinal, o controle do corpo das mulheres e da procriação é um dos mecanismos de sujeição, uma das tecnologias de gênero, que produzem a hierarquia e a assimetria política entre os sexos, técnica de controle das populações, mencionada por Foucault (1976, p. 83). Se a vida das crianças fosse tão importante, não haveria essa multidão de abandonadas/os, seres cuja existência é socialmente descartável. Nesse caso, o que importa é o controle sobre os corpos que procriam e sobre as mulheres assim definidas.

O dispositivo da sexualidade, que cria os corpos e impõe uma heterossexualidade normatizadora, imbrica-se, hoje, a um dispositivo da violência, que incita e cria, regula e determina os poderes sobre a vida e a morte.

Dispositivo, para Foucault, seria

> [...] um discurso decididamente heterogêneo, que engloba discursos, instituições, organizações arquitetônicas, decisões regulamentares, leis, medidas administrativas, enunciados científicos, proposições filosóficas, morais, filantrópicas. Em suma, o dito e o não dito são os elementos do

---

[1] Todas as citações de Foucault, nos casos pertinentes, estão traduzidas livremente.

> dispositivo. O dispositivo é a rede que se pode estabelecer entre estes elementos. (FOUCAULT, 1988, p. 244)

A violência constitui também, dessa forma, um dispositivo, uma economia instituída e naturalizada, exposta em espetáculo, quando se trata, por exemplo, de relações de gênero; nelas, as mulheres são representadas, tratadas, olhadas, utilizadas em esquemas de violência simbólica e material, praticada e mostrada, em imagens, discursos, filosofias, subordinações, enunciados diversos. O dispositivo da violência incita e produz dominação, discriminação, mortes múltiplas. Se o pressuposto da diferença "natural" de sexos institui o dispositivo da sexualidade, a violência é sua materialização.

No discurso mediático o que vemos hoje, de forma esmagadora, é o crime enquanto espetáculo, enquanto imagem, que ao desvelar a morte ao mesmo tempo reconduz a elegia à vida. A morte da menina Eloá, assassinada pelo ex-namorado, certo de seu direito de posse, foi rapidamente substituída pela notícia da doação de seus órgãos, na imprensa. Afinal, da morte resultou a vida, que importam as relações sociais que permitem a apropriação física das mulheres pelos homens? Não se percebe, sequer, que sob esse discurso, de certa forma sua morte foi justificada.

Por outro lado, a hipersexualização, também celebrada como exaltação da vida, é a exacerbação do dispositivo da sexualidade, inseparável da violência, da negação de vidas, fundada na *diferença* de sexos e seu corolário de dominação e exclusão, de morte e silencio social, instalado na *in-diferença*. A criação da diferença de sexos, desse modo, é um ato político, que instaura nos corpos femininos uma sexualidade ávida, mostrada e ensinada em forma de sedução e essência do existir, "a verdadeira mulher", no singular, imagem única de um ser "feito para isto". Mulheres e bebidas, essa é a imagem da festa!

Entretanto, já Catherine MacKinnon (1987), nos anos 1980, apontava para a implacável junção da violência e da sexualidade contemporâneas, explícita nas propagandas, na pornografia, nos discursos sociais múltiplos, que fazem das mulheres, corpos e esses corpos, mercadorias, a serem usadas e abusadas, corpos expostos, em constante oferta. Por que, para se vender tijolos ou carros, seguros ou imóveis, é preciso usar a imagem de uma mulher de biquíni, sorriso esfuziante, lábios entreabertos, olhar sedutor, antegozo do desfrute do objeto? Por que o cinema e a televisão reproduzem chamadas e cenas de espancamento de mulheres, senão para promover o "direito" masculino da punição, do controle pela força? Por que essas mesmas cenas apresentam e reproduzem imagens de mulheres passivas e amedrontadas, incapazes de uma reação? Reconstrói-se assim, sem cessar um imaginário social de dominação, onde o masculino se impõe pela sua própria definição.

MacKinnon analisa que a penetração convencional ou intercurso sexual define o encontro paradigmático sexual, mas também define legalmente o estupro. E essa textualização, situada em um contexto de hierarquia e poder, em sua construção torna-se sexualidade. Do íntimo ao institucional, do olhar ao estupro, a erotização define os corpos femininos enquanto propriedade, o que, de fato, constrói e mantém a dominação masculina enquanto sistema de controle de corpos e vidas.

Falou-se da vida, religiosos e seus asseclas se abespinham, como se valores e crenças fossem absolutos, universais, ahistóricos, inerentes à própria existência. Defendem com ferocidade suas prerrogativas de controle, mestres que são na arte da dominação e do assujeitamento. Para os desatentos, não estou defendendo mortes ou suicídios ou eugenias, apenas refletindo sobre a importância social de discursos falaciosos, que fazem da vida um valor pelo qual se devem aceitar todas as injunções, desmandos, torturas, disciplinas, limitações, enquadramentos, normatizações, aprisionamentos. Legislar sobre os corpos, cassar a palavra e os direitos de quem os reivindica tem sido uma estratégia frequente na elegia à vida. De fato, como controlar ou disciplinar, se a vida deixa de ser o valor supremo no social, um dentre muitos?

Para Foucault as perspectivas em relação à vida sofrem mudanças significativas enquanto objeto de saber, de conhecimento, de reflexão, enquanto objeto de exercício de poder/autoridade em condições de produção específicas. Da punição com a morte, ao controle geral dos comportamentos pela disciplina e pelo controle das normas, Foucault nos mostra as transformações dos regimes de verdade, das construções de evidencias e naturalizações, explicitadas enquanto axiomas, dogmas científicos, nichos de verdade acessíveis apenas a alguns, aqueles que teem direito à palavra.

Afirma, como se sabe, que nem todos podem dizer qualquer coisa em qualquer lugar, ou melhor, a questão é: quem fala, para quem, de quem e, sobretudo que efeitos de poder tem esses discursos (FOUCAULT, 1971)? Controlar os corpos das mulheres que multiplicam vidas, legislar e normatizar sobre a concepção/sexualidade, sobre o "direito de viver" in útero, em detrimento das mulheres e seus direitos de cidadania, são meandros das tecnologias de gênero, que as reinstauram em suas práticas discursivas.

> Se podemos chamar "bio-história" as pressões pelas quais os movimentos de vida e os processos históricos interferem uns com os outros, seria necessário falar de "biopolítica" para designar o que faz penetrar a vida e seus mecanismos no domínio dos cálculos explícitos e faz do poder-saber um agente de transformação da vida humana. (FOUCAULT, 1976, p. 188)

Eluana, jovem italiana, vegeta há 17 anos, inconsciente, em uma cama. Seu pai e sua família, depois de 10 anos de batalhas jurídicas, conseguem da Corte Suprema que sua vida não continue a ser mantida artificialmente. Porém, 34 associações pró-vida partem em "defesa" de Eluana, e acionam a Corte europeia de Justiça para "salvá-la". O Dr. Dolce, presidente da associação "Vive", fundando-se na menstruação desse pobre corpo que mantém suas funções, afirmou que ela "não quer morrer" (NOUVEL OBSERVATEUR, 2008, p. 47). Mesmo em coma, os corpos das mulheres precisam ser controlados, definidos em função de suas funções procriadoras. Que esperam eles? Que ela seja inseminada artificialmente ou estuprada, para não escapar ao seu dever procriativo? Com que direito ortodoxias religiosas se impõem em países laicos? O desejo de poder e controle sobre os corpos, especialmente os das mulheres, encontra-se sempre além de seus próprios limites, muito aquém do umbral do respeito ou da simples compaixão. Essa violência do controle, da disciplina e do destino biológico afirma-se na produção da diferença de sexos, na implantação de referentes que erigem a vida conjugada no masculino mais importante que aquela soletrada no feminino.

Se a elegia à vida faz parte das tecnologias de gestão das populações, essa é uma estratégia de produção binária de controle e disciplina dos corpos, em pesos e medidas diversas, em hierarquia e assimetria. Desse modo, a incitação à existência, forçada ou desejada, feita de sofrimento de viver, mas louvada pelos discursos sociais, abriga os nichos mais profundos de menosprezo à existência de outrem. Tudo se passa como se, tendo em vista a importância social de alguns, os demais fossem apenas peças a serem usadas e substituídas, quando necessário, sobretudo quando se aplica à "diferença" sexual.

De fato, no "controle das populações", percebe-se a instituição de mecanismos de produção de verdade sobre não apenas o sexo, mas o sexo binário, sobre a "diferença" e a desigualdade política que engendra. Para

Foucault, "Uma sociedade normalizadora é o efeito histórico de uma tecnologia de poder centrada sobre a vida" (1976, p. 190) e a iteração das representações sociais da "verdadeira mulher" não é senão o aprendizado e incorporação das normas que instituem o feminino: procriadora, sedutora, bela, intuitiva, passiva, frágil, etc.

No desenrolar do dispositivo da sexualidade, na perspectiva do controle e no que denomina o processo de "histerização do corpo da mulher", Foucault assim se exprime:

> [...] o "sexo" foi definido de tres maneiras: como o que pertence em comum ao homem e à mulher; ou como o que pertence por excelencia ao homem e falta, portanto, à mulher; mas ainda como o que constitui inteiramente o corpo da mulher, ordenando-o inteiramente às funções reprodutivas e perturbando-o sem cessar pelos efeito desta mesma função; a histeria é interpretada, nesta estratégia, como o jogo do sexo enquanto ele é "um" e o outro, todo e parte, princípio e falta. (1976, p. 202-204)

De forma binária ou excludente, a sexualidade se constrói assim, para esse autor em detrimento do feminino, já que, no imaginário social, dela padece por saturação e/ou padece, igualmente, por falta. Esse tipo de contradição não cria obstáculos para a representação "da mulher", no singular: frígida ou devoradora. Nesse caso, é de fato um biopoder que controla o feminino, já que definido e significado por um corpo, uma genitália "diferente".

Foucault explicita, de forma geral, o nascimento de técnicas de controle dos corpos e da vida, o biopoder:

> O velho poder da morte onde se simbolizava o poder do soberano é agora recoberta cuidadosamnte pela administração dos corpos e a gestão calculadora da vida. [...] aparição também, no campo das práticas políticas e das observações economicas dos problemas de natalidade, de longevidade, de saúde pública, de moradia, de migração; explosão, portanto, de técnicas diversas e numerosas para obter o assujetiamento dos corpos e o controle das populações. Abre-se assim a era de um "biopoder". (FOUCAULT, 1976, p. 184)

Problemas de natalidade, de longevidade, como assinala esse autor, gestão da velhice – alvo recente de um capitalismo voraz – compõem as técnicas de valorização da vida. A velhice cria especialidades, proliferam as casas para idosos, novas fontes de lucro, infantilizando os velhos, liberando os jovens para o mercado da vida e do sexo. Escondem-se os velhos, para não expor, em seus tremores, nosso próprio destino. A longevidade, longe de trazer felicidade, cria um lucrativo negócio. Pouco importa se as pessoas vivem mais e suas condições de vida sejam cada vez piores, na perda de seus sentidos ou de sua razão: exalta-se a vida a todo custo, movimentando e produzindo capital.

A morte é o fantasma a ser afastado, silenciado, apagado, nos tratamentos de rejuvenescimento, nas clinicas geriátricas, nessas casas de repouso, que de fato, são morredouros institucionalizados. Que fazer das/dos velhas/os, senão agrupá-los e deixá-los morrer? No prolongamento da vida, insidiosamente, a morte ronda, e a velhice anuncia o destino inexorável, velado pela hipersexualização e seus corolários,

Diz Foucault que a "atividade sexual se inscreve portanto no horizonte amplo da morte e da vida, do tempo do devir e da eternidade. Ella se tornou necessária porque o indivíduo está destinado a morrer e para que, de uma certa maneira, escape à morte" (FOUCAULT, 1984, p. 152).

Se, entretanto, Foucault almejava uma passagem do sexo aos prazeres, numa Erótica desestabilizadora dos controles e das normas, o que se vê hoje é um biopoder que se instala na sexualidade e a exacerba, que se desdobra no binarismo sexuado, reconstruindo e reatualizando a naturalizada "diferença dos sexos". Como sugere esse autor, o acontecimento está em sua reaparição em outros momentos, em outras práticas discursivas e os mecanismos da construção política da diferença sexuada, desaparecem para melhor se instituir.

Quando se fala de prazer, hoje, subtende-se frotar de corpos e línguas, em movimentos frenéticos e rápidos espasmos, na repetição de gestos, como vemos todos os dias, à exaustão, no cinema, na televisão, em vídeos, nos apelos imagéticos e representacionais que compõem o quotidiano.

A ode ao orgasmo vela a violência que integra a sexualidade em nossas condições de produção e imaginação atuais. E, sobretudo, cria um evento, uma necessidade vital, algo que nunca se satisfaz, pois sua representação situa-a em tais pincaros, que a realidade espasmódica e instantânea é incapaz de alcançar. A sexualidade se tornou a raiz fictícia da identidade e da vida, negação da morte. A quem serve a sexualidade, tal como se apresenta enquanto representação e sentido para as relações sociais? Que tecnologias sociais se desdobram a fim de criar a necessidade imperativa do sexo, enquanto diferença e dominação? Em que espelho ficaram perdidas nossas faces, Cecília Meireles, em que meandros de humores se perderam nossos amores?

Como sublinha Luce Irigaray, trata-se de questionar o funcionamento da gramática de cada figura do discurso, suas configurações imaginárias, suas redes metafóricas e o que se articula no enunciado: seus silêncios constitutivos. (IRIGARAY, 1997, p. 73)

Nesse horizonte de desejos incompletos, cria-se uma espantosa armadilha em torno da existência, da completude, do pertencimento, do ser e da vida. A sexualidade, na vacuidade de seu exercício, como núcleo fundametnal da própria existência, canto e elegia à vida pretende espantar a morte, que espreita em cada desvão, em todas as esquinas.

As configurações imaginárias, as redes metafóricas, as articulações e o alarido dos silêncios nos enunciados não podem passar despercebidos, em uma análise do discurso, como propõem Irigaray e a metodologia foucaultiana de destruição das evidencias. Afinal, as condições de produção, nas quais se exercem os biopoderes, aparecem nos indícios discursivos e estes nos apontam para a violência contida na sagração da vida, na criação de identidades sexuadas.

Quanto mais se fala de amor nos diferentes discursos sociais, mais se constata a divisão sexuada do humano, a iteração da diferença: o "amor" é para as mulheres, para os homens é o "prazer", a "posse", a sexualidade em suas diferentes práticas, mas que tem como fundamento a heterossexualidade compulsória, transformada em sistema político. Aquela que cria os lugares de fala e de autoridade, nesse amplo biopoder binário e hierárquico da construção social dos corpos sexuados, processo de diferenciação do humano.

Na imbricação, entretanto, de um dispositivo da sexualidade e de um dispositivo da violência, enraizado em sexo social e nos desdobramentos das tecnologias de gênero, a morte está visível, presente, onipotente no imaginário social. A morte atravessa a produção midiática, investe a literatura, o cinema, as manifestações culturais, que em imagens e textos nos invadem de crimes, crimes sexuais, surras, estupros em profusão, em longas cenas exasperantes, pornografia, exploração sexual, prostituição naturalizada, propagandas sexistas, vídeos, textos de músicas, roteiros de filmes, o crime enquanto espetáculo e diversão: a violência material ou simbólica é o arauto de mortes, anunciadas e/ou praticadas.

As séries televisivas, de maior sucesso têm, em suas dobras, morte/vida/sexo mesclados, à saciedade; os filmes escorrem em imagens de violência, onde todos os tráficos levam à cenas de morte, exploração, dominação. A sexualidade, em seus interstícios, em seus fundamentos, em suas motivações, desenrola as meadas de nossas vidas, marcadas, porém, de morte. É evidente que a violência regula também as relações entre os homens, de classe, de raça, de hierarquias incontáveis, combatida esporadicamente. A violência contra as mulheres, todavia, ancorada em uma diferença aceita socialmente e naturalizada, é, antes de mais nada, "natural" sexuada e sexual.

Retomo Foucault quando analisa o direito do soberano à vida e à morte, e explicita:

> E talvez seja necessário reportar esta forma jurídica à um tipo histórico de sociedade onde o poder se exerce essencialmente como instancia de apreensão, mecanismo de substração, direito de se apropriar uma parte das riquezas, extorsão de produtos, bens e serviços, de trabalho e de sangue, imposto aos sujeitos. O poder era antes de tudo, direito de tomar: coisas, tempo, corpos e finalmente a vida; culminava no privilégio de tomá-la para suprimi-la. (FOUCAULT, 1976, p. 179)

Se nessa perspectiva, o direito do soberano se estende a todos os sujeitos, percebe-se que o acontecimento histórico-discursivo desse tipo de poder reaparece, *mutatis mutandis*, no patriarcado, no "direito de se apropriar uma parte das riquezas, extorsão de produtos, bens, serviços, do trabalho e do sangue, imposto aos sujeitos" na grande *fraternitas* que dá ao conjunto dos homens a possibilidade de apropriação social das mulheres, também como conjunto, mas reduzidas a uma singularidade justificada na natureza que a define: a mulher, singular que, para Luce Irigaray contém algo em comum: "[...] sua condição de subdesenvolvimento vinda de sua submissão por e à uma cultura que as oprime, as utiliza, as 'mercantiliza' sem que disso elas tirem proveito" (IRIGARAY, 1977, p. 31).

Colette Guillaumin, no fim dos anos 1970, contemporânea de Foucault, analise a apropriação dos corpos instituídos no feminino, nas diferentes instancias e práticas sociais: apropriação do tempo, do trabalho, da riqueza produzida, da emoçãoe do sangue, em mortes múltiplas. Diz ela: "a apropriação das mulheres, o fato que sua materialidade é adquirida em bloco está tão profundamente admitido que não é vista" (GUILLAUMIN, 1992, p. 38).

O não dito nas relações sociais é o silencio do qual fala Irigaray, instituidor, assentado nos pressupostos que encobrem e justificam as relações de violência, as relações sociais que produzem a diferença sexual e dela fazem o ponto de inflexão da desigualdade e de exercício do poder. Como sublinha Foucault, "a sexualidade não é [...] aquilo de que o poder tem medo; [...] ela é, sem dúvida e antes de tudo, aquilo através de que ele se exerce" (FOUCAULT, 1988, p. 236).

Não é sem razão que os feminismos reclamam, há anos, o direito das mulheres de decidirem sobre seus corpos, sua sexualidade, o respeito de seu desejo ou não de procriação. A ideia de "natureza" faz das mulheres uma unidade psicomaterial e como explicita Guillaumin "[...] tem não somente um lugar e uma finalidade – mas são organizadas interiormente para fazer o que fazem[...] (GUILLAUMIN, 1992, p. 49). Desse modo, sublinha, são vistas fora das relações sociais e discursivas de produção e se inscrevem em uma pura materialidade.

Assim, as características físicas das mulheres, ou dos dominados em geral, são vistas como *causa* da subordinação, velando-se os mecanismos e os pressupostos que criam a representação social de inferioridade e a própria subordinação (idem, p. 49). Ou seja, constrói-se o diferente para melhor afirmar a pregnância de seu referente, no caso, o masculino, o sujeito da fala e da ação, o sujeito político.

A apropriação sócio/sexual das mulheres se constata a cada instante, nas revistas, nas expressões do senso comum, em um imaginário masculino no qual estão-lá para serem subordinadas, dominadas, exploradas, consumidas. E essa relação supõe a violência do assujeitamento físico, imagético, representacional.

Colette Guillaumin analisa que "a força das relações sociais permite introduzir a existência dos apropriados na pura matéria reificada, de chamar 'intuição' a inteligência ou a lógica como se nomeia 'ordem' a violência, ou 'capricho' o desespero" (GUILLAUMIN, 1992, p. 54).

É assim que as mulheres que se rebelam contra as injunções sociais são "histéricas", ou estão tomadas pelas agruras de seu ciclo menstrual, que, mais uma vez, ligando-as a funções do corpo, parecem dominá-las. A síndrome pré-menstrual é mais uma criação recente para desqualificar qualquer movimento de reação à imagem da "verdadeira" mulher, cordata, submissa, passiva.

O biopoder, portanto, atuando em tecnologias de genero cria e distribui lugares de fala, autoridade, cria sujeitos políticos e cria sujeitos "naturais ao instituir o sexo social.

> O sexo, essa instância que parece nos dominar e esse segredo que estaria subjacente a tudo que somos [...]. O sexo é, ao contrário, o elemento

> mais especulativo, mais ideal, mais interior também em um dispositivo de sexualidaade que o poder organiza em suas tomadas sobre os corpos, suas materialidades, suas forças, suas energias, suas sensações, seus prazeres. (FOUCAULT, 1996, p. 205)

Sexo, de fato, significa, em primeiro lugar, a construção de corpos em função de um sexo social, definidos pela escolha de um detalhe anatômico; em segundo lugar, exprime a posse e a penetração de um corpo – dessa maneira, como sugerimos no início, o dispositivo da sexualidade se imbrica e desdobra em outro dispositivo, o da violência, violência de sexo, violência material, violência simbólica. Foucault considera que

> Se o poder atinge o corpo, não é porque tenha sido de início interiorizado na consciência das pessoas. Há uma outra rede de biopoder, de somato--poder que é por sua vez uma rede a partir da qual nasce a sexualidade como fenômeno histórico e cultural no interior do qual ao mesmo tempo nos reconhecemos e nos perdemos. (FOUCAULT, 1994, p. 231)

Para Foucault, a categoria "sexo" reagrupou em uma unidade artificial o anatômico, as funções biológicas, os comportamentos, as sensações e os prazeres e aparece assim como "significante único e significado universal" (FOUCAULT, 1976, p. 205). Instala-se, desse modo, na categoria sexo, o binário sexuado e em suas tecnologias de gênero, a verdade sobre o humano, definindo-o em "homem", universal, referente, significado de poder e "mulher", específico, diferente. A diferença de sexos e a sexualidade normativa é o campo paroxístico do biopoder, na atualidade.

O que fica claro, em Foucault, é que a transformação de um regime de verdade translada e refaz sentidos e a naturalização da "diferença sexual", nessa perspectiva, ancora-se em um interdiscurso filosófico-religioso misógino e desqualificador em relação ao feminino. Para a filósofa Geneviève Fraisse a historicidade da categoria "diferença de sexos" é a antítese das asserções "naturalizantes". Afirma que a historicidade vai além da ideia de história, pois significa a representação de um *ser histórico* (1996, p. 74). E acrescenta que a passagem de registro, de história das representações, para a representação da história faz um duplo deslizamento:

> [...] coloca as mulheres em posição de sujeito da história, atoras da história real e indivíduos de pensamento; e assim indica a importância do sujeito sexuado em geral. Traz também um saber possível sobre a diferença dos sexos por um trabalho crítico sobre os invariantes, um desmonte dos mecanismos de atemporalidade. (1996, p. 75)

De fato, denomino "história do possível", a pesquisa genealógica da sexualidade humana e da construção de corpos sexuados, que pode revelar o múltiplo do humano e a pluralidade de suas formas de relacionamento. Em outras formações sociais, a partir do pressuposto de uma historicidade incontornável, nada deixa supor a existência da "diferença sexual" e seu corolário de violência e poder, nada afirma a presença de uma incontornável sexualidade, atrelada ao biopoder de classificação dos seres. Uma história do possível pode também mostrar, na historicidade dos valores e significações, que vida e morte são apenas faces do existir.

A elegia à vida, de fato, intenta apagar a presença da morte, mas os discursos sociais não cessam de proclamá-la: presença incontornável no funesto clangor de armas invisíveis, repicar de sinos que anunciam a ausência, o luto, a dor de ser/existir nessas trilhas de violência, simbólica e material, que reconstroem sem cessar diferenças e desigualdades, para melhor exercer seu poder. E no sexo social, na sexualidade enquanto dispositivo de controle, dominação, necessidade insaciável, modelagem de corpos medram a violência de sexo e a ameaça de morte. Diz Foucault:

> O pacto faustiano do qual o dispositivo da sexualidade inscreveu em nós a tentação, é doravante o seguinte: trocar a vida inteiramente, contra o sexo apenas, contra a verdade e a soberania do sexo. O sexo vale bem a morte. É neste sentido, mas vemo-lo estritamente histórico, que o sexo hoje está atravessado pelo instinto de morte. (FOUCAULT, 1976, p. 206)

A sagração da vida, hoje, ancora-se no sexo enquanto categoria (não como genitália) e sua inteligibilidade desdobra-se em hierarquia, potência, verdade, produção de sentido, o sentido próprio de ser (FOUCAULT, 1976, p. 205). Tudo se passa como se a sexualidade fosse a antítese da morte.

Entretanto, se o sexo vale a morte, é bem a morte de outrem, pois se, para os homens o sexo é contigencia, para as mulheres é definição, é a parte que define seu ser, seu existir, logo, sua morte. Se o dispositivo da sexualidade naturaliza o desejo sexual, esse se materializa, em grande parte, na violência de gênero. Não há espanto, nesse sentido, quanto a existência da "defesa da honra", em que o direito de morte do masculino-soberano se exerce sobre a mulher suspeita de infidelidade; hoje é o direito de "posse", não mais a infidelidade, que fomenta os crimes contra a vida de meninas e mulheres, que recusam um relacionamento indesejável. No âmbito do dispositivo da sexualidade os homens selam sua *fraternitas*: nunca se ouviu falar em uma passeata, um movimento masculino contra o estupro, contra a violência doméstica, contra uma pedofilia cada vez mais revelada. A violência sexual parece ser uma questão que concerne apenas às mulheres, seus corpos, suas vidas, suas mortes.

Os feminismos são muitas vezes execrados por analisar em profundidade aquilo que é recoberto de silêncio. Os mecanismos de apropriação e construção dos corpos das mulheres, da diferença sexual, já estão claramente expostos – mas o conhecer não cria necessariamente a transformação. Os poderes que dividem o humano em dois sexos, mas os conjugam em um, "o homem"; que permite a venda de meninas para se casarem com anciãos; que naturaliza o uso e a venda de corpos em um mercado globalizado do sexo, tem, no patriarcado, no dispositivo da sexualidade e da violência sua âncora, seu porto seguro.

Se Foucault analisa o dispositivo da sexualidade de forma geral, a violência que nele prospera não permite ignorar a construção do sexo social, pois nela estão contidas a dominação e a morte.

Diz ele: "ironia desse dispositivo: faz-nos crer que contém nossa 'liberação'" (FOUCAULT, 1976, p. 207).

A questão política, transformadora, é libertar-se do próprio dispositivo; a libertação está na identificação das novas servidões e seus mecanismos de assujeitamento: não é negar a sexualidade, mas recusar sua importância vital no existir, na inteligibilidade humana, no processo de subjetivação, na construção de si, enquanto mulheres, seres políticos. A libertação não está em negar a morte, mas incorporá-la no inexorável desenrolar da meada da vida, na ação política de construir relações humanas destituídas de valores de gênero, de hierarquias "naturais", de sexualidade como fragor do existir. *Por uma vida não-fascista*, desvela-se assim a perversidade de economias centradas na violência e na dominação, enquanto em aparência não cessam de louvar a vida. Quebram-se assim os grilhões que fazem da sexualidade motivo e razão de viver, e da vida a justificativa "natural" do existir.

Referências

GUILLAUMIN, Colette. *Sexe, Race et pratique du pouvoir, l'idée de nature*. Paris: Côté-femmes, 1992.

IRIGARAY, Luce. *Ce sexe qui n'en est pas un*. Paris: Minuit, 1977.

FRAISSE, Geneviève. *La différence des sexes*. Paris: PUF, 1996.

FOUCAULT, Michel. *Microfísica do poder*. Riode de Janeiro:Graal, 1988.

FOUCAULT, Michel. *Histoire de la sexualité I*. La volonté de savoir. Paris: Gallimard, 1976.

FOUCAULT, Michel. *Histoire de la sexualité II*. L'usage des plaisirs. Paris: Gallimard, 1984.

FOUCAULT, Michel. *Dits et écrits III (1976/79)*. Paris: Gallimard, 1994.

BARBIN, HERCULINE. 1983. *Diário de um Hermafrodita* (apresentação de Michel Foucault). Rio de Janeiro: Francisco Alves, 1983.

MACKINNON, Catherine. *Feminism Unmodified*. Discours on Life and Law. London: Harvard University Press, 1987.

NOUVEL OBSERVATEUR. Paris, 27 nov./3 déc., 2008.

Além das palavras de ordem: a comunicação como diagnóstico da atualidade

Tony Hara

*À Patricia Zanin Heitzmann,
leveza que lapida o peso da vida.*

Os exageros caricaturais são irresistíveis quando pensamos na relação dos intelectuais com a mídia. De um lado, aqueles que são atraídos pela luz quente e forte dos holofotes. São como camaleões que se aquecem sob o sol. Eles se adaptam rapidamente ao ambiente do estúdio e disparam sentenças bem construídas e opiniões sobre diferentes temas e acontecimentos políticos. E há outros que fogem da luz, como se a exposição midiática fosse capaz de tornar vulgar o trabalho precioso de uma vida inteira. Como jornalista de uma rádio educativa, ligada a uma Universidade pública, tenho convivido com esses extremos. Entretanto, reconheço que esses dois tipos estão perdendo espaço para uma outra figura, mais pragmática, que procura os meios de comunicação a fim de divulgar um evento, um livro, um projeto de extensão ou outra atividade acadêmica qualquer. Esse procedimento está ligado à concorrência dos intelectuais no ranking das instituições financiadoras de pesquisa ou de projetos acadêmicos: conceder uma entrevista a um veículo de comunicação também conta pontos na disputa por bolsas de pesquisa e financiamentos de projetos.

Este não é o momento, porém, de refletir sobre a curiosa história entre os intelectuais e a mídia. O que pretendo é relatar e pensar uma prática de comunicação que venho experimentando ao longo de três anos. Por causa de uma incapacidade crônica e indisfarçável de me interessar pelo que é dito pelas autoridades ou chefes de repartições, burocratas da arte ou da política foi me concedido o privilégio de só convidar os entrevistados que tenham algo a dizer em nome próprio. Pessoas que não tem a obrigação de representar, reivindicar, divulgar fatos em nome de um grupo, de uma minoria, de causa, de um partido ou governo. O que me resta, é conversar com artistas, escritores e pesquisadores de diversas áreas que estão, de alguma maneira, incomodados também com a questão do momento presente. O que se passa nesse instante? Qual é o diagnóstico que podemos fazer a partir de uma determinada perspectiva? Quais os pontos de ultrapassagem de nossos limites atuais? O programa de entrevista que eu e a jornalista Patricia Zanin apresentamos semanalmente, chamado "UEL FM – Ideias", tem esse enfoque, essa preocupação de investigar a atualidade.

Como se pode notar, assumi lá no estúdio da rádio, aquela noção-tarefa de "diagnóstico do presente" formulada por Michel Foucault. É uma tentativa de fugir do circuito de informação, da propagação de palavras de ordem que animam o sistema de controle. Como afirma Gilles Deleuze, "uma informação é um conjunto de palavras de ordem. Quando nos informam, nos dizem o que julgam que devemos crer. Em outros termos, informar é fazer circular uma palavra de ordem" (DELEUZE, 1999, p. 5). Saltar desse circuito, recusar essa ação comunicativa imperativa implica em fazer perguntas e vínculos outros com os entrevistados. Daí a tentativa de conduzir a entrevista insistindo na questão da atualidade, a fim de criar, mesmo imersos num labirinto de hesitações, novas perspectivas de avaliação do momento presente. O diagnóstico da atualidade também consiste em inventar um outro modo de perceber as relações que construímos com o tempo presente. Numa entrevista concedida em 1983, Foucault define de forma lapidar, o que é e o que se pretende com o diagnóstico:

> O que gostaria também de dizer, a propósito dessa função do diagnóstico sobre o que é a atualidade, é que ela não consiste simplesmente em caracterizar o que somos, mas, seguindo as linhas da vulnerabilidade da atualidade, em conseguir apreender por onde e como isso que existe hoje poderia não ser mais o que é. E é nesse sentido que a descrição deve sempre ser feita de acordo com essa espécie de fratura virtual, que abre um espaço de liberdade, entendido como espaço de liberdade concreta, ou seja, de transformação possível. (FOUCAULT, 2000, p. 325)

Após três anos experimentando essa estratégia, seguindo esse princípio na condução das longas entrevistas, percebo que, de maneira geral, nós elaboramos com acuidade e precisão a descrição do que somos e do tempo em que vivemos. Dissecamos a crise das instituições e da representação política, falamos com desenvoltura da desconstrução das verdades herdadas, da subjetividade empobrecida característica de nossa época, do papel da mídia e do consumo na constituição daquilo que somos e pensamos. Localizamos as estratégias sutis do controle que se instala na relação de si consigo mesmo. Percebemos os efeitos perversos do imediatismo nas relações que estabelecemos com o meio ambiente, com a sociedade, com outro. Enfim, o que quero dizer é que, apesar de variações de perspectivas e de áreas de conhecimento, fazemos de modo satisfatório a descrição da "caricatura de homem" que somos, para usar aqui uma expressão provocativa de Nietzsche. Fazemos o diagnóstico mas, no entanto, me parece que estamos desatentos ou ocupados demais para nos concentrarmos nas linhas de vulnerabilidade, na fratura virtual, que segundo Foucault, abriria um espaço de transformação possível.

Flagrar o novo em ação, perceber as linhas de vulnerabilidade da atualidade, arriscar-se a produzir enunciados sobre o Outro que estamos nos tornando, sobre o nosso vir-a-ser-outro. Tudo isso é muito difícil. E as recusas a esse tipo de exercício precisam ser levadas em conta, afinal é antigo o alerta de que a filosofia ou o pensamento crítico nada tem a ver com futurologia. A filosofia não prediz, não prevê, não anuncia entre acordes de trombetas o nosso amanhã glorioso ou sombrio. E além disso, sabemos que é necessário medir as palavras para que essas investigações não sejam confundidas com aquelas promessas de um novo homem que acabaram semeando os campos de extermínio no século passado. E há, é claro, os pensadores que direcionam o talento e a inteligência deles para outros fins, para outras viagens, como é o caso de alguns músicos que entrevistei, e de pesquisadores altamente especializados que, por decoro acadêmico, vamos assim dizer, não se sentem à vontade para opinar sobre algo desconhecido que vai um pouco além do objeto de pesquisa a que se dedicam.

É claro que existem as exceções, as admiráveis exceções que falam de um outro jeito, que extrapolam a descrição pura e simples. E você rapidamente nota que aquilo que é dito por eles é vivido, é experimentado, é colocado a prova. Tive o prazer de ouvir as provocações de Margareth Rago, de Edson Passetti, Rubem Alves, Marçal Aquino, Ariano Suassuna. Mesmo que você não concorde com as linhas de raciocínio do entrevistado, você se dobra, é capturado pelo engajamento dessas pessoas em suas própria ideias. Existe uma beleza nessa forma de pensar, nesse estilo de pensamento que está muito próximo da vida. É fácil identificar um fundo vitalista nesse modo de pensar que transpira um certo destemor, uma certa ousadia.

E quando pensamos em "como desentranhar o fascismo que se incrustou em nosso comportamento" (FOUCAULT, 1996, p. 199), o que me vem a mente, de imediato, é essa ousadia. Esse estilo de pensamento que é uma espécie de cintilação que salta da relação que o sujeito estabelece consigo mesmo e com o tempo presente. Se tivesse que eleger uma figura, um personagem conceitual para pôr em cena essa ideia, seria Nietzsche e a sua constelação de cintilâncias que, como sabemos, avivaram o pensamento de Foucault e Deleuze.

"Nunca dei um passo em público que não me comprometesse (NIETZSCHE, 1995, p. 32). É assim que Nietzsche define o seu critério de trabalho, em sua autobiografia. O pensamento como um ato arriscado que provoca incômodo nas ideias prontas e, por isso, suscita reações. Em um aforismo intitulado "No fogo do desprezo", ele deixa claro o que está em jogo quando se arrisca a ser um pensador extemporâneo, inatual ou intempestivo: "É um novo passo rumo à independência, ouso expressar opiniões que são tidas como vergonhosas para quem as possui; também os amigos e conhecidos costumam então ficar receosos. A pessoa dotada deve passar através desse fogo; depois pertencerá muito mais a si mesma" (NIETZSCHE, 2005, p. 261). No horizonte dessa ousadia de querer se desgarrar das ideias prontas, do já visto e pensado, está o desprezo e, por consequência, a solidão que deve ser suportada pelo espírito livre que aspira a independência, o domínio de si. Ou melhor, essa solidão teria um sentido e, até mesmo um valor, para o andarilho que se destina a tornar-se o que se é, experimentando novas condições de existência.

Foucault e Deleuze, cada um à sua maneira, disseram sim ao convite filosófico lançado por Nietzsche. Eles foram afetados pela ideia de que o exercício do pensamento não significa apenas refletir ou teorizar os sistemas filosóficos consagrados, mas sobretudo inventar novas formas de vida. E aqui, no caso, distante dos investimentos fascistas que rondam o nosso modo de ser. O que se pensa, o valor de um pensamento precisa ser provado, testado, experimentado a partir do exame das repercussões desse pensamento na própria existência.

Em fevereiro de 1972, Foucault e Deleuze conversam sobre esse relação entre o pensamento e a existência, entre a teoria e a prática, segundo os termos da época. Nesse diálogo publicado no livro *Microfísica do Poder*, Deleuze mais uma vez, fala da teoria entendida como uma caixa de ferramentas que deve, que precisa funcionar:

> Se não há pessoas para utilizá-la é que ela não vale nada ou que o momento ainda não chegou. Não se refaz uma teoria, fazem-se outras; há outras a serem feitas. É curioso que seja um autor que é considerado um puro intelectual, Proust, que o tenha dito tão claramente: tratem meus livros como óculos dirigidos para fora e se eles não lhes servem, consigam outros, encontrem vocês mesmos seu instrumento, que é forçosamente um instrumento de combate. (FOUCAULT, 1979, p. 71)

É claro que o tempo em que vivemos é outro. Militância, combate, ação, atitude experimental, em certos espaços essas palavras são a senha para que você seja o alvo de ironias já conhecidas, que tem como função deixar explícita a mensagem: "Não me incomode com suas ideias!" Talvez uma das características do poder fascista de nossa época seja justamente o controle que ele exerce sobre o nosso tempo para pensar, tempo para estar consigo mesmo. A dívida que temos já é tão alta, há tanto o que fazer, que não há tempo para exercitar o pensamento. E por isso nos acomodamos naquilo que é familiar, próximo. Pensamentos já domesticados que levamos para passear no jardim ou feiras do conhecimento. Como disse uma de minhas entrevistadas lá na rádio UEL FM, a última coisa que fazemos é pensar. Primeiro escrevem-se os artigos, os relatórios, os projetos, a papelada que sacia a ânsia da máquina burocrática. Essas obrigações com o poder nos mantêm sempre (pre)ocupados. E o espaço subjetivo necessário para o surgimento das ideias é totalmente preenchido por questões secundárias que só fazem sentido para as torres de controle.

Pensar é algo que você já fez algum dia quando jovem, ou vai fazer só depois de aposentado, quando a sociedade te abandona. No intervalo entre a juventude e a velhice o poder manda os protocolos que devem ser preenchidos corretamente, caso contrário, uma série de ameaças acena no horizonte: corte de verbas, restrição de acessos, fracasso na vida profissional. Observando essa vida protocolar, da perspectiva adotada por Nietzsche, a situação margeia o cômico: zanzamos como moscas na feira, atraídos por milhares de odores e sabores, justamente para nos manter acomodados. Isso é, a nossa ilusão de sucesso, de triunfo no mercado das ideias promove uma intensa correria que nos afasta do fogo do desprezo, das sete solidões onde são forjados os diferentes modos de conduzir a existência. "É longe da feira e da fama que se passa tudo o que é grande – diz Zaratustra –, é longe da feira e da fama que viveram desde sempre os inventores de novos valores" (NIETZSCHE, 1987, p. 68).

É evidente que uma frase como essa também é alvo de ironias nesse mundo nosso do marketing universal, da lógica da exposição midiática que afirma o aparecer como condição de ser. Só existo se apareço, ou como se diz nas palestras motivacionais, só é lembrado quem é visto. De acordo com essa lógica do marketing, o desejo de agir, a atitude experimental é uma grande oportunidade porque as empresas, as instituições governamentais ou não urgem por ações "pró-ativas" que melhorem a vida das pessoas na Terra. Num piscar de olhos, aquele que deseja experimentar o seu próprio pensamento de uma outra maneira, torna-se um empreendedor cultural, um empreendedor social, um *amiguinho* da escola ou coisa que o valha. E como gestor de um empreendimento, de um empreendimento de sucesso, de novo, voltamos para aquele circuito das moscas da feira que beneficia sobretudo, os investidores das ações pró-ativas.

Essas observações sobre o engajamento, sobre o desejo de mudança podem soar como "nostalgia do intelectual pela ação", para usar aqui um lampejo do poeta Paulo Leminski. Mas provocados por pergunta como essa: "como nos livrar do fascismo que nos faz gostar do poder, desejar essa mesma coisa que nos domina e explora?" (FOUCAULT, 1996, p. 199) é inevitável a lembrança dos combates e das máquinas de guerra fabricadas por Foucault e Deleuze, inspiradas no pensamento nietzschiano. No prefácio do *Crepúsculo dos Ídolos*, Nietzsche considera a guerra como uma forma de asseio, de desintoxicação dos ideais e do conhecimento que tornam o espírito pesado demais: "A guerra sempre foi a grande prudência de todos os espíritos que se tornaram por demais ensimesmados, por demais profundos; a força curadora está no próprio ferimento" (NIETZSCHE, 2000, p. 7). No esboço desenhado por Gilles Deleuze da figura de Foucault, essa ideia da guerra, do combate como força criadora aparece descrita de maneira bela e precisa:

> Foucault sempre invoca a poeira ou o murmúrio de um combate, e o próprio pensamento lhe aparece como uma máquina de guerra. É que, no momento em que alguém dá um passo fora do que já foi pensado, quando se aventura para fora do reconhecível e do tranquilizador, quando precisa inventar novos conceitos para terras desconhecidas, caem os métodos e as morais, e pensar torna-se, como diz Foucault, um "ato arriscado", uma violência que se exerce primeiro sobre si mesmo (DELEUZE, 1992, p. 128).

Um exemplo de como funciona, de como se movimenta essa máquina de guerra é o próprio Deleuze quem descreve, naquela conversa com Foucault, publicada no livro *Microfísica do Poder*. Diz Deleuze, dirigindo ao amigo:

> Você começou analisando teoricamente um meio de reclusão como o asilo psiquiátrico no século XIX. Depois você sentiu a necessidade de que pessoas que estão nas prisões, começassem a falar por si próprias, fazendo assim um revezamento. Quando você organizou o Grupo de Informação sobre as Prisões foi baseado nisto: criar condições para que os presos pudessem falar por si mesmos. Seria totalmente falso dizer [...] que você teria passado à prática aplicando suas teorias. Não havia aplicação, nem projeto de reforma, nem pesquisa no sentido tradicional. Havia uma coisa totalmente diferente: um sistema de revezamentos em um conjunto, em uma multiplicidade de componentes ao mesmo tempo teóricos e práticos. (FOUCAULT, 1979, p. 70)

Em 1983, dez anos depois desse diálogo com Deleuze, Foucault sintetiza e, mais ainda, ele enfatiza a importância da experimentação, da modificação de si que está em jogo nessa correlação entre análise histórica e atitude prática:

> É preciso a cada instante, passo a passo, confrontar o que se pensa e o que se diz com o que se faz e o que se é. [...] Sempre procurei relacionar, da maneira mais rigorosa possível, a análise histórica e teórica das relações de poder, das instituições e dos conhecimentos com os movimentos, críticas e experiências que as questionam na realidade. Se me ative a toda essa "prática" não foi para "aplicar" ideias, mas para experimentá-las e modificá-las. A chave da atitude política pessoal de um filósofo deve ser buscada [...] em sua filosofia como vida, em sua vida filosófica, em seu *êthos*. (FOUCAULT, 2006, p. 219)

O acontecimento Foucault continua nos afetando justamente por seu *ethos*, por sua maneira de ser que compreende a ética como uma prática de vida, o pensamento como um ato que deve ser posto a prova, experimentado e modificado. E a modificação do pensamento é uma abertura, uma possibilidade para um processo de constituição de si mais rigoroso, adequado e singular.

Vou resumir o que foi dito a fim de me lançar no segundo movimento deste texto. Como jornalista de uma rádio dita, universitária e educativa, me propus a tarefa de fazer um jornalismo de ideias, inspirado no conceito-tarefa de "diagnóstico do presente". Após três anos interpelando as pessoas que pensam sobre o que se passa na atualidade, percebo que a segunda parte dessa tarefa intelectual, ética e política – realizada nos limites de nós mesmos –, não se efetiva, não se realiza. O exercício do diagnóstico, além da descrição do que somos, consiste também em "colocar a prova da realidade e da atualidade, para simultaneamente apreender os pontos em que a mudança é possível e desejável e para determinar a forma precisa a dar a essa mudança" (FOUCAULT, 2000, p. 348). O desejo era justamente presenciar, coparticipar desse processo captando e lançando no ar, através das ondas do rádio, uma pluralidade de vozes que poderia relatar os lances, os gestos, os ferimentos de uma experiência concreta de liberdade, de luta contra os limites da atualidade.

E o que está errado, o que precisa ser modificado nessa estratégia que eu e a Patricia Zanin colocamos no ar? O problema é que a gente adoece ouvindo, expondo o nosso corpo e o nosso pensamento a uma infinidade de descrições tristes de nossa atualidade. Se a gente não é indiferente, se não somos movidos por indignações pontuais e passageiras como aquele ouvinte ou leitor de jornal que xinga um, xinga outro, depois liga o Playstation e esquece... Se a gente não é assim, se somos efetivamente comprometidos com aquilo que dizemos e fazemos, a gente adoece. O corpo não suporta. E, não é a verdade dura e sinistra que nos fragiliza, é a impossibilidade de ação, é a impossibilidade de colocar em cena a atitude experimental que nos desequilibra. Como disse Nietzsche, a guerra, a ação é uma força curadora, uma forma de asseio para os espíritos que se transformaram ensimesmados demais para criar algo diferente de si mesmo.

Em uma entrevista, Michel Foucault afirma que é preciso retomar as análises táticas e estratégicas num nível extraordinariamente baixo, cotidiano, sem de deixar afetar pela perspectiva apocalíptica. Nessa entrevista, de 1975, ele já havia formulado a questão, que agora retomo e me vejo envolvido. Diz Foucault:

> É possível ter um pensamento político que não seja da ordem da descrição triste: é assim, e você está vendo que não tem graça! O pessimismo de direita consiste em dizer: veja como os homens são filhos-da-puta. O pessimismo de esquerda diz: veja como o poder é nojento! Podemos escapar destes pessimismos sem cair na promessa revolucionária, no anúncio do entardecer ou da aurora? Eu creio que é isso que está em jogo atualmente. (FOUCAULT, 2006, p. 96)

Como se desintoxicar de tantas descrições tristes? Mudando de estratégia, como diria Foucault. Dirigir os sentidos para um nível extraordinariamente baixo, cotidiano. Interpelar outras personagens, mergulhar em experiências outras protagonizadas por figuras anônimas, sem fama que, de alguma maneira, realizam os seus embates com o poder. Penso que a nossa convalescência passa pelo aprendizado e leitura dos gestos de

Foucault. Lembro-me aqui da alegria dele ao distribuir questionários na fila que se formava na frente das prisões em dias de visita, na época do GIP. Como relata o biógrafo Didier Eribon, "Ele se apaixona por esses fragmentos de história individual, por essas trajetórias patéticas, por toda essa vida, de uma realidade brutal, que descobre à margem da sociedade" (ERIBON, 1990, p. 211). É o mesmo impulso que toma o corpo de Foucault quando ele se depara com os arquivos na Biblioteca Nacional onde estão depositados os fragmentos de vidas infames: "Embaraçar-me-ia dizer o que foi que experimentei quando li esses fragmentos. Sem dúvida uma daquelas impressões das quais se diz que são físicas. E confesso que tais 'novelas' percutiram em mim mais fibras do que aquilo a que vulgarmente chamamos de literatura" (FOUCAULT, 1992, p. 91).

Ir de encontro a algo que tenha vida. E que por isso mesmo está em posição de combate. É Foucault desembarcando em Teerã, em 1978, dias após o conflito que acabaria com um saldo de quatro mil mortos. Segundo as lembranças de Thierry Voeltzel, companheiro de Foucault nessa jornada, ele interpelava os estudantes, os passantes com as seguintes perguntas: "o que você quer?", "o que se passa com a sua vida?". Um compromisso com o outro que pensa, sente e age, mas que não é visto, nem ouvido pelo poder. No artigo que o filósofo escreveu para o jornal *Le Monde* em 1979, ainda sobre a sublevação do povo iraniano, Foucault reafirma sua atenção respeitosa, dirigida àquelas singularidades em conflito com o poder:

> Um delinquente arrisca a sua vida contra castigos abusivos; um louco não suporta mais estar preso e decaído; um povo recusa o regime que o oprime. Isso não torna o primeiro inocente, não cura o outro, e não garante ao terceiro os dias prometidos. Ninguém, aliás, é obrigado a ser solidário a eles. Ninguém é obrigado a achar que aquelas vozes confusas cantam melhor do que as outras e falam a essência do verdadeiro. Basta que elas existam e que tenham contra elas tudo o que se obstina em fazê-las calar, para que faça sentido escutá-las e buscar o que elas querem dizer. Questão moral? Talvez. Questão de realidade, certamente. Todas as desilusões da história de nada valem; é por existirem tais vozes que o tempo dos homens não tem a forma da evolução, mas justamente a da história. (FOUCAULT, 2006, p. 80)

E nesse momento da história em que se vive sob o signo da visibilidade total, assegurado pela própria mídia, há que se ter uma certa prudência no momento de ouvir as pessoas. Caso contrário, corre-se o risco de colaborar com o processo de captura das singularidades. Há que se desprezar o roteiro em que as individualidades em luta são lapidadas para se enquadrarem no papel de vítima. Esse tipo de encenação atrai e excita os espíritos reformistas, os empreendedores sociais que garimpam misérias a fim de gerar lucros materiais ou simbólicos provenientes da tutela, que significa assistência, proteção, mas também, sujeição, subordinação.

Ouvir com prudência. Para ser mais preciso, ouvir com leveza aqueles que vivem as lutas cotidianas com alegria. E, são os jovens e as crianças – nessa sociedade casa vez mais grisalha, ranzinza e controladora –, que sabem como extrair e reconhecer os prazeres nos combates e conflitos nos quais estão envolvidos. A artilharia leve e ligeira contra a máquina de guerra. Pode haver no riso uma prática de liberdade muito mais intensa e concreta do que nas descrições tristes e graves que até então valorizamos. Nietzsche:

> O intelecto é, na grande maioria das pessoas, uma máquina pesada, escura e rangente, difícil de pôr em movimento; chamam de "levar a coisa *a sério*", quando trabalham e querem pensar bem com essa máquina – oh, como lhes deve ser incômodo o pensar bem! A graciosa besta humana perde o bom humor, ao que parece, toda vez que pensa bem; ela fica "séria"! E "onde há riso e alegria, o pensamento nada vale": – assim diz o preconceito dessa besta séria contra toda "gaia ciência." – Muito bem! Mostremos que é um preconceito! (NIETZSCHE, 2001, p. 217)

Referências

DELEUZE, Gilles. *Conversações, 1972-1990*. Rio de Janeiro: Ed. 34, 1992.

DELEUZE, Gilles. O Ato de Criação. *Folha de S. Paulo*, Caderno Mais! 27/06/1999. p. 4-5.

ERIBON, Didier. *Michel Foucault:* uma biografia. São Paulo: Companhia das Letras, 1990.

FOUCAULT, Michel. Os intelectuais e o poder. Conversa entre Michel Foucault e Gilles Deleuze. In: *Microfísica do Poder*. Rio de Janeiro: Graal, 1979. p. 69-78.

FOUCAULT, Michel. A vida dos homens infames. In: *O que é um autor?* Lisboa: Passagens, 1992. p. 89-128.

FOUCAULT, Michel. O Anti-Édipo: uma introdução à vida não-fascista. *Cadernos de Subjetividade*. São Paulo, v. 1, n. 1, jun. 1996. p. 197-200.

FOUCAULT, Michel. Estruturalismo e pós-estruturalismo. In: *Ditos e Escritos II*. Rio de Janeiro: Forense Universitária, 2000. p. 307-334.

FOUCAULT, Michel. O que são as Luzes? In: *Ditos e Escritos II*. Rio de Janeiro: Forense Universitária, 2000. p. 335-351.

FOUCAULT, Michel. É inútil revoltar-se? In: *Ditos e Escritos V*. Rio de Janeiro: Forense Universitária, 2006. p. 77-81.

FOUCAULT, Michel. Política e Ética: uma entrevista. In: *Ditos e Escritos V*. Rio de Janeiro: Forense Universitária, 2006. p. 218-224.

FOUCAULT, Michel. *Michel Foucault: entrevistas*. São Paulo: Graal, 2006.

NIETZSCHE, Friedrich. *Assim falou Zaratustra*, um livro para todos e para ninguém. Rio de Janeiro: Bertrand Brasil, 1987.

NIETZSCHE, Friedrich. *Ecce Homo*: como alguém se torna o que é. São Paulo: Companhia das Letras, 1995.

NIETZSCHE, Friedrich. *Crepúsculo dos ídolos* ou como filosofar com o martelo. Rio de Janeiro: Relume Dumará, 2000.

NIETZSCHE, Friedrich. *Humano, demasiado humano*: um livro para espíritos livres. São Paulo: Companhia das Letras, 2005.

Do fascismo ao cuidado de si:
Sócrates e a relação com um mestre artista da existência[1]

Walter Omar Kohan

Foucault e o fascismo

Os filósofos escrevem sobre outros filósofos como uma forma de escrever sobre si. Assim, quando Foucault diz que *O Anti-Édipo* de Deleuze e Guattari é uma introdução a uma vida não-fascista e que o fascismo é o grande inimigo desse livro, provavelmente, está também dizendo que o fascismo é seu grande inimigo ou, pelo menos, de alguns dos seus escritos. Mais ainda, para Foucault, a falta de uma análise histórica do fascismo, seja pela teoria social, na sua habitual atribuição às massas de um desejo pelo fascismo, seja na esquematização marxista que o define como ditadura de uma parte da burguesia, constitui um fato político em si próprio muito importante (FOUCAULT, 1977b, p. 422); a ausência de uma análise histórica adequada de uma questão politicamente relevante não é uma novidade no obra de Foucault, toda vez que, justamente, é a falta de uma teoria satisfatória do poder que justifica sua dedicação ao mesmo. Algo parece se repetir, pelo menos na estratégia argumentativa foucaultiana: o que é muito importante para compreender os modos de funcionamento do social é apresentado como não tendo sido estudado suficientemente.

Para Foucault, o fascismo – que chama, como o stalinismo, de "forma patológica" e "doença de poder" (1983, p. 209) – não é original do Estado moderno e valeu-se de mecanismos já presentes em outras sociedades. De fato, Foucault critica a visão marxista do fascismo, que o concebe como "ditadura terrorista aberta pela fração mais reacionária da burguesia" (1974,

---

[1] Uma versão anterior deste texto foi publicada como "Foucault e o Cuidado de Sócrates". In: KUIAVA, Evaldo Antonio; SANGALLI, Idalgo Jose; CARBONARA, Vanderlei (orgs.). *Filosofia, formação docente e cidadania*. Ijuí, RS: Editora da UNIJUI, 2008, p. 57-82.

p. 654), na medida em que esse regime só foi possível porque uma parte significativa da população encarregou-se das funções de repressão, controle e polícia. O fascismo não pode ser chamado tão tranquilamente de ditadura porque uma parte importante da sociedade participou do exercício de poder por ele instaurado. De modo que o regime político historicamente localizável operacionalizou de forma prática uma lógica coletiva de poder.

Por outro lado, as ideias e procedimentos característicos do fascismo estão também presentes em nossa própria racionalidade política (1983, p. 209). Se o fascismo preocupa a Foucault não é apenas como arquivo, mas como forma que acompanha nossas condutas mais quotidianas e "nos faz amar o poder, desejar isso mesmo que nos domina e nos explora" (1977a, p. 134). Dessa forma, é possível distinguir um sentido mais específico do fascismo, – como regime político historicamente situado–, e um sentido mais largo – como modo de exercício do poder que determina a relação consigo mesmo e com os outros. Se bem o primeiro fascismo interessou sobremaneira Foucault, certamente é esse segundo fascismo, essa prática de exercício de poder que contribui à constituição de subjetividades e modos de vida fascistas num sentido mais largo, que constituiu o grande inimigo de Foucault, em particular nos estudos do chamado período do poder.

Fascismo na educação?

Entretanto, o sentido mais largo do fascismo traz o perigo de uma generalização exagerada e a sua consequente perda de especificidade, em particular quando aplicado a outros períodos da obra de Foucault. Assim, se pensarmos nos modos de exercer o poder pedagógico, seria sedutor estender a análise e pensar, por caso, no "fascismo" das instituições, dos currículos, das relações entre mestre e discípulo. Contudo, a questão é mais complexa. Ela aparece numa entrevista com J. Rancière, o qual interroga Foucault sobre um paralelo entre o desejo das massas pelo fascismo e o amor ao mestre. O próprio Foucault (1977b) mostra que trata-se de planos distintos, específicos, onde o que importa encontrar é uma elaboração teórica que permite compreender um modo de exercer o poder, uma relação de poder peculiar que produz efeitos positivos nas formas efetivas de subjetivação.

No contexto de seu interesse pelos modos de existência da Grécia antiga, Foucault interessou-se por uma figura particular e um modo particular de pensar e dialogar com outros. Referimo-nos a Sócrates, criador de um modo específico de exercer o poder pedagógico, de quem Foucault se ocupou detalhadamente em, pelo menos, cinco aulas inteiras em seus cursos no *Collège de France*, entre 1982 e 1984.[2] Em *A hermenêutica do sujeito*, Foucault dedica a Sócrates as primeiras aulas de um estudo mais amplo sobre as relações entre sujeito e verdade, a partir da noção de "cuidado de si mesmo". Seu estudo retoma um amplo período da história dessas práticas, desde sua pré-história filosófica, entre os órficos e pitagóricos, até o século V d. C. Foucault distingue, nessa retomada, três períodos: o momento socrático-platônico (no século V a. C.), a idade de ouro do cuidado de si (nos séculos I e II d. C.) e a passagem do ascetismo pagão ao ascetismo cristão (nos séculos IV e V d. C.).

Foucault considera que as razões do "esquecimento" da riquíssima tradição de práticas de cuidado de si e seu eclipse pela noção de conhecimento de si relacionam-se com os acontecimentos da história da verdade e o que ele denomina o "momento cartesiano", um longo processo histórico que desloca o foco da existência da vida até o conhecimento (FOUCAULT, 2001, p. 15).

Esse "momento cartesiano" é uma longa e complexa tradição que não se restringe a Descartes, fazendo um jogo duplo: a) valoriza o conhecimento de si a partir da evidência, que somente pode se dar desde o próprio sujeito, compreendido como alma, *res cogitans*; b) desvaloriza o cuidado de si, indicando que não há nem pode haver outro acesso à verdade que o conhecimento emanado da alma.

Com o "momento cartesiano", duas coisas que estavam juntas, o cuidado e o conhecimento – a vida e a verdade, a espiritualidade e a filosofia – separam-se. A filosofia – "forma de pensamento que se interroga, certamente não sobre o que é verdadeiro e o que é falso, mas sobre o que faz que exista e que possa existir o verdadeiro e o falso" (ibid., p. 16) – fica do lado do conhecimento e, concomitantemente, fora da vida. A espiritualidade – "investigação, prática, experiência, pelas quais o sujeito opera as transformações necessárias para ter acesso à verdade" (ibid., 2001, p. 16) – fica do lado da vida e, desse modo, fora do conhecimento. Isso é, a partir do "momento cartesiano", para conhecer já não é necessário, como

---

[2] As duas aulas de 1982 (6 e 13 de janeiro) sobre Sócrates compõem o curso *L'herméneutique du Sujet* (Paris: Gallimard, 2001); as três aulas de 1984 (15, 22 e 29 de fevereiro) compõem o curso *Le courage de la vérité*, que acabou de ser publicado na França. Consultamos aqui uma transcrição dessas últimas aulas.

antes, nenhum tipo de transformação do sujeito, forma de experiência ou exercício vital. A verdade está convalidada a partir de certas condições internas (regras formais de método, condições objetivas, estrutura do objeto a conhecer) e externas ("é necessário não estar louco para conhecer", condições culturais, morais, consenso científico) ao ato de conhecimento, dadas de antemão para qualquer sujeito (ibid., p. 18-19).

Na espiritualidade, as coisas são diferentes. Sempre é necessário um movimento do sujeito (movimento ascendente, como no caso de *éros*; trabalho de elaboração, como é a *áskesis*) para chegar à verdade. Foucault (ibid., p. 12) destaca três características principais do lugar que ocupa nela o cuidado de si:

Em primeiro lugar, o cuidado de si comporta uma atitude geral, uma maneira de estar no mundo, de preocupar-se com os próprios atos e de ter certas relações com os outros. O cuidado de si é uma atitude frente a si, aos outros e ao mundo;

Em segundo lugar, o cuidado é uma forma de atenção, de olhar. Cuidar de si é deslocar o objeto do próprio olhar do exterior para si mesmo. Implica uma atenção especial ao que se pensa e ao que se dá no próprio pensamento;

Em terceiro lugar, o cuidado designa um conjunto de ações e práticas de si sobre si. Há uma ampla gama de ações, exercícios, técnicas, pelas quais "o si" se modifica, se transforma, se transfigura.

Cuidado de si, conhecimento da alma (Alcibíades I) e modo de vida (Laques)

Para Foucault, Sócrates é o homem da espiritualidade que funda a filosofia. No *Alcibíades I*, Sócrates quer estabelecer com Alcibíades uma relação diferente da que esse jovem teve com todos os seus amantes anteriores: quer mostrar-se não só como superior a ele, mas como o único capaz de dar-lhe a potência, *dýnamis* (*Alcibíades I*, 105e) que Alcibíades deseja para sua vida política. A condição disso é que ele possa cuidar de si mesmo. Em *L'Herméneutique du Sujet*, Foucault destaca quatro características específicas desse tratamento do cuidado de si no *Alcibíades* (ibid., p. 37-39): a) cuidar de si é uma condição para cuidar dos outros. O cuidado fundamenta-se numa necessidade de projeção política do sujeito; b) cuidar de si cumpre um papel compensador em função de uma educação deficiente; a postura de Sócrates supõe uma crítica tanto à educação técnica, tradicional, ateniense, quanto à educação erótica em que os amantes, adultos, maduros, só buscam a beleza do corpo dos adolescentes e o abandonam quando está em condições de entrar na vida política, sem se preocuparem em cuidar de si mesmos; c) há uma idade propícia para se iniciar no cuidado, justamente quando se afasta do pedagogo e se sofre o abandono do amante; e, consequentemente, há também uma idade que não é propícia para essa iniciação; d) o cuidado de si se justifica também pela ignorância do objeto desejado. O fato de que Alcibíades, aspirante a governar os outros, ignore o significado de governar bem é um indicador de que deve cuidar de si mesmo, o que não tem feito até então.

Foucault aponta o caráter paradoxal dessa relação do sujeito consigo mesmo: de certo modo, ao tornar-se objeto do próprio cuidado, a alma torna-se exterior a si mesma, ela cuida e é cuidada ao mesmo tempo. Na medida em que a técnica que permite cuidar de si está dada pela inscrição délfica – o *gnôthi seautón,* "conhece-te a ti mesmo", ao menos nesse *diálogo* –, o conhecer-se a si mesmo se justifica e adquire sentido no âmbito do cuidado de si.

Há certa semelhança inicial entre o *Alcibíades* e o *Laques*. Com efeito, os dois se originam em certa relação entre educação e negligência. No *Laques*, Lisímaco e Melesias receberam, assim como Alcibíades, uma educação negligente e, como não querem repetir, com seus filhos, o que seus pais fizeram, consultam dois notáveis cidadãos, Laques e Nicias – e depois Sócrates –, sobre como é preciso educar aos jovens.

Foucault mostra como Sócrates, ao intervir, muda a lógica da discussão. Nícias e Laques discordavam sobre a conveniência de educar seus filhos nas armas. Sócrates não toma partido de nenhuma das duas posições e afirma que "é preciso procurar um artista (experto, *technikós*, *Laques*, 185e) no cuidado da alma", alguém que teve bons mestres foi capaz de gerar almas excelentes (*Laques*, 185e-186b).

Quando se trata de examinar se algum, Nícias ou Laques é um tal experto, Nícias mostra que sabe o campo onde a sua apresentação deve ter lugar: "dar razão sobre si mesmo, sobre como é seu modo de viver atual e por que viveu a vida que viveu" (*Laques*, 188a; *Laques*, 187e-188a). Nícias sabe que, diante de Sócrates, deverá justificar, dar razão (*didónai lógon*) sobre a própria vida, tanto a passada quanto a presente. Nícias lembra também de um ditado de Sólon sobre o valor de aprender enquanto se está vivo. E conclui:

> Pois estar submetido à pedra de toque de Sócrates não é nada incomum e nem sequer desagradável para mim, mas há muito tempo sei de algo: quando Sócrates está presente, nosso discurso não poderia ser sobre os jovens e sim sobre nós mesmos. (*Laques*, 188b-c)

Nícias afirma um sentido para a presença do mestre: o de uma pedra de toque; alguém que põe à prova. O mestre, Sócrates, põe à prova um modo de vida, a forma que alguém dá à sua própria vida. Com Sócrates não se trata de provar que se conhece isso ou aquilo, mas que se vive dessa ou de outra maneira e por quê.

Foucault (1984, p. 47-49) acompanha o argumento do *Laques*: 1) os dois interlocutores mais fortes de Sócrates, Laques e Nícias, eliminam-se e se esquivam entre eles mesmos; 2) Laques e Nicias concordam em recomendar a Lisímaco que confie seus filhos a Sócrates para que esse cuide deles em razão da harmonia que ele mostra entre seu dizer e seu fazer, entre sua palavra e sua prática, como reconhece Laques (*Laques*, 189a-b). Sócrates aceita sem aceitar; aceita ir no dia seguinte e ao mesmo tempo diz que ele não se mostrou mais capaz que Laques e Nícias em ocupar esse lugar uma vez que não respondeu melhor que eles as questões apresentadas; mas no transcurso do diálogo reinstituiu a maestria da arte de ensinar no cuidado e se mostrou o verdadeiro mestre do cuidar, não porque deu razão à sua arte, mas porque impôs por meio do diálogo o saber de seu dizer verdadeiro, sua *parresía* do cuidar que os outros cuidem de si mesmos; conseguiu que seus interlocutores, assim como Nícias reconheceu, voltem o olhar para si mesmos; 3) por trás dos professores com os quais, ironicamente, Sócrates propõe não poupar gastos, está o *lógos*, o próprio discurso que dará acesso à verdade.

Foucault mostra algumas semelhanças e diferenças importantes entre o *Alcibíades I* e o *Laques*. Primeiro, seu fundo comum: em ambos os diálogos há uma inquietude e uma situação compartilhada. É preciso ocupar-se de jovens que passam por uma educação deficitária e, em ambos os diálogos Sócrates consegue que seus interlocutores reconheçam que devem cuidar de si mesmos. Nos dois casos, Sócrates acaba mostrando-se capaz de fazer com que os outros aprendam a necessidade de se cuidarem e, como tal, afirma-se, implicitamente, como o verdadeiro professor. Contudo, muda significativamente o modo de entender esse "si mesmo". Em *Alcibíades* é a alma; no *Laques* é a vida, o modo de viver. O primeiro dará lugar a um desenvolvimento, no próprio Platão, de um si mesmo como realidade ontologicamente separada do corpo: a alma. O segundo dará lugar ao desenvolvimento de um discurso verdadeiro para poder dar certa forma e estilo à existência (ibid., p. 52). Se o primeiro dá lugar a uma metafísica, o segundo abre as portas a uma estilística da existência.

Afinal, Sócrates refuta o lugar de um educador para, na verdade, recriá-lo. Sócrates se recusa a ocupar o lugar de experto de uma arte, e estabelece um novo lugar de maestria, o de guiar a todos os outros pelo caminho do *lógos* para que cuidem de si mesmos e dos outros. Por isso, Sócrates aceita ao final do *Laques*, "se a divindade assim quer", ir à casa de Lisímaco no dia seguinte: não para ser seu professor no sentido técnico, mas para levar adiante a missão que realizou no diálogo e continuará a cumprir sempre, aquela que na *Apologia* diz ter recebido da divindade: cuidar que os outros cuidem de si.

Saber, ignorância e cuidado (Apologia de Sócrates)

Foucault afirma que, no *Críton*, o cuidado aparece a propósito dos filhos de Sócrates (ibid., p. 24); o cuidado emana das leis da *pólis* que Sócrates enfrenta no momento crucial de recusar a proposta de fuga. No *Fédon*, Foucault se interessa pelas enigmáticas últimas palavras de Sócrates: "Críton, devemos um galo a Asclépio. Vamos, paguem a dívida, e não sejam negligentes" (*Fédon*, 118a). Para Foucault, Sócrates implicitamente agradece à divindade pela cura de uma doença; mas essa doença não é a vida como se tem interpretado tradicionalmente, ao menos desde Olimpiodoro, inclusive por Nietzsche, mas das opiniões nocivas que Críton expõe naquele diálogo.

Na *Apologia de Sócrates*, Foucault retrata a fundação de uma nova maneira de dizer a verdade, a da filosofia. Sócrates não diz a verdade do político, publicamente. Afirma que esse âmbito seria por demais perigoso e dá dois exemplos para ilustrar esse perigo, que ele atende, porque do contrário "estaria morto muito antes" (*Apologia*, 31d). Como assinala Foucault, os dois exemplos são ambíguos, já que se trata de duas situações em que Sócrates enfrentou publicamente a política instituída e saiu vivo: afrontou um regime democrático – quando, membro do Conselho, foi o único a se opor a tomar a ação ilegal de julgar em bloco e não individualmente os dez estrategistas vencedores em Arginusas, *Apologia*, 32b –, mas também um oligárquico – quando se negou a cumprir a ordem dos Trinta Tiranos de buscar Leão de Salamina. *Apologia*, 32c-d). São ambíguos porque justamente Sócrates diz que não participou em política porque teria sido morto antes e dá dois exemplos em que não perdeu sua vida. Talvez eles mostrem um risco e uma proximidade da morte que uma militância mais constante não teria podido evitar.

Com tudo, Sócrates também se ocupa dos outros. Aceita uma missão igualmente arriscada, que compara ao posto de luta (*táxin*, *Apologia*, 29a) de um soldado no campo de batalha: submeter a exame a si mesmo e a todos os outros, incitando-os a se ocuparem de si mesmos, de seu pensamento, verdade e alma (*Apologia*, 29e). Foucault diz: cuida que os outros cuidem de si e não do que os rodeia. Por isso, não teve tempo livre para fazer nada digno nem na *pólis* nem na sua casa e vive em extrema pobreza (*Apologia*, 23b-c).

Sócrates não explica por que aceita o risco de morte da filosofia e não o da política. De qualquer modo, os ecos educacionais de sua tarefa filosófica são notórios: alguns jovens – os que têm mais tempo livre, os mais ricos – dedicam-se a imitá-lo por vontade própria e examinam também a outros. Esses jovens encontram muitos homens que creem saber algo, mas sabem pouco ou nada. Os examinados se irritam com Sócrates, e não com eles mesmos, e daí nascem as calúnias de que corromperia os jovens. Essas razões dão conta, para Sócrates, da origem das acusações que circulam sobre ele. São os boatos dos ressentidos, as vozes dos que não aceitam terem sido desnudados em sua ignorância.

O problema, segundo Sócrates, não estaria em ser ignorante. Todos o somos. A questão principal passa pela relação que temos com a ignorância. Alguns a negam, a ignoram. Esse é o principal defeito, parece sugerir Sócrates, de um ser humano: ignorar sua ignorância. Tudo se pode ignorar, menos a própria ignorância. Sócrates é o único em Atenas que sabe de sua ignorância, que ignora todas as outras coisas, menos a própria ignorância. O problema principal dos que ignoram a ignorância é que se imiscuem numa relação disfarçada com o saber e a partir dessa relação se fecham à possibilidade de saber o que de fato ignoram. Encerram toda busca.

A partir da *Apologia*, Foucault distingue três momentos do dizer verdadeiro socrático: *recherche, épreuve, souci*. Diferencia esse modo de dizer verdade de outros três modos de dizer verdade na Grécia clássica: o do poeta (o modo profético), o do sábio (o modo conhecedor) e o do técnico (o modo professoral). Se a atitude tradicional ante a palavra profética é "esperar ou evitar seus efeitos no real" (ibid., p. 7), ao contrário, Sócrates empreende uma investigação (*zétesin*, *Apologia*, 21b) para discutir e eventualmente refutar o oráculo (*elénkhon*, *Apologia*, 21c). Sócrates não diz a verdade do sábio porque não fala do ser das coisas e da ordem do mundo, mas lhe interessa pôr em questão a alma (ibid., p. 11); tampouco diz uma verdade técnica porque não cobra pelo que faz e porque não crê que deva transmitir o que sabe a alguém que não saberia. Se há algo que Sócrates transmite é uma relação com o saber para, a partir de um reconhecimento da própria ignorância, gerar uma mudança na relação consigo mesmo.

Foucault e o poder pedagógico da filosofia

A leitura foucaultiana de Sócrates tem um tom marcadamente laudatório. O retrato é tão empático que não resistimos à tentação de traçar um paralelo entre duas vidas filosóficas perante a iminência da morte. O último Foucault parece buscar no último ateniense a legitimidade e a potência de uma maneira de viver a morte por vir, uma estilística comum de existir antes da morte, de pensar, quem sabe, a projeção educacional de uma vida vivida, de uma morte por morrer.

Nesse sentido, Sócrates interessa Foucault pela vida afirmada em sua forma de morrer. Através dela, Sócrates outorga o que Foucault tanto desejava para sua própria vida e morte: uma existência bela e um dizer verdadeiro (FOUCAULT, 2001, p. 54). Por ter fundado o modo da filosofia de dizer a verdade, Sócrates faz-se insubstituível como momento genealógico de uma estilística filosófica que Foucault buscava para si nos últimos anos de sua vida.

As ênfases estéticas na leitura de Foucault são notórias. É um retrato plenamente afirmativo, de um Sócrates que é o homem do cuidado, que funda a filosofia como prática do cuidado de si, no contexto de uma espiritualidade em que, ainda, vida e conhecimento, existência e ontologia, estão juntas. A filosofia é para o Sócrates de Foucault uma espécie de atitude de vida, frente a si, os outros e o mundo; é também uma preocupação especial com o próprio pensamento e, finalmente, é um conjunto de práticas dialógicas pelas quais alguém deve passar para transformar-se e assim ter acesso à verdade. Na vereda oposta, o próprio Platão, em textos como *Fédon*, *Fedro* e *A República* é já o iniciador desse momento cartesiano que para Foucault marca a cisão da espiritualidade e a filosofia e a subordinação do cuidado de si ao conhecimento de si. Para Foucault, Platão arranca a filosofia da vida onde a havia situado Sócrates.

O *Alcibíades* e o *Laques* retratam o que Sócrates diz na *Apologia* de maneira mais nítida: o trabalho do cuidado, do pensamento, da filosofia, começa sempre em cada um; não há como provocar um efeito no outro se antes não for feito esse trabalho consigo mesmo. Em uma passagem do *Menón* o diz explicitamente, de maneira muito clara. Recordamos o contexto do diálogo, sua primeira pergunta: é possível ensinar a *areté*? Em todo caso, antes há que se saber o que é a *areté*, e Menón, um experto que proferiu mil discursos a plateias numerosas sobre a *areté*, diante de Sócrates não sabe o que dizer. Menón se sente completamente encantado, inebriado e enfeitiçado por Sócrates, "verdadeiramente entorpecido, na alma e na boca" (*Menón*, 80a-b). Está como quem sofre descargas elétricas e fica impossibilitado de qualquer movimento. Sócrates aceita ser comparado com um feiticeiro com uma condição. Vale reproduzir a passagem inteira:

"Pois não é por estar eu mesmo no bom caminho (*euporôn*) que deixo os outros sem saída (*aporêin*), senão por estar eu mesmo mais que ninguém sem saída (*aporôn*), assim também deixo os outros sem saída (*aporêin*)" (*Menón*, 80c-d).

A frase tem uma estrutura sintática em que duas sentenças estão contrapostas por uma partícula adversativa (*senão*). Em ambas as frases – explicativo-causais –, repete-se a parte final: produzir a aporia nos outros; o que muda é a explicação ou causa dessa atividade; a primeira parte da primeira oração nega uma possível causa; a segunda parte afirma outra. Sócrates nega que ele provoque aporia nos outros estando ele em uma situação boa, confortável em relação com o caminho a tomar (*euporôn*). Note-se que a contraposição é entre duas eventuais posições de Sócrates, dadas pelos prefixos *eu* (bem, bom) e *a* (ausência, carência, negatividade) frente à mesma raiz temática *póros*, que indica movimento, caminho, deslocamento. De modo que Sócrates afirma que só aturde os outros porque ele está mais aturdido que ninguém, porque seu saber nada vale, assim como nada valem os saberes dos outros. Como o oráculo lhe disse, é o mais sábio por se saber o mais sabedor de seu não-saber, ou melhor, da ausência de valor de seu saber.

Se pensarmos numa relação educacional, Sócrates sugere que somente a partir da relação que se quer propiciar no outro é possível compartilhar o caminho de quem aprende. Sócrates só pode ser mestre do cuidado de si, só pode ensinar os outros a cuidar de si porque primeiro cuida de si, mais do que ninguém. Só pode produzir o aturdimento próprio da filosofia porque ninguém está tão aturdido quanto ele mesmo. O ponto paradoxal é que, como Foucault destaca, Sócrates compreende o cuidado de si como um cuidado dos outros. Sócrates cuida de si mesmo cuidando dos outros. De modo que, em certo sentido, Sócrates não cuida de si como espera que todos os outros cuidem de si, cuidando de si *ipsis litteris*. Contudo, em outro sentido, Sócrates cuida de si mais que ninguém, porque é o único que entende esse cuidado a partir do cuidado dos outros. O paradoxo está na situação de Sócrates não poder cuidar de si senão cuidando dos outros. Essa é a situação paradoxal, única, de quem filosofa com outros. O paradoxo se torna trágico quando o cuidado de si através do cuidado dos outros provoca a própria morte, quando a única vida que merece ser vivida não conduz a outro lugar que a perca da própria vida.

Assim começamos: os filósofos escrevem sobre outros filósofos como uma forma de escrever sobre si. Na sua leitura de Sócrates, a preocupação pelo fascismo parece ter ficado longe e Foucault passa por alto marcas de dispositivos de saber-poder que sem dúvida lhe haveriam interessado em outros momentos, mas parecem irrelevantes na sua última busca, centrada nas *arts de l'existence* – "práticas reflexivas e voluntárias, pelas quais os homens não apenas fixam para si regras de conduta, mas buscam transformar-se a si próprios, a modificar-se em seu ser singular e a fazer de sua vida uma obra que porta certos valores estéticos e responde a certos critérios de estilo" (FOUCAULT, 1984b, p. 16-17). Nessas artes, a criação de Sócrates, a filosofia, ocupa um lugar principal. O que Sócrates ensina, em última instância, é o paradoxo do filósofo, do mestre que cuida de si cuidando dos outros. Sua terra é uma existência que merece ser vivida mais do que a metafísica de uma alma a ser conhecida. Afinal, o que Sócrates ensina, o que a filosofia ensina em seu nome, é o paradoxo da única vida que pode ser vivida, a que provoca a própria morte. É preciso viver e morrer como Sócrates, jamais renunciando a dizer a verdade da filosofia, a de cuidar que os outros cuidem de si, a que exige a transformação de si e dos outros: uma arte de viver de outra maneira, de pensar de outra maneira, de dizer a verdade de outra maneira, de morrer de outra maneira.

Referências

FOUCAULT, Michel. Anti-Rétro. In: *Dits et Écrits*. v. II, 1974. Paris: Quatro, Gallimard. 2001. p. 646-660.

FOUCAULT, Michel. Preface. In: Gilles Deleuze e Félix Guattari. *Anti-Oedipus: Capitalism and Schizophrenia*. New York: Viking Press, 1977a. p. XI-XIV.

FOUCAULT, Michel. Pouvoirs et stratégies (entretien avec J. Rancière). *Les Révoltes logiques*, n. 4, hiver 1977b, p. 89-97. In: *Dits et Écrits*. v. III, 1977b. Paris: Quatro, Gallimard. 2001. p. 418-428.

FOUCAULT, Michel. Why Study Power? The Question of the Subject. In: DREIFUS, Hubert; RABINOW, Paul (eds.). *Michel Foucault*. Beyond Estructuralism and Hermeneutics. 2nd ed. Chicago: The University of Chicago Press, 1983, p. 208-216.

FOUCAULT, Michel. *Aulas* de 15, 22 e 29 de fevereiro. Paris: Collège de France, 1984a. Mimeo.

FOUCAULT, Michel. *L'usage des plaisirs*. Paris: Gallimard, 1984b.

FOUCAULT, Michel. *L'Herméneutique du Sujet*. Paris: Gallimard, 2001.

Os autores

Alfredo Veiga-Neto

Doutor em Educação e Mestre em Genética pela UFRGS. Professor Titular do Departamento de Ensino e Currículo e Professor Convidado do Programa de Pós-Graduação em Educação, da Faculdade de Educação da Universidade Federal do Rio Grande do Sul. Interesses de pesquisa: novas espacialidades e temporalidades e novos dispositivos disciplinares, de segurança e de controle, na transição do moderno para o pós-moderno. E-mail: alfredoveiganeto@uol.com.br

Ana Maria de Oliveira Burmester

Doutora em Demografia pela Université de Montreal. Mestre e Graduada em História pela UFPR. Professora Sênior da Universidade Federal do Paraná. Interesses de pesquisa: Teoria e Filosofia da História, com ênfase sobre os seguintes temas: população, História do Brasil colonial, demografia histórica.

André Duarte

Doutor e Mestre em Filosofia pela USP. Professor do Departamento de Filosofia e do Programa de Pós-Graduação em Filosofia da UFPR. Pesquisador do CNPq. Tem experiência na área de Filosofia, com ênfase em Filosofia Política, Ética, Fenomenologia, Ontologia e Hermenêutica, atuando principalmente na discussão dos seguintes autores e temas: diagnósticos filosóficos da Modernidade, biopolítica, técnica, Heidegger, Arendt, Foucault, Nietzsche e Agamben. E-mail: andremacedoduarte@yahoo.com.br

Carlos José Martins

Doutor em Filosofia pela UFRJ. Mestre em Filosofia pela UNICAMP. Graduado em Educação Física pela UFMG. Professor do Departamento de Educação Física da UNESP/Rio Claro. Autor de vários artigos sobre Filosofia contemporânea, tendo como foco temas da Filosofia como diagnóstico do presente, biopolítica, corpo e práticas corporais, estética e gênero.

Carmen Lúcia Soares

Doutora em Educação pela UNICAMP. Mestre em Filosofia e História da Educação pela PUC/SP. Licenciada em Educação Física pela UFPR. Professora da UNICAMP. Publicou vários trabalhos acerca das relações entre corpo e Educação na história. Campos de interesse acadêmico e de pesquisa: educação do corpo e história das praticas corporais.

Denise Bernuzzi de Sant'Anna

Doutora em História pela Univ. Paris VII. Mestre em História pela PUC-SP. Graduada em História pela PUC-SP. Professora Livre-Docente de História da PUC-SP. Publicou vários livros e artigos no campo da História com ênfase em História do Brasil e História Contemporânea, atuando principalmente nos seguintes temas: corpo, higiene, cidade, cultura, história e alimentação.

Durval Muniz de Albuquerque Júnior

Doutor e Mestre em História pela UNICAMP. Licenciado em História pela UEPB. Professor Titular do Departamento de História da UFRN. Presidente da ANPUH. Interesse acadêmico e de pesquisa: Teoria e Filosofia da História, especialmente em torno dos seguintes temas: gênero, Nordeste, masculinidade, identidade, cultura, biografia histórica e produção de subjetividade.

Edson Passetti

Livre-Docente pela PUC-SP. Professor da Faculdade de Ciências Sociais da PUC-SP e coordenador do Nu-Sol (Núcleo de Sociabilidade Libertária na Pós-Graduação em Ciências Sociais). Publicou vários livros e artigos sobre o anarquismo. Realiza aulas-teatro semestrais e coordena o antiprograma *ágora agora*, no Canal Universitário de São Paulo. Edita a revista semestral autogestionária *Verve*, e os boletins eletrônicos *hypomnemata* e *flecheira libertária*. Site: www.nu-sol.org. E-mail: passetti@matrix.com.br

Guacira Lopes Louro

Doutora em Educação pela UNICAMP. Mestre e Licenciada em História pela UFRGS. Professora Titular aposentada da Universidade Federal do Rio Grande do Sul, atua no Programa de Pós-Graduação em Educação dessa mesma Universidade. Fundadora do GEERGE (*Grupo de Estudos de Educação e Relações de Gênero*). Tem publicado, no Brasil e no exterior, na área dos estudos de gênero, sexualidade e teoria *queer*. E-mail: guacira.louro@gmail.com

Guilherme Castelo Branco

Doutor em Comunicação pela UFRJ. Mestre em Filosofia pela UFRJ. Graduado em Filosofia pela UERJ. Professor Associado da Universidade Federal do Rio de Janeiro. Líder do *Laboratório de Filosofia Contemporânea* da UFRJ. Professor do Programa de Pós-Graduação em Filosofia da Universidade Federal do Rio de Janeiro Temas de interesse: Filosofia Política, Filosofia Contemporânea, Estudos Foucaultianos. E-mail: castelobranco@ifcs.ufrj.br

Heliana de Barros Conde Rodrigues

Doutora em Psicologia Escolar e do Desenvolvimento Humano pela USP. Mestre em Saúde Coletiva pela UERJ. Graduada em Psicologia pela UFRJ. Professora Adjunta da Universidade do Estado do Rio de Janeiro. Experiência em Psicologia Social, com ênfase em História da Psicologia, com interesse em práticas grupais, análise institucional, desinstitucionalização psiquiátrica, história oral e produção de subjetividade.

José G. Gondra

Doutor em Educação pela USP. Mestre em Educação pela UFRJ. Professor Adjunto da Universidade do Estado do Rio de Janeiro. Tem experiência na área de Educação, com ênfase em História da Educação, atuando principalmente nos seguintes temas: história da educação brasileira, educação no império, história da infância e historiografia.

José Luís Câmara Leme

Doutor em Filosofia pela Universidade de Lisboa. Graduado em Filosofia. Professor de Filosofia no Departamento de Ciências Sociais Aplicadas da Universidade Nova de Lisboa. Áreas acadêmicas de interesse: Filosofia Política, Filosofia da Técnica, pensamento de Hannah Arendt, Estudos Foucaultianos.

Luiz B. Lacerda Orlandi

Doutor em Filosofia pela UNICAMP. Mestre em Linguística Geral pela Université de Besançon. Graduado em Pedagogia pela Universidade Estadual Paulista Júlio de Mesquita Filho. Professor Titular do Departamento de Filosofia do Instituto de Filosofia e Ciências Humanas da Universidade Estadual de Campinas. Professor da PUC-SP. Tem experiência na área de Filosofia, com ênfase em História da Filosofia, atuando principalmente nos seguintes temas: filosofia, pensamento deleuziano, subjetividade, corpo.

Magda Maria Jaolino Torres

Doutora em História pela UnB. Mestre em História Social e Graduada em História pela UFRJ. Professora Adjunta do Departamento de História e do Programa de Pós-Graduação em História Comparada, do IFCS da Universidade Federal do Rio de Janeiro. Pesquisadora Associada do Laboratório de Estudos das Diferenças e Desigualdades Sociais (LEDDES), da UERJ. Campos de interesse no âmbito dos Estudos Foucaultianos: emergência de formas de exercício de poder, formas de subjetivação e objetivação, iconografia e iconologia, práticas discursivas inacianas.

Márcio Alves da Fonseca

Doutor em Filosofia do Direito pela USP. Mestre em Filosofia pela PUC-SP. Graduado em História pela USP e em Direito pela PUC-SP. Professor Assistente-Doutor do Departamento de Filosofia e do Programa de Estudos Pós-Graduados em Filosofia da PUC-SP. Áreas de pesquisa: Filosofia política, Filosofia do Direito, História da Filosofia contemporânea. Tem experiência em pesquisa nas áreas de Filosofia e Direito, com ênfase em Filosofia das Ciências Humanas, Filosofia Política, Ética e Filosofia do Direito, atuando principalmente nos seguintes temas: Direito, Norma, Poder, Política, Modernidade e Crítica.

Margareth Rago

Doutora e Mestre em História pela UNICAMP. Livre-Docente e Professora Titular do Departamento de História do IFCH da UNICAMP. Coordena (junto com Tânia Navarro Swain e Marie-France Dépèche) a revista digital feminista internacional LABRYS. É associada do NU-SOL (*Núcleo de Sociabilidade Libertária*, do Programa de Pós-Graduação em Ciência Política da PUC-SP). Pesquisa na área de história cultural, gênero, sexualidade, feminismo, anarquismo, Estudos Foucaultianos.

Maria Rita de Assis César

Doutora e Mestre em Educação pela UNICAMP. Professora do Setor e do Programa de Pós-Graduação em Educação da Universidade Federal do Paraná (Mestrado e Doutorado). Pesquisadora do NED (Núcleo de Estudos de Gênero). Pesquisa sobre o tema dos estudos foucaultianos na educação: disciplina, biopolítica e as novas formas de governo dos corpos e produção das subjetividades. Também atua na área dos estudos de gênero, sexualidade e diversidade sexual na escola. E-mail: mritacesar@yahoo.com.br

Natália Campos

Mestranda do Curso de Pós-Graduação em História Cultural da UNICAMP. Bacharel em História pela UNICAMP. Trabalha sobre a amizade na Antiguidade. No âmbito dos Estudos Foucaultianos, estuda temas referentes aos usos do passado e as relações entre Antiguidade e Pós-modernidade. E-mail: nataliafcampos@gmail.com

Norma Telles

Doutora em Ciências Sociais e Mestre em Antropologia pela PUC-SP. Bacharel em História pela USP. Pesquisadora independente, continua a recuperação da obra de Maria Benedita Bormann e escreve sobre mulheres artistas de vários períodos. Interessa-se por trocas, diálogos e intertextualidades em suas complexas relações com questões epistemológicas e ontológicas. No campo dos Estudos Foucaultianos, trabalha com as questões relativas ao cuidado de si, ao poder e à ética. E-mail: norma.telles@gmail.com.

Pedro Paulo A. Funari

Livre-docente em História pela UNICAMP. Doutor em Arqueologia e Mestre em Antropologia Social pela USP. bacharel em História pela USP. Professor Titular do Departamento de História da UNICAMP. Coordenador do NEE (Núcleo de Estudos Estratégicos da UNICAMP). Interessa-se por História Antiga e Arqueologia. No campo dos Estudos Foucaultianos, estuda temas relativos à interação entre a Antiguidade e a Pós-Modernidade, relações de gênero e subjetividade. E-mail: ppfunari@uol.com.br

Philippe Artières

Doutor em História pela Université Paris VII. Pesquisador do CNRS. Responsável pelos Arquivos Michel Foucault, no IMEC/Paris. Presidente do Centro Michel Foucault, em Paris. Interessa-se pelo estudo de autobiografias e da escrita, especialmente nos séculos XIX e XX.

Richard Miskolci

Doutor em Sociologia pela USP. Professor Adjunto do Departamento de Sociologia da UFSCar. Tem se dedicado, nos últimos anos, ao estudo da Teoria *Queer* e orientado pesquisas históricas sobre a emergência do dispositivo de sexualidade no Brasil de fins do século XIX. E-mail: richardmiskolci@uol.com.br

Salete Oliveira

Doutora e Mestre em Ciências Sociais pela PUC-SP. Graduada em Ciências Sociais pela PUC-SP. Professora do Departamento de Política da Faculdade de Ciências Sociais da PUC-SP. Pesquisadora no Nu-Sol (*Núcleo de Sociabilidade Libertária* do Programa de Estudos Pós-Graduados em Ciências Sociais da PUC/SP).

Salma Tannus Muchail

Doutora em Filosofia pela PUC-SP. Mestre em Filosofia pela Université Catholique de Louvain). Graduada em Filosofia pela PUC-Campinas e Université Cat. Louvain. Professora Titular do Departamento de Filosofia e Professora Emérita da Pontifícia Universidade Católica de São Paulo. Assuntos de interesse no campo dos Estudos Foucaultianos: relações entre a Filosofia e a História, leituras foucaultianas de História da Filosofia; questões de ética.

Sílvio Gallo

Doutor e Mestre em Educação – Filosofia da Educação pela UNICAMP. Licenciado em Filosofia pela PUC-Campinas. Professor da Faculdade Educação da Universidade Estadual de Campinas. Dedica-se ao estudo da filosofia francesa contemporânea, procurando estabelecer suas conexões com o campo da Educação, a partir principalmente dos pensamentos de Gilles Deleuze e Michel Foucault. E-mail: gallo@unicamp.br

Susel Oliveira da Rosa

Doutora em História pela UNICAMP. Mestre em História das Sociedades Ibéricas e Americanas pela PUC-RS. Graduada em História pela UFSM. Pesquisadora-colaboradora do Departamento de História da UNICAMP. Tem experiência na área de Ciências Humanas, com ênfase em História do Brasil, trabalhando com os seguintes temas: violência, biopolítica, estado de exceção, feminização da cultura, mundo moderno e contemporâneo, velocidade e tempo.

Tania Navarro Swain

Doutora em História pela Université de Paris III. Mestre em História da América Latina pela Université de Paris X. Graduada em História pela UFRJ. Professora da Universidade de Brasília. Áreas de atuação e pesquisa: epistemologia feminista, sexualidade, gênero, história das mulheres, teoria e metodologia da História. Editora da revista *on line Labrys*, estudos feministas/études féministes. E-mail: www.unb.br/ih/his/gefem

Tony Hara

Doutor em História pela UNICAMP. Mestre em História pela UFPR. Graduado em Comunicação Social pela UEL. Jornalista e produtor na Rádio UEL-FM. Tem experiência na área de História, com ênfase em Teoria e Filosofia da História. Atua principalmente nos seguintes temas: História da Cultura, Subjetividade, Filosofia na Literatura, Poesia, Literatura Moderna e Historiografia.

Walter Omar Kohan

Doutor em Filosofia pela Universidad Iberoamericana. Professor Titular da Universidade do Estado do Rio de Janeiro. Representante (pela América do Sul) na Rede de Pesquisadores *L'état de droit saisi par la philosophie de l'Agence universitaire de la Francophonie* (AUF). Áreas de interesse acadêmico: ensino da Filosofia, Estudos sobre a Infância e Filosofia da Educação.

Este livro foi composto com tipografia Bembo e impresso
em papel Off set 75 g/m² na Formato Artes Gráficas.